U0530392

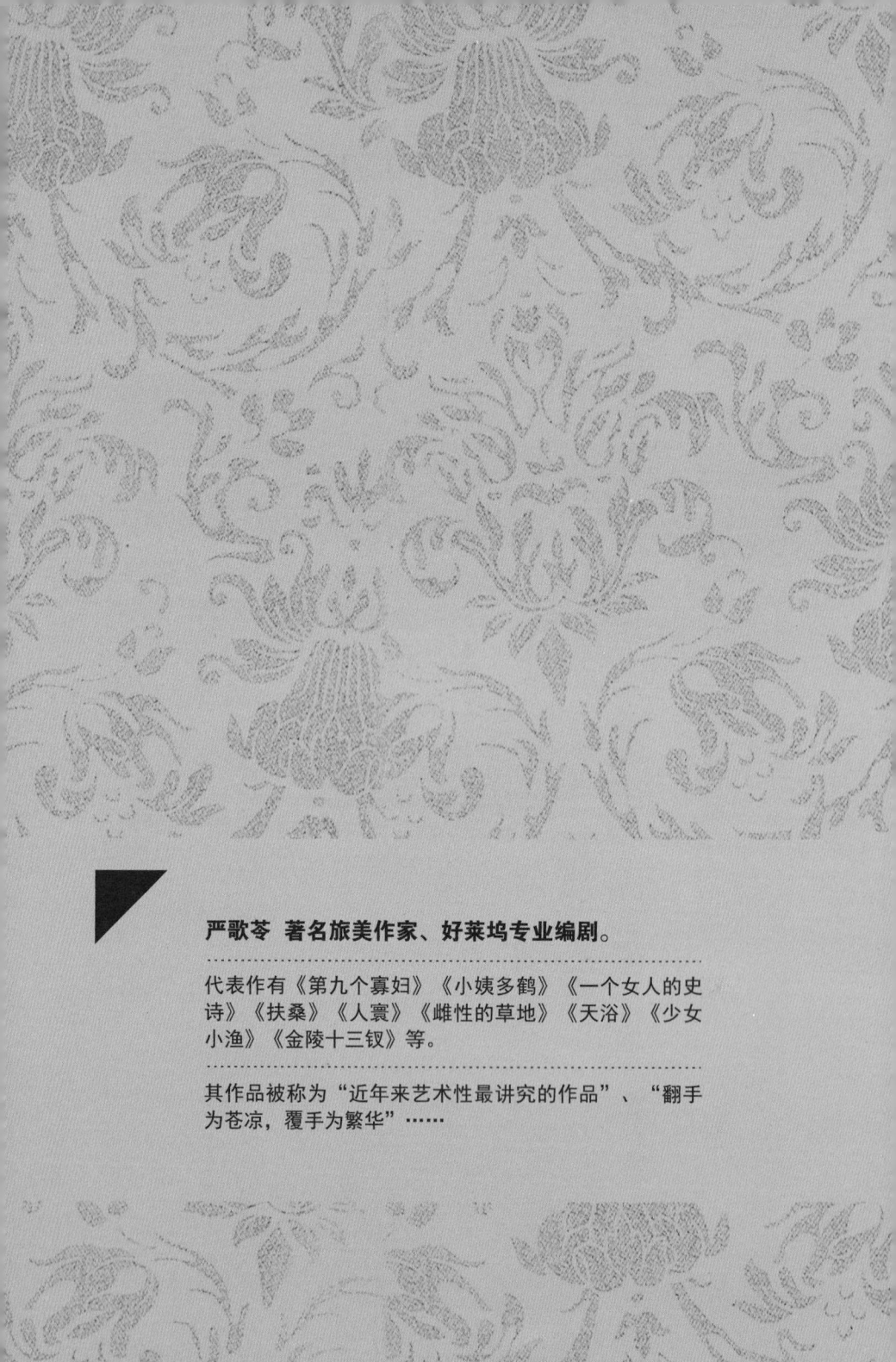

严歌苓 著名旅美作家、好莱坞专业编剧。

代表作有《第九个寡妇》《小姨多鹤》《一个女人的史诗》《扶桑》《人寰》《雌性的草地》《天浴》《少女小渔》《金陵十三钗》等。

其作品被称为"近年来艺术性最讲究的作品"、"翻手为苍凉,覆手为繁华"……

Geling Yan 严歌苓

恩娘事事跟婉喻比，事事要占婉喻的上风。三个人乘汽车出门，婉喻只能坐在司机旁边，后面的座位是焉识陪恩娘坐的。现在他油腔滑调，跟年轻的继母胡扯，不但让她占婉喻的上风，更让她占全上海女人的上风。恩娘撅起嘴，嗔他一眼。焉识知道他此刻的身份是多重的，是继子、侄女婿，最重要的，是这个孤寡女人唯一的男性伴侣。

严歌苓 著

陆犯焉识

作家出版社

目录

引子 /1

场部礼堂的电影 /5

欧米茄 /13

恩娘 /31

加工队 /46

梁葫芦 /60

场部礼堂 /65

电影 /77

监狱门诊部 /85

出逃 /94

冯婉喻 /105

逃犯 /116

通缉令 /121

长途电话 /128

上海 1936 /134

上海 1963 /149

重庆女子 /162

自首之后 /180

还乡 /201

绝食 /225

颖花儿妈 /235

美好离婚 /248

二十岁的鱼 /253

忏悔 /259

王子来了 /271

知青小邢 /278

第二只靴子 /287

夜审 /292

万人大会 /302

探监 /310

青海来信 /319

回上海 /337

"伊是啥人?" /346

老佣 /354

相认 /373

婉喻的炮楼 /384

中秋 /393

浪子 /400

引　子

据说那片大草地上的马群曾经是自由的。黄羊也是自由的。狼们妄想了千万年，都没有剥夺它们的自由。无垠的绿色起伏连绵，形成了绿色大漠，千古一贯地荒着，荒得丰美仙灵，蓄意以它的寒冷多霜疾风呵护经它苛刻挑剔过的花草树木，群马群羊群狼，以及一切相克相生、还报更迭的生命。

直到那一天，大草漠上的所有活物都把一切当作天条，也就是理所当然，因此它们漫不经意地开销、挥霍它们与生俱来的自由。一边是祁连山的千年冰峰，另一边是昆仑山的恒古雪冠，隔着大草漠，两山遥遥相拜，白头偕老。

不过，那一天还是来了。紫灰晨光里，绿色大漠的尽头，毛茸茸一道虚线的弧度，就从那弧度后面，来了一具具庞然大物。那时候这里的马、羊、狼还不知道大物们叫做汽车。接着，大群的着衣冠的直立兽来了。

于是，在这大荒草漠上，在马群羊群狼群之间，添出了人群。人肩膀上那根东西是不好惹的，叫做枪。

枪响了。马群羊群狼群懵懂僵立，看着倒下的同类，还没有认识到寒冷疾风冰霜都不再能呵护它们，因为一群无法和它们相克相生的生命驻扎下来了。

那以后，汽车没完没了地载来背枪的人群。更是没完没了地载来手脚戴镣、穿黑色衣服的人群。大草漠上的生灵还有待了解，这是一群叫做囚犯的生物。正是这些失去自由的生物的大批到达，结束了它们在大草漠上的千古自由。黑潮一般的人群漫入绿色大漠，只带着嘴来，本着"靠山吃山"信念来吃草漠，吃海子，吃溪流，自然包括吃大荒草漠上一切活物。后来它们发现，活物被吃光后，他们是不挑拣的，各种生物的尸首、枯骨他们都吃。

马群羊群不久就明白了。成千上万叫做囚犯的生灵把千古未变的草漠掀翻，撒下远方异地的种子，又伐倒千岁百岁的红柳，用去烹煮他们可怜的收成；挖起草根下的泥土，垒建起他们整齐划一，令兔鼠、旱獭瞠目的窝穴。同时，枪声响个没完。枪弹的射程结束在狼群羊群马群里，也偶尔结束在他们自己的群落里。叫做逃犯的人便是靶子。

直到这个时候，马群羊群鸟群才悟到不好了。于是它们拖儿带女地滚滚向西逃奔，呼啸着：人来了！

黑鸦鸦的人群里，有个身高可观的中年男人，案卷里的名字是陆焉识，从浙赣109监狱出发时的囚犯番号为2868，徒刑一栏填写着"无期"。案卷里还填写了他的罪状。那个时期被几百辆"嘎斯"大卡车装运到此地的犯人有不少跟陆焉识一样，罪名是"反革命"。除了以上的记录，还有一些关于陆焉识的资讯是案卷里没有的，比如：他会四国语言，会打马球、板球、弹子，会做花花公子，还会盲写（所谓盲写就是在脑子里书写，和下盲棋相仿，但比盲棋难的是，必须把成本成册的盲写成果长久存放在记忆里）。

叫陆焉识的中年男人就是我的祖父。他囚服背上的2868番号不久就会更改，刚到大荒草漠上犯人会大批死亡，死于高原反应，死于饥饿，死于每人每天开三分荒地的劳累，死于寒冷，死于"待查"（后来"待查"成了犯人们最普遍的死因）。每死一批犯人，就会重新编一次番号。五个月后，陆焉识从2868变成了1564号。就在他番号改编不久后的一个寒冷夜晚，陆焉识看见了极其壮观的一幕：几百条狼的大迁徙。当时陆焉识跟管教干部邓玉辉正抬着一个冻死的犯人钻出帐篷,突然听见远处刷拉刷拉的响声:清亮的月光照在雪原上,几百只狼的灰褐色脊背滚滚地从低洼处涌动,滚成一股浊流。

源源到来的大"嘎斯"卡车让狼也待不住了,惹不起躲得起地开始了迁徙。

三年过去,我祖父的番号已经变成了278。也就是说,他成了严寒、饥荒、劳累最难以杀害的人之一。这时,撤离的狼群又逐渐还乡。它们发现叫做囚犯的人总是它们未来的或者说潜在的餐宴。囚犯们饲养着自己,狼们只需远远地笃守,等他们源源不断地倒下。干旱的湖滩成了规模极大的坟场。

而马群和羊群还在西迁。在它们中的大部分完成迁徙,陆续到达印度的时候,我的祖父陆焉识正在夕阳里走着,趿拉着自己的脚掌。他身前身后都是收工的囚犯,有二百多个。这时他假装拔鞋,想渐渐落到所有犯人后面,再悄悄摸到劳改干部身边。好,很好,他的磨蹭成功了。他毫无必要地把鞋带系成一朵花,一面看见路面上指导员邓玉辉挎手枪的影子伸延过来。

这是我祖父陆焉识和同类们被迫进犯大草漠的第四个年头,正值人吃兽的大时代,活物们被吃得所剩无几,都是"谈人色变"。

陆焉识这个名字在此地是被收藏起来的,和他的英国花呢大衣、一套民国初年的《石头记》被保管在监狱库房里。这是一种特殊待遇。因此他那个由举人父亲起的正姓大名和英国呢大衣一样成了特殊待遇,一般不被启用。监里监外他一共有三个名号,一个是老陆,另一个是278,还有一个叫"老几"。第一个名号偶然有人叫,因此他认领这名号时总是诚惶诚恐,等待天打雷劈似的等待和这称呼一同到来的转折。比如,一年前的一天,他被称为"老陆",接下去就问他肯不肯去给几个干部的孩子补课。补课是个大好转折,时而能吃上一口额外的饭食。再比如几年后,他当统计员的好事也是跟随"老陆"这称呼到来的。最典型的一次,是十八年之后,政府的特赦名单下达的时候,他是被高呼着"老陆"走出犯人的群落,走向场部的马车,再走出大荒草漠的。陆焉识在犯人里最流行的称呼是"老几"。"老几"

源自"老卷","老卷"是老卷毛的意思。刚到大荒草漠的时候，犯人们留一种特殊发式，前面剃秃瓢，脑勺上却蓄一撮头发，陆焉识的卷毛拖在脑后，像不太健康的绵羊尾巴。1959年北京来了个公安部首长，视察七大队时发现墙报上的字写得不凡，问是谁写的，回答是老卷写的，首长听成了"老几"，笑着说，"老几"这绰号好，地、富、反、坏，加上美蒋特务、漏网汉奸、贪污犯，编了号排下去，叫个"老几"多方便，把"老几"往哪儿插队都行！于是人们便"老几老几"地叫，叫了下来。

邓指此刻站在他面前，矮矮地充满耐心，等着老几平定高原缺氧引起的喘息，同时复原蹲下拔鞋造成的体力亏空。然后我的祖父陆焉识就开口了。

场部礼堂的电影

老几看着邓指,默数自己嘴里正在重复的字眼:"去、去、去……",好,够了,这个"去"字通过他松动的门牙一共送出去五次。第五次陆焉识哆嗦一下,像真正的无救的口吃患者那样来了个寒噤,把最难启口的字眼从嘴里抖落出来。"场部礼堂"是他前半句话里最致命的几个字。整个句子连接起来是这样:

"我必须请假去、去、去、去、去……场部礼堂。"

五个"去"字为他赢得了时间——察言观色、见风使舵所需要的时间,容他根据邓指的反应及时编辑修正下文的时间。陆焉识看见邓指的眼睛里没有坏脾气,无非有一点儿恶心,正派人物对于反派的正常生理反应——何况对一个十年前陪绑杀场给吓成语言残疾的反派。邓指的全称是邓玉辉指导员,第三劳改大队第七中队的高干。

"场部礼堂。"四个字不容置疑,毫不商量。

邓指眨着微红微肿的单眼皮,表示他允许这个年近六旬的结巴老囚往下说,说说他为什么"请假去场部礼堂",而且还是"必须"。

很好,可以继续。老几观察着邓指,同时给自己的表演做鉴定。从他陪绑杀场到现在,从来没人怀疑过陆焉识的口吃是一场长期演出。正如邓指此刻也正在上他的当一样,赏给他一分超常的耐心,等他解释他凭什么用"必须"这样没上没下、没大没小的词汇。老几在重复"去"字时,已经根据邓指的脸色把下半句话编辑好了。那些口无遮拦的人多么不幸？一句不当的话吐出口，很可能就救不起来，落地即死。

接着他说场部礼堂正放映一部有关根治血吸虫的科教片。片子里的主角是他的小女儿。小女儿叫冯丹珏。从1954年1月30日开始改姓，冯是她母亲的姓。口吃只允许他十分简略地讲述小女儿的成就。他的真话于是被省下了：那个最后目送他被押向囚车的小女儿，当时是大学一年级生的丹珏正跟女同学在弄堂里打羽毛球，没有拦网，水门汀地面上画的一根粉笔线就是拦网。父亲就那样走过来，走在一左一右两个警察中间。丹珏捡起羽毛球，抬起她十九岁的脸蛋，看父亲从她画的拦网上跨过去。父亲唯一能做的就是把腕子上的铁铐向英国呢的大衣袖里缩缩，铁的刺骨冰冷在他的手腕上留下了永久的灼伤。

这就回到那五个被老几重重强调的"去"字上。五个"去"，个个必须。所以他请求邓指务必恩准。

然而一阵沉默来了。沉默从十二月高原的无边灰白中升起，稳稳扩展，在下沉的太阳和上升的月亮之间漫开。一大一小两棵黑刺立在五步外，细密的荆枝在沉默中一动不动。老几突然发现邓指的鼻孔黑黑的，跟所有犯人一样。邓指今早洗脸没照镜子，把昨晚灯油烟子熏黑的鼻孔留到了今天的脸上。原来邓指这样的高干家里也用拖拉机漏下的废柴油点灯，跟监号里一样。

老几精心编辑的话，通过唇齿舌的一个个人为磕绊，被送出口腔还是落地即死，救不起来了。他也成了骆驼刺，挺着繁密易折的神经，一动不动。

突然地，邓指爆出一个多牙的笑容。饥荒使人们珍稀的笑容显得多牙多皱，原来邓指也不例外。

邓指问他是怎么得到消息的。妻子信里提到的。妻子冯婉喻三年里的一封封信，主要内容就是小女儿。从小女儿怎样考上生物学博士开始讲，讲到她成为科教片里的主角儿，讲到电影获了科教片大奖，要在全国各地的影院、礼堂、广场巡映。因为毛主席说的"一定要根治血吸虫"。电影的名字都是毛主席起的：《借问瘟神欲何往》。他一面说话一面在心里吆喝自己：停住！舌头太流利了！十年的成功伪装要功亏一篑了！但他顾不上。

万幸邓指没有留心。他看着他对面的老囚、老敌人，心平气和，却在一个冷不防的地方突袭了陆焉识，打断他的话，说操，老陆，毛主席真给那个电影起名字了？陆焉识说，有诗为证——七律《送瘟神》，1958年7月1日写的，因为毛主席看了头天的人民日报报道的余江县消灭了血吸虫的消息……邓指又在半腰上打断他，说老陆，你女儿怎么这么霉气?！长得排排场场的，摊上你这么个瘟爹！

陆焉识这时的心给两声"老陆"弄化了。化得眼里全是热泪，冻得又瘪又硬的两个眼珠开始热胀冷缩，钻心地痛。

邓指接下去告诉他，他们早就知道科教片里的女主角是谁。组织上耳聪目明，什么不知道？不过如果他要是老陆，就不费那事兴师动众请假。不就是电影里的女儿吗？看了也是你认她她不认你，有什么看头？还要组织破例给你批假，狗日老陆，你打听打听，农场建场四年，都批过谁的假，有没有为这种事批假的。

陆焉识马上不做声了。做了十来年犯人，他没有痴长十来岁，跟干部硬上不行。不准许已经放在那儿，你非要硬上，跟他讨出"准许"，能讨到的最温柔反应是没趣，正常情况下，能讨到的是臭骂、戴纸镣铐、罚跪，或者罚饭。被罚掉一顿饭，在1961年的大荒草漠上，仅次于死刑。

"耽、耽、耽误您时间了……"

陆焉识知趣地笑笑，等待邓指挥挥手叫他开路，跟上队伍。

邓指却又笑了一下。邓指是个没什么笑容的人，好多年不笑，这一会儿就笑了两次，笑超额了。邓指一身发白的军装，肩膀微耸，好让那件军大衣不滑落下来。邓指转业的时候恐怕把半个军需库房都背回来了，穿不完的军装，老婆孩子都穿，穿烂了打军用补丁，再烂就做军用抹布，糊军用鞋疙疸。偶然瞥见邓指家门口晒出来的鞋疙疸，军用破布色泽浓浓淡淡不一，可以做十年来解放军军装史标本。笑还没散尽，邓指说他看那科教片看了四次。别的新片子没到，就这一个"血吸虫"占着礼堂的银幕,每天晚上放映一遍。不过主要还是看老陆女儿。想看看她是怎么长的,这么像狗日老陆!老陆可是个美男子,要不是当反革命给弄到没人烟的大草漠上,还不得欠一屁股风流债。陆焉识这才认识邓指:原来不是一截矮木头,话一点儿也不干巴巴,油荤蛮大的。邓指最后说这部科教片还会在场部礼堂占一阵子银幕,因为雪大路冻,其他片子跑不上来,这部片子又跑不走,老陆不用着急,指望还是有的。

老几不敢问,是不是邓指会去给他请愿,让组织上坏一次规矩,放一个犯人进入挤满家属孩子的礼堂。那就等于放一头狼进羊圈。邓指看出了老犯人巨大喉结压住的提问,跟他说,老陆你打个请假报告吧。打了报告,他邓指可以把报告提交给大队,大队再提交给场部保卫科。保卫科一个月开一次会,根据犯人在队上的表现批几张诸如此类的假条。

一个月哪里还来得及呢?一个月雪化了,路解冻了,哪里还留得住这部片子?还有,让人怀着这样的希望怎么睡觉、出操、烧砖、砸冰块化水、排一个小时的队打饭?……老囚的喉结生疼,就要压不住一次次冲上来的激烈追问了。

邓指大致看出他的追问。他告诉老犯人,听着,这段时间好好表现,争取不杀人放火逃跑,其他的包在他邓指身上。最后他问:"老陆你他奶奶的信得过我吧?"

老几心想,你这不是问鸡信不信得过黄鼠狼吗?被捕以后,他渐渐失去了信任人的功能。怎么想信任都不行。对此他毫无办法。

邓指不愧是专职的思想管理者。他说:"不信拉倒吧。写好了请愿书,明天交上来。"说完他挥挥手,让老犯人归队去。

老几忙忙迭迭地鞠躬道谢,邓指又笑一下。再一细看,不是笑,是给寒冷冻出来的龇牙咧嘴。刚要转身,听邓指说,狗日的老几,你也配有那么个闺女!

进了大墙,看见狱友们黑黑的一大群一大群地往伙房走,每一张去年夏天洗过的脸上都是一个大大的笑容,但仔细一看就发现也不过是被冻出来的龇牙咧嘴。猿猴就有这种无欢乐的笑容。

监狱大门对着一个颇大的操场，供犯人们集合，进行每天的早点名和晚点名，也在这里进行每两周一次的贸易集市。老几越过操场，朝一排排草窑洞走去。窑洞上半部露在地面上，下半部沉入地下，屋顶的拱形是芨芨草的草把子拗成的。在犯人们搬进监狱大墙和草窑洞监号之前，他们已经习惯了虚拟的监狱：石灰粉在草上撒出的线条对于他们就是实体的监狱墙壁，一条线是"内墙"，一条线是"外墙"，最外面一条线是"大墙"。他们习惯在下工之后隔着三道石灰线的"墙"，观看"墙"外自由生活的图景：操持炊事的家属，遍地玩耍的孩子，排排坐学唱歌的警卫战士……

1960年春天的一夜，冰雹加雪，又来了七八级大风。气温降到零下三十多度，上百顶扎在雪里的单薄帐篷活像上百条裙子。管教干部轮流值班，一小时到监号帐篷里来一次，命令犯人们报数。"……一""二……""……三"……干部走到那个卡壳的"四"床前，摸摸"四"的脉搏，对旁边铺位上的犯人说："接下去报数。""……五！""六……""七……""……八""九……"……

又一个数字卡了壳。

突然地，管教干部用鼓舞人心的高嗓音说："大家醒醒啊！睡着容易挨冻！都醒醒！咱们大声报数！"

一小时一次的报数，每小时都有卡壳的"数"，等搬到帐篷外，都已经是冻拧巴了的尸骨。冬天很长，尸骨们的队伍也越拉越长。尸骨的队伍里渐渐有了孩子、老人。严寒和缺氧的大荒草漠，自由和不自由都一样，零下三十多度对管教干部和家属们也不予赦免。

画地为牢的监狱很成功，三年里没有一个犯人跑出虚拟的"大墙"，也就是第三道石灰线之外。几起逃亡都是在夏天的青稞地里发生的，一多半逃犯被当场击毙，个别的逃出去又逃回来，因为三道石灰线的"墙"外，饿了没人管饭，迷失了没人领路。

那次春寒冻死几百犯人之后，省劳改局拨下费用，盖起了现在的草窑洞监房。老几走到自己监号门口，暮色已在他身后收拢。他拿了自己的饭盆出门，看见灰黑的傍晚晃动着无数黑影，每一张脸都因了人猿之间的那种龇牙咧嘴的笑容一模一样，也因每人一对漆黑的大鼻孔一模一样。号子里的灯是用拖拉机的废柴油点的，烛焰又猛又高，但一半光亮一半油烟，所有鼻孔于是成了烟囱，使浓烈的黑油烟得以排放，排入人体内狭小的空间。连十六岁的梁葫芦也被这龇牙咧嘴的笑容和漆黑的鼻孔抹杀了青春。梁葫芦走过来，走到跟前，以老手的快当塞了一个东西到老几口袋里。赃物。老几是梁葫芦最理想的储赃仓库，塞进来什么都上保险似的牢靠。几乎没有人会猜到他老几的这份功用，因此老鼠洞都搜也不会搜他这里。就像什么也没发生似的，老几混进了打饭的人群。自从青稞馒头的大小导致了几次流血事件，之后每天人和馒头都开始编号，开饭之前，人们先排队从组长那里领一个纸阄，上面写着一个号数，再排一次队，按自己的号数去对馒头的号数。

老几领到自己的纸阄，发现梁葫芦还跟着他，轻声叫唤："喂喂，老几！"十六岁的小杀人犯其实总是向着他的，只是他天性里没多少善意，对此葫芦没办法，又不是存心的。葫芦叫他摸摸口袋，他就用冻得不剩多少知觉的手摸了摸。摸摸无妨。

尽管手指头上没剩下多少知觉，陆焉识还是摸出赃物是一块表，并且摸出来它是谁的。是自己去年换出去的。换成五个鸡蛋、吞咽时噎得他捶胸顿足的白金欧米茄，1931年的出品。他觉得心跳得很不妙，跳得血腥气满嘴都是。换走欧米茄的犯人姓谢，是个犯人头，犯人们叫他"加工队"队长，用棒子在犯人屁股上"加工"青稞，砸糌粑面常常要达到以血和面的效果。小凶手是要填补陆焉识从未给"加工"过的空白？老几贼一样飞快四望，看看加工队谢队长是否在视野里。不在。他满嘴血腥淡化一些。

此刻他正拿着那张纸阄对号领馒头。馒头被递过来，尚未被他手上的冰凉冷却，就被他放在了梁葫芦碗里。少年的脸上充满粗野，眼睛里有种天生杀手的凶光。他在等待两年后的枪决，不论这两年里他再欠多少血债，最终他只能被枪毙一回。因此他可以放心大胆、无忧无虑地作恶。上月老几去大队长家里给两个孩子补习英文，收到一小袋五颜六色的糖豆，很快就给小凶手发现了。当时他们在砖窑出砖，老几背身搬砖时，就把深藏在棉袄暗兜里的糖豆摸出来，放一颗在舌尖上。三分钟后，那一袋糖豆不知怎么就到了梁葫芦手里，并且他不好好地一颗颗地吃，而是一把将赤橙黄绿青蓝紫都倒进嘴里。老几正担心他的嘴包不住那么多糖豆，万一一颗漏进喉咙管，可就替政府提前行刑了。葫芦却又把糖豆吐了出来；他把两个乌黑的手掌做成一只容器，嘴巴对准它，鱼甩籽似的把上百颗糖豆下进去。他嘴里黏液亮晶晶地把糖豆穿成五彩的珠子，先下出来的糖豆颜色好，后下的就褪色了。唾沫使糖豆转换了归属权，谁也不会再打它们什么主意了。小罪犯表示他不会白抢老278的糖豆。这块欧米茄便是他兑现的诺言。

"老狗日你啥意思?!"梁葫芦问。

葫芦的眼神直了。完全能够想象他在杀母亲时的眼睛。

老几结巴着说了自己是啥意思。意思是他用一个馒头做代价，拜托小罪犯把欧米茄偷偷还回去。他六十岁的屁股自己坐着都嫌硌，还敢给加工队谢队长用去"加工"青稞?

"那你是让老子给他'加工'?!"

他只得把下面的意思结巴出来：偷都偷得出来，送还送不回去?他赶紧给小罪犯提价，假如他把欧米茄安全送回去，明天、后天的青稞馒头都上供给他，无非他喝三晚上的甜菜汤。他不在意十六岁的小罪犯张口就做他六十岁人的老子，反正许多晚辈都做过他"老子"。一场延绵三年的饥荒，他发现饿死的都是那些爱做人老子的人，都是些内火太重的人。

"老子……"小罪犯眼睛更直了。

老几认定，当年十四岁的葫芦朝他甜睡的母亲以及母亲的姘头举起砍刀时，肯定就是这副眼神。就是凶残得两眼一抹黑的眼睛。

"老子好心好意……"

"是、是、是好心。心……领了。"

"那你想害老子? 让老子给'加工'了?"

老几突然发现他当作凶残来认识的表情其实是委屈。哦，原来是委屈。他对他这个没用场的老东西这么偏袒，偏袒得像个小老子了，老东西不领情。

"那、那……五个馒头？"陆焉识伸出五根手指，怎么也伸不直。这是一个很莽撞的提案，省去五天的干粮，是可能要他老命的。

此刻梁葫芦有点窝囊。是找到亲人而亲人不认他的那种屈辱和失败的感觉。

"反正手表在你兜里。老子一喊你就完蛋了。"

这是梁葫芦临走时撂下的话。是的，罪证现在是在老几兜里，人赃俱在，他没有那个本事把罪证再转移回葫芦身上。

不远处，梁葫芦向他转过身，嘴上叼着老几刚才给他的青稞馒头。这孩子什么都不成熟只有横肉早熟。脸上身上都是横肉。

"我喊了啊？"

梁葫芦拔下嘴上的馒头，突然张大嘴，引长颈子，嘴唇却又收拢了。然后他笑起来。他逗老东西逗得快活死了。

没办法，梁葫芦的好就是坏。有的人是为了惩治人类生的，正如梁葫芦。这类人必须比坏人更坏，才能尽他的天职。

欧米茄

1936年8月那个暑热熏蕴的傍晚，我祖母冯婉喻把一块手表偷偷塞在她丈夫的枕头下。表是冯婉喻卖掉一颗祖母绿买的。婉喻在家不叫婉喻，叫阿二头。上海话一讲，是"阿妮头"。佣人们背后商讨陆家的政治经济格局，松弛地伸出的两根手指头代表婉喻的番号。两根胡乱伸出的手指头，足以说明我祖母在家里的无足轻重，既无经济地位，又无政治地位。陆家的人物关系非常政治，恩怨互动，亲疏瞬变，阿妮头要冒什么样的风险才能实现自己对丈夫的一份讨好啊！她的嫁妆有一部分来自她姑母，而姑母就是她的婆婆。阿妮头是她姑母兼婆婆从娘家搬来的一把大锁，锁紧不安分不老实的继子陆焉识。从结婚到入狱，我祖父陆焉识最要紧的一桩私事就是要砸开这把锁，或者不砸，随它去，让它锈掉，锈烂，烂成乌有。阿妮头乍起天大的胆子，迈着解放脚莲步走进当铺带着淡淡霉臭的阴暗，从八层手绢里抖落出那颗来自婆婆兼姑母的祖母绿时，那份激动赶得上偷情。白金欧米茄在丈夫枕头下闲躺枯卧，整整一个夏天。阿妮头的风险一天天上涨：她躲得了重阳躲不过冬至，一年下来，她的婆婆兼姑母总要把自己的珠宝拿出来给女亲眷们品评玩赏一回两回，兴头上会邀上阿妮头一块玩：阿妮头，我给你的祖母绿呢？让三舅妈（或者四孃伯）看看能镶个什么？……这样的话，阿妮头的末日就来了。

我祖父陆焉识终于戴上了我祖母的信物——白金欧米茄表。他是给了妻子好大的面子才戴上它的。也是给了她好大的怜悯心。表从1936年被戴到他手腕上，戴到1960年年底，变成五个鸡蛋时，养出三十六度五的体温。好金子是温暖的，遭主人遗弃一年，从谢队长那里回来仍然温暖，冰冷的手指头攥上去，一会就被它捂过来了。老几一面喝浮动着五六片菜叶的甜菜汤，一面感觉着囚服兜里的表，隔着又厚又硬的再生棉布、再生棉絮，它丝丝的走动也是一份细微的循环，细微的生命。同室十个狱友在油灯的光晕中晃得满空间是黑影子，却不妨碍蹲在铺头的老几凝神感受怀里那丝丝丝的微小搏动。如同五脏之外的小小脏器，记下了多年前一个起始——他突然留意到妻子那瞥眼神的起始。那是什么样的眼神啊，仿佛突然向他撒出秘密罗网。他于是明白了世上有两个阿妮头，一个寻常的、她自己也觉得把自己拿不出手做陆焉识妻子的阿妮头。另一个是这个对自己的爱慕情欲不知羞、不懂得掩饰的阿妮头。这个阿妮头一心就想把你网罗到某个私密去处，供她一人享有。这个阿妮头会在刹那间一脸粉红，嘴唇红得火烧火燎，常年空洞的胸脯顿时充实起来。

这一切不是当时三十多岁的陆焉识能够解读的，是五十岁、六十岁的陆焉识一点点破译的。现在想到冯婉喻的眼神，他就一次次心惊肉跳。

当时那一切转瞬即逝，眨巴眼阿妮头又成了梳老女人发髻的异性，马马虎虎可以算作一个大家闺秀，浑身唯一漂亮的是一手行书小楷。

傍晚邓指对老几说，小女儿长得与父亲活脱脱一个样。错了。丹珏只是也长了他的卷毛，卷毛下面的五官却是她母亲的。而且小女儿跟她母亲最要紧的相像处，是魂像。她母亲的魂有种宁静的烈度，就在小女儿丹珏神情举止里。十来岁的丹珏偶然抛出一眼，就能把一颗心征服或者搅乱。儿子和大女儿都是正常人，芸芸众生一分子。

老几躺下时，同号子的狱友在卖烟。离开他铺位三个铺的239号姓张，自己都搞不清自己什么罪状，我姑且叫他张狱友。张狱友和老几是第一批来此地、活下来还有可能活下去的命大的犯人。本来再过几年他就可以获得自由，但在今年春天开荒的时候打残了一个犯人干部，也变成了个和老几一样的"无期"。

我从我祖父写的随笔里看到那种垦荒场面。大荒草漠上，场面铺得很开阔，缓缓起伏的草坡上每十步远都有一个徒劳挥动镐头的犯人。他们开辟的是万年的荒草地，地面下，万年的草根连着草根，拉成网，织成布，镐头吃进土面，根本无法切断根连根的千丝万缕。我祖父用了无数种形容，来表达镐头落地时他手臂的感觉，有一种感觉我觉得很有意思：每一镐落下，大荒地都通过镐头和他的臂骨撞击他的内脏，而不是他的手臂和镐头撞击大荒地。因此不是人垦荒，是荒垦人。

于是垦荒成了犯人们最难熬的日子。没有一个人能完成一日垦三分荒的定量，但犯人组长却可以根据他个人好恶上报最差成绩。犯人组长是服七年、八年徒刑的小流氓、小毛贼，只想做管教干部眼里的积极分子，而惩罚自己的同类是做积极分子最省力的方法。犯人骨干们每天给犯人们的垦荒成绩打分，得最低分的人会被扣掉当天的晚饭。张狱友就是这样连着被扣掉了三天的晚饭，因为他和犯人组长骂过一次架。欠吃三顿晚饭的张狱友更加是"荒垦人"。第四天一早，他被指派到地里烧灰——用青稞秸烧泥土制造肥料。他在田边堆了几堆青稞秸，再盖上厚厚一层土。这时他看见举报了他而导致他少吃了三餐晚饭的犯人组长来了。犯人组长远远地呵斥张狱友：为什么还磨蹭着不点火？马上要播种了，不烧灰哪里来肥料？张狱友报告组长，因为他怎么也点不着青稞秸秆。组长"驴""蠢蛋"地骂着，走过来，夺了张狱友的火柴，猫下腰去点泥土下的青稞秸。张狱友的阴毒计谋就在于此：趁着组长弯下腰点火时从后面给了他一下子。准确地说，是镐头给了后脑勺一下子。组长栽进刚着起的火里。假如此刻犯人们按正常时间上班，那么张狱友的计谋就将天衣无缝地实施完毕。组长就必死无疑，并且会被认为是突然眩晕栽入火堆的。饥荒中天天有人无端栽倒。那颗脑袋在火里烧一烧，后脑勺上被暗算的印记也会被忽略不计。但就是这天管教干部提前半小时带队来到田里，黄继光一样冲过去，把刚点着的组长拖出来。张狱友的暗算太不在行，那一镐头敲得十分业余，除了把组长打得失去重心，扎进火坑，并没有留下致命伤害。倒是火为他部分地复了仇：犯人组长的脸容被火熔解了又重新浇铸，但浇铸得非常马虎，基本就是一层凝固了的烂糊糊的皮肉。

这时张狱友不知怎样投机倒把，弄来一根东海烟，同时卖给十个主顾，一块钱抽一口，下一个吸食者替前一个掐住纸烟，掐在半指宽的部位，吸得过猛，抽进的气过长，都不行，掐在纸烟上的手就是防火墙，让火烧不过去。老几听他们计较，斥骂，发出乌合之众必然发出的丑陋声音。他是要去看电影上的女儿的，除此之外天下不再有大事。乌糟糟的人声被老几心里微甜的苦楚隔得很远。

他非去场部礼堂不可，加刑枪毙都别想拦他。请假报告在喝甜菜汤的时候就在心里写好了，明天用五分钟就可以誊抄到纸上。他心里装了大部大部没有誊抄的稿子，共计有四十七万六千字，一部散文集占去二十一万三千字，一部回忆录，还有零星的随笔。干活的时候他总是在心里取出某一篇或某一截，在心里润色修改。从小他是个过目不忘的神童，现在更长进了，连过目都不必，心里产生，心里完成，又在心里入库。

从大荒草漠监房里这个夜晚往后数二十八年，就数到了1989年的12月底，我祖父陆焉识把存放心里带出监狱的稿子全部誊写完毕，一部回忆录，一本散文，一本书信体随笔。他把稿子放进一个加大牛皮纸信封，交到他孙女我的手里，告诉我，我是他唯一的出版人、读者、评论家。

九点钟吹灯，存了私货的人开始在黑暗里加餐。开了田鼠仓房的人抓出一小撮一小撮的青稞，扔在嘴里用唾液浸泡，用槽牙尖一点点地碾，嘴便是微型磨坊，脱粒去麸磨面合成一个工序，再用舌尖把碾出的面浆清扫出来，积累成一小股，送进食道。有个走运的人在工地边缘捡到了狼吃剩的兔子头，脑壳里的脑浆还半满，这就用得上那些从来不修剪的小指甲了，用它将半凝固的兔脑一点点挑出，合着甲缝里的泥垢填进嘴里，吃得精细优雅。

适应了黑暗之后，能看见通铺上一排脑袋。脑袋们轻微地动着。那些貌似静止的脑袋里面恰恰在大动，翻腾的脑浆子拍击着脑壳，把念头撒入长夜。满屋子都是这些脑袋放出的念头。念头在黑暗中熟门熟路地找到了别人私藏的食物。每一份念头都是一个猎手，他人的私藏都是猎物。

梁葫芦可以把某人藏在裤裆里的红薯干猎到手。

一个个幽魂似的念头在空中互不相扰，渐渐落向别人的口袋或箱子，钻过扎着死扣的口端或锁头，纠缠在半块馒头或一个土豆或一根羊腿骨或一片褪了毛烤脆了的羊皮上。念头渐渐向老几的布口袋云集，估摸那口袋里的东西能换多少炒青稞粒儿，或者换几片羊皮脆片，或者多少口烟。十多份念头总是和那一瓶进口牙疼粉缠得难舍难分，因为牙疼是此地人们都要过的大刑。对于死缓犯来说，较之未来那一颗毙命的子弹，牙疼是不时重复的零刮。这种零刮几乎在大荒漠上实行了平等：管教干部们以及他们的老婆们也会不时受到它的非人折磨。搬进草窑洞号子才一年多，干打垒土墙上处处浅坑，都是人们在牙疼时脑袋抵出来的。此刻十个脑袋里放出的念头都围在牙疼粉的褐色玻璃瓶周围，膜拜一般打量着瓶子上磨损的洋文。那些洋文告诉你这灵丹妙药的配方，用途，用法。其实老几只给几个人用过他的牙疼粉，但七大队两千多犯人都听说了它的灵验，传说就是沾在指尖上那一点点乳白粉末往某个犯牙疼的管教干部牙花子上一按，就止住了他的驴打滚。

布袋子里还有些东西，念头们转了无数次也不知道它们的价值：一个框在微型玳瑁相框里的全家福，一对纯金袖扣，一个蓝宝石领带夹，后两样东西是陆焉识风流人生的最后遗迹。此外还有一个长红锈的四方小铁盒，里面盛着熬炼过加了点盐和干辣椒的羊油。羊油是一支派克金笔换来的。一个月前的礼拜天，大墙里的操场上照例举行两周一次的犯人集市，梁葫芦帮老几用金笔换了这一盒羊油。冬天脂肪比粮食更能镇住饥饿。老几总是把布口袋的绳子系在手指上，谁要行窃首先要越过他连心的十指。

门帘动了一下，跟着冰冷的风进来一个影子。影子在门帘内的瘟臭空气里静着，静了五秒钟。陆焉识是不必去费劲辨认梁葫芦的，连他的影子都熟识。两年的相处，小凶犯和他的生物化学已经融和起来。小凶犯的凶残在陆焉识这里起了奇妙的化学变化，他能在他的凶残里辨认出懦弱、依人、甚至对父爱的隐秘渴望。梁葫芦的黑影子凑上来时，几乎带有种骨肉的亲昵。犯人是不许串门的，尤其在熄灯后，但梁葫芦例外。仗着他的葫芦头两年后注定要给一颗子弹开瓢，小凶犯便有了特权似的，什么都自行例外，想做什么做什么，谁也没法杀他两次。大墙岗楼里的解放军不看梁葫芦的份上，而是看他注定挨枪子的份上，和他拍肩打背，跟他互换亲热脏话，吃他偷来的炒青稞粒，容忍他的轻微犯规。小凶犯的犯规中包括他时不时到老几被窝里挤一夜。

梁葫芦顺着老几瘦长的四肢形成的拱形躺下去，强行进入老几瘦骨嶙峋的拥抱。被窝里顿时增添了一份体温和体臭。

"老几，出事了。"梁葫芦带早期牙病气味的话进入了老几耳朵。这个地方的水土很可疑，让十六岁的少年也开始得牙病。

老几的呼吸轻了，表示他在聆听。葫芦把带牙病气味的事件告诉了他。三中队的 177 号今天逃跑，迷路迷进了三十多公里外的核基地，被抓住马上咬出老几来，说他的逃跑路线是老几给策划的。

老几听到这里一抖。梁葫芦立刻驳回老几的申辩。

"别赖——你告诉他核基地附近有拉粮的卡车。……177 就是想扒车。腿子压得稀巴烂。"

老几心想，那是一年前在中队长家给他孩子补课的时候，中队长说的。中队长已经升官了，调进了西宁。

"177 腿子要是不压烂，那坯子可就跑成了。"

过了三四分钟，梁葫芦把嘴唇直接搁在老几耳朵眼上，热气马上濡湿了老几这几年丰厚起来的耳毛。

"你跑不跑？"

老几赶紧摇头。他要跑也不会告诉梁葫芦。他只操心去场部礼堂，看银幕上的女儿，其他的都不是事情，都轮不到他操心。

"不跑他们会给你加刑。"

老几现在是"无期"，他觉得这是最讨厌的一种刑期，加或减都比它好。

"老几，你要跑带上我。"

梁葫芦这句话让老几心里热一下。葫芦还是个孩子。孩子的本性就是寻找温情，然后投身进去。没有温情就找代用品，找貌似温情的东西。老几的沉默和文弱给他当成了温情代用品，一厢情愿地投身进来。他们一老一小绝不平等地交往了两年。男孩不知道，他在老几心目中跟其他人类渣滓没任何区别。假如明天就把他梁葫芦拉出去执行枪毙，老几都不会神伤多久。小凶犯公开描述过砍刀剁进人肉的闷响，还有刀刃碰到骨头的震撼，那酥麻顺着掌心往脑子里去，往脏腑里去，越是酥麻越是止不住砍刀，一直剁到寡妇母亲和她偷的汉子都零碎了。仅仅因为寡妇母亲给了姘头一个白面馍馍，而那个白面馍馍原来可以被掰成五瓣儿，分给葫芦和三个弟弟妹妹。

"听见没？你要敢单独跑，不叫上我，老子……"

梁葫芦没有吐出具体的报复措施。他正要从老几被窝里钻出去，233号起来了。233号是伪军营长，此刻拖着碗口粗的肿腿，把自己肿泡泡的身体拖到门口，将草门帘掀出一道一指宽的缝，人在室内，器官在室外地开始解手。

梁葫芦叫起来："还走不走人了？叫人趟你的尿走路呢?!"

"你不会等一会儿，等尿冻上冰再走？"伪营长说。

梁葫芦回一句："咋不冻掉你那驴鞭子？"

睡在最里面的一贯道烦了，翻个身说："我要不嫌费事，你葫芦的嫩鞭子今晚非让我炖了不可。"

"可不咋的？就算他一身坏肉，鞭子是好东西，营养丰富。这不咱正缺着营养呢吗？"

伪营长用东北腔附和着，一面又把自己庞大的身体挪回铺位上，褥单下的草一阵稀里哗啦的响。严重浮肿的人对自己的份量和动作都放弃了控制，碰什么什么响。

梁葫芦在门口说："明天跟班长借把冲锋枪，把你们全打成筛子，老子也还是偿一条命。"

第三个人也参加进来："你不打我叫你爷。"

第四个人说："你赶紧打，啊，葫芦，照着筛子打。不然两年以后你给毙了，这屋少说有三五个人要去下你那嫩鞭子！"

一屋子由于饥饿或寒冷睡不着的人都气息奄奄地笑开了。马上有人想到笑也能耗人，便赶紧停下来。

第二天，老几就发现那个逃跑失败、腿给压成肉泥的人对他的叛卖造成了什么后果。

一早，半个中队的人被赶着去水塘里破冰化水。老几和另外半个中队留在砖窑，把昨天出的砖从场院东边搬到西边。谁都不问问，同一个院子，为什么西边比东边更合适堆放砖头。场院有三百米见方，犯人们拉开一个队伍，手递手地传砖。开始五块砖一传，一小时后减为三块，又过一小时，连搬一块砖都要让人们脸上出现一个霎时的痉挛。

老几喊了一声"报告"，说自己要解小手，当班的解放军看看窑边监工的邓指。邓指下巴微妙地一动。当兵手里的刺刀也微妙地一动。等老几拐过墙角，发现自己身后跟的不是一个兵，而是一对兵。再回到场院，老几去看邓指两颊紫红的脸，想在他微肿的单眼皮下找那双昨天还把他老几当人看的眼睛，却怎么也找不到。到午饭时还是看不见邓指的眼睛，就连他站在跟前训话都不给老几看他的眼睛。他的训话主要内容就是说逃跑教唆人老几最好放老实点，想请假看电影上的闺女儿，死了这条心吧，眼下往保卫科递交请假报告是拿胸脯往枪口上撞。

"可是我是无心聊起来的！……"老几急了，连结巴的伪装都不要了。

"无心最能暴露有心。"

老几手里还剩三个土豆，四个土豆的定量今天是太富裕了，难以下咽。邓指吃的和犯人们一样，只是随身带了一小包干辣椒粉和盐。他用最后一口土豆擦干净铝饭盒盖子上血红的辣椒粉，塞在嘴里，一会儿就满嘴血红。老几问邓指吃四个鸽子蛋大的土豆够不够，不够他这儿还有。邓指不理他，不给他面子来卖乖。老几把下面的意思结巴出来，要是他挺不过大饥荒的话（每天都有挺不过的人），他心里记得的还是那个十九岁、在弄堂里打羽毛球的小女儿的模样。他会觉得好不甘，从来没看见她长大成人。

邓指用指甲在侧牙上刮了刮，刮下一小片红辣椒皮，脆脆地弹出去。这就是他听了老几结巴半天才结巴出来的陈情后唯一的反应。老几不是常常有凶暴闪念的人，但此刻他捕捉到了自己心里这个闪念。

"回去吧。"邓指用下巴指挥老几，"归队干活去。"

就在老几往传砖的队伍里走的时候，起风了。是这一带典型的午间大风。刚刚摞起的砖被刮得呱嗒作响，眨眼间倒下来，倒成一座颓城。碎了的砖头失去了地心引力似的，很快就在空中了。

老几给风刮得斜出去，跟地平线形成个极马虎的八十度夹角。这都不耽误他在心里凶暴。从死缓改成无期，现在他能造次的空间不大。

邓指在他身后叫喊，让他卧倒。老几被内心的凶暴闪念弄得忘了卧倒了。凶暴是会让人醉的，正如各种高尚情绪会让人醺醺然。邓指扑上来，把老几按倒。自从去年大风刮走一个挺身警戒、绝不肯放弃自己宣传画一般的英雄姿态的解放军，所有人都乖了，风一来就卧得扁扁的。

矮矮的邓指现在就在老几身边，头埋在臂弯里，脸抵着坚硬的雪地。被刮到空中的碎砖从他们头顶飞过去，相互偶尔碰撞，发出玲珑的声响。死了的骆驼刺一蓬一蓬地翱翔，成了巨型蒲公英。老几的三个土豆从他茶缸子里直接被刮到天上，由着空茶缸在后面追它们。一根断了的锹把在空中横抡，混进了碎砖和砂石。就在邓指和老几前面十多米的上空，不知从哪里刮来的一件破棉大衣在风里横着行走，一个人形气球的模样。碎砖、砂石、骆驼刺、破棉大衣从这里被释放了，朝着未知逃奔，朝那个一年前被刮跑的解放军逃奔。

风把天刮黑了。西边的戈壁在往大草漠搬家。一小部分的沙漠现在在伏倒的人们头顶上飞快横移，带来遥远地方的衣服帽子鞋子，偶尔还有散架的马车，死去的牲口，呼啦啦地去找另一个去处落定。西边的沙漠就要落定在这一大片俯卧的囚犯身上了，不少砂石已落在一只只耳朵眼、鼻孔、眼窝里。

老几心里的凶暴平息了，化成一个愿望，就是大风把矮矮的邓指带走。要不把他老几带走也行，把他带到未知里去。

等风的急先锋过去，邓指侧过脸，看见老几给活埋了一多半，脸上的每条皱纹里都是戈壁的一个小小局部。邓指还看到了什么？看到老几陷在沙土里的眼睛。那是此刻天地间唯一闪亮的东西，因为两泊泪水鼓在一对老眼里。邓指马上避开了。他觉得看到一个老头娇弱的一瞬十分尴尬。

"操，老陆，你闺女还没让你害死？还去看她呢！"邓指说。

过了一会，邓指又说："我再给你去说说情吧。"前解放军指挥员为自己的妇人之仁臊死了，马上补一句："奶奶的！"

不远处，化成了泥胎的囚犯们摇摆着站起，各个组长在残剩的风里点名，然后犯人们报数。风刷过一副副嘴唇，一半嗓音立刻上了天。好几个人的毡帽和棉帽没了。一些帽子不只是帽子，喝青稞糊糊时是容器，让糊糊腻结实了夜里又是夜壶。

和邓指分开时，老几找到了邓指的眼睛。这是个好兆头。邓指不给你找到他眼睛的时候是冷血的。

一天又一天，被犯人们叫做老几的我的祖父等着邓指传唤他。老几在心里又写出两篇散文，书信体，给小女儿丹珏写的，写到好处他得歇歇，他的思考太流利了，一点也不结巴。十八年后，我就是从他给丹珏姑姑的书信体随笔中了解到他如何起了念头，要拿那块欧米茄进行贿赂。

一天又一天的，葫芦把场部礼堂的消息带回来：那个有关根治血吸虫的科教片还在演，人们还是看个没够，因为里面有一段说到女人怀胎，说血吸虫怎样把胎儿给蛀了，因而就有了一个一丝不挂的假人。另外还有一个真实的女体，虽然上面下面都遮住，露的就是个肚脐眼，不过眼力超凡的人坚持说肚脐眼下三寸的地方能看见几根卷毛。因此这段身体对此地的人们来说，看看还是很值。因此老几成了劳改农场的名人，从犯人到干部都知道无期犯老几的女儿演上了科教片，就是那个也长着卷毛的女博士。渐渐地，传闻脏起来，说那个女体上的肚脐眼是老几女儿的。再过一阵，老几（老卷儿）的女儿有了名字，叫"小卷儿"。

梁葫芦说着偷看一眼老几。老几不反应。他对待肮脏就是不反应。肮脏的念头、肮脏的语言不干扰他，就是因为他对它们可以聋，也可以瞎。

梁葫芦从脏得又粘又厚的口袋里掏出一个土豆，掰成两半，给老几一半。吃完，男孩子又掏出一个。一连好几天，梁葫芦总有超份额的土豆偷偷分给老几。

老几只是贪吃。这年头少吃一口会吭声，多吃一口都安安静静。一个礼拜过去，梁葫芦再给他土豆的时候，他的手开始躲闪了：土豆不是好来头。

"知道我咋弄到的？"小凶犯问。

老几警惕地瞪着他。他可不想给梁葫芦牵扯到什么勾当去。不参与勾当他还得不到恩准去场部礼堂呢。

"你知道419号吧？刘胡子？国民党起义的警察局长？就是睡在紧靠墙，挨着我的那个？……"男孩突然把嘴凑到他耳边，"老狗日一直病着呢，我一直给他打饭，一直偷他一口两口的……老狗日死了。"

我在1989年读我祖父的书稿时，认识了这么个刘胡子。他本名叫刘国栋。查查上海解放的起义功臣名单，能查到刘国栋三个字。他是上海一个警察分局的副局长，跟地下党在上海解放前夕接通关系，带着分局全部卷宗起义，然后把卷宗交给了后来接管上海的军代表。1954年4月的一天，刘国栋接到几大张纸的逮捕名单。他打电话问行动负责人，这么多人一天逮完？电话里的北方话回答：这是镇压反革命，不是过去逮捕地下党员，心软啥软?！刘国栋又来一句：每个名字后面总得有个具体罪状吧。北方话说：每个人自己都明白自己是啥罪状。刘国栋是边跑边系上皮带、挎上手枪的。他也是跑步跳上轰轰待发的捕人卡车的。六辆捕人卡车在刘国栋的指挥下，警笛长鸣，呜呜地上了大街入了小巷，擦过我祖父常常散步的静安寺对面的公墓，冲过赫德路和静安寺路的十字路口，朝着我小姑姑正在打羽毛球的弄堂而来。那是晚饭时分，刘国栋连这天的早饭还没有吃。太忙了。局里要争逮人竞赛的红旗。刘国栋端着手枪，坐在驾驶室里，看着我祖父被带过去，看着跟在后面的女孩脸上那需要半世纪才能驱散的懵懂，上了卡车车厢。刘国栋这样的职位只需要坐镇就行。大逮捕进行到第二天天亮，最后一卡车人开始照着名单查点人数。行动负责人出现了，就是电话上给刘国栋布置任务的北方人。这是大逮捕的第一批犯人，刘国栋喊了报告首长，按照指示人都按名单上抓获，一共一百四十五个。北方人说，错了，应该一百四十六个。刘国栋再看看手上的名单，说没错，是一百四十五个。北方人声音都没有抬高地说第一百四十六个是你自己。刹那间东南西北都有手和脚伸出来，下枪的，扒警服的，使绊子的，上手铐的……这种完美配合是一夜之间拿那一百四十五人操练出来的。从上海往大荒草漠出发的车上，刘国栋揣着五个罗松面包一口也吃不进去。他蹭到我祖父陆焉识身边，说他常读陆教授的文章。他还说，自己看上去是个武人，实际是个文人，跟我祖父装在一个车皮里是这一阵发生在他头上唯一公正些的事。

"刘胡子弄不好是自杀的。"梁葫芦说。

老几看着男孩。男孩知道老几想问什么。

"死了好几天了。"小凶犯突然龇出牙笑了。

老几看不出他笑什么。小凶犯用胳膊肘捣捣老犯人，笑变得邪性起来。

"这还不懂？老子多机灵啊，不给他报上去呗！"

是这样。梁葫芦天天冒领尸首的三顿饭来吃，有时一边吃他一边还跟尸首聊几句：今天咋样？还不舒服？想尿就尿，别憋着，这不给你拿盆来接嘛。原来老几这几天吃得不错也是吃的尸首名分下的土豆。他有点吃惊自己的平静，但一分钟后便想，刘胡子不会介意的。他一边把土豆皮塞嘴里，慢慢地嚼，一边想哪天他陆焉识再也经不住冻，或饿，或思念，也不打招呼走了，悄悄变成一具尸首，对于冒领他伙食的人，他也不会在意。梁葫芦假如打着他的尸首的名义，顿顿冒领他的定量，在他的尸首变为泥土前就提前在上面收获粮食，他说不定会挺高兴。

"我帮忙帮到底，给老东西打饭打到底，打到开春。一开春老东西该臭了。"男孩子又笑笑。这回笑得很好，就像个年轻庄稼汉看到一年的好收成等他去收割一样，两眼幸福。

接下去的几天，梁葫芦果真天天来找老几，给老几两个土豆。他开始抱怨尸首越来越不好看，他睡在尸首旁边越来越不愿翻身，一翻身就看到一张乌紫脸。梁葫芦问老几懂不懂尸首，懂不懂它不喘气了为什么还长胡子。刘胡子是长了一副好胡子，漂亮威风的唇须。刚进上海监狱时，监狱干部勒令他剃胡子，他问为什么，说他自己是反革命胡子又不反革命。干部驳回他说：人反革命胡子也反革命。刘胡子说，马恩列斯都留胡子，都反革命吗？就那样把他的二十年有期徒刑加上去了，加成了无期。

老几结巴着，说老是多吃多占尸首的粮，打不下死亡报告来，人家家属怎么收尸呢？梁葫芦说，收什么尸？饿死那么多犯人谁来收过尸？不都在河滩上弄几捧土盖一盖，比猫盖屎还马虎。再说刘胡子活着是没家的人，死了是没家的尸，多少年前家属就都跟他一刀两断了。

雪不再下了。无论老几怎么对着苍白的天观望，那憋足了一苍穹的雪就是不再下了。雪不下路就会通。路一通科教片就得接着往下一个点跑，被另一个不关老几任何事的电影替代。每天出大墙干活，老几就对自己说：跑吧？要是夏天老几就不是光对自己说空话了，一地青稞可以遮蔽爬行的身影。每年都有一两个人在万顷青稞地里留下一道灵长类的爬行轨迹，同时毁一两百斤庄稼，把刚灌浆的青稞粒撸下，塞进扎紧的裤腿袖管。

这天七中队被拉出去，拉到十里以外去援助糖厂。冬天枯水，各个中队轮流替糖厂破冰化水。傍晚收工的时候,风又来了。没有一星期前的那次凶猛,但风力足够推挡你,让你寸步难行。收工的队伍用了两小时才拉到监狱门口。三天没看见邓指了,老几怀疑邓指在躲他。带队的是中队长,姓谭,最早一批来大草漠的野战军连长。谭中队长是最难惹的干部,不惹他他就在半光火状态,你以为一点儿也没惹他,他已经给你惹得拔手枪了。这是个天生的武士,只恨没有敌人天天给他杀。刚来那年老几惹过他。老几那时还不经骂,骂了还会文绉绉结巴几句辩解。一天他给指派去劈柴,一堆胡搅蛮缠的红柳根刀枪不入,斧头回回落空。他只能先用锯子把根块肢解,再去找木头纹路下斧子。谭中队长那时年轻,精神抖擞的一个军训科干事。他大老远就开骂,骂老几偷懒,懒鸡巴日的,没见过人劈红柳根动锯子。老几只解释了小半句,谭干事就枪出鞘了。老几那时还不是个狱油子,还以为有个糙脾气的谭干事还得遵照王法来,于是直挺挺站在那里,对着谭干事手里黑沉沉的枪口,感觉那枪口"呼"地就热起来。老几以为还来得及把下半句解释完成,但是"砰"的一声,谭干事眼都不眨就勾了扳机。老几觉得棉裤的裤腿给猛一拽,在大腿边擦出一道热风。还好,谭干事只是让棉裤挂了花。亏得棉裤肥大而老几的腿细削。焦糊气味从裤腿上前后对称的两个弹孔冒出,不干不净的再生棉絮翻开来,让你看到皮肉也可以那样给打得翻开的。神枪手提着枪,定眼看着瘦高的、微驼的靶子,他的子弹擦着靶边走也要真功夫。老几的半句解释吞回了肚子里,一直在肚里沤着,沤到现在。

风刮得人人步子打飘,脸上的五官也长不稳了。谭中队长不像邓指,会命令犯人们卧下。他命令犯人们背过身,拿脚后跟当脚尖,两三百人就只长一双眼睛,就是谭中队长的那双带血丝的大眼睛。离大门五六十米了。龇牙咧嘴的猿人笑容把犯人们两百多张脸弄的像多胞胎,完全一样,他们相互告慰:到了到了,可到了。谭中队长开始跟大门上方岗楼里的哨兵盘点人数。

传来哨兵的叫喊:"报数!"

于是报数。被风刮得嘴歪眼斜的人们大声叫嚷出自己的数字。饿空了的腹内吞进一半音量,放出来的音量又被风撕扯,没到达岗哨的高度就失散了。因此哨兵什么也没听见。看管监狱的部队和劳改农场的干部各是各,部队三天一顿罐头肉、一星期一顿冻羊肉,都没有干部们的份,吃不完拿去喂养有军籍的猪,也还是没有劳改干部们的份。谭中队长嚷着回敬他,说听不见呀?再吃罐头肉喂一点儿给耳朵,耳朵就听见了!把皮帽子的护耳给老子解开!好好听着。犯人们于是又来了一轮报数。这回不管哨兵听清听不清,谭中队长让犯人们听他的,"进!"

哨兵是个入伍一年的兵,一面大叫"不准进!"一面把冲锋枪对准门楼下的人群。他说他没听清楚,最多只听到十多个嗓门。犯人们必须老老实实,好好地再报一次数。谭中队长说,风这么大,冻死人你偿命不?!反革命坏分子地主富农就不是性命了?!谭中队长十个套在手套里的手指拢在嘴边喊着,风把他刮得在原地走秧歌步。

解放军说二百八十六个犯人,早上出去多少,晚上也得进来多少,不能稀里糊涂就放人进去。

犯人们此刻得使很大的力气,才能把自己戳稳。三四斤重的再生棉棉袄顿时一点厚度、分量都没了,单褂一样轻飘菲薄。

谭中队长对他们喊一声:"进!"

犯人们开始顶风往大门方向走,个个弓背埋头,如同在拉一张无形的犁。

"敢进我就开枪了!"哨兵喊出最后通牒。

岗楼里发出咔哒一声。真是奇怪极了,按说打开枪保险的金属声很容易被如此大的风声吞没消化,但那声响太脆,太扣人心弦了,因此每个人都听见了。

"进!看小兔崽子敢开枪!"谭中队长喊。

犯人污浊的人群又往前移动一下,人人都一模一样地曲背蹬腿,背着无形的犁耕进大风。

"再动就开枪了!……"哨兵喊道。

犯人们迟疑了。此刻他们已经在大门楼子下方。

"进啊！……"

还是没人动作。黑洞洞的冲锋枪就在他们侧上方。

"报数！"当兵的喊道。

"你妈偷人——七八九十！我给你报数了吧？"谭中队长用四川话叫道，一面转向犯人们："你们龟儿子反党反革命、杀人放火有胆子，进自己营房尿啥子?!我一吹哨，你们就跟着我冲锋，听见没有？"他把胸前的哨子衔起来，吹了一下。

犯人们里有的是这种人，一到此类情形就聚成一群泼皮，又吼又叫，一面跺脚挥臂，把阵势弄得远比实际上大，给哨兵的错觉是他枪口罩着的不再是二百多人的队伍，而是上千人的敢死队。

"哒哒哒！"冲锋枪响了。

这三枪打进风里去了，是警告，表示枪是好使的，子弹货真价实。犯人们给那三枪镇住，"敢死队"立刻瓦解。

"冲啊！"谭中队长叫喊。这回没人动。"蛋给芽糖粘住了?!动不得了?!……"

老几站在第三排，旁边的狱友已经退到离他两三步远的地方了。老几并不想紧跟谭中队长，他主要是心不在焉，在犯人队伍自行洗牌的时候给洗到前面来了。现在只有五六个人紧跟在谭中队长身后，成了尖刀班。老几莫名其妙做了尖刀班的刀尖。

"……冲进去！……"谭中队长拔出了腰间的五四式，险些要对犯人们喊"同志们"。"安了啥子心?!要冻死我们?!冲进去！……"

谭中队长带头往大墙里冲。又是"哒哒哒"一梭子。这回出现了弹着点：大门的干打垒柱子被打出一片巨大的麻子，强劲的风都热了，硝烟气味从犯人队伍的首端一下子到了队伍末尾。

"啪"的一声，谭中队长的五四式开了火。抗美援朝的战斗英雄谭中队长巴不得天天有仗给他打，一打仗他就显得比本人英俊高大。他举手枪举得多英气啊！他就是这么举着枪平趟了淮海战役的战场，又趟过鸭绿江，从三八线回师，却突然间被装入火车皮，和其他车皮连成不见首尾的一串，再被倒挂到向西的火车头上，开进了大荒草漠。从车皮里出来，看见一截截平行的车皮里被卸下乌泱泱的囚徒们，才知道被装到大荒草漠上干吗来了，也才知道，一个团对一个团、一个连对一个连的仗打完了，从此他们是一个对一百个、寡不敌众地和乌泱泱的反派们打下去。眼下谭中队长忘了，他正在领着反派们造反，似乎长期的共存局面模糊了他的敌我概念：大荒草漠对外来者一视同仁的排异和肆虐，让谭中队长这样的人在敌我分野中一时转了向。

"老几，跟着我冲！"谭中队长喊道，一面朝岗楼上开枪掩护。

老几冒着冲锋枪子弹紧跟在谭中队长身后。大墙里早下工的犯人们挤在号子里观战，一张张草门帘给掀出缝来，缝里挤满头脸，比衣服缝里的虱子挤得还密。大胆的趁着前线打得热闹，低下身顺着墙根溜，溜到伙房后面的仓库抓上几个生冻疮的土豆，或者几把干甜菜叶子。

梁葫芦撒野地尖叫，穿越操场，跑到老几身边。他上下查看老几，发现老犯人四肢齐全，脸上的血是别人溅上来的，野性褪下去不少。老几的脸上溅的是两三个人的血，他身边一个人头开花了，另一个人给打穿了脖子上的动脉，顿时发生了红色井喷。老几的两根手指根本按不住伤员那穿孔的粗大血管，黏稠的血浆喷在他脸上，马上冻成袖珍红色钟乳石，一粒粒挂在他鼻尖上、下巴上。这还是饿着，要不红色井喷会更壮观。

一小时后哨兵和谭中队长都被拘起来了，下了枪，押上了场部保卫科的马车，并且是同一辆马车。中弹死去的犯人被留在操场上，等待一张芨芨草席子给卷走。伤了的人都躺进了监狱门诊部，两间做病房的土窑洞睡满浮肿、黄疸病人，伤员只能占用医生诊室。

当晚邓指跟着场部保卫科长来到号子里，做当事人和目击者的笔录。录到老几时，老几结巴得苦极了，笔录一再停下，等他寒噤一串串地打，冷气一口口地抽，把下句话接起来。三句话没讲完，邓指就上来解围了。

"操，老几耗子胆，还老被枪声吓着。第一回给吓成了结巴，这一回就差吓哑巴了。让他讲完话，你尿都能急出来。"

邓指却在临出门时跟老几使了个眼色。老几最会读人眼色,知道他盼焦了心的事有眉目了。眉目好或坏,他反正盼到头了。老几跟着邓指的眼色走到门外,风冷到这程度就不再是冷了,是辣。老几问邓指他明天能不能上他家去送一样东西。邓指沉默半分钟,从兜里掏出个小本子,写了几个字,撕下来交给老几。

"把这张条子给值班的哨兵看,他就会放你出来了。"邓指说。

"明天几点钟呢?"

邓指看了他一眼,对他这样的思想管理者来说,不结巴的老几是个陌生人。连嗓音都是新音色。老几自己也大吃一惊,怎么会脱口而出地提问呢?就跟他初到美国,生怕人家认为中国人的英文病语连篇,因而课上课下地显摆他的流利口舌似的。

"几、几……几点?"老几的口讷又复原了。

"下了工就来吧。"邓指说。下面他又没头没脑地跟一句:"你说怎么整的?这时候打死了犯人,还嫌领导们不忙!"

老几点点头。明天。他明白邓指的暗示了:打死了人好啊,有空子可钻了。看守部队的解放军和监狱系统的管教干部对打,犯人死两个伤一片,正是这个大事件给了邓指和老几空子钻。事件会让场部领导和看守部队领导吵几场架,开一阵会,再花几天时间和解,相互请一两次客。大事件可以用来遮掩小事件,就像老几从监狱消失几小时的小事件。

老几抬起头,看着大荒漠上方的夜空。但愿天气持续恶劣,公路持续失修,西宁的劳改总局放映队送新片子的人持续不敢进山。这样他还有希望看到银幕上的小女儿丹珏。一旦他饿死,就可以安心些,因为他总算见证了成人后的丹珏。

我祖父陆焉识仰脸站在冷得发辣的风里,监狱操场上唯一一盏煤气灯铺泻着他漫长的影子。然后,他踩着自己的影子慢慢往回走。他已经做了一个重大决定,要贿赂邓指。贿赂是一件危险的事,不好办,心用得不巧就会办拙。邓指大体明白老犯人暗藏的花样。邓指之所以沉默了半分钟,就是在犹豫,他要不要陪老犯人把花样玩出来。

恩　娘

离我祖父的监号大约两千五百公里的上海，有一条绿树荫翳的康脑脱路，在 1925 年，它是上海最绿的街道之一。绿色深处，是被后来的 21 世纪的中国人叫做叠拼或连体别墅的乳黄色三层楼。从街的一头走来一个十八岁的青年，六月初沤人的闷热里，他还把黑色斜纹呢学生装穿得一本正经，直立的领子里一根汗津津的脖子。他跟迎面过来的三轮车夫打了个招呼，说："送冰呀？"回答说："大少爷学堂里回来了？"六月起，二十三弄四号的陆家每天要送一次冰，冰块被放进半人高的木制冰箱里，镇着刚上市的杨梅和荔枝，镇着陆家太太吃不够的鱼冻，还有给陆家小少爷开胃口的酸梅汤。

陆家太太是我的太祖母。太祖母是填房，嫁给太祖父八个月就开始了她丰衣足食、清净安闲的守寡日子。太祖母冯仪芳很会哭，哭起来佣人们都吃不消，都陪她擤鼻子。哪怕给她欺负很惨，背后想喂她老鼠药的佣人，也抵不住她眼泪的传染性。她哭是不出声的，眼睛鼻头也不会红得可憎；她直直地坐在那儿，眼眶里像是有两把断了线的透明珠子，掉下来不是一颗颗的，是成串地掉，又急又快，一眨眼把面前的八仙桌面就落满了。冯仪芳丈夫死的时候，婆婆还在世，婆婆要把寡妇儿媳退回娘家去。婆婆也是读书人，却信了书外的话：填房过来八个月，她好端端的男人就走了。但婆婆的话却都是理：仪芳别让我们拖累了你，回去还是寻得着好人家的。仪芳啊，家里没有进项了，佣人也要辞了，不敢留下你给孩子们当娘姨。谁都知道，给退回去的寡妇嫁不到好人家的。谁都明白陆家刮刮锅底，也撑得死两三代人。

那是冯仪芳第一次亮出她的哭功夫。她当时在八仙桌上画扇子，绢绸上的牡丹都给她泪水冲得落花流水。婆婆揉揉眼睛，颤巍巍走了。佣人们红着鼻头，无声息地进出。大小两个继子站在她两侧，满脸给眼泪爬得发痒。他们从来没见过谁哭得这么好，这么不带有一切女人哭泣的必然丑陋。陆焉识十四岁，侧面看年轻继母怎样眼泪落得像珠宝。

送她回吴淞路娘家的车备好了，她走到丈夫的灵堂里，不哭了。她安静地用手掌抹了抹遗像框子上的浮灰，摆了摆供果，往花瓶里添了点水。这时继子陆焉识进来，叫了一声吴淞人惯叫的"恩娘"。冯仪芳的哭终于奏效了。长继子焉识很少对她的名分认账，只是在她刚嫁进陆家时叫过一声，看父亲的面子叫的，以后他能不叫就不叫，甚至能不碰见她就不碰见她。灵堂里叫了这一声"恩娘"，冯仪芳知道，转机来了。十四岁的焉识说，他绝不会让人把恩娘退回娘家；他已经大了，不久就是陆家当家的男人，该他来赚钞票养活恩娘了。他又说，恩奶那里由他去说；他会说服恩奶的。十四岁的当家人没有继续婆婆妈妈，转身走开，去院子里吩咐送车夫，把车子停回车房，恩娘不走了。什么时候走呢？不走了，什么时候也不走了。

陆焉识在1925年6月初的下午走进自己家大门的时候，恩娘冯仪芳已经是另一个年轻妇人，嗓门响亮，面颊潮红，一口气可以吃半打梭子蟹。她在一家女子学堂代课，教手工和算学，挣那一点薪水不重要，主要是给陆家亲戚看看，她可没有啃陆家老底子；她眼下是陆家带进项进门的人。她的薪水还有一个去处，就是给焉识添一件嘎比丁长衫，或者一条派立丝西装裤，或者悄悄塞几文在他夜里脱下的外衣口袋里，随他去大手大脚。焉识可以把学费都大手大脚地花掉。一个姓王的近视同学整天挤眉弄眼地看黑板，焉识为他痛苦，装在他口袋里的学费就装不住了，被他大手大脚花在西摩路的犹太人店铺里，给这个王姓同学配了副眼镜。世界上人人知道钱好，只有焉识不知道，这点让恩娘分外疼爱。让恩娘疼爱不够，又找来自己嫡亲的侄女一起疼爱。所以十八岁的陆焉识在1925年6月初的下午跨进客厅时，看到的不止一个恩娘，还有一个小恩娘——长着恩娘的细长鼻子，细白面皮，裙子下露出跟恩娘一模一样的解放脚，穿着跟恩娘一模一样的黑色仕女皮鞋。

恩娘的年轻版叫冯婉喻，是恩娘大哥的女儿。"叫她阿妮头好了，亲，以后在家就这么叫。"听到恩娘的"以后"，焉识脑子"轰"的一声。恩娘下面的话他都让它们擦着耳朵过去了。焉识再也不要往小恩娘脸上看，半点兴趣也没了。冯婉喻半天说一句话，过半天再说一句话。不用看就知道她的解放脚在八仙桌下面给恩娘踩一下，踩出一句话，再给踩一下，又踩出一句话。冯婉喻说的都是功课上的事：她转到恩娘教的学校来了，还是主修体操。

解放脚的体操吗？陆焉识不禁想笑。

恩娘看出焉识心里的不客气，替侄女说，阿妮头的体操是被学校拣出来学的，挑拣很严的，不健康不漂亮害痨病的都挑拣不上的！幸亏她给她侄女解放了脚，解放得早，不然肯定给拣下去了。

焉识一直在想他怎么脱身，至少暂时脱身。女人都这么可怕，都有着与生俱来的危机感，永远觉得她的天下坐不稳，永远欠一点安全，必须长千万个心眼子，一刻不停地往你身上缠绕羁绊。什么都是羁绊，一碗莲子羹，一杯洋参茶，一句嗔怪出来的关怀，或几块零花钱。恩娘自从被焉识留在了陆家，就像一个大蜘蛛，吐出千丝万缕，要把焉识缠裹住。这个冯婉喻不光是一个十七岁的花季少女，也是恩娘的一根丝，她打算用她在焉识身上打个如意死结。看看吧，一个姑母，一个侄女，老解放脚踩在小解放脚上，什么都没开始，双簧就演开了。

陆焉识脱不开身，便胡乱搭起讪来。说天气闷热啊，酸梅汤不够凉啊，冯小姐来上海多久啦。恩娘也说她的：焉识十六岁就读完高中功课！一省省了两年的学费呢！所以他把学费送给同学配眼镜也不要紧。十六岁哦，有几个十六岁的学生给先生保送去读大学的？冯小姐便做出第一回听到这些奇闻一样，一会一个五体投地的"哦！"焉识想，自己四年前留下的是个孤苦继母，现在一看，留住的竟是个满嘴花妙的媒婆。

"这个人会读书吧？"恩娘以拉皮条的眼神斜睨焉识，"脑子就是一部印刷机器，读进去就给他印下来了！"二十八岁的继母在十八岁的继子太阳穴上一点，用那根疼不是、爱不是的兰花食指。"喏，大学四年的功课，他两年就读完了！"

"冯小姐……"焉识站起来。硬脱身也要脱。

"叫阿妮头好了！算起来也是你的表妹，以后就更亲了！"

见焉识站起来，冯婉喻也跟着欠身，欠到一半又坐回椅子上。小解放脚又被老解放脚踩一下，踩回去了。恩娘的手上来了，温湿地搁在焉识的手背上。

"……哪里去啊？学校今天放假了，恩娘知道。没有书要读了。坐一息，陪陪恩娘。"

硬脱身也脱不了。他又坐回去。空气的气味很糟，雨前的闷热在厨房和厕所的下水道里发酵，起泡。也在他的血管里起泡，从内里沤着他的全身。

"不晓得焉识阿哥有没有书推荐给我读？"阿妮头问。

焉识这时的脸冷下来，美男子也可以拿出丑脸的。他感觉五官变得僵硬笨拙，一个笑容都要把在场的三个人累死。两双解放脚在桌子下紧急切磋，恩娘开口了。一开口便是另一个恩娘，孤儿寡母的恩娘。她说焉识从小就跟恩娘我许下愿的，长大赚了钞票要待恩娘好；焉识那辰光就知道他不待恩娘好，世界上就没人待恩娘好了。为焉识这句话恩娘我哭了多少夜啊？苦了多少年啊？恩娘我知道会苦出头来的。恩娘我拿回扇面来画，拿回抽纱来抽，眼睛都做瞎了，不然哪里还用得起冰箱啊？用得起里面也不会有货色的，大概就冰得起两条黄鱼，一只西瓜。

恩娘这些年在辛辛苦苦地在为你暗中筑债台呢！她不经过你的同

意就让你赊账花费她的温爱，悄悄把她对你的一份份好都加在你账上，神不知鬼不觉地就让你欠了她天大的情份。一百分的关怀，在她这里非得给出一百二十分，那份外的二十分她让你永远还不清。焉识现在明白，她是要讨还她的债务的，并且要你拿出你无法拿出的东西抵债。

"嗯？推荐书啊？"焉识无力地坐回凳子。"哦……我最近都是读英文书。"

"焉识阿哥读英文书啊？"

"啊。"

"哦。"

"……"

"国文书都不读了？"

"对的。……打算考官费留学，去美国。"

恩娘一下子抬起头。

让你讨要债务！他端起玻璃杯，仰头喝着渐渐温热的冰镇酸梅汤。冯仪芳在玻璃杯子底的那边，畸形的一张脸，从来不用水洗、小半生都用篦子清理的浓密头发被刨花油刷成了一片黑漆。三个人没有一点声音地坐着。焉识一阵悲怜：一个男人要折磨女人，摆布女人多容易啊。父亲给自己娶了个花季女子来填房，根本上已经摆布了她。八个月后他又那么一蹬腿一撒手，这个女子就被他摆布废了。冯仪芳好好的人不做来做媒婆，是不得已的，仅仅想少受一点摆布。他年轻的继母好可怜。女人都好可怜。女人的可怜让他这样的男子没出息，为她们常年神伤，只要她们需要，他就把自己的前程、幸福、自由拱手交出，供她们去消耗、糟蹋。对他自己的祖母、母亲，焉识是这样一个没出息的男子，对不幸的娘姨们，焉识也是这样一个男子，何况对他年轻无助的寡妇继母。

当天晚上，他站在街口，看着陆家的黄包车载着冯婉喻往绿树尽处走，看着黄铜车灯晃荡着远去，他想，女人因为可怜，什么恶毒事都做得出，包括掐灭一个男人一生仅有的一次爱情机会。冯仪芳要用冯婉喻来掐灭焉识前方未知的爱情。但她们是可怜的，因此随她们去恶毒吧。

焉识回到客厅时，恩娘在独自推牌九。她听见他的脚步，肩膀架在空中，两手悬起，似乎在等他过去才敢动下一张牌。似乎他是个令人闻声屏息的独裁家长。似乎自祖母去世后这个家是他当而不是她冯仪芳当的。她真是可怜啊。这么可怜还要装可怜。

"恩娘，我上楼去了。"

恩娘悬空的手慢慢掉下来，肩膀垮得没了骨头似的。接着还有什么呢？就是哭。恩娘的脸空着，两眼空着，任泪珠往骨牌上砸。就像四年前要退她回娘家那样，哭得那么楚楚可怜。他觉得她可怜得动人极了，他看入迷了。

第二天早上，恩娘不起床，传话叫焉识和弟弟不必等她吃早饭，也不必等她吃午饭，更不必等她吃晚饭。老少两个娘姨进出无声，伸头缩脑，把焉识往恩娘的卧室推推，焉识叹出一口老人的长气。晚饭前，弟兄俩走进恩娘房里。

"那么……不去了。"焉识说。

冯仪芳把披着长发的脸转过来。将近一天一夜，其实娘儿俩的对话一直在心里连续，那关于留学与否的讨论一直没断，无声的争执一个回合来，一个回合去，都在心里，因此此刻焉识猛一张嘴，说出的话在弟弟听是缺乏上下文的，在恩娘这里，却正好对接。

恩娘一动没动，但是活过来了。

"去还是要去的。留学是好事体。婉喻也会高兴的。"

看看，来了吧？焉识看着自己一句话救活的继母，想着下一句话别又杀了她。他接下去说恩娘你一个人担一个家，担四五年不是容易事，书不读了就能早一天赚钞票，那我就可以跟恩娘你一块来担当了。

"留学是要去的。"

"不去了。"

"去吧。"

两人都把自己渴望的东西拼命往外推，违着心愿地客套。十四岁的弟弟觉得这事和他一点关系也没有，也没有一点意思，一会儿立正一会儿稍息，几秒钟换个姿势。

"恩娘说，去。"冯仪芳板上钉钉地说。她把道理讲给焉识：焉识不是读两本书赚点小钞票的男人，假如恩娘她为了让焉识赚点小钞票，早早撑起家门，对陆家是犯罪。就是天下人都没得书读，也该有书给陆家的焉识读；恩娘就是抽纱抽瞎了眼，耽搁焉识读书的罪过她是不会犯的。

"谢谢恩娘。"焉识低下头。

恩娘哭了一夜一昼，是哭别她的继子呢，是在哭着割舍呢。焉识一副身心都化成谢意了，觉得留学的好景都是恩娘赐给他的。女人在这世上这么可怜，却还是对男人处处谦让，还是一再放他们去飞，去野。六月到八月，一个夏天，除了预备功课考官费留学，他总是陪在恩娘旁边。恩娘赏给他远走高飞的自由，他为此亏了理一样。九月在娘儿俩奇妙的默契中和考试成绩报告一块到来。他拿着几乎是完满的成绩报告奔上楼，放在恩娘一小碟一小碟红色绿色紫色的水彩之间。恩娘提着狼毫笔读完报告单。

"好了，那就理一理四季衣裳吧。"恩娘说。一个深明大义的女人就这样树立在焉识面前。

这个时刻，焉识觉得恩娘是他最大的恩人，最近的亲人。恩娘跟人说焉识的一手好字是她栽培出来的，焉识的一口上流英文是她陪练练出来的，这些虚荣透顶的话他都毫不在意。她说，假如他不留洋，她抽纱画扇子吃的苦头值什么呢？仍然殷实的陆家在她话里是一副破架子，穷困如同烈焰上了房，不是她抽纱、画扇子来救火，陆家早就一片焦土。她编造的一切苦情焉识都随她去编，他只是心虚地站在一旁，陪她感慨、点头，看着她一笔桃红彩墨在绢绸上晕开——又一把将要给陆家赚进项的扇子完成。焉识不属于里弄天井；焉识的世界大得里弄天井里的人看不见、想都不敢想，恩娘告诉他。焉识直是点头，恩娘给他圈出那么大的世界，批准了他去那世界的签证，这签证

37

比美国公使馆的签证还重要，他由衷地领情。可怜的女人，她就这样割舍给你看。这一刻，焉识可以拿死来报答恩娘。因此恩娘提出一个仅次于要他死的请求，他也就答应了。恩娘请求他在漂洋过海之前把冯婉喻娶进门。

完婚之后我祖父陆焉识看都没看我祖母冯婉喻。面孔朝着她也可以不看她。你要想看不见谁，你可以在谁面前瞪大眼做睁眼瞎。这正是我祖父惯使的伎俩。这是个很重要的伎俩，能让他对着冯婉喻不急不躁，嘴角还挂笑容，当然是我们九十年代的现代人形容的"空姐笑容"，英文里的"Saccharin smile"（糖精笑容）。挂了这样的笑容，对于他不入洞房，不碰新娘，不近情理，你也就闭嘴吧。从结婚到远航，整整五天，焉识就用这微笑把自己关闭起来。哀大莫过于心死，心死莫过于一笑。

陆焉识在华盛顿留学的五年可是另一个人，随和凑趣，说话俏皮，恰到好处地哗众取宠。中国学生中的演讲会很多，他到处跑着听演讲，时不时自己上台，讲得张牙舞爪。没有他发不上言的话题：苏维埃是恐怖还是福音；日美因中国而发生的争端……他除了官费的学杂费，自己还在一家出版公司非法挣一份校对的钱，只要自己不挨饿，他就呼风唤雨地请客，给所有熟人买醉。祖母去世后，陆家老宅被变卖，几房儿子分了分，长房儿媳冯仪芳手头便宽绰了，每季度都给焉识寄钱，所以他除了打篮球和板球，还学会了玩马，一年后就做了马球俱乐部的唯一中国会员。他已经不再记得自己是有家室的人，有暗送秋波的，他一定会推波助澜，日记本里夹着跟她采的雏菊，或跟她拾的枫叶，或者更加露骨，一缕深栗色秀发。同学认识的就是这样一个陆焉识，狂狷孟浪，一头全校著名的黑色卷发，懒得修剪，一时耷拉在额前，一时抛甩到脑后，比他的嘴和手还忙。那个姓韦的近视眼同学曾经敲过他一副眼镜的竹杠，在美国是焉识最亲近的朋友，每个礼拜天准时到焉识的居处来，先给自己煮一杯浓如墨汁的咖啡，然后等着焉识请他出去吃饭，因为他在来的路上沿途做慈善事业，把口袋里比乞丐还少的钱捐给乞丐。韦姓同学惨白的脸上，眼镜的粗重黑框把他的圆眼睛越描越黑，使得他神色中的凝聚力被不近人情地强调了。似乎是这凝聚力使焉识有点儿惧怕他，还有一种朦胧的讨他欢心的愿望。正是这朦胧的愿望，少年的焉识为他买了一副昂贵的眼镜。到了美国后，韦姓同学叫自己大卫·韦。大卫读书很多，但跟他学业有关的书都不读。大卫顶尖的聪明，可他轻蔑把聪明花费在功利事物上的人，比如陆焉识。学校的课业、期终论文他都怠慢，说他自己不过是太懒，一旦勤快了，教授们都要小心他。大卫·韦整天说服陆焉识参加这个组织，那个会馆。焉识喜欢大卫，因为大卫·韦胸中有一种焉识无法看清的宏大志向，还有一种真正的奔放，但他还是一再谢绝大卫·韦。他知道自己无法让大卫明白，他所剩的自由不多，决不能轻易地再交一部分给某个组织。

当大卫·韦得知，焉识把抠下来的自由派了什么用项，恶心地笑出声来。

用项之一，是个长着深栗色头发的女孩子。女孩叫什么，我祖父从来不让人知道。根据零碎的信息，我是这样理顺他的艳遇的：女孩子是意大利人，为了方便我们故事的叙述，我姑且叫她望达，一个符合她那个开餐馆的家庭背景的名字。望达和陆焉识同岁，两人相遇在一节大课的课堂上。听诗歌、哲学的大课，什么年龄身份的人都有，像望达这样的女孩是当作消闲听的。陆焉识坐在倒数第三排，望达坐在他前面，他的视野里，一顶鹅黄帽子，帽子下垂下栗色头发的藤萝，是那种近乎黑色的栗色。焉识旁边，一个四十多岁的女旁听生开始打听焉识的来历：从哪里来？……中国？……上海？……中国的皇帝在上海吗？……先生您的辫子呢？……问答进行到这里，焉识看到他前面那些栗色头发的藤萝抖动起来，一串窃笑在丝绸衬衫脊背上起着波纹。问答再继续：来美国多久了？……有中国茶喝吗？……不是存心冒犯啊，中国茶的味道比较可怕……

这就到了望达忍无可忍的时候。她朝那个中年女旁听生转过脸，看了她一眼，非常俏皮、刻薄的一眼。

"为什么可怕呢？"望达问道。

"你喝过么？"中年旁听生反问。

望达摇摇头。焉识看清她是个短脖子女孩子，发育过剩，一张如画的脸容，大黑眼睛里有一道好景色。这样的女孩在他们自己人中是不会被当作美人的，但在他这里，种族好奇心救了她，使他把她当美人看。望达把脸转过来可不是真想看那位中年旁听生，这是望达后来告诉焉识的。听见焉识的剑桥口音，她就一直在想象他的模样：他听上去成熟练达，形象不错。实际上呢？成熟吗？练达吗？形象呢？这也是多日后俩人熟起来焉识才问的。

跟望达分手的时候，傍晚将临。华盛顿乔治城的夏天傍晚多情得很，能让无情的人动情，何况一对动了情的男女。他问以后怎样联系。她说不联系，再来一次邂逅他们就该认真把交往进行下去。

下一次邂逅发生在十多天后。她的笑容是告诉焉识，她怀疑这是真的邂逅：好好地走在马路上，一转脸，焉识就在马路对过。焉识明白，她原谅了自己的甜蜜暗算。焉识三两步跑过马路，青天白日，让路上人看他这个中国佬毫不含蓄，毫不"中国"。就在这次望达把自己的全名告诉了焉识。因为他知道没有共同的未来等在望达和自己的前面，他反而天真无畏，珍爱两人相聚的每一天。相聚一天，他就优美奢华地好好地葬送那一天。

陆焉识没有觉得自己瞒了她什么。对自己其实是有妇之夫这一点，他对她一点歉意都没有，心从来不虚。那个跟冯婉喻结婚的是另一个陆焉识，没有自由，不配享受恋爱，正因为此他才逃亡万里。他眼下的自由可供他三生开销，可以容他跳上演讲台，替中国替美国替全世界出谋划策，可以容他一夜花掉一个月的工资，另外二十九天做瘪三，领教堂赈放的面包、起司。

有一次，从国内来了个教育部副部长，姓凌，国内国外一提凌博士，人们就会想到报纸上杂志上见到的这个面貌清淡，身材病弱的中年男人。凌博士是耶鲁硕士，普林斯顿博士，多年前就回国报效家国了。他巡游欧美是为了重拟出国留学的考题。办学为业的焉识的父亲和凌博士打过交道，因此焉识代表过世的爹爹邀请凌博士晚餐。凌博士说假如能来上一大碗宽汤的温州馄饨就好了，所以焉识请望达往意大利馄饨里填塞中国馅儿，再用一只整鸡，半斤弗吉尼亚火腿煨汤，权充"温州馄饨"。凌博士吃得很美，说那碗馄饨是他巡游三个多月来吃得最好的一顿饭。这话不是恭维焉识，而是恭维望达。他向焉识做出打听的眼色：你和她这是有那么个意思吧？

凌博士离开美国的时候，问了焉识毕业回国的打算。焉识告诉他，不打算回国了。

焉识为自己突如其来的回答大为惊讶。这个念头埋伏得真好，连他自己都被瞒过去了，瞒了那么久。

凌博士同情地笑笑。他同情热恋中的焉识。他明白焉识想叛逃家室和中国大部分男人的生活格局。在此之前焉识跟凌博士谈过几句私房话，说到自己年轻的继母和她拉来做自己儿媳妇的冯婉喻。凌博士不做发言，却说起他自己来。十多年前，他的留学时代也是浪漫的，几乎跟家里定了亲的女人退亲。后来呢？后来嘛，人成熟了，也就想开了，还是规规矩矩回去结婚。

焉识不知道凌博士讲他自己的故事是为了劝导他，还是警醒他：别学十多年前的凌某，让机会作废；机会、勇气、动机合而为一的时刻不多，它们的合一只能有赖于人的不成熟。二十二岁的焉识，正处在让凌博士羡慕的不成熟期。

凌博士离开后的一年，焉识发现，望达对外人介绍，只说他是她的中国同学。望达的含糊其辞是一个无形的大口袋，把身高一米八二的中国情人藏在里面，随身带，但羞于正式出示。他不再天真无畏，怕一场终将发生的伤痛随时到来。他开始对望达不忠；没有望达的时候，他也不闲着，暗暗给自己建立了红粉预备役。有一天，他和望达在路上散步，望达突然丢下他往前走去。两分钟后她告诉他，刚才一个邻居出现在马路那边，所以不得不丢下他。他意识到，他必须采取主动，来导致终极疼痛的发作。下一天他告诉望达，他必须离开她。望达要他供出分手的原因，他招供了。他说自己是娶了亲的人，虽然和中国妻子尚没有床笫关系，但他一旦回中国，就是个法律意义上的丈夫。望达发了一场脾气，骂了许多不堪入耳的话，便离开了他。焉识头一次明白人的心灵原来有神经，真的会疼。不管怎样，在和望达恋爱的一年里，两人一同葬送了他们的初夜。

十多天后，一个消瘦的望达回来了。望达意识到，这个拿不出手的中国情人从名分上从来没有属于过她，这一点刺激了她的意大利好胜心。他越不属于她，她越要他。按说他可以跟她私奔天涯：她叔叔的木材生意在加拿大，那里人人可以做哥伦布，发现自己的新大陆。那是个连囚徒都可以改写罪恶历史的好地方，也是个随便什么种族的人结合都能得到祝福的好地方。

二十三岁的焉识在这一瞬间对自己有了一番重大发现：即便他未婚，他也不会和眼前的意大利姑娘结婚。即便把冯婉喻和销魂摄魄的望达并列，让他挑一个做妻子，他仍会毫不犹豫地挑冯婉喻。因为望达不是楚楚可怜的女人。你看望达为你为她自己谋划得多么头头是道？她从来就不知道"可怜"为何物。原来他陆焉识可以把激情，把诗意，把头晕目眩的拥抱和亲吻给望达这样的女子，而必须把他其余的一切，给婉喻、恩娘那样的女子。她们的可怜让他充满怨毒地、充满鄙夷地把自己给她们：喏，拿去吧，拿去你们的牺牲吧。原来在他这里，恋爱是一回事，和谁去熬完一生是另一回事。与之去熬完一生的女人，必定引起他的无限怜悯。

两人欢好一晚，焉识告诉望达，他是不会离开自己的中国妻子的。望达狠狠地看着他，哑声说感谢他的诚实。

焉识逃亡一般找了个新住处。

新搬的地方是个半地下室，是大卫·韦介绍给他的。也就是这时，大卫得知焉识拒不参加组织，拿他的自由去干了什么。从此焉识在半地下室里悉心读书。红粉预备队被提拔转正，供他在读书写作之余无聊一番。搬到地下室多日，他打开了行李，却无心归置，碰到哪里都等于碰到了望达。他更没有铺床的力量，一个星期合衣入睡，哪里都是床。红粉预备役来来去去，他在一周内花光了所有积蓄，自认为荒唐起来了，可还是不忍拆开留有望达气息的床具。

暮秋的一天，半地下室窗外走过一个年轻女孩，他只能看见她的深黄色带深紫色点点的裙子，一双套着黑色矮靴的脚。搬进来之后，这是他第一次发现半埋在地下的窗口多妙，常常播放飘动的裙子。这个发现证明他对望达的苦恋痊愈了。

他摩拳擦掌，打开被褥毯子，心还是怦怦地跳起来，就像查看陌生人的一段秘案。很好，望达的好味道成功地被夏天浓郁的霉味淹没。他躺在窝皱了的床单上，伸展四肢，又打了个滚。啊，自由解放！刹那间，他感到脸颊被一个微小的硬物硌了一下。手掌伸过去一摸，它在枕套和枕芯之间。抖下枕芯，一个耳坠跟着落出来。一个秀丽含蓄的白金耳坠，悬吊了一颗淡蓝色托帕石的小小泪滴。望达的。望达不许他重获自由，在他的新生活里埋了个扣儿，埋下可让故事延续的伏笔。

望达终于出嫁了。再见到她便是少妇望达。原来有些女子必须做少妇才会完成容貌的最终出落。婚后的望达消瘦白皙，脸也变了，少女的毛躁被镂剔一净，落定下来的是分寸恰好的美丽。她和他相遇的地方是校园，她夹着两本书迎面走来，他低着头迎头走去，想躲也来不及了。

焉识说："你看上去真好。"

望达说："谢谢，你呢？"

"我还好。"

望达的目光直逼他眼睛深处："那就好。"

她是什么意思呢？是在问：我留在你新生活中的活扣儿怎么样了？

几句话之后，他们在校园的石板小径上交错而过。他恨恨地想，她活得远比他好，还要在他的生活里留什么活扣儿？他原以为搬了新住处就从她那里索回了自由。回到他的半地下室，他铺开信纸，开始给她写信。他祝福她的新生活；她的新生活使她空前美丽。他也委婉地表达了自己疗养心伤的艰难，还表达了对她永不止息的思念。最后，他以平常的语气写道："你遗落在我这里的耳坠，随信一并寄回，恐怕你要找首饰匠看看，它的挂钩是否严实。"

望达在一周后回信了，那个耳坠又被信笺裹带回来。信笺上只有寥寥数行，写她希望在校园能常见到他。至于那个耳坠，她同样轻描淡写，说她从来没戴过托帕石耳坠；她戴过什么，他应该记得啊。

焉识尴尬得成了一段木头，竖在信箱前面足有五六分钟。直到房东太太在楼上阳台上问他：不会是家里有什么事吧？他才匆匆走回半地下室。

那么是望达不记得了？或者，她不承认那一颗淡蓝色亚宝石的泪滴是她的？因为承认了，就承认了她的用心：把那一点滴的自己留给他。或许望达看穿了他荒唐成性，转脸就能与其他女子心肝儿宝贝，她说"我戴过什么，你应当记得"，其实是在揭露他：耳坠属于另一个女子。他搜索记忆，想不起他的红粉预备役中，谁个戴得起托帕石。即便戴得起，也丢不起，丢了，必然会来他住处寻找。宝石的主人无论是谁，在此它都起了个句号的作用。一个美丽的句号。

从那以后，焉识彻底自由，恢复了他爱好的所有体育运动，也续上了所有的狐朋狗友情谊。

下一年，二十四岁的陆焉识披上了博士袍，戴上了方帽子。

一个美国教授悄悄地问他，是否愿意留下来与他合作。合作是两人演双簧，教授出文章选题，焉识捉刀写作，教授署名，焉识得一份研究助手工资。一句话，教授做真人，焉识做影子。除此之外，教授还需要焉识翻译其他语言的参考资料。会四国语言，教授使用起焉识来很方便。教授劝慰焉识，一个超级优秀的中国博士也不可能被学校正式聘用。学校不会聘用中国人，就像它不会录用犹太人、非洲裔美国人一样，因此焉识不如继续修学，修博士后，修双博士……有的是合法名目，容他呆在美国，呆在名校的校园，呆到美国最终容忍中国人、犹太人、黑人来教育他们的子孙。这一刻，焉识感到心里那个活生生的念头：留下来，彻底逃离冯仪芳和冯婉喻。

正像那次望达告诉他，她的木材商叔叔可以为他们提供一座伊甸园，他也有过一刹那逃离的向往。

但他还是登上了归国的邮轮。这时他已经缺失了那一点使机会、勇气、动机合而为一的不成熟。船离港之后，他坐在二等舱的舱房里，滚出两行泪。旅程一个多月，他没有跟任何旅伴说过一句话。太平洋上的邮轮是他监禁的开始。五年的自由结束了。放浪形骸到头了。里弄天井迎着他打开门，将在他进去后关闭。他眼睛一次次地潮湿，不是哭他的望达，是哭他的自由。他跟谁都没有说过，他多么爱自由。从小到大，像所有中国人家的长子长孙一样，像所有中国读书人家的男孩子一样，他从来就没有过足够的自由。

因此我祖父在大荒漠的监狱里，也比别的犯人平心静气，因为他对自由不足的日子比较过得惯。

加工队

午饭之后,姓谢的"加工队长"开始"加工"干活偷懒的梁葫芦。谁都知道"加工"的理由是借口,谢队长是在假公济私。有人叛卖了葫芦,说他狂得没了边,在谢队长身上也敢行窃,把谢队长用五个青稞馒头换来的欧米茄摸走了。五个青稞馒头等于什么,犯人们很清楚。等于五针葡萄糖。饥饿昏迷的人只需一针葡萄糖就还阳。饥饿昏迷头一次第二次都能靠葡萄糖生还,第三次打也白打,打也死定了。那么五个青稞馒头起码值一条半性命。因此欧米茄是谢队长拿一条半性命换来的。"加工"一开始梁葫芦的狼嚎就传过来。此刻老几在砖厂的院子里传砖头。西边的戈壁刮来五级风,梁葫芦一边嚎一边求饶,五级风里都是他嚎出来的"大爷伯伯"。最多不会超过五分钟,梁葫芦就会开始招。老几传出一块砖便朝半里外警戒的解放军看看,希望解放军在梁葫芦把老几咬出来之前能出面,干涉一下谢队长对小凶犯的"加工"。岗台上站着一个解放军,高瞻远瞩,大皮帽捂住百分之七十的脸,耳朵都捂聋了,小凶犯的求饶一点不打搅他。

跟老几接手传砖的一贯道说,梁葫芦肯定活不完他还剩下的两年阳寿,这么胡作,在绑去枪决那天有八个葫芦也给开瓢了。一会儿,梁葫芦的狼嚎成了马嘶,渐渐地声音小了。"加工队"一定把他拖到哪个背风的地方慢慢"加工"去了。

这天干部们开会,没跟到砖窑来,只跟来一个解放军。伪连长说，谢队长早就知道偷欧米茄的贼是谁，等的就是干部们开会这天，把梁葫芦好好"加工"。伪连长笑了：葫芦贼手艺那么好，咋不偷把枪来？把"加工队"的全毙了。另一个犯人说，是得毙，"加工队员"都给干部策了反，训练成了内奸，领小小一份内奸口粮呢。一贯道说，没有"加工队"，显不出干部们的仁慈，在把谁"加工"得差不多了的时候出面："哎哎，让你们陪着反省的，让你们打人了吗?!"

十分钟之后，梁葫芦的嚎叫嘶鸣全没了。老几一再失手，几块砖跌碎在地上。老几想闺女了，一贯道狎昵地说，用的是一种揭露的口气。在此地谁有块心病，有块暗伤，一定会有人来揭它戳它，你的痛不欲生可以舒缓大家的痛不欲生，一份不幸给大家拿去，医治集体的不幸。一贯道又说，老几的闺女可是提不得，一提就让干部们流口水。伪连长说闭上你的臭嘴吧！你妈×的你没流口水？退回去二十年，老几人家洋房汽车，狗都比你地位高！一贯道心悦诚服，点着头：是是是，退回去二十年，谁会想到自己能跟老几这样留过洋的高级反革命住一个号子?!老几学问那么大，反革命都是大学问吧？于是纷纷地都问起来：老几，你到底是怎么光荣被抓，送到咱这伙子里头来了？

老几的结巴在此时可好用了，一边结巴一边在心里自由自在地想事情。他在想怎么回事呢？梁葫芦怎么不嚎了呢？坏就坏在"加工"现场一点动静也没有。孩子不会让他们弄死吧？大荒漠上饿了一年多，人人口中那口气都将断不断，稍微喘得不当心，就永远断了。

老几跑到干渠边的时候，梁葫芦刚刚给捆到马缰绳上。马是从拉砖的车上卸下来的。梁葫芦不嚎不叫是因为嘴腾不出来，满嘴堵的一把干马粪，堵得小凶犯眼睛暴突，太阳穴的青筋红柳根须一样凸鼓出来。葫芦看到老几，以一半在眼眶外的眼珠白了他一眼，不满意老几来看他好戏。谢队长对老几说，给我滚回去，老子在给小畜生脱胎换骨呢。老几一刻也不耽误地滚回去了。一回到砖厂院子便大声动员，快去救救葫芦，这孩子就要给马拖死了！没人理会老几，在这里铁石心肠是正常的心肠。老几往解放军跟前跑，一面结巴着大叫解放军救人。隔着半里路，五级风把老几的结巴求救刮散了，解放军听不清，但看得清老几在往他跟前手舞足蹈地跑。解放军把枪一横，刺刀和枪口都对准了老犯人。老几好不容易刹住往枪口上撞的步子，手还是指着干渠方向。渠沟地势低，"加工队"的私设刑场解放军看不见，看见他也没兴趣，反而有擅离岗位的责罚等着。老几再回到砖厂院子，换了个说法，说大家去看吧，好看得很，梁葫芦给马拖得脑浆涂地，眼珠子滴溜溜地滚在地上，玩弹子呢。

犯人们立刻哄的一声跑去，去看看自己的惨如何转嫁到了他人身上，看看他人的惨如何稀释自己的惨。有个人在给折磨呢，因此折磨暂时不会轮到我。有个人去替我皮开肉绽了，多么幸运，皮开肉绽的不是我。大家一窝蜂跑向干渠，一眨眼站满渠道两边的堤岸。乌黑的罪犯们一个挤一个，成了一群秩序很好的观众。葫芦给折磨得越狠，他的替死鬼功能发挥得越彻底。让十六岁的死刑犯替大家疼，替大家皮开肉绽吧。葫芦无意中把危险给大家引开了，大家暂时安全了，每个犯人来看，就是想证实这一点。

虽然不像老几形容的那样过瘾，梁葫芦也差不多脑浆涂地了。他的葫芦头已经开了瓢，此刻在地上写着黑红的天书。地是半透明的，雪面上结了一层冰壳。马拖着葫芦轻松地顺着沟底小跑，颠着圆滚滚的屁股。这四足畜生的伙食远比这群两足兽要好。

谢队长站在渠道里，马跑到跟前他就把它吆喝回去，这样马就在规定的距离内跑来回。一场马戏加杂技。梁葫芦的腿被劈开，一只脚系一根绳，挂在马的两侧，让马把他当爬犁拉。这架人形爬犁在不平整的渠道底部颠簸，与雪地接触面最大的是后脑勺和上半个脊梁。

老几落在其他马戏观众的后面。因为他前两次奔跑求救耗掉了午饭供给的热量，所以再次往干渠走，他只能预支体力。他估计自己预支了未来好几顿饭的大卡，才挤到渠岸上的头等观众席。现在他离葫芦画在地面上的黑红涂鸦只有一步远。他俯下身，看清最新鲜的一道黑红不光是液体，还有极小的一片片的固体，上面粘着几根头发。梁葫芦的皮肉毛发。

马每一次掉头,谢队长就把葫芦嘴里的马粪给掏出来,问他把欧米茄转卖给谁了。梁葫芦得了这个空便透彻地捯一口气,刚要嚎叫他的嘴又给填上。

白金欧米茄现在正贴着老几的肝或胆丝丝地搏跳。老几一句话梁葫芦就得救了。老几却站在人群里,跟所有人一样一动不动。欧米茄是要派大用场的。老几再也没有拿得出手的东西作为买路钱,买通那条通向场部礼堂的十里路。欧米茄不见得能买通,不过没了欧米茄,连缝都没得钻了。渠底布满石头,好在石头被厚厚的积雪包裹,没了棱角,那个葫芦头给拖到这块石头上,又跌到那块石头下,像空了的葫芦瓢一样没有分量。老几看得眼前一阵阵发暗,他让自己挺住,可不能腿一软倒下去。拿欧米茄救梁葫芦,谁来救他老几?梁葫芦连尸首的便宜都占,让刘胡子死了连个猫盖屎的浅坟都没有,这小凶犯难道不该加加工?小凶犯还惹得老几也跟着造孽,在尸首上收获土豆,让老几这样一个老书生都变了种,变成了啃吃尸首的豺狗,"加工"他冤了他吗?

老几摇摇晃晃,沿渠道跟着梁葫芦往前走,看见冰雪上的血迹里头发已经是一缕缕的了,头皮也一块块变大。

老几一旦求情,就会引火烧身。梁葫芦和老几接近,处成了爷儿俩,对此事实谁都不瞎。也许谢队长已经猜到了端倪,每朝梁葫芦逼供,都拿红红的眼睛瞥一下老几。

当梁葫芦再一次给拖回来时,男孩的眼睛闭上了。老几发现自己已经在梁葫芦身边,并拽住绳子。马受了点惊,咴咴一声,不高兴地踢了踢前蹄。

"放开!老狗日的!"一个"加工队员"上来,给了老几的手背一下。老几带着手套的手背热辣辣的,肮脏的手套渐渐潮了一片。他这才明白抽他的是一根多刺的荆棘条。打人也费体力,就是吃额外一口伙食,"加工队员"也不愿把它都花出去打人。因此他们挑选刑具是严格的,动一次手得奏百倍的效。

谢队长说:"让他拽,老反革命!"他对马吆喝一声"驾!"

谢队长犯的是强奸罪，刑期是七年。其他"加工队员"的刑期最长的也不过十年。因此他们在老几这样的重大政治犯人面前优越感十足。老几是敌人，而犯了罪的人民群众还是人民群众；坏的人民跟好的敌人不一个性质，坏的人民坏到哪里也不是敌人。他们在人民的范畴里可以有很大空间去坏。

马现在拉的人形爬犁重了些，老几的一百斤体重加了进去。老几给拽倒，渐渐成了侧身躺卧，头脸朝着马跑的方向，比梁葫芦主动得多。假如老几给拖死，人们会在他的再生棉大棉袄自缝内袋里发现欧米茄。人们会对老几刮目相看：看不出来啊，老贼一个呢！

伪连长此时喊了："行了啊，老几六十岁的人了！"

谢队长："管你妈卖×去！"

伪连长的身姿顿时一直，像是从被迫的长期弯曲中弹直的，人们都从这身姿的变化中看到了"时候到了"。他苦命的老娘谁也不惹，却被这个强奸犯拿话强奸了。他弹直身体，冲到最前沿，只差一尺半就撞在谢队长身上，被谢队长的一个喽啰拉住。人们跟着戏台移动，十天半月一次的犯人斗殴马上要上演。今天大家很有福，流血伤痛降临在他人头上，别人的灾难就是自己的福。

伪连长隔着那个加工队员跟谢队长动武。马失去了指挥，冲上了干渠的堤顶，在观众席里冲撞起来。人们乌泱泱地躲闪，马减了速，一个犯人上去抓住缰绳。

老几抬起上半身，看见自己一侧裤腿磨出无数洞眼，灰白的再生棉絮从里面发出一片花苞来。再把身体抬高些，看见梁葫芦还是闭着眼，仰面躺在血涂出的粗大笔画里。小凶犯脸上又黑又厚的污垢在天光里看，是一层结实的甲，苍白透出来便成了瓦灰色。两个解放军已经往这边来了，又是吹哨，又是上弹夹，大敌当前地从东南西南冲锋过来。但他们不肯太靠近，靠近子弹就没优势了。他们穿得太厚，像棉花做的熊，大喊子弹不长眼睛，再不回去干活，打着谁算谁。

狱油子们都知道，解放军从喊话到开枪还得有一阵子。于是谢队长抓紧时间继续"加工"梁葫芦。他此刻绕过了伪连长，拿脚在梁葫芦身上跺。

老几用半死的声音结巴着，叫谢队长别踢了，还不省省劲，这孩子差不多也咽气了。

解放军给谢队长剩的时间不多。喊话跟开枪的间隔也就一分钟。所以谢队长连斥骂老几的工夫都不想浪费，一门心思地踹梁葫芦。往肚子上、腰子上、胸口上踹。好在一年多的饥荒掏空了他，脚跺在梁葫芦身上，力量是打折扣的。

老几打定主意，踹死梁葫芦自己也绝不开口，招出欧米茄的去处。使劲踹吧，为梁葫芦的寡妇母亲以及她的姘头报仇。踹死葫芦今晚刘胡子尸首名分下的伙食可以分给大家塞塞牙缝，然后刘胡子也可以体面地被苡苡草席卷起，落到河滩薄薄的沙土之下，本本分分地做尸首了。有没有家属来，他也应当应分该有个坟，有个砖头做碑，以墨汁写上大雨后就模糊的"刘国栋之墓"。梁葫芦给踹死就没人来撩着他老几，让外人把他老几看成小凶犯的长辈。踢葫芦关他什么事呢？踢死了他也不会把欧米茄拿出来。老几看着强奸犯的脚提起、落下，提起、落下。

"我、我、我……"

老几一边结巴一边奇怪，他难道真疼小凶犯？他难道想让小凶犯活下去？就算他把欧米茄供认了，小凶犯也未必活得了。他老几的招供很可能是一件鸡飞蛋打的事。他的结巴给他拖延了足够的时间，容他中途变卦。谢队长听了老几的一串"我"，兴趣来了，提起的右脚在葫芦的脖子上方停了停，落回去跟左脚配对。

谢队长就这样等着。他知道口吃病患者催不得。老几一边"我"着，一边想大概变卦来不及了。

"我……知道……"他一个寒噤，把"知道"二字吐出来。

梁葫芦躺在地上一蹿动，睁开了眼。老几马上明白，梁葫芦在制止他招供。他葫芦的血都淌成渠了，还没招供，你老几要我前功尽弃吗？你让我赢了一多半再输回去？

所以老几改口了——

51

"……知道葫、葫芦有疝气……"

谢队长满心狐疑地瞪着老几，老几也瞪着他，尽量坦荡无畏，而真脸在污垢结成的假脸后面怎样微微痉挛，只有他自己知道。

解放军现在摆好了射击阵势，枪栓子拉得哗啦哗啦响。没人再敢动了。又是一声哨子，接下去解放军喊起操令来，喊到第四轮"一二一"犯人里便有人开始踏起了操步。不久绝大部分犯人都跟着解放军的操令齐步走了。

伪连长向老几伸出手，打算拉他。对于伪连长这样的犯人来说，梁葫芦是纯粹的粪土，而老几是个高级人。伪连长一辈子的亏吃在没长脑子上，别人的脑子指挥他，叫他跟谁打仗他就跟谁打仗，因此老几这样有着一脑袋脑筋、因为脑筋而获罪的人，很被他另眼看待。老几动了动头，意思让伪连长先拉梁葫芦。

而梁葫芦不让人拉他。谁拉他他骂谁野话。五级风在升级，梁葫芦再躺一会真该硬了。

解放军上来，叫梁葫芦停止装死。葫芦奄奄一息地求解放军去找狱医。狱医被马驼来了，先看到渠里的血槽、头发以及皮肉，就明白了梁葫芦起不来的原因。他在梁葫芦身边跪下，铺开一块三角巾，让老几帮着他一点点把三角巾往梁葫芦后脑勺下面移动。大半个后脑勺粘在雪地上，跟雪地冻成了一片，三角巾无论如何垫不进去。于是狱医用一把小铁锹往梁葫芦后脑勺下作业，铮铮的冰雪地被铲起来，连同葫芦的头颅一块被兜进三角巾。在砖窑外面的墙角避风处，狱医等着葫芦的头和冰雪冻土分离。不能离砖窑太近，否则融化过快的冰雪会把葫芦的头皮一块化掉。收工时间到了，医生终于把梁葫芦的头颅剥离出来。老几凑到跟前，看到冰雪和冻土上长着梁葫芦的头发和头皮，也看到梁葫芦头皮上长着冻土和去年的枯草。说头皮不准确，应该说是颅骨。枯草直接扎根在梁葫芦白生生的颅骨上。后来梁葫芦的伤奇迹一般愈合了，但他正面看还是梁葫芦，后面看却已经是一枚骷髅。春天到来时，在这片大荒草漠上，是人是兽都认识了这样一个梁葫芦，长着一个白白的、不毛的后脑勺。

不过冬天的事情还没有完。这是个多事的冬天，至少对于我祖父陆焉识来说。真名字被人忘得差不多的老几兴奋地想，除了昨天出的大事件，今天又出了个不大不小的事件。梁葫芦少了一半头皮，这成了犯人们的毛骨悚然的热门话题。吃了晚饭后，老几走到大门的岗楼下面，大声叫喊报告。老几此刻顾不上伪装结巴，连叫三声报告才把哨兵从岗楼里叫出来。

"干什么?!"哨兵问着，一道捉贼般的电筒光圈已经落在老几身上。

其实天还没黑尽，但手电筒不光为照明，它给你一种精神镇压，让你顿时不敢妄动。满心正义的人也经不住这样兜头一束光的，何况老几这样有着曲折企图的人。他赶紧举起那张不到巴掌大的纸头，法宝在握似的。哨兵让他找他的组织，让组织把纸头送到岗楼上。犯人也是组织严密的，中队之下有组，组长们轮不上老几这样斯斯文文的好敌人当，当选的都是坏人民群众。等大组长打足官腔过足官瘾帮老几把邓指的纸条送进岗楼，就该吹熄灯哨了。

老几站在雪亮的手电光里，说邓指在等他老几呢，犯人怎敢让干部等?……

哨兵的回答就是一按手电，熄了光亮，让老几对着强光后必然的黑暗把句子结巴完。

老几原地站了一会，向岗楼的台阶走去，一不做二不休地往台阶上稳步攀登。离最后的台阶还有两步时，他大声叫喊——

"报、报告班长!"

解放军个个爱听自己给叫成班长。然而这个哨兵却挺着枪冲了出来，一面叫着老东西活得不耐烦了是不是?解放军骂犯人的话就这几句，在一茬一茬的兵里流通，相当缺乏新意。老几把手里的小纸条团成一团，往解放军跟前轻轻一抛。哨兵看不清被抛的东西，却看见了抛的动作，往岗楼里一闪。老几听见枪的保险给打开了，年轻的解放军威吓犯人、给自己壮胆也就做这几个动作，开保险，出刺刀。

"把手举起来！"解放军把自己隐蔽好，同时喊话。

老几一点都不难为情地高高举起双手。等到他的手举酸的时候，解放军的手电又亮了。邓指的字让解放军足足念了五分钟，一个字一个字用眼睛生吞。

"不许动！"解放军吼道。

其实老几听懂了，那是他叫老几耐心等待。又过两分钟，解放军过来了，"当啷当啷"地一步步走近老几。当啷作响的是镣铐，老几获得出去的允许了。犯人在干部的允许下出大墙，到干部家帮把手什么的，一般要戴上脚镣或手铐。解放军给老几套上脚镣，抽下钥匙，说行了，滚吧。

哨兵打开大门，把老犯人老几放出去。老几迈着戴镣的脚步，咣啷当咣啷当地往大门对面的那片幽暗的灯火走去。

不到一华里，老几走得筋疲力尽。到场部礼堂的十多公里路，戴镣是妄想走到的。他棉袄的左边口袋里装着欧米茄，右边装着那瓶牙疼粉。老几知道邓指两口子都害牙病，大草漠缺了不知哪一味营养元素让人们都害牙病。一旦欧米茄做礼还不够厚的话，牙疼粉凑上去绝不寒酸。说不定老几运气好，邓指今晚特别仁义慈悲，只拿欧米茄上供就够了。原则是，少供奉一样是一样。邓指家是一间大房隔成的两间小屋，挤在八排家属房舍中间。这些家属房舍和监号的草窑洞颇相似，不过是砖墙代替监号的干打垒。今年五月，老天作怪，反常地下了十天大雨，三四座监号给雨下塌了顶，家属房舍也有一幢垮塌，压死了一个腿脚慢的老太太和她抱的孙子。老几去过邓指家一次，是帮着家属们写春联。邓指老婆属于巧妇，前门圈下一块地，夏天种得红红绿绿，冬天堆着取暖的牛粪饼和红柳根。离那些房舍还差三四十多米，老几就看见邓指七八岁的二丫头跟一大群衣衫褴褛的孩子们在玩耍，背上背着邓指两岁的小儿子。寒冷饥饿，孩子们玩得照样欢实。什么也挡不住孩子们玩耍。什么也挡不住这些房舍里的人生孩子。每年夏天，孩子们跟犯人们一样洒满草地，刨挖"人参果"（也叫蕨麻，根茎有小指头粗，代食品），采沙棘果，灰灰菜，七七芽……采到什么，在衣襟上蹭一蹭就往嘴里塞。他们口袋里装着石子儿，裤腰上插着弹弓，见了犯人们就用装了石子儿的弹弓轰赶追杀，虽然是蕨麻根和沙棘果，也是先尽他们自己吃饱的。

老几咣啷当咣啷当地走近，看着此地自由的男女们枯索之夜的产品在尖叫撒欢。

他刚要接近邓家二丫头，小姑娘突然跑到他面前："我爸说大队长在我家，你有话跟我讲就行了。"小姑娘很鬼，不动声色地把悄悄话说得很清楚。

老几呆了。这种话小孩子怎么能传递？说不定还要来回地讨价还价。看老几为难地干笑，小姑娘又说："没事！我趴在我爸耳朵上跟他讲，谁都听不见！每次都是这样的！"

老几在冷风里站了一刻，对小姑娘说他下次再来，让她爸爸好好招待大队长吧。话讲出口他意识到，没下次了。要是再来一个晴天，山上的路怎么都能通车了，科教片也就该装箱上路了，他还上哪儿见小女儿丹珏去？他都不晓得小女儿长成大女儿是什么样，也无法验证婉喻的模样是否长在了她的模样里。他又把邓家二丫头叫回来，掏出了包了手帕的欧米茄。那是梁葫芦的半块头皮换来的欧米茄。老几看着小姑娘跑回去传话了。不久她跑回来，告诉老犯人，她爸爸批准他去场部礼堂看电影。

"我爸爸对着我耳朵说的！"小姑娘邀功地说。盯着老犯人浑身打量，希望能盯出一个糖果什么的。

老几给孩子盯得满心愧疚。他没办法，他有好几年没见过糖果了。

"我爸还说，你不能跟别人讲是他批准的。"

他问小姑娘她爸还有别的话没有，她想了想又说："他还说你在早晨五点之前要回来，不然他就报警。然后他就不管了。"

老几往监狱走的时候成了个年轻人，戴镣的脚在冻得起壳的雪地上破冰前进，步伐崩脆。他没想到事情会这么顺，一瓶牙疼粉没有破费出去。

但走了没多远老几走不动了。明天他是无法离开干活现场的。每天的干活地点都是当天出工的时候宣布。有时甚至不宣布,去哪里干活,反正用不着征求犯人的意见。邓指是什么意思?是要他老几自己接着行贿,买通了一段路,接着去买通下一段路?犯人里流传着一个暗藏财富的老几,所以干部们想象的老几比老几本身要阔许多。到头来老几的牙疼粉是省不下的。

夜间下了大雪。老几觉得自己是被雪片砸门帘的声音惊醒的。那是大草漠上难遇的漂亮大雪,把黑夜下成了白昼,一道白光从草门帘下面透出来。前几场雪跟这场雪比,只算是意思意思。

伪连长听见老几的铺草响,便压着声音欢叫说下雪了。他的意思也是"这才叫下雪"!

让雪下醒的不止老几和伪连长,几乎人人都醒了。大雪把号子里下暖了,雪越厚室内越暖。犯人们知道,这样的大雪意味着歇工。犯人们可以趁大雪养一点元气。假如大雪一直不停,下它两个礼拜,干部们有指望养一层薄膘,当然薄得可怜。

老几想,刚刚通车的山路又封死。封得好,把小女儿留住了。第二天一早,本来就半沉在土下的号子都被雪堵了门,没人能进出,一小时后,干部和解放军在雪上打洞,把几个号子的犯人扒拉出来,再让那些犯人接着打洞,扒拉其他犯人。因此早点名拖延到了午后。邓指宣布全面歇工,各个号子组织学习。犯人们懂得学习的真正意思,就是自我揭露、相互揭发。大部分犯人都怀有一个恶毒梦想:揭发别人的罪过,就是体现了自己的进步,而减刑是每一份恶毒梦想的唯一诱惑。人们在这样的大雪天都成了狗,你咬我我咬你,你我一块咬他,只有老几不言语。人们对老几的语言残疾都是谅解的。还有就是老几的态度。那是什么都认了的态度:命、境遇、一月十五斤口粮……一切。老几不咬别人,所以咬他的人也就不多。咬他他也认。老几伪装口吃,这是最派上用途的时候。

邓指中午来到老几他们的号子,来视察大家"咬"出什么成果来了。他带来一摞全国监狱系统的《自新日报》,让犯人们结合报纸"咬"。老几偶然抬头,发现邓指对自己微微一笑。这可是从来没有过的。那么平起平坐的微笑，不乏心照不宣，笑得老几的心直哆嗦。邓指一定是对着白金欧米茄笑的。一定打听过了，它是真货，金是真金。一贯道开始念报纸。犯人们咬累了，此刻坐在被窝里，头靠在干打垒墙上，听着国际形势、领袖会见、工业农业喜讯。空间里一片拉长的呼吸声，一多半人睁着眼睛坐得笔直其实已经熟睡。这样的"学习"进行了四五天，雪才小下去。第五天中午，邓指来到老几的号子，小声说他有个事要问问老陆。邓指问老几懂不懂修表。

老几看着邓指。难道是那块表不走了？嗯，是那块表，它不好好走。昨天一夜走了二十多小时，今天只走了四个多小时。

老几嗓子立刻急哑了。从来没有过的，他为欧米茄护短，比七年前否认自己被指控的罪责还顽固。

"你待会儿跟我回去看看。"邓指说。

老几想，邓指的修养好啊，换了其他干部，被一块乱走的名贵表戏弄，绝不会给出这么好的微笑来的。冤就冤在老几半点都不想戏弄邓指，是欧米茄戏弄了他。欧米茄欺生，或者报复老几的抛弃。他跟着邓指走出监狱大门，往干部家属区走的时候，就像往肇事现场走。欧米茄在邓指媳妇手腕上戴着，邓指的媳妇伸着丰腴的粉红手腕，让老几对照缝纫机上的闹钟数欧米茄秒针的走动速度。邓指的好东西都在媳妇身上，一支铱金笔，一条男式细羊毛围巾，一条八成新的将校呢马裤，还有这块白金欧米茄。因此老几断定邓指非常宝贝自己的媳妇。要么就是这个媳妇在家比较横行。欧米茄的表现确实很糟：闹钟走了一分钟，欧米茄才走二十秒。

"这表能修吗？"邓指媳妇问道。一个安徽女人，口音浓重。邓指的小儿子跟在母亲身边，把她的棉裤拽得一个裤腿长一个裤腿短。

老几结着老垢的脸侧面盛接着邓指带刺的目光。他结巴着说，欧米茄从来没有这么捣乱过，从1936年一直规规矩矩走到现在。邓指不置可否，只是打几声哈哈说，别弄到最后就剩了点白金去镶牙啊。老几让邓指到犯人里问问，看看谁精通修表；犯人里什么能工巧匠都不缺。

"操，为个手表我还到犯人里头悬赏钟表匠去？"邓指说，声音里还有几个哈哈。

老几突然发现其实邓指是在生气，笑着生气。他在气老几玩花样险些玩成了，一块样子货欧米茄让他邓指帮他老几陈仓暗度，差点去成了场部礼堂。要不是这几天的大雪，老犯人可不就看成了电影？老几更加服气邓指的好修养了，一肚子窝囊气还不对老几翻脸，还让老几"坐坐坐"。

安徽女人端来一茶缸白开水，也让老几"坐坐坐"。屋子里一股青稞糊糊的气味，掺乎着四个孩子的被窝、袜子气味。光是气味就很幸福温暖。屋子有二十平方米，天花板上东一片西一片水迹，是漏进来的雪水或雨水勾勒的地图。墙上贴着领袖像和年画，老几写的春联贴在毛主席像两边。糊着报纸的窗户黄晕晕的，把外面冷冷的白色雪光也暖过来了。

只要有修理手表的工具和修理手册之类的书，老几可以修好手表。"肯定能修好的！"老犯人为自己和欧米茄担保。

"修不好呢？"邓指问道。

老几再一次铁嘴钢牙，说绝没有问题的，一定能修好。邓指听出了他话外的话：修不好很简单啊，收回你的仁义就是了——还去什么场部礼堂？就此死了这条心吧。

《钟表修理入门》是从大队图书室借的，工具是从场部供销社借的。老几在号子里用功，一夜就把《钟表修理入门》读完，大致"入门"了。因为号子里没桌椅，也没有足够的光亮，邓指只能把他家变成临时钟表修理摊。触碰那么细微的东西，老几需要把一双手彻底洗一洗。入秋之后他就没洗过手，最多破冰化水时沾点冰。

邓指的媳妇把一盆热水放到铁丝脸盆架子上，一面邀请他："洗吧洗吧！"

他的手洗黑了两盆热水，把一块肥皂也洗小了。邓指媳妇还在慷慨，还在拿热水款待他，让他把脸也顺便洗洗。他洗脸时邓指被财务叫了出去，叫得十万火急。七大队大墙里又出了事件，什么事件老几要等回到大墙内才能知道。

邓指媳妇在洗了脸的老几旁边站着,说:"哎呀,这都洗出个谁来了?洗得我都不认识了!"

小儿子这时在她背上睡了,把涎水流到她肩头和辫子上。

安徽女人叫他老陆,让老陆看看脸盆架上的小镜子。他好多年没镜子照,因此镜子里的脸孔对于他自己更是陌生。污垢并没有完全洗掉,一小块一小块地错过了手指的搓揉,细看还是个碎裂的泥脸壳子。邓指媳妇好人做到底了,又倒了半盆热水给老犯人。她说亏得冬天有雪,要多少水化多少水,夏天要到几里外打水,孩子们洗澡也洗不起。

老几拿起安徽女人给他的布片往脸上擦的时候,脸皮一层钻心刺痛。邓指媳妇眼睛定在老几脸上,想说什么,又没说,面颊上原来的两团高原红晕立刻红得发紫。老几结巴着道谢,局促得脚上的铁镣都响乱了。

花了半个上午,老几把欧米茄拆卸开,接下去的半个上午,他用来发现自己无法发现差错出在哪里。他按书上说的把零件擦洗一遍,又把螺丝重新上紧。书上说,假如发现不了差错,这样做反正不会使差错恶化。他把单眼镜塞在眼眶里,周遭什么也不去看,但他能知道安徽女人是离他近了还是远了。她脸上的雪花膏涂得很厚。她让老几去专注,连午饭都不邀请老几吃,自己和中午放学回来的孩子们围着一张折叠方桌,呼啦呼啦地完成了一餐热闹的午饭。

下午欧米茄被装回原样,又戴回了邓指媳妇的手腕上。老几是争气的,到头来还是维持了自己的体面和诚实,行贿也行得体面诚实。现在对邓指有交代了:他老几可不是用一块残废表来骗取额外恩宠。

梁葫芦

在我祖父写的随笔和散文里，有关那个叫梁葫芦的男孩占不少篇幅，能读出一个无法无天的少年形象：方脸盘，刺猬头，常年地烂嘴角，眼睛常年地感染因而眼圈鲜红潮湿，谁被那红艳艳的眼光盯一下会觉得被甩了一脸血，只想用水好好洗洗。梁葫芦岁数很小就做了家里的壮劳力，所以没有长足他该长的身高，站在那里显得沉甸甸的，总像是要攻人下三路。梁葫芦不承认自己有父母，因为他父亲是个走村串镇的木匠，每次串到他们村，就在他家盐罐子下留一沓钱，在他母亲肚子里留个孩子。按他自己的看法他更没有母亲，有的就是那个破鞋老娘们。破鞋老娘们在梁葫芦十四岁那年又大起肚子，但此前木匠没有回来过。一天葫芦到了公社大食堂，要给自己和弟弟妹妹打饭。食堂的炊事员告诉他，食堂没有白面了，剩下的白面给一家蒸了一个大白馍，他家的已经叫他妈给领走了。葫芦领着一群弟弟妹妹回到家，到处找不见那个白馍，衣服边角都让弟弟妹妹扯烂了。他是傍晚在草垛里发现母亲和她的姘头的。两人分了白馍睡得跟没事人一样。梁葫芦正好手上有把砍刀，于是正好一刀一个，替弟弟妹妹讨还那再也讨不回来的大白馍。他的砍刀剁馅一样下去上来，一直剁到刀刃崩裂同时向刀身翻卷过去，在刀柄上剩了一条奇形怪状的废铁。当天夜里，他把一对狗男女不分彼此的皮肉骨头埋进自家后院，把那个还是胎儿的弟弟或者妹妹也一块埋了，因此梁葫芦的卷宗里为他记下了三条人命的血债。

梁葫芦总有办法弄到吃的。有时在解放军开饭的时候溜到他们的营房，假装跑得太急撞翻了某人端着的一大碗面条，然后在解放军骂声中他的下巴已经着了地，连吸带舔地把混了草根泥土的面条吸进嘴里。一次他撞翻一碗饺子，他居然不顾解放军的踢打，跟解放军要了醋浇上去，才慢慢享受起来。到了1961年冬天，解放军只要一见到梁葫芦远远地过来，就把自己的碗端得紧紧的。梁葫芦扑了几次空，最终急了，朝一个连长的粥里吐了口唾沫，连长只好把粥泼出去给梁葫芦去舔。梁葫芦知道当官的一般比大头兵好惹：当官的骂得踢得都轻很多。

凶残的葫芦那双害火眼的眼睛总是给我祖父另一种目光。他"老几老几"地叫着，可以把它做"姥爷、大伯"听。他让老几给他讲故事，老几就给他讲故事。讲了法国的《基督山恩仇记》和美国的《捕鲸记》。梁葫芦也把许多故事说给老几听，自己的故事，犯人的故事。他每天怎样端着刘胡子的大茶缸子，跪在刘胡子的尸首旁边"喂饭"，都是他告诉老几的。他每次要确保自己跪的地方正好挡住号子里所有人的视线，那个地方在刘胡子的枕边。梁葫芦跪在那儿说："还嫌烫啊？那老子再给你吹吹！"一勺青稞糊糊就吹自己嘴里了。

老几去邓指家修理欧米茄的那天早上，和他同号子的一个狱友发现了刘胡子的死亡。号子的气温很低，零下七八度左右，因此刘胡子尸首的气味比他活着的狱友们还好一些。梁葫芦因为被加工队蜕掉半张头皮，让监狱门诊部收容去输液、打止疼针，所以给刘胡子打饭的差事就归了另一个狱友。这就是刘胡子的死亡终于被官方承认的时候。天天有人饿死，或者先饿成病再死，狱医对死因的填写基本都是"待查"，刘胡子也没死出别的花样，因此早上把刘胡子的尸首抬到门诊部后院，让它跟另外十来个尸首躺在一起。埋葬要在雪停了以后才能进行。假如不是犯人们搜索刘胡子物品，想搜出一个烟头或一撮青稞粒，刘胡子真正的死亡时间就永远被梁葫芦瞒过去了。狱友们搜出了一小张纸，刘胡子用它写了他一生的最后一句话："祖国万岁！"

因为刘胡子跟我祖父陆焉识一样，不是小罪犯，而是政府的重大敌人，所以狱医不敢马虎，像对待一般尸首那样填上"待查"。

狱医叫来了法医。法医鉴定出刘胡子的死不能归结于过低的口粮定量；刘胡子庄严地留下那么一句话就吞了自己所有的药：几片安眠药，几片感冒药，几片抗生素，几片止疼药，还有一瓶眼药水。刘胡子攒那些药片攒了小半个冬天，其中哪一种药也不会致命，但合在一起就是一个化学大混战。刘胡子是在化学大混战里牺牲的。这就是刘胡子要的最理想效果。剩下的很容易推断了，"祖国万岁！"旁边明明白白写着当天的日期"1961年12月17日"。于是，梁葫芦贪占尸首便宜的事实便暴露了。

一个号子里的狱友都觉得亏了，如此天才的赚取食物的办法，是一个十六岁的小凶犯想出来的！

干部们来到病房窗口，审讯梁葫芦。因为病房睡满了病人，门打不开，所以梁葫芦被搁在靠窗的铺位，输液打针都得通过窗口进行。

梁葫芦对吃尸首定量吃了一个月的事实敢做敢当。

"刘胡子别说是死了，就是活着，我吃他几个土豆他也不会咋的！"梁葫芦说。

对梁葫芦的惩罚是停止他的止疼针。另一项惩罚是一般性的：罚饭。

本来死人不是事件，但自杀死人就是事件了，因为自杀是对抗行为。成了事件的自杀，又被梁葫芦利用，在犯人里造成啼笑皆非的恶劣影响，事件便大起来。

老几修完了欧米茄回到大墙里，人人都在谈论这个大事件。歇工的犯人们轮流来到病房窗口，隔着窗跟梁葫芦说话。这个说："葫芦你太不地道，独贪了一个多月的双份定量呢。"那个说："葫芦，好好养你那个瓢吧，养囫囵了老子再把它敲开。"停了止疼针，梁葫芦那没了头皮的后脑勺让他顾不上跟人斗嘴，全力地哼唧。

老几来到病房窗口时，天已擦黑。晚饭吃蒸南瓜。好东西。犯人们打了饭，个个像护食的禽兽一样躲在自己的角落吞吃。老几走到病房窗下，掰一牙儿南瓜，把自己藏下的糖精片拿出来，抹一层甜味上去，再将南瓜塞进窗缝。过一会儿，他感觉一张嘴伸上来，接着，舌头舔舐的声音传了出来。他又掰一牙儿南瓜，抹一层糖精，再塞进窗口。老几把梁葫芦当个小犊子喂，喂了整整一块南瓜。南瓜是稀罕美食，甜味道更是，虽然是虚假甜味道。最后一口南瓜给舔舐完了，老几感觉到自己的手指头给攥住了。一双手都上来了，攥着老几的手指头。那是一双杀害过三条性命的少壮的手。

回到号子里，老几把剩下的小半块南瓜兑上开水，顺时针方向一下一下搅动，为了把南瓜搅得发起来。这种搅拌很神，各种食物都能被搅得发起来。什么时候兑水，兑多少，怎样兑，都不能乱来，搅动的方向和快慢也不能乱来。吃那样搅发的馒头、炒青稞面、土豆泥给老几短暂的饱胀感。老几吃这类糊糊不用勺子，用轮胎片。轮胎片在一根筷子上绑紧，可以当一个舌头用，紧贴着大号搪瓷缸子内膛走，能到达舌头远远不能到达的底部和拐角旮旯。不管老几的搪瓷缸子外部有多么肮脏，内膛却被这根橡皮舌头舔得铮亮，干净得发涩。每顿饭老几都是一副斯文吃相，却把每一丁点食物都舔进了嘴里。几个月后，饥荒继续恶化，我祖父这种车内胎做的大号舌头就在整个七大队普及了。

第二天早上，老几得到了邓指的暗中准许，要去场部礼堂了。动身之前，他又来到病房的窗口外。这时正是上午查房时间，病人堵得太满，护士和医生进不去，只是把几根体温计传进去，量了体温再传出来，因此登记在病案上的体温也难免是别人的。便盆和夜壶也是这样，满的传出来，空的传进去。梁葫芦听见老几的声音便在窗里说话了。他说话的声音很小，老几得把耳朵紧贴在窗缝上听。

"放心吧，老几。"梁葫芦说。

猛一下子老几不明白什么是自己不放心的。

"我不会说的。"梁葫芦又说。他现在嘴巴挤在窗缝上。头皮的伤痛被他硬挺过去，不久他就会又是一条小好汉了。"就是打死我我也不会说。就是打死你我也不会说。"

老几凑着窗缝问他不会说什么。

"啥也不会说。"小凶犯说。

老几明白了。梁葫芦心目中是没有好人的。他心目中,人不会白白地好;人必然是为了一个目的去好,好一次就要完成一个任务,或堵住一个漏洞。尤其是堵漏洞。老几对他好,喂他南瓜,给他甜头吃——糖精片的甜头也是甜头,他都理解成老几在堵漏洞。漏洞就是那块欧米茄。梁葫芦认为南瓜也好,糖精片也好,都是要堵住梁葫芦的嘴,收买他的心,为使梁葫芦再蜕半张头皮也不叛变。老几想,这不怪梁葫芦,怪世界这么大就是没给过梁葫芦一份纯粹、无贪图的好。老几他自己也没有给过葫芦什么好。看着葫芦在地上给马倒着拖,看着拖出的血迹里出现越来越大的头皮越来越多的头发,再拖下去很可能是个死,老几都没拿出欧米茄来救葫芦。老几在那时抓住了自己一个隐秘的心愿:拖死这小凶犯,欧米茄就真正回归了自己所有。

一老一小隔着窗子,各感慨各的。就算老犯人对小犯人的好有个图头,那么小犯人对老犯人呢?小犯人说过几次,要是你是我大爷就好了。问为什么就好了,小犯人回答要是他有个学问大的大爷,就会教他好;他从小到大没人教过他好,也没有大爷。

场部礼堂

老几上了路就把梁葫芦忘了。雪小了，如同白色飞虫，往他去掉了壳子的脸上疼疼地扑打。雪原上一个个圆乎乎的起伏，那是骆驼刺和沙柳。邓指批给他的假期是半天一夜，明天早上五点之前必须归队。事情对一个掌权的人多容易啊！邓指叫上一辆拉炭的马车，就把老几带到了六大队地界。六大队没几个人认识老几，他可以在那里碰运气搭车。没有手表，时间靠老几估摸。大约下午四点多钟，老几有点急了。他后悔没有一开始就步行。下雪天路上基本没有车，现在已经把天等晚了。从六大队到场部比七大队近，不过近个五六公里而已。但是这么深的雪，脚每抬起一次，再插进去一次所耗的体力和时间等于走平路的三四倍。也就是说，这五六公里等于十五公里到二十公里。老几才走两公里就感觉不妙，心脏跳在舌根，棉衣棉裤越来越重，里面都是他的汗，开了个小澡堂子似的，一股股热蒸汽直喷他下巴。

天色渐渐转暗，老几看到一个村子就在一大丛黑刺的东边。他得歇口气买点吃的再走。小村一共十多户，多半是劳改释放了的人，懂得怎样挣劳改犯的钱。一个店家前门开烟草酒店，后门开饭铺。老几走进村口，看见一辆军用卡车占了大半条街。他赶紧进了第一家店。店主人一看见他的黑棉袄，以及背上"劳改"二字和番号就说："嗨，你怎么敢到这里来？没看村口戒严了？"

老几问为什么戒严。

店主愣住了，瞪着他一会说："四大队闹开鼠疫了！捉了只旱獭来吃，吃出鼠疫了！坑都挖了，石灰也运来了，要把那几个人扔进去填石灰呢！所以今早跑了一个！"

"跑到这里来了？"老几问。四大队就在村子附近，四大队进出都要通过村里这条机耕路。

店主还是瞪着老几，半天又说："噢，不是你啊？"

老几说当然不是他。他也就信了老几。这村里的人虽然发劳改犯的财，有时也护着劳改犯。老几把自己去场部的目的告诉了他，只有一点谎言：他只说看女儿，没说是看银幕上的女儿。老几这十来年一共存了的三十四块钱，出来之前都装到了身上。他用这三十四块钱跟店主做了笔生意。店主从一口大锅里舀出两大马勺煮羊下水，让老几一边吃一边把时间耽误到天黑。老几临走拿了他一件军用雨衣，几乎就是军用破烂，胶皮里子满是龟裂，面子失色过多，成了一种乌糟糟的白色。店主还在老几棉袄口袋里揣了一瓶五两装高粱酒和两个烧饼。酒是好东西，御寒壮胆。店主让老几披上伪装从店的后门离开。他指了一条捷径给老几，从五大队一片油菜田斜刺穿插。五大队的油菜田是场里著名的一景，到了花季，场里常拿那景色招待省里和中央的客人。油菜田边上栽着防风沙的树，死的多过活的。树梢都被西北戈壁来的风刮得往东南偏斜，因此这些树便是老几的指南针。一些死树被大风拔起，在低洼地面聚集起来。老几正是在这个低洼处看到了烟头的火星子。原来他绕来绕去还没绕出戒严圈。

也正是这个时候，对方也听到了老几这边的响动。手电筒照过来，老几已经蹲到了死树的树冠后面。积雪使树冠大大地膨胀，电筒光柱子被挡住了。

对方叫喊："喂，还躲呢，看见你了！"

老几此刻已经趴进雪里。对方听上去比梁葫芦大不多少。

对方又叫："出来！……我叫一、二、三，不出来我就开枪！"

老几想，不知对方能不能听见他的心跳。他的心越跳越响，于是他打算再赖一会儿，就把自己交出去拉倒。在两方对峙的绝对寂静中，老几觉得自己也听见了那个不比梁葫芦大多少的解放军的心跳。

解放军又喊："还往哪儿跑？我打死你！"手电"唰"的一下晃到了别处。

老几这才明白年轻的解放军在诈他。他根本没看见什么，更不确定有他这个老犯人躲藏在近旁。解放军又瞎喊几声，就闭了手电。老几觉得对方也藏起来了。对方不想让老几在暗处，自己在明处。老几必须找到对手的方位才能确定他自己下一步怎么走。下雪的温暖随着雪停凝固了。老几汗湿的棉袄迅速结冰，一直冒蒸汽的小澡堂子这时成了个生铁筒，箍在身上又硬又冰。老几差不多要冻死的时候，听见一声划火柴的声音。对方把火光遮得再严老几还是把他的方位认准了。他一点不知觉老几离他那么近，就在他侧后方，近得能闻到他纸烟的味道。老几还看见他趴在一个土包下，头缩在大衣毛领子里，皮帽子的护耳把脸包得很严实。这样大概过了半小时，解放军先放弃了，站起来往左边走一截，再往右边走一阵。不久就形成他的巡逻规律，往左走几分钟，再往右走几分钟。

老几一脑子就是七年前丹珏和他最后的对视。要是他不久后饿死，他会好不甘、好不甘。他想知道小女儿长大什么样，是不是长成了个婉喻。邓指和那么多不相干的人都见了她，他这个生身父亲呢？老几掐算那个兵的行动规律，自己必须在他向右走的时候从他左边爬过去。他的四肢已经冻硬，动作也给冻硬了，爬得极其缓慢。但他一步都没算错：年轻的解放军转身往回走时，老几已爬到了他的另一边。解放军抱着步枪朝老几的方向看着，老几也看着他。然后解放军扭头向公路方向跑去，好像让老几这个隐形人给唬跑了。

这下突围胜利了。戒严圈被他落在了身后。他的两只脚在雪地上缓慢地大幅度地一起一落，一肚子羊下水都是他的燃料。他开始在淹到大腿的积雪里跑，滑稽地把脚提得很高，高到膝盖离胸口只有几寸，再把脚深深落回，很像后来人们看到的登月步伐。不时地碰到雪层下的沟坎，他便跌倒下去。跌倒也好，顺势往前爬一阵。可不能再迟了,再迟连电影尾巴都赶不上了。他跑得棉袄棉裤上的冰又化了,这回热蒸汽不单单从领口往外冒,他周身都在冒白烟。再一次跌倒,爬起,就看见场部礼堂门口的煤气灯了。

这一刻后来被老几写下来,作为诗,作为散文,作为他好些文章的核心段落。那就是,他看到灯火时实在走不动了,也实在太激动了。于是他不知怎么就在雪地里打起滚来,一片灯火倒着进入了他的眼帘,成了天上的盛世。

我六十岁的祖父在雪地里打滚的时刻,那种近乎气绝的欢乐,那种无以复加的疲惫,我是能想象的。我想象中,他像一个活了的雪人,连滚带爬地往场部礼堂靠近。如同史前人类那样,此刻对于他,火光的诱惑便是生的诱惑。他一定想到很多。也许想到他的一生怎样跟妻子发生了天大的误会,把爱误会过去了。

从横渡太平洋的邮轮上走来的陆焉识换上了纺绸长衫,身后是对于他不再有用的自由。我的太祖母冯仪芳和祖母冯婉喻站在岸上,一个重复另一个,一样的香云纱旗袍,一样的发髻,一样的折扇。连眼睛的干枯程度都相仿;那是一个陪着另一个期盼干了的眼睛。

陆焉识走到她们中间,让自己的健壮高大弄得惭愧。他怎么可以在这样楚楚可怜的女子面前高大健壮?让她们看见过剩的自由和营养造成的后果,何忍?往陆家的黄包车走的那一段路,他收敛了,含起胸,收住四处放眼的目光。恩娘在朝黄包车走时渐渐恢复成原先的恩娘,委婉被动,但什么都别妄想逃出她的掌控。冯婉喻落在几步之后,几乎跟提箱子拎包裹的佣人们走成一伙。恩娘独霸着焉识,话太多了,全说乱了。走了半里路才想到她身边是个有妻子的人,妻子呢?恩娘这才停住了欢快的解放脚。

"阿妮头!跟上来呀!……鞋子不适宜吗?"

焉识只得也跟着恩娘站住,回过头。他朝着妻子摘下墨镜,大致看见了阔别在妻子身上落下的痕迹,那是一种小老太太的沉静。

婉喻看见恩娘和焉识都停下来,专为等她而停下步子,吃了一惊。她脸一红,没想到自己这么快就被人记起了。她的解放脚快起来，脱离了佣人们的行列。焉识发现她原来是有一点内八字的。原来她有这样的步子也不怕出丑，去学体操。这就让他更觉得她可怜。阿妮头在黄包车边上停下，黄铜的车灯被擦得像黄金，车篷也是新的，雪白的帆布，镶阴丹士林蓝边。阿妮头神色有点慌：车座是两人的，她不知道这两个人该是谁，谁又该被剩下去跟佣人和行李搭乘路边的差头。

恩娘瞥阿妮头一眼。要过好久焉识才品透那一眼的意味。恩娘的笑容还在，欢乐却不在了。她指着陆家的黄包车，让阿妮头和焉识坐上去，她自己和箱子包裹乘差头，佣人们步行。看着夫妇俩往车上登攀时，恩娘表示自己怎么会是那种娘？一点事也不懂，当儿子媳妇的电灯泡？

阿妮头看了焉识一眼，希望他没有听出什么。或者希望他跟她一样听出了什么。这样她可以有个人作证，证明恩娘多么无事生非。可惜焉识忽略了她的目光。需要好长时间，焉识才会得着妻子目光的要领。妻子的美艳，就在那类目光里。她的生动和风情，都跟着那目光转瞬即逝，但可以非常耀眼。

可惜的是，冯婉喻很少发射那样的目光。从邮轮上下来的第四个晚上，婉喻把自己的身体备好，备在微带潮湿的薄被下。婉喻的初夜延迟了六年，现在绝不能再延迟，再延迟就不成话了。恩娘那里也交代不过去。恩娘每天早上都要在嚼粢饭油条时到焉识和婉喻脸上寻找，看看他们做成夫妻没有。没有，恩娘隐隐地叹口气。

焉识在浴室里磨蹭，知道自己和婉喻都逃不过这一晚。他往自己身上洒了些古龙水，但马上又擦掉。这古龙水气味是他留在望达怀里的。里弄口，小贩唱着白糖莲芯粥的叫卖，唱得惨极了。唱给天井里的男女听的，焉识听着这唱声走到床边，走到了他的绝路上。好了，关上灯都好办了。伟大的男人都是绝路上的男人，孙膑、伍子胥、司马迁……多少男人的伟业源自于无爱啊。

没有亲吻、抚摸，他滚在了婉喻身上。让他感到稍微刺激的是婉喻的抽搐。都说是要疼的，果真疼了。

第二天小夫妻起得很晚。他们像天下所有的洞房男女一样，腆着脸贪睡。婉喻成了真正的少奶奶，懒觉总还睡得起。恩娘坐在两碗冷了的泡饭旁边，问他们睡得好不好。世界上失去了一个处男一个处女，恩娘自认为这就是她看见的。因此她对于小夫妇睡眠的关怀询问是话里有话的：原来以为你们俩要神仙到底呢！还是凡人肉胎啊。尤其看见婉喻，她就更不放过了，眼睛刀一样在她身上划：这下你也贱了，也不干净了。别再装着相敬如宾了，怎么快活的谁不知道呢？恩娘嘴上还微微笑着，说早饭早就摆出来了，等他们都等凉了。一个个菜碟却在她手里变了分量，摆到桌面都是"砰"的一声。"砰！"喏，新做的腐乳，阿妮头顶欢喜的。"砰！"喏，焉识好久没吃糟鲞鱼了吧？"砰！"喏，前几天做的鱼冻，味道倒是越来越好。

焉识坐在八仙桌正中，左边恩娘，右边婉喻，说着他一句也不想说的话。

无爱使他第二个礼拜就去了大学。回国前他就收到了聘用合同，现在他看到办公桌和职位一样空着，等他来填。课程由他自己设计。研究科目也由他领衔。校园空荡荡的，终考刚结束，暑假刚开始。家不是他的，是恩娘和婉喻以及佣人的；他的家在校园。甚至在美国会馆，在理查饭店，还有霞飞路、舟山路的几家咖啡馆。各个图书馆都是他的卧室，他阅读、写稿和睡梦从来混成一片。美国的留学生朋友圈子似乎直接就搬回了这些地方，只是换了场景。大家的做派因为回到中国反而更加"美国"。连笑话都跟回来了，爵士调子也跟了回来，只是乐手的面孔颜色不同。对所有人来说，喜爱陆焉识是太容易的事：好模样，好性情，给他一记小亏吃他总是舒服地吃进，无论谁拿来一个瓷瓶或画轴，稍加怂恿就会在陆焉识这里成交。相中焉识的贵重钢笔或太阳镜也好办，几个人设个局诳他玩，一阵嘻嘻哈哈就让他输掉他的笔或眼镜。因此会馆或学校的这密斯那密斯都宠他，把他宠成个七尺大毛头。

回到恩娘和婉喻的家，他常常坐立不是，不知什么时候，一辆五成新的轿车替掉了黄包车，还添了一个女儿。焉识想，这下彻底落在了天井里。有了孩子啼哭和奶气的房子更不是他的家了。反正他很少在家里用功，女人们对他的书房也不恭敬了，冬天放一个大火盆，外面罩一个更大的铁丝罩，书房成了尿布烘箱。他有时会一阵惊慌，一转脸怎么连婉喻的模样都不记得，而他是有照相般记忆的人！

无爱成全了多少男人？也会成就他陆焉识。

就是在公共租界一个奥地利咖啡馆里，焉识碰到了大卫·韦。大卫·韦已经不是他在美国的样子，西装像是昨晚做过睡衣；一张长方脸瘦成橄榄形，若搁在女人身上是不难看的，但做男人就阴气逼人。算算他人还不到三十，眉心的深纹有六十岁，并为着非个人的、伟大的愁苦而紧锁。

"好吗？"焉识问大卫。

他看出不好来了：大卫·韦很饿，把佐咖啡的奶油都用小勺一点点喝光了。

大卫用美国余下的那点直白说："不好。"因为他一年多没有工作了。

大卫在美国学花了眼，从一门课跳到另一门课，什么都学一半，又都丢下，最后去了欧洲，要去找人生的"终极意义"。几句话谈下来，焉识发现自己中了大卫的埋伏。大卫从学校图书馆就跟踪他，跟到了咖啡馆。大卫知道焉识仅仅像个泡咖啡馆的文人混子，实际上把够别人三辈子读的书都读了。学应用语言学的陆教授只有二十八岁，可以游戏于四门西语之间。

"学校方面终止了合同。"大卫说。

"为什么呢？"

大卫支吾一会，说有人叛卖了他，说他是共产党。

"你是不是呢？"焉识笑着问。是不是他都无所谓。

大卫看着比他小一岁的陆焉识。黑色的眼镜框罩住他圆圆的眼睛，那种令焉识喜欢又有点儿惧怕的凝聚力又出现了。大卫笑着摇摇头；这种事瞒着焉识，是为焉识好。接下去他请焉识帮一个忙：焉识的研究项目刚组建，正招兵买马，焉识的推荐可让他挣到一份体面的薪水。没等焉识反应，大卫说其实很简单的，焉识就告诉校方，说大卫对语言学有过钻研，还写过两篇论文。

"写过吗？"焉识问。

大卫还是那样看着他，摇头笑笑，陆焉识真是个大毛头。难道他不知道许多留学生的履历都欠缺诚实吗？大大地欠缺诚实。他大卫·韦的才智怎样？让那帮庸碌的这教授那讲师比下去了吗？！这教授那讲师配养活老婆孩子，他大卫不配吗？他大卫连牛奶公司的账都拖欠，正吃奶的孩子没奶吃……

难怪那一小罐调和咖啡的奶油给大卫当奶喝了。焉识不动声色地招来侍应生，两个手指在玻璃板下压着的菜单上轻轻一敲。一会儿，招牌三明治来了。

大卫用餐的时候，焉识说，只要他大卫有论文，推荐不成问题。大卫不做声，吃得很专注。这是另一个西洋习惯：嘴巴绝不同时干两件事，吃，就不发言。焉识问他有几个孩子。三个——他伸出食指、中指、无名指。那没有工作孩子们都怎么过的？回答是耸肩、翻眼——只有上苍知道。大卫的这些西洋手势没有生疏。

"我知道你在美国做过十几篇论文。有一些是没发表过的……"大卫吃得发际都亮了。饿急了又吃急了，就会发汗。

"一共十六篇。"焉识说。

"写这么多干什么？"

"语言学有趣。有的写。"

咖啡上来了，焉识发现这回小罐里装的奶油只盖住底，给一杯咖啡调味是够了，但绝不再提供给你当作点心抵饿。咖啡馆小本经营，个个客人像大卫这样消耗奶油，老本怎么办？大卫端咖啡的手从磨破的袖口伸出。一件从美国或欧洲旧货店里买的西装穿得架子也没了。脚上该穿皮鞋的，却穿了双旧布鞋，鞋比脚还疲惫。什么也不必说了，不必说大卫的太太的产后风，以及如何落的病根，也不必说大卫如何到处兼职，写报屁股文章，家里房子还是越搬越小……那么他和别人合办的若干杂志呢？每一份出世，手笔都不小，都是有着跟《东方杂志》、《现代》或者《小说月报》一同称雄上海的势头，但是杂志们一份份出世，一份份夭折，最长的一份活了八个月；老板赔了八个月，作为主编的大卫做了八个月的准义工。

"你把你的论文给我。"焉识说。

"论文是可以借的呀！"大卫说。

借论文又不是新鲜事，留学生里就发生过。若是借论文给街上拉差头的车夫，让他去挣教授的工资，那是大大的欺世；借给像他大卫这样的人，是本着了解他大卫的学术水平的前提，借给他就叫临时通融。否则，就忍心让他大卫一家五口饥寒交迫吗？不是这个道理吧？让孩子永远拖欠牛奶公司的费用而吃不上奶，更不是这个道理了！

焉识这才明白大卫要管谁借论文。这类无耻事物的确不是大卫的独创，留美学生对这类无耻确实看得开。大卫确实有足够的学术水平写出他那样的论文。也许写出比他更好的论文。

焉识抬起头，大卫的脸是空白的。期待过度就会让一张脸空白成这样。

焉识唯唯诺诺，说出一堆借口，说明论文不能借给他大卫。但凡他陆焉识有一点办法来把这桩无耻事物看得开些，想得开些，他陆焉识一定会那样看，那样想。

大卫马上有现成依据：焉识的一个同事把英国十八世纪的狄更斯和二十世纪的狄更森都当成一个人，这样的人稳稳地挣一份教授工资！

焉识心情变得很坏。他的老朋友这样潦倒，因为拖欠牛奶公司的费用，孩子断了奶。他真觉得对不起大卫，但他实在做不到出借论文。因此他觉得做不成一件事来使他对得住老朋友大卫，对得住他从未见过的老朋友的太太和孩子。

"焉识，假如你这样求我，我一定会帮你的！"

可是他陆焉识不会为这样的事求人。事实上他不会为任何事求人。

"十六篇论文，借一两篇给我，对你没什么，对我就是一家子的活路！"

可他陆焉识还有什么？就剩书里学问里这一点福地，你们还不放过。大卫说焉识变了，曾经多慷慨啊，拿交学费的钱给他买眼镜。

焉识再次诚恳抱歉；他可以再给他买眼镜，要多少副买多少副，不过论文不借。

大卫表示遗憾，但说可以理解。大卫离开咖啡馆时，两人的拥抱还是很哥儿俩的。焉识又坐了一阵，后悔自己没有拿些钱给大卫。

焉识在咖啡馆打了几个电话，向美国同学会的熟人打听大卫·韦的住址。住址有了，他决定当晚就去一趟大卫·韦的家，给他一些钱。他希望自己能在到达大卫家之前做一个决定：借，还是不借给他论文。街道上湿粘粘的，秋天的落叶已经成了初冬的泥。他一再劝自己看开些，想开些。人品学品真那么重要？掺不得无耻？回到国内他发现学界到处是文阀们的无耻，他们最起劲的就是笔墨官司，报纸杂志上都是他们躲在俏皮后面的谩骂。哪里没有无耻？帮着大卫无耻一回，还让无耻行了好，施了善。无耻能给大卫的孩子付牛奶账，那可是积德的无耻。

他依照某人提供的地址去寻访大卫·韦。晚上九点多了，大卫家却一个人也没有。多年后他才知道这天晚上大卫开不出晚饭，全家到丈母娘家吃泡饭酱菜去了。

隔了一个礼拜，焉识在学校图书馆无意中读到一篇文章，第一节读下来他就明白，文章的谩骂对象正是他陆焉识。焉识在《东方杂志》上开了个知识性专栏，谈人类语言发展的趣事。上一期专栏提到日本语言的发展。他看不出专栏怎么触犯了民族大节，让这个骂手左一个"汉奸"右一个"汉奸"地骂。杂志是三天前到达图书馆的，很可能五天前就上市了。他竟然孤陋寡闻至此，整整挨了五天的骂！这就不难解释一些学生的交头接耳了。一个礼拜的课堂都在轻微躁动。几年前的"九·一八"和"一·二八"改变了学生们，想要毁哪位教授，就给他个"汉奸"骂名。

文章的署名当然是假的。这类骂手一生有无数个命名日。他把那本杂志一推，他要等有了空再想对策。他正在准备一次学术演讲，对比英国文学的语言和美国文学的语言。这实在也是娱乐他自己的事。但是当晚的晚报上又出现了一个骂手。这次更不含蓄，陆焉识的名字、简历都上去了，还扯出了他在美国的一次演讲，掐头去尾地引用他的原话，为了让"汉奸陆焉识"更加立体。

他这时已经明白了，两个骂手是一个人。骂手不需要焉识借论文给他，照样重新吃起教授这碗饭，有的是无耻，总是找得到无耻来与无耻合作。焉识写了篇文章作答，心平气和地解释，语言就是语言，就是打开了世界大战，人类语言还是妙趣横生，还是妙在它们记录的人类成长。法国人香坡里昂破译若赛塔石头上的古埃及文字时，并没有去想殖民者或许会用他的成果去破译非洲各种语言。

这篇文章却没有被登出来。他打听为什么，回答说突然来了更重要的文章，非得先登，只有烦请陆先生等等。那么请问，等到何时？等不了几天的，一有版面就登。

几天过去了，再打听，回复说一驳一辩的双方要对准时间，陆先生的答辩过了时间，登出来跟对方对不上茬口，会害得读者们做丈二和尚。

焉识终于找到一家曾经为造谣吃过官司的小报，把文章登出来。骂手马上和他交锋，更有了陆焉识之所以是汉奸的证据：语言从来是人类一些人奴化另一些人的手段，看看"最后一节德语课"吧。焉识苦笑：重新给自己命名的大卫·韦说得没错，只不过和他陆焉识是各说各的。

春天的欧美同学会上，焉识不再是个人人宠爱的大毛头。学校里也不同了，这密斯那密斯再也不来哆溜溜地揩油，让焉识请她们吃一客冰淇淋，或喝一杯咖啡。一天焉识到美国会馆看新到达的英文杂志，一本《生活杂志》成了他面孔的屏风，听见几个人商量去闵行打猎，苦于找不到汽车，焉识从《生活杂志》后面露出头，说他倒是可以供奉汽车。大家讪讪的，说不过是心血来潮，说说而已。

焉识那是第一次看到人群的强大。一个好心者告诉他，得有自己的人群。孤立的反击等于不反击，比不反击还糟。必须善于投靠对手的对立面，拉对手的对手做自己的朋友。这个好心者给他写下了一家杂志的地址电话和两三个人名。他们的杂志会支持焉识的。焉识读过那本杂志，也时常跳出些骂手，骂得漂亮些，风度翩翩些，不骂人的时候，小说、诗、论文也都看得过去，但他们不骂人的时候比较少。他没有去找对手的对手。他总是可以晚一点找他们，总是可以晚一点失去他的清高和独立。

电　影

　　就在陆焉识向劳改农场礼堂最后迫近的同一时刻，我的祖母冯婉喻正在学校办公室里，读着一封求爱信。她这年五十七岁，容貌只有四十多岁，抽烟熬夜，似乎让她在四十五岁之前迅速苍老，老到了四十五，岁月就放过了她。那时代流行借革命浪漫说个人浪漫，情书看上去全是花哨废话，因此冯婉喻读到一半才明白这是一封情书。她顿时想，又来一个。到了五十七岁这年，婉喻成了个情书的老读者，学校有那么几个老光棍，过一阵总有一个不甘心的，偷偷投一封情书给她，试试运气。婉喻放下信纸，努力回想情书作者的眉眼身影：是那个比她年轻十岁的体育老师。

　　我的祖母冯婉喻年轻的时候是个美人，有照片为证。1954年冬天陆焉识进了上海提篮桥监狱后跟冯婉喻提出离婚，婉喻不肯；陆焉识求她，为孩子们洗刷出个清白的母亲，她也还是摇头。我祖父陆焉识从来没把婉喻看成美人；婉喻的美是要去发现的，陆焉是从来没有去发现。这种被长辈推到你面前，作为妻子要你接受的女人都会被你看得不美。首先她已经被你作帮凶看了；帮着长辈一块来断你一生唯一的择偶机会，灭掉你无数的相爱可能。就这点，足以造成先决的恶感。因此在我祖父陆焉识的概念中，这样一个帮他继母来牺牲他的女人，就是先决的丑陋。起码在他们婚姻的前期，早在陆焉识变成那个结巴老几之前，他从来没觉得婉喻是个美人。其实他从来没把她看清楚过。她也从来没好好给他看过。冯婉喻总是穿得层层叠叠上床,层层叠叠地和焉识一次次做夫妻。

我祖母冯婉喻也说过她和陆焉识的日子,但那似乎是另一对男女的故事,还好,还过得去。她的苦不在丈夫,而在于兼姑母的婆婆。比她大十岁的恩娘给她吃的苦头和其他苦头无法比;它把冯婉喻缔造成一个最能吃苦的女人。不过婉喻仍是爱恩娘的,否则在恩娘1948年去世时她不会大病一场。

你从来没见过比冯婉喻更安静的人。无论她读书、写字、结绒线,以及后来抽香烟,都能静在那里给人去画她。如果抓住这些时刻,不惊动她,笔头快点的画家肯定能完成一幅幅肖像。

我祖母冯婉喻和太祖母冯仪芳的故事,我多半是从我父亲和大姑母丹琼那里听来的。也是由于什么由头提醒了他们,比如谁说话弦外之音过多了,大姑母或我父亲便说这是恩娘的话嘛。冯仪芳是个最会说话的女人,你明知她在说难听话可还是觉得她的话说得好。冯婉喻作为她的媳妇和侄女苦死了,天天沤在那样的话里,总不能朝说得好听的难听话发泄呀。所以冯婉喻当时要对付的不是陆焉识,而是冯仪芳。陆焉识她怎么会去对付呢?他是她的神。十多岁她在老家就知道小姑家有个叫焉识的少爷,有一天没有带家里的钥匙,从学校回来全家出动看戏去了,他坐在大门口台阶上背下了小半本字典。这个焉识常给老师私下叫去,专门给些偏题让他做。这个焉识少爷小小年纪就亲政,把马上要被赶回娘家的继母救了下来。冯婉喻对陆焉识,不求亲近的原因也在于她把他当神。对于神再喜爱都不能没高没下,有点距离是对的。因此陆焉识被发配到大荒草漠,一去几千公里,对冯婉喻影响不那么太大,反正原先也是远远地欣赏膜拜的。在陆焉识被判处死刑之后,她得到噩耗瞒着三个孩子去监狱探望焉识。她问刑期定了没有,他说不知道,一般都不知道,只知道假如夜里被带出监号,带到地下室去过堂,就差不多了。那种半夜被带走的人从来没回来过,第二天他的行李会被取走。婉喻回到家就把陆家的房子抵押了,买了一份份礼物,一家家去送。也许是她送礼送出了成果,也许归功于焉识在监狱袜子厂搞的革新，焉识的死刑被缓到两年之后。婉喻的心定下来，两年时间，够她提着礼物走门串户，也够她在一家家客厅里静坐了。婉喻求情也是静静的，厚礼往茶几或方桌上一供，首长大人，您看着办吧。

冯婉喻在1955年早春的一天走出家门，晚上回来，就是个学杂工了。做杂工没关系，什么都有个开始。她静静地苦，跟恩娘学的持家本领真好用，打开门，出来的陆家孩子们一个顶一个地体面。一天婉喻跟校长在楼梯上碰上。她说她读过师范二年级，国文和数学都教得好。校长从来没听过谁的自我介绍比眼前的女学杂工更简短清晰，并且被宣读得如此安静。一个星期后，这所中学里出来个叫冯婉喻的代课老师，什么课都能代，连体操都能代。

婉喻从来不跟她的孩子说她怎样含辛茹苦。孩子们只看见她一夜抽出多少烟头来，为了读俄语。学校缺俄语老师，会了俄语可以从代课老师转正。她在用一年零八个月通过俄语资格考试时，陆焉识再次被减刑。减过的刑叫做"无期"，她对孩子们解释。婉喻为了这个"无期"带着孩子们庆贺一晚上。"无期"有无数好处呢！"无期"也可以理解为不定期，不定期就说不定是明天。明天可能就是焉识的释放日，为什么不可能呢？可焉识被"无期"带到几千里外的大荒草漠上去了，那也是好的，不必缩在又潮湿又阴暗的监房里，夜里翻身必须喊"报告"；"无期"意味着动作的自由。大得没边的大荒草漠，总是够你动作的。

就在焉识走到场部礼堂大门口的时候，二千五百公里外的婉喻摸了摸胸口：棉衣下面一小块梗起。恩娘去世的时候，把这个项链给了婉喻，心形的坠子里，一张小照褪色了：十九岁的焉识和十八岁的婉喻。算是两人的结婚照。焉识登船去美国前照的。婉喻心里怎么会装得下别人？跟照片上翩翩的焉识比，天下哪里还有男人？她突然间想，不知焉识此刻在做什么。

焉识在场部礼堂门口拍打浑身的雪粉。礼堂没有门，观众的入口挂着厚草帘子，一撩，才发现"门"在帘子里面，"门"就是人的脊梁：一具具躯体挤在一块，竖成了一扇"门"。这个"门"不像一般的门，它无法打开。老几的身体穿墙凿洞地往里进。整个礼堂挤成了实心的，每平方尺地面都站着人。

有人呵斥他，挤你妈呀！生孩子都演完了！老几想，人们把电影都看这么熟了呢，还在这里玩命受罪地挤。又有个人呵斥老几：还有五分钟就演完了，还拱什么拱?! 老几觉得好幸运，这趟跑值了，还有五分钟可看呢！没座位的人站着，挡了坐在长凳子上的人。后面的人干脆都不坐了，全站到凳子上。有的人爬得比放映机窗口还高，银幕上尽是黑影子。他没地方爬，四周都是人墙。一个十多岁的男孩站在两个摞在一块的凳子上。老几摸出店主卖给他的馒头，拉拉男孩，问他肯不肯出让凳子。男孩先是嫌他讨厌，用脚踢他，但一看见馒头，马上爬下来。

老几站到两个凳子上面。一个老杂耍演员，靠着信念和渴望维持着平衡。老几的大个子比人高一头，从他的高度看出去，视野完整。现在银幕上是几个男的，都是首长，像所有首长一样迈方步，说起话来东指西指。终于出来了一群女人，戴着江南水乡的围裙。老几从一个女人盯到另一个女人。他的丹玦该是卷头发，该是细条条身材，该是用眼睛说话的……他的目光来不及似的在几个女人脸上找，脑子嗡嗡响，什么都听不见，只感觉那个男孩子在下面拽他裤脚，越拽越狠。这时银幕上的人都没了，稻田、公路都没了，换成了一间白亮亮的实验室，窗前站着一个白大褂飘飘的女子，只是背身站着。女子拿着个玻璃瓶，朝观众转过身来。男孩在下面扯他裤腿，捶他脚趾头脚孤拐，老几随他捶打，一脸都是眼泪。老几发现自己在呜呜地哭。泪水已经弄得他什么也看不清了。

他的呜呜大哭把男孩唬坏了。谁见过一个老头像这样不知害臊，嚎出那种声音来？他痴傻地看着老几站在两个凳子的顶上，哭，哭。老几不知道哭了有多久，也不知道人都散场了。从他身边走的人都像看耍把戏一样看着他。哪个大队没看好大门，跑出个老头来，猴似的爬那么高去呜呜大哭？人都走光了老几还不知道，就知道自己一下子砸在水泥地上，直挺挺从那么高就砸下来了。那男孩要回家了，可是老几还没哭完，男孩只好抽了凳子。老几趴在地上，想把摔昏的脑袋歇清醒，但清洁工开始扫地了，灰尘、香烟头、瓜子壳几乎要把老几埋了。老几扶着墙往上爬。劳动改造了十年，给了老几一身好筋骨，居然一块骨头都没摔碎，抖落抖落，又大体可以上路了。

　　回去还有十来公里的雪路要走。迈出两步，老几发现身上的确在疼，不是骨头筋络，是皮肉疼，像是皮给人活剥了，肉的毛细血管和神经网络直接蹭在棉袄里子上，一动就有一股疼过电般通过全身。老几经历的疼痛种类太多了，每一种都跟他处得很熟，这一种却完全陌生。

　　老几嘶嘶地抽着冷气，走上了回七大队的路。随它去疼吧，随那粗硬的棉袄里子直接往神经网络上蹭吧。老几岔开两条腿，架起两条胳膊，支着脖子，使皮肉让开棉袄里子，就这样扎着架势走了几里路，跟疼痛相处惯了，双方都接受了彼此。再往前走，他步子快起来。

　　对于老几，这是个如愿以偿之夜。他看到了会动会笑的小女儿。邓指说丹珏像老几，其实丹珏的尖下颏、鼓脑门都是婉喻的。婉喻最后一次在上海提篮桥监狱的探视窗口，下巴尤其尖。楚楚可怜的婉喻。此刻老几用两只套着破烂手套的手捶打着自己的头、脸。偏偏被撇下的就是婉喻。他又呜呜地哭起来。现在好了，他可以张扬地号哭，他可有了狼的号哭的自由，夜晚的雪野像是崭新的地球，他是它唯一的居民。白色的荒凉无边无垠，够他哭的。

　　温度大概在零下二十六七度，老几从眼泪结冰的速度判断出来。雪完全停了，没有风，风也给冻住了。泪水在老几棉袄的前襟上结成坚冰，他可还没哭完呢。他从口袋摸出那瓶五两装高粱酒，用牙去啃盖子，嘎达一声，碎的竟是瓶颈。玻璃都经不住这样的冻。老几把利器般的瓶口对准嘴巴，割烂哪里也无所谓，冰天雪地已经麻醉了嘴唇。高粱酒进入他的食管，擦出一道火花迸发的轨迹，落进肚里便是一团火。火舌舔向他全身，火势呼呼的越腾越高，浓烟腾入了脑子。

81

他的脑子一会儿就是灼热迷蒙的一片。酒可真是好东西，怪不得大禹王要禁酒。酒让老几的五脏六腑都化成泪水蒸发出来。看电影之前他憋着一泡小便，此刻憋胀感全没了，也蒸发了。他边走边喝，边喝边号哭。不远处也有一声声的号哭，那是狼。

老几觉得又痛又快，哭着喝着，把半个冻成石头的羊肚也撕开吃了。他的两只脚开始相互使绊子，竟把自己绊出去老远。但是第三跤摔过，人就摔舒坦了。他在美国的时候酒量多好啊，一瓶威士忌当茶就喝了。意大利姑娘家的庭院晚餐，总有那么多葡萄酒，各色酒瓶酒罐，站得像各种族人杂凑的合唱团。老几从来不想美国时的自己，不忍想，酒是好东西啊，让人没什么不忍想的。

不知道摔的是第几跤了，老几的手臂撑了几把也没撑起来。一小群狼迎面过来，在离老几十多步的地方分开，一只向左，一只向右，两只殿后。这是一个狼的家庭，两只狼崽留在后面，狼爹和狼妈小心地朝地上一大堆猎物继续前进。老几并不知道他现在已经庞大无比，他早先出汗的热蒸汽涔进棉袄，在雪地上打滚时滚上了厚厚的雪粉，在礼堂里给众人的体温捂成热蒸汽，又一次冻结，直到高粱酒把他的大棉袄内膛再次变成个小澡堂子，热蒸汽从内到外地散发，把老几的棉袄棉裤弄得湿漉漉的。湿漉漉的老几每摔一跤都在雪里把自己滚大一圈。所以狼在跟踪老几时，看见了它们的庞然猎物如何在雪野上飞速移动。老几更不知道，此刻的自己像人类学家们寻踪的雪域野人。

老几看着狼的眼睛，突然想到干河滩上一个个猫盖屎的浅坟。狼今天捡的便宜够大的，连刨挖浅坟的力气都省了。不能这么便宜它们。在看见小女儿丹珏之前，他也许就不费劲逃命了，而现在他看见了丹珏。银幕上会说会动的丹珏让他觉得日子是值得熬的，命是值得保的，假如这时毙他，他会不要廉耻地跪地求饶。他看着狼的一家子。人家狼都有一家呢。他不动声色团了个结实的大雪团，然后从地上蹲起来。他那猛一蹲让打头的母狼怔了一刻，然后才是拉直腿的一扑。衬映着雪的绝对白色，狼的身影漆黑，轮廓清晰如剪影，老几把雪团照着那细致的头脸砍去。

母狼被打中了,停下来。这里的动物和野兽盛传这些吃兽的人有多么可怕,他们残忍,诡计多端,逮到什么吃什么。因此兽们对活人一般很谨慎。母狼和公狼现在汇合了,狼崽们远远跟着。雪太深,老几跑步的两只脚等于在雪地上轮流地快速地打桩子、拔桩子。

老几喘得要断气了。酒精和高山反应在这一刻同时发作,头脑里的烟雾开始向周身弥漫,四肢成了雾中的枝条,绵软无力。他再一次跌倒。都说雪是暖的,真的很暖和。肚子里的火终于煮开了什么,液体固体都开了锅,沸腾着顶开了喉咙口无力的盖子。一刹那间,半锅羊下水从体内到了体外,盖住了他的前襟,同样热腾腾的,分量似乎比吃进去要多很多。那个店主真是个实在人,一点假也没有往羊下水里掺,在肚里发了发,现在不再是半锅,而是一整锅。有趣的是,羊下水出来也比进去快,三两口就全都出来了,再吐,恐怕就是老几自己的下水了。老几这么想着,看着狼羞答答朝他走来。

老几是被一种近乎狎昵的触摸弄醒的。热乎乎潮乎乎的触碰就在他下巴上。再清醒一点,他发现触摸不止一处,鬓角耳垂那里还有一处。那是两条舌头,乳臭未干的舌头。他伸出手,想挡开这两条舌头,却碰到了毛茸茸的活物。舌头走了,鼻子来了。鼻子怯生生地凑上来,湿漉漉冷冰冰的两个鼻尖。老几一下子想起自己在哪里了。他给自己发了个猛力,推起上半身,这一夜的遭遇此刻在他意识里总算全部衔接起来。他刚刚起身的时候,听见一声奇特的声响,哗啦哗啦的,玻璃碎裂似的。是他身上的冰层碎裂了。他每一动都引起一声碎裂。他每一动,两只幼狼都往后退一点。它们对这个随时在爆裂的庞然大物太缺乏经验了。他看看自己,什么都在,四肢,手指脚趾,都好好的,只是被寒冷麻醉了。他看着憨态十足的狼崽想,它们的父母怎么这么客气?竟然对他口下留情了。并且,狼夫妇去哪里了?这当然不是他有兴趣的事,他向所有狼口逃生的人一样,使尽全身力气逃奔。但刚走了两步就看见头靠头卧在雪地上的公狼和母狼。

老几更不懂了,狼怎么不打自倒了呢?难道他跟狼有过一场恶战,只是自己醉得全然忘却了?即便他做了打狼的武松,也不可能战胜了狼的一家子啊!他在一对俯卧的狼旁边站着。小狼们在远处看着他,有些紧张,似乎提防他进一步伤害他们的父母。现在他听见了公狼母狼的粗重呼吸。不,简直就是酒鼾。这一发现让老几开窍了:公狼母狼是醉倒了。它们扑到他身上的时候,先被那些吐出的羊杂碎吸引了。那是吃起来安全省事的东西,并且含有不少盐分。大草漠上的兽也好,畜也要,人也好,都是馋盐的。羊下水的膻气和咸味对于狼是太鲜美了,连浸泡它的高粱酒和胃液它们也不在乎。它们就趴在雪地上,趴在老几胸襟上,大吃大嚼着尚带一丝余温的呕吐物。

也许小狼崽子是受不了那酒味的,它们还是刚断奶的狼娃娃,经验的滋味有限,也还有些挑食,不像它们的父母,什么污七八糟的东西都吃。也许它们早就得到过警告,碰到什么食物都别急,等长辈们尝过没倒下再上。

公狼和母狼快要吃完老几身上和雪地上的羊下水时,浸泡着食物的高粱酒开始发酒劲了。接下去,狼经历了一次跟老几同样的脏腑着火和满脑子浓烟,也经历了醉酒带来的怀旧和伤感,以及旷达和自在。最后,也像老几一样,它们的脚相互使绊子,终于被绊倒。

公狼母狼的倒地被小狼们看作沉睡。它们用头拱,用鼻子顶,撒娇地哼哼,却怎么都不能让长辈们睡醒。

现在老几打量着一公一母两头狼,烂醉如泥,打着人类的鼾声。他四下寻找,找到了自己的帽子,然后背向着狼的一家,朝没了东南西北的雪原走去。

监狱门诊部

我祖父陆焉识是在第二天清早到达七大队砖窑的。他实在走不动了。发现他的是两个来砖窑偷砖的家属。家属们公私分得很马虎,砖窑的砖至少四分之一垫了她们的兔子窝,搭了她们的奶羊圈,更大胆的干脆就给自己垒一个跟圈差不多的厨房或堆破烂的库房。两个家属看见老几以为是个逃荒老头,因为老几穿着那件破军用雨衣,遮住了棉袄上的"劳改"二字和囚犯番号。砖厂有一口灶,里面还有些没烧尽的煤渣,家属们化了些雪水,又把水烧热。

老几是给热水灌醒的。睁开眼睛,看见两张红得发紫的女人脸,眼睛都是柔柔的担忧。水是用一片破铁锅的残片舀出来,靠微小的一点弧度盛住,倒进老几嘴里也就是一口。老几请她们帮个忙,去七大队家属区把六中队的邓指叫来。两个家属商量一小会儿,走了一个留下一个。留下的那个抱了几抱青稞杆来,给老几做了临时被褥。

邓指是骑马来的。那个报信的家属坐在他的鞍子后面。邓指一看见暖在青稞秸秆里的老几,就对家属们瞪起眼睛,说她们偷砖偷顺手了,这一批给县政府烧的砖她们也敢偷,不懂这是政治偷窃?两个家属嘟嘟囔囔地抵赖,同时说谁谁谁的家属也偷,偷的快够盖屋了。家属答应了邓指"下不为例",一面逃似的消失了。老几知道邓指已经堵了家属们的嘴;他先发制人,指控她们偷砖,一旦她们走漏老几的消息便暴露了她们自己的丑行。邓指转回来,恶狠狠地看看老几,然后四下寻觅，似乎想找个什么把老几干掉，就此灭了他受贿和私自给老几放假的口实。

不用谁告诉他，老几也知道自己看起来不太像活人。

"你好歹给老子再撑一会儿！"邓指说。"等我去带人来这儿干活的时候，你混进去干。什么也不要说。听见没有？！"

老几说听见了。这原来也是他的如意算盘：只要往干活的人群里一混，老几的犯规外出就神不知鬼不觉了。然而老几现在站也站不起，坐也坐不住，混进干活的人群是太艰难了。

邓指似乎突然想到什么，从怀里掏出一个手巾包，打开，里面包了个黑色透明的东西——一个红薯面饼。他把饼子狠狠地往老几手上一塞。饼子实心实意，死沉死沉。老几疲惫极了，连托住饼子都觉得吃力。他的嘴巴、牙齿、食道都疲惫，对付不了这么一份实诚的干粮。能对付的就是水。昨夜的水分流失可了得！眼里流失的加胃里流失的，老几觉得现在自己已经干成了木乃伊。他不敢劳驾邓指给他到锅里舀水，自己试着站起来，刚一动，却又倒下。

邓指见老几的脸走了样，倒下也倒得蹊跷，便上来查验。大棉袄胸前的纽扣只解开到第二颗，邓指动作立刻轻了。邓指吓坏了：老几不老呢，很嫩——没有表皮的老几粉粉的，露着游丝般的毛细血管。邓指一点一点地剥下老几的棉袄、棉裤，从里面剥出个血人来。犯人们都没有内衣内裤，他们的内衣内裤就是他们的皮。贴着那层皮，套上棉袄棉裤，面子的粗糙别人知道，里子粗得多么像油毛毡只有皮肉知道。里子里填塞的棉花也是废物利用，用了再用，不知被回收过多少回，早就失去了弹性和柔软。那样的"油毛毡"泡上汗，汗又结成盐，盐再经过零下二十多度的深冻。从七大队到场部礼堂，再从场部礼堂回七大队，加上迷途的一大段路，来回三四十公里，就算老几个大腿长，一步一米半，也有两三万步，每一步老几的皮肉都给"油毛毡"里子锉一下的话，那就是两三万锉。于是老几完全就成了一句俗话的写照——"不死蜕层皮"。

邓指没见过如此之大的创面。他微微张开两个手掌，老几成了个他没法下手去拾掇的物体了。

两人商量了一下,认为老几的选择余地不大,他撑得了也得撑,撑不了也得撑,反正是必须撑起来混进干活的人群。一混进去就好了,老几可以在任何一个当口倒下,再由邓指发现,送进监狱门诊部。

一切都按邓指和老几两人商量的实施了。邓指在八点半把六中队犯人从大墙里往砖厂赶的时候,老几就忍着剧痛慢慢移到了厕所。上厕所是犯人们唯一的休息,因此厕所总是热闹繁华。老几听见有人来上厕所了,赶紧跨出门,倒在了雪地里。天天有人像老几这样倒下去,由于饥饿或者疾病。上厕所的犯人看看老几一会死不了,也就不慌了,让老几先躺着等一等,他们解了手再救他。

老几在一小时后给安置到了监狱门诊部的病房里。梁葫芦隔着好几张床以及床上浮肿或积满腹水的身体跟老几问候,高呼"热烈欢迎"。

因为这两天死的病号多,所以老几得到了床位。病房里靠两边墙垒砌了两排炕,人躺得肩膀挤肩膀。虽然有灶眼,但病人太多,烧炕就免了。地上铺了一层青稞秸和芨芨草,也睡了一排人,因此狱医和一个男看护踮起脚尖才能在病房里辟出路来,把老几运送到老几的床位。狱医一边给老几测这个,量那个,一边跟看护讨论老几的伤势:"伤得太奇怪了……从来没见过这么大面积的擦伤啊……这么冷的天怎么长得好呢……这么冷的天好肉还冻成烂肉呢……"

梁葫芦躺在窗下的床位上,称心如意地对老几说:"这叫爷儿俩好吧?一个头上蜕了层皮,一个身上蜕了层皮,合一块儿才是全乎人!"

一针镇痛针下去,老几睡到了傍晚。睁开眼看见梁葫芦坐在他脚头,为他守着一份午饭,一份晚饭。病号犯人每天加餐,加一碗营养汤。青海湖湟鱼熬的汤。冬天犯人的捕鱼队要用炸药炸开湖上的冰,才打得起鱼来。原先鱼是不给犯人吃的,因为一个省的几千万好人都不够吃。后来犯人饿死的太多,病了的犯人也就有了吃湟鱼的口福。

到了老几端上这碗鱼汤的时候，青海湖的湟鱼已经快灭绝了。这是一种奇怪的鱼类，一岁长一两体重，十多岁的鱼不过一斤来重。因此每条鱼一年长的那一两肉就有一个省的几千万张嘴等着，怎样长都来不及，怎样长都不如赤字长得快。

葫芦的后脑勺包着纱布，像个白色的瓢。葫芦头挤到了老几和一个肠梗阻病人之间，嘴巴对准老几的耳朵，一股股滚热的带鱼腥的气流形成一个句子，进入老几的意识。梁葫芦问他，跑都跑出去那么远了，为什么不就此跑掉。老几不理会他。不下雪都那么难跑，何况冰天雪地。梁葫芦听见了老几心里的抢白似的，又用气流说，红军过草地连棉袄也没得穿，吃的就是草。老几还不理他。他又说，万一碰上游牧的藏人，他们给你吃给你住，不收钱，说不定还用牦牛驮你一截。

老几看看男孩，他说得有形有色，好像他跑过一样。就是有劲头老几也懒得给小凶犯讲狼和他的遭遇战；别说他的劲头都丢在昨天夜里了。

看护在门口叫起来："梁葫芦，不准串联结伙！回你自己床上去！"

这是晚间发药时间。虽然死了几个病人，病房仍然挤得难以下脚，臭味浓郁丰富，护士宁可不进入。他在门口叫喊名字，把包在小纸袋里的药片和灌在小瓶子里的药水往里传送，只要能动的病人就伸把手。一个名字叫出来，叫了三遍没人应，护士只好踮着脚尖，过雷区一样从地上横的竖的身体上迈过，来到沉默者身边。护士又叫两声，同时手指头先在鼻子下搁了搁，又挪到脖子侧边。接下去，护士唤来医生。犯人医生把一模一样的动作重复一遍，朝护士点点头，就算在死亡判断上达成了共识。

地铺上的病人们再无力都得动作了，搬开自己的身体，为医生、护士以及死者开出一条道。

老几看着医生护士把枕巾盖在死者脸上，然后半抬半拖地将尸首往门口运输。枕巾上盖着劳改农场医院的红印，红印正好落在那个指向苍天的鼻尖上。一般就是这样一张盖红印的枕巾隔开活的和死的。

尸首从窃窃私语中挪过,一个人问是什么时候死的,午饭吃得还怪香的!另一个说:咱这些吃晚饭吃得香的,明天吃早饭有没有胃口就难说了!……

病房熄灯早。老几的药物睡眠已经过去,这时越躺越醒。梁葫芦说的"跑"字很讨厌,成了只挥之不去的虫,在黑暗里嗡嗡。那个穿白大褂仙子一般的小女儿看见"跑"到她面前的父亲会怎样?会惊还是会喜?他可别再哭了,他的模样已经够丑了。小女儿跟婉喻住在一起,因为只有小女儿还是单身,儿子结婚前就搬到学校给的住房去了。1948年去美国留学的大女儿只能通过香港一个朋友给婉喻写信。这都是婉喻信里讲给他听的。婉喻的信寄到一个神秘的"信箱",信箱前面一串数码。婉喻每一个秀丽的毛笔字都是给信箱后面一双双眼睛仔细地看过,才到达老几手中的。那一个个字多秀美,多单薄赤裸,它们无辜又无奈地给看过来看过去,他都为那些字害怕害羞。他不在乎自己的信给看过再到婉喻手里,他的字历练过了,厚颜了,他的字一次次爬上罪犯登记表格上,也一次次用去写监狱墙报、黑板报,一笔一划都给杀人犯、强奸犯、盗窃犯看熟了,被那些脏眼睛捕捉,再进入那些脏脑筋。而他受不了婉喻的字赤裸裸地给人看。婉喻是他生命中最软弱的一部分,就像这被磨掉了皮的嫩肉。

昨夜是那个店主救了他。不,救他的是高粱酒。没有高粱酒,他已葬身狼腹,已经被狼的一家消化了。这是个奇迹,太奇迹了!似乎有一种启示在那奇迹里:他也许是可以活下去的。

活下去为什么?

不跑为什么要活下去?

我祖父就是在这个夜晚开始设计他的逃亡计划的。

要是他跑到婉喻面前,跟她说,我和你发生了一场误会……也许我跟自己发生了一场误会;我爱的,却认为不爱。一代代的小说家戏剧家苦苦地写了那么多,就是让我们人能了解自己,而我们人还是这么不了解自己。一定要倾国倾城,一定要来一场灭顶之灾,一场无期流放才能了解自己,知道自己曾经是爱的。

老几在铺位上艰难地翻了个身。旁边的肠梗阻病人哼了一声。这个人姓徐，江苏的一个小资本家，犯人们一直戏称他徐大亨。徐大亨给饿成了一双鹰眼，两束目光只往面前一个点上集聚。他的肠梗阻已经做了手术，狱医从他肠子里掏出一两斤没有消化的生青稞。那是他的鹰眼为他找到的。先找到一只短尾田鼠，跟着它又找到了鼠窝，完全像只鹰。他就地打了田鼠的土豪，开了田鼠的粮仓，一把把的生青稞就地塞进嘴里。他怕把青稞拿回大墙内来烘炒别人会打他的土豪。

他哼了一声，老几碰了碰他的肩头，表示自己醒着，有事请吩咐。

徐大亨突然说起话来。他说犯人里他最想结识的就是你老陆啊，都说你老陆的学问好啊。老陆结巴出一些客套话，意思是不敢当，哪里，很荣幸跟徐大亨并肩做病友。实际上老几希望徐大亨立刻闭嘴。犯人里有的是耳目，万一他俩的夜话被无中生有听出话外音来，不值。犯人里也有一帮一伙的，但老几不入任何伙。在美国，在上海他都不入伙，宁可吃不入伙的亏，兜着不入伙的后果，现在会入这些乌合之众的伙吗？因此老几在一份亲密凑上来时，总是客套地推辞。不识抬举就不识抬举吧，老几还剩下什么？就心里最后那点自由了。

徐大亨感觉到了老几的客套很严实，怎样也别想打破、钻空子，建立一点额外的体己的交情。他一厢情愿地说起自己来：差点断气的那一瞬，心里如何过了一遍他的一生。都说人在阴界阳界门槛上会把自己一辈子的事过一遍的，看来是真的。跟放电影似的。有的地方特别清楚，比如警车拉着他走的时候，母亲蹬着小脚，远远地在田埂上跟着，一阵子跟警车跑得平齐。还有半夜的那间审讯室，在地下，审讯员查对了名字、性别、罪状，告诉他马上要被执行死刑……

"你知道我多走运？要不就被枪毙了，幸亏碰到个心细眼尖的审讯员。"徐大亨这个段子狱友们都熟透了，他此刻又当新故事讲。

"都把我往刑场押送了，那个审讯员发现了表格上的照片跟我不太像，再看看，填的籍贯是东北，我呢，一口无锡话。你要承认，有的人就比其他人灵，联想能力比较好一点。这个审讯员就比较灵，联想到监狱里可能关了一个同名同姓的犯人，东北籍贯，那天夜里该枪毙他。果然就把东北的姓徐的找出来，站到我的位置上，毙了。我把自己一生过一遍的时候，这个审判员的样子清楚得要命！"徐大亨今夜听上去惜福知足，心情大悦。

老几随他去独白。他不插嘴，耳目们总是没话柄可抓。

"老陆，千万别想死啊。刘胡子自杀死了，怎么样？跟折断一根树枝似的，谁都没觉得缺了他。千万别想死。"

老几想跟他说，一般是这样：越不容易活越想活。不过他还是让徐大亨独白下去。谁有义务在这里普及通俗哲理呢？重病的犯人们相互吞吐各自的气息，每一声鼾打出来，就增添一份臭味在空间里。奇臭的稠厚空气给鼾声震动着，老几觉得奇怪，无论多么病入膏肓，鼾声都还那么硬朗。还是那句话：越接近死的越不想死。

"老陆，我是想过几次的。"徐大亨是指"死"。"有时候真不好熬。就要熬不过去了，一气之下就想自杀了拉倒了。不过又一想，再熬熬看，反正总可以晚一点杀自己的。有自杀垫底，什么都好熬了。不信你试试看，跟你自己说，反正总可以迟一点杀自己的嘛，一下子就海阔天宽了！"

徐大亨的手臂在被子里动了一下。那是一个没有空间做出来的抒情动作。接下去徐大亨继续讲他在肠梗阻病危时脑子里过的那些图景：图景里有自家堂屋，门口蹿进几个警察，拿出判决书就朗读；老婆抱着孩子走进来，说搞错了，一定搞错了，判决书应该在法庭上念，怎么念到堂屋里来了？那不是事先就把判决书写好，临时填写姓名的？那不是搞错是什么？……还有哪些图景呢？哦，对了，还有就是十几岁的他背着包袱出门学生意，阿嫂围腰里插着鞋底，手上抓把剪刀追到镇口，边追边喊：你那头发会给城里人叫做土包子的，站住给阿嫂修一修！

"你说怪不怪？在脑子里过电影顺序是倒的！最后才过到你小时候。不信你有机会试试！"

老几点点头，表示好的，一定试试。

徐大亨的独白没有打搅任何人。一串一串的嘟嘟哝哝反而让老几眼皮重了。这时又听徐大亨说,现在他想通了,死第一不做冤死鬼,第二不做饿死鬼。徐大亨的罪名是"窝藏台湾派遣特务"。他怎么会知道自己的职员是派遣特务?一个好好的职员,能写会算,一流的推销员,他怎么知道特务每周利用推销到上海接头?……徐大亨告诉老几,假如一定要他在饿死鬼和冤死鬼里选一个的话,他宁当饿死鬼也不当冤死鬼。现在他誓死不当饿死鬼,为的就是不当冤死鬼。只要往下活,总有一天可以不当冤死鬼。

"你明白吗?老陆?"

老几困顿得没了任何反应。徐大亨噌的一下起身,呼的一下,他的上半身已经罩在老几的上空。然后他小心翼翼地伸出手指,放在老几鼻子下。过度的疲惫使老几的呼吸非常微弱,也缺乏热度,徐大亨慌乱了,把手指尖搭到老几的脖子上。学护士和狱医动作倒是对的,但位置找不准,于是冰凉的指尖从老几脖子一侧走到另一侧。老几只得动了动。他这才放心,慢慢收回手,又重重躺下去。

下半夜时徐大亨哼的声音很响,引得不少人咂嘴抗议。老几觉得什么东西压在了自己胸口上,一摸,是徐大亨的脑袋。他把这脑袋推回枕头上,不久又被什么压醒了,又一摸,是屁股。徐大亨怎么在这人体夹缝里旋转自由呢?他把自己拧成一根回形针,哪来如此的柔韧度?老几没顾得多想;他实在太累了,太困了。天亮的时候,老几感觉他的脚很重,徐大亨完成了几个三百六十度的旋转,又开始了下一轮旋转,头和上半身都压在老几脚上。老几动了动脚,一点也动弹不得。他把脚一点点往外抽,身体一点点往上撑,这才看见徐大亨的上半身从被窝里出去了,两条胳膊伸在炕沿外,悬着空中。

老几推了推徐大亨搁在他肋下的脚,推不动。他向那脚丫伸出手,摸到的却是坚硬冰凉的尸首末端。

一连几天,老几都在想,自己还让徐大亨操了心着了急呢;夜里他唤不应老几,急得又摸鼻息又搭脉搏。他是把他作为一个亲近的人来操心着急的。老几是徐大亨不长的一生中最后一个想亲近的人。他也是徐大亨不多的看得起的狱友中的一个。徐大亨可能冥冥中预感到什么，想跟他交换一份情谊再走，哪怕浅浅的淡淡的。

徐大亨的死因还是在肠子上。当时手术动得太急，手术技术又太初级，打开缝上，该取出什么取出了什么，却在几天之后开始肠粘连。原来这里的每个生命都脆弱成了那样，自己打定活下去的主意都不行，都说走就走。最后的几个小时徐大亨是疼痛的，他的疼痛麻烦了不少病友，都为此失了眠，只有老几没被他麻烦；老几那一夜的睡眠出奇地沉。老几经历过很多人的死亡，但让一个生命活活在他身上冷却，这是第一次经历。

又过了几天，老几听说，两个跟他岁数差不多的老囚徒在监狱门诊部后面找到从徐大亨肠子里掏出来的那毛两斤青稞粒，用化了的雪水淘洗，又在火上烘烤熟，喷喷香地吃进去。从田鼠洞到徐大亨的肠子再到两个老囚徒的胃，这点青稞搞乱了人和畜，生和死，摄取和排泄的关系。

又过一阵子，在老几的伤全好了的时候，他想起徐大亨死去的姿势：头搭在炕沿，两臂前伸，若把这身躯竖起来，那两条臂膀必定伸向天空，一个向上天讨要公道的姿势。徐大亨最后那么饶舌，口口声声不要做冤鬼，他死的姿态，恰恰是个冤死鬼。

出　逃

我祖父陆焉识是从1963年11月16日开始做逃犯的。他为这次逃亡做了两年的准备，所以应该说准备得相当充足。准备包括以下三项：第一，学了一口流利的藏语——学语言是我祖父的娱乐；第二，在监狱集市上拍卖了他储藏多年的英国呢大衣和两件毛衣，于是存下了四十六块九毛钱；第三，把两个纯金的袖扣和蓝宝石领带夹用一块一尺见方的黑布缝在棉袄里子上。最难的是第三项，因为隐藏一根缝衣针和一团黑线在监狱里近乎不可能。很快我们就会发现，黑布以及针线将会派怎样致命的作用。准备就绪后，他天天伺候机会，但在实现了逃亡之后，他说不清是他发现了机会，还是机会发现了他。

老几逃跑前的那个礼拜，他突然在临睡觉前发现自己的手指甲又长又脏，并且兽性十足，但他找不到任何可以用来剪指甲的东西。任何刀剪都不准带进监狱大墙。他违背了监规，走出自己的监号，一个个监号地串门。他是个从不串门的人，此刻为了指甲而串门搭讪，问谁有指甲钳或者剪刀可借。所有人都莫名其妙：谁还记得剪指甲这回事？留着指甲好处太多了，用它们刨挖地底下的蕨麻根、草坡上的兔鼠洞，现成的工具。再说整天干糙活的手，指甲不是自动磨下去，就是自动劈了或断了，那不就自动修理指甲了吗？他串到第六个监号时，岗楼上的解放军呵斥起来，叫他立刻回到自己号子去。他问解放军可有指甲钳或者剪子借他，解放军避开他的提问，更大声警告他，再不回号子他们就不客气了。那一夜他没睡着,感觉着指甲以惊人的速度生长。第二天他跟大组长申请一把剪子或者指甲刀,大组长说他会把他的申请上报。在等待有关指甲钳报批的几天里,他每天夜里都睡不着觉,感觉指甲"嗖嗖"地长,如同春竹拔节,那里面的污垢就是它们的肥沃土壤。他对自己说:但愿婉喻永远不知道他的指甲干过什么:刨过兔鼠洞,挖过蕨麻根,掐过肥大的虱子,抠过干燥的大便。

因此在1963年初冬的这个下午,老几一切就绪,逃跑的激情和理性准备都成熟了。根据他自己肠胃的活动,他约摸这是下午四点半左右。他和十来个犯人从早上就被派遣到这一带来清除"钢铁垃圾"。每一批新犯人到达,都会指着大草漠上矗立的奇形怪状的庞大异物发问:"那些都是什么东西?"钢铁垃圾是1958年大炼钢铁留下的,是一个个倒塌的土高炉分娩出的怪胎。1958年的大荒草漠可不荒了,绿色让给了红色,红色的旗帜和标语,随着一车车含铁量可怜的矿石从山外红进来。那是不计成本的革命和浪漫。到处有人在草地上挖,终于挖出了煤炭,但应该是一万年后才能叫煤炭的煤炭。不成熟的煤炭比牛粪难烧许多,比狼粪烟还大。犯人们挖出这样狼烟动地的煤炭,卸下由于运输费用而变得无比昂贵的铁矿石,填进土高炉。几个月后,高炉一座座停歇了,大草漠上出现了一个个冶炼成果,那似是而非的形状大致像多年后人们认识的抽象雕塑。渐渐地,人们诚实起来,公开叫它们钢铁垃圾。又是渐渐地,高炉们被挖了墙角,砖头被化整为零地运走,钢铁垃圾对谁也没用,谁也运不动,似是而非地堆在那里,成了巨型纪念品。堆着堆着,便也有了生命,它们像石头一样生出红色的苔来,一层层的,记着年轮似的。

那些从高炉上拆下的砖头有的被砌入了糖厂的围墙,有的被垒成了副业队的宿舍。我祖父和两个狱友这天来到副业队和糖厂之间。老几在被逃亡诱惑的两年里养成一个习惯,只要到一个地方,他马上情不自禁地看地形,丈量距离,哪里有个藏身处,从A点跑到B点需要多少步,往往在他一瞥目光中完成演算。此刻他半心半意地计算着糖厂和副业队宿舍之间的距离。我在这里说的"之间",和一般的空间概念不同,站在我祖父陆焉识此刻的位置上,是看不见糖厂和副业队宿舍的,最多看见一个灰色影子(副业队宿舍)和一个红色影子(糖厂)。草地上响着零敲碎打的金属声:犯人们先用嘎斯把钢铁垃圾割小,再用榔头敲。他们的活儿是愚公移山,把准金属碎块搬到三辆马车上。

老几对跟来警戒的解放军说,他的手套让钢铁垃圾磨破了,马车上他还搁了一副备用手套,请班长们允许他去取。一共来了两辆马车,十个犯人,两个解放军选择看守九个年轻力壮的刑事犯,挥挥手让斯文柔弱的老"无期"自己去取手套。解放军不愿意刑事犯们歇工。一般情况下,只要看守者一走,犯人就找地方坐下来;他们不干没人看的活儿。

老几就是这时决定逃跑的。人有时需要这样心血来潮的最后催动。他走到马车旁边,花了五六分钟还没有弄开三匹马当中的那匹青灰马。所有拉套的马都雄健魁梧,这是没错的,可老几认得出它们中间的长跑手。老几靠读书读来七十二行手艺,识马也是读书读来的,那还是他在美国学马球的时候读下的闲书。假如还是解不开青灰马的套,他可能就把这次机会放过去了。但是就在解放军突然发现老几去时已久,久得叵测的时刻,套被解开了。其实一个好机会到这时已经不好了,变成了一个坏机会。与其抓住一个坏机会,不如从一开始就认输,认失败。现在的老几却连把马拴回去的时间都没有,一个解放军正吆喝着往这边走。老几的斜前方是糖厂的红影子。红影子朦胧在一大片黑刺丛后面。这就是他的逃生之路了。天色将暗不暗,上苍和大地那可怖的宽阔把人和物都压得扁扁的。青灰马上的老几就是这样扁扁的一人一骑,在年轻的解放军的眼前远去。

解放军愣了足足五秒钟,才认出青灰马背上的骑手是谁。他劈开嗓门就喊:"啊!……"

老几骑着光荣退伍的青灰马一路逃去。他不是从饥荒里逃生去的。这年饥荒已经过去,饿死人的事从1962年就开始减少。连着两年，青稞收成都很好，领导们也放够了亩产卫星，不再把几十亩地的土豆埋在一亩地里，让犯人们表演土豆大丰收给国家和省里的上级们看了。因为饥荒，上交的粮食被上级减低，犯人的口粮定量每月增长了四斤。从田里偷回的青稞在大墙内烘炒，青稞粒在饭盒里噼噼啪啪放小鞭的声音，再也诱惑不出那么多没出息的涎水。那些没胆量偷田里青稞的犯人也不再去搜集鸟粪，淘洗出鸟们消化不良遗漏的穗粒。荒野上暴弃的各种枯骨，犯人们也失去了兴趣，不再捡回大墙内熬骨油了。三万犯人肿得明晃晃的大脸蛋都小下去，成了打皱的皮革。老几逃跑的这天早上，关于死人的故事都被说絮了。老犯人总是把击毙的伪连长的故事传给新犯人，传到这时候，故事老了，传不动了。

伪连长在1961年春天的一个下午迈着训练有素的军人步伐走出监狱大门的样子，渐渐在被犯人们淡忘。那是饥荒的顶峰，体力劳动已经停止，吃进去的那点食物仅够去维持就要停歇的新陈代谢。饥荒已经淘汰了许多生命，幸免于淘汰的犯人们眼里闪烁着兽光。比冬荒还要可怕的春荒来了。那就是春荒到来的下午，犯人们正读报学习，讨论题不知怎么就转到了吃。一个西安犯人开始发言，是一篇有关羊肉泡馍正宗做法、吃法的精彩发言。接下去，发言踊跃起来，江苏犯人讲到无锡排骨，徽州犯人谈论臭桂鱼。大约是在一个四川犯人发言的时候伪连长离席的。四川犯人的发言最热烈，讲的是一种叫"三合泥"的甜食，核桃泥、芝麻泥……总结是"好吃惨了"！伪连长大概就在四川人用活色生香的四川语言请大家客的时候走的。谁也没注意到他。监督学习的是大组长，一个判五年徒刑的抢劫犯，他也没有注意到伪连长的反常，就像不愿错过一道道物质美食一样，他不愿错过一道道精神美食。伪连长的离去，大概只惊动了一个人，老几。这些年在犯人里混下来，对于老几来说，尊重不叫尊重，叫无恶感。无恶感就是老几在心里给予伪连长人品的得分。伪连长出去之后，老几就在心里默默给他计时。没了手表的老几自己就是一座钟，他可以根据肠胃运动准确地判断时间：肠胃的运动从缓到急，最激烈的时候简直是五脏相互咬噬，然后又会慢慢转缓，转为放弃，这个过程使他这座钟相当准确。他在伪连长离开一小时后开始不安,一小时十五分钟之后他知道坏了。再过一会,就听见大门岗楼的哨兵吼起来:"站住!不站住开枪了!……"哨兵的吼声使每个号子的草门帘都开了。一时间,每个门口都挤满犯人们浮肿的大脸蛋。看得清的告诉看不清的:伪连长此刻一身新,正雄赳赳地朝大门外的开阔地走去。大门在白天是敞开的,伪连长走出门二十多米哨兵才看见。听见哨兵的吼叫,伪连长来了个"向后转——走!"然后就开始大踏步后退,脸朝着哨兵,一面吼出指挥口令,让哨兵好好瞄准,节省子弹,争取两三枪结果他,别打得他满地打滚。哨兵得了命令开始射击,第一枪是官样文章的警告,照着头顶的阴霾打,第二枪才来消灭伪连长。那哨兵枪法不错,第三枪就把伪连长放倒了。大墙上四个角落岗楼的其他哨兵顺着墙头上的小道跑来,四支自动步枪打空了四个弹夹。那场枪击等于把抗日战争延长了十好几年:伪连长是最后一个被消灭的抵抗中的日伪分子。伪连长的尸体被打得花乎乎的,几十个弹孔在棉袄上炸出灰白的棉絮,肚子里的秘密也随着流出的肠子公开了:那是一些颗粒完整的青稞粒。遍地春荒,肚子里还有青稞粒的人按说是最有办法、身怀偷窃绝技的人。按说身怀绝技的伪连长应该挺得下去。

随着饥荒的告终,犯人们也淡忘了那个"张现行"。一个江西的现行反革命。死人最多的时候,监狱院子只要一停放新鲜尸首,张现行必然会夜里出动。他脱下尸首的棉裤,用一片碗茬割下腿肉,再把棉裤给尸首穿回去。他的秘密屠户干了大半年,谁也没发现尸首们体重的变化,一夜间竟轻了两三斤。他的暴露是他的好意招致的:一天他把偷偷煮过的肉舍出一块,当作"野马肉"给了一个严重浮肿的狱友。狱友知道野马早已大批西迁,就是偶尔遇到一两匹,也不是近乎饿殍的张现行能猎到的。于是张现行在"现行"罪状之外,又多了一项不好定义的新罪状。新老罪行让张现行被精神病院的救护车拉走了。

随着甜菜汤上的油珠增多,大型的围猎减少了。猎物也都猎得差不多了。我祖父的回忆录记载了这种大型围猎场面,记得生动详尽,我从字面上都能看到被饥饿鞭策得勇敢残忍的人群。每年夏秋交接，围猎把几万犯人召出监狱，跟在上千的管教人员后面，和家属孩子一起，拉起一道八九十公里长的半圆形围猎线。无论犯人还是非犯人，每人手里都拿着脸盆、饭盒、大茶缸，一面用树棍敲打，一面齐声吼喊。围猎线在青海湖边收口，被围出来的动物绝望地跳进青海湖，不甘淹死，又跳回来。那些被大迁移留下的病弱老幼的黄羊、野马在青海湖里扑腾，一两丈高的浪白花花的。它们呛饱了咸水，明白水里也是绝境，便返身朝人群冲来。黄羊挺着头上的角，野马扬起前蹄，要和发出"呕呕"吼声的人类背水一战：和他们拼了。就在此刻，枪声响成一片。上千个管教干部击毙了不屈的牲畜，但总有一小部分撕开缜密的猎网逃出去。那都是牲畜里的最优秀分子，勇猛强悍矫健，它们可以跳得比人头还高，跑得比子弹还快，总是在踏伤或踏死一两个人类成员之后自由地远去。

我祖父看着它们远去，就像看着自己远去一样充满悲壮的感动。围猎结束后，犯人总是等着那顿羊肠子汤。说准确点，是羊肠子气味汤。犯人强弱不一，弱者如老几，连闻气味也没份儿的。

但那都过去了。连羊肠子气味也没份儿闻到的日子已经过去了。

因此，老几背向钢铁垃圾骑马逃去的时候，这些人和事正在被犯人们淡忘。老几不是在逃离饥荒。让老几做逃犯的因素很多，最重要的是我祖母冯婉喻。婉喻的信一月一封，谈儿子、女儿、孙子、孙女、外孙、外孙女。她说得详尽极了，都是细节，当时两岁的我误把一颗话梅放进嘴里，酸出一张怎样的滑稽面孔，婉喻都用她娟秀的小楷一笔一划写给了丈夫。孩子们的成长他一点都没有错过。家里成员的生活也从来没落下过他。婉喻的信里，一半写现时，还有一半，是写过去。焉识、婉喻还有恩娘的过去，在婉喻那里都有完整的备份。某件事，发生在哪里，怎样发生，焉识你还记得吗？看信的时候，陆焉识发现冯婉喻总是记住事情美好的那一半，或者说，同时发生于他们的事情，可以给看得美好，也可以给看得庸常。婉喻在她信里跟他重新过一遍那些日子，把它们过成了好日子。

婉喻总是在信上这样问，焉识，记得……吗？他想告诉她，他记得的，只是记得的和她记得的大相出入。但他从来没有在回信里这样告诉她。他还想告诉她，他们俩的过去，或美好或庸常，都是他们自己的，私密的，都不该给××信箱后面的眼睛去看。老几多次被赤身露体地搜身，但××信箱后面的眼睛让他觉得自己和婉喻更加赤身露体。

老几靠记忆把婉喻的信存档，按年月日编号，一封不漏地保留起来，然后就把实质的信纸烧毁。婉喻娇羞的字展露给××信箱后面的眼睛是无奈的，但绝不能再让其他人看到眼睛里；那都是些什么眼睛——看过凶杀和暴行，看惯了血污和粪土，满映着同伴多日不洗的污垢面孔和漆黑的鼻孔。

也许他的逃亡就为了这个目的：要当面告诉婉喻，他什么都记得，正因为记得，他现在知道那么多年他自己误了自己，也误了婉喻。他要婉喻原谅，他最好的年华没有给她。他一定要婉喻原谅他对她的心不在焉，在她身边的他仅仅是一份面带微笑的在场。

老几刚刚跑出黑刺林子就听见后面的喊声。年轻解放军的倒仓嗓门叫完一声"啊！"之后，想起他该叫的来了。于是他来了战士的威严："站住！再跑我就开枪了！"

老几想，犯人来了十来个，解放军不可能放了那十来个追他一个人。解放军的枪举起了，六十二岁的老几觉得准星锁住了自己花白的脑勺。现在他感觉自己的后脑勺凝成了一个点，准星隔着越来越宽的距离烧灼着花白卷发下的生命要害。就在稀疏的花白卷发和薄薄的颅骨下，他那存有多部手稿和婉喻百封家信的记忆，此刻正在被准星锁定，任何千分之一秒，子弹都会使那些精彩记忆崩出，热乎乎地流淌到正在枯干发白的草地上。但老几还是决定跟子弹赌一局。

"啪！"的一枪。老几身后的黑刺中弹了，一截树梢飞出去。又是连续两枪，老几觉得现在是自己的脊梁在解放军的准星里，因为热胀移到了那里。

一个解放军也骑上了马，朝老几追杀过来。老几对于马的那点学问可帮了他大忙。青灰马是正确选择。青灰马还有个好胜的性子，只要屁股后面有追的，它就觉得称心。青灰马和追来的黑马距离越扯越大。

此刻暮色一下子从草原四周的雪山卷来。

另一个解放军赶着十来个犯人组成了步兵追捕队。犯人们跑在前，解放军端着步枪跑在最后。饥荒毕竟刚刚过去，犯人们的身体亏空一时补不上。老几听见某个犯人发出哭腔，抱怨跑不动了。解放军也出了哭腔，说跑不动就枪毙。老几听着自己六十二岁的胸腔轰轰作响，气管成了风箱的活塞，从肺里却抽不出风来。头脑一明一暗，他知道自己随时会缺氧倒毙。他有什么选择吗？要是现在投降，解放军一气之下是可以毙掉他的。毙掉了老几，婉喻怎么办？婉喻就听不到他的懊悔了。他一定要告诉婉喻，一个浪子的回头就要这么大的代价。

糖厂的红砖围墙出现在一个枯草坡后面。老几就要这样气喘吁吁跑回去告诉婉喻，这个花白卷发的浪子是爱她的。顺着围墙跑了一截子，他勒住缰绳，马放慢了速度。前半生的公子哥教养又帮了他一个大忙：他的下马非常漂亮精干。他在跳下马的同时给了马屁股恶狠狠的一巴掌，失去骑手的马继续向前跑去。

糖厂的红砖围墙有一米半高，老几的脚蹬在砖棱上，手扣住了墙头。墙头上的玻璃碴子怒指苍天，排得十分密集，老几没什么选择，只能任它们割进手心。破烂手套下面是多日积留的污垢以及十多年磨出的老茧，多少挡住一点玻璃的锋利。老几一只脚已经迈进了墙头。

老几从一扇破窗钻进了厂房旁边的棚子，一进去就掉进了一口热气腾腾的池子。池子里发黑的液体起着泡泡，面上一层浓白的蒸气。老几的反应终于跟上来：发黑的液体是糖浆。幸亏天冷，糖浆一出炉热度就散发了，不然老几一定已经熟了。也幸亏他的棉袄棉裤厚实，浓稠的糖浆一时还浸不透。

听觉越过轰隆的机器噪音，能听见枪声穿过糖厂，跟着跑去的青灰马远去。老几从糖浆池子里爬上来，浑身重得他一步也走不动。泡透糖浆的老几成了个铅灌的老几，迈着铅一样的步子，挪到一个角落。角落里堆放了许多破烂口袋，等着被缝补好了再去盛装原糖，老几就藏在口袋堆里。

骑马的解放军还要花一点气力追上青灰马呢。即便追上，他也不一定会马上想到诡计多端的老几在糖厂就已经金蝉脱壳。

大约十分钟之后，老几听见糖厂的犯人换班了，有人朝棚子里走来。他赶紧挪着铅一般的步子，挪到院子里。院子乱七八糟，废机械，破机床，大捆的干甜菜，任何阴影都庞大宽阔，足够把老几拥入黑色的怀抱。天完全黑下来。糖厂里日班已经换成了夜班。老几是蹲着躲藏的，等他想站起来的时候，发现几乎不可能：他下蹲的姿势已经随着灌满棉袄棉裤的糖浆凝固，被铸成了一个蹲着的糖人。吃透了糖浆的厚棉絮坚硬如钢铁，要里面的肉体成什么形状它就得成什么形状；箍在里面的肉体根本别想拧过它。老几蹲着走了一步，发现脚和腿麻木得很透彻。他用力运动脚趾和腿的肌肉，知觉回来了一些。他蹲着慢慢向一侧走，仅仅几步，所耗费的体力不亚于那场跟子弹的赛跑。但他不敢坐下，生怕一坐自己又成了一具坐姿的糖人，再也站不起来。月光很好，老几在月光里看到了一根棍子，他开始往那里挪动。他终于移动到了棍子跟前。由于棉袄袖子把他的胳膊塑成了抱膝的姿势，他很难伸展开来，痛快地用棍子敲打棉袄关节处凝固的糖浆。他改变了策略，开始用棍子敲打棉袄前襟的纽扣。一块块糖被敲下来，老几把它们塞进嘴里。他呼哧带喘地咀嚼，一股股甜水流进他的胃，成了燃料。燃料把老几发动了，他一次次发力，终于把自己从糖衣棉袄里剥离。零下好几度的气温，多亏老几运动量巨大，也多亏有糖给他加油。大概十几分钟以后，老几把棉衣和棉裤关节部位的糖敲了下来。他摸了摸棉袄里子藏的东西。东西好好的，没有沾上糖浆。那是他最后的库存：四十六块九毛钱，一对纯金袖扣，一个蓝宝石领带夹。

月亮上到山顶的时候，老几僵硬地上了路。不能走大路，大路此刻正热闹，解放军一个排一个连地到达，见什么都叫"站住！"老几连小路都躲开了。他就在荒草里开路，他照相般的记忆这时可是好使,还有他的知识,这些都避免他迷途。他不急不慌地走着,二百公里行程,急不得的。

第二天他花了大半天把棉袄棉裤上的糖揭下来,装进从糖厂偷的口袋里。然后他脱下棉袄,拆下缝在里子上的那块黑布和那团插着针的黑线。他把黑布缝在了棉袄脊背上。黑布不大不小,正好遮挡住"劳改"二字和下面的囚犯番号。泡过糖浆的棉袄针尖根本扎不进去,他的手被扎成一双血手才大致完成缝缀。

这以后的逃亡日子大致是这样,老几夜里行军白天睡觉。大荒草漠上建监狱,并对犯人松弛看管都是鉴于一个信念:没有吃的,放你跑你也跑不出去。老几却破了例。他的破例是个偶然,是个奇迹。棉袄棉裤上揭下的糖片可以补足他的给养,草地随处可睡,白天太阳把大草漠晒得阳春一般。糖够他三生吃的,吃进去的糖在他胃里酿成了醋,稍微喘息得深一些,就把满腹陈酿的醋泵上来,顺着食道直喷上堂,本来有牙病的牙都要给酸倒了。几次一来,嗓子给腌烂了,每一口糖下去,或每一口醋上来,都留下一道火辣辣的刺痛。

偶尔碰上顺路的游牧藏民回归他们的冬牧大本营,他就用随意的藏语和他们玩笑搭讪,再用一些糖片做礼,坐一段路的牦牛背,歇歇他走得血泡重重的脚。有一次碰到一家东乡族老乡,他用糖跟他们换了一只雪鸡,又学着他们的样连同雪鸡精美的羽毛一块在篝火上烧烤。那是他二十多天的逃亡里程中唯一一顿不甜的餐食。

吃完雪鸡后,老几告别了东乡族老乡。老浪子心情不错,有个留学生时代的歌就在嗓子眼做痒,但他还是把它硬压回去了。老几算着,老浪子还有多少天可以出现在婉喻面前。老浪子要好好地抱住婉喻,让婉喻知道这回是把她作为世界上唯一的婉喻来抱的,而不仅仅是一具女体;他的身和心是特地为婉喻而动情的,仅仅因为她是婉喻而不是任何其他女人。二十多岁、三十多岁、四十多岁那些心猿意马的抱都不算,那都是尽职而已。甚至都不怎么尽职,时常敷衍,时常躲懒。

他脚板上的血泡全部爆破、所有糖片儿就要给他吃完的那天,他已经快要把偌大的荒草漠走到身后去了。这天傍晚,他碰到一条浅溪,马饮水那样伏在溪里灌了一肚子,又好好洗了个脸,把属于大草漠的面孔还留给大草漠。

至多还有一个礼拜,他就会见到婉喻了。他要告诉她,老浪子是冒着杀头的危险回来的。他是被你婉喻多年前的眼神勾引回来的。他太愚钝,那些眼神的骚情他用了这么多年才领略。他再不回来就太晚了,太老了。

老得爱不动了。

冯婉喻

我祖母冯婉喻的眼睛长长的，介于双眼皮和单眼皮之间。眼睛的变换取决于她的睡眠长短、心情好坏。如果你看见她眼皮双得厉害，问都不要问就知道她头天哭了。她这双眼睛非常静，可以半天不动，你知道她的心也一样是静的，没有在想如何对付婆婆，如何整治佣人，如何跟丈夫多嗲出几个零花钱。只有安享清福的女人才会静成那样。

那是我祖父受到报纸上的文章攻击之后。他在学校和各种会馆、俱乐部的日子冷清了许多。对此他也认了，只要做学问还有他的份，挣钱还有他的份，他宁可不去求助对手的对手，在他们的杂志上反攻。再说他习惯泡咖啡馆、图书馆，那里有的是陌生人的间接陪伴。一天晚上他回到家，口袋里放着两张梅兰芳来沪演出的戏票。梅兰芳的戏票非常难求，他是偶然买到这两张戏票的。下午泡在奥地利咖啡馆里，一个投机各种票券的俄籍犹太瘪三把戏票贩到他的桌上。当然这是比正当票价高许多的票子。假如凑上来的瘪三贩的是一块狐皮，或一个号称路易十六的水晶盘，或者一张吉尔吉斯的手织挂毯，贩到焉识的桌上，他多半也会买下来。有时候贩东西的瘪三前脚走，后脚就有人揭露焉识上了当，买了假货，或花了冤大头的价钱，焉识也只会跟着人一块笑自己的愚蠢。他不想跟人家说，买下假货第一是因为他陆焉识摆惯了阔，第二是他受不了瘪三们的烦。瘪三们为了把蹩脚货换成钱要那样造孽地讨好你，马屁拍到天上，焉识只有买下货色才能从自己眼前抹除一副可怜可嫌的嘴脸。

揣着戏票回到家，婉喻迎到门厅来接下他的公文包，又给他脱下外衣。他想到外衣口袋里的戏票，便又转身回去取。这时听见恩娘在哪里说话。恩娘有几种说话腔调：女掌门人的，慈母的，还有就是此刻这种——一个病女人的。恩娘的病不少，心口，头，腰腿，两手心也有病痛。很多女人的病是她们的武器，恩娘最善于用这武器，一旦她自认为受了欺负需要反攻就拿出来使用。

"用不着吃党参了………没用的……吃了也是浪费钞票……焉识赚那点钞票容易吗？浪费到我身上我担当得起吗？……"恩娘显然听见了焉识进门，提高了嗓门。

焉识满可以不回来，咖啡馆可以是他的客厅，图书馆可以是他的书房、卧室。他换上婉喻给他摆好的拖鞋，看了看樱桃木的楼梯。此刻它是黄山或泰山或峨嵋最难登的一段。请安怎么都要请的，他拖着两脚登着樱桃木的险峰。

"恩娘。"他在门口唤道。

恩娘看看他，又看看自己两只手。

恩娘在三十二岁上得了这种抖动的病，一专注手就会抖，越想对准什么越对不准。但她又要坚持一半的独立自主，不愿别人替她划火柴点烟，而是让人替她掌住火柴盒由她自己拿着火柴，经过一再的瞄准完成打火动作。这天下午佣人都被她差出去办事了，身边唯有她四岁的长孙女丹琼。她给了丹琼一个即时培训，便将一盒火柴塞在女孩手里。两人的合作终于成功，但突然在自己手上冒起的火苗把四岁的丹琼吓得大哭起来。女孩一直哭到婉喻从街口买了点心回来。那是婉喻对婆婆开天辟地的一次不客气。她吊长脸把丹琼一把抱进怀里大声说开了话：不是孩子做的事情就不要让孩子做，四岁孩子的手不可以用来当火柴盒钳子！婉喻这两句话便让恩娘病痛得起不了床了。

焉识走到恩娘床边，坐下，从大个子降低成矬子，把床头柜上的党参红枣端起。这个场面在这间卧室里是老场面。焉识拿起细瓷调羹对恩娘说,党参还是吃了吧,都有错,党参没有错啊。

"错都是我的呀。"恩娘说,眼泪成了不值钱的珠子,一把把地撒。不然你们一家人家多好?偏偏多出我来!

焉识赶紧说,这个家没有恩娘哪里还是个家?多谁也不会多出恩娘您的。这是老场面里的老对白,每个人都要说的,不过谁说也没有用,最后还要焉识来说。

"怎么不多我呢?一块料子本来够一个人做件旗袍了,多出一个人只好做两件马甲。"

这也是老词,每次在这个老场面里都要拿出来说的。指的是焉识刚从美国回来的时候,从箱子里拿出几块衣料。错出在他不会给女人买衣料,每一块的尺寸都尴尬,做两件不够,做一件又宽裕。他把两块颜色亮的给了婉喻,剩下暗颜色的给了恩娘。恩娘当时便咯咯直笑,说焉识怕自己有个年轻恩娘难为情呢。婉喻立刻把自己的鲜艳料子让出来,两块料子裁了四件马甲。但已经太晚了,这事在恩娘心里落下了病,一怄气它就发。

焉识这时笑着跟恩娘打棚。马甲多好啊!恩娘穿什么行什么(此地行念 hang,流行的意思),这两年上海女人才行马甲,落后您恩娘好几年!

恩娘事事跟婉喻比,事事要占婉喻的上风。三个人乘汽车出门,婉喻只能坐在司机旁边,后面的座位是焉识陪恩娘坐的。现在他油腔滑调,跟年轻的继母胡扯,不但让她占婉喻的上风,更让她占全上海女人的上风。恩娘撅起嘴,嗔他一眼。焉识知道他此刻的身份是多重的,是继子、侄女婿,最重要的,是这个孤寡女人唯一的男性伴侣。他不在乎恩娘那一眼多么媚,多么抹杀辈份甚至体统。恩娘暗中想在他身上索取什么就索取什么吧,恩娘是被牺牲到陆家的,总有人要承担这份牺牲。

焉识再次把党参红枣端起,一面说他要去责问婉喻,一面就要把调羹往恩娘嘴里送。眼泪把恩娘的脸弄成了出水芙蓉。这就是恩娘要的:不平等,不公道。她就该得到偏心偏爱。一个不幸的中年寡妇,连自己亲生的儿女都没一个，你要她跟别人——比如跟婉喻讲平等公道，那才正是不平等不公道。

焉识下了楼，在厨房找到婉喻，对她说，来一下，我有话跟你说。婉喻也受惯了不平等不公道。一到这种时候，她对自己受气包的角色无条件接受，准备丈夫一叫就上楼去陪不是。

"喏，这是两张票子。梅兰芳唱的戏。你收起来。"焉识把两张票塞进婉喻有点潮湿的手里。

"恩娘去吗？"

焉识叫她不要告诉恩娘，他已经受够了一块衣料两件马甲的累。

此刻他们在厨房和客厅之间的走廊，没有开灯，光亮借的是客厅和厨房的。婉喻刚要说什么——也许想说"听说票子老难买的"之类的话，焉识制止了她。楼梯上的脚步是绣花拖鞋套在解放脚跟拉出来的，恩娘的病痊愈了一大半，此刻下楼来指导晚餐烹饪了。

焉识做了个动作，同时使了个眼色。很微妙的动作和眼色，但都不是陆焉识的，是他从别人那里搬来的——从那类瞒着长辈跟女人生出情事的男人那里搬过来的。婉喻先是错愕，然后便看了丈夫一眼。

那就是我祖父陆焉识后来总是品味的眼神。那就是他发现妻子其实很美很艳的时候，起码她有美得耀眼的瞬间。

恩娘到达楼梯下的时候，焉识和婉喻已经分头走开了。焉识走到客厅，拿起一张两天前的报纸，人藏在一大版赌赛狗赌赛马的广告后面。婉喻很谨慎，没有进到客厅来。晚餐时婉喻隔着一桌菜又看了焉识几眼。陆焉识心都跳快了。他刚才的行为还像一种男人，那种不得已在妻和妾之间周旋的男人。但婉喻是知足的。女人似乎都更愿意做暗中的那位。

看戏那天晚上，焉识直接从学校去了戏院。天下小雨，他老远看见婉喻两手抱着伞柄，伞柄给她抱成了柱子。他没有问她找了什么借口向恩娘告假的。事情进行到这个段落，他已经满腹牢骚，又无从发泄，当婉喻迈着微微内八字的解放脚，溅起雨地的水花向他跑来时，他答对的便是一张牢骚脸。似乎三个当事人都有些不三不四。坐在座位上看戏的时候,他心里的牢骚往上涨,连胳膊肘都不愿碰到婉喻。当初你姑母让你婉喻嫁过来你就嫁过来吗?她让你做一把锁住我的锁你就做吗?现在看看吧,锁得最紧的是你自己。婉喻却是满足的,静静地做一个好观众,能在梅兰芳的戏台下做观众很幸运,而坐在自己博士丈夫身边做梅兰芳的观众更是幸运,她静静地享着自己的福分。

一直到两天后,焉识才知道婉喻为了跟他看那场戏扯了什么样的弥天大谎。她跟恩娘说自己的母亲病了,从吴淞老家送到上海的医院来看病,所以她要去医院看母亲。她钻的是恩娘和自己母亲姑嫂不来往的空子。司机告诉恩娘,前天晚上送少奶奶去的不是医院,是戏院。从戏院接回来的不止少奶奶一人,还有焉识少爷。婉喻和焉识撒谎的资历毕竟太浅,而且对最该听谎言的一个下人说了实话。司机总是漫不经意地告诉你你不在场时发生的事。他就这样漫不经心地把小夫妻俩雨夜看梅兰芳唱戏的事告诉了恩娘。因此焉识这天在课堂上就接到门房通知,要他尽快给家里回电话。

接电话的是婉喻。焉识马上知道出事了。婉喻从来不接电话,电话在恩娘的牌九桌旁边。

"恩娘走了。"婉喻说。她倒还是静静的,背景里一片哭叫,四岁的女儿和一岁半的儿子被恩娘的走吓哭了。

焉识问婉喻,恩娘走到哪里去了。大概是恩娘三舅妈家;恩娘在上海就一个亲戚常走动。肯定是三舅妈家,三舅妈爱吃北京柿饼,恩娘走了,一包北京柿饼都不见了,总是去三舅妈家了吧。焉识嘴上狠,让她走,让她作,作死人了!婉喻不说话,知道他是嘴上狠,到了晚上狠劲就发光了。晚上九点多,婉喻把恩娘接回来。恩娘挺胸昂首走在前面,婉喻走在后面,童养媳的身姿,步子更加内八字。

"不回来一趟不行啊。搬出去长期住,总要理几件行李带走吧。"恩娘一边自圆其说,一边往客厅里走。

焉识和婉喻都老老实实在她身边跟着,听着。

恩娘在沙发上坐下来,看着自己面前的地面说,还不晓得吗?早就多你了,你不识相,一定要赖在这里,害得人家正经夫妻不好做,半夜三更出去做野夫妻，宁可给雨淋。要不是你，人家会做这种不要面孔不要体统的事吗？这是读书人家，哪一辈做过这种不作兴的事体啊？这么大的房子，楼上楼下，你挤得人家没地方蹲，花那么多钱买票子到戏院里去亲近，还不晓得自己多余吗？

焉识和婉喻都不说话。焉识从来不想赢恩娘，他输惯了。

恩娘一面说一面落起泪来。不就是两张戏票么？这么小的事她都不配听一句实话？她都不配焉识多花几块钱，一块带去看戏？

焉识说票子如何难买，等再买到票就请恩娘去。下回一定买两个好座位，不像上回，跟婉喻坐到门边，两人把脖子也看歪了！

于是焉识陪着他年轻的继母，把一模一样的几折戏又看了一遍。

那几天焉识跟婉喻的房事多起来。他们在暗中紧紧团结，孤立恩娘，反抗恩娘。恩娘什么都要跟婉喻争，总有你争不到的。不是什么都可以做衣料，你一半她一半，总有你没份的东西！枕头边上，他跟婉喻说，下次出门跟他约会不要坐家里的汽车，到路口再叫差头。黑暗里婉喻嗯了一声。过了一会他又说，这不是怕恩娘，其实倒是为恩娘好，否则一个不懂事的外婆闹给小孩们看见有多难看。婉喻又嗯一声。再过一会，他前面说的又都不算了，他说他确实怕恩娘，她的可怜身世让他怕她。婉喻向他侧转身，柔软得如同一团面，他的手他的胳膊就是模子，把她一会捏成一个形状。他们像是在偷情。偷情是恩娘逼的，然而这一逼迫婉喻可捡了大便宜，不然焉识会给她那么多肌肤亲密？

"我晓得，假使恩娘不是这样厉害，你会待我更加好的。"婉喻说。

原来恩娘的存在对他焉识也有利！原来在这个怪诞的人际关系中他也捡了便宜！他一直在利用恩娘的逼迫——无意中利用——让妻子对他的冷淡敷衍有了另一番解释。他花五分气力做丈夫，在婉喻那里收到的功效却是十二分。什么都可以推在恩娘身上；都是因为恩娘挡在他们中间，使他不得不对她藏起温柔体贴甜蜜。不然陆焉识好得婉喻都想象不出，消受不了。

婉喻的生日是12月15号，恩娘早早买好寿面，亲手做了四冷六热一桌菜，又买了一块苏格兰格子呢做礼，让婉喻做件短大衣。她对婉喻可以千般宠万般爱，既做姑母又做婆婆，好几重慈祥集于她一身，做得周到详尽，不留一点空间让别人填补。更没有留空间给焉识填补。焉识其实是把妻子的生日忘得干干净净。那天晚上他在外滩的一家酒吧，写一篇文章写入魔了。他回到家时，全家都睡了，只有恩娘还等在客厅里。恩娘笑嘻嘻地说，要是他没有吃晚饭还有寿面，可以给他现煮。他这才明白恩娘笑什么。他不拿妻子的生日当回事，她在看笑话。母子独处的时候，恩娘宁愿相信焉识也不拿做丈夫当真。

他在第二天去了沙利文买了一块奶油蛋糕，又去了一家首饰行，买了一对珍珠耳环。珍珠不知真假，但样式是适合婉喻的。其实适合不适合他也无所谓，主要是对自己的毁诺和失礼做一点弥补。

晚餐桌上，他把蛋糕切开，又把小盒子打开，让婉喻看看是否喜欢这副耳环。

"哦哟，倒是有心的！阿妮头那条淡粉红旗袍就缺一对白珠珠配呢！"恩娘说。

他听出恩娘的痛苦和寂寞。那是多少温爱也填不满的寂寞。寂寞和痛苦在恩娘这里从来都会变成别的东西，变成刁钻，刻薄，变成此刻这样的酸溜溜。

婉喻的眼神打了一道闪电。焉识再次发现婉喻可以如此美艳，有着如此艳情的眼神。她在感激他所给予的，同时提醒他，他们要为此吃苦了。但她是情愿吃这份苦的，这份苦她是吃不够的。

果然，接下去的日子，两人开始吃苦。婉喻出门给孩子买奶糕或者买绒线，回到家恩娘便会说，小夫妻喝杯咖啡，不要匆匆忙忙的嘛，家里又没有人让你们牵记。婉喻不辩争还好，一旦叫屈说没有啊，哪里会去喝咖啡呢！恩娘会笑笑，你急她不急，说喝也没关系啊，又不是跟陌生男人喝。婉喻假如来一句：真的没有喝呀！恩娘笑得会更大度：哦哟，还难为情啊？小夫妻亲热，恩娘只有高兴喽。婉喻若还有话回嘴，恩娘就会不高兴了，说怕什么呀？怕恩娘跟了你们去轧闹猛呀？我还没有那么贱吧？婉喻到这时简直要给恩娘磕头捣蒜了,而恩娘还会乘胜追击:你们两口子何必呢?这样把我当瘟神躲避!放心,将来我就是病得不好动了,也不会麻烦你们的,爬也要爬出去,寻个清净地方去死的!

焉识偶然跟婉喻在客厅里碰上,恩娘就会故作惊慌地赶紧从牌九桌前站起,一面满嘴道歉:对不起对不起,马上就走,一辈子顶怕自己不识相,还是不大识相!

焉识在图书馆和咖啡馆里泡的时间越来越长。他完成了一篇篇学术文章和消闲随笔,但发现刊登文章也不再是乐事。就连最纯粹的学术文章刊登之后也会引起这一派那一派的争执,他总是不知道自己怎样就进了圈套,糊里糊涂已经在一场场文字骂架中陷得很深。上海天天发生文字战争,文人们各有各的报刊杂志做阵地,你不可以在他们中间走自己的路。但焉识还是尽量走自己的路。家里他是没有自由的。因此他整天混在外面。外面他还有什么?也就剩这点自由了。

一天晚上他和婉喻谈起这种失去自由的恐惧。婉喻意外地看着他。其实话一出口他就在心里对自己哈哈大笑了。假如婉喻能够跟得上他这种思路,就不是婉喻了,他也不会觉得她楚楚可怜,跟她结婚。婉喻没说出来的话是:你不自由吗?!你还不自由吗?!他想,婉喻真是可怜,还不如他,他到底有过自由。她连他曾经那点自由都从没拥有过。

第二天早晨,恩娘在饭厅里吃早饭,婉喻站在旁边,给两个孩子把油条剪成小块。焉识走了进去。他向恩娘道了早安,问了睡眠,关怀了胃口,然后话锋一转,说很快他要出门去参加一个会议,三四天时间,恩娘一个人要保重身体。婉喻的剪子大张着嘴,停在手上。恩娘问,婉喻也去?对的,与会者的夫人都去。婉喻跟那些夫人说不来的!恩娘,什么样的夫人都有,总有婉喻说得来的。

焉识一口一口地喝着咖啡。恩娘依旧吃她的泡饭、酱菜,银筷子轻轻敲在碗边上,碟子沿上。焉识和婉喻都听着她敲。

"正好,阿拉一家门都去!"恩娘的银筷子敲了一会儿木鱼,敲出点子来了。"两个小人和我,大家一道出去玩玩,难得的!焉识是洋派人，要度蜜月的对吧？跟阿妮头结婚辰光太紧，蜜月都没有度。现在大家陪你们度！"

"学校没这笔钞票邀请啊……"

"这点钞票恩娘还出不起？我请客。两个小鬼头的钱我来出好了。平常你们看恩娘精打细算，钞票捏得老紧，省出钞票就是在这种辰光用的呀！"

似乎是他们的车子发动了，恩娘绝望地吊在车门上。

"外婆带你们出去玩，跟爹爹姆妈一道去，要去吗？"恩娘对两个孩子说。

恩娘在孩子们里很得人心，孩子们马上说要去的。

焉识想突然袭击，却发现自己反而被伏击了。他马上说，这个会议邀请夫人们参加，不是邀请她们去玩；课题是教育心理学，这个课题夫人们比教授丈夫们还要有学问！他一边说一边恶心，自己把三辈子的谎言额度都用了。恩娘很清楚他在撒谎，笑笑说，是吗？……也好的，你们小夫妻陪着我这个人，闷煞了，也该闲云野鹤一下了。

"恩娘，我不去好了。"婉喻说。

她对焉识一笑，表示他的心她都领了，为了带她出门，补一次蜜月，他不惜当着长辈、晚辈红口白牙地撒谎，毁自己的品行。他有这份心比真度一次蜜月都好。好百倍。

焉识说婉喻不可以不去。同事的太太们都去，大家会想陆焉识是什么人？难道脑筋这么老法，只把太太留在厨房里？要么就是有个小脚太太，拿不出手。

婉喻说："恩娘一个人在家领两个小人，吃不消的。"

恩娘说："阿妮头，好啦，去吧。吃不消也要吃。恩娘就这点用场，领领小人，烧烧菜，不然就更加吃白饭了，对吧？"

婉喻还要说什么，焉识瞪了她一眼。焉识在家里从来不跟谁瞪眼，跟谁他都不一般见识，也就犯不上瞪谁。再说他一般是人在家心不在家，女人间、主仆间的事他至少错过一半，所以什么也烦不着他。他的坏脾气只在自己心里发，给人看的都是随和潇洒。

他是硬把婉喻带走的。或者说，婉喻那两天的自由是他硬给她的；那风景恬淡、有山有水的自由。他们没走多远，乘了一夜的船漂到无锡。到了太湖边他已经心绪惨淡。早晨下船时虽然没太阳，还有一点太阳的影子，到中午倒来了雨。两人闷在旅店里，碰哪里都碰到一手阴湿。原来没有比冬雨中的陌生旅店更郁闷的地方，没有比这间旅店的卧房更能剥夺婉喻自由的地方。对于他，冬雨加上旅店再加上婉喻，他简直是自投罗网。

焉识的沉默在婉喻看来是她的错，于是没话找话和焉识说。焉识发现，可以跟婉喻谈的话几乎没有。解除了来自恩娘的压力，他不知道该拿她怎么办。

第二天早上，婉喻说还是回去吧。他问为什么，来都来了，恩娘也得罪了。婉喻笑笑，说不是已经来过了吗？她实在不放心恩娘和孩子。他知道她其实是不知怎么对付他。他们隔壁就是一对年轻男女，借着雨天烫酒下棋，楼下他们也碰到一对上海夫妇，坐在饭厅赏雨品茶，好像就因为小旅店的陌生，茶也好了雨也好了，连粗点心也比上海好了。焉识和婉喻却做不了他们，似乎就心焦焦地等着雨停，停了就要赶路去哪个好地方，或者雨停了两个人可以相互放生。

焉识同意当天晚上乘船回上海。这一来怪事发生了：两人都松了口气，都自在起来。雨也好了茶也好了，他们开始觉得要抓紧时间品评，抓紧时间度他们最后的几小时。甚至他们也发现了小屋的可人之处：墙上的画是真迹，手笔不俗；做橱柜的乡间木匠是有品位的，一定喜欢明代家具；床也是好木头好雕工，床头柜上还有旅店送的一瓶加饭酒。

1936年12月底的那个下午，对陆家是个重要日子，因为我祖父和我祖母在这个旅店怀上了陆家的第二个博士丹珏——我的小姑。

在三个孩子里，唯有丹珏是她父母激情的产物。在旅店的雕花木床上，我祖父浑身大汗，我祖母娇喘嘘嘘，最后两人颓塌到一堆，好久不动，不出声。日后我祖父对这次经历想都不敢想，因为他不想对它认账。他们回到家很多天，他都不看一眼婉喻，有一点不可思议，也有一点上当的感觉。可是又不知道上了什么当，是谁给了他当上。

我祖父朝着大荒草漠外走去的时候，是想到了1936年那个绵绵冬雨的下午的。但他知道那个淌着激情大汗的人不是他，是一个醉汉。也就是说，让他男性大大张扬的不必是婉喻，可以是任何女人。就像在美国那些以小时计算的肉体撒欢，快乐之一就是完全没有后果。应该说他上了酒的当，婉喻上了他的当，把那个醉汉当成焉识了。

1963年11月23日这天，他觉得自己是要回去弥补婉喻上的那一记当。不然就太晚了，他会老得弥补不动的。

逃　犯

就在老几快要走出大荒草漠的时候，他看见了一小群野马。它们在枯得发白的草上走，草漫过蹄子，看起来像驾云。这是我祖父第一次看见人们传说的野马。是什么把它们留下了，没有跟着它们族群迁移？

老几向它们走过去。它们当然不会让他表示亲善，但它们对人不像这里的其他牲畜，惹不起躲得起。也许它们看到的只是一个赤手空拳的老叫花子，领头的马带领马群想朝我祖父冲过来。不是那种猛冲，就是一点点地加速。我祖父这时看到它们的正面，是驴的正面。驴不如马高贵，但驴性子里的狡诈聪明马是不能比的，驴只要能欺负一下人就绝不放过欺负的机会。我祖父躲开了，把路让给了它们。

现在在我祖父视野里的就是若干驴屁股，甩动着明白无误的驴尾巴。风里还有它们的体温和体嗅。我祖父走到野马刚刚走过的地方，看见被它们撕吃过的那片草。貌似枯白的草竟然充满浆汁。他拔起一根，把草乳充盈的梗子在手指间碾捏。浆汁真的像乳汁一样。这就是这群野马留下的原因。野马在远处全部向他转过驴脸，看看老叫花子要对它们的粮仓做什么。它们知道这地方人都饿得变了种，跟兔子、老鼠、旱獭争食。春天夏天，人就变成了羊和马，哪里有青草就吃到哪里，那些被他们叫做灰灰菜、野芹菜、野韭菜的草被吃秃了，土被吃得大片大片地裸露，土再被晒得干死。这里的生命知道，土也会死,只有人不知道。正是人吃死了草地,吃死了泥土,把草漠吃成了沙漠。

太阳这时就要升起了,对面的山顶,一牙月亮还挂在那儿。我祖父在月亮和太阳之间要宿营了,明天他将会走完在草漠上的最后一段路。这时他看到了自己的手指,碾碎草梗的那两根手指,指尖上那道浆汁干了,变成了浅棕色,有一点黏性。再看得细一些,那干了的浆汁里似乎含有一丁点固体。野马的驴脸虎视眈眈,护着的是这个秘密?他又拔起一根草,放在齿尖上轻轻地咬,又用舌尖上去帮忙,找出了草浆里的淀粉。

这是一片含有淀粉的草。也许含量少得可怜,但毕竟不是一般的草。草漠像海洋,里面的生命永远在变异,也永远有新的生命物种给你发现。

他身上的糖壳儿已经被剥光,这些草出现得正是时候。

野马们看着这个人类成员把一把把的草放进嘴里,像它们一样缓慢地挪动下颚,用槽牙磨断草梗。人类是可以不挑不拣,什么都吃的。一张张驴脸上都是领教。

其实,我祖父陆焉识一生犯下的真正罪过,是把野马和黄羊们可怜的一点秘密口粮叛卖给了人类。不久他就会告诉人们,此地有一种含淀粉的草!于是人们在榨干了这里的其他生命之后,又来榨干这里的草。到那时,陆焉识博士还觉得自己干了件功德无量的事。

我祖父吃饱了草之后,太阳升得离山上的雪冠有一丈高了。肚子有了食,睡眠就很踏实。这是老天在入冬以后给草地的最后几个好脸子,好得不正常,黑色的大棉袄马上吸饱太阳能,把盖在下面睡觉的人热出了汗。睡到下午三四点钟,陆焉识打点一番,上了路。走了一阵,他听见了天边轰隆轰隆的声响;青藏公路上的卡车一辆接一辆地跑着,他但愿哪一辆能停下,搭上他这老叫花子。

1963年的中国人和三十年后很不同,那时的人单纯、轻信,同情心还没泯灭。尤其是那个时代的西北人。陆焉识在一个加油站走向一辆解放牌卡车。司机没有看出老叫花子的破绽,听信了他的谎言。大荒草漠上的风去掉了陆焉识无数层脸皮，他撒谎时反正也不知用的是谁的脸皮了。他说他是地质队的工程师，出来出差被抢劫了。尽管他换过多层脸皮，最深部的那层斯文和儒雅是换不掉的。司机看了他一小会儿，向解放牌车厢里扭扭下巴。陆焉识知道，这就是他的车票。他十分利落地爬进车厢。解放牌拉的是牧区收购站收购的羊毛，拉到西宁的毛纺厂去。搭车人马上就窝在一捆捆的羊毛之间。

卡车开动起来。陆焉识来了信心。这是个辽阔的国度，哪里都有藏身之处，哪里都有听信谎言给你藏身的人。他把两只手捅进袖口，缩起脖子，舒适暖和，羊毛的膻臭也是暖和的。半个钟头之后，卡车停下来，因为前面一辆车翻倒，把路堵窄了。陆焉识听见司机敲打车帮，便从羊毛捆子之间钻出来，顿时觉得心脏跳到他耳鼓里似的。

"下来坐吧。"

他赶紧微笑推辞。

"上头多冷啊！"

他用文绉绉的普通话应答起来："不冷啊，冷点空气更好啊。已经够麻烦师傅您了。"

"麻烦啥呢，下来坐，咱聊聊，要不我该瞌睡了。"

原来是缺个解瞌睡的。他忙说他坐在驾驶室会晕车。

"晕车再上去呗。前头那辆车，肯定就是司机瞌睡了。"司机下巴扬起，指指道路前面，所有的司机都不说"翻车"二字。

他坐不坐驾驶舱关系到司机师傅的安全，这个忙老几不能不帮。他脑子飞快地运动，计算自己将在哪个点下车溜走。前面一定有稽查逃犯陆焉识的哨卡，坐到驾驶室里多方便他们盘查捉拿？几年前他跟几个犯人被带到西宁去过一次，给西宁监狱里的犯人讲演劳动改造的心得。路上所有的村落他都记下了，每个村落肯定都设了哨卡。

驾驶室里有一股食品的气味。是菜包子，而且是不新鲜的韭菜包子。但老几觉得那简直是气味的盛宴，他闻出里面的油、盐、酱油、韭菜、粉条，一道道气味在咂了二十来天糖片儿又啃了一肚子驴草的陆焉识闻起来，简直太美味了。他听见司机跟他东拉西扯，却不能张口回答,因为嘴里的口水泛滥,他的嘴唇紧闭还关不住闸,还要从两个口角向外溢。他喝着自己的口水,咕咚咕咚,大口牛饮,每回答司机一句话之前,都以自己的口水好好润了润嗓子。终于,司机发现他的搭话文不对题,转过头来看他。他就要给这菜包子气味折磨死了。

"你饿不?"

他仍然文绉绉。"不饿,谢谢了,已经够麻烦师傅了。"这句谎言说得不好,司机没有相信,拿出一个满是油污、摔得到处凹陷的铝饭盒。

"吃吧。孩子妈做的。"

饭盒里还有一个半包子。他很自觉,拿起那半个来。包子刚咬到嘴里,汹涌的口水就把它冲下了食管。他的口腔滑溜得留不住一口包子,只在他的病牙缝里留下了一点儿韭菜。

"再吃一个吧。到西宁我就到家了,孩子妈说不定又给做下了。"司机说。"吃吧,这不是前两年,粮食那么紧。要是那两年,我也舍不下这点粮食给你了。"

陆焉识不等他多劝,又把完整的那个包子吃下去。有个会做包子的孩子妈真好。天下会做这样包子的女人就是好女人。他费了很大的力气,才让自己吃得慢了些。他给饿了三年,人饿成了个大空桶,此刻包子一块块落下去,在空桶里形成回声,司机都听见了,因此他有些鄙夷地转过脸,看老叫花子一眼。

"咋饿成这样?"

他觉得司机脑子里正在推翻他编造的履历。这一刻老几警觉多疑,完全是一个真正的逃犯。他说从行李被抢劫之后,自己一直没有吃东西。他想,和这个老好人司机的缘分就这点了,必须马上下车。车开到两个村子之间,他刚提出要下车就后悔了:一个他这样打扮的人在公路上走谁都能看出疑点。再说他在这里下车去哪里?没村没店的,什么是他下车的理由?

司机就像没听见他的下车请求,卡车的速度丝毫不减。也许是要直接把它开到派出所。老几一面叫喊,"就这里下!"一面把身体往后靠,脊梁使劲抵住座位靠背,似乎这样可以离派出所的警察们远一点,远半米也是远。被拖上刑车的梁葫芦身体不就像他此刻这样往后赖吗?脚和腿上了刑车身子还没上,哪怕晚半秒钟上去也好。

"咋在这儿下车?"司机在他第二次提出要下车时问道。

回答是他们的地质队有一个分队就在这附近。再说刚刚吃进去的韭菜跟他肠胃不对付,感觉到了泻肚子的十万火急。他指望这话能把司机吓住,谁也不愿留一个将要污染环境的人在斗室般的驾驶舱里。

司机把卡车停在路边。车外侧的两个轮子到了路基下面,因此车身是倾斜的。一打开车门,陆焉识就被倾倒出去。

"喂,你要是怕我告发,非要下车,那可用不着。"

司机见老几吓傻了,笑了笑。

"你们这样的老右派我可见多了。跑长途啥样人见不着?你一说你是地质队的工程师我就知道你没说实话。你这么大岁数——七十来岁了吧?啥工程师啊?在家重孙子都抱大几个了。这一带有哪几个公社,专门监督右派劳动,我都知道。"

陆焉识不敢看司机的脸,看着他工作服夹克的领口,脖子上一根发黑的口罩带子。自己刚六十出头,被看成了七十来岁。幸亏他的老相,让他看上去对社会对人民少了些威胁,也才让司机对他发了同情心。老几清楚右派是什么人,报纸上曾经登过这方面的文章。只要能在司机这里混过关,叫他做什么人都可以。他对司机谢了又谢,司机却已经很响地关上了门。

老几在尘土蔽日的青藏公路边上走。一辆辆的卡车擦着他的身体过去,他还是没有决定去哪里。他最怕的就是把心里的方向走乱。

通缉令

我祖父陆焉识沿着中国地图上著名的青藏公路踽踽前进、几乎把他心里的方向走失的时候，我的祖母冯婉喻正从一辆电车上下来，往自己弄堂口走去。

我祖母并不知道我祖父劳改的地方在青海，××信箱就是陆焉识这个人的地址。一周前，中学的党委副书记找到她，把一张通缉令放在她面前的时候，她一下子没搞清通缉令上的陌生人跟她有什么关系。戴上老花镜后，她又辨认了一会，才认出一点焉识的影子。她的人开始瑟缩，手抖起来，就像我太祖母冯仪芳的帕金森后期。她对党委副书记的所有要求都眨眼皮、点头。

我祖父在青藏公路的一个小村镇停下来。再往前就是西宁郊区了。这个时候他不知道他把心爱的婉喻害得多苦。一周前党委副书记和冯婉喻谈话的口气很不客气，一口一个"敌属"。副书记主管组织人事，监管保卫，告诉冯婉喻组织对她多仁慈，允许她坐到人民教师的光荣位置上来。不过组织的眼睛是雪亮的，妄想搞欺瞒；组织放开手让许多人去表现，去露馅，以为组织傻吗？好欺负吗？组织的仁慈是有条件的。

陆焉识在到达西宁城关时，冯婉喻站在自家弄堂口，左右看看，没有熟人，便走近一张通缉令，掏出老花镜戴上。通缉令是专门要贴到冯婉喻住的这个弄堂来的，因为公安人员认为逃犯陆焉识来这里的可能性很大,一旦来了,弄堂里看熟了逃犯面孔的大人孩子就会认出他。

婉喻暗暗巴望人们弄错了,这个人不是她的焉识。路灯下看,通缉令上是一张可怕的脸,呆滞木讷,所有理想希望早早死去了的一双眼睛。但每次看这张照片,冯婉喻的心就死一次:照片上真的是焉识,那张脸就是 1933 年被她从远洋轮上迎下来的卓然不群的脸。

这时冯婉喻又一次死心,从通缉令旁边慢慢走开,而陆焉识走进西宁老城的一家小铺。上海的夜色远比西宁来得早,因此,当冯婉喻自家门前摸黑开锁的时候,西宁还剩下最后一缕阳光。这是修理首饰和钟表的小铺,店员是个回民,抬起戴着白色小帽的头,那只检查手表微小内脏的独眼镜直直地瞪着他,一面告诉他,这里不是饭铺,到别处要去。陆焉识不窘,站到了台前,往玻璃下面看。店员呵斥的是要饭的,又不是他。

"这不是饭铺,来这儿干啥?!"店员摘下了深卡在眼眶里的独眼镜,从凳子上站起来,打算要对他采取什么措施了。

一对纯金袖扣落在玻璃上,光听声响就很纯。他对店员说,这个你们收吧?

店员看看他,拿起一个袖扣,再看看他。陆焉识把目光放平,嘴角微微翘起,是个好人的样子了。

"这你是哪儿来的?"店员问。他看出柜台外的老头是抢不动的,也不像有偷的功夫。

陆焉识说不是哪儿来的,是他自己三十年前买的。他又说没办法,成了个老右派,只能变卖变卖,贴补家用。

店员态度松弛了。管你什么人,有个名称的人都好办;右派也算是个名称。有了名称的人就有来路。人有了来路,东西也跟着有了来路,他不用做一笔来路不明的买卖。

店员约了两个金袖扣的分量,然后说他是按国家的黄金收购价开的价钱,所以扯皮没用,明白吗?明白。在外头打听了国家收购价是多少了吧?没有。那就去打听打听。好的。

两颗纯金袖扣换了四十元钱。比他心里估的价不低多少。这个店员话不好听,脸不好看,倒没有乘人之危的坏心。没吃亏对于现在的陆焉识就等于占便宜。他又从身上摸出蓝宝石领带夹,还想接着占便宜。

"这是啥东西?"

他告诉店员是啥东西,又把它的用法示范了两遍,很遗憾,没有领带,男人不打领带有十多年了。曾经的马步芳常常有打领带的朋友。送他一辆美军吉普的美国将军一定打领带。店员认真地看他示范,看完后又来看他的脸,想看看那个用这类东西的公子哥究竟藏在这个糟老头哪里。或者那个公子哥怎样消失在了这个浑身没一根好纱的糟老头身上。最后店员摇摇头。他不收自己不懂的东西。陆焉识怎么说他都摇头。上面的蓝宝石成色有多好啊,锡兰(斯里兰卡旧称)的蓝宝石,这颗大的有七八分!陆焉识越推销越像是推销正在烂掉的蔬菜,店员很不高兴了。

"真的假的我都不要!"

陆焉识说它绝对是真的。

"我不管你是不是真的!"

陆焉识慢慢把领带夹从棉袄前襟上拿下来。蓝宝石在暗下去的小店堂里黯然无光。别说这个小店,也许整个西宁城都会说:不管真的假的都不要!他指望用领带夹换张火车票的。

他往门口走,门口挂着麻袋片拼成的门帘,为了挡风。他在层层叠叠的麻袋片里找不到出口,那个店员用独眼镜瞪着他,看他终于被魔术箱似的门变了出去。

陆焉识觉得当务之急是一套好行头,帮他混入人民的群落。一家家商店都在上门板打烊,他挤进两块就要合拢的门板。这是一家公私合营的百货商店。他挑了最便宜的一件人造棉的棉袄罩衫,马褂式样,好处是不要布票。街灯很暗,灯泡上蒙着西北的风沙。在打烊了的商店外面陆焉识就套上了新衣服,再走到马路上,他便是个樟脑丸气味刺鼻的人民成员了。

在我祖父陆焉识走进渐渐热闹的西宁新城区时，我祖母冯婉喻被一声门响惊动了。现在门的响动是她最怕的声音，连最熟悉的开门声都让她心脏犯帕金森。这是她听了十多年的开门声了，钥匙上吊了根什么链条，钥匙尖怎样插进锁孔，插得怎样准确，又是怎样一拧，她的意识比这一套实际声响更早地完成了这个过程。但她的心脏还是抖得乱七八糟，比我太祖母冯仪芳端茶杯的手抖得还乱。进来的当然是我小姑冯丹珏。母女俩惊魂未定地对视一眼。冯丹珏样样出色，太出色了，可是就要陪着母亲做老小姐了。在她母亲的时代，她应该已经是个标准的老小姐。就是这些母女间的刹那对视，母亲已经在女儿脸上身上看到了一个老小姐的先兆。那样的高洁素雅是不近情理的。越是接近做老小姐的目标，她的高洁素雅越是纯粹。这就给一个个男友增加了难度，越往后越无法破除她那份高洁素雅。并且，似乎因为谁都怕由自己来破坏这份高洁而走开。

当然母女俩都明白他们的实意，走开的原因是冯丹珏那位判无期徒刑的父亲。

当我祖父在西宁的西大街上发愁在哪里住宿的时候，他的小女儿冯丹珏正在换拖鞋。她换得比平时要慢，磨洋工，因此可以把一个背影给自己的母亲。陆焉识是个偏心的父亲，从来不为自己的偏心遮掩，公开表示他的心头肉是小女儿丹珏。他隐隐地担忧丹珏长了一副自己的心肠，把心里不高兴的都能变成脸上高兴的，至少在脸上是无所谓的。现在她又是无所谓的样子了，问母亲晚饭好了吗？可以吃了吗？肚皮饿死了！母亲为了她居然在这个时候还会"饿死了"感到鼓舞。她摸到厨房，开了灯。女儿也在母亲身上看见一个孤老太了。

作为厨房的区域就是楼梯和家门之间的一小块空间。原先的厨房给改造成了一间卧室，冯丹珏的卧室。我祖父从来没有看见过他的妻子和女儿现在的生活环境，看见了就知道这个家是没地方藏他的。冯婉喻的床放在客厅里，曾经恩娘玩牌九的八仙桌像是狗洞里坐着的一只大熊。与此同时，连狗洞都没有的陆焉识在火车站周围晃荡一会，看见铺天盖地都是捉拿他的通缉令。城里是待不住的。他已经累极了,但他的优越性是从海拔三千多米的地方下到西宁,感到肺活量巨大,迈步毫不费力。他决定往城外走。往东北走,先朝着兰州方向走,再南下,往婉喻的方向走。西宁城对于走惯了大荒草漠的人来说,太小了。后来很长时间,我祖父都是那样走路,好像路不够他走的,上海不够他走的。他不仅有了草原人的松散大步,也有了草原人张望的特定方式,那种摆放眼睛的特定方式,似乎一举目就要看出去好几十里。他走到西宁城东北边一个小村镇。漆黑的房子都是土垒的,一个小学校有三间房子,门没有锁,土坯桌椅反正没人会搬走。

他躺下去的时候发出很响的一声"嗯",躺下后开始想婉喻。这一会儿他才有心思把婉喻好好想一想。这是纯粹的黑,纯粹的静,都让他满意,这就是一个人什么都敢想的时候。他想婉喻多么傻,从来没有发现她的焉识有多么浪荡,从来不追问笔记本里一缕栗色头发的主人是谁。抗战期间,韩念痕那个女人在焉识身上留下了多少可疑处?婉喻从来没有追究。也许为了婉喻的懵懂无知,他急于见她,给她一个发落他的机会。我祖父热恋我祖母比我祖母热恋我祖父迟了许多年,此刻他躺在不知名的小学校教室里,回想二十来岁、三十多岁的婉喻的每一瞥眼神,发出痴汉、浪荡鬼的傻笑。婉喻很艳的眼神让他小腹抽动,着急上火。他早干吗去了?搁着那么艳的婉喻,不去好好地开发;他和她之间该有多少开发的余地?

陆焉识就像一失足掉进睡眠那样,所有的思绪戛然而止。这种睡眠连梦都没有,犯人要不就不睡,一睡就死。我祖父就掉进了这种等于死的睡眠。就是他做梦,也不会想到他把自己的亲人害成了什么样。

冯婉喻和冯丹珏此刻对面而坐,之间隔着八仙桌。上海的初冬在她们的毛衣里,夹袄里,骨头里,在湿一团干一团的地面上。刚才冯婉喻吃饭吃到一半,就被叫到里弄的居委会去了。居委会主任要她老老实实,把逃犯陆焉识的消息及时汇报。居委会主任还给冯婉喻介绍了一个榜样,隔壁弄堂一个女人就检举了自己的堂哥,结果帮人民政府除掉了一个美蒋派遣特务。刚回到家里的弄堂口,传呼电话又叫冯婉喻接电话。电话是我父亲冯子烨打的，怒气冲冲，问母亲有没有"那个人"的消息。"那个人"一听就是，"那个老东西"，"那个害人精"。我父亲还把给了他一半生命的陆焉识叫做"人"，纯粹看他母亲冯婉喻的面子。

现在冯婉喻又回到八仙桌旁边，端起碗，又放下。泡饭冰冷，肚子里更冷。冯丹珏坐在她对面。母亲感谢小女儿的无话，再有一句话她就会崩溃。而我祖父对于这些全然不知。他那种死一样的睡眠非常可怕，能把白天的屈辱劳累都抹杀干净。并且不再是个斯文人，凶猛地打鼾，假如凑近看的话会看见他鼻子里长长的毛被吹得东摇西摆，松懈的腮帮把嘴唇带得咧开，露出久病的牙齿。你要是看见我祖父年轻时的牙齿就好了！他现在就是一个监狱里住长了的人特有的睡相。

陆焉识是在凌晨四点钟突然醒来的。这个钟点是他上路以后根据鸡鸣估摸的。他就是要自己这时醒来上路，在一个礼拜之内到达某个县城。他在打如意算盘：先给婉喻写封信，约婉喻出来和他会面，见面地点可以在上海和西北之间的某个小城市。然而他不知道婉喻一夜都没睡，白白地躺了八小时，白白地浪费了两粒安眠药。她在党委副书记跟她谈了话以后就悄悄干了一件事，把一份入党申请书烧掉了。副书记的话让她看到自己多么痴心妄想，多么剃头挑子一头热。如果没有焉识的事变，她还挑着一头热的剃头挑子挑得浑身劲头呢。焉识的事变才让她明白她是谁，是"敌属"。她忙得头头是道，得了许多学生家长的表扬，家长们不惜请客送礼要把孩子转到她的班级，她便以为自己多少跟别人一样了，挤进共和国了，原来"组织"从来没把她正眼看待过。她能混到今天，是因为"组织"有个阔大无边的胸怀。婉喻看着申请书上的娟秀小楷被烧得疼痛扭动，变形变色，由黑的变成了白的。她把字迹的骨灰倒进一个杯子，冲上水，当偏方喝了下去。带焦糊味的偏方该根治她的妄想症。

这还不完全是冯婉喻失眠的原因。还有一个重要原因是小女儿冯丹珏的婚姻。冯婉喻把做老小姐看得比做不成党员更可怕。只需要几句话就能探出丹珏男友又出了状况。

"丹珏，这两天见小吴了吗？"

"没有。"

"没见啊？"

"太忙了。"

过去那些男友也是突然就"忙"起来了。婉喻从来不问他俩到底是谁忙得约不了会。一问会怎么样？想听实话还是谎话？婉喻也从来不劝丹珏，主动一点嘛，家庭条件不好，人就要低姿态一点；也不说，好了，丹珏，眼光放低一点总是找得到的。那她婉喻自己呢？多少年前，见过陆焉识她眼光还低得了吗？她听见马路上第一班电车开过来，近了，又远了。电车开过的时候，短暂地在墙壁上留下白亮的方块。恩娘的照片一闪而过。恩娘给了婉喻许多艰难时光，但她把婉喻教成了一个巧女人，经营吃穿就像经营艺术，恩娘还教她忍、熬，让外面人永远没得笑话看。总之，恩娘把守寡所必备的本领无意间都教给了婉喻。恩娘要是长寿一点，现在她可以多一份忍和熬和她做伴。又一班电车过去，一方方亮光里，路边梧桐树枝摇晃到家里墙上来了。

长途电话

陆焉识在一个镇子碰到了大集。西北农民在准备冬至的食物了。他花了两分钱，买了一碗胡辣汤，摊主跑了十多分钟的路才把他的五块钱找开。集市什么都卖，老花眼镜和小姑娘的塑料彩色发绳放在一块卖。他花了两毛钱买了副浅度数老花镜，一边镜框比另一边高，但戴上能有效地使他走样，他就图这个。现在好了，他可以搭车了。他举着一毛钱站在路边，车很好搭。两三天里面，陆焉识把中国乡村所有的交通工具都乘坐了一遍，骡车、马车、驴车、牛车、拖拉机、三轮机动小卡车，甚至独轮车，纵穿了三千年车辆发明制造史。他当逃犯不过才一个月，已经是个相当成熟的逃犯，一天难得说一句真话，也学会看自己谎话的效果，并从各种人眼神里看出自己留给他们的印象。那些让他搭车的人看见的陆焉识大致是个支边的老教师，老医生。这样他就把最难走的山路混过去了。

到了一个比较像样的县城，他决定住下来。城关有个长途汽车站，有一间满是人粪的候车室。到了天黑，他才明白他不是这里的唯一投宿客，他还有四个流浪汉室友。本来他想给婉喻写封信，又想到××信箱后面的眼睛，便取消了这个打算。县城里有个邮局，挂着个大钟，掌握着全县城所有没钟表的人的时间，还有一部电话，是除了县政府的三部电话之外唯一的电话。长途电话二十四小时都可以打，到了夜晚电话就搁在一个既通室内又通室外的小窗口。陆焉识绕着灰尘扑扑的电话机转了几圈。他算着口袋里的钱大概够他说几句话，线路不好的话，就得一个劲地"喂"，那么会"喂"掉他多少钱。

晚上八点钟，县城唯一的街道上所有店家人家都关门熄灯了。邮电局的电话小窗口跟任何一家的窗口一样，一点光亮也没有。凑近了，却能听见里面有一架无线电在寻找波段。他敲敲窗子。夜班接线员是个二十多岁的小伙子，自己觉得被邮局的绿制服打扮得很神气：一个人民邮递员。他问陆焉识敲窗有什么公干。陆焉识笑了笑，天黑，从小伙子的眼神里一时看不出自己是个什么人，够不够得上一个不太好的人民形象。小伙子告诉他，电话按分钟计算，假如他觉得划不来也可以发电报。他递出来一张电报稿纸。陆焉识把稿纸又恭敬地推回去，问小伙子，能不能请他先接通上海电话局。

"上海电话局来了。"一分钟后小伙子说。

上海的声音爬过几千公里的电话线再穿过话筒上陈年积累的灰尘从这一头钻出来。陆焉识把耳机贴到耳朵上，听见了带灰尘气味的上海普通话。

上海女接线员不久就按照陆焉识提供的婉喻的地址查到了婉喻里弄的传呼电话号码。

他用脑子抄录下那个电话号码，人就动不了了。什么可能都会有的。婉喻可能住得离传呼电话很远，跑来接电话的时间正好跑光了他的电话费预算。传呼电话可能已经是个陷阱，他一个电话打进去，婉喻那边一接，正好，一捉一双。还有什么可能呢？婉喻已经不在家了，被警车拉走了。他发现自己蹲在电话小窗的下面，像老农民一样蹲得稳稳当当。当犯人这么多年，干活间的休息，吃饭，发呆，没有凳子坐，都是坐自己的脚后跟。

那个值班接线员在窗口里问他还打电话吗？

他站起身，把传呼电话号码告诉小伙子。然后他又要了一支笔一小张纸，写下婉喻的名字和门牌号，让小伙子请上海方面的传呼人叫纸上这位女士来接电话。这样多少可以绕开点陷阱。小伙子拿着纸看了一会，把每个字都念了一遍，虚心地接受纠正。小伙子在这里闲惯了，有点事情精神非常好，普通话也拿出来了。接线员对着话筒说出"冯婉喻"三个字时，眼睛明亮地看了他一眼，为自己刚刚跟大上海通了话而骄傲。然后他告诉他的顾客，传呼人已经叫人去了。陆焉识让他立刻挂电话，小伙子一脸不解，迟疑地把电话挂上了。

"这样电话费可以省一点。"陆焉识给小伙子解释，口舌又恢复成当年课堂上陆教授的口舌了。他伪装这么多年，幸亏只是说话结巴，思考问题一点不结巴。"上海很大的，一个人跑去叫另一个人，要跑半天的，上楼下楼。人在路上跑，这里电话费还要算，没道理的，对吧？"我挥霍了半生的祖父这时候精得可怕，趁着小伙子的懵懂已经刮了邮局不少油水。

婉喻终于来了。声音非常小，这就是婉喻。她问，请问是哪一位呀？当着接线员小伙子，也顾及到激动起来会耗费电话钱，他用冷静的上海话问她，还好吗？婉喻只吸错一口气，马上调整了一下，就冷静了，说谢谢你，蛮好的，你呢？就是两个晒太阳、逛菜场天天见的老邻居，也不会比他们口气更平常了。让谁听上去他们都是那种好也好不到哪里去、不见面也会牵记的老相识，熟得彼此从来没发现对方怎么就长出了一条条皱纹，怎么就老成这样。他把预先背好的地址告诉婉喻，请她把信寄到那里。剩下的，要麻烦婉喻自己去分析了。婉喻似乎在往手掌上写，嘴里问着别的闲话。这一阵身体好吧？胃口好吧？安眠药不能吃得太多啊。她的自说自话一定把电话传呼人稳住了。婉喻作假做得不错，这都是为了他。她宁肯品行生出污点也要保护他。他说完了地址，突然控制不住自己了。

"看到小囡囡了。"他指丹珏，"在科教片上。"

婉喻说真的？那边也看得到片子呢！陆焉识想，他的电话费不够他告诉婉喻，为了看科教片上的小女儿他付出的代价，更不够叙述那一夜是怎样的一夜。电话钱只够他说丹珏很像婉喻。婉喻说丹珏长得远比她年轻的时候好看。他说能见一面就好了。婉喻顿时不做声了。他在这个当口挂了电话。

他按住话筒想，婉喻一定听得懂他的话。他的话该这么听：只要能见你一面我就可以去死了。或者，我逃跑出来不为别的，就是为见你；从看了丹珏的科教片就打这个主意了。他付了钱，道了谢，又在小窗口下蹲下来。他听见接线员把电话收进窗子，又把窗子关上，接着弄他的无线电去了。陆焉识让自己动动，别老蹲在窗下，走走会好过些。还是不行，他忍不住了，把头埋在膝盖里，呜呜地哭起来。他哭的波长和接线员无线电的波长合在了一起，因而接线员没有听到他的哭声。

最多九点钟，这个县城黑得成了个锅底。回到长途汽车站，几个流浪汉打了条野狗，正在一个脸盆里烧煮。他们吃完狗肉，在候车室里拉屎，拉出的屎又成了捕狗的诱饵，圆满的食物环链就在这个二十平方的世界形成。一屋子香气把人粪气味罩住，陆焉识也分到一块狗肉。饥荒过去了，野狗也长了一层肉。流浪汉们什么也不愁，总有野狗家狗供他们打。他也可以什么都不缺，偷田里的庄稼，打野狗野兔野田鼠，没有野的把家狗家兔诱出来打，流浪汉的生活技巧加上囚犯的隐忍达观，可以让他过过自由日子。假如婉喻不介意，他可以带着她流浪。婉喻这一辈子最缺的也是自由。

他一到这个县城就用十块钱买通了一家草药铺的铺主，让他作为婉喻寄信的接受方。婉喻没有信来，来的竟是一张汇款单。与此同时，县城里贴开了通缉逃犯陆焉识的通缉令。这一个县城的人民都是好人民，不知道实施点伎俩就可以改变天生的模样，比如一副宽边眼镜，一把胡子，这种被全世界间谍用烂的俗套伎俩。陆焉识自从逃亡开始就没有刮过脸，再戴上那副老花镜，因此这个县城的人不再把他错看成七十岁的老右派，而是个八十岁的老寿星。陆焉识来取汇款时，中药铺的铺主正把一张通缉令从门板上撕下来，递给自己正在路边大便的儿子。

婉喻的汇款数目不小，一百元。他买了一套内衣，一套灰色混纺毛料中山装，一双厚实的黑棉鞋，两双棉袜子。县城大街中部有个公共澡堂，里面有着全县方圆几百里唯一的大澡池。池子上架着一块木板墙壁分男界女界，但下面的池水相通，一条毛巾抓不住，就可以漂过界去。池子的水面上漂着厚厚一层灰白衣子，跟大米粥上结的粥皮差不多。他在粥皮上打了个洞，才进入热水，等他三个小时后从池子里起来，粥皮又增添了可观的厚度。池子边上坐了一圈泡完澡的男人，一个个都在专心地捉自己衣服上的虱子。热气一薰，虱子在棉衣缝里待不住，也都晕了，一捉一把。不久陆焉识也坐进了捉虱子的群体。到了他穿戴完毕，走到男池和女池之间，在门厅发现一面镜子，尺寸够把他的大个子装进去。若不是他认识自己的大个子，他是不会认识镜子里的人的。做了近十年犯人，这是他第一次照镜子。县城住下的这些天，高原日照给他的面皮正在退去，但又不好好退，鼻尖褪成了浅色，两个颧骨各掉了几块大小不一的皮，周边卷起，用指甲顺着卷边撕，浅色渐渐扩大。泡了三小时的深色表皮其实都泡浮动了，一撕一片。他看着镜子，看着叫老几的人的面皮渐渐给撕去，露出一个光洁些的人面来。还是一个陌生的人面，难怪没人拿它跟通缉令上的人面对照。细看撕去皮的地方花斑斑的，像蟒蛇的皮色。他要戴着这样的皮色去见婉喻。然后他开始系混纺呢子中山装领口的风纪扣，发现领子一边高一边低，系上风纪扣就把前襟扯斜了。混纺面料上一道道折痕锋利，看上去不仅衣服在箱子里长久折叠，他整个人都像给折叠了压箱底压了多年。不过已经很像样了。婉喻的汇款有三分之一花在这身行头上。婉喻隔着几千公里打扮了他。

他坐进一家据说是县里的老字号馆子，给自己要了一份炒豆腐，一个馒头，一个蛋花汤。婉喻隔着几千公里请他吃了一顿这么可口的饭。就在这家饭店桌子上，他写了一封信。这是一封很难写的信，连他这个语言博士也拿不出合适的语言来写，遣句措辞使他屁股下的三腿长一腿短的板凳跌足顿脚，比他还焦灼。写得饭馆掌柜都心疼灯油了。饭馆掌柜问他还要不要什么吃的喝的，不要就打烊了。他慌乱起来，要了二两烧酒。烧酒喝完，他的信写完了。然后他在信封上恭恭敬敬写上那个信箱的代号，把特意留下的一小块馒头在嘴里嚼烂，又用舌头把它拌成糨糊，封了信封口，贴上了预先买好的邮票。

他把信投入邮局门口的邮箱时，活动了一下由于紧张而抽紧的肩胛骨。他是借了酒劲才完成这封信的。信里说他非常抱歉，不辞而别，请求领导宽恕他没有善始善终地做个好犯人。他说写这封信的主要原因是他有个新发现：在离开青藏公路大约十二三公里的地方，他发现了一种淀粉含量颇高的草。接下去他提出一个大胆设想：假如可以用野生牧草提炼淀粉，那么饥荒给全中国全世界的毁灭就会小很多。

走在漆黑的县城里，二两烧酒呼呼地烧在他头脑里。这可是婉喻隔了几千公里请他喝的酒。

第二天有一班去兰州的长途车。他将在兰州城外一个小站登上去西安的火车，再由西安到上海。他在一个车马店后面的草垛里躺了一夜，从草缝里看着天上稀疏的星星。星星打着寒噤。此刻的老几没有去想，其实他这一刻的境遇是早就注定的，早在1936年10月就注定了。

上海1936

这天的陆焉识穿一件银灰色夹长衫，带着黑色长围巾，就是他在那时代好几张照片里穿的一身。黑色礼帽和窄头的黑皮鞋都很时髦。他的打扮乍看平实，仔细看总能发现一两个细节是上海西人圈子里正在流行的东西，比如帽子和鞋子。所以在他不得人心之后，人们就把这些时髦细节联想起来，就想到他天性里的轻狂。他走的这条路是福州路。这是妓馆开张的时分，两个趿拉着木拖板的妓女急匆匆地准备上班了。日本飞机在"一·二八"事变中炸了商务印书馆和东方图书馆，上海的这一区少了三十多万本藏书，却添出一批木屐女子。东洋妇人的木屐步态被一些嫖客认为是迷人的，于是贱到"咸肉庄"（注：低级妓院），高到"书院"（注：高级妓院），不少妓女们都流行起木屐小步来。福州路除了妓馆多，书店更多，大大小小有三百多家。所以穷或富的读书人和写书人像历朝历代的前辈一样跟妓女们亲密杂处。福州路上的人都是晃晃悠悠地在逛，逛书店常常只读不买，对于擦肩而过的妓女同样可以只看不买，逛逛就心满意足了。这就是为什么陆焉识除了去泡徐家汇的咖啡馆，也常常来泡福州路的茶馆。这天焉识没有逛他爱逛的大中华旧书店和他常买西文图书和《时代周刊》的别发书店，而是走进一家家出售本地杂志的书店。在这些书店里，他找到一本刚出来的《现代杂志》，他化名写的一篇文章被刊在上面，而且刊登的位置非常醒目。其实只需进一家书店，就能证实他的文章已经面世，但他进了十四家书店，把证实重复了十四次。

一个月前，他参加了一个学术会议。晚上的酒会上，争论开始了。会议的特邀贵宾是凌博士。留学归国的博士很多，但全国人只称呼凌博士"博士"，把凌博士的博士头衔叫得像爵位。凌博士和焉识谈起他们在华盛顿的相见，谈起纽黑文的苹果林和枫叶，还谈到新英格兰的那些小城镇，一年一度的莎士比亚戏剧节，似乎家家都出产演出莎士比亚剧目的角儿。凌博士说焉识发表在《东方杂志》和《中国科学杂志》上的文章他都读了，很喜欢。凌博士又说，在国事动乱的时候，还能有个潜心做研究的陆焉识，不易不易。焉识很想告诉他，自己也跟着学生们乱过，"一二·九"参加了罢课罢教，但他不愿凌博士失望，愿意给凌博士一个快乐轻松的夜晚，便把真话和白兰地一块咽下去。凌博士说自己的研究院平庸得很，要是也有几个陆焉识就不一样了。紧接着他用英文问了焉识一句，何不就调去他的研究院呢？焉识嘻哈着用英文反问：为什么不呢？

此刻他们周围的争执正在飞快升温，对立面也鲜明了，英文法文俄文都用上来。曾经向焉识借论文的大卫·韦争得领带和眼镜都歪了。

争执的焦点渐渐落在凌博士近期发表的一篇文章上，题目是《学潮的爱国与科学的救国》。文章是好文章，苦口婆心不乏谐趣，每几行出现一个典故，出现得又那么自然。

焉识站在旁边，两手插在裤子口袋里。看人家打台球他也是这副姿态。这么多年，大卫·韦那一派人一有时机就跟凌博士搞文墨大战。凌博士静静地微笑，听大卫说完，把酒杯放下，轻声请旁边一个侍应生去门外叫车，他还有一个晚会要奔赴，只能少陪了。他态度是谦让的，但他的姿态暗示大卫是头牛，他的琴不对牛弹。大卫借酒佯狂，缠着凌博士不放，要他至少回答他刚才的提问。凌博士微笑着指了指焉识说，问问陆教授，他同意我的观点。凌博士再转向陆焉识说，拜托你替我回答他，我来不及了。然后一面跟近处的人握手，一面跟远处的挥手，王者似的向场外走去。

1989年，我第一次读祖父的回忆录时，这里是我替他懊恼顿足的地方。陆焉识的错就出在这里，凌博士公开把他误划到自己的阵线里，他绝不应该对凌博士微笑默认。我想象陆焉识在福州路一家家书店阅读着自己对凌博士的反驳，整个人都是那种对自己文采的陶醉。这个反驳很快就要被看成是背后插刀了。他在十四家书店买了十四本杂志。这是我祖父的另一个毛病，进任何商店从不让店主失望。

　　他对凌博士的反驳是温和的，用的是陆焉识风格的诙谐。他首先对凌博士的文章表示了审美上的赞同，又赞美凌博士用典如田间拾穗，海滩拾贝，轻松自然。只可惜凌博士是非观念稍微差了一点，在美、苏、英都在跟日本人辩是非的时刻，他也主张暂放下东北沦丧、华北吃紧的民族是非。凌博士认为侵略战争是放火，被侵略一方应该救火，而不应该用抵抗战争去火上浇油。焉识用同样的比喻给凌博士一点常识教育：救火的方式也可用于放火，他从那边烧过来，你主动从这边烧过去，火挡火，倒可能烧出一片安全。

　　陆焉识把自己的文章通篇读下来，觉得自己虽然是驳斥凌博士，但并没有文字圈子里盛行的谩骂攻击意味，并留了商榷余地。即便凌博士知道笔名后面的真名是陆焉识，也不会被他得罪。凌博士法文很好，应该知道法语多么适合用来争论，法国人没有不争论而缔结真正友谊的。"一切都可以怀疑，除了怀疑本身"，是法国人笛卡尔的信条。过了两天，大卫找到学校来了。几年前他那对焉识的匿名谩骂似乎从来没发生过，大卫又是那个留学时代吃喝不分的大卫了。他一头撞进焉识的怀抱，紧紧搂住他。在国内生活了几年，焉识对洋礼节已经有些不好意思了。

　　"我就晓得阁下会站到我们阵营里来的！"大卫说。

　　大卫已经猜出反驳凌博士的文章出自谁的手。焉识装糊涂，问大卫在说什么。现在他不是怕得罪凌博士，而是怕"阵营"，怕大卫为他的阵营来抓他陆焉识这个壮丁。

　　大卫把他拉到学校附近一个茶水摊子，要了一壶新龙井。

　　不等焉识开口，大卫便讲起自己对焉识那篇文章的倾倒。刚下过雨，茶摊上的遮阳棚兜了一兜雨水，大卫比手画脚，碰到棚子的杆子，雨水朝着他兜头浇下。他把眼镜摘下来胡乱擦擦，嘴却是不停的。大卫的意思是，假如天下只有一个人把焉识文章的每个字读透了，欣赏了，那个人只能是他大卫·韦。

焉识想，假如自己的虚荣心是痒处，大卫的夸奖句句都没有挠偏。焉识知道虚荣心可悲，但他没办法。人人都有虚荣心，人人都没有办法。

大卫的嘴皮几乎要被太多的话擦燃了，但要的龙井他一口都没有碰。他顾不上。大卫留下一杯已经变色的龙井走了，是焉识答应给他再写一篇文章他才走的。他不能推拒热烈的大卫，就像那天在酒会上不能推拒温雅的凌博士。

在学校图书馆里，焉识乘着兴致把答应大卫的文章完成了。比上一篇还要流畅俏皮，暗藏了更多的打趣。文章读下来，凌博士似乎成了个在国、共，学生、政府，中、日之间拉架的好心丑角。

第二天他把文章寄到大卫所谓阵营内部的那家周刊。接下去的几天，焉识莫名地讨厌自己：他做了别人要他做的人，一个是凌博士要他做的陆焉识，一个是大卫·韦要他做的陆焉识。他身不由己。一不留心，他失去了最后的自由。

焉识火急火燎地给那个杂志的编辑打了个电话，请求撤回自己的文章。编辑说太晚了，已经发排了。他说，只要没有运送到书店，就不算太晚。他让家里的司机载着他到了杂志编辑部。瘦小的编辑似乎铺的盖的都是稿纸，他告诉焉识，这期目录的广告都登出去了，撤稿子也是白撤；假如焉识一定要撤稿子，周刊就要开天窗，一时到哪里去找这么长一篇稿子填上去呢？

焉识站在无立锥之地的编辑室，几分钟里一句话也没有说。他是个见不得别人为难的人。不然刚刚守寡的恩娘就被陆家打发回娘家去了。不然恩娘就不可能拿侄女变魔术，把侄女变成儿媳妇。从他记事开始，他就为了不让别人为难，常常做别人为难他的事，做别人要他做的人。他做了别人要他做的人，得到"随和大度"、"与世无争"的评语，甚至"大咧咧"、"心不在焉"的好意嗔怪，他是满足的。这满足似乎抵消了他因为扮出"随和大度"引起的内心紧张，这满足也似乎补偿了他那"与世无争"带来的真正失去。

"对不起，稿子毛病太大，需要修改的地方太多。"焉识说。

"清样出来你改好了！清样嘛，就是让人家改的！怎么改都行！"编辑说。

编辑抽烟抽得头发都冒烟了。

"大概要重新写过。"焉识说。

"我看蛮好的，大家看了都觉着蛮好的！"

焉识已经看到了自己文章的清样，薄薄地搁在桌子角上。

"对不起。还是请你们不要登。再请你通知一声韦先生。"

"假如说我们照登呢？"

"那我就只好请律师跟你们说话了。"

他把眼睛转开，不去看编辑为难到极点的脸。就像他面前是旺达，问他是否真的相信那是他们最后一次见面。焉识把清样从桌角拿起来，一边转身一边说对不起、再会，再会、对不起。编辑还不死心，要他稍微等五分钟，他要跟大卫·韦打个电话商量一下。大卫是个很能纠缠的人，焉识此刻已经站在了楼梯口，趁着编辑摇电话的时候身体重心一变，几乎连栽带跑地下了楼去。

焉识在路上回想矮小的编辑越来越苦的脸。他奇异的记忆总是这样，在他回顾时把所有的细节都完善起来。编辑的护袖是黑色的，蹭在桌子上的一面磨得铮亮。那要一天磨十几小时才能把棉布磨出皮革的光泽。他的记忆把编辑脸色的菜黄还原得特别好，就是那张菜黄的脸在焉识冲下楼梯的刹那转了过来。辛勤和理想都落空了的菜黄脸。焉识出了编辑部就找了个叫做"卡佳"的白俄咖啡馆坐下来。他向胖胖的粉红色的卡佳要了几张纸，给大卫写了封信。信上他请大卫代他安慰那个编辑，并诚恳地为自己道歉。他在信里说，凌博士的劝学只是书呆子的天真可笑，但自己的文章一旦出来，凌博士很可能给看成大节丧失，而这不是他陆焉识的本意。

焉识是用英文写这封信的，为了使他和大卫之间的沟通更加贴心和私密。过了几天，那个周刊出版了，他的稿子没有刊登，但他的信却被刊登出来。登出来的不是英文原稿，是中文译稿。许多词在一个英文上下文里是中性的，翻译之后就是贬义的，或褒义的，而且该充分解释的地方一笔带过，平实的叙述被弄得晦涩难懂。这封信变得焉识也不敢相认，简直是出自一个既想打击一方，又想乞求另一方谅解的小人之手。信的署名就是赤手空拳、无遮无挡的"陆焉识"三个字。

他马上追上一篇文章，更正翻译的不确切之处，并且质问杂志，是否知道不经本人同意刊登私人信件属于不道德。不久凌博士在《申报》上发了一篇小文，说对待翻译就要像陆焉识教授这样一丝不苟，但陆教授借用对两个英文词汇的追究转移了读者的注意力：本来读者就要看到陆教授对凌某如何背后插刀，一贯出尔反尔，背叛成性了，陆教授却鞭一指，领着大家不厌其烦地纠缠两个英文词汇。此刻焉识悟到凌博士从头到尾都在观察战局，从一开始就知道那个假名字后面就是他陆焉识。并且，凌博士拿焉识在美国的"叛逃"一闪念作为恐吓，揭露他"背叛成性"。焉识又写了一篇文章，是答凌博士的，有辩解也有争执。但在他寄出文章前，读到了一篇帮他腔的小文，骂凌博士已经收了日本人的钱，在为汉奸教学铺路。这种不讲道理的文字带着明显的大卫风格。焉识明白，这篇文章是大卫给他送上来的增援。大卫还在争取他。焉识对着大卫的增援摇头笑笑，把自己驳凌博士的文章揉了揉，扔进了字纸篓。文字争执不知为什么最终总要以大混战告终，也不知为什么，双方的火药味都带有一种淡淡的无耻。

有好几个月，焉识不想和任何人说话。到了这个时候，我祖父一点都没有预感到他给自己埋下的一个个定时炸弹。最致命的定时炸弹爆炸之后，我祖母冯婉喻求过一个个学界名人，有人点拨她，去找已经成为民主人士首领的凌博士。只有凌博士有能耐把陆焉识从法场救下来。我祖母在凌家门厅里等了一下午，等来凌博士一句话，写在毛边纸上的："此事真相不明，不便插手。"

陆焉识的阴沉一直从1936年的深秋延续到1937年的初夏。就是那个五月，冯婉喻卖掉了恩娘给她的祖母绿，给焉识买了一块白金欧米茄。

一天傍晚他回到家，前院里放着两个大筛子，铺满半成品的豆腐乳。一块块豆腐长满灰色的茸毛，婉喻手里一双银筷子，小心翼翼的筷子尖夹起灰色蚕茧般的霉豆腐，放进一个粉彩缸里。她看见他，筷子停在膝盖上，朝门里喊了一声：恩娘，焉识回来了！然后她转身快步进了门厅，在门口朝他回一下头，看看他跟上她没有。在客厅里，她再次回头，是催他快跟上她。他觉得她两个内八字解放脚这天走得行云流水，便没有先上楼跟恩娘请安，而是跟着她进了卧室。婉喻已经等在床边了，手上拿了个窄长的盒子。这是她送他的。她说话的声音极轻，自从他们从太湖回来，他们就跟恩娘做起游戏来了：动作很小，嗓音很轻，一句家常话也讲成了偷情的密语。他常常恶心这种游戏，婉喻却觉得滋味鲜美得很。

婉喻是漫不经意地说起来的。那天晚上她说，孩子们都不敢到你面前去了，因为他们看到爸爸那么不开心，害怕。婉喻说话的时候跟他隔着一层帐纱，台灯的灯罩是陆家上一代人置的，丝绸老了，把灯光都变成了古董。他在咖啡馆里把该备的课备完，该批改的功课批完，坐着家里的轿车回来的时候，满怀希望全家人都睡了。焉识当然矢口否认：哪里不开心呢？他在一刹那间又找回了那个大咧咧的扮相，打着哈哈。是从去年秋天开始的吧？重阳节过了以后，对吧？婉喻这时候已经坐在竹席上了，穿了西式衬衫长裤，但一看还是缠过脚又改主意的旧式女人。不过隔着一层纱看，婉喻坐相很好，假如焉识爱她，应该认为她是美的了。

他把手里沉甸甸的皮包放下来。这不是公文包，是一件行李。为了躲到各个咖啡馆、图书馆去办公，他每天必须提着行李出门进门。

他的这种苦闷不是女人家的苦闷，多跟她解释一个字都会让他发疯。他开始往恩娘和孩子身上扯，去扯女人家的苦闷。婉喻却说：我是不懂的；去年到现在，我也不晓得怎么让你开心点。她的意思是，女人家那点苦闷是家常便饭,他一苦闷,女人家的天就要塌下来了。他突然意识到,她买了那块欧米茄是为了逗他开心。可怜的女人!难怪他的苦闷会让她塌了天。他无话可说地在床对面的罗圈椅上坐下来,可怜天下的女人。

婉喻撩起蚊帐,坐在两片帐纱之间。

他说他真的蛮好,真的蛮开心。他的意思婉喻没有懂。他的意思说,婉喻的体察让他心动。她站起来,走到他旁边,不梳发髻的婉喻是另一个女人。她说你当我看不出来啊?样样东西你都没兴趣。她是指那块表。他把表盒从枕边拿出来。就是敷衍不动,他也要敷衍敷衍。婉喻把表给他戴上,表盒里有三节拆下的表带,现在的长短是合适的。婉喻说:我大约摸想你手就这点粗。蛮准的!

蛮准的,他点点头。女人多好敷衍。

她看了他一眼。这一眼提醒了焉识:他不止一次看到婉喻眼睛里这种神采。藏在深闺里的女子把所有的能量都浓缩凝聚在这一瞥目光里了。长年累月被压制了多少,被禁锢了多少,现在就释放出来多少。远不止那些被压制被禁锢的,是变本加厉的释放。那一瞥目光里有个好大胆子的婉喻。他发现自己拉住了她的手。他从来没有把自己的膝盖给婉喻当椅子,就像他多年前对望达那样,这时他却把望达的座位让给了婉喻。

他问她哪里来这么多钱去买这么贵的表。家里的钱婉喻是不沾手的。从嫁到陆家到现在,婉喻就是一副手不沾钱的清爽无虑的模样。回答很简单,就是把恩娘给她的祖母绿卖了呀。

"你要闯祸了,恩娘会盘查的。"

"盘查起来再讲。"

一看就知道,盘查起来她完全不知道怎么讲。

"怎么想得起来去卖首饰呢?"

"首饰横竖没用场。"

焉识差点说:手表也没用场啊。但他及时把话憋回去了。婉喻闯了大祸,冒着大大得罪恩娘的危险给他买了一样毫无用场的东西,是要逗他开心。只要他开心了,她的天就不再继续往下塌。恩娘的暴怒她或许可以顶得住,而她的天塌下来她是顶不住的。

恩娘终于想到了点数自己和婉喻的首饰。那时一到晚上,虹口到江湾的马路上已经亮起许多日本酒屋的灯笼。焉识的大学正在往后方迁移。恩娘今天一个主意明天一个主意,在走和不走之间摇摆。陆家的一代代佣人都是甘心服侍一代代的陆家主子的,因此恩娘不担心佣人们会不好好侍弄陆家的房子。她担心从来没有离开过上海的她和婉喻不被仗打死,而要被内地的日子过死。她想着想着就会凭空地瞪起一双睫毛渐秃的眼睛,白净的手指拿着一块骨牌抖得如同鸡啄米。这样抖一阵,恩娘她便会改变前一天的决定,说不去了,哪里也不去了,死也死在上海。

焉识如果说,一打起来就难说,十年八载一家人内地、上海两地分着,也不是一桩事情。婉喻这时总是做应声虫的,说对的呀,一家人不可以分开来十年八载的,东北人从"九·一八"到现在,还留在上海,跟他们家里人分开呢!婉喻应声虫做到此时,恩娘便会笑眯眯看她一眼。这样笑眯眯的一眼一眼,看多了便有话了。恩娘的话是:"这样好吧?我就不去内地了,在上海帮你们领小囡囡,内地有没有奶糕给小囡囡吃都没一定呢。两个大小孩呢,反正已经做得上你们的帮手了,你们就领在身边,到内地去吧。要不然你们到内地要带多少物事啊?我留在上海,带不动的物事就扔给我好了。"

婉喻一开始是上了恩娘当的。她一听恩娘把自己放了,放给了焉识,以为真正可以过小两口的好日子了,便接恩娘的话说:"这也好的,到内地毕竟要吃苦头,老的小的吃不消。"

恩娘或者独白:"是的呀,老也老了,走啊留的都一样,哪里都是个死。"或者自语:"几千里地,弄不好倒客死他乡了。这把岁数了,死了活了都一样,死得舒服点吧。"

只要恩娘一提死,婉喻就知道自己已经落进了恩娘的陷阱。恩娘是试探她和焉识的。她马上说:"那我也不去了,我陪着恩娘留在上海。"

恩娘一脸嗔怪，这怎么可以？怎么担当得起？恩娘拆散你们两口子算什么？我死了陆家祖先都不饶我的。

婉喻就要拼了命地弥补，说："我陪着恩娘，哪里也不去。"

恩娘这就会指着婉喻对焉识说："咦，又怎么了？我没有要拦住她吧？我又夹在你们小夫妻中间了？我是多识相的人，现在楼都不敢下了，省得你们小夫妻在自己家里还要那么不便当，眼色来眼色去，手捏捏，肩膀掐掐。我是能避开就避开的，不然你们三十几岁了，还要做偷糖吃的小鬼头，我面孔是要的呀！"她抖动的手指戳着自己的脸颊，又去指点婉喻和焉识，就像许多戏台上陈述悲情的老旦。

讲到这一步，无地自容的婉喻必定走开了，走进马桶间。她动作是轻轻的，不敢带脾气，但两个孩子一会儿就会来报告，说姆妈一边上马桶一边哭。他们从钥匙孔里看到的。

焉识眼看女人的战争又要开始。他总是被家里的战争扫荡到外面，再被外面的战争扫荡到家里。这种时候恩娘是逼着他仲裁，等他说两句戏剧性的话的：一家人死活都不可以分开，死活都不能让恩娘一个人留下。学校的迁移日期迫近了，焉识的一句句令自己作呕的戏腔的劝慰仍然定不下局面。恩娘已经提前地孤苦起来，目光凄凉，一天到晚无故长叹，进入了被弃入战火的孤老太婆的角色。她拖着解放脚为全家打理行装，一双手把本来摆放整齐的东西再抖乱。

最后恩娘宣布她带着半岁的丹珏留下来。谁也不敢再多话，让她去扮演被弃的孤老太婆。焉识预感到还会有变故，按照恩娘好强、占上风的脾性，假如事情就结束在这里，她会非常非常地不甘。焉识的弟弟已经从欧洲写信回来，打算在第二个博士学位读完定居比利时，焉识是恩娘生命里唯一的最后的男性。对于这个唯一男性，恩娘公开的宠爱和私底下的宠爱都有。若是厨房烧青菜，她总要佣人把青菜一层层地剥到大拇指大小的菜心，另外炒出来，在一个小碟子中心堆积成小小的一垛，公然摆放在焉识面前。而焉识总是要推让的，恩娘也总是等着他推让，推让的结果往往是恩娘分到一大半菜心，而两个大孩子分到一两个，焉识往往一个菜心也吃不上，但恩娘对他的宠爱他是吃到了。他偶尔回到家里早一点，就会给恩娘喊到楼上，一块肉酥饼已经准备好了，嘴巴"嘘"的一声，饼就塞到了焉识嘴里，帕金森的手把饼渣抖了焉识一身。还有就是在焉识已经坐上轿车的时候，恩娘会追出门来，把几张钞票按在他手上，伴随一句悄悄话："晓得侬手脚大惯了！"她拿他按月交出的薪水，背着人纵容他挥霍。恩娘给他的额外体贴和婉喻暗暗地平行，这就使他莫名其妙地跟老少两个女人都亲密起来。焉识知道，在恩娘那里他是一系列似是而非的角色，一旦他要卸掉其他角色，只单一地做婉喻的丈夫，恩娘绝不会甘心。

他这样想着，一面就在马桶间里擦澡。瓷砖和浴盆相接的缝隙里霉菌从深棕色往黑色演变。接近地面的地方，黑色浓郁，隐隐发绿，丝绒一样的质地。头顶上的天花板也有一圈圈的灰黑色，夹着黄绿，是从地面顺着墙角攀爬上去的。这里原来有个霉菌的大花园。婉喻的性子给恩娘越磨越绵韧，磨得受不了的时候，马桶间就是她的避难所。对于这个霉菌大花园，婉喻的眼睛一定逛得熟透了。这时他听见恩娘用很大的声音在叫："阿妮头！"

他马上用毛巾擦拭身体。他的预感是准确的。等他穿好衣服，走到客厅，婉喻正低着头坐在八仙桌旁边，恩娘坐在沙发上。恩娘看着焉识，又去看婉喻，意思是看看吧，有人要造反了。

孩子们被佣人带到院子里乘凉去了。焉识问出了什么事情。恩娘说，喏，叫她把首饰留下来一点，好东西不要带到内地去了，真到了要变卖首饰换饭吃的时候，派得上用场的只有金子。好东西带到内地，会有人识货吗？阿妮头就是要带，说箱子也理好了，拿不出来了。我晓得我现在讲话是没人听得进的，譬如讲出来就让台风刮了！

焉识特别有冲动在八仙桌上捶两拳头。多少人正在死，大家很快都可能变成最耻辱的亡国之人，一两件珠宝的得失对于她们，仍然是大大的得失。就在焉识为了要不要捶八仙桌而浑身发冷时，婉喻开口了，说："恩娘你不要光火，首饰我们都不带，都留下来。"

恩娘说："你这是啥意思？"她笑眯眯地转过头，看着继子："焉识，你懂阿妮头的意思吗？我怎么不懂啊？是不是我要贪图她那点东西啊？她那点东西我没一样看得上眼，除了那块祖母绿，还是我给她的陪嫁。这么多年，我又是你娘家人，又是你婆家人，过年过节过生日，不是我在想到给你添穿的戴的，棉的单的？……"

婉喻脱口便说："祖母绿没了。"

恩娘这下傻眼了。

婉喻真的是造反了，一不做二不休地告诉恩娘，祖母绿让她拿到当铺当了，当的钱给焉识买了块欧米茄。

恩娘看着婉喻，似乎原先她当兔子养的东西，养着养着突然发现这东西原形毕露，是头大象。恩娘的眼泪就在看婉喻的时候集聚起来，然后慢慢转过脸，看着虚无，膝盖上放了一把芭蕉扇。泪珠子又大又圆地滚落，出来了泪打芭蕉的声音。在这个岁数，流泪的恩娘仍然动人。

热糨糊般的夏天糊在人身上，恩娘感到快要中暑了。焉识半架半抱地把她弄到楼上，回头往楼下叫喊，请婉喻到冰箱里拿一点冰镇西瓜。恩娘马上说，她只要西瓜不要婉喻；从此以后她不要在自己房间里看见婉喻。一个女人怎么可以那么贱啊？讨男人一点欢心就把阿婆姑母双重的心意都卖掉了。娘家婆家的女人，几代才存出点好东西啊？物事不当物事，三文不值两文，就这么败出去了，就这样要讨男人的好啊？

在恩娘的难听话里，婉喻越来越不堪。似乎她不是从自己男人这里讨欢心，而是天性轻贱，是个男人她必定去讨欢心。

焉识走下楼梯，准备自己伺候恩娘吃冰西瓜，发现婉喻端着玻璃的西瓜盏站在楼梯口，魂飞魄散。除了近期在报纸照片上看到的战场伤员和流离失所的百姓，婉喻是焉识看到的灾难最深重的一个人。他在她肩膀上按了按，把下巴在她的头顶压了压。恩娘永远也不会知道，婉喻之所以得到焉识的眷顾，都是因为她的怪虐。

焉识再回到恩娘房间的时候，恩娘靠在床上。女人的卧室似乎在她每个年龄都会有不同的气味。这时恩娘的卧室气味，已经先于她本人老了。他把西瓜用餐刀在玻璃盏里切碎。恩娘的嘴巴塞不进大块的东西，否则她必须取下上下的假门齿。每个人见到的都是唇红齿白的恩娘，头发梳得光整，粉黛恰如其分，衣服鞋子精心搭配。而恩娘房间那衰老的气味里有股淡淡的洗牙药水味道。焉识坐在恩娘身边，满心想的都是不幸的婉喻。他说："恩娘，其实呢，祖母绿是我卖掉的。我想买那块表。"

他做出一个滑头面孔。恩娘眼泪干了，嘟起嘴巴看着继子。这件荒唐事更像是他焉识的所为。

"这就奇怪了，为啥婉喻说是她卖的呢？"

"婉喻生怕我吃生活。"

恩娘的假牙斯文地咬进淡黄色的西瓜瓤，嘴唇一下子充满汁水。她没有全盘买账，鼻翼两侧的八字纹路深下去，延伸到两个嘴角，那是厉害女人酸溜溜的笑容。

恩娘说："是吗？婉喻待你这么好啊？打板子也要拉到自己身上打呀？"

焉识说："所以我不要她替我挨板子。我经打。"

恩娘更加酸溜溜了，说："你们两个人这么要好啊？一个要替另外一个顶罪过啊？"

焉识只有脸皮一厚，随她去风凉。

第二天焉识从学校里早早回来，因为接下去的一天他们就要跟着第二批教师和学生以及家属登上去内地的江轮了。恩娘一身出门的穿戴，阳伞放在膝盖上，说她等焉识回来已经等了很久。她要焉识陪她出一趟门。婉喻抱着丹珏在监督大女儿和儿子临帖，抬头看了焉识一眼。假如焉识此刻要给充军去，婉喻眼里也不过那么多担忧了。焉识说外面大乱，外国人在烧文件，烧垃圾，准备逃离上海，中国人在搬家典当，也在逃离上海，最好不出门。恩娘惨惨地看着他说："恩娘一生还要你陪几趟呢？"

焉识马上挽上她无力的细手臂就走。

在轿车里恩娘说她为了祖母绿一夜没睡，所以今天准备了钞票去赎它回来。焉识说已经好几个月了，一定已经给当铺卖掉了！恩娘说卖了就算了，去看看总是无妨。她让焉识把去当铺的路途告诉司机。焉识把司机往静安寺路上指，一面在想恩娘玩心眼真是玩得太地道，昨天晚上他替婉喻垫背的一句话居然没有混过去。恩娘跟司机说，静安寺路上的几家当铺她都很熟。焉识知道恩娘在要他好看：给婉喻替罪，好啊，看你怎么拆穿自己。

大街小巷都是行色匆匆的人。静安寺路上的几栋洋房都落了窗帘，草地上飘着纸张的灰烬，铁门上大锁加小锁。街上的人肯定没有一个会相信，车里坐的美丽老女人怀着什么无聊目的在穿行这个乱世。婉喻为焉识买来欧米茄的那些日子，凌博士和大卫·韦除了相互间开战也从来不放过陆焉识，彼此打糊涂了，就会突然间一齐朝陆焉识开火。陆焉识发表的有关比较语言的学术性文章都是他们的靶子。一些人的生命力是要通过进攻和回击来引爆的，越打生命力越旺盛。应该说大多数人的生命力是这样爆发的。也许人们特别享受这种生命力的大爆发，因此必须不断地发现敌人或树立敌人去进攻和回击。恩娘的进攻布置得多么严谨，一直到最后一刻才发动冲锋。焉识说他不记得哪一家当铺了，恩娘看到好戏了，对司机说那就算了，回家吧。

那天的晚饭是街头饭铺里买来的肉粽，厨房里做了绿豆百合汤，在冰箱里放了一下午。恩娘对着绿豆百合汤说："一颗祖母绿本身没啥，落到阴沟洞里我眼睛都不眨，何必要一趟撒谎两趟撒谎呢?! 都是我做人做得不好呀，吓得人家真话不敢跟我讲!"

焉识硬着头皮打了几个圆场。世界大战这一刻打起来多好。恩娘一口东西不吃，空着两只眼睛坐在自己的位子上，坐了一会，上楼去了。晚饭后焉识上楼去探望，恩娘给了他一个后脑勺和一个抽搐的肩膀。她的嗓音已经非常适合用于临终嘱托：明天婉喻和焉识带两个孩子上路，她就不送了，这一病倒，再爬起来就难了。焉识站起来去给家庭医生打电话，她背朝焉识把手摆一摆，或许是要他去打，或许是要他走开。医生在一小时之后到达，她一句话也说不出，帕金森的手指头指着胸口。

婉喻站在恩娘的房门口，一件无袖旗袍在炎热中看上去很单薄，让她两手抱住赤条条的胳膊。焉识走了出去，希望她看得出他不想说话。她看出来了，所以没有说话。焉识为她担待了，为她替罪了，为此她宁可日后吃尽恩娘的苦头，宁可无数次到马桶间去避难。焉识的举动是牺牲，哪一个古典爱情故事里没有这样为彼此牺牲的爱情烈士？婉喻所有的误会焉识无力解释，就让它们美好地误会下去。误会省了他许多事。

医生提了药包出来，告诉他们恩娘基本没病。他们毫不意外。医生留下两样解暑安神的药就走了。恩娘这样闹无非是不愿意婉喻从此毫无障碍地就跟焉识相濡以沫起来。

婉喻决定不走了，她要帮着恩娘达到拆散他们夫妻的目的。焉识没有反对，战争会结束一切卑琐和无聊。战争是几个大人物玩的大把戏，暂时会替代角角落落里的小把戏。

婉喻把大女儿和儿子拉过来，口把口教好台词，让他们上楼去告诉恩娘，大家都不走了，都留在上海陪恩娘，走的就只有焉识。孩子们上楼去了，一会儿一人拿了一根红白相间的糖拐棍，高高兴兴地下来了。婉喻眼圈一红。

上海 1963

二十六年后，我祖父在草垛里把记忆里 1937 年那个夏夜看了一遍又一遍。许多细节他当时忽略了，现在他一个也不放过地审视。首先是婉喻的脊背；那夜他看到的婉喻脊背多于面孔，因为她一直躬着腰把装好的行李一件件打开，把孩子和她自己的四季衣服拿出来，再把焉识一个人的衣服和书重新装箱。那件白底撒淡黄雏菊的无袖旗袍是细洋布的，她的腰椎很吓人地一颗颗顶出布面。他从来没有注意到她是那么瘦。皮箱是他带到美国去，又带回来的，原先是日晒色的，旧了颜色就深起来，包拐角的铜皮也长了铜锈。第二天天不亮司机就开车送他到码头上去，送行队伍是恩娘领队，一边一个孩子，婉喻抱着小女儿跟在稍后，隔夜的旗袍和隔夜的脸，衣服和人一样筋疲力尽。

我祖父陆焉识在 1963 年冬天的兰州城郊走着，过的却是他记忆里 1937 年夏天那段日子。他在同一条马路上找到一个邮局。这些天他脸上的"蟒皮"已经蜕净，现在他是个细皮嫩肉的老先生，看上去年轻时过过好日子。他请长途电话值班员为他接通冯婉喻家的传呼，四五分钟之后，一个陌生的女子在那头说话了。

"喂，请问哪一位？"

他认识丹珏的嗓音。科教片他只看到最后的五分钟，那五分钟里丹珏只说了一句话，这就够了，他凭了那一句话认识了她的嗓音。他张开嘴，窄小的长途话亭里的氧气似乎不够他吸。上海和西安之间的冷场开始了。各种可能性他都想到，偏偏没有想到跟婉喻同住的丹珏有可能来接电话。他不知道冷场冷了多久，让丹珏在那边又问了多少声"喂，哪一位？"他听到自己空空的心里一圈圈的回音：怎么办？怎么办？怎么办？……

丹珏突然讲起英文来。他没顾上去听她在说什么，马上就想她的语法不错，但有点拘谨。丹珏用英文问他是否在听她说。他这才把刚才听进去的上两句话找回来。丹珏第一个英文句子说："请你不要找我母亲了。"接下去她又说："假如你对我们还有丝毫的顾念，请你尽快去自首。"电话是那边先挂上的。他把电话贴在耳朵上，又在长途电话亭里的窄凳上坐了一会儿。刚一站起，被他的体重压下的弹簧"啪"的一声将凳子弹回，他抽风地回过头，看见不过是凳子复位，再转过身，又看见电话不知什么时候落在了地上。

陆焉识飞快地离开了邮局。假如丹珏向兰州的邮局举报他，邮局的人数是够捉拿他的。他在街上瞎走，卖面条的摊子边上已经坐了干完重活的光棍汉。他的记忆真是好得残酷，把丹珏的口气一点不差地记下。那是一种绝情的口气。不，那是哀求的口气。要他行行好，放了她母亲，放了他们所有人。他后悔一句话没有跟丹珏说。他应该问一问，难道她的母亲已经被他牵累了？他绕过贴着通缉令的西安站，走上西安至洛阳的铁路。脚上穿着粗制滥造的棉鞋，一步一块枕木地走着。这是一条忙碌的铁道线，不一会儿他必须跳下路基，让一列客车或火车通过。客车上一个个窗口里坐着的人都有个地方奔，那地方有等待和接纳他们的人。他是没有的。一阵子他不知道自己在枕木上"一二一"地走向哪里。

凌晨两点多，陆焉识到了一个小站的外面。温度非常低。他又是沾了大草漠的光，使他耐寒抗冻。四点零七分有一班慢车经过小站去西安。从小站混上车比较容易，往往没有站警。站台上在四点左右出现了四五十个人，都说河南话，一个收容站的干部跟在后面口齿模糊地吆喝，就像劳改干部一样，习惯了赶两足牲口。这些人是前几年饥荒时逃出来的荒民，现在被遣送回原籍。一列火车上的乘警都调动起来看管他们，顾不上来辨认陆焉识的真面目。他的化妆手艺一再改进，胡子修剪得相当精美，又在兰州郊区买了顶干部帽，作为他形象特征的花白卷毛便有了遮盖。慢车晃了两站，他得到一个靠窗口的座位。这就更理想了，他把左臂放在小桌上，整个脸都埋在胳膊弯里。

他睡着之后脑子里还是丹珏的英文：假如你对我们还有一点顾念，请你尽快去自首。他突然想起来了，丹珏的英文文法之所以拘谨，因为她用的是官方语言。她不是在和他谈话，而是在对敌喊话。"顾念"作为先决条件，衡量他是否还有一丝毫的父亲责任心，父亲的牺牲精神。否则他这一点点父亲的成分都不被承认了。

他把自己的脸藏在臂弯里睡着了，被推醒的时候他整个人窜跳起来，像任何走投无路的生物那样徒劳地一窜。他想接下去该有手铐了，但视野角落里出现了一个很小的裸露的屁股，同时一个年轻的河南女人对他说了一句话。他听不懂她说的是什么，女人已经把孩子的屁股放到了车窗缝隙上。另一个人从她身后伸过两只手，把车窗向上抬了一条缝，但已经太晚了。孩子的屁股刚被暴露就开始释放自己，尿液喷在车窗玻璃上，又一道道急湍地流下来，没有从窗缝漏出去的液体漫出窗台，稀里哗啦地流在桌子上，椅子上，和陆焉识对面没有及时躲开的旅客身上。旅客不是先抢救自己，而是先抢救小桌上的一包椰子饼干和两个苹果。但他很快意识到自己不会吃这些食品了，才两手湿淋淋地开始骂街。河南荒民们都瞪着那包椰子饼干和苹果，对他的臭骂心不在焉。年轻女人把那个窗口变成了茅坑，此刻正招呼另外一个抱孩子的年轻女人，叫她趁机也把孩子的尿把了。

旅客拿着自己的行李包愤愤地走开，十多个荒民上来，手都伸到泛滥的尿里，捞起苹果，又剥开湿淋淋的饼干蜡纸，为饼干没有完全受损而发出尖利欢呼。在窗台上蹲茅坑的孩子有一岁多，倒是肥嘟嘟的，逃荒人的奶是不荒的。年轻女人用一个掉了大片搪瓷的茶缸接了开水，把从尿里打捞出来的椰子饼干泡进去，用手指头蘸了送到孩子嘴里。奇怪的是甜腻腻的气味毫无尿味。孩子的脸花猫一样，嚼一口就咧嘴笑一下。陆焉识发现自己的嘴巴跟着孩子动,也跟着他咧开,似乎在笑。就在那一刹那间,他拿定了主意。他要去自首。

他盘算着应该怎样往下进行他的计划;他的自首发生在什么时候对他的妻子、孩子们最有利。见一面婉喻是必须的。不见他可太亏了,太虚于此行,虚于一生了。自首之后,他的一生就了结了。

西安至上海的车行走了一天一夜后,到了和安徽临界的一个小站,陆焉识身边冲过热烘烘的人体激流。下车的荒民和上车的旅客对流交替,空中过往着行李卷、提包、柳条筐、孩子。他旁边的车窗被改做门用,先进来一双穿新布鞋的脚,渐次进来一个女孩子的腿和腰,然后十四五岁的女孩终于完整登场。她发现哪里也不如她屁股下的小桌,于是就在小桌上坐定下来。

陆焉识需要睡眠。睡眠可以让他气色好,精神好;他可不要婉喻从他脸上看到囚犯老几的样子。他把干部帽拉下来,帽子里是黑夜了,他使劲闭上眼。一定要睡一个好觉。

帽子里的黑夜中,丹珏又开始"对敌喊话"。喊话失败之后,她会不会从传呼室出来直奔公安局呢?他曾经常听狱友说儿女把父母送进牢监的事。而且这十多年政府对丹珏不薄,让她当了博士上了科教片,丹珏就是要求他做父亲的拿自己老命去交换她已经得到的和将来可能得到的东西,做父亲的也应该在所不辞。

他马上又认为丹珏不会去公安局检举他。为什么不会?他不知道。丹珏是不同一般的孩子。怎么不同?他也不知道。

即便丹珏已经报告了公安局,警察现在拿婉喻做诱饵,只等他上钩,那也没什么,他必须见到婉喻。六十二岁,可死可不死,也是可活可不活,见了婉喻,讲两句推迟了四十年的情话(可以用英文讲,省得把两个人窘坏),他陆焉识就死活两便。帽子里的黑夜散发着他多日没洗的头发气味。这是个纯粹个人的黑夜,跟外面的那个夜隔开了。外面是打牌的叫嚷声,吃东西的吧唧嘴声,气味也渐渐肥腻起来,人这种杂食动物挤在一块比任何动物的气味都坏,对此住了近十年监房的陆焉识一再感悟。

不知过了多久，帽子外面的世界闹腾起来，有人在尖声地哭，还有人在哄劝。陆焉识把干部帽掀起一条缝，眼睛马上被灯光和香烟刺激得灼痛。他使劲眯着眼，看见哭的是那个十四五岁的女孩，原先她坐在小桌上，现在躺在地板上一摊扑克牌上。打牌的四个人正在劝慰她：你还哭个啥呢？你掉下来没把咱几个吓死呢！坐在那桌子上你敢睡觉吗？……

人们问清楚了，女孩子是到上海的亲戚家帮佣的，一个人乘火车，连自己坐的是桌子而不是凳子都不知道。陆焉识把女孩子叫到自己跟前，让她坐在自己脚下的地板上，胳膊架在他腿上睡觉。觉是不能不睡的，一个车厢的人给窝成什么形状都在睡，逃犯都在睡，何况十四五岁的孩子。第二天车上卖饭，他的那份总省下一半给女孩吃。女孩活泼起来，跟他打听上海的这样上海的那样，他都慢条斯理讲给她听。他知道在女孩和周围乘客眼睛里，他是个七八十岁的慈祥老人家，肚子里还有不少墨水。谁也看不出来，他正想拿这个女孩做成他在上海的掩护和帮手。

女孩一下火车就被亲戚接走了，但女孩的亲戚对陆焉识千恩万谢。当陆焉识提出带女孩逛逛上海时，亲戚更是千恩万谢，因为这样就免了他们给女孩介绍上海概貌的苦役和花费。陆焉识乘坐长途汽车去了南翔，在那里找了个公共浴池睡了一夜。他发现城郊有的是社会面目不清的人，也有的是社会夹缝容纳这类人。第二天一早他来到女孩亲戚家的里弄口，把女孩接了出来。

他带女孩到公园划了一小时船，午饭是面包和汽水。他想从公园就去婉喻的学校，但时间还太早，遍地阳光，不是他出场的钟点。下午四点半的时候，他把小姑娘带到婉喻的中学门口。婉喻在信里总是提到自己的学校，自己的班级。婉喻告诉他，她的学生们升学率是全校最高的。

这时是下午五点，天已灰黑。婉喻学校的斜对门有个小人书摊子，坐了几个十七八岁的男孩，社会面目也有些模糊，他们一边抽烟一边从小人书里获得教育。不久他就会发现，男孩们坐在那儿的目的是为了看对门中学里放学的女中学生。他租了一本书给女孩看，但他看出女孩已经心神不宁了。五点左右，最后一批学生涌出校门。社会面目不清的男孩们腔调下流地笑着，一面说着他们的暗语，随着女学生们的散失而散失了。又过十几分钟，一群男女老师走出来，相互道别。他回头看了一眼女孩，发现女孩正在看他。他笑了一下，女孩却没有笑。婉喻再不出来他就白白在女孩身上投资了。这时候学校的两扇大门慢慢合拢，锁上了。他又回头去看女孩，见她正无所事事地摆弄两只脚，一会儿把左脚放在右脚前面，一会儿再反过来。她在拿两只脚撒气。他向学校转回脸，看见从大门上的一扇小门里走出一个穿米色大衣的身影。头一秒钟他就认出这是婉喻。那件米色大衣的衣料是弟弟战后带到上海的一块海虎绒，1948年冬天被做成大衣，婉喻试穿那天，裁缝的老婆在旁边坐立不安地等着拿手工钱去米行买米，因为晚十分钟米价就不同了。现在看起来当年的上等面料和做工以及当年的时髦都有点怪异，甚至有点寒酸。梳着十多年前的发髻，拎着二十多年前的羊皮皮包从一个新式学校走出来的婉喻，一下子把时代感弄混乱了。

隔着马路和暮色，他看着婉喻不紧不慢地往前走，臂弯上挎着的皮包分量不轻。他赶紧付了小人书的租金，拉着女孩在马路对面跟着婉喻。他跟女孩说，现在就送她回家去。女孩反正对上海地理无概念，他要在真正送她回家前让她继续发挥作用。过了一个红绿灯路口，婉喻在一个无轨电车站停下来，跟一大帮等车的人向马路一头伸长脖子张望。

他拉着女孩从街口穿过马路，站在电车站的后面。等电车来了的时候，他在人群后面看着婉喻，见她向后仰着上身，为了先把脚踏上电车的台阶，而脸不贴在别人后背上。她的本领很大，车门快要关的时候，她的上半身还斜在车门外。她就那样变形地让车门在她背后终于关严。他站在车下，看得目瞪口呆。他在路边叫了一部三轮车差头，要车夫跟着无轨电车的路线走。

三轮车在第三站停下来，无轨电车刚刚到。陆焉识付了车费，拉着女孩就往车上挤。婉喻已经做出样子来给他看了，总有些人要被另一些人挤下车去，你必须打定主意不被人挤下车。还有就是只要身体的一部分先上了车，身体其他部分迟早能上车。

整个这段时间，我祖父都是目瞪口呆地在侧后方看着我祖母。他一时还没有时间去想，什么样的日子能把曾经的婉喻变成眼前的婉喻。

现在陆焉识往右侧移动一点，把女孩拉到他前面。越过女孩的头顶，他能看见婉喻极小的一点侧影，因为她大部分侧影被她抓住横杆的右臂挡住了。她的发髻基本上还是黑的，只是小得可怜。为了这个可怜的发髻，他都忍不住要流泪了。女孩突然问他，从她亲戚家来的时候也走的是这条路吗？女孩的西北话让周围人开始寻找这个无拘无束的大嗓门出自哪里。他觉得婉喻也企图回过头。他眼睛监视婉喻，一面对女孩的耳朵说，在上海不可以在公共场合拉开嗓门的。接下去他解释说，上海太大了，他们早上玩到晚上，早已经玩到了城市的另一边，不可能原路返回。

婉喻在第五站开始往前门运动。他拉着女孩往后车门口挤。这一站下车的人很多，街上的人更多，下车的人一下就沉没在街上的人海里。他跟着婉喻往前走。小姑娘在大声问他什么。他好不容易才把注意力从婉喻身上转过来。

"咱到家了没？"

"快了。前面就是。"

他敷衍地向前方伸伸手指头。人贩子对拐骗来的孩子都会这么说。

婉喻穿过马路，走进一个食品商场。他跟进去，跟她拉开五六米距离。女孩进了商场马上就来了耐心，两只眼大了许多，眼珠像给强光刚晃过，瞳孔还没有调整过来。你可以拿她那张脸去国文课堂上解释"眼花缭乱"这个成语。陆焉识告诉她，送她回家之前，他想给她买一点糖果。他要她在糖果柜台慢慢挑选糖果，千万别走，等他买完别的东西回来给她付账。

婉喻行走轻盈，再挤都挡不住她，她在人海里像条直立游动的梭鱼。她的内八字解放脚挺灵巧的，甚至有点稚气好笑。对，就是他走下跨洋邮轮在码头上看到的婉喻，而这步伐的可爱，是他在大荒草漠上一遍遍回味出来的。

婉喻在一个柜台前面停了下来。是个卖水产干货的柜台。她看上去好安静，好平实，怎样都能把日子往下过的一个女人。你看她还要买开洋回家烧菜呢。这个季节是该烧开洋黄芽菜吧？恩娘的生活智慧海一样深广，够贫苦的婉喻在里面打捞一辈子。她让营业员把一种开洋用金属勺子舀到她面前，她拿起一颗干虾，放在舌尖上嚼了嚼，又让营业员去舀另一种。全是恩娘式的精明，要试一试开洋是否有潮气，越干越合算。就是那么个唇齿的小动作，就是那样的一抬眼，一抿嘴，婉喻做得都那么精巧细气。这精巧细气让人对她眼角的细纹、缩水的身高、小了的发髻、干缩的皮肤都可以忽略不计。

陆焉识看得入迷了，眼泪哗哗地往下流自己却毫无感觉。

他在这里叫她一声的话，她会怎样？自从通缉令贴出来，她就应该做好跟他邂逅的准备了吧？她目不斜视地走了。这一点也还是从前的婉喻，好人家的女子是不旁顾的。他让她走了。他用袖口抹干了眼泪，走回到糖果柜台，看见那个女孩果真是满脸期待地等他买糖果。他的坏心情来了，对她挑选的糖果不理不睬，指了一种最便宜的糖让营业员过称包好，然后沉着脸付了钱。所剩不多的钱又有一部分走了，成了这些廉价糖果，在女孩嘴里咂咂有声地融化。

送了女孩回家之后，他乘上往江湾去的长途汽车。在自首前，还是要好好做个逃犯，所以同一个浴池不能连续住两夜。他在江湾找到一个民营小旅店，开在一个木板楼房里，楼上楼下一共八间屋。他是他那间屋的最后一个投宿者，同屋的人都早已睡着，他们都是第二天要进上海的乡下人。

这是个吵闹的夜晚，同屋的人打着猛兽的鼾声（我祖父不知道，他的鼾声比他们更强健凶猛）。陆焉识设计了各种跟婉喻的见面场景，不断推翻旧的又不断设计新的。他认为最理想的方法是见面之后让婉喻把他扭送到公安局，这样对婉喻可能有利，对孩子们可能更有利。丹珏的英文对敌喊话说得很透彻，假如他对他们的母亲还有丝毫顾念的话，对他的孩子们还有丝毫责任心的话……对，就这么办，让婉喻亲手把他送到公安局，他挨枪子也为婉喻的政治进步赚上几分。这样他对那颗子弹就会更想得开。

　　他越来越清醒，两个拳头搁在棉被下面越抓越紧，抓出两手心的汗来。他将跟婉喻美美地吃一顿晚饭，找一个情调好的餐馆，梅陇镇？……不，梅陇镇不行，还是西餐比较优雅，那就国际饭店。这是推迟了几十年的一顿晚餐，之间不再夹着个恩娘。他们会喝点法国红葡萄酒。他要好好地正面地看看婉喻，告诉她浪子回头金不换，就算判刑流放最终使得一个浪子回头，让老浪子终于识了好歹，看到他误了自己和婉喻什么，那就是国家替陆家办了一件正事。假如说完了这些，还有时间，他会告诉她有关一个叫韩念痕的女人，他会请求她宽恕。

　　第二天下午五点的时候，他已经在小人书摊子上坐好了。马路对过的学校大门里又是先放出学生再放出老师，最后放出了婉喻。他会走上去帮她拐那个沉重的皮包吗？……他们蛮可以这样度过晚年：他到她学校门口来，接过她的皮包，跟她散淡地谈天，挤进挤满普通人民的电车。但是没有一场囚禁和放逐，他这个老浪子会回头吗？

　　婉喻却在第三站就下了车，这是陆焉识没有提防的。他拳打脚踢在四周人墙上凿洞开路，脚从车门迈出来，刚一落地，就摔倒在地上。许多的腿脚在他身边分叉，绕开他，又渐渐沉入马路上的人海。他站起来一面浑身拍打灰尘，一面急着朝前赶路。但婉喻已经不见了。他一跤把婉喻摔丢了。此刻他听到一声汽车喇叭，一辆公共汽车向一边偏着拐过弯来，乘客成了包得过多的肉馅，都从窗口漏出来了，并随时要胀破车子的铁皮。从窗口漏出的"馅儿"发出一声叫喊："姆妈！"

　　陆焉识马上认出这声音来。丹珏的声音。婉喻被车站上等车的人遮住了，此刻向前跨了一步，轻轻扬了扬手。丹珏和母亲在这个站汇合,然后两人一同要到某个地方去。车迟迟疑疑地靠站,打开门,丹珏跳下来,几乎是擦着她父亲走过去。作为逃犯他太成功了,而作为父亲他比较悲哀。再一仔细看,丹珏不是一个人,手里还牵着一个小人。

我祖父那时不知道,这个小姑娘正在长成他记忆里那些书稿的唯一读者。这个小姑娘也将是他的奇异记忆的第一见证人。

陆焉识听见小姑娘叫婉喻恩奶,又听见婉喻对小姑娘说话时,把丹珏称为"小孃孃",一时间陆家三代人都在他面前了。她们都将就着小姑娘在说话,都是一口孩提语言,问小姑娘托儿所里吃的、玩的、午睡,某某老师,某某小朋友,某某玩具。婉喻对托儿所的一切跟小姑娘一样熟悉。他们走进一家点心店,非常实惠的那种邻里点心店,把陆焉识这个父亲、祖父撇在了门外。

从窗子看进去,婉喻和小姑娘坐了下来,跟另外一对年轻男女拼用一个小圆桌。陆焉识移动一下,为了寻找视野外面的丹珏。

丹珏被他找到了,此刻正站在十七八个人的队伍里,手上拿着几张小钞。一排木头墙壁上打出一个个洞,每个洞口排一条队伍。丹珏的位置靠近门口,正给了她父亲一个侧面。她的天然卷发是她父亲的,高高的个头也是他父亲的。她短发齐耳,身上的黑呢子短大衣不男不女,唯有一根丝巾警告人们,别把她性别弄错。丹珏远不是科教片里那个半透明的白衣仙子。他见她排到了木头墙上的洞口,跟里面的人说了两句话。说话的过程,她脸上闪过了婉喻的神情。不,就是一个活脱脱的婉喻。

陆焉识看着丹珏向母亲和侄女转过头,大声征求她们的意见。就是这张年轻的婉喻的嘴,对她的父亲进行了劝降喊话。

丹珏把一摞热气腾腾的笼屉端向婉喻那个桌,然后拖来一个凳子,别别扭扭地坐下来。接下去,陆家三代女子跟两个陌生年轻男女吃起团圆饭来。也许这样的场景常常发生,这样的晚餐是她们的幸福时光。丹珏没有自己的家,那一份博士工资,跟母亲赚的钱应该吃得起这种晚餐。他站在窗外的黑影里,站得成了黑影的一部分。他和自己的家庭明处、暗处地共存，他不介意永远就这样参与她们的生活，暗暗地做这个家庭的一分子。

她们轻描淡写地谈着什么。主要还是跟小姑娘谈。恩奶和小孃孃不时歪下头来，尽量把脸摆得和小姑娘同一高度，跟她笑眯眯地进行孩提对话。挤在一桌上吃团圆饭的陌生男女也对小姑娘笑眯眯的，把脸扮成婴儿。她们和这个社会是合得来的，他不无醋意地想。这样和谐的三代女子，谁忍心去给她们惊吓？

陆焉识站在潮湿的寒冷中，跟他的家庭隔着一桌桌陌生人，隔着热腾腾的点心气味，隔着1964年1月5日的黑夜。他原先的计划在陆家三代女子的晚餐画面前显得太怪诞太夸张了。在这幅图景中跳出个他来是对她们生活的最大损害。假如他跟婉喻见了面，吃了西餐喝了红酒（还要害婉喻破费），他把掏心窝的话也掏出来了，然后对婉喻说，我把我自己交给你，你就扭送我去公安局吧。婉喻会怎么样？那一出戏和眼前这个温情平实的图景太不沾边了。再说，他把最大难题推给了婉喻，逼婉喻残酷，而婉喻之所以成为婉喻，是她没有一丝的残酷。

等陆家的三代女子走出点心店，陆焉识已经完全打消了他在木板小旅店里拟定的计划。他跟在两大一小的女人身影后面，听饥饿在自己肚里叫得如夏夜的蛤蟆争鸣。新的计划还没有产生，他希望在他暗中探亲的时间里能尽快制定出来。

他跟着婉喻祖孙三人来到婉喻家的弄堂口，目送她们不徐不缓地走进去，再次被撇在黑影子里。等她们进了弄堂，他就开始往楼上看。婉喻信中告诉他，房子是临街的，所以从他站立的位置应该能看到婉喻的窗口亮灯。她们能在点心店和陌生人坐在一个桌吃团圆饭，他也能跟她们人鬼两不扰地团圆。几分钟以后，三楼的一家亮灯了。那是带个小阳台的屋子，灯光透出来，照着绳子上晾晒的衣服。他真的像进入了她们的生活，满心的温柔和酸楚。这时阳台的门开了，他看见出来的人是丹珏。等丹珏消失以后，阳台上晾晒的衣服也都消失了。

我祖父陆焉识因为想穿了自己的下场而彻底洒脱起来。在下场到来前，他要好好跟自己的家人暗中团圆。第二天是礼拜天，他到达的时候，看到婉喻的阳台上已经晾晒出了洗过的被单。在白天能看出阳台是被延伸了的，几根铁杆从阳台的铁栅栏杆支出去，又横着牵上铁丝，因而晾晒的被单占据的是公共领空。一栋楼上大部分人家都这样拼命占领公共领空。这块被单中央补了一块别色的布，补得像是存心拼上去的图案。他认识那块拼图的布料，就是我祖母冯婉喻在1937年夏天穿的那件白底带淡黄雏菊的无袖旗袍。他呆呆地看着；婉喻靠着节俭在陆家不算厚实的家底里一点一滴挤榨，连渣子都不肯丢弃。

下午三四点钟，弄堂口支起一个小吃摊，卖排骨年糕和小馄饨以及阳春面。人们都是买了东西带走的，小吃摊一共就两张折叠桌和四把折叠椅。他买了一碗阳春面慢慢地吃。吃完他可以再来一碗阳春面。不要粮票的高价阳春面一角四分一碗，他口袋里的钱够他吃一阵，够他把这把椅子坐稳。一碗阳春面刚吃几口，出情况了。从对面的弄堂口走出他的孙女，牵着她手的是一个三十多岁的男子。男子的身后，跟着一个七八岁的男孩，以一种垂头丧气的步态走路。男子文弱白皙，谨小慎微的眼睛躲在玳瑁框眼镜后面。一个非常常见的南方男人。陆焉识给一口不知什么时候吞下去的阳春面噎住，眼睛暴突地看着越走越近、朝自己走来的儿子冯子烨。1951年陆焉识被捕之前，儿子还是大学生，没有那么文弱白皙。冯子烨走到了马路这边，也是用婴儿腔调跟女儿说话，一点也没来留神这个吃阳春面的老头。父亲和儿子以及孙子孙女儿只有一步之隔，老头把脸转开。

他们从小吃摊旁边走过，很快在陆焉识视野里成了背影。不知听到什么声音，三个人一块抬头向马路对面的楼上看去。陆焉识也顺着他们的视线看去：婉喻站在阳台上正跟他们挥手。白天的光亮暗淡了，婉喻穿了一件浅色的毛线马甲在昏暗里浮现出来。隔着一条马路，陆焉识的眼睛贪婪地从这幅画面里汲取，为记忆汲取，向着灵魂的方向汲取。

他坐在那里，面前一碗凉了的阳春面，汤面上漂的猪油珠子正在

1964年1月的冷空气里凝结。他咬紧松动的、常常给他病痛的牙齿，要自己不流泪。他跟自己家庭所有的成员都见了面，分享了他们的礼拜天，他还有什么想不通？想通了就一通百通，就是他挨了最终的一枪，那个非物质的陆焉识照样可以分享他们的日子，所以他活着死了差不多。

陆焉识是在西宁自首的。警察的铐子上来时，他想到这辈子也许没有机会跟婉喻谈那个叫韩念痕的女人了。

重庆女子

读我祖父的回忆录时，我把重庆女子韩念痕想象成这样：艳丽、性感、厉害，假如她上了名牌大学，就可以是个被达官贵人娶走的校花，但她没有那样的家境容她和名牌大学结缘。因此我祖父在她很年轻的时候就有一个直觉，觉得她长着长着会长成一个不甚高贵的美妇人。

我祖父跟韩念痕是在 1940 年认识的。他和她不知是谁先看上谁的，在社交场合里很快就敏感到对方的在场了。焉识的大学第二次搬迁，终于在重庆北边的煤矿区落了脚。矿区到重庆的交通不太方便，因此他参加的第一次社交活动和第二次之间相隔了三个多月。然而他一入场就感觉到这位密斯韩的在场。第一次他从签到名册上留心到她的名字，心里猜想，它该属于男人还是女人。他看到它属于一个女人——一个年轻女人时，心居然乱蹦了几下。第二次再见到韩念痕，她对他笑了一下。一个很好看的重庆女人——重庆女人在一个天生浪子的眼里都是好看的。年轻的重庆女人明明知道自己的笑是惹事的。焉识也笑了笑：想看看能和她惹出什么事来。后来他知道，搬迁到内地的政府部门一律不雇佣当地人，或许是教育部需要一个跟当地人打交道的漂亮女使节，才为韩念痕开了个先例。

上一年日本人的两栖部队在广东的北海登陆后，重庆的所有供应都断了。因为从撤退后，运输供给是靠新铺的广西–河内的铁路，日本人把这条铁路一毁,重庆的嗓子眼就给扎上了。先穷下来的是大学的教授和学生。因此焉识学校的人轮流到重庆去跟政府申请低价粮食,教学经费。两次都是为系里追讨经费时碰上教育部的周末联欢会,在办公室很难见到的几个官员都会在联欢会上出现,因此焉识只得去联欢。

联欢会总是有舞会的,焉识却不怎么会跳舞。他看见念痕给别人邀请了一次又一次。她跳得也不太好,上下身脱节,上身跟舞伴是一伙,旗袍包着屁股是一个独立体,腿和脚又是一伙儿。他终于吃不消她的舞艺,走到外面去了。他到重庆都会在教育部的客房住一夜,这时他犹豫是不是就回客房去读书,但又觉得有件事悬而未决。这时他听见高跟鞋的跟从舞厅一路响出来。

"陆先生,我以为你走了呢!"念痕对着他的背影说。

"是想走了。"

"我也想回家了。"

"不跳了?"

"不跳了。跳都把你跳跑了!"她笑着说。"你又不来邀请人家,我只有跟他们跳啊。"

焉识的心蹦跶蹦跶的,有点无耻地快乐着。她说重庆北方话非常好听。声音也好。他想,世上就有让男人变成色鬼的女人,不幸的是韩念痕就是一个。更不幸的是,她被他陆焉识碰到了。他说他不会跳舞,要是大家打球可没人玩得过他。都会打什么球呢?那可就多了:板球、网球、马球、弹子,篮球也会两下。运动员啊?在美国的时候差不多是吧。

焉识见念痕的头发跟第一次不同了,跟上海、南京来的女人学来的发式,倒是不如先前的直短发好看,但眉眼和嘴唇化了妆,出来了另一路子的美。她二十二岁左右,最多二十三岁。后来他发现自己的猜测很准,第二次见到的念痕只差一个月到二十二岁。念痕就是在那天晚上委身于焉识的,所以焉识过后没有太感到罪过。那天晚上念痕本来不会让焉识那么快变成色鬼,都是防空警报的过错。上一年的五月，日本飞机在重庆上空下冰雹子似的下炸弹，把山城炸得少了些陡峭崎岖，丢下四五千炸烂的尸首。因此是防空警报把念痕留了下来。在防空工事里，焉识就拉住了她的手，肉体的厮磨趁乱就开始了。她的肉体最开始是震惊的，吓得只有顺从似的。焉识在婚姻里对男女事物的觉悟，正好拿念痕来实践。

因为他们本来就在舞场外面，所以防空警报响起时他们是头一批扎进防空洞。然后就被随后进来的人群一直往洞的底部推。防空洞里的昏暗灯光到达不了他们的角落，他就在死角的昏暗中把手伸进了念痕的旗袍襟怀。不怪他，是战争把这个女人推给他的。等防空警报消除，他们走出防空洞，念痕的脑筋和肉体都还处在震惊中，似乎刚刚挨了轰炸。他带着她往客房方向走，她没了魂一样，居然一点异议也没有就跟着走。

夜里念痕醒来，搂着自己坐在他旁边，看着他睡。他很困，但是被她那样看着，有点懊恼了。他甚至觉得接着睡下去挺无耻的。于是他也靠在床头，用手臂把她揽到怀里。他想，大概女人在委身以后都需要这样理会理会。他觉得自己是喜爱这个女人的。他先说了自己是谁。刚说两句念痕就说，她早就知道他是谁了。在他的学校迁来之前，每个教授的履历档案已经到了教育部。

"我不是你们这种人接触的女人。"她说。

念痕的声音有一点敌意和挑衅。她的自卑变成了攻击性。那天夜里，他知道了她的背景：母亲是个唱川剧的，跟川军的一个师长生下了她。师长没有娶她母亲做妾，她母亲就像没发生过那么一回事似的接着混戏班子。她是由外婆带大的。外婆一直供她念了高中，对她说什么人都能做，就是不能做她母亲那样的人。念痕说一个女儿不做自己妈那样的人恐怕很难。女儿的一部分就是她妈。今晚跟陆教授来客房的那个不是她自己，是她妈。她在政府里找事做也是本着不做她妈那样的女人的意愿：落到一个正派正直的男人手里，就是从她妈的命里逃出来了。焉识把念痕抱紧了，他对不起那个没见过面也永远不会去见面的老外婆。

第三次见念痕是两个礼拜之后。两个礼拜是焉识的肉体所能熬的最大极限。他找了个差事再次搭车到重庆,把念痕带到一个旅馆里。念痕这次像个老手,让他和她自己都长久沉迷。过后他问她晚上住在外面,外婆会不会放心。她说她不跟外婆住在一起,是跟一个年轻的官员同居。焉识松开了搂她的手,侧转身去。过一会,她从席梦思床上坐起来,脚尖踩着高跟鞋到窗前,想把窗子关严,但怎么也关不严。山城的楼总是有些意想不到的角度让偷窥者占便宜,必须在点灯时关严窗子。他回过头,看着她苗条有力的背和腰,然后顺着腰下来的臀和腿。怪不得这么圆熟柔韧,原来是被人捏塑出来的。不止一个男人,也许好些男人捏塑了这个不肥不瘦,柔软但不失力度的女人。

念痕和焉识分手之后,他不得安宁了。警告在他脑子里闹学潮似的一呼百应:离开她,不值得,她不是什么好东西。他仇恨自己的"照相机记忆",它把念痕身上每份美好都放大着色,总是在他不防备的时候,突然呈现在他正读的书页上,正写的纸张上。在他之前,哪一些男人捏塑了这个年轻的女人?他给她每隔三天写一封信,文字刁钻,感怀几句又是挖苦。她的信一个礼拜来一次,看见她的字他就想笑,就释然,假如说冯婉喻只有一笔字可以拿出手,念痕没有任何可以称得上内秀的东西。还有什么不舍呢?

冬天过去,接下去是春天、夏天。饥饿、缺乏纸张,都挡不住他三天给念痕一封信。日本人对重庆的封锁使临时首都满街是衣衫褴褛的人,好恩娘好婉喻给他带足了各种衣服,在布料断货的重庆卖出不错的价钱,那钱正够他两个礼拜跟念痕消磨一晚上。念痕每次都更好看一点,夏天的乳白泡泡纱旗袍裹在身上,让他的眼睛都能吃了她。他把她的纯洁外壳剥去,放在竹席子上,要他把她当个器皿,只用来盛装他的欲望。但他对她异常温柔,从见面到分手,用尽他所知道的一切肉麻甜蜜称谓。他大概是有病了,一面把她当垃圾,一面用尽手段在和她的同居人竞争。妒忌的男人原来是这么低级,一切争斗痛苦只为一份肉能独属于自己。

他问她,为什么不跟她的男友结婚。不想结。她回答时白了他一眼，嫌他问这样的呆话；结了婚还有他俩玩的吗？她的岁数还够她玩一阵子。他哼哼两声说，内地人这么开通。她躺在席子上，把一条裸露的腿架在另一条上，在空中来了个二郎腿，一面说，内地人是从愚昧直接开通的，少些假斯文。他们总是在肉体欢爱之后要抬抬杠，以打情骂俏或者半开玩笑的形式。焉识会突然想到，自己堕落得成了什么？跟一个年轻女人这样胡扯，糟蹋光阴。

八月他收到念痕一封信，说她有急事想马上见他。他得意洋洋：终于有希望把这份肉夺过来，变成自己的独一份了。离上次见面一个星期还不到，他就成了她的"急事"，非马上办不可。于是他赶到重庆，在她信上指定的一个餐馆见到了她。这是热死狗的重庆暮夏，每个人都湿漉漉的。餐馆里开放冷气，挤了许多花大价钱享受昂贵冷气的人。念痕虽然已经先到了一会儿，但额前的头发还是湿漉漉的，脸蛋和脖子也被手绢擦得又湿又红，勾过的眉毛大部分已经在手绢上了。她穿了一件旧裙子，蓝白碎花，下摆宽大，在这个温度里她看起来是穿着最适宜的一个人。

他刚坐下就发现她已经点了威士忌和开胃菜。重庆很多餐馆都卖冒牌苏格兰威士忌，不是冒牌就大量兑水。钱已经开始不值钱了，教授凭特殊供应票券买低价米，还不够果腹。在这里吃饭吹冷气的人都不是焉识这样的教书匠，这些人是非得有战火和流血才阔得起来的。因此焉识一面喝酒一面暗暗担心，今天晚上自己会不会在这个餐馆破产。念痕却不想那么多，拿起酒杯，跟他叮当一碰，一仰脖子灌了自己半杯冒牌威士忌。一餐馆又阔又土的人，只有钱，没有辨别真假威士忌的舌头。他调情地轻声问她，是不是想他想得紧了。她不说话，老气横秋地叹一口气。

两杯假威士忌奏效了，她眼睛活络起来。他又说了一句不甚高雅的情话，她大着舌头对他说："收起你那一套吧。好听话多便宜啊？"

他在桌子底下捏捏她的大腿，问她这个便宜不便宜。

念痕把他的手握住，拉到桌子上面，搁在自己滚烫的嘴唇上。她的样子像个小狗，对主人不知该怎么好才是对的，并且也不分场合，不避讳周围那么多人的眼睛。他可不想在桌面上狎昵，使劲往回抽手，但假威士忌让念痕人不要做了，要做小狗，憨态十足，拿着他的手横不好竖不好地亲热。邻桌的人都回过头来看戏，看一对热恋者或偷情者的戏。

这时候念痕突然凑到他耳边，她的呼吸里冒牌威士忌气味像重庆的大雾一样把他包住。

"我有了。"

其实焉识是听清楚了，但他的主观愿望不要他听懂，所以他"嗯?!"了一声，眼睛瞪着她。

她拿着酒杯，看着色泽金黄的液体动荡。他觉得她在模仿什么电影或者戏剧里的女主人公。她说外婆叮嘱了她多少年：什么人都可以做就是不可以做她妈那样的人，现在她做的就是跟她妈一模一样的人。她做不了自己的主，是她身上附着的母亲替她作主，干下这么荒唐的事来。

"这下子遭了，怀娃娃了。"念痕又用重庆话跟他耳语一遍。

焉识是个书本知识很丰厚的人，所以知道女人有一段时间很安全，可以让他和她享受无后果的快乐。知识加上好记性，他每两个礼拜见她的日子算准是无后果的。现在他坐在她旁边，手里拿着他的手，亲不够爱不够，而肚子里是别人造成的后果。

他把手抽回来。抽得尽量不失风度。为另一个男人在她身上惹出的后果，马上翻脸是很没教养的。但是他真想马上翻脸。换了一个抬滑竿的男人，这时已经痛快淋漓地翻脸了。为了那样的痛快，他恨不得改行抬滑竿去。他定了定神，问她，她的男友是否已经知道？嗯，还不晓得。那为什么不告诉他呢？先告诉你不好吗？她反问的时候，想做出坏女人的神色，又俏丽又厚颜。为什么不马上跟他结婚？废话！她突然变了脸。他奇怪自己怎么还坐在她身边。等着给她付假威士忌的账吗？过了一会，她又开口了。

"娃娃是你的。"

焉识真的恨自己不是抬滑竿的，否则有多精彩丰富的粗口可以在这个当口上运用！他被所有人当成随和、文雅的人，他有义务替他们维系这分随和文雅。所以他只是苦笑一下。假如说被念痕和她的男友玩仙人跳玩进去了，他是要钱没有，要命一条。她一个月在他的床上待几小时，在那个隐藏的情敌床上待三十天，现在却要他来承担后果。

"真是你的。"念痕抬起醉红的脸，两只巨大的眼睛波光粼粼。"你不信？生下来你就信了。"

他把自己的分析讲给她听。他是多么有知识懂科学的一个人，难道会弄出这么不好收拾的后果？当然是她那个男友的孩子。念痕说他心好硬，还没生出来已经不认了。他还是风度十足地笑笑，把别人的孩子认来，别人是不会答应的。不是别人的！就不是！念痕酒疯发作，邻桌的人开始愤怒了。大家花大价钱来这里吃喝，吹冷气，日本人的轰炸间歇里的好气氛也是花钱买的，女醉鬼不是在糟蹋他们的钱吗？焉识赶紧对所有人无声地道歉。

接下去念痕沉默了。一直沉默到饭局结束。他付了账之后几乎破产。他提出要送她回家；不送进家门，只看着她走进去，否则他不放心。她恶意地笑笑说：有什么不放心的？认都不认我们，死活关你什么事！她甩开手快步朝下坡走去。那天她穿的是一双平跟布凉鞋，布底布面，一看就是出于一个老太太的巧手。她一直地走去，有时微微张开一下胳膊，制止自己摇晃，但没有向他回头。

焉识给念痕写了几封信，没有收到一封回信。他发现自己非常想念她，想念的程度罪过地超过了想念他的孩子和家。他不只是心在想念；那想念在身体上，在手上，在臂膀上，在胸怀里。他把记忆里所有韩念痕形象重复放映：她在办公室里打字的侧面，那么认真地嘟着嘴唇；她在卖鸟的摊子上朝他回过头，问他要不要那只八哥，她买了送给他；她偷偷地拧他的手表，把时间往后倒拧，想多留他一小时，被他抓住时求饶的脸。奇怪的是他跟过去想念痕想的不一样了，现在他想的多半都不是光身子的念痕，想的就是说话的念痕，走路的念痕，一仰头一俯首的念痕。一个平常的、一举一动都可人的念痕。这就是他真正的病了。知道她那么不洁,只配他占有一下她的光身子,现在却在记忆中的一个个甜美情境里熬煎自己。许多日子过去,他的病还是不见轻。冬天和越来越糟的食品供应一块来了。他和其他教授们从一天两顿饭改成一天一顿半。许多次去重庆出差跟教育部讨要物资的机会都让他推出去。他要给自己一段时间,等他不再害怕看到一个大腹便便的韩念痕时,再去重庆。那个便便大腹里装着他从未见过的情敌的种,一想到念痕险些诬赖到他头上,他就牙关发紧。

焉识见到韩念痕的时刻一点不像个戏剧高潮。她抱着一摞档案夹从楼梯上下来,他正好从楼梯下穿过。她消瘦了,脸色不太新鲜,眼睛从上往下看着他,似乎有点鄙夷。他想象的大腹便便连影子也没有,她还是穿着常常穿的墨绿旗袍,浑身的线条仍然高山流水。她的第一个动作好像是要调回头往楼梯上跑,假如他不叫住她的话。他一叫,她就大大方方地走下来了。两人站在楼梯下,交换了几句不咸不淡的问候。他连那件事提都没有提,就当它是她喝冒牌威士忌喝出来的醉话。他们各自去忙自己的事了。她下班前,他把她叫到办公室门外,问她晚上有事没有,没事的话一起出去吃饭。

"你还有钱请客呀?"她还是那样,总是不给你留情面,有点呛着你。

他说他会在大门口等她。她同事朋友太多,他说的大门口实际上是马路对面的杂货店,他总是在那里等她。

他们吃饭的地方是她选的,一个撤退到后方的低职官员的太太和丈母娘开的南京风味小馆。她又要了酒,这回是广柑酒,蜂蜜一样稠厚,在酒盅口鼓出浅浅的弧度。她又要借酒说什么疯话?她让他别担心,知道他们这些教授穷困潦倒,不像她这个政府职员还有油水捞,因此这餐饭由她请客。他紧张地东拉西扯,说仗越是打下去,物价越是涨上去,他们这样的教书匠就越是要穷下去。她说仗要一直打下去就好了。他问好什么,没吃的还好?她看着面前一小片桌面说,宁可不吃;仗一直打下去,大学就都留下了,教授们也就不走了。他不再说什么了。她倒主动给了上回的大事件一个说法:娃娃打胎了。又是石破天惊的消息。有一家私人开的妇幼医院，能做这种手术，所以避免了母亲的命完全操控她念痕的命。

"他同意了？"焉识指的是她的男友。

她淡淡一笑。她的笑他后来想起来是无奈的，不想多啰嗦的意思。后来他还想起，直到那一天她从来没有提到过"爱"字。就在这天晚上她第一次提到"爱"，说女人是能把爱当饭吃的。饭后她跟他回到教育部的客房，她似乎停止了为自己的名声担忧，不再和他分头进入房间，而是大大方方地站在柜台前，让柜台先生的目光从焉识脸上扫到她脸上，再扫回来。焉识拿了钥匙，她便把自己的胳膊递上去，让他去挽。

夜里焉识要送她回家，她没有推辞。她的房间在一个临街的老楼里，楼下的铺面房开的是烟草店。楼上亮着灯，灯下无疑是她那个戴绿帽子的痴心男友。店的侧面砌了一道窄而陡的楼梯，他看着她走上去。烟草店还没有关门，没有顾客的店主总是多事，这时伸出半个头来看着焉识，说婆婆管教严得很，咋才送韩小姐回来呢？焉识问，婆婆？什么婆婆？韩小姐有婆家了？店主说四川人喊妈的妈就喊婆婆。焉识脑子乱了一下，又问，韩小姐不是没有跟她外婆住吗？店主转过来请教焉识：那她跟哪个住？她从一个月大就住在这儿了！

焉识站了一会儿，向上坡走去。冬天的夜雾朦胧了韩家的窗口。念痕一直以来有关跟人同居的谎言是怎么回事？是处于女人的小心眼，给他点危机感，刺激起他的妒忌心？亦或许念痕把国外和大城市的开化理解错了，以为同居是时髦事物，就像说英文、做无政府主义者、喝威士忌？

从念痕家往回走的路上，他的步子非常轻快：两足兽终于夺到了独一份的肉。但渐渐他两脚迈不开了。念痕给了他一次机会表演，表演他的自私、无气度、无担待，她把消息告诉他的时候，他不让她分辩解释，不给她哪怕是朋友的肩膀去依靠一下。他白长了大个头和宽肩膀。

也许这才应该是他停止去见念痕的时候。

他让自己从此收心，教书和写作，完成他战前拟定的几部学术著作。战争把他的学问荒了，他必须从荒芜里捡起原先的志向。大学搬迁过来了，但教材没跟着来，很多教科书不知丢失在搬迁的哪个环节上。焉识的记忆就是他的教科书和教授笔记。尽管教育部对教材审查严密，学校的秘密特务们给每个教授的教课打秘密报告，焉识还是按记忆中的教程上课。在学生里陆教授是个明星，他的课堂总是像剧场一样客满，对话和笑声都允许。

这天他正在上课，从窗子看到一个戴银灰围巾，穿酒红色夹旗袍的女子在跟一个学生打听什么。他想，等这个女子转过身，千万别变成韩念痕。但她转过身来偏偏就变成了韩念痕，并且还拎着一大捆被褥。剩下的半堂课他不知道在胡扯什么。撤到后方的课常常是几个班级并在一块听课，加上纯粹凭兴趣听课的人，课堂内外坐着上百学生，而他这一节课有半节是误人子弟。念痕打听到了他的教室就消失了。等下课钟打响，他走出教室，发现她就站在他教室那座房子的侧边，鼻头冻得鲜红。见了他她就吵架似的呛上来。

"你信里是什么意思嘛？"

她是指他最后一封信，信里说他要写书，不会进城了。焉识避开她的问题，问她怎么来的。

"还能怎么来？"

这就是念痕。她的活力就在呛着你的时候体现出来。她用反问来应答，用抗议来同意，温顺中含有冲撞。念痕是一杆枪，按你的瞄准向前发射，同时会给你重重的一下后坐力。

念痕的主意也很大，拿主意的过程却把你全蒙在鼓里：她其实早就请求调任到焉识的学校里了。她听说部里打算派遣一个协理员，协助焉识的学校和另外一所从沦陷区撤来的大学在当地解决食品和教具，她就开始在头目里活动，争取到了那个协理员职位。现在她拎了被褥和几件衣服，在女教师的宿舍搭了一张铺，便在校园里安顿下来。焉识看着她，觉得心里又是一阵无耻的快乐：两足兽正想立地成佛，肉却自己找上门来。

焉识住的是单人寝室，但房子和房子之间完全搁不住秘密，无论是气味的还是声响的秘密。一旦念痕在她带来的小煤油炉子上烧吃的，两边的人都会存心大声说："谁发财了在打牙祭？"念痕和焉识铁起心做小气鬼。食物是念痕走许多路，挖空心思从附近村子的农民家弄到的，往往就是一口两口的油荤，他们慷慨不起。

　　念痕来到学校的第二天，人们就验证了所有传闻：陆教授趁着战乱养外室。所以她干脆放开做个有名有分的外室。她除了在办公室上班和回到女教师宿舍睡觉，所有时间都在焉识的寝室。她在焉识门口的两棵树上系起一根绳子，上面不是晒着焉识的衣服被单就是挂面或者千年糕片或者腌菜脑壳。一旦有谁开门看见她忙出忙进，她也毫无避人耳目的意思，大大方方打招呼，谈笑，给人看她如何做个巧妇在经营陆教授缺柴少米的生活。

　　念痕同时也是学校的巧妇。人们常常看见她做个带队的，把一队推鸡公车的农民带进校园，鸡公车的车斗里装的不是红苕就是土豆，要不就是胡萝卜或者白萝卜。她很快对走私贸易在行起来，尽管从敌占区到后方的走私被政府允许，但能弄到什么货物和以什么价钱弄到货物仍然是对才能的考验。大学里许多人抽到恒大香烟时，对念痕公开做陆教授情妇的私人小节便不过问了，并且过来过往的脸上都是不无巴结的笑容。谁巴结好了密斯韩，下一桩走私贸易可以给他或她漏下点油水。念痕一面到处贸易，一面在学校修课。她现在管学校吃管学校穿，她修课的学费学校一分钱不收。她读的是商学院，主修金融和贸易，陆教授任教文学院，他的课不在她的选课范围，因为教育部陈立夫部长为学生们的思想健康担忧，收回了大部分学生们选修课的自由，尤其是跨学院的选修课。

　　焉识常常在念痕忙碌的时候看呆了。一小块一小块的碎布她都收捡起来，各种布片又会被她搭配好颜色补缀到她的或他的衣服上去。断头的毛线、棉纱她也都兴致勃勃地连接，再绕成团，仔细地保存起来，然后把它们织补到磨破的毛衣袖口或肘部，甚至织成变色龙一般的彩色袜子和手套。她一边做自己的事一边安排他的活路：把豆子捡一捡，翻一下锅里的粥……他就会在这种时候呆呆地看着她，心想这个女人进入他的生活多么自然，多么不着痕迹。他也会惊讶，自己怎么就跟这个女人经营起日子来了，并且是乐融融地经营。有时他会怕，怕自己爱恋念痕，纯粹是因为念痕不是恩娘推到他面前的女人，纯粹处于他对那种婚姻的反叛。他怕自己爱念痕其实是假，爱自己的自由是真；他是没种公开地爱自己的自由的。他从小到大，大事情自己从来没做过主，只有跟念痕的恋爱是自由自主的。假如他把爱自由投射到爱念痕上面，对这个在他身边一天天辛勤搭窝的年轻女人多么不公正。

当念痕在一笔走私贸易中撞上好运气，就会迫不及待地找到他，突然把一包砂糖，或者一块巧克力，或者一听日本奶粉举到他鼻尖下。在这种形势下，日本商人和中国商人一样，贸易不分敌我，商机高于一切。尤其日本的黑市贩子，冒着被自己国家处死的危险，把奇缺的货品走私给中国贩子，再曲径通幽地走到念痕这样官派的走私物品采购员手里。有一次念痕把焉识叫回寝室，让他往竹床下探头。床下搁着一个纸板箱，拖出来，里面装着二十多个松花蛋和半截宣化火腿，还有一袋干鸡棕菌。那时暑假刚开始，她建议就用那两天过大年，一天算年三十，一天算年初一，到了真过年万一又让日本人截断了什么线路，未必会有这么好的年货。

念痕的噩兆在当年年底应验了。日本人占领了香港之后，重庆通过滇缅公路、取道河内从香港取得的物质补给就不再可能。念痕在学校越发成了红人，她的走私贸易已经织成一张大网，几乎什么都可以买来，烟、酒、布匹、皮鞋、西药，随便你要什么，只要时间和价钱上不限制她。她还组织几个教授眷属和学生会一块在校园里开了荒，只是茄子下来全校都要吃茄子，都要被茄子吃倒胃口，而收获扁豆的，师生们又把一生的扁豆定额都吃超。这一年，迁到重庆的教授等于都受了降职处分，因为物价上涨了百分之一千四百。半茶勺猪油和酱油拌进米饭，就等于吃红烧蹄膀。而能吃到这样的"红烧蹄膀"的，全学校没有几个人，陆教授是其中一人，因此他是人们的热门话题。

陆教授还因为别的原因做了人们的热门话题。除了在学生里蛊惑自由主义,民主主义,陆教授还不按照教育部审定的教案教学,而是按照自己脑子带来的课本上课。学校的秘密特务把焉识举报了上去。

1942年2月,阴历年之后,几个人来到学校,把焉识叫到刚返青的蔬菜农场田垄上。客气还是客气的,甚至马屁哄哄,说陆教授非凡人之才,据说把四国语言都讲得像家乡话。焉识还是他那个随和的一贯形象,"哪里哪里、过奖过奖"地作答。对方接下来问,不知道陆教授有没有很清楚的概念,抗日期间,教育中政治理想非常重要。本人不教政治,本人是教美国文学、法语和德语的。那么,教育部陈立夫部长规定的教案审查制度,陆教授有什么高见?不在其位,不谋其政,不敢有高见。

几个人跟焉识的谈话进行得极其窝囊,跟重庆的春天一样,不干不湿,不阴不阳。最后那个领头的人警告了焉识,所有教员的教案必须报批,不经批准的教案是犯规教学。大学学生的思想本来就极不卫生,一有自由、民主的蛊惑马上感染成病。所以陆教授最好把教案上报审批。

焉识告诉他们,他没有教案,连教科书也没有;他是根据自己记忆里的教科书来授课的。那教科书呢?丢了。1937年就丢了,跟学校许多书籍、教具一块丢在从上海内迁的途中了。1937年的大迁徙从上海开始,逆江而上,又因武汉临危而再次迁徙。许多内迁的工厂和学校在途中就冲突起来,兵工厂的人抄出了枪支炸弹。没有人肯让步,没有人肯牺牲、割舍,每个人都把自己的携带看成是绝对必须。甚至破旧的窗框门框也比教授们的教课书籍更必须。几百名纤夫拉着每个强势者的"必须",扔下的都是文弱者的身家性命,从狭窄的江水逆流而上,相当壮观。那样的壮观情景也是充满无耻,人必须有赖无耻以在船上多占一点位置,多抢一口水,多吞一口干粮。到了重庆,每一艘船上都抬出若干具尸体,那都是生前不够强壮也不够无耻的。对不起,诸位,扯远了。不过,这就是对无教科书授课的说明。

几个特务走了。临走仍然客客气气：慢走，不送。陆教授请留步。焉识想，冲突不过如此：人们本来分散在全国各地，现在几乎都集中到西南，因此政治是浓缩的政治，政治恐怖也提炼了浓度，神经质不可避免。他回到寝室，趁念痕在忙晚饭，就写起文章来。他的文字一向诙谐带刺，越是刺越是诙谐，被刺的是包括自己在内的一切人。他戏说了迁徙内地的大混乱大无耻，造成"最不重要"的教科书的丢失。又说他作为一个教授，怎样无书而授课，然而却被教育部的人叫到散发着熟粪味的菜田里谈话，警告为"犯规教学"。他把文章寄到一家左翼小报。

是念痕拿着报纸从邮差那里一路奔回的。他在写作，叫她只管拆开信封去读。她从信封里拿出报纸，靠着门框开始阅读。读完她不说一句话，扭头看着门外渐渐到来的黄昏。他问她是不是认为文章不好。她说写得好不好不要紧，要紧的是这样写就闯祸了。那几个人都不是好来头，跟陆教授客套地警告一场，陆教授还把他们写到文章里，当白鼻子小丑写，他们肯定不会再客气的。从政府搬迁到重庆念痕就开始在教育部里做事，衙门的事情她比焉识懂，什么样的话会惹官员们翻脸，她一看就知道。焉识的话也许已经惹翻了他们。焉识笑了，说惹翻了好，教授的境遇已经坏到了底，再坏就好了。

就在当天夜里，焉识的房门被人撞开。五个带枪的男人把他的床围住，五个枪口对准哆哆嗦嗦开始穿衣服的焉识。焉识从来没有在那么多眼睛的瞪视下穿衣，慢说还被他们毫无必要地吼叫："快点！老实点！……"因此他一会找不着袜子，一会失落了皮带。他想，勇敢不屈的滋味一点也不好受；他的体面尊严在十多分钟里丢得非常干净。他一面跟着五个人往门口走，一面回想傍晚时念痕的话。女人的直觉总比男人好。

到了门外，他发现不止进到门里的五个特务，门口还有两个，过一会，又从房子后面跑过来两个。他一个教书匠，让他们这样认真打伏击，看来确实惹翻了大人物。他不知道该怎样通知念痕。有关这类夜里突袭式的捕人学校传闻很多，被捕走的人从来就是秘密失踪，失踪者身后所有的问询都不被理睬。那么念痕就不会知道他去了哪里。念痕不知道他去了哪里，会怎样？

他们走到一所房子的拐弯处，碰到从一扇门里出来的人。是中文系的一个教授。他出来是打算在墙角解小手，但一看到焉识一行愣了一下，马上缩了回去。焉识希望他看清了自己，并且会多嘴多舌，把夜里看到的都告诉念痕。最好一早就告诉她，不然她早上来给他做早餐时就会急死。

焉识被关押的地方念痕在一个礼拜后就找到了。念痕想找的门路她怎么都会找到。她带来了换洗衣服和刮脸刀，几本跟政治无关的英文小说。他看她举重若轻地说说这谈谈那，从她又大了一圈的眼睛看出她心里有多焦虑。焉识逗她，说关在里面反而好了，吃饭不愁了，还有足够的时间睡觉。而且监狱是半地牢，有利于防空。她伸手摸摸他的脸，像个大姐感激懂事的弟弟。她临走轻声说她会想法子的。

第二次念痕来的时候，焉识请她带一封信到外面去寄。信是写给上海家里的。焉识不管发生什么情况，都是每月给家里一封信。信要走怎样漫长曲折的路途才能到婉喻和恩娘手里，或者是否能到达，他从来不去想。

"她们收不到我的信，会瞎猜的。"

这是他和念痕头一次共同面对他的现实：他是个上有老下有小的男人。念痕看了看那信的纸张，一个烟盒的内壳。

"她们收到你这样的信，"她拿起那张正反面都写得密密麻麻的烟壳，"还用猜呀？一看就知道你已经出事了。"

"只有这个。还是跟看守好不容易要来的。"

念痕从自己包里拿出一个笔记本，是她用来记课堂笔记的。她撕了两张纸给他，让他以最快的速度再写一封信。不必写那么详细，就写"一切都好，温饱无虑，请勿挂念"的意思就行了。焉识照办了。念痕接过草草写下的信文，随便地折叠一下，看着他。他懂得她的意思：这有多荒诞啊，她念痕充当起焉识和妻子之间的信使来了。

所有从监狱里寄出的信都要经过审查。纸张要被横看竖看，对着光亮看,拆开字句看。所以每次让念痕带出去寄给婉喻的信也无法写什么,连飞涨的物价都不能提,都是对当局不满的宣传。写来写去,无非说说自己的身体状况,痔疮犯了,好了,又犯了;右边肋下有点隐痛,但愿只是肋间神经问题,而不是胆囊或肝脏;重庆太潮湿,因此脚气是普遍的毛病。

念痕为焉识寄这样的家书寄了两年,眼看着念痕的活泼一点点褪去,脸色的光泽一点点钝然。眼睛还是那么大,只是脏东西看多了似的不再清亮。她修了三年的大学课程,拿到了商学院的结业证书,但人的朝气和志趣早已磨灭。1944年11月,日本军队的"一号作战"逼向重庆,重庆又成了失守前的南京。念痕趁机打通了关节,让焉识获释。焉识在半地牢里染上肺病,咳嗽咳了半年,胸腔咳空了,空了的胸部凹进去,又从背后凸出来,身高于是被这一凹一凸弄缩了。

在接焉识的上午,并没有他想象的皆大欢喜。念痕的穿戴比他入狱前华贵多了,走私网络已经被压制,逮到黑市上的投机分子戴笠会枪毙他们。但念痕还是有法子买到各种稀罕物品。营救焉识就是靠黑市上买来的南美葡萄酒,雪茄烟,俄国鱼子酱,日本鳗鱼罐头。接他的时候,念痕找了一部雪佛兰汽车。她在车上拿出一个领带夹,告诉他上面的蓝宝石成色非常好,但她只用三袋奶粉就换来了。

雪佛兰把焉识和念痕送到一个相当豪华的饭店。念痕先请焉识足吃一顿,然后带他上楼,进了一间豪华而脂粉气的房间,茶几上放了一瓶俄国伏特加。他们的夜晚从下午三点开始,一直到第二天上午十点。夜里两人起来,一人喝了两杯伏特加。是真货的伏特加。焉识身体给两年的半地牢生活毁了,两杯酒就撂倒了他,醉得如同大病。天快亮的时候,他让念痕给他挤一点广柑汁,用它再调一点伏特加,作为"扶头酒"喝下去。他告诉念痕,"扶头酒"是古人在卯时喝的,一夜病酒,喝了"扶头酒"反而就醒了。在以往,焉识随意流露的杂学都会让念痕非常兴奋,但这次焉识发现她心不在焉。

念痕从学校请了三天假,为的就是能跟焉识日夜颠倒地厮混。焉识身体非常虚弱,多半时间就是他和念痕相拥而卧,一份沉默伴着另一份沉默。

第三天念痕说她要走了。走了？去哪里？去美国。可是，太平洋战争打起来去美国的航路就封锁了。先到澳门，再坐船想办法从南美绕道。去美国做什么呢？去了就知道了，无非读书，要么嫁人。

焉识从枕头上撑起上半身，看着念痕。她二十七岁，做她刚才说的那两件事都有点嫌晚。念痕也看着他。他不应该为她在美国的出路发愁，还是要脸蛋有脸蛋，要身体有身体的一个女人。

"我本来早就想走了。不过你不出来我是不会走的。"

焉识轻轻摸了摸她的肩膀，表示非常感谢。她的激情不在了，不再是没他不可的念痕了。

在他们就要离开饭店时念痕告诉他，从焉识在两年里给妻子写的信中，她所有的妄想都打消了。焉识的信说明了他对妻子、继母、孩子的责任心有多重。他在意他们，对他们守时，守信用。这样的男人是不会跟他的家庭分开的。他默默地承认她是对的。战争是一件混账事，战争让他混账了一场，战争打完，最终他还要言归正传地生活，去和妻子、孩子、继母把命定的日子过下去。战争不也让念痕出入黑市，投机走私品，打开了她在和平时期不会发掘的才能？念痕又说，本来她还寄希望于战争，希望它一直打个不停，打到她和焉识都老了终止，让沦亡的国土成全两个天涯沦落人。但是战争把人都打坏了。人心越来越坏，越来越不如禽兽，衙门里没有不贪污不腐败的人，无耻成了一种正常品行。她对战争厌恶透了；她宁可把焉识还给他的妻子也不要战争了。

"我到了美国，会找一个像你一样的男人。"她曾经的劲头又出来了，那种妩媚的攻击性。这话的意思是，别以为天下就一个你，外面世界大着呢，还会找到一个你的。

"你要是去读书的话，我可以给你写推荐信。就推荐你到我的学校。有我的推荐信学校会重视的。"

"我要是去嫁人你也写推荐信吧？"她脱口而出，笑出一种报复来。她在给他寄那些信时，不好受了两年，现在让他也受一受。

他伤心地笑笑。她马上靠过来，似乎后悔自己俏皮过头了。她把头贴着他的胸口，似乎要给他衣服下皮肉下的心舔舔伤。他想，这女人心眼真好，这几年明明是他对不住她，一直拿她做没有名分的妻子，现在反而成了她在抛弃他，让她反过来顾念他的伤痛。

出了狱的焉识成了无业游民，因为教育部不准他的大学再接受他回去"灌输危险思想"。民族危难，要统一思想，最不需要的就是个人的自由，慢说自由主义这样的西方垃圾。焉识只有暂时靠念痕接济，一面化名写文章投稿，挣点碎银。他笔头很勤，也很快，各种报纸对他稿子的需求量很快就涨上去。一个高中竟然通过报纸来找他去演讲，一次演讲衍生出无数次演讲，最终导致一所国立高中聘请他出任教务长。焉识不久发现，教务长的薪水加上夜里写小品文的稿费，收入反而比原先的教授工资高很多。

1945年春天，念痕要走了。焉识的一切上了轨道，她可以放心走了。现在轮到焉识不放心她，每天一有空就给她讲一堂美国生活和文化课，或者告诉她，东部的火车怎么乘，火车票怎样买，进了餐馆怎样点菜，碰到歧视华人的警察怎么对付。他突然觉得她走得太仓促了，他应该这样给她预习一年。念痕找了门路搭车走滇缅公路，到河内再转去澳门的船。她的心情很好，没有太多的不舍。他想，她比自己坚强，从一场无望的恋爱里已经活出来了。在英文中"爱上"是"Fall in Love"，即"陷入爱情"，而不再爱了，用英文来说就是"Fall out of Love"，"落出爱情"，或者"退出爱情"，总之是有个"出"的意思，从一种状态里解脱了，从一段情缘中开释了。没有想到，他俩之间，念痕是先解脱的那个。

自首之后

我祖父在西宁自首的时候,其实还是没有他预料的那么洒脱。人再洒脱都会在最后一刻做孬种。当人民警察们朝着他上来时,手枪、手铐刹那间就绪,他差不多后悔了。

就像从1942年到1944年,他在重庆被关押的时候,半地牢里腐烂的稻草和腐烂的生命的气味,长着青黑毛发的地砖,出着冷汗的墙壁,都使他后悔不迭。他满可以钝拙一点,藏起锋芒,少要点俏皮,良知昧去一些,不管那些管不过来的闲事。他满可以跟韩念痕多过两年没有名分却十分甜腻的生活。

一个礼拜以后,人民警察们把他拉出拘留室,不跟他透露任何处置决议,只把他往一辆警车上拉,他发现自己一点种都没有,身体跟梁葫芦一模一样地向后赖,脚先上了车,脊梁还想在车外多待哪怕一秒钟。他想这次不会再有误会了,一定是直接押上刑场。梁葫芦就是那样被押上刑场的。他背对着警车的门,双膝着地,屁股坐在自己的脚跟上。他的眼睛的余光里,一边一双人民警察的脚,穿着西北的翻毛皮鞋。就在这两双翻毛皮鞋之间的警车地板上,他的记忆明确无误地把梁葫芦当时的脸孔回映给他看:非常奇怪的一张脸,从额头到鼻子都是青白色,剩余的地方还是污垢和日晒造成的乌紫,似乎青白的皮肉是先死了。眼睛也是先死亡的部分。梁葫芦的眼睛最后一定是谁也不认识的,老几跟着他后面,想来个草草的送行,但梁葫芦看不见他,他眼睛已经死了。

警车向前颠簸着,把又成了老几的他往最终的下场载去。

我祖父的膝盖骨磕碰在警车地板上,疼痛得跟碎了一样。他是习惯这种疼痛的,继续在两双翻毛皮鞋之间看自己的记忆播映梁葫芦的下场,因为那是他最新的参照。梁葫芦被枪毙之前,监狱的领导通知了他的弟弟。他最大的弟弟已经十六岁了,刚刚应征。因为梁葫芦即将被处死,公社反而照顾了他弟弟一个招兵名额,并替他改大两岁。弟弟来了后,被安排住在家属区的一间客房里,说好只待两天就回东北继续新兵训练。梁葫芦这时还在做好汉,对邓指说,有啥见的?老子还不是为了给他们争一个白面馍丢老命的?邓指知道梁葫芦比较听老几的话,把正在播种土豆的老几从田里叫回来,说:"老陆啊,组织上给买一张火车票让葫芦弟弟来跟他告个别,都两天了他就是不肯见面。你说说他去吧。"

老几两手的泥巴进了那个单间号子。这间号子一多半在地下,没有窗子,只有个出气孔。一般是惹了大祸的犯人给关在里面,什么也看不见,骂人叫喊都尽管叫,反正谁也听不见。即将处决的梁葫芦一动手脚都叮当响,给他上了最沉的脚镣手铐。老几于是便对着那叮当响的方位说起话来。他没有结巴。一个将死的男孩子配见识一个口才卓越的老几。对着完全看不见的梁葫芦,他说假如他是葫芦的话,绝不会错过跟亲人见面的最后机会。葫芦一声不吭,唯一的响动来自他的镣铐,或者屁股下的芨芨草。过了一会儿,老几又说,谁都为他可惜,不过这是没办法的事。老几还说,梁葫芦这三年对他的好,值得他老几在剩下不长的余生里怀念。

又过了伸手不见五指的几分钟,葫芦说:"狗日的老几,你他奶奶的不结巴呀?"

老几不置可否。反正梁葫芦就是顾得上揭发他,也来不及了。老几接下去还是尽自己的努力苦口婆心:葫芦弟弟在东北当兵,路上走那么多天,要他老几是梁葫芦,就冲这一点也会去见一面的。

"那你个老狗日的,你是假装的结巴?装了这么多年?"梁葫芦的口气几乎是崇拜的。"你为啥要装结巴?"

………

"为啥?"

"结巴好,嘴慢了,脑子就快了。"

老几想,梁葫芦爱怎么想就怎么想吧,反正他的生命所剩的钟点全加起来,已经不到三位数了。

老几钻出那间伸手不见五指的号子的时候,正是晚饭时间。邓指在操场上等着,问老几谈的成效如何。老几摇摇头。邓指对老几摆摆手,让他掉头回去,问问梁葫芦,他弟弟明天一早走了,不见的话有没有什么临终遗言,或者遗物。老几只好再钻回去。临终遗言被老几说成"给你刚当兵的弟弟两句祝福吧"。至于遗物,老几尚未开口,梁葫芦就在芨芨草褥子上打点起来,铁镣响成一片。然后他和老几摸索着交接了东西,老几接过东西,抓住葫芦被冻疮疤痕弄变形的手,他把这只手用力握了握。

梁葫芦给他弟弟和妹妹们留下的是三套棉衣棉裤,已经破旧,是他在监狱两礼拜一次的交易市场以物易物换来的。他的刑期逼近,他每天都少吃一口,用一个馒头或者一碗小米饭换一个帽子或一双袜子,再把手套帽子集中起来,换成一件单外衣,再把单外衣搭上一支钢笔或一双旧球鞋换成棉衣。就这样一截一截地交换,最后给所有弟妹们都换上了棉衣棉裤。他在棉衣棉裤里包了他用沙柳树枝削的弹弓,那是给他最小的弟弟的;用牛骨头磨了个烟斗,说是给大队老支书的,支书照顾了他的弟妹。他还给他妹妹换了一对紫红色的毛线手套。准备这些东西用了他半年时间,现在终于都准备齐了。他唯独没有留下东西给这个当了兵的弟弟。他狠狠地对老几说:"他会稀罕这些?人家升官发财了!"

邓指拿着梁葫芦的遗物,掂量一会,还是决定让老几把事情做完。

"老陆,你最后听了梁葫芦说的话,也别跟我转告了;你就去跟他弟弟转告一下,把他送走就完事。就算组织上掏钱让他来西北玩一趟,啊。"

梁葫芦的弟弟比梁葫芦高出大半个头来，但不像哥哥那么有力量有血性。弟弟读了高小，十四岁就开始给大队记账。他看了看哥哥留下的遗物，眼圈红了。老几瞎编了几句梁葫芦对弟弟的祝福，弟弟听着听着，用涂了油漆一般僵硬闪光的新军装袖口抹开了眼泪。葫芦弟弟的两个口角也发白，跟葫芦一样，从小到大生口疮，不知军队伙食里的营养是否能根治他。

梁葫芦是第二天一早给拉上警车的。据说还要先去西宁，在那里跟一帮被处决的人一块参加个公审大会。梁葫芦给拉出黑号子的时候，所有犯人刚跑出号子准备早点名。本来计划是在早点名之前拉葫芦走的，但他在那黑号子里争拗了十多分钟，一个人有十个人的力气。

老几看着梁葫芦被拉着从犯人队伍前面过去，手和脚给拽到前面，脊梁和屁股往后，腿弓成骑马蹲裆式，脚镣和手铐响得跟铁匠铺搬家似的。所有犯人都半张开嘴，为梁葫芦行注目礼。一个犯人叫道："葫芦一路走好！"

梁葫芦就在这当口上回过头，老几看到了他已经进入死亡的那部分脸。小凶犯在最后褪尽所有凶残，常年红烂的眼睛此刻是羔羊的。犯人们解散之后，早餐开始了，梁葫芦还没有给拽进警车，一滴滴尿从他棉裤管里漏出来。警察也不硬来，似乎对死囚的垂死挣扎充满理解和同情。人们捧着大盆的青稞糊糊聚向门口，见老几过来，都给他让路。老几看着对开的车门在梁葫芦被塞进去之后关上了，一切挣扎最终归于无济于事。

现在我祖父的背后也是这两扇对开的门，门外，遮天蔽日的一大团西北尘雾。已经进入大荒草漠了，从到处漏风的警车钻进草地和沙尘的气味。在他右边的翻毛皮鞋踢了踢他，问他要不要解手。

车停在一个道班房前，两个警察一边一个架着他的胳膊，等于把他从车上抬下来。只要他不再逃走，他们宁可伺候他。他们替他解开裆间纽扣，扯脱内裤。对此老几也习惯了，不像多年前在重庆被捕时脸皮那么薄，当着几个夜袭者他窘得穿不上裤子。

一个警察对另一个警察说，还是个大知识分子呢！在美国留过学,得了博士学位。另一个警察年轻一些,问道:啥叫博士学位?可能得了就是大知识分子,不得就是小知识分子。这下老几窘了:给他们看的不再是犯人老几撒尿,而是陆焉识博士撒尿。

梁葫芦被拖走之后的第三天,邓指把老几带到田边。当时老几在一块田里施化肥,看见邓指的头顶一蹦一蹦地从远处一大蓬骆驼刺后面走来。邓指这样一蹦一蹦地走路不是有急事就是在发火。结果是急事加上发火。他带着老几往田边走,走到犯人们听不见他们讲话的地方。一开口邓指就说:"老几,到底是梁葫芦瞎咬你,还是你就是个狡猾的老狐狸,一直在装蒜?"

他一听见邓指不再叫他"老陆"就明白大事不好。

老几呆呆地看着邓指,然后开了口。

"什、什、什……么?"他心里数着嘴里重复的字眼,看着邓指的脸色,给自己争取时间拿出对策:假如这个政工干部相信了梁葫芦,他该怎么办。

"梁葫芦被处决之前,揭发了一件事,他说你根本就不结巴。你是假装结巴装了这么多年的!"邓指五短的手指从露着棉絮的军大衣袖口里伸出来。

老几问,为什么要假装呢?邓指说他正要问他呢!老几觉得自己的脸还是绷得住的,对自己扮出的懵懂面孔还是比较自信的。当囚犯这么多年,他可以对着指控的人目光笃定,不会像多年前在重庆那样,人家一拍桌子说"没讲实话"他就灵魂溃散。邓指逼不出进一步的结果,便说给他一天时间考虑,如果像梁葫芦说的那样,老几一直是在假装结巴,捉弄政府和领导,他主动交代了,可以从轻处理;假如梁葫芦诬陷了他,那是另一回事。是否争取宽大,看老几自己的表现。他结巴着表达了谢意,感谢邓指给的一天时间,但他还是把它退还给邓指,因为他不需要一天来考虑本来就不必考虑的事实:他真的是个结巴;从陪绑杀场那次就落下了这个孬种毛病。这也不是什么光彩毛病,落下它是没办法的事。

邓指放他回去干活去了。太阳特别大,完全无风,尿素给蒸发起来,在田野上飘着一层奇臭的云烟。他就在让人睁不开眼喘不了气的尿素烟云中,思考梁葫芦最后的一刻是怎么了。

梁葫芦在被绑上粗大的绳索,背上插了打着红叉的名签时,想到一个或许可以自救的办法。犯人揭发其他犯人是可以受到减刑嘉奖的。他就把死里逃生的所有希望都押在这一句揭发上了。第二天就是公审大会,还有八小时他就要登台做最后亮相了,他一边手淫一边想着自己短短的一生:吃没吃穿没穿,连女人都没有过,就只有这个"右手情侣",所有温柔、乐子都是来自它。他叫来了看守,说自己有一件大案要揭发。看守问他什么大案,他说看守不够级别。看守害怕耽误了国家办大案,连夜叫来侦讯科长。梁葫芦问侦讯科长,假如他揭发了大案,会不会得到减刑的奖励。侦讯科长说当然。谁担保?我担保。你拿啥担保?我拿啥都能担保。讨价还价进行了一个多小时,侦讯科长烦了,说:"啰嗦个啥呢?没啥揭发明天公审大会见吧!"梁葫芦这才事关重大地告诉了侦讯科长,七大队六中队的那个姓陆的大反革命是假装的结巴;看看,那老家伙隐藏得多严密啊,这么多年都没暴露。第二天一早,梁葫芦还是跟侦讯科长在公审大会上见了。梁葫芦太失望了,问科长的担保咋跟放了个屁似的,屁还臭一阵呢!

老几一面施尿素一面想象着。枪口对准梁葫芦白白无毛的后脑勺时,他会不会觉得特别上当,觉得鸡飞蛋打、赔了夫人又折兵,把老几检举了而自己青白色的脑勺最终还是成了射击的靶心。老几完全能理解梁葫芦的揭发。十八岁一条命快没了,什么都拉扯来保命,这有什么不好理解?他揭发了老几,把老几的麻烦招来了,可命也没保住,这就让老几替他黯然神伤了。老几在入狱的头几年就明白什么都可能给其他犯人拿去保命或立功,所以他用自己的沉默和结巴筑起一圈隐形城堡,谁也别想让他打开城堡的大门。梁葫芦刚来的时候十六岁,把老几孝敬成了自己大爷,老几城堡的墙被他打出一个洞,现在是堵这个洞的时候了。他知道邓指接下去会紧密观察他,会布置犯人或者加工队员监视他,所以他既不多话也不少话,用尽力气地保持轻松。心理学他是懂一点的,人在内心压力大的时候往往话多或吃得多,说话和咀嚼都是减压的。因此他按照自己准确的记忆,沿顺他一贯的语言习惯。大概在三个月以后,他感到自己恢复了邓指心目中可靠的老几形象。因为他再次找老几到他家去帮着修理那只欧米茄。

此刻在警车上跪着的老几听见一个警察对另一个说:老家伙够呛吧?他的同志同意一对老膝盖这样跪一路的确够呛。所以他们共同决定让老家伙坐下来,就地坐在车子的地板上。其实对老几来说,此刻坐着和跪着已经没有什么区别,疼痛早变成了麻木。他坐了半小时膝盖的疼痛才追上来,等膝盖的疼痛减缓,屁股的疼痛开始了。

警车是午饭后不久到达劳改农场场部的。两个警察和保卫科长以及两个保卫干事把老几作为重大差事接过来。交接手续在保卫科办公室办理,老几给关在保卫科隔壁的一间空屋里,屋子的功用就是暂时禁闭或拘留犯人。他能听见隔壁嗡嗡嗡的说话声。老几知道自己的命运正在被嗡嗡嗡地决定。或者说部分地决定。因为根据他逃跑的恶劣性质,他的命运应该在他自首前就部分地被决定了。他还能为婉喻和孩子做点什么?也许写一张离婚协议书?

老几听见隔壁嗡嗡嗡的声音静下去,保卫科长和干事们跟两个西宁警察走出了办公室。走廊上,大家一边告别一边谦虚,强调自己的不是。保卫科长说他们警惕性不强,管理干部的素质训练松懈,造成老家伙的逃亡。警察们说他们警惕性也不强,老家伙混进市里都没有及时抓获他。说着他们就走到了关押老几的这个屋子。警察们打开了老几的手铐,换上了场部的手铐。警察的手铐式样新多了,功能也多得多,外松内紧,越挣扎越吃苦头。场部的手铐比较粗笨,看起来恐怖,戴上去轻松。老几刚刚这样想着,保卫干事们把他的双手背到背后,手铐在背后上了锁。没有脚镣,他们用一根绳子把老几的一双脚拴起来。绳子太长,于是就顺便把小腿也缠进去,结子打在小腿肚和膝盖下的凹槽里。这是最有利于打结的地方。

老几和其他犯人一样,不怕铁铐,怕纸铐。他有过一次戴纸铐的经验,它和他后来坚持结巴有很大关系。戴纸铐也是他嘴巴不够老实造成的。那时候他和其他几万囚犯刚刚被车皮装运到大草漠上,相互对别人的事还有兴趣,打听同伴的罪状或者刑期是日常话题。老几那时还不叫老几,犯人们对他还比较尊重,叫他××号。事情是这样出的:一群犯人被派去打桩子钉帐篷,一个人叫另一个人大主教。老几说主教怎么也进来了?一个犯人说,因为是反革命主教。什么是反革命主教?就像反革命博士、反革命教授。可是宗教不一样啊,不是说公民拥有宗教信仰的自由吗?当晚一个干部来到老几的帐篷,给他戴上了纸铐。同帐篷的犯人一声不吭地看着上铐的过程,等干部走了一个犯人说,犯啥大事了?咋罚这么重呢?纸铐不过是两段纸条,用糨糊粘在一起,毫无分量,但戴了一会儿就让人想念起铁铐来。铁铐给人的自由度比纸铐大多了。干部上纸铐的时候,还伴随一句话:不准弄破了它,弄破了等着瞧!这句话的恐怖在于不知等着瞧瞧的是什么。那个未知的后果在等着你,对犯人来说,未知就是恐怖。那一夜老几一点都没敢动,纸头发出一点窸窣声他就从浅盹里惊醒。被子被睡在他旁边的狱友裹走,越来越多地裹在他的身上,他试着把它往回拽,但纸铐却出现了好几道裂纹。他想到干部说的"等着瞧",便忍住恶心,将大半身体塞进扯他被子的狱友被窝。第二天他解手都是靠那个主教帮忙。主教从事了大半辈子神圣事业,末了让他解决如此世俗的问题,他满脸发烧地跟主教道歉。

也像对纸铐的认识不足一样,这次老几发现自己低估了保卫干部的捆绑手艺。他的小腿在太阳落山时渐渐麻木。最后的阳光从窗子透进来,在老几对面的毛主席相下面投出一片金黄。他听见一个个办公室的门打开,走出人来,然后一个个门被撞上,锁上锁。钥匙声音和干部们相互打招呼的声音顺着走廊渐渐远去。老几蹭着墙壁,想把裤腿蹭起来,看看自己的小腿怎么了,就像从膝盖下截走了似的。假如现在真要给他截肢,麻醉肯定是够的。他从来没有经历过如此彻底的肢体麻木。他的两手被手铐锁在背后,每次蹭裤腿的努力都让他失衡,不是侧着倒下就是向后倒去。他听见这一房子对面的那排房子还有声响:咳嗽,打电话。那是机械科的办公室,老几也就来过场部三次,对场部的办公室分布记得清清楚楚。机械科的人走了以后,他就成了被遗忘的一件差事。明天人们看到他，才会想起来，怎么把他给忘了呢——好了，现在已经是双腿坏死，屎尿满身，浑身灰土的一件过时的差事。

他终于把裤腿蹭上去了，看到的不是腿，而是乌紫的两截棍棒，坏死已经开始了。

他一次一次蹬动没有感觉的腿，尽可能使血液回流一些。在几分钟的蹬腿运动之后，腿似乎有了点反应，温度升上去一点，感觉变成密密麻麻的细小活物，顺着血管从活着的大腿往下爬，爬得他的小腿开始发痒。复苏的无数小虫子一直爬到脚底板，奇痒难熬。他不停地蹬动腿，但力气在失去。从海拔低的地方回到三千多米的大草漠上，十多分钟的蹬腿运动已经让他濒临气绝。这是几个月自由流浪的一个副作用，他的肺活量和耐力退化了。

对面机械科那个打电话的声音还在继续，是在电话上给机耕队的某人指导一台拖拉机的修理。老几必须在那个人离开之前提醒他，自己是那件被西宁警察和保卫科交接了但还没办理的差事。趁着小腿部分地恢复了感觉，他转成侧身，向一张办公桌爬去。办公桌不够沉重，他想用背在身后的两手扶住它往上起身，但他的企图一再失败，只不过每次都要把办公桌往一面的墙壁移动一下。他不再徒劳，索性把力气花在推动办公桌上，只要它有两面抵住墙壁，就能承得住他的体重。

老几成功了。他现在非常怪异地直立，五分之一的身体被绳子捆成了木乃伊。他扶着办公桌计算，需要多少步可以跳到窗口。四步或者五步。五步。他要像大袋鼠一样双腿蹦跳，并且不能摔倒，摔倒他还得爬回办公桌，再撑着桌腿爬起站直。他无意中看见办公桌上有个茶杯，他用下巴把它打翻。这是藏民喜欢的砖茶，茶叶比水还多。他咂干了茶，吞吃着茶叶，牙齿挤出茶叶里的苦汁。茶杯出现的正是时候，他已经一天没有喝水了。

窗外光线抖动了一下，暗了，那是太阳最后往地平线下一沉。

正如他的计算，他用了五步跳到窗口。但最后一步他没有站稳，晃了晃还是向后倒去。只能再侧过身，以军事动作匍匐前进，侧身爬回办公桌。气喘如牛的老几在跟机械科打电话的人竞赛，必须在有关拖拉机修理的电话指导结束前冲到窗前。老几同时还寄希望于机耕队那个接受电话指导的人，他希望他笨一些，越笨越好，越是能把对面机械科打电话口授修理技术的人拖住，给老几赢得时间。老几扶着办公桌站起，把桌面上所有的茶叶舔舐干净，用牙齿把苦极的水分一滴不漏地挤出来，连同提神效用吞进肚子。

这一次他是分七步跳到窗前的。他总结了上一次的经验：步子太大必然跳得过猛，所以导致了落脚不稳。他此刻站在窗前，看见对面机械科的办公室确实只有一个门还开着。他怎么出去是下一步的难题。没有手，没有脚，剩下的就是一个头。窗子不高，窗台只达到他的胯骨，假如他用头撞碎窗子上的玻璃，运气好的话，那个人会被这种危险响动惊扰。但他的风险是，第一，头破血流以致破相；第二，被误会畏罪自杀。他不会自杀的。从干部们给刘胡子自杀的总结里他明白自杀是一种对抗性行为，是示威，是敌意的最后表白。一切敌意都可能给婉喻和孩子们找来进一步的麻烦。他看到她们生活得还不错，虽然离报上说的社会主义幸福生活比较远，但天伦之乐还可以尽享，小笼包子还有得吃，他一对抗，她们连那一点享受都没了。

机械科的人挂电话了。老几看着他站起身，打开抽屉，拿出一沓公文纸，大概是顺手拿回家给孩子当草稿本用的。老几用头磕了磕玻璃，对方没有听见。就是听见他会怎么样？老几现在必须把自己闹成一个大响动，才会保住正在废掉的腿。腿成了废物之后，他要依赖别人的帮助蹲厕所，从现在一直到处决之前。他在流浪中做了许多人的"老先生"、"老伯伯"、"老人家"，让他把十多年监狱生活养出的厚颜丢得差不多了。他看着对面打电话的人走出办公室，开始锁门，他心一横就把头撞在玻璃上。他听见"砰"的一声巨响，眼前出现白亮的一片，亮光从一个大盆那么大迅速缩小，最后消失了，被红色替代了。红色把他眼前的傍晚刷上了红漆，红漆扩开，傍晚渐渐被挡住。一个声音在红色的那一边叫喊起来。

"你是哪一个?!"四川籍的机械干部觉得画面比较惊悚,声音都冒调了。

老几血头血脸地回答,他是哪个大队哪个中队的哪一个。不管是哪一个,也不能把他丢在空办公室里,让他的腿废掉。

"那你咋跑这儿来了呢?!"

四川人把手伸进玻璃上那个被老几的脑袋撞出的洞,顺着洞插下来,提起窗子的插销,把窗子打开。然后他纵身一跃,从窗口翻进来。四川人把老几的一双乌紫的小腿看了看,这里掐一把那里戳一指头,同意老几对它们的判断:这双腿确实很快要不得了。

"拜托首长你了,快去叫我们队的邓指导员来。"老几声音沉稳,为四川人压惊似的。

"是你妈啥子首长呦!"四川人说:"我是就业人员。五四年肃反的时候进来,五八年又释放了。解放前西华工学院毕业的。搞不赢了!等你们七大队接到电话,从那边骑马过来还要个把钟头。万一人家接了电话不来呢?"

他研究着捆绑老几小腿的绳子。同时又犹豫是否该先止住老几头上的血。室内已经昏暗了,他用手电筒照着老几的头,把伤口上和头发里的玻璃茬子捏出来。然后他回到自己办公室,拿来一个脸盆,一块崭新的毛巾,又从暖壶里倒出热水,给老几清洗了伤口。他告诉老几头发里一共有两个口子,问题不会太大,他正好有红霉素眼药膏,可以防止发炎。等他把老几脸上的血擦掉,他愣住了,愣愣地说:"就是你呦?好了得!……从这里头跑出去的,你跑得最远,你晓得不?"

老几说他不晓得。其实四川人孤陋寡闻,比老几跑得远的还有一个,是四大队的,用红柳根刻出一个公章,偷了场部的公文纸制造了介绍信。他一直跑到台湾,在对大陆广播的电台演说了好几个月,都是有关他作为劳改犯的经历,渲染夸张到极痛处,就会哇哇大哭。

四川人告诉老几,他是从通缉令上认识老几的。他这时开始替老几上药膏,因为专注而嘴唇半启,老几看着他满嘴的坏牙,以及两只手上给烟头熏染的黄指甲。

四川人找到了保安干部捆绑打结的窍门，手、脚、嘴并用，开始解那个结。一边解，他一边告诉老几，只要把绳子按原来的绑法绑回去，保卫科干部不会发现的。解下的绳子被他扔在一边，然后他把办公桌摆回原位，擦掉桌面上的零星茶叶。他扶着老几上了一趟厕所，又把自己的棉大衣留下来。他的方案是让老几盖着大衣睡一觉，他会在凌晨四五点钟来把绳子重新捆上去，只不过捆得松一些，同时他还会带一块玻璃，换下被老几的脑壳撞烂的那块。

老几对着正翻窗子的四川人身影道谢时，他头也不回地说："谢啥子谢？我晓得我自己咋个进来的，就晓得你是咋个进来的了！"

保卫科的干事们是第二天八点半钟上班的。老几听见科长和那两个干事在隔壁低声谈话，其中一个干事用河北话开玩笑。老几记得他的声音，就是这个声音的主人险些害死了他的两条小腿。门被打开了。在科长和两个干事看，老几动也没动过：昨天下班前给随便堆在墙角，现在还是墙角的一堆。没人发现窗子玻璃是碎了之后又换了新的，也没人发现老几头发里的伤口。就是发现他们也不会在意，流浪生活和西宁的警察都可能在老几头上留下伤痕。昨天捆绑老几的河北干事走上来，一脸讽刺的笑容问老几一夜过得如何。他先撩起老几的裤子，发现老几的腿还活着，懵懂了一瞬，意思是：怎么会还好好的呢？不应该啊！他站起来，踢了老几几下，脚头之猛，如同中锋射门。老几明白哪儿都能让他射门，只要把脏腑一带窝藏起来。于是他抱住自己，把脊背慷慨地亮给他。

科长吼叫起来："干什么干什么?!"

但是并没有人过来阻挡河北干事向老几身上继续进球。一直到老几"呕"的一声，吐出一口血来。科长和另一个干事才上来拉架。给老几松开绳子的是科长，一个安徽人。安徽科长押着老几去厕所，让老犯人又重新学步，从关押他的办公室蹒跚到走廊尽头花了十多分钟。脊背也歪了，刚挨了几脚的地方大概是左肺。昨天的捆绑和今天踢的那几脚还是见了成效，流浪途中改善伙食养出的健康，以及人民误给他的体面这时全丢尽。站到了茅坑上，安徽科长给老逃犯开了手铐，然后掏出手枪站在老几对面。老几蹲在那里，却不知浑身该哪里使劲。办公室的干部们都来上班了，在便池上站成一排，互相打招呼，聊天。不时有人跟安徽科长打招呼，然后再好奇地伸头看看蹲在茅坑上的老几。还会夹着一两句议论："就是这老家伙？""够能跑的他！""找到淀粉牧草的那个？""还博士呢！""在哪儿自首的？""西宁？"

有一个干部（大概是宣传科长）指着老几演讲起来。

"不自首在外面也不好混；全国马上就要开始搞四清运动了！赶上运动，哼！……"他意味深长地收住话。

老几肚子憋得很胀，但就是释放不了自己。他让自己再努一把力，因为过了这次上厕所的机会，下一个机会不知什么时候再出现。在大家的打量和品评中，在人眼和枪口的瞪视下，他只想把自己蹲得矮小一点，偏偏他的个头很难做到这一点。不知道为什么上班的时候厕所这么热闹。大家在方便的时候一定要找伴？这里让老几想起他过去的好日子里常去的会馆或俱乐部。他活受罪地蹲着，本来就给捆伤了的小腿和脚撑不住他的身体，要靠他一只手扳住茅坑与茅坑之间的水泥隔断，手指别无选择地扣在一道道干了的鼻涕或其他生理液体上。从人们的议论中，他渐渐听懂了一件事。也就是为了这件事自己挨了那个干事的阴毒捆绑。似乎不会处决老几了，首先因为他找到的那种草确实含有淀粉，尽管是一种漆黑、半透明、发苦的淀粉。古书上对这种草就有记载，叫它"白冷草"，药、食两用。其次，不仅不枪毙老几，场部还要宣传老几，拿老几作宽大自首者的典型事例中的典型人物。

老几蹲在茅坑上分析，保卫科在他逃亡的几个月里忙怀了，吃不好睡不足，常常颠沛几百里，到一个个收容所去辨认难民。现在老逃犯自首了，河北保卫干事明着出不了气，只能阴着整他，把他的腿整残。

老几的巡回演讲是自首后一个礼拜开始的。演讲稿子是场部宣传科一个年轻干事为他写的，说政府的宽大政策如何感动了老几这样一个罪大恶极、死不改悔、死有余辜的人。他一面结结巴巴地念稿子，一面得意自己的明智；他没有和婉喻见面是多么的明智！婉喻从来没有完整地得到过他的心，那些年她得到的，不过是他的一份贴近的存在，而他给她的连累却要跟她一生形影相随。假如他跟她见面，她肯定就会进一步被他连累。那他才真的"死有余辜"。他数着自己嘴里正在重复的字眼"死、死、死……"接下去该说"有余辜"了。老几边念稿子边想，中国话狠呐，十恶不赦，死有余辜，研究语言大半辈子，他发现在哪一种语言里都找不到同等量级的参照。哪一种语言都没有他自己的母语这么狠，这么解恨。死了还有余辜，难怪要灭九族，满门抄斩。他觉得自己割舍了和婉喻的见面不是明智，而是英明。否则他老几万一死了，还剩下的余辜，就要清算到婉喻头上了。

老几不仅在大草漠上巡回演讲，还巡回到西宁的监狱、看守所、少年犯的工读学校去演讲。一身囚服给他换成了崭新的，一头花白卷毛发也常常修剪，梳成个西北版本的洋式偏分，在他囚服的上衣口袋里，还给他插了支自来水笔，把他打扮成秀才犯人。巡回演讲了半年，老几每顿饭有菜有汤，腰围大了一圈，在方圆七百多公里的三四个劳改农场里成了名角儿。他在第一次念完宣传干事写的稿子就把内容背了下来，因此在以后的演讲中，他的脸藏在稿子后面，脑子禁不住地开小差。这不能怪他，对他过剩的脑力，他自己也没有办法。随着演讲越来越熟练，他脑筋开小差也开得越来越自由。他开小差的那部分脑筋总是在想河北干事的眼睛：它们从他那双从绳子下幸存下来的腿移到他脸上，眼神充满失望，对他自己没有致残老几而失望过度。河北人由于失望而涣散的眼神渐渐凝聚，让老几看到"君子报仇十年不晚"这句古训。

老几很快就要看到河北干事是怎样报仇的。

从巡回演讲回到七大队六中队之后，老几听说邓指调到刚刚成立的劳改分场去当政治部主任了。曾经跟解放军火拼的谭队长回到六中队既管行政又管政治。老几回到队上正赶上抢收青稞，收土豆。一天下午，那个河北保卫干事骑着马跑到田边来了。河北干事把老几叫到跟前，好像有什么急事要跟他说，却从他的大衣怀襟里窜出一只肥大的兔子。兔子一落地就向南跑,河北人用一个藏人的抛兜子扔出一块石头,打在兔子前面的路上,兔子调转方向便向另一头跑去。河北人跟老几说,愣什么呢?那是种兔,还不快追!老几跟着兔子追去,但不久就发现自己已经过了解放军定下的警戒线。这时候,河北人从另一个方向追过来,手上提着手枪,对老几说:"你磨洋工呢?跑了种兔我非毙了你不行!"

老几指着站成对角的两个解放军,结巴地表示他若再往前一步,那两支枪就会毙了他。

"他们敢开枪我给你顶着!我说是我要你去追兔子的!"他的枪口在五米之外对准老几。

老几只得继续他刚才追逐的方向追下去。其实这时兔子早已没了影子。老几突然悟到他活到头了。河北干事不是偶然出现在这里,他的计划不是今天才设计的,是从致残老几未遂那天早上就开始设计了。他精心编好的这个大圈套可以把他老几轻易干掉,干得不露痕迹,甚至不必自己沾手。他有过那样的逃跑前科,再次逃跑就是最省事的罪名,击毙他的动机无懈可击。

果然,解放军的两杆枪先后响起,伴随着两个不同乡音的叫喊:"站住!……再跑打死你!"

河北人的手枪也参加到解放军的射击竞赛中来。解放军第一枪是朝天开的。河北干事平时的打靶成绩不佳,所以两枪都没射中目标。老几向前一扑,趴倒在地上。河北干事气喘吁吁地看了他一眼,发现他并没有鲜血淋漓,便狠狠地但是轻声地吆喝:"起来,给我追兔子去!"

老几当然不能再给他接着当靶子,趴在原地哼唧着,想他再磨蹭一会儿,解放军就该追上来了,就算他给打死也会有眼证。否则作为再次逃亡,婉喻会受到天大的连累,他真是死有余辜了。

河北人却用枪口朝着他的后脑勺,从牙缝里挤出话来:"你敢违抗我的命令,我现在就打死你!"

枪口从他后脑勺移到他太阳穴,他眼睛的余光能看见枪口。眨眼间他就必须做出选择,是被河北人就地打死还是爬起来,向前再跑几步，在三把枪的子弹射线中争取那极狭窄的幸存可能。第三种选择是他立刻跟解放军解释，他并不在逃跑，而是在替这位保卫干事追种兔。但河北人可能在他开口前就开枪。假如他被河北人一枪干掉，就会从此被灭口。这件事的始末就永远也无法弄清。当然，河北人在事后解释的主动权大多了，事实可以因为他的解释而被全盘歪曲。河北干事有可能受到降级处罚。但对于已经死了的老几来说，没有任何利益可图。已经死了的老几还是会被作为逃犯而连累他的婉喻。那就像他一口气结巴出来的一串"死、死、死……"；死若干回也无法表达他对小女儿丹珏的顾念。

几秒钟后老几决定争取射击夹缝里的幸存。草已经开始枯黄，草籽都成熟了，落尽了，轻了的草穗子不再耷拉着头，都挺直穗梢，一根根草都比初秋时高了。这是对他有利的一点。他往前爬着，让河北人觉得他还会继续往前跑，实际上他想尽量拖延时间，使解放军赶上来。但他还没站起又倒下去，在草丛里借着微微下坡的地势滚动。河北人对前体育健儿老几一无所知，所以老几突如其来的横向移动让他傻了一会儿，再开枪时，已经不那么容易。深及大腿的草海把老几的身影大致淹没。

解放军已经赶到，问河北人"咋回事儿?!"

河北人指着老几滚动的方向说："在那边呢！老小子又想跑呢！咋不开枪呢?!"

这时候老几紧贴地皮俯在草丛里，把他们的话都听见了。

现在不光是解放军赶上来，谭队长也赶了上来，也是手枪在前人在后，如临大敌地侧身冲锋。战斗英雄谭队长大声跟解放军叫喊，谁又吃饱了撑的在他当班的时候开枪。河北人此刻已把手枪子弹打光了，从当兵的手里夺过自动步枪，正要开枪，被谭队长把枪口猛地抬高。

谭队长问解放军和河北干事，老小子为啥要跑？解放军说不知道，他们就是看见他跑才开的枪。河北人说，老小子不跑为啥到警戒线外头来了?!谭队长对着老几藏身的地方喊话，问他好好的怎么又要逃跑。

老几趴在凹荡里不露头，结结巴巴地回答说他一点儿也不想跑，是保卫干事命令他追种兔，他不得不跑。河北干事说老王八蛋太狡猾了！谁让他追兔子的?！老几不再说话了。看来他当时的逃亡给了这位河北干事很大的苦头吃，所以现在他铁了心要报复他。一个人铁了心要害你，你是躲得了今天躲不了明天。

此刻那边收庄稼的田里热闹起来。有人喊："往那边跑了！……从这边堵住！……"

两个解放军紧张了，往回张望，发现一大群犯人在田里跑动。谭队长也紧张起来，对犯人们猛吹起哨子。犯人们根本不理会，把刚装了麻袋的土豆又倒出，土豆四散乱滚。一个解放军往吵闹的地方跑去。

只听一阵欢呼："逮到了！逮着了！"

谭队长大声斥骂："操你妈的逮到什么了?！"

跑到一半的解放军回答说是犯人们逮到了一只大肥兔子，已经在一麻袋土豆上给摔死了。老几心想，这下物证和眼证一块给灭了。谭队长向老几的方向走来，一面斥骂老几这个老不是东西的，还没害六中队害够？逃跑了几个月，六中队的队干部连探亲假都给取消了，他个老不是东西的倒是四处风光，顿顿两个菜一个汤！老几心里说，错了，三个菜一个汤。

河北人拿着解放军的枪，一副准备射击的姿态。谭队长走到老几趴着的凹荡前面，用脚把老几跑掉的帽子勾起来，又用脚直接甩了老几两脚。老几说土豆田里犯人们逮到的那只兔子如果是种兔的话，就可以证明他不是逃跑，而是接受了命令去追价值不菲的种兔。

谭队长朝狂欢的犯人们叫喊起来，问他们逮到的是不是一只种兔。犯人们说是的。谭队长又说，谁也不准动兔子一根毫毛。犯人们回答说，对不起，这道命令下得太晚了，兔子已经没毛了——连皮都给放在火上烧了。河北干事不动声色，嘴角翘起两撇得意——物证销掉了。

河北干事和老几在六中队的队部办公室开始了对质。河北人不管老几的陈述多么合逻辑，就是咬定老几是借追兔子逃跑。谭队长说："那好吧，先关两天黑屋再说吧。"

河北人亲自押解老几进了那间一大半沉在地下的黑号子，枪口毫无必要地抵住老几的颈窝。

根据我祖父的记载，我能想象出那个黑号子。一个叫做左之辉的汉口人1961年春天就死在这黑号子里。他也是1954年肃反的那批犯人中的一个，罪行是偷听敌台并传播美蒋反攻大陆的消息。一次在青稞地里播种的时候他跟一个干部顶撞起来，当时的队干部是个刚从福建转业的残废军人，在田头组织了批斗会。他把会场交给加工队掌握，自己骑马去检查各块田地的工作。谁都知道，他这样做是放手让加工队体罚，事后他再跟加工队来一场"周瑜打黄盖"。加工队找来一根绳子，一面把汉口人往电线杆子上吊，一面问他看见台湾和美蒋没有。汉口人很蠢，对加工队的"刑罚杂技"挺配合，一口一个"看不见！"绳子便一直拉，左之辉给拉到电线的高度，绳子松了，加工队员们说，那就算了吧，等哪天建了瞭望台你再上去望蒋盼美吧。左之辉摔落在草地上，骨头并没有如加工队所期那样被摔断。当晚他被送进黑号子，第二天早晨送早饭的执勤犯人发现他已经死了。

还有一次黑号子关的不是一个人，是一群人。那是1959年，来了一大批新犯人，都是叫做右派机关干部。老犯人一般见了新犯人就像蚊子闻到血一样，一窝一团地扑上去。所有的新犯人都急于想听到当地气候和该监狱生活条件的介绍，马上跟老犯人开始了紧密接触。等到老犯人离开，百分之八十的新犯人都发现自己的东西丢失了。他们向管教干部反映情况，干部们让新犯人到老犯人里面去辨认，被辨认出来的就关禁闭。所有犯人很快发现，当了贼反而合算，不需要下地和上砖窑干重活儿，每一天都成了礼拜天，躺在帐篷里补觉。于是产生了一大批窃贼。人人都明火执仗地偷别人东西，而被偷了的人也不去告状，以免让那人先占有了禁闭的名额，只是设法再去偷别人的。丢了牙膏的人不去偷牙膏，而去偷大号搪瓷缸，因为大号搪瓷缸可以烧煮吃的，利用价值比较高，所以一个大瓷缸可以换到一块旱獭皮，而一块旱獭皮能剪出一对防寒鞋垫，这样的防寒鞋垫可以换三管牙膏。盗窃风暴席卷各个号子，为了被惩罚去坐禁闭。干部们只得调整对策，把偷得最厉害的窃贼关进黑号子。被关进去的时候干部数了数有九个贼，一个礼拜放出来之后，干部就没有再数人数。此后好几天的早点名，干部们也没有在意少了一个人，以为其他干部作了主把那个人继续关黑号子。到再次把某人关进黑号子的时候，才发现里面留下了那群贼当中的一个，已经死了一个多月了。死了的是个贼王，趁着深不见底的黑暗偷窃其他贼的馒头，而那八个贼也趁着深不见底的黑暗揍他。大家都认为黑暗里出拳头出脚反正没人看见，于是就把贼王给揍死了。

1964年夏天，老几被河北干事塞进了黑号子。虽然在梁葫芦临刑之前，老几下过黑号子，但此刻对于它的黑还是大大震惊。它可真黑。那黑触在你脸上，手上，是柔软的，冷冰冰的。一顿饭和下一顿饭的间隔，就是你唯一的时间计算坐标。第一天的第三顿饭吃过，老几就要进入一段更长的黑暗，这就是夜晚。老几觉得自己身体和形状被灌注在黑暗里，就像一个琥珀，一旦被取出，人们会看见一个丑陋的老人琥珀。再过一阵，他又觉得黑暗灌进了自己，灌进血管和肌肉，灌进了五脏六腑。

第三天过去，老几习惯了一些。他对自己的伸缩性非常自信，觉得如果要在黑号子里长住，就不该无所事事，而应该接着写作他的散文或随笔了。

老几在黑号子里吃了九顿饭之后就开始盲写他的随笔了。就像棋手下盲棋一样，他盲写的遣词造句以及段落同样在脑子里铺设得清清楚楚。所有润色修饰都是在脑子里进行，一稿和另一稿绝不会弄混。

十多年来他给婉喻写的每一封信，都在他脑子里存了档；每一封信都有两个版本，婉喻收到的，也就是被××信箱后面那些眼睛看过的，是公开版本，而对称每一个公开版本，都有一个私房版本。在黑号子里他写的就是跟每一个公开版本对称的私房版本。比如说1954

年秋天,他糊里糊涂被投进提篮桥监狱,不久给婉喻写了封信,公开版本上他请婉喻送几件必需品到监狱:三条短内裤,一条长内裤,一盒万金油,因为常常被蚊子咬。还写到重阳节忘了去看看恩娘的坟,让孩子们替他去补上一次坟。最后他说,小女儿丹珏问他考大学该主修什么。那时他建议她主修文学。但他改变主意了,建议丹珏学生物。对称这封公开版本,他在黑号子里盲写给婉喻的私房版本比较抒情,说被捕后的几天他常常想到最后跟婉喻的告别:婉喻怎样跟着他从楼上书房出来,又怎样跟着他一步步下楼梯,最后又怎样被警察挡在楼梯口。他回头的时候,看见她手里拿着他的那双进口羊皮拖鞋,还以为舒服惯了的丈夫到任何地方都离不得这双舒适的拖鞋。婉喻那样拿着他的旧拖鞋站在楼梯口,使他相信他一定会归家。

老几不紧不慢地踱步,从黑暗的一端走向另一端,思维奔放让他享受。他现在的境况是笛卡尔求之不得的。把思考当成最大的事来干的笛卡尔为摆脱串门的朋友,把家搬出了祖国法兰西,搬到荷兰。他以为在陌生人的国家他会被遗忘,从而把专职的思考进行到底。但新的熟人还是不可避免地在荷兰积累起来,因此他不得不持续搬家,以躲避熟人。所以到他离开荷兰的时候,笛卡尔一共搬了二十四次家。对比笛卡尔的无奈和不自由,老几对自己在黑号子里获得的思考自由非常满足。没有一个人比此刻的老几更能体味笛卡尔的"我思故我在"了。柔软微臭的黑暗中都是他的"思",他的"在";他跟自己的"思"和"在"简直肩擦肩,头碰头。他决定从那一天就开始给妻子冯婉喻写一本书信体的随笔。每次写给婉喻的信里,他真正要说的话都无法说,但他都把那些话存进了记忆。

黑号子的洞口每到早晨打开一次,然后便桶和早饭盆在洞口进行交换,等于一次体外的生理循环。有一天,在进行这个体外循环的时候,他发现自己已经三十多个小时没合过眼了。不间断的黑暗把他的身体和精神功能弄混乱了,所有的能量都提供给了越来越奔放的思维。一个思路和另一个思路竞赛,不久就有十多个思绪在赛跑。这些思绪把他变成了一支多芯的蜡烛,同时燃烧,疯狂地消耗他。他盲写的句子和段子落在无限的黑暗上，黑暗可以无止境吸收他盲写的成果，无论他写出多少，立刻填进了无底的黑暗，立刻被黑暗消化。每次他筋疲力尽地倒在芨芨草铺位上，闭上眼睛，希望思维停止喷射，希望所有蜡烛芯一同熄灭，但他发现自己的眼睛不知什么时候已经大大地睁开，盲写的句子一个追逐下一个，头一个尚未落定，下一个已经插进序列。

这以后，老几不再有困意，也不再有胃口，对于寒暖的感受也迟钝了。除了在黑号子里来回踱步，疯狂盲写，就是坐在草铺上歇一口气，接着再疯狂盲写。他从记忆里的一摞稿纸盲写到另一摞稿纸，就像一个盲棋棋手同时下五六盘盲棋。他从来没有好好地告诉婉喻，从重庆回上海的大迁徙是怎样的局面，此刻他有太阔绰的时间来写了。

还 乡

我在 1989 年第一次阅读我祖父的回忆录时，被那样壮阔的迁徙场面震住。我祖父和其他一些教授、学生和一些回归下江的旅客乘着爆满的船沿江而下，在宜宾被吆喝下船，原因是船的机械出了故障。六个小时后，他和一些旅客去附近的小馆子买吃的回来，发现船已经跑了，岸上的搬运工告诉他们，因为船上装了一批东西装不下人，所以开跑了。旅客们这才发现上了当，船上特等舱的阔佬旅客们为了紧急运送他们的走私货物，制造了一起"机械故障"，让大部分乘客下了船，腾出地方来装载他们从陆路运来的货物。旅客们就在那个小码头等了许多天，江上满载走私品的船只把江面都遮住了，忙得没有一只船停下来载他们。他们走了一天旱路，在一个小码头挤上一条难民船，继续余下的航程。我的蓬头垢面、衣衫不整的祖父登陆上海时，这个从来不以美德著称的大都市在他眼前是这样呈现的：许多楼房空了，贴着各个衙门的封条，它们都是作为日产被"接收"后，再被暗转产权的。抢占和接收成了同义词；接收还要看谁出手早，出手强硬。街上常常有为一个文件柜或者一张办公桌动拳脚的。还有一些空楼房挂出牌子出售，但自称房主的人可以有三四个。抢不到房产的人把日本人铺的地板在一夜间撬走。没有地板可撬的就卸下百叶窗，门和窗帘框子都剜下抬走。曾被日本人占据的工厂也会同时有几个合法接收者，分不均匀就把机床拆掉卖零件，卖库房里的成品或半成品。

1945年底，我祖父就回到了这样一个上海。

焉识从十六铺码头步行回到家的时候，除了一身污垢，以及一身从难民那里来的虱子，他几乎一无所有。恩娘和我祖母冯婉喻看见一个大个头叫花子走进厨房，用了好几秒钟才把他认出来。其实他也用了好几秒钟才认出了婉喻和恩娘。原来就是纤细类型的婆媳俩此刻形销骨立，棉袍晃荡晃荡的，领口和袖口都成了空洞。靠典当和恩娘过日子的技巧，还是难度无米之炊。恩娘抱住焉识，一口一个"短命打仗啊！……"

家里也变了。陈设和家具大致都在，位置却摆得很奇怪，还添了一个日本橱柜，一个和式矮桌，一面日本屏风。但陆家祖传的几个康熙年间的粉彩缸和几件宋代官窑瓷器一件也没了。恩娘告诉焉识，为了维持一家五口吃穿，1941年底她做主把陆家的房子租给了一个日本家庭，男人是银行襄理，然后用日本人付的租金在杨树浦路租了两间房，婉喻也找了个誊抄信件文件的工作，挣的钱给三个孩子添添营养和衣服。日本家庭在停战第二个礼拜就退了租，他们才搬回来的。

三个孩子回来时，他们的父亲已经洗了澡，刮了脸，换了干净衣服。八年的战争，全家人一个不少，这是桩了不起的事，女人们哭哭笑笑，一面吃晚饭一面试着相信这个奇迹。晚饭也是个奇迹。恩娘抖着双手指导婉喻，把一听美国牛肉罐头做成了一个什锦砂锅，从小菜场买来的雪菜和豆腐，又加了细粉。米饭是碎米煮的，能吃出是三四年前的碎米。

接下去的日子，焉识很快就发现那样的晚餐就是盛宴。物价一天一个高度，一般人的收入只拿到战前工资的百分之七。但上海照样繁华，所有的繁华场所都能看到突然富有起来的人。焉识回到上海的第三天就去了美国会馆。玩单人扑克的，抽雪茄闲聊的面孔换成陌生的了，但背景毫无变化，爵士乐照旧，酒吧的调酒师老了几岁而已。

那个昏昏欲睡的调酒师对于焉识这样的老客人已经要重新认识了。焉识曾经的大学校园正在重建——日本军队把它改建成了兵营。

由于焉识在重庆的被捕，校方没有和他再续签合同。各个大学都在改组和整合，焉识一个个学校地跑，找他留学时代的朋友，介绍他在任何大学找到一个挣工资的职位，哪怕挣的工资是战前的百分之七。婉喻和恩娘在整个战争期间为他撑着一个家，他现在回来了，要做顶梁柱也该由他来做。一个朋友建议他到美国会馆看看，有两个美国校友战后升任大学教务长和副校长了，美国会馆还是他们去得起的地方。焉识忍受着调酒师的白眼，只要了一瓶啤酒，坐了四五个小时，果然在晚上九点等来他要找的人。

一见这两个校友，焉识立刻知道他们当下属于什么人等。属于把他和那一船旅客丢下拉着走私货跑掉的特等舱客人。也属于借战后接收的名义把日产变成他们私产的那伙人。他们都是一模一样的细皮嫩肉，薄薄的中年脂肪使五官都圆乎乎的，这就使他们相互间有一点相象。不，是很相象。焉识对于人的形象特点记得最准确，但此刻也被他们俩那种不可言喻的形似及神似弄得直跑神。还有就是他们都是笔挺的新西装，一样的高价雪茄，成功和胜利者的自负与矜持——他们是凯旋归来接收上海和学校的。焉识渐渐明白，是那种他一回上海就感到的漫天无耻使两副不同的面孔相像了。他们告诉焉识，他们可以设法给焉识谋一份教职，但焉识必须通过教育部的一项考核。

"考核我？"焉识笑笑，自尊心很不好受。"考什么？"

"所有敌占区的教师和学生都要通过这个考核。"

"重庆不是敌占区，"焉识微笑着提醒他们，"我从重庆来。"

"考核是一视同仁的。其实也不难，考题都是……"另一个校友说，在焉识面前为教育部说情似的。

"难倒好了。"焉识说，"难倒要看大家本事了。什么时候这个国家大家凭本事，什么时候这个国家就有救了。"

"考核都是政治题目，就是为了甄别忠诚政府的师生和受到敌伪思想腐蚀的师生。陆兄不必顾虑，稍微做点准备一定通得过的。"头一个校友说。"因为陆兄你在重庆那一段表现，政府认为就是污点。给你个考核，就是给你一次机会，让你洗刷掉污点。无非让你证明一下你跟政府之间的误会嘛。证明了就洗刷了污点，照样会承认你的人才。对于陆兄是大人才这一点，没有人会考核啊。"

焉识感到他的自尊心越来越不好受。这两个人无耻归无耻，但毕竟是为他着想。他离开了美国会所，顺着南京路往家走。路灯重叠在最后的夕照上，崭新的汽车出动了。他那双被重庆的街道磨得很薄的皮鞋底踩在上海的街道上，脚板心清楚地触摸着在日本坦克下受了创伤的路面。他的步行可以给婉喻省出一块豆腐钱来，也许还加上一把青菜。他不敢看婉喻，念痕给他的好日子会给婉喻看出来。好日子不多，在他出狱之后，但那是丰衣足食的日子。

焉识决定不参加考核。他假如有足够的无耻，何必在重庆的半地牢里耗两年？考核要是证明了他的忠诚，不就抵消了那两年他自认为值得坚持的东西？除了考核之外，还有一条路可走，就是去找凌博士。这也是一个美国时期的朋友给他的建议，凌博士的威望可以让他原先的大学继续聘用他。这个朋友叫李坤，在美国得到的艺术教育博士学位，他跟凌博士私交非常亲密。找凌博士焉识的自尊心也不好受，但还能勉强保持自己人格的统一。那次焉识因学潮写的文章得罪了凌博士，现在他头一件要做的事，就是弥合两人的裂缝。一场八年的战争，大家都是劫后余生的人，战前的一切应该都是隔世的恩怨了。

他写了几封邀请书，邀请凌博士和他们共同的几个朋友来陆家"便餐"。其实这将是一次倾其陆家全部财力的家宴。他和恩娘商量了这次家宴。为了焉识的前途，恩娘就是上天入地也能把一顿像样的家宴凑出来。焉识请客人们按照美国习惯，把邀请信的回执寄回，这样便于他计划采买。其他几个人都把回执寄回来了，只有凌博士一人毫无反应。因此焉识想去李坤那里打听一下。去李坤家之前，恩娘打点了几样礼物：一段日本丝绸，一罐新西兰龙虾罐头，一听美国克力架。对他和李坤的经济条件来说，这几样礼物是非常重大的贿赂。

那是个礼拜天，焉识到李坤家的时候，李坤还在厨房吃早餐。佣人把焉识安排在客厅坐下。焉识怀里抱着那个装礼物的布包。他想，只要李坤一出现，他立刻把手里的布包以最随便最不经意的姿态递上去。千万不能错过最初的几秒钟，越往后拖延越会显得送礼事关重大，因此越是像贿赂。可是他还是错过了最佳时机，不知怎么就错过了。李坤已经坐在了他身边的椅子上，两人已经谈起华北的受降来了。他们谈到一些地区的受降怎样荒诞，就因为一个美国将军的指定，政府军就成了唯一的合法受降军队。为了不让共产党军队参加受降，政府军居然授命战败国的日本军维持秩序，消灭强行受降的八路军。

焉识抱着那一段日本丝绸，一盒新西兰龙虾罐头，一听美国克力架，让三大洲在他膝盖上开贸易集会。他想等李坤话题转换的时候就把它们放在他面前。但话题转换了好几次，从受降转到国共和谈，又转换到蒋经国的经济改革，焉识还是没动。焉识突然想到，这一生他是头一次为了如此世俗、现实的目的送礼。不，他想，应该叫它贿赂。尽管是无偿赠送这么难得的东西，可是他觉得这种赠送既侮辱自己也侮辱朋友。现在他不得不侮辱品格端方的人，来"曲线邀请"凌博士。

他们的谈话已经一个多小时了，焉识的两只手放在布包上隐隐发潮。他抬起手，这才注意到恩娘用来盛装贿赂的是一个什么样的布包。一个用女人穿烂的花布衣服拼缝的包，平常婉喻搁在皮包里，一旦碰到便宜货抢手货就买了用它来装。此行的目的让他紧张慌乱，否则他一定不会拎着这样不成体统的包上李坤的门，又抱着它坐得一动不动，像个带了拿不出手的土产的乡下亲戚。

这时李坤的一句话被自己错过，冷场来了。冷场一延长他就会彻底丧失胆量。他霍地站起身，把那个花布包往刚才坐的椅子上一放，说那是一点从重庆带回来的东西。不等朋友反应他已经溃退出门。

贿赂别人也要英勇，胆敢去无耻才行。

第二天他收到李坤一封短信，说他造访了凌博士，凌博士只是重伤风卧床，大概疏忽了查看信件，也不能见客人，连他和凌博士的谈话都靠凌师母里外屋跑着转达。

焉识几天来沉沉的一颗心马上轻了。肺痨给他上半身铸成的前凹后凸也平复了不少。他让恩娘把菜单报给他，再让婉喻写下来。他给每一道菜都另外起名字，"烟熏马鲛鱼"被他叫成"苍烟合"，"干贝黄芽菜"被他改为"抱柱信"，"豆瓣虾米"变成"梅花残"。有的名字自己心里暗笑，觉得雅不可耐，酸掉了牙，又被他改回了恩娘那些老老实实的名字。他让婉喻以她最拿手的章草小楷，把菜名抄录在毛边纸上，卷成小小的画轴，打开的菜单从右边往左边拉开。他要把这餐家宴做得考究而充满书香门第的贵气，每一位客人面前都摆一份展现女主人墨艺的菜单。

离宴会还有五天，恩娘已经买好所有的食物。有些不是买的，是以物易物而来。黑市非常活跃，什么都有。一件狸子皮大衣能换到一磅火腿，一磅毛线能换到两斤大米。恩娘很有耐心，天天在黑市上逛，患帕金森的手拎着篮子，在平绒袍子上猛抖，指甲在右肋一带来回地刮，使那一片平绒渐渐被刮掉，刮成平纹布。开始她换回的东西让人懵懂，因为跟做家宴所需的食品毫无关系。但如果看她接下去继续换的，就明白她的聪明了。食品价钱在接下去的两三天上涨得比用品和衣服快得多，一磅火腿在两三天后就可以换回两件狸子皮大衣，而家宴中她只需要半磅火腿调味。这样她既有了吃的，也保住了穿的。

食物大致凑齐，恩娘开始发、泡干货，却在这天中午来了一帮人。进了门，招呼也不打，领头的一个人便叫两个随从拉开皮尺丈量房间。恩娘和婉喻挡住他们，问他们为什么丈量陆家房产。焉识在书房里听到争执，赶下楼来，头目才自我介绍，说他们是政府行政院下属一个部门的，专管接收日本人占领的房产。

"这里的房产权从来都是陆家的！"恩娘叫道，嗓音扎耳朵。

接收大员拿出了一张盖着红色方印的文件，递给焉识。

"我只管按照上级的指令办事体。上级指定哪一户是日产，我就去丈量面积、出空房子。"

他出空房子的意思就是把房内的东西和人一块扔出去。主要是把文件上称为"非法占据者"的人扔出去。

"房子从来就是陆家的，房契上写的是我父亲的名字。我们有房契为证。"焉识说。

恩娘的嗓音从尖利到钝拙，对接收大员说，他们尽管来接收房子好了，连她的尸首一块接收。对于要跟他们拼命的老女人，大员们一点声色都没动。打仗死了多少人，八年的仗打下来，最吓唬不了谁的就是死人。

"给你们一天时间，把私人的东西整理整理，搬出去，这几件家具，还有红木八仙桌和椅子，你们不准动，都是跟房产一道，要给政府接收的。"

"八仙桌和椅子是我娘家陪嫁来的！"恩娘已经嘶哑了，眼神非常地凶，没有一点要哭的意思。

战争真是改变一切，包括人。恩娘曾经是那么个泪人儿，现在成了眼冒凶光的女战士。

焉识知道跟这些人弄僵了，下一天陆家真的可能去睡大街。比睡大街还要紧的是迫在眉睫的家宴。他觉得只要把教授的职位找回来，陆家可以白手起家。邀请信都发出去了，婉喻把菜单抄录得那么精美，恩娘在黑市上受了那么多天的冻，才凑到那点食品。焉识开始给接收大员们递烟，请他们坐下，对着他们无动于衷的脸文雅地微笑，说都是中国人，都是在重庆一块离家弃舍抗战八年的弟兄，抬一下手，多缓他几天，等收拾好东西，找到下一个住处，再来接收不迟吧？

焉识微笑着，一面悲哀：战争把他变成这么个肯服软、不吃眼前亏、拿热脸去贴人冷屁股的人了。与此同时，焉识暗示了大员们，他陆焉识知恩图报，大员们帮他陆焉识的忙绝不会白帮。

大员们答应多给焉识一个礼拜。这一个礼拜他们让陆家收拾归拢行李，找新的住处。焉识安慰恩娘，说一个礼拜之后，他会再求他们延长一个礼拜，这就足够他去政府部门找人通融。就是通融失败，他会接到任教合同，一分钱一分钱地从头再挣。听完焉识的话，恩娘慢慢地说："焉识，真没想到，你读书读得这么没用场。"

焉识看着她，不太明白她的意思。

她又说："你假使有用场，也用不着请人家吃这顿夜饭了。他们这些流氓也不会到家门里来欺负我们了。你晓得他们是啥人？"

焉识笑笑，当然晓得的，是政府腐败官员勾结的青红帮，借接收日产的名义霸占民产。

"老早呢，觉得你没用场好，心底里不龌龊，人做得清爽。太有用场的人都是有点下作的。现在看看，没用场就是没用场。"恩娘说。"中国是个啥地方？做学问做三分，做人做七分。外国的人要紧的是发明这种机器发明那种机器，中国人呢，要紧的就是你跟我搞，我跟你斗。你不懂这个学问，你在中国就是个没用场的人。"

战前和战后的恩娘简直是两个人。战后的恩娘居然有这样的洞察力，看穿她曾经的心头肉陆焉识是个没用场的人。

在1946年2月，一餐家宴上摆出四个冷盘六个热菜得要非凡本事。恩娘的帕金森是晚期了，两只手猛烈哆嗦，头也跟着摇晃，因此在她该做的动作上又添加了许多不必要的动作，在厨房里显得更忙。婉喻不断把她按到椅子上，叫她不要动手，就动动嘴巴，动手由她婉喻来动。但是婉喻没有一件事做得称她的心如她的意，恩娘在椅子上歇不到两分钟，她的头从不由自主的摇晃到否定、不满的摇晃，很快还是从椅子上站起，把婉喻挤到一边，宁可用自己一双哆嗦的手去接着忙碌。她假如做了两个动作取得一点成果，她的第三个动作一定会破坏这点成果。她就那样边进展边破坏，把一个个菜准备出来了。恩娘只有一个方面还是过去的恩娘，那就是占婉喻的上风，总要显得比婉喻更在乎焉识的前途。

早春天色暗得早，焉识看了看四个已经摆好的冷盘，又看看表，离开宴还有二十多分钟，人还没有来。婉喻和恩娘在厨房里准备热菜，他小跑着上了楼，在恩娘的卧室里翻箱倒柜。美国飞机轰炸上海的时候，各家肯定都储备了不少蜡烛。一般恩娘是控制全家此类储备的。他在恩娘的梳妆台抽屉里找到了两根蜡烛，长短不一，一定不是万祥蜡烛店的出品；恩娘买不起曾经用惯的一些老字号出品了。这两根蜡烛的蜡质量很糟，因此浑身凝固的烛泪比蜡烛本身体积要大，像两座小型假山，并且一根白色，一根发黄。他希望点着后人们只注意烛光和烛光营造的气氛，而忽略蜡烛本身的丑陋。

焉识听到楼下有人进来了，赶紧重新束了一下皮带，把翻箱倒柜带到裤子外面来的衬衫底边塞进去。他的皮带嫌太长，裤腰嫌太松，在皮带下打了一圈裙子褶皱。战后的陆焉识和战前相比，瘦小一圈。他对楼下喊着，就来了！稍等啊！他想起韩念痕送他的蓝宝石领带夹，又跑回自己卧室去翻箱倒柜。他的公子哥面目今晚不恢复，就没有更好的场合恢复了。

但他忽然又想起，假如来的是客人，他应该先听到门铃的。这个人怎么会门铃也不按就进来了？他一面别领带夹，一面顺着楼梯扶手的空隙往下看，看见了搭在一楼楼梯扶手上的印度红和黑色夹织的毛线外套。那是小女儿丹珏的外套。刚才进来的人不是客人，是丹珏。这是学生放学回家的时间。

他看看表，已经是六点整了。客人们还是一个都没有到。他拿着两根蜡烛从楼上下来，走到客厅，见八仙桌上多了一个一品大碗，里面趴着一只清蒸八宝甲鱼，活灵活现，但肚子里是填满山珍海味的。一见父亲过来，丹珏呼啦一下从餐桌前面跳开，嘴巴抿成一条线。他从内地回来，还没来得及跟三个孩子熟悉起来，所以孩子们一看见他就紧张，能躲开就躲开。他弯下腰，笑眯眯地看着丹珏，说："小囡囡，这些菜不可以吃的噢，是爸爸请很重要的客人来吃的噢。"

丹珏还是笔直僵硬地站着，脊梁抵着摆得像上供一般的八仙桌。

他意识到刚才讲话的语调只适用于五六岁的小孩，而小女儿已经九岁了。他改了一种口气说，丹珏你要懂事，啊？恩妈做了这么多菜老不容易的，是要请客人吃的。

丹珏就在他眼前涨红了脸，眼泪涨了两眼眶。他心一下子乱了，手也不敢拍她的头，也不敢碰她的肩膀，只好那样向两边张开。

"没讲你什么呀？你哭什么呀？"

"我……没吃！"

"那你嘴巴为什么抿得那么紧?"

"我饿死了……没吃……"

婉喻戴着围裙从厨房跑来了。丹珏一见母亲便大放悲声。刚刚哭了两声,突然大声咳嗽起来。婉喻把她抱在怀里,使劲拍打她的脊梁。

"这个小孩子怎么搞的?偷偷在那里吃菜,我就是叫她不要吃……"

越是听见父亲这样说,丹珏便越是咳得不可开交,两只脚还在地板上咚咚咚地打鼓。婉喻跟焉识笑了一下,意思是孩子已经无地自容了,已经被慌乱中吞咽的东西呛住了,做父亲的还那么不给她台阶下。

"我是不会这样教育小孩的。"焉识牢骚地说,"孩子给女人们教育,到最后都是这种腔调!"他也来了点从重庆凯旋的抗战英雄的劲头了。

婉喻抱着丹珏,低下头,一只手还在给孩子捶背。焉识从她们娘儿俩身边快步走开,看到婉喻的脊背,只剩了细细的一条。他想起内迁之前的一夜,也是尽看婉喻的脊梁,那是瘦,而现在这个婉喻只是那个婉喻的影子。

他来到厨房里,恩娘的手抖抖地把刚烧好的一个个狮子头盛在一个个小盅里,再往狮子头上撒金红色的虾籽。她的手倒很适合这个动作,一抖起来就有了胡椒瓶子的效应,虾籽被很均匀地抖在了一个个小盅里。她不让焉识插手,因为他穿的是唯一一身登样的西装,万一蹭到什么油渍酱渍,就再也没有见客人的衣服了。恩娘宁愿冒着泼出汤水的危险也要自己把狮子头放到蒸笼上。蒸笼的热度正够保温,只等客人一到,就可以端到桌上。

恩娘看一眼腕子上的小手表,说客人是串通好了一块迟到。已经六点二十分,两个热菜她已经从桌上拿下来,放到稻草和棉花做的暖窝里焐着了。焉识想,恩娘的话似乎有道理,五个人一块迟到,只能是一同去一个地方了。他走到客厅,意识到电话早就停了。对于战后的陆家，电话是奢侈品。他想到马路上去找个公用电话打到李坤家问问，但又怕客人来了跟他错过。婉喻天性和生人打不来交道，恩娘过去那种神气活现的女当家人的风采，也给八年的穷日子磨灭了。她们都跟焉识请假，今晚要和孩子们呆在厨房里，因为她们连见客的衣服都没有。

他回到客厅，客厅已经空了，婉喻把丹珏哄到楼上去了。八仙桌上的那对奇形怪状的蜡烛上燃出的火苗不时"吥吥"地响，每一响就喷出几个火星和一丝烟，向空中啐唾沫似的。焉识在一把椅子上坐下来，发现冷菜的边角有些干了，而热菜已经成了冷菜，放在蜡烛四周越发像是上供。他起身，再次看表，发现这一次看表和上一次之间只相差五十几秒钟。他吹灭了蜡烛，怕它们在客人们到来之前彻底化作一滩。儿子也回来了，一进客厅根本就看不见父亲，只看见八仙桌上的一桌美食，眉飞色舞地窜过来。饥饿了这么多年，在一桌这样的菜肴面前，其他一切，包括父亲，都退入晦暗的背景，都在他视觉的焦点之外。

焉识在儿子到达桌子前从椅子上站起，婉言阻止了他，并且解释了这餐晚宴的目的。他想尽量做个慈父，尽量不损害男孩的尊严，但他对父子间的陌生和距离紧张得手足无措。他发现儿子的尊严还是受了伤。距离加上陌生，他的解释和阻止再婉转都是羞辱；中学生儿子感到的羞辱比小女儿还要深。

婉喻从楼梯上下来，轻声问儿子，要不要跟妹妹一块儿吃粥，恩奶新做的腐乳鲜得不得了！她声调安安静静，虽然是诱劝的，但商量余地很大。儿子答应了，拖着脚有气无力地向厨房走去。婉喻朝楼上喊了一声："小囡囡，阿哥回来了，大家一道吃粥好吗？"

焉识隐隐叹了一口气。八年里，陆家两个女人带着孩子们生存下来，没有他也生存了下来。现在尽管他回来了，他们实际上还是在过没有他的生活。

等到七点，离邀请信上的时间已经差错了一个小时。焉识越来越相信恩娘的话，他们是串通好了的。为了什么串通，他脑子里闪过几百个猜测，渐渐落定在一个上。凌博士那天根本没有重伤风，不过是怕李坤以劝说去烦他。李坤知道1936年大卫·韦把陆焉识的信公开登载，凌博士以商讨学问的名义写了回击陆焉识的文章。虽然焉识马上退出了那场文字战争，但大卫·韦却接着和凌博士对打下去。凌博士的崇拜者、弟子很多，不缺耳目，应该有人把事实真相告诉他，而且也应该有人把陆焉识的人品告诉他。八年一场民族大恨并没有削弱凌博士对陆焉识的私怨。但是凌博士不愿做人们心目中的小气量大学者，一直称病到最后，直到另外几个客人渐渐开窍。包括李坤在内的四位客人是不能来吃这顿家宴的，来了就背叛了凌博士。

焉识看着越来越干的冷菜和越来越冷的热菜，心里想，恩娘是什么眼力？真正把他看得前心透后背：一个没用场的人。他比恩娘说得更没用场，倾家荡产地请人家白吃一顿美宴，连狸子皮大衣都吃进去了，却一个人都请不来。焉识给自己倒了一杯加饭酒。酒倒还有余温，比自己的内脏还热一点。他连喝了几杯酒，到底是几杯很快就不记得了。自从出狱那次喝醉，他就没有再沾过酒。从八仙桌旁边站起来，他眼前先是一片黑，再是七彩虹云。他对着厨房方向招呼道："弟弟，小囡囡，来呀！"

恩娘和婉喻一块出现在七彩虹云那一面，眼睛惊慌得有铜板那么大。他没有意识到，自己刚才的声音不是在招呼，而是响得像叫救火。恩娘告诉他，他这样叫要吓着孩子们的。

"叫伊拉不要吃粥了！小菜这么好！大家一道吃！"他笑嘻嘻地说。

但婉喻的肩膀一抽，吓死了似的。他心想，女人就这点讨厌，给她个好脸她倒又怕了。

恩娘的手抖得一塌糊涂，用块抹布在他面前的桌子上擦着。他发现原来桌上倒了个杯子。恩娘擦两下，涂一下，把刚擦干的地方再涂湿，同时她对婉喻抬抬下巴。他离家八年，这两个女人打开暗语了呢。恩娘的暗语是让婉喻把桌上的菜赶紧端走。还没来得及执行恩娘的暗语，焉识已经把一盘菜毁了：他的头突然朝前栽去，手为了抓住什么防止摔倒,碰翻了最靠边的烟熏马鲛鱼。与此同时,他喉咙的另一根管道口,某种浆液滚热地倒流出来,绝不是酒的味道,那热浆子力量颇大,在他向厕所冲锋的路上冲开他嘴唇的闸门,打在墙壁上。他奇怪地想,从他嘴里出来的东西怎么会红艳艳的。

恩娘和婉喻一先一后跑过来,嘴里发出无意义的元音。他想,可别倒下去,她们已经吓成那样了。一边一只手架住他;他被两个瘦成影子的女人架着。奇怪的是,恩娘在此刻手指头非常牢靠,一点不哆嗦。那是两只曾经拿绢扇的手,"扇手一时似玉"。现在的玉手老虎钳子一样,钳着他的胳膊。他听见脚步声顺着白蚂蚁蛀空的地板响下来,面前出现一大一小的两个身影,看见他的脸就像听了"立定"操令一样一动不动了。

"快点去拿块毛巾来!"恩娘说。"水里浸一浸!"

也不知道她的指令是发给谁的。两个孩子一块扭头向厨房跑。

"阿哥,爸爸嘴巴上怎么都是血?!"小女儿问哥哥。

"大概吐血了。"儿子很有见识地说。

毛巾浸了水,冰冷的一团擦在焉识的嘴巴和下巴上。然后他觉得毛巾去了他衣服的前襟。他唯一一身登样的衣服,深灰色带白色细条纹,现在胸前那部分是深灰色带红色细条纹了。就是此刻真有客人来,他也见不得人了。他被女人的两只纤纤素手扶上楼梯,努力让自己千万不要低估了台阶的高度,那样就会绊倒,他倒下这两个女人随便怎样也挡不住他的。于是他就高估了台阶的高度,把脚抬得大大超出了台阶的高度,落到木头台阶上,就成了无端地在跺脚,响得惊心动魄。恩娘不断地咂嘴唇,像制止一个出洋相的孩子。

焉识知道自己在重庆监狱里染了肺病,肺上烂出了几个小窟窿,但小窟窿直到今天才给他点颜色看。两个女人在他床边轻声商量着什么。是恩娘在轻声向婉喻布置什么,然后婉喻便急匆匆地走了。

他是被一个冷得不近情理的东西惊醒的。然后他看见背着灯光坐了个男人在他床沿上。男人的手在他怀里,那手一动,那块冰冷就转移到他另一块热乎乎的皮肉上。这是个医生。婉喻和恩娘小声商量的就是把这个医生请来。到底是女人,打了八年仗,血都流成了大江大河,还被他吐出的这点血惊动了。那顿家宴挤干了陆家最后的油水,哪里还有钱付给医生呢?

他被医生翻过去,衣服也被撩上去了,现在轮到他的脊梁忍受冰凉的听诊器了。恩娘坐在床边,手握着他的手。这类场合母爱可以尽情展现,妻子就没了表白方式。因此这类有外人在场的局面,亲密是没有婉喻份的。

医生现在跟两个女人到门外小声商量去了。焉识被这场家宴的准备和期待弄得好累,刚被人们丢在一边就解脱了似的撒手睡去。他一直睡到第二天中午。睡到身体像瘫子一样不受支配。坐在窗子边的婉喻踮着脚尖过来,看看他,赶紧把手上结的绒线衣放回到椅子上。她再过来的时候,拿了个便盆。他说他什么事也没有,就是乏力一点。婉喻不接他的话;她说她的,医生要他今天去医院拍片子,假如他走不动,可以叫两个男护士来抬担架。焉识坐在床边上,小便憋得下腹梆硬,但他不愿意用那个便盆。恩娘说他没用场,他可别让她彻底说中。他曾经是她们的天,不能塌下来。他在等自己运足气,攒足劲,一下撑起来,去上厕所。

婉喻说:"那我就扶牢侬去好了。"

焉识皱皱眉,笑了笑。她和恩娘现在把他看成什么?塌了的天?他会让她们看看,他是不是真塌了。大学教不成,他可以教中学,他在重庆教中学的经验蛮不错。他还可以写文章。他陆焉识的本事和价值很快会被人重新认识,被这两个女人认识。

婉喻不知道该做什么了。她又回到窗口的椅子上坐下,拿起绒线,但几根针动得犹犹豫豫。然后她跟手里的绒线针说:"李先生今早来了。侬在睡觉,他就走掉了。"

他笑笑。

"他蛮过意不去的,想跟你道歉一下。"婉喻又说。

那不是要跟他陆焉识道歉,是要跟一段日本丝绸、一听克力架、一罐新西兰龙虾道歉。

"伊讲伊还会再来看你。"

焉识憋着一肚子小便,憋得心神不宁。去他的吧,现在谁来或者不来跟他一点关系都没了。他绝对不再求任何一个人。地牢都呆过的人!他陆焉识要肯求人肺上也不会有几个小窟窿了。为了活命他都没有求过人;他只要公开登报认错,就可以从地牢里出来的。就算后来求人也是韩念痕去求的。

他现在最关心的是昨天家宴的那些菜肴。

"小囡囡跟弟弟吃得开心吧?"他心里希望孩子们没有把菜吃光,还给他剩了些,尤其那个八宝甲鱼。

"伊拉都没吃。"婉喻说。"恩娘跟伊拉讲,这些菜还要派大用场的。"

"还派啥大用场?!让他们吃!幸亏没让那些人吃掉!"他心里想,还博士呢?狗屁!心眼比绣花针眼还要小!但他一般不在婉喻和恩娘面前狰狞或者恶毒。在美国住了五六年,懂得了美国男人不拿女人当人,当装饰、宠物,因此真面孔是不给宠物和装饰看的。

"恩娘讲了,菜留下来请那几个接收日产的人来吃。"

"那不是几个人,是几条恶棍。"他微笑着说。但他的意思婉喻已经懂了,他是同意把原先打算喂几位文豪的美食用去喂几个恶棍的。

他运足了气力,双手撑着床沿,站立起来,自我感觉像一次非同寻常的崛起,巍然峨然的。

恶棍们倒是很有时间观念,当晚六点,一个个的都到了。新长衫、新礼帽,新的双梁布鞋。一把战火把一小撮人烧富了。恩娘不知用了什么方法,使昨天的菜肴看上去一点也不陈。过后恩娘告诉他,她在冷菜上薄薄地刷了一层带水的油。焉识在他们来之前,背着恩娘喝了两杯加饭酒,所以造成了很理想的朦胧视野,所有可憎面孔都勉强可以面对。酒还让他自己堆起他一贯厌恶的笑脸,那种怀揣明白的功利目的与人瞎聊胡扯的笑脸。

恩娘和婉喻都坐上了席。恩娘跟几个恶棍碰了好几杯,前几天的拼老命态度全没了。婉喻不时地斟酒,委婉地劝酒。焉识非常惊讶,这一仗打下来，人们都在一个奇特的方面发掘了奇特的潜力。原来婉喻为了保住房子，也是吃得消这份恶心，跟恶棍们平起平坐的。

席间，恩娘到楼上去了一趟，下来的时候手里拿了几个绣袋。她说各位的夫人都没有来，所以她给夫人们准备了点不成敬意的小礼物。从绣袋外面，焉识看不出"小礼物"是什么，只能看出它们虽小却沉甸甸的。几个恶棍接过绣袋就塞进长衫怀襟的内兜里，"谢"字都说得含含糊糊。收下的是什么，他们都心里有数，至少比焉识有数。

所以等恶棍们一走，焉识便问，装在绣袋里的是什么"礼物"。恩娘说还能是什么？这个年头，你只有给金砖金条，人家才给你面子收你的贿赂。不过哪里来的金砖？还能哪里来呀？陆家就剩下这幢房子了。把房子抵押了？！对呀。恩娘很平实地看着他。

恩娘的战略非常惊险，她抵押了陆家的房产，同时拍了电报让焉识的弟弟在比利时尽快凑出一笔钱电汇过来。万一汇的钱慢一步，房子就会被拍卖出去。焉识不敢批评恩娘的大胆冒失。战争结束，似乎发迹的都是大胆冒失的人。他虽然还是两腿灌铅，但不得不出动了。他要确保恩娘九曲十八弯弄来的黄金不被恶棍们白白吞掉。怎么看他们都像那种白吃贿赂不眨眼的。

焉识找到一个在政府里做事的学生。这个学生姓陈，过去跟焉识学的是法语，后来出国进修了一年法律。按说这种选过一两门课的就不能算学生了，拿亲戚的算法就是"远房亲戚"，不到绝境上焉识不会找这个"远房学生"。好在陈姓学生一直敬重陆教授的才学，见陆教授亲自求上门，马上答应尽力而为。第二天他告诉焉识，办事的人态度很好，黄金使他们欣然意识到，陆博士也可以跟他们一样下作，下作地去使贿赂。陈姓学生跟恶棍们讲了他和陆教授的关系，请他们一定给陆教授行方便。反正他们权力通天，是日产不是日产他们一句话定夺，而他们做一个决定，陆教授一家子的生计就是天上地下的区别了。

焉识听了学生的转述，点头说是是是，实在不能看着陆家世世代代积攒的一点家产，全部要败在他陆焉识手里。过了五天，焉识的弟弟从比利时汇来了款项。弟弟双博士毕业后发现很难受聘，便跟一个中国女校友结婚了。焉识的弟媳是当地的华侨，从照片上看，如果不做陆家的儿媳是有可能做老小姐的。弟弟一直带点歉意跟恩娘说，其实她不上相而已，本人比照片好看多了。并且她虽丑，却是丑陋的金枝玉叶，是个有钱人家的独生女儿，父母开了五家电影院和几家餐馆，所以两人结婚后就接过了她父母的生意，渐渐积了不少钱。

收到汇款，恩娘把抵押的第三层楼赎了回来，她这把大气魄的赌博总算有惊无险地告终。

从这次收到恩娘的求助电报，焉识的弟弟意识到国家和陆家都贫弱到什么程度。三个月后，他们又收到一个来自比利时的海运包裹。刚刚通畅的邮路把比利时的奶酪、香肠、熏鱼，以及各种衣料送达上海。而上海此时正闹米荒，蒋经国强行压制米价，把投机贩子逼出了上海，他们宁可带着米到上海之外去谋高利润。米商们把米全部压在库里，天天挂出"售罄"的牌子。陆家只有焉识吃奶酪，余下的奶酪被恩娘拿到黑市上去换米和面粉。

1947年5月，我祖父陆焉识在徐汇区的一所教会高中找到了职位。正好中学的洋校长需要一个精通英文的教务主任。我祖父一个月的薪金可以买三十多斤米，够陆家全家吃半个月粥，剩下的半个月，要靠恩娘用陆家二儿子海运过来的奶酪、罐头、衣料到黑市上去换吃的。有一次包裹到达后，启开箱子，发现里面装着一堆旧书和几包在烂报纸里面的空酒瓶。大概船上有人发现了从比利时到上海的这条食品供给线，启开了箱子，调换了里面的内容。

焉识有了值三十多斤米的正式教职，再靠弟弟的遥远接济，日子还过得下去。焉识只要日子过得下去，笔头就开始不安分。他想到那几个恶棍的嘴脸，写了一篇讽刺文章，把恶棍们整个敲诈的过程描述一遍，化了名字投寄到一家左倾杂志。文章登出来之后，儿子读得咯咯笑，从此跟父亲成了忘年莫逆。文章里的丑角们都变成了A先生，B先生，所以焉识向担忧的恩娘担保，不会有事的。

大卫·韦被文章招来了。打了八年的仗，他倒不像长了八年岁数，还是那样跟谁也不客气，不请自坐，坐下就要喝的。一边喝茶，大卫一边指着自己的黑边眼镜，说他一眼就认出了陆焉识的招牌幽默。大卫仍像曾经那样热烈，说他如何着迷焉识的才华，那淡雅的幽默。他大卫还知道，陆焉识迟早会革命，迟早要跟凌博士那种人决裂。大卫说，凌博士到这种时候还在劝学，号召快要饿死的教授们回去教课，号召饿得半死的学生们好好读书。有焉识这样的文笔，不但要让贪官污吏现形，也要给表面清廉但实质更贪的凌博士以揭露。

焉识说，"凌博士也在饿饭，他贪什么了？"

大卫把两根眉毛扬到了一对眼镜框上面："他贪功名啊！"

焉识呵呵地笑起来。他说因为1936年他大卫·韦暗中操控文墨大战，凌博士到现在还记仇呢。大卫说他完全知情，所以对凌博士的最后幻想应该破灭了；难道焉识还以为有希望跟他和解？

"你十几年前就断了我和解的后路了。"焉识笑道。

"我那么干就是要断了你跟他和解的后路。"大卫也笑嘻嘻的。

"有没有后路，我都想自己走自己的路。你别来抓壮丁。"

"你不是无产阶级，必定是资产阶级。我不抓你壮丁，你必定会被别人抓走。凌博士那次在学术会议上，不就是要抓你壮丁吗？"

"谁抓我去都没用。我不信的东西对我来讲，是不存在的。"

"我先抓了你再说，慢慢地你一定会信的。"

焉识还是笑笑，换了英文说："I am Albelard, and you are Anselm。"

大卫·韦不问这两个人是谁。他在欧洲待了两年，就是不知道他们，他也不愿意承认。

焉识说："这两个12世纪的哲学家，对任何一种主张或者思想，Albelard必须先懂得它才能相信它。Anselm相反，觉得只有相信了它才能懂得它。"

"凌博士没把你抓去，是因为我破坏得及时。"大卫·韦坚决不跟着焉识跑题。

"不在于你破坏不破坏。"焉识感到嗓子眼一阵毛茸茸的,满嘴都是铁锈气。他不知道自己有没有力气和气概把下面的话说出来。他等嗓子的刺痒压下去又说:"顺便说一下,以后请阁下别再搞这种破坏了。到头来破坏的就是我陆某的人格。"

"人格也是相对的。资产阶级觉得你人格完美,无产阶级未必会买账分毫。"

焉识掏出手绢,对着它咳了两声。肺上的窟窿又出现了新创面,一丝疼掺了两丝痒。他想面前这个人快走吧,他至少可以痛快地咳嗽几声。可大卫·韦演说起来没完,眼神像在合唱队里唱圣歌,鼻子和额头像出炉的面包,刚刷了一层油。

焉识渐渐地沉默了。他不想和大卫再争什么。像大卫这样理解世界,倒也简单:要么无产阶级,要么资产阶级。就像焉识二十岁时理解的世界那样,一切分野无非是知与无知。知,产生文明;无知,保持野蛮。

"……这就是最好的时候!"大卫结论性地说。他的长衫破旧,疲沓地垂挂在他上耸的肩膀上。围巾被虫蛀的洞眼在焉识的角度都能看得见。都饿成了这样,火气还下不去。

焉识错过了大卫前半句话,心想他别把那个茶杯碰到地板上,如今茶杯碎了就算了,茶叶却很贵。

"你同意吧?"

"嗯。"

焉识满怀希望,只要自己"嗯"了,不接着唱反调了,大卫就会告辞。

"那你今晚就写出来。我明天就给你拿到编辑部去。"

"写什么?"

"你刚才不是同意了吗?"

"我同意什么了?"

焉识虚汗都上来了。对于大卫,他陆焉识不止是壮丁,还是枪杆子。他正在给他压子弹,不知要去放谁的黑枪呢。

"侬这个人，太滑头了！"大卫哈哈大笑。

原来他说的"最好的时候"，是焉识向凌博士放黑枪的最好时候。他怎么能让大卫这样的人明白，他做什么事，写什么文章，都是出于他自己的道德审美。或者说出于一种道德趣味。各人有各人的趣味，不符合他趣味的，他就会觉得不适，或者恶心。对，就是恶心。凌博士跟他观点不同，他们辩争得怎样激烈，那不妨碍他尊重凌博士的趣味。一旦要他陆焉识以大卫的形式去反对凌博士，他的道德趣味就被违反了，恶心就来了。

焉识模棱两可地说他会考虑大卫的建议。他的托词是刚坐了教务主任的交椅，工作还没有摸熟，等熟悉了再说。大卫用手指头点着他，笑呵呵的。意思焉识明白，是点破他的滑头。随大卫怎么想吧，假如他必须耍滑头才能保住自己的道德趣味，那就让大卫认为他滑头好了。

焉识那篇讽刺文章的影响很大，不少左倾作家渐渐跟上来，用类似的反讽笔调写政府和黑帮暗地勾结，贪占房产、仓库、厂房、机器的事。有一个剧社演出了在焉识的文章基础上编剧的讽刺喜剧，以上海当地的滑稽戏语言，在城市的好几个小剧场演出。越演越红火。焉识带了全家去看，一场子的人都笑得东倒西歪。焉识没有去向剧团讨要版权费用，第一他是用了化名登载文章的，版权该属于那个模拟人格；第二他不愿意做目标，招致恶棍们的注意。

恶棍们还是被惊动了。他们自己做的丑事自己是认得的，所以喜剧轰动不久，陆家便又响起急促的门铃声。门口的两个男人都是生面孔，跟上次的几个人比较，上次的应该是恶棍绅士了。这两个人连站相都没有，明着告诉你他们从小就不学好，祖祖辈辈缺乏正经人。两人也掏出政府印发的公文，跟上次几个人拿的公文稍微不同，红色印章是长方形。他们说有邻居揭发，这个宅子在抗战期间一直住的是日本间谍。所以政府不仅对宅子有权接收，连陆家的人是否通敌都有权怀疑。他们限陆家在三天之内收拾东西滚蛋，否则就会有一车警察来请他们滚蛋。

他们来的时候焉识在学校上班,听到电话里恩娘苍老的声音,他几乎认命了。他向他的美国校长请假,校长是个六十多岁的老修女,在中国教了大半辈子书,租界被占领前夕回到美国,1946年又从美国回到上海。她马上准了他的假。他直接去了陈姓学生的办公室,告诉他自己当时跟着大学迁移到了重庆,内人和继母带着孩子在太平洋战争爆发后无法生存,是靠租房熬到战争结束的。把房子租给日本平民的上海人多的是,这不能成为抢占他们房产的理由。

陈姓学生这回眉头皱紧了。抽了半根烟之后他说,现在他们把陆家的房客说成是日本间谍,谁都无法推翻这个说法。

"陆教授,流氓要跟你捣蛋,你麻烦就大了。上次你靠贿赂赢了他们一手,他们为了受贿吃了你一记哑巴亏;现在上海人人都看了那个滑稽戏,流氓心里窝死了!这一记报复,你大概逃不脱。"

焉识从陈姓学生那里离开,让自己习惯一个念头,就是五代都是住自家房屋的陆家,要开始租住在别人的房子里了。上礼拜大卫·韦还让他投诚到无产阶级一边,一礼拜后他就成了名副其实的无产阶级。

回到家他发现客厅里冷清清的,残阳照进来,红木八仙桌面上一层浮灰看得很清楚。窗帘的环被拉脱一个,角落耷拉下来。人还没走,荒凉先出现了。他听了听,似乎人都在楼上。

他走到楼梯口,用夸张的正常嗓音对楼上说:"恩娘,我回来了。肚皮饿死了,晚饭烧了吗?"

婉喻的脸从楼上的扶手空隙露出。夫妻俩的脸一个朝上一个朝下,就那样对视,焉识也看出了不妙。他三步两步跑上楼梯,婉喻已经等在恩娘的卧室门口,手指紧急而微妙地指指室内。

一个脸色黄灰的恩娘躺在挑字枕头上。两手也是黄灰色,放在被子的浅粉色绉纱被头上,非常不洁的样子。恩娘很少洗被子,只用布的零头做一些被头,行在被子上。曾经画绢扇、执绢扇的手,老丑干枯得焉识不敢相认。它们在八年战争中做了什么,让孩子们一个个好歹健全地长大,焉识又恨不得膜拜这双手。婉喻对他耳朵说,恩娘觉得不舒服，已经不舒服一下午了。

焉识也对着婉喻耳朵问，有没有去请医生。恩娘这时微微睁开眼睛，说请什么医生？用不着的。就是太累，浑身没力气，休息一会就会好的。她土也埋到眉毛了，自己还不能做自己的医生吗？

焉识也就不坚持了。但他很快就要发现他的不坚持是个大错误。

"人活着就好。"恩娘把她老丑的手向焉识的方向伸了伸，焉识马上轻轻把它握住。"人活着需要几样东西呢？需要没几样的。"恩娘反而来劝慰焉识，手在焉识的手心里坦荡荡摊着。

好像恩娘在身体不舒服的时间里脱了世俗。焉识说好的，他想得开的：人活着最要紧。恩娘的嘴巴还想说什么，但太吃力了，就那样半张着停住。她的嘴唇没有一点颜色，眼皮内侧却红红的。恩娘对焉识和婉喻打了个手势，说婉喻你带焉识去吧，还有一小块松糕，给他做点心吃。这么多年来，这是恩娘第一次把焉识交给婉喻，对他们两人单独相处表现得那么大方。

等焉识吃了恩娘两天前做的松糕，回到楼上，恩娘已经咽气了。她最终还是没有想开。陆家的房子怎么就丧失在她这样一个能干聪明的陆家儿媳手里。她因为想不开才引发了心脏病和其他一切不清不楚的大小毛病。

焉识走下楼来，低着头跟婉喻说："恩娘走了。"

婉喻看着他，心想他是什么意思？恩娘过去的"走"是有名的，跟她抬杠她要走，夫妻俩亲密一点她也要走，焉识刚说的"走"和原先的"走"是不是一回事？她扔下手里正在洗的蒸笼，飞快地跑上楼梯，看看到底是焉识还是自己造成了恩娘这一回的"走"。

焉识在楼下很快就听见楼上爆发的哭声。这样的大哭不太像婉喻的声音。焉识一步一步走上楼梯，脑子里的念头东零西散。这楼梯上过两天响的就是别人的脚步了，好在恩娘听不见了。恩娘就冲这一点也想一走了之。她这一走，葬送陆家最后房产的罪人就不是她了。

焉识和婉喻把恩娘的去世写了讣告，登报的登报，寄亲戚的寄亲戚。出殡的日子定在两个礼拜之后，因为必须等到焉识弟弟的一家从比利时赶来。恩娘去世的第二天,陈姓的学生来了,说他想到了一个保住房产的办法,可以试一试。焉识说算了,他已经准备搬家了。陈姓学生说,陆教授不妨先试试他的办法,放弃总是可以晚些放弃。

陈姓学生的办法是请焉识的美国朋友帮忙。在三天里把房子卖给那个美国朋友,当然,买房子的钱必须要由焉识筹足。陈姓学生可以打通关节,让过户手续在一两天内办完。现在美国人是蒋介石的靠山,政府不愿意得罪他们。等事态平息了,他们再把过户手续办回来。焉识的损失将是两笔过户费用和不可免的请客送礼费用。

焉识摊开双手,对学生说:"陆老师现在是一贫如洗。人一穷不说没有美国朋友,连中国朋友都快要没了。"

等到陈姓学生走了后,焉识突然想到自己的校长。校长跟美国大使馆的许多官员,以及美国驻军的高级将领都是朋友,并且,她是个好心肠的老太太,也许肯帮焉识这个很难帮的忙。校长的心肠马上被证实是真好。她说帮这样的忙是一句话的事情。国民党的腐败和地痞的无赖,她太领教了,因此她非常钦佩焉识的勇气,写出那样的话剧。

焉识赶紧解释,话剧绝不是他写的。老太太诡笑一下,说她又不会去告发焉识的。焉识想,连这个美国老太太都知道了那个滑稽戏跟焉识有关,还想瞒那些流氓恶棍?焉识没有像李公朴、闻一多那样,在昆明给暗杀,没有像台湾"二·一八"的本土人一样,被接收大员们成片屠杀,已经是非凡幸运了。

焉识得到了老太太校长和陈姓学生的帮助,在流氓们给的三天限期之内办完了过户手续。接下去的故事发展,是老太太转告焉识的,因为焉识和全家暂时搬进了老太太的亭子间。两个流氓一按门铃,见到的是一个美国老太太,以为走错了门,愣了一会儿问老太太懂不懂中文,老太太又是耸肩又是摇头。他们没有办法,只好走了,等他们再来的时候,不止是老太太一个人了;老太太把陆家的房子布置成了一个小型客栈,租给了几个短期驻沪的美军军官。流氓们这次是带了翻译的。他们通过翻译问此处房产属于谁,军官说这是美国人买的房子。流氓请他们拿出地契和战后的接收委员会的房产登记表。军官们说在美国房产属于个人经济秘密,不能轻易透露,只能在法庭上透露。军官们欢迎他们上国际法庭。

焉识听了老太太的转述,心想恩娘是对的,他是个没用场的人。打仗把很多人的用场打出来了,包括这个老太太。

在恩娘的葬礼上,他和弟弟一家团聚了。弟弟有四个孩子,老大的法文名字叫皮埃尔,十九岁,善文学,偏爱中文。他跟焉识这个大伯非常投缘,听大伯讲中国历史和诗词能三小时不动弹。全家离开上海回比利时的时候,留下了食品、衣料、皮鞋、药品,和皮埃尔。

绝　食

　　整个劳改农场在 1964 年秋天都在说我祖父陆焉识绝食的事。就是他嘛，人们说，那个跑了又自首的老几！只有被关在黑号子里的老几不知道自己在绝食。他只是不想吃饭。每次他正在号子里穷凶极恶地盲写，洞口突然打开，递进来一盆糊糊和一个插在糊糊刮子上的馒头，他都快忘了它们是什么。他开始撞墙了；不是存心的，就是在一片漆黑里走偏了方向。这在过去也没有发生过。因为他对方向的记忆是不受黑暗阻挡的，几乎是凭着生物电来记忆的。

　　他撞了第一次墙，第二次、第三次……就接着发生了。一撞墙就把他撞乱了，生物电撞短了路。所以有了第一次撞墙，下面撞墙的频率越来越高，有时刚起来，就撞上了。他倒在微微冒汗的地面上，想到重庆那个半地牢里终年冒冷汗的墙壁，以及壁缝里拱出的小生命，一只只百脚虫、一个个团起身就团成一个小球的西瓜虫……可惜这里什么小生命也没有。

　　老几的绝食成了对抗行为，成了大事件，所以不得不处理一下了。老几被拽到黑号子外面的时候，围着他的人都一声不吭。他眼睛睁不得，试了两次都不行，一睁开就疼得要瞎。他就那么闭紧双眼，围着他的人在轻声议论他也理会不了，但脸上尽量对他们摆出随和礼貌的笑容。鼹鼠的笑容。

　　"看这老小子，身上咋都是青的紫的呢？……"

"绝食会不会让人青一块、紫一块？"

"这老小子，闹饥荒那两年的时候他怎么不绝食，剩下定量大家分吃了？"

"那时候绝食省事儿，反正离绝食就差那一口食儿！"

老几心想，他们怎么一口一个"绝食"？他老几什么时候绝食了？他倒是绝眠了。因为他盲写写得太忙，一共多久没睡觉他都忘了。他开始是记得的，但后来觉得记得反而没好处，就存心不记了。伸手不见五指的黑暗倒有一个好处，就是能把日子全过乱，过瞎。开始他恐惧日子会过瞎，过乱，越有这样的恐惧，时间就越显得漫长难耐。后来就好了；他学会了过黑暗的日子。他想告诉这些人，他可忙了；有时候一个句子在黑暗里一遍遍被修整润色，他从文那么多年，第一次发现句子有那么大的修整润色空间。他要很有计划地花费他的时间，不然他剩下的时间不够写他要写的作品了。

他被抬起来，又被撂下。谭队长从远到近，一边进来一边大喊："操，谁让你们出来的？！都回去学习'四清'文件！"

老几感觉自己已经躺在了担架上，晃晃悠悠地被抬着往前走。

"抬哪儿？"

"抬门诊部观察室！"

老几听出那是犯人护士和犯人医生的声音。谭队长用耳语问了一句什么，犯人医生以正常音量回答，说他不知道，没把握，要检查以后看。老几把谭队长小声的提问推演出来："老东西活得了不？"或者，"老东西的绝食已经造成危险了没有？"谭队长又小声问了一句。犯人医生还是按原先的音量回答他："就看肾功能有没有衰竭，毕竟岁数在那儿呢。"于是老几推演出谭队长的提问为："一般绝食的人会发生什么样的危险？"

这时老几感到一股蒜味凑近了他。谭队长凑在老几面前观察他。蒜味里还有韭菜味。谭队长的老婆中午给他包了韭菜馅饺子，要不就是摊了韭菜糊塌子。老几想到陆家五代上海人，到老几这一代都没人吃过蒜，吃蒜是从老几这里开端的。老几此刻没有想到一直没有胃口的自己，食欲会被谭队长嘴里消化过的大蒜和韭菜刺激起来。他仍然闭着眼睛，带一点恭维的微笑对谭队长三寸之外的脸说："谭、谭……谭队长，队、队长夫人给你包、包韭菜饺子了？"

那蒜味一下子就远了。

"老东西，吓我一跳！以为你死了呢！"谭队长说，声音如释重负，带着笑意。"那你为啥不睁眼？"

"睁、睁、……睁不开。黑、黑、黑久了，就见不得亮了。"老几还是那个文雅淡定的结巴。

检查的结果是老几已经出现了肾衰现象，必须马上转移到场部医院，大墙里的犯人门诊部没有设备，条件太差。当晚，谭队长用一台拖拉机把老几送到了场部，安排了老几床位之后，他塞给老几一个铝饭盒。老几一打开，冒出的味跟谭队长的嘴巴一模一样。谭队长说，要是老几能停止抵抗，停止绝食，他舍了一饭盒饺子也值。

"妈的，老东西！我婆娘专门给你包的！中午我啥时候吃过饺子？也就是汤面里搁了几根韭菜！"

老几闭着眼睛，一个劲点头道谢：谢谢队长，谢谢队长夫人，谢谢队长孩子们。因为孩子们那点定量还让出了一顿饺子给他这个老囚犯。

转移到场部医院之后，老几的肾衰竭渐渐得到了控制，夜盲也渐渐好了，见了光不再痒痒地流泪，但他治愈了很久的肺结核却又开始复发。传染科的病房全部满员，又不能把犯人病员和职工干部病员混收，只能在医院院子里的暖房里给老几搭一张床。医生护士都没好气地告诉老几："别埋怨了，啊，太阳对你那老肺痨有好处！"

秋季的胡萝卜和洋白菜丛里，从此躺了一个老犯人老几。太阳从玻璃房顶、玻璃墙壁照射进来，照在莲花一样的洋白菜上，叶瓣上都是黄色的尿珠和莹白的水珠，每一颗珠子里都有一个太阳。老几的现实变得不真实了。破了的玻璃上结了蜘蛛网，阳光把网照得五彩缤纷。蜘蛛已经冻死了，缩着所有的腿被它自己织的网网住。太阳也使肥料的气味多倍数膨胀，老几躺在病床上，肉眼都能看得见臭味的弥漫和上升。但他一点都不埋怨。他是个自首的逃犯，要知趣。过了几天，老几不但闻不出臭味，应该说，他已经开始喜欢他的新环境。医生和护士常常手脚很重地给他打针，有时抽一管血要在他胳膊上扎无数个洞，不是没扎进血管，就是扎过了头，把血管扎漏了。对于这些，他都全盘接受。他已经恢复了原先的大食量，甚至超过原先的大食量，只是仍然在绝眠。对于这一点，他在黑号子里就已经接受了。搬进了玻璃暖房，他在夜里比在白天更有写作冲动，躺在星空和玻璃房顶下，一遍一遍地修改他给婉喻的书信体随笔。一次几只狼凑近了玻璃墙壁，他披着白色的医院棉被，也凑近了玻璃墙壁，人和狼隔着一层薄薄的玻璃相互打量了一会，最后是狼退怯了。

老几在这个玻璃病房里住到了十二月份，有一天药和饭都没有送来。第二天还是如此。医生和护士把玻璃病房里的老犯人病号给忘了。他站起来，推了推玻璃门，门是从外面锁上的。他可不上当，去砸烂玻璃什么的。玻璃一砸烂他就又成逃犯了。他的耳朵深处常常播放着小女儿丹珏的英文"对敌喊话"。现在他要做个最好的犯人，除此以外，他体现不了任何对于婉喻和孩子们的顾念了。尤其对婉喻。

夜里非常冷。这没什么，给蔬菜保暖的草也能给老几保暖，于是在夜间他就在棉被上堆放一个小草垛。最后一批洋白菜和胡萝卜还没有被收割，它们就是老几的口粮，取之不尽，什么时候饿什么时候开饭。上厕所也特别方便，就直接给洋白菜、胡萝卜施肥，等于是萝卜、白菜通过他的消化系统营养萝卜、白菜自己。

他的肺结核神奇地好了。虽然进入了冬天，白天太阳还是把玻璃房子内烘得很暖，暖得他穿不住棉衣。洋白菜和胡萝卜给他吃了一多半，还剩下不到半垄菜和萝卜的时候，玻璃门的锁被打开了，邓指矮小威严地站在门口，双手背在背后，军装里别的手枪在腰里成了一个扎眼的凸显。他没有说话。老几还是那样文雅地点个头，笑一笑。其实要不是邓指的矮身量，老几是认不出他的，因为邓指的脸像非洲人一样黑，又剃了个秃瓢。

"我差点都认不出来你了！"邓指瞪着老几，连带一点鄙夷。"怎么跟个非洲朋友一样?"

老几心想,这些恰恰是他老几想说的。幸亏他没说。一般情况下他也不会对一个干部说此类话的。

邓指继续瞪着他,似乎老几还有其他什么变化,他一时找不出语言来形容。

"咋看咋不像你了。"

老几结巴道,怎么会呢?他心里好笑;他倒是巴不得不像自己,像别人,像任何张三李四王二麻子,都比像他自己好。只要不像他自己,他就可以大大方方离开这里,回到婉喻身边去了。

"眼睛不像了。"邓指觉得说得不够准确,又摇摇头。"也不光是眼睛。"

也许从秋天到冬天的无眠是会改变人的相貌的。

"我来带你到我那儿去。"邓指说,一边掏出一副精巧的手铐来给老几戴上。"你行李我都给你拿上了,在我马车上。"

老几十分配合地把两手凑到邓指面前,尽量方便邓指上铐的动作。他的每一点配合都是对婉喻和孩子们的顾念。他结巴地说,那总该办个出院手续什么的,不然算他逃跑怎么办?

邓指不搭理他,一蹦一蹦地走在老几侧前方。一蹦一蹦就使邓指的头顶忽而达到老几的耳垂,忽而又落回到老几的肩膀。邓指在生着大气呢。生谁的气?不是生老几的气吧?假如生他老几的气,把他带到他的新农场慢慢地整,那可怎么办?站在任何人的立场上看,老几挨邓指的整都活该。老几是邓指中队的人,又是在邓指当班那天跑的,不算邓指渎职也算他管理不严。谁的中队跑了犯人总要让队干部受一点连累,少一个机会做先进单位或模范个人,总会有一大堆事情要擦屁股。保卫科为了老几的逃跑丢掉了多年保持的先进称号,河北干事不就是为此恨上了老几?借谁的手都想把老几给灭了。

在马车上,邓指跟老几说他现在升任了新农场的副政委,而正职政委是从缺的,所以他有权利要求把老几调到他的管辖范围。他的新农场有一个中队驻扎在青海湖边,专管捕捞湖里的湟鱼,供应周围几个劳改农场的干部食堂和家属，也提供一部分给犯人病号。邓指说三年的饥荒把湖里的鱼吃掉了一大半，所以现在捕鱼要投入更多人力。这个捕鱼中队需要一名统计员，老几将接任这个犯人们都眼红的职位。

老几结巴得越发厉害，一个"谢"字被他重复好多次，赢得了时间琢磨，邓指跟自己什么时候建立了这样的交情？这里面会不会有陷阱？劳改局和场部领导对他老几的宽大是让一些干部不服的，他们会跟老几来阴的，已经给他布下黑号子和暖房这两个陷阱了。

马车在一个地方停下来，邓指给老几使了个眼色，叫他一块过去解手。老几跟邓指一同吃饭是吃过的，却从来没有一同排泄过。一同排泄要求更进一步的亲密和平等，否则老几的生理系统不听指挥。他婉言谢绝了邓指的邀请，说自己暂时还没有这类需要。邓指的眼色变得狠狠的了，老几赶紧跳下车。

他双手套在精巧的手铐里，跟在邓指身后。天晓得这个矮个子副政委要对他干什么。出院的时候他没有看见邓指给他办手续，走出医院的一路也没有碰上熟人，谁能证明老几不是又逃跑了呢？假如邓指把他弄到这里来，就地正法，驾车的职工只听到了枪声，事后只能靠邓指的一张嘴解答原委了：陆犯焉识，绰号老几，又一次企图逃跑，被就地击毙。

邓指还是带着他往前走。这一带的沙柳曲曲弯弯，聚成林子就像大地长出了老几式的老卷毛，并且是出了黑号子又在玻璃暖房养出的卷毛，又长又乱，还被污垢头油弄得支棱起来。在这样的沙柳林子后面，发生任何事都会避人耳目。

邓指往回看了一下。老几稍慢一步，也往回看一下，想看看邓指到底在看什么。什么也看不到，连马车的影子都被沙柳林子和暮色抹杀了。车把式是邓指的人，一定是。就是现在不是，邓指一旦填充了正政委的缺额，他也会成为邓指的人。所以车把式就是知道邓指干掉了老几，也不会向着老几说实话的。

老几开口了。说他就是想老婆婉喻想得太苦才跑的。他打算见老婆婉喻一面，跟她好好吃顿晚饭，知道她一切都好，就自首去。也许还会向她坦白一件事，求得她的谅解。

"你要坦白什么事？"邓指问。现在他停下来，开始脱大衣。

老几笑了笑，只说这是非常私密的私人秘密。他结巴着磨蹭时间，看邓指是不是脱了大衣就掏枪，假如他掏出枪自己还有没有求饶的余地。如果他不求饶，被一枪毙命，婉喻和孩子们就成了垂死抵抗、逃跑未遂的敌人家属，永不得翻身了。

"那你怎么没见媳妇儿就自首了呢？"邓指问道。

老几说他突然意识到，假如见了婉喻就把她的生活彻底毁了。孩子们的前途也会跟着毁灭。

"你媳妇啥样？"

老几微微一笑。这笑是比赞美之词更含蓄更达意的赞美。邓指马上领会了，也笑了一下。一个爱自己老婆的男人对这种无词的赞美马上能心领神会。

"你要跟她坦白，自个儿有过外遇？"邓指微笑着问道。

老几看看他。邓指想套出他老几的秘密故事呢。一个即将要被他亲手毙掉的人居然敢吊他的胃口，并永远地不给这胃口予满足，这是一向自信的邓指所不能接受的挑衅。邓指又笑了。男人知道男人有多么脏的那种笑容。

"我还以为大文豪不搞这些事呢。"他把皮大衣甩到一棵沙柳上面，整棵树上下颤悠。

老几看到他撩起衣服，从裤兜里掏出的不是手枪，是几张剪成小方块，又揉皱的旧报纸。邓指一定要等老几坦白了整个外遇的过程才会毙他。大荒草漠上的干部们太缺乏娱乐，这也不怪他们。他大概还等着听老几的外遇中一个个有滋有味的细节，将来等老几已经变成了黄土，这些外遇细节会在一批批干部和犯人间发展和走样，使死了的老几借着走样的故事达到不朽。

邓指把自己手里的报纸分给老几一半，邀请老几跟他一块蹲下，并说他可以帮老几解开裤带，脱掉内裤。老几不由自主向后退一步，结巴道:"谢、谢、谢谢!自、自己来!"

邓指蹲下后,发白的枯草差不多淹没了他的头顶。他还是那种男人与男人的谈话语调。

"唉,那是啥时候的事儿?"

"抗战时期在重庆的事。"

"漂亮?"

"漂亮。年轻。"

"操,四川女人就是漂亮!"邓指使着一股力地说,黑脸涨得紫红,太阳穴的筋暴突得跟地上的沙柳根一样。

"这种事儿就别让老婆知道了。哪个老婆知道都得闹,能闹得你半辈子都安生不了!而且哪壶不开提哪壶,啥时候吵架她都有理了。还当着孩子的面提你那不开的壶!"

邓指不是泛泛地发言,那发言背后似乎有亲身经验支撑。

老几说自己的婉喻不会闹的。邓指挪了一下位置,枯草大幅度地摇晃几下。他继续蹲着给老几做军师,告诉老几,女人都一样,都吃不消男人的外遇,区别就是有的是明着闹,有的是心里闹,同时也到外面偷偷找外遇,暗地给男人戴一堆绿帽子,所以他自己宁愿她们明着闹。

"你这么疼你媳妇儿,为啥弄外遇呢?"说完他自己的表情就表示,那是个很蠢的提问,明知故问。男人嘛。

老几把脸转开,看着星星升起来,在夕照中显得幽暗。他不能面对邓指排泄的面孔说他下面要说的话。他说在重庆的时候,他还没有意识到自己有多疼婉喻。他甚至从来没仔细看过婉喻。不为别的,就为婉喻不是他自己挑来的,是强塞给他的。他一直以为自己怀恨婉喻,后来发现自己不恨她,恨的是把她塞给他的那种主宰,那个传统,那个方式。

"你啥时候提高认识的?"邓指问道,"我是说,你啥时候明白自个儿疼媳妇儿的?"

虽然大荒草漠子上存不住气味,邓指排泄的气味还是一阵阵袭击老几的鼻孔。他关闭了和嗅觉相通的呼吸道,嘴巴变得忙碌起来,又要呼吸,又要结巴着叙述事情。他告诉邓指,他是在被捕以后才发现自己如何爱婉喻的。婉喻从头到尾都不知道他感情的变化,不知道她在几十年中怎样从承受丈夫怨恨的对象变成了他的至爱。他信上也无法写这类内容,所以一念之差就想跑出去,跑回上海,跑到婉喻面前,去告诉她。否则他死了之后,婉喻永远不会知道了。

这时邓指提裤子提了一半,就停在那个姿势上分析老几的话。好在枯草埋没了他的大腿,老几不必看到太私密的部分。然后他和老几往回走,老几在前,他在后。这是最好开枪的地方,倒下的老几马上就被枯草掩藏起来了。邓指清了一下嗓子,很简短地告诉老几,从此以后不要再动邪脑筋,琢磨逃跑之类的事;陆焉识是什么人,为什么给判这么重的刑,他心里都有数。邓指不断地问老几,"我的意思你懂吗?"老几不懂,但为了让他继续讲下去,好早点知道自己的性命长短,就热烈地点头。邓指到底在暗示什么呢?他的枪毙到底是现在立刻执行,还是不确定期限的缓刑?邓指的每一句话都让他眨一下眼睛,就像站在砖窑的砖垛下,看着头顶上的砖头一点点松动。

"那几个人都在报复你,你懂不懂?"邓指停下了,抬头看着马车方向说道。

老几做出惊讶的脸部表情,似乎刚刚被点醒。

"按说毙了你你都没什么可说的。"邓指说。"你也太辜负上级对你的信任了!"

老几点点头。心里想,你看,来了吧?

"劳改局和场部领导真是对你不错。不过你挡不住下面执行的人操蛋啊!"

老几使劲点头。他知道一道指示给一级级贯彻下去,就贯彻成另一桩事了。因为每一级都要把自己的私怨、阴暗加进去。但他没什么可埋怨的。

邓指降低了音量,嘴唇绷紧:"我把你调到我那边就是为这个。"

老几明白了,这是邓指跟他谈话的中心精神。也是为了这个精神跟他使了狠狠的眼色，向他发出一同解手的邀请。可老几仍然不清楚邓指说的"这个"究竟是什么。邓指已经说他"太辜负"了。辜负在此处可以当背叛讲。背叛就是叛徒。杀个把叛徒对一个掌握生杀大权的副政委，多么正常！

老几现在只剩下一个疑问，就是邓指什么时候杀他。他并没有被加刑，还是一个老无期，但每次邓指把他单独叫出号子，他都认为这次一定捱不过去了。但每一次邓指叫他不是问他捕鱼产量，就是问他婉喻来信没有，或者问他的睡眠回来没有。

颖花儿妈

他统计的捕鱼产量在缓慢但不可逆转地下滑。他的睡眠至今没有回来。他很久没收到婉喻的信。老几自首之后，给婉喻写过好几封信，甚至带点炫耀地告诉她，自己在西北各个劳改农场、劳教农场，以及各个教养犯罪青少年的工读学校的巡回讲演经过，讲政府对自己多么宽大，他用宽大暗示婉喻，实际这是政府多么另眼看待他。有一封信里，他还夹了一张剪报，上面穿着崭新劳改囚服，胸前口袋插着自来水笔，又让理发师打扮得油头粉面的老犯人就是自己。照片和他的报道登在全国劳改系统发行的《自新日报》上，占了那份报纸整整一个版面。可是他没有收到婉喻一个字的回复。他断定自己做了几个月逃犯，让婉喻和儿子、女儿，甚至孙子、孙女的处境变得极其为难。

这天邓指把正在造统计表格的老几从捕鱼中队办公室叫出来，一脸烦躁。他问老几给的那块欧米茄在搞什么鬼，又乱走起来了！他对老几摆一摆头，叫他跟他走。现在邓指的家离捕鱼中队有二十多里，邓指让老几和他合骑一匹马。邓指坐马鞍的前一半，老几发现所剩的后一半其实只是马鞍的一个小小局部。他爬上去，马鞍的边正硌在他屁股上，十分受罪。随着马的奔跑，他索性从马鞍上往马屁股上出溜，跟邓指拉开了距离，就靠他两只长臂拉住邓指的腰带。腰带扎在邓指破旧的军装外面，顺着腰带往前的四五寸，就在邓指左边肋骨下，别着一把手枪。假如此刻去抽那把手枪，老几会比邓指方便。

邓指问他,欧米茄是什么时候买的。老几回答说是妻子婉喻送给他的,一直走得规规矩矩。邓指火了,问他啥意思,是不是怪他媳妇儿笨,表到了她手里就不规矩了?老几说没有这个意思;只不过在推测是不是邓指的媳妇儿去过海拔高的地方。因为多年前老几去过一个海拔四千多米的小煤窑拉煤,欧米茄就表现得比较差,乱走了一阵子。邓指叫他拉倒吧,他媳妇儿怎么会跑到海拔四千多米的地方?去拾鬼下的蛋吗?不怪别的,就怪表太老了!老几立刻替欧米茄认错,说它确实老糊涂了。

到了邓指家,老几发现这回邓指的生活环境大有改善,三间平房一个小院,院里跑着一群鸡蹦着几只兔子。屋内的墙刷得雪白,石灰味还没有散尽。邓指的大闺女直接从小学三年级出嫁,当年邓指没让老几给她补课的决定是正确的。

邓指的媳妇闷声不响地把手腕的表抬起,给老几看那根秒针怎么了,顺时针走几步,又逆时针走一步,就像女人们织的某种毛线针法:往前织两针,往后织退一针。老几注意到邓指媳妇变了个人似的,脸蛋白里透粉,原先颧骨上的两团高原红不见了。头发也变了,烫出绵羊般的细小卷子,鬓上插了一把翠绿色孔雀开屏的塑料梳子,拢起一大撮头发,于是把一侧额头亮出来。老几观察了一会儿表针的行走规律,一面问邓指的媳妇,表是不是常犯这毛病。她说一个月犯一次,不过都是在几小时之后自己恢复,就是这次,一两天了还在胡乱走。

这时邓指对媳妇说,凑合吧,要真是好东西人家舍得给咱?邓指很生气。也难怪他生气。老几打开表壳,一面想着,最终不是自己的过失,而是欧米茄的过失使邓指那股恨的激情达到饱和的。倔强任性的欧米茄这么多年来就是不从它的新主人。这个老狗一样忠实的老表恶作剧地前进几步,撤退一步。没什么可修理的,老几只能还是照原来的方式把它清洗一遍,给零件们上上油,把每个螺丝都拧紧,再把它装回原样。欧米茄得到了老主人的关照,使性子就使到了这里,恢复了正常走动。他把表交回给邓指媳妇的时候,安徽女人一笑。她的笑容让老几想起1949年到处唱的一首歌:"解放区的天是明朗的天!"

邓指却把欧米茄拿过来,揣到了自己口袋里。

回监号的路上,一匹马仍然由邓指和老几合骑,不过这回是邓指骑在后面。老几想,也许邓指对他老几在来的路上的一些危险闪念都有所意识。老几假如真从他身后夺了枪,把马夺走,他的再次逃跑就已经成功了一半。了无人烟的草地上,邓指追不上马,也喊不来人,只能眼睁睁看着老囚犯逃走。老囚犯也可以把手脚做得更干净一些,干脆一枪干掉邓指,省得留下个报警的人。现在骑在后面的邓指掌握了动手的主动权。还有事后所有的话语权、解释权。

邓指带着老几来到场部,拴好马,让车把式拉出马车。邓指让老几坐到前面,自己坐在后面,说是要在后面躺一会儿。老几看看车把式,还是上回从医院把他接出来的那个小伙子。老几看他,是想知道邓指让他把车子赶到哪里去,但他的脸上比空白纸张还要缺乏内容。

马车跑得很快,渐渐爬上山坡。隔一阵,路边就出现一块标志海拔高度的石头。海拔已经到达四千五了。山上和山下是两个天空,山上的天空灰一块、白一块、蔚蓝一块。山坡上扎着一片片的牦牛毛的帐篷,住着一个放牧的劳改中队,放养了两百多头绵羊和一百多头牦牛。夏天只有地势高的地方草还没被牲畜吃完,并且更干燥,不生寄生虫,所以放牧中队就把帐篷扎到了山上。经过了大饥荒,劳改系统的领导重视起渔业和牧业来,因为教训告诉他们,鱼和肉对于赈救饥荒效果可以事半功倍。

老几听邓指在后面叫停车。车把式不声响地把车停了下来。邓指让老几跟着他下车,到山上转转。山上的草又厚又密,草尖达到邓指的大腿。云像活的一样从天的一边往另一边飞,于是它们明一块暗一块的影子就在草地上飞跑。邓指一声不吭地往前走,总是跟老几离开半步。

老几发现自己嗓子干涩,怎么也吞咽不下唾沫。他认定这座起伏不大的山就是自己的葬身之地。风景还不坏,只是八方来风,草也就被吹得八方倒伏,每一倒伏,便露出茎秆很矮的野花。野花的颜色魔幻,一会黄色,一会紫色,一会金红色,这取决于草往哪一边倒伏。他回过头,头后面是东南方向,婉喻的方向。

就在老几辨认方向,以便中弹倒下能面朝婉喻的时候,他瞥见邓指的手伸进旧军装下面。他的生命从现在起要以秒计算。邓指似乎犹豫了,把手又拿出来。向老几抬抬下巴,叫他继续向上坡走。老几的腿已经软了,就像梁葫芦被架起向警车去的时候那样,腿成了抽去骨头的肉棍子。山上的温度比山下低,他的脖子和小臂上起了一片片的鸡皮疙瘩。走到近山顶的地方,邓指停下来。放牧中队的中队长是个姓毕的山东大汉,说话总是在努力克服山东口音,因此听上去羞答答的,并带一点女气。邓指的视察显然让他十分惊讶,从上坡跑下来迎接的时候,一跤摔倒,顺坡势滑到了邓指面前。

邓指跟他握手的时候介绍老几是场里的大知识分子,博士级的反革命。他跟姓毕的中队开玩笑,说假如毕队长这辈子没见识过从美国回来的、说四种外国话的博士,趁现在赶紧见识见识。

毕队长一听便向老几伸出手来。老几糊涂了,心里想毕队长不会是要跟一个老"无期"(也许在邓指的不成文档案里是个"老死缓")握手吧?他刚刚把手伸出,但毕队长已经收回了手,意识到这一握手还成什么话?敌我都乱套了。他赶紧对邓指说,邓副政委晚饭不准走,就在中队部吃,手抓肥羊肉管够!

邓指接受了邀请。毕队长去吩咐宰羊的时候,把邓指和老几单独剩在队部帐篷里。帐篷的一角放了张折叠床,一床军被一件军大衣叠得方正僵硬,像一摞草绿豆腐干,一点温暖都没有似的。中央有一个方形的铁皮炉灶,烟囱从帐篷顶伸出去,炉台上放了一把铁皮壶,壶盖过一两秒钟掀动一下,溢出一些水在炉台上发出一声"嘘"。

邓指让老几到外面去搬点牛粪饼来,气温猛降,必须把火烧大些。

老几出了帐篷,没有找到牛粪饼的储藏处。他围着帐篷打转,眼睛远近地搜索。这是邓指的陷阱吗?附近明明没有牛粪饼,可只要老几往远处走一点,邓指朝他开枪的理由马上成立。

老几在帐篷外大声报告,帐篷外没有牛粪饼。邓指在帐篷里大声回敬他：难道不会往远处找找?!

看看，这就是陷阱的边缘了。

帐篷一共有四个小窗，两个开在后面，两侧各开一个。老几从后窗看进去，见邓指披着军大衣背对后窗站在那里，两手似乎插在腰上。也许一只手摸在手枪把上。这是一个矮小的充满恨的激情的邓指。老几试着往远处走，不断大声汇报：还是没找到牛粪饼。邓指不再回答他。邓指的枪口可以从任何一个窗口瞄准他老几。因此老几不走直线了；他开始走之字形，并且两步一个弯腰，三步一个蹲身，装作捡沙柳根或沙柳树枝。他认为这样会给邓指的瞄准造成一点麻烦。邓指为什么无缘无故地带他到山上来？并且把欧米茄一块带来？欧米茄是那根最终压垮房子的稻草。

他捡了不多的几根沙柳枝和根子，开始慢慢往帐篷迂回。他瞟进帐篷侧边的窗口，看见邓指弓着腰，似乎在翻弄什么。似乎在毕队长的行军床周围翻弄，似乎还揭起了褥子、被子。邓指自己的手枪出了故障，在找毕队长的手枪？老几继续往近处走，看清了邓指确实在翻毕队长的东西，现在正翻折叠办公桌的抽屉。

老几没到门口就大声报告，邓指整个身体一耸。

"操，你吓死人不偿命啊！"邓指怒极的脸冲着老几。

老几说自己没有看到一块牛粪饼，但他捡到一些沙柳枝和沙柳树根，也许可以将就。

毕队长还没有回来。老几盼毕队长盼得心跳。除了盼婉喻的信，毕队长这个陌生人成了老几此刻最迫切的一份盼望。因为有毕队长在场，邓指干掉老几就不那么省事了。老几发现自己还是在乎性命的，越死到临头越是在乎。越是在乎性命，他就越能够体谅梁葫芦死前对他的叛卖。

"我刚才已经证实了，你说的是对的。它就是有高原反应。"邓指脸色很坏地说。

谁有高原反应？但稍一定神老几明白了，"它"是指欧米茄。欧米茄现在在邓指的手心，老几慢吞吞凑上去，跟邓指一块观看它病态的走动。那根秒针现在不是进三步、退一步了，而是进一步、退三步。欧米茄证实了老几的诚恳，当时没把破烂当礼物送给邓指。老几心里感激忠实倔犟的欧米茄，感激几十年前把欧米茄送给自己的婉喻。这样一想，老几的眼睛潮湿了，欧米茄的银白表盘在他水淋淋的视野里幻化成三个。

"你咋了？"邓指问，仍然没好气。

这是没法回答邓指的。老几把捡来的沙柳放在炉灶的灶眼前，撅断一个枝子，看看它够不够干。山上的阳光更直接，什么东西都被晒得像枯骨一样干。老几把柴填进灶眼，眼睛看着帐篷门外。快到晚上了，云反而散开，太阳赤裸裸的。邓指走到外面去，门如同画框，框住矮矮的树和矮矮的人。这幅画被老几的泪眼弄得烟雨朦胧。

毕队长回来了，跟来的还有另外一个干部和两大盆羊排骨。盆子被放在长方的灶台上，干部们围着灶台坐下来。邓指给了老几一条羊肋骨，骨头的一端顶着颤悠悠的肥羊肉，肋骨变成了手柄，让人握住它啃肉。老几像被重赏的老狗，知趣地拿着骨头到门口安安静静地啃。按他的自尊，他宁可到外面去啃。但他自尊不起；他不想引起邓指或其他干部的多心。

过了一会儿，老几的肩膀被拍了拍，他一回头，见邓指递给他一个茶杯，一股冲脑子的烈酒味。

他跟邓指微笑道谢，尽量文雅，却怎么都摆脱不了那种老狗的感觉。干部们在他身后吃得越来越吵闹，话越来越不堪入耳。老几听着邓指的嗓音，听出那嗓音里怒气未消，恨的激情越蓄越满。老几半缸子酒喝下去，干部们的脏话似乎远了些，似乎也卫生了些，再喝几口，那些脏话老几自己也说得出了。

"老几！"邓指突然叫起来。

老几一面答应，一面慌张地从自己坐的地面上爬起，听见自己所有筋骨噼里啪啦乱响，浑身抽小鞭子似的。

"毕队长，这个老几，先让他在你们队待一阵。你们不是缺个统计员吗？"邓指说。

"那捕鱼中队怎么办呢?"毕队长问。酒精对他的作用是让他露出特别地道的山东口音。

"捕鱼中队先凑合吧。等你们找到合适的统计员再把他弄回捕鱼中队去。"邓指说。

邓指私下可以跟毕队长继续布置陷阱,造成老几企图逃跑的假象,这样就借了毕队长的手把老几消灭在山高路远的草丛里。毕队长可以把河北干事那一手再玩一次,命令老几去追一只羊羔,再指控他逃跑。

晚餐结束后,所有干部都烂醉,老几也醉得只剩一小半脑筋在运转。唯有邓指是轻度醉酒。当老几扶跟着邓指走到帐篷外,他发现邓指一点都没有醉。老几感到自己的手被人使劲捏住——邓指的手在捏他的手。邓指的嘴对着他耳朵眼说:"你要是在这儿看见我媳妇,就告诉我。让谁给我送个信。送信可别说实话,说一句暗语……就说你失眠更严重了。我就明白了。"

邓指对老几摆摆手,叫他回去。他和车把式一前一后往马车那边走。晚上九点钟天还是亮的,邓指的背影像侦察兵一样敏捷。

一个就业人员带着老几来到一个号子帐篷。犯人们跟着羊和牛跑了一天,已经睡着了。老几在帐篷外就听见了十多个人的呼噜。就业人员把一卷客用被褥扔在靠近帐篷门的地铺上。老几摊平被褥,钻进被窝。

他酒意昏晕地躺在铺位上,感觉脚尖老是触碰一个硬东西。气温直线下降,老几几次想起来把被子抖落一下,但还是作罢。酒意舒恬,身体温热,他对自己说,知足吧。

天亮时分,老几酒醒了。他从记忆中把邓指每一句话,每一个表情都搜出来,在闭着的眼皮里一个个细看细听。什么意思呢?让老几看到他媳妇就用暗语汇报。一个个细节回放完了,老几还是不得要领。只有一个解释,就是邓指醉得比表面上看起来要厉害得多;醉得他不知道自己在胡说什么。他的脚又碰到那个硬东西,掀开被窝,他看到那是一个小小头盖骨—— 一只羊羔的头盖骨。上一个盖这床被子的人偷了只羊羔，烧得半生不熟藏在被窝里吃，啃下的羊头不知怎么给落在被子里。也许他存心留下的，存心恶作剧或者表现他的胆大妄为。

老几在放牧中队当了几天统计员，毕队长给了他一些奶渣，客气地对他说，生活上有任何困难一定要告诉干部。有一次他跟老几一块到牧业大组，两个人各骑一匹马。他问老几，是不是因为心里太屈得慌才逃跑的？老几含糊其辞；他伪装了十多年结巴就是为了这种时刻方便自己。他心想，我才不上当呢，让你套出我的真话来，击毙我的时候更不手软。

毕队长把老几送达那个放牧大组，自己就回去了。老几在那里干了一天的活，又独自骑马回来。他要向邓指、毕队长、保卫科的河北干事以及所有在等机会找由头毙掉他老几的人证实，他即便有逃跑的最佳条件也没有逃跑。他更需要向自己的女儿丹珏和婉喻证实，作为父亲和丈夫他是非常顾念她们的，如此好的逃跑机遇他都放过去。他坚守在这里，天天提心吊胆，随时等待一颗不知会来自何方的子弹，同样是出于父亲和丈夫的责任心和爱。这份责任心和爱不亚于当年的他为全家提供三餐、穿戴、水电、煤气，还有孩子们的学费。现在他没有薪水可以提供，能提供的只有这份坚守。以这份爱和责任，他希望她们能允许他作为父亲和丈夫，几千公里之遥地参与她们的生活，分享她们的亲热。

第五天，老几结束了一个大组的统计，回到中队部，时间还早，刚刚过午。老远他就看见一个女人的身影坐上了拖拉机，拖拉机驾驶员位置上坐的是毕队长。牧业中队有一台拖拉机，是播种胡萝卜喂怀孕母畜的。那个女人的身材动作马上就跟邓指媳妇重叠起来。拖拉机开动时，女人一扭头，看见了老几。老几挥了挥手，对邓指心爱的女人巴结一点总没有坏处。

第二天，一个捕鱼中队的就业人员来到牧业中队，说邓指让他回捕鱼中队。那个就业人员自己骑一匹马，还牵了一匹马。老几骑上那匹被牵来的矮腿藏马，跟着就业人员一块回到了捕鱼中队。

第二天傍晚，老几在渔船上做统计作业，那个就业人员跑来找老几，叫他完成作业后去邓指家一趟。老几问邓指有没有说是什么事。就业人员说为了修表的事。老几想，欧米茄又高原反应了，因为昨天邓指的媳妇戴着它上了山。现在他和欧米茄都可以开脱罪责了。路上老几心里松快许多，觉得从此邓指少了一个枪毙他老几的理由。就业人员套了车，把老几送到了邓指家。邓指刚从一个渔业加工中队回来，脸又黑一层，青海湖的风把他浓厚的头发吹成一个大背头，很固定的样子，看起来一时半会不会改变发型。

邓指叫老几一块洗洗手上的鱼腥味，老几学邓指，用一个铁勺舀半勺水，轮换把手淋湿，搓上肥皂，再舀半勺水，把肥皂泡冲洗掉，这才把手伸进盆里。洗完了手的半盆水依旧清亮，还可以去派别的用场。各家都有省水的妙方。等两个男人洗完手，邓指的媳妇已经把晚饭桌在院里摆开。老几问她，是不是表又瞎胡走了？她"嗯"了一声。老几刚要说他的高山反应理论，邓指媳妇看他一眼，有一种意义在她的眼睛里，但老几猜不透。

孩子们围到桌边来。邓指叫他们拿上馍端上粥，到外头跟他们的同学朋友一块吃去。

媳妇看了一眼自己的男人，同时用一张旧报纸包了两个玉米面掺白面做的金银卷，递给老几。干部们从来不和犯人们一块吃饭，即便犯人恰好在干部家干活，恰好赶上吃饭。

老几想，他刚才幸亏没有脱口说出欧米茄的高山反应。眼下他一个不小心就是大过失，过失在他的处境就是罪过，而罪过可以使等在枪管里的那颗子弹正义发射。

邓指抬起头，看看自己媳妇，又转过脸看着盛粥的大碗。他拿起筷子，却没有伸进粥里。

"你的表咋停了你知道不？"邓指是在问自己媳妇。

"嗯？"媳妇不懂地看看男人，又看看老几。

老几大口啃着金银卷，眼睛的余光观看局势发展。他坐在屋檐下的一个小凳子上，假装一直在观赏飞到小石磨上的彩毛公鸡。公鸡来回磨着它尖尖的嘴，像剃头匠在荡刀布上来回荡剃刀。

"你的表有高山反应。"邓指说。

"啥反应？！"

"你说你没有去过海拔五千米的地方，你的表说你去过了。它只要一到海拔高的地方就闹高山反应。"邓指声调平板地说。

"我又没上山！……"媳妇说。媳妇厉害起来很厉害。

"谁说你上山了？"邓指笑了笑。"老几，咱谁说她上山了？她自己说上山的吧？你是不是听见她自己说的？"

老几突然明白了。邓指设的陷阱不是为了陷他老几，是为了要逮住媳妇和媳妇的情人。他推测媳妇的情人是毕队长，因此他把老几安插在毕队长的中队，给他当看守媳妇儿的暗哨。这个男人是真爱他媳妇儿。

"老几，你不是看见我家颖花儿妈去毕队长那儿了吗？"邓指说。

老几这回真结巴了。女人厉害地看着他，掩盖着她可怜的处境。犯人老几的一张嘴就是一道闸，关乎她的生死。但她的眼神又那么厉害，随时会冲过来堵老犯人的嘴，掐老犯人的脖子，只要老犯人敢作一个字的证。

"没、没、没……"老几说，"没看见！"

女人眼睛柔和了一些。

"我操，你不是说看见了吗？还跟我家颖花儿妈打了招呼！"邓指眉毛立起来，指着老几说。

邓指的突然袭击太突然了，老几不知道该怎么招架。他一边结巴着叙述自己昨天的工作日程，一面以结巴拖延时间，分析局势：昨天他确实跟邓指媳妇挥了手，难道邓指除了安插他还安插了别人？这位"别人"不但发现他媳妇的不忠实也发现了他老几的不老实？但老几记得很清楚，邓指媳妇坐在拖拉机上的时候，牧业中队办公室帐篷周围没有一个人。只有一个可能，就是连毕队长都受了邓指的暗中派遣，用来考验他媳妇的忠实贞洁。这怎么说也不合情理。

"他说他看见你了！"邓指对媳妇儿说。"他现在怕事，不敢承认了!"

"你看见谁了你?!"女人向老几一扑,但被邓指拖回去。她反应很快,借着邓指拖她的力,就给了邓指一巴掌。

"啪"的一声,几乎与那个耳光同时,邓指的手枪已经比划好了,人一个箭步退后到理想的射击位置。

"反正你俩有一个在撒谎!我今天非毙了撒谎的那个不可!"邓指说。

老几不知道自己什么时候站在了小石磨旁边,似乎绝望中他想蹲到那后面去,把自己藏起来,能藏多少是多少。

"我没撒谎!"女人的嗓音像一只大鸟。外面孩子们的玩闹声一下子停了。过了一会儿,才又续上。

"老几,那是你撒谎了?"邓指的手枪对准老几。

老几摇摇头。他觉得自己随时会坐到石磨的边沿上;他太虚弱了。人在恐怖和两难的境地是要被消耗大量热卡的。

"你转过脸去!"邓指低着头,枪口拨拉几下。"操,叫你转过脸去!"

老几这才明白叫的是他。他转过脸,眼睛看着灰砖白缝的墙壁。原来他的一生会这样结束。击毙他的理由将是什么呢?老几被叫到家里来修理钟表,企图逃跑,或者企图行凶,被就地击毙。

"老几,我再问你一遍,看你还敢跟我撒谎不。我的枪可听不了撒谎!"邓指说。

老几的手垂在下面,悄悄地扶着墙,不然他已经倒下了。

"赵翠兰,我也再给你一次机会,你要是不说实话,我这一枪就让这个老头儿脑瓜开花!你到底去了山上没?"

邓指媳妇儿不说话。渐渐的,背着身的老几听到她的低声哭泣。

"老几,你呢?!想好没有?说实话还是接着说谎?!"

老几说,颖花儿她妈上了山没有,他不知道,因为他没看见。老几说这句话的时候,脑子和嘴巴的连接中断了,话说完脑子才跟上来,并且意识到自己刚才连伪装结巴都没顾上。他为什么要冒死掩护一个荡妇？也许还是他那个老毛病：见不得女人可怜。

身后没有声音了。老几一动也不敢动，抵住墙壁的十个手指尖越来越吃力，开始失去知觉。

"吃饭。"

老几听见邓指平和的声音。那女人"哇"的一声大哭起来，接下去老几听见一串塑料底的脚步"噼噼啪啪"由院子进了屋。那是又平又大的脚掌发出的脚步声，在夯实的泥土地上跑起来如同拍巴掌。

"老陆，吃饭。"

老几慢慢转过身，眼睛不抬，走向他刚才坐的板凳。

"坐这儿来吧。"邓指说，同时拍了拍桌子。"就用这双筷子。"

老几还是不抬眼睛，低声道了谢，慢慢走到邓指旁边的凳子上，坐下，拿起那双被指定的筷子，十分乖觉。女人的哭声被什么捂住了，老几担心她会把自己闷死。

很久以后我祖父还记得跟邓指一块吃的那顿晚饭。

在邓指死了以后，老几还记得自己坐在那个小方桌边，吃着邓指媳妇做的凉拌黄瓜，干煎湟鱼。邓指福气不浅，有个厨艺不错的媳妇。那个小方桌是某个犯人木匠的手艺，精致朴素，木料是一般的杉木。那顿晚饭两个男人都没再说话，都在听着屋里的哭声。哭声渐渐停息。邓指从凳子上站起，进了屋。

从邓指家回到号子里，老几想到男人对女人的爱也是一场病。各种病状都是爱。邓指有点好东西都让他媳妇挂上、戴上；她所能得到的好东西是他的爱，拔出手枪也是他的爱。

老几目前对婉喻的爱是什么呢？他想了好几夜，终于想出来了。他的爱应该是一张离婚协议书。他的刑基本加到头了，只需要一个小小的指控就可以把他的刑加到极致。他希望自己被冠有最终罪名毙掉时，他和婉喻不再有法律上的夫妻关系，因而他对婉喻和孩子们的连累就被降低到最低程度。婉喻一定会理解，这是他在爱她，爱孩子们；这是他对他们生活唯一的福利提供。这一想，他觉得自己简直混账，这么多年来，怎么刚想到这么一种爱的表达形式？！

第二天，他利用抄写报表在中队办公室里磨洋工，等着邓指来视察工作。邓指每天骑马到各中队跑一圈。

邓指来的时候是下午两点，他一见老几就露出一点恼羞成怒的脸色：老几参演了他家的一场好戏。老几跟他谈起自己的离婚计划。邓指狐疑地盯着他。老几是这么解释的：离婚是为了婉喻有个安全清净的晚年。邓指想了一刻，点点头，认为老几是对的。一个不能提供全家吃穿的丈夫，事实上已经不再是丈夫。

美好离婚

我的祖母冯婉喻收到我祖父寄来的离婚协议书时心脏差点停跳。协议书上有劳改农场第九分场邓玉辉副政委的签字，还盖了分场的公章。什么事都给我祖母办妥了，只差她的签名。那是上海1965年7月，一个星期三的下午，她刚从家里走到弄堂口，准备去买自由市场收市之前的便宜蔬菜。去年底退休的婉喻，工资比过去少了一半，她在任何花销上都争取省回一半的钱来。传呼电话间的老头儿已经去世，接替他工作的是他没有考上大学的孙子。小青年冲婉喻叫了一声："冯家姆妈，××信箱有信来！"

婉喻从快要拐弯的地方折回，解放脚步伐飞快，她怕小青年会再叫出第二声"××信箱有信！"全弄堂里的人都知道冯家姆妈跟那个神秘的"××信箱"有着羞于提起的紧密关联。因为这个关联，冯家姆妈几十年走在光天化日下也像走在人家的矮檐下。

婉喻拿着信赶紧往回走，买便宜蔬菜就没那么要紧了。她以最快的速度上楼、开门，为自己找好座位。信的厚度让她猜想它的内容，是不是又寄来了剪报。刚坐下她想起还没有拿拆信的刀，又站起身。她转了一圈也没找到那把陆家祖传的拆信银刀，刀柄包了一层纯金。焉识最后一封信是一年前的一个星期日到达的。那个星期日冯子烨两口子带着孩子们来吃饭，看到父亲的信里夹了一份《自新日报》，上面登了张陆焉识在大群犯人面前演讲的照片。子烨看一眼母亲就知道她在想什么。他说:"姆妈你不为自己想想,也要为我想想;'四清'运动单位里那么多人的眼睛就盯牢我,不跟老头子来往都讲不清楚,不要说还跟他一封信去一封信来的。这个老头子逃跑的时候只图自己痛快,想到姆妈你吗?想到我们小辈吗?这么自私的人,你还要跟他拎不清!"

婉喻说:"我又没打算回信。"

子烨还想说什么,他老婆给了他一个眼色,下巴向小女儿微妙一歪。子烨把话咽了回去。

当时我五岁。我母亲怀疑我在偷听我父亲冯子烨和我祖母的谈话,因为她观察了好几次,只要这类议论一发生,我就停下一切响动和动作。五岁的我确实觉得这种议论奇怪,爸爸和恩奶之间的长幼关系颠倒了;爸爸对恩奶那种老三老四的口吻让我疑惑和害怕。

那一次婉喻答应了儿子,一定为他的政治前途负责,不再给陆焉识写信。

冯丹珏看了父亲登在报纸上的照片说:"姆妈,爸爸这么老了,卖相还可以哦?你跟爸爸感情老好的吧?"

丹珏这样说时带一点调皮的浪漫,还有羡慕。丹珏注意的是她缺少的东西。她几次断言,父亲一定是为了母亲做逃犯的。他以为新社会还跟旧社会一样,暗藏在一个地方没有警察查户口,没有居委会阿婆的侦探,他可以在暗中跟妻子白头偕老。假如有个为她冯丹珏冒生命危险逃出监狱的男人,她一辈子也算没白活。

此刻婉喻在转弯即撞墙的小空间里转,就是找不到那把拆信的刀,两脚都转酸了。这么多年因陋就简的生活,还是没有改变她拆信的习惯。尤其拆焉识的信。他到美国读书,每封信的信封上都写着恩娘的名字,有时候恩娘要奖赏一下婉喻,把那把精巧之极的银刀递给婉喻,让她拆开信封。

实在找不到刀了,婉喻回到椅子上。她觉得这把刀的突然失踪是个幽暗的兆头。她摸着信的厚度;它超常的厚度让她破了多年的例,用手把信封的封口撕开。她小心地在角落上撕了个小洞,将小指头伸进去，想让细长的小指起到那把银刀的作用，但信封的纸太劣，纸又干燥，她的小指刚一动，一道裂纹斜着从一个角扯到另一个角。这是个完全黑暗的兆头。

紧接着从信封里落出一张公文纸张，不用打开婉喻就看见了洇到纸背面的红色印油。一个公章。

公文是离婚协议书，上面有一个领导的签字，还有陆焉识的签名。唯一的空缺是留给冯婉喻的。随同公文，夹了张信纸，密密麻麻的都是焉识最后一次作为婉喻的丈夫给她的关照。不要太辛苦了，早点退休（他显然不知道婉喻已经退休了），儿子女儿都大了，到了"乌鸟反哺"的时候了。他留下的书都是好书，很多是他祖父那一代收藏的古书，留给孩子们将来是一笔精神和物质财富。抚养和教养孩子们，婉喻付出的比他这个父亲大得多。关于离婚的理由，他一个字都没有提。

婉喻打了电话给子烨。丹珏那天晚上在实验室里做实验，接到电话说一时回不来。八点钟左右，子烨又下楼去打传呼给丹珏，这次没有遮掩说家里有重要事情等她回来商量，而是直接说了这件重要事情是什么。

"离婚协议书寄来了，姆妈签好字要寄回去，老头子跟阿拉就没关系了。就这桩事情，你要是回不来，就忙你的好了。"

我父亲冯子烨知道，传呼间的小青年明天就会把消息传呼给里弄里的每一家人。至少是来用传呼电话的每一个人。所以明天居委会阿婆、阿姨们都会知道七号三楼的冯婉喻从此跟她们平等，不再是随时听她们传唤的敌属，运动一来就被她们以风凉话教育的女人，而是一个跟她们一样的中国公民。

听到她哥哥这番话，我小孃孃倒立刻放下没做完的实验，叫她学生替她等结果，赶紧骑脚踏车回到家。在黑暗的过道里她气喘吁吁地开始问："姆妈，到底哪一桩事体？"

婉喻从读完那封信就一直坐在椅子上。一直以来她是抱着希望的，不管它多渺茫。这一张公文来了，她一签字，希望不再渺茫，因为不再有希望。丹珏进了门，紧张地看母亲的脸，想看她是否哭过。发现母亲没有哭过，她不知该担忧还是该欣慰。

子烨已经跟母亲谈了很久；不是谈，是上课。外面一场运动接一场运动，哪一场运动都要点到监狱里的老"无期"。他一个人"无期"，全家人都跟着"无期"，在单位里做人肠子都不敢伸直。现在是新社会，儿女不图继承父母的财产，至少不该让他们继承政治债务，并且是无期还清的债务。老头子早就该识相点，提出离婚了。子烨讲着讲着就迁怒到母亲，说母亲也该多为孩子们想点，在老头子被捉进去时就该跟他离婚。

婉喻坐在那里一动不动。丹珏跟哥哥吵起来她都没有动。兄妹俩吵得邻居开始敲墙壁了，婉喻打了个手势，叫他们都安静。

"我现在就签字。"婉喻说。

兄妹俩都不响了。

婉喻拿出笔，笔尖对准给她的名字留下的空档悬着，握笔的手害起恩娘的晚期帕金森来。她只好把笔放下。子烨从坐的地方站起来。一见儿子站起，婉喻往后一缩，眼泪哗啦啦地往下流。她流眼泪的风格跟恩娘也是一脉相承，到底都姓冯。丹珏让母亲的眼泪感染了，跟着流眼泪。

"好了好了，那就不签名，不离婚！"丹珏哽咽。

哥哥说妹妹，原则有没有?！离婚当然不是什么开心的事，哭哭也是正常的，怎么可以一哭就改变原则呢？

妹妹警告哥哥，他再逼母亲一句，她一辈子不会再认他。

兄妹俩人又要引来邻居敲墙壁了。婉喻就像服毒一样心一硬，一笔而成地签下自己的名字。手被泪水洗得湿淋淋的，马上花了"婉喻"二字。

那封签了三人名字的协议书被装进信封，又由冯子烨写了地址，当子烨提出明天上班的路上顺便把信投递到邮局时，婉喻谢了他；她明天一早就去寄。子烨怀疑母亲会做手脚，把签好的名字涂掉，或干脆另写一封信，告诉父亲，这个离婚协议她不合作。

我父亲冯子烨知道我祖母冯婉喻属于嫁鸡随鸡、嫁狗随狗那代女人。但他不知道我祖母对我祖父是什么样的感情，几十年一直为他倾倒，关在监狱里的老"无期"陆焉识仍被冯婉喻看成宝贝。

那个夜晚婉喻幽灵似的在屋子里散步。很小的空间走了一会就把她转晕了。她哪里都转，就是不挨近八仙桌，因为桌子上摆着那个装进了信封的离婚协议书。她怕惊醒睡在那间被称为卧室的前厨房里的丹珏，幽灵一样无声地拧开门，来到楼梯间。丹珏每天必须把脚踏车从一楼扛上三楼，今天她的皮包都忘了从车上拿下来。婉喻从货架上拿下皮包，皮包底朝上倒出了里面的东西。婉喻看到地上是一个笔记本，几根口香糖，还有一盒烟。她从来不知道丹珏抽烟。丹珏嚼口香糖就是为了不让母亲知道她抽烟。丹珏是因为种种不顺心抽烟的？一定是，就像她喝酒。

我祖母对于我小孃孃冯丹珏的了解往往要靠这种意外发现。几年前她发现一只老鼠逃进丹珏的卧室，就把丹珏单人床下的东西都拖出来，但老鼠没有找到，找到了一只装满酒瓶的纸板箱。都是清一色的"樱桃白兰地"酒瓶，一共有三十五个。丹珏太忙，不然不会积累了那么多瓶子还不去废品收购站卖掉。也许她人前是卓越的生物学者，人后是没出息的酒鬼，这一点让她无法面对，藏起酒瓶就像鸵鸟把脸面扎进沙堆。做母亲的婉喻拿着半盒前门牌香烟，在楼梯间站了好久。

第二天，那只装着离婚协议书的信封被投递了出去。

信封到达我祖父手里时，他拆开一看，除了协议书，还有一张信纸。婉喻在那封信里也写了她最后的关照，但埋藏了一个暗示在平淡的句子里：身体保重好，将来看见的时候不至于太不敢认。

二十岁的鱼

我祖父给妻子婉喻和儿女们、孙儿女们的最后一点贡献做完了。他可以放心地接受任何突如其来的一枪了。他随着一个捕鱼中队驻扎到离青海湖三里的地方，每个无眠之夜都给婉喻盲写书信体随笔。既然跟婉喻和孩子们此生相聚的可能性已经很小，他的书信体随笔越来越像给妻子的忏悔。把它们润色到完全满意之后，他计划用存下的钱买稿纸，把盲写了几年的文章落实到纸上。他觉得自己和邓指的交情足够让邓指帮他在死后把稿子转交婉喻。

每个白天，老几跟捕鱼队的犯人们一块到湖边，跟渔船出港。冬天就不用船了，在冰上凿开一个洞，湟鱼会跳到冰面上。犯人们难得开怀大笑，而这就是他们大笑的时候。他们边笑边到处扑腾，企图按住滑溜溜的大鱼小鱼。有的鱼可以跳到人头的高度，自己把自己摔个半死。犯人们像一群冰球运动员，你挤开我，我撞倒你，翻腾蹦跳的鱼就是他们拼抢的球，玩得跟鱼一样冻成一根根冰棍。有时湖边站着一群藏人，沉默地看着群穿黑衣服的汉人玩捉鱼游戏，渐渐都聚到装鱼的大筐子旁边，每人手里都出现了五块或一块的钞票，孩子们肮脏的手心捧着糌粑面。他们拿钱买或拿糌粑换筐子里活着的鱼。一条二斤重的鱼，从一个藏族老头手里换了十元钱。带工的管教干部做主，把那天打的鱼都卖给了藏人，打算以卖鱼的钱去农业中队换粮，到牧业中队换肉，改善改善吃鱼吃倒了的胃口。藏人把几筐鱼抬到冰窟窿边上，低沉的诵经声升起来。随着诵经，一条条鱼渐次被放回水里。

犯人们在五十米以外袖手观望：可惜没人花钱把他们买下放生。

半个小时了，藏人们还是念念有词地围着冰窟窿低吟高唱。

囚犯们相互看看，开始怀疑他们不是在诵经，而是在诅咒；黑鸦鸦地跑到他们地界上来的汉人都是魔鬼，他们真正的罪孽是吃完了高寿的鱼，又来吃年轻少壮的鱼，甚至连幼年童稚的鱼娃子都吃。

这两年冰窟窿越凿越大，却捞不出几条鱼来。于是就用炸药炸。藏人们远远地注视，大鱼小鱼的尸首银白一片。低沉的唱诵和过去不一样，不止诅咒，还有对鱼的超度。

统计员老几不敢看那些藏人。死去的鱼被铁锹铲进筐子，抬到磅秤上过磅。这些一年才一岁、一岁才添一两肉的鱼让给吃得差不多了，极少碰到跟他的囚龄一样长的二十岁的鱼了。

藏人们低着头慢慢走开了。老几开始统计鱼的产量。他想，鱼们长一两肉，他就会认识一批新来的犯人。文化大革命开始已经几年了，年年都有各种称号的犯人出现，有的称号老几熟悉，比如"现行反革命"、"历史反革命"，有的称号说起来绕嘴饶舌，很长的一串字眼，让老几觉得新鲜，比如"死不改悔的走资派"、"挑动群众斗群众的黑手"、"林彪路线爪牙"等等。他们来了后，鱼的产量下降得更快。

接下去，犯人的称号越来越长，越来越绕口，到了有种叫做"破坏知识青年上山下乡运动分子"的犯人来到捕鱼中队的那年，湖面上的冰凿开好几个洞都捞不出多少鱼来了。

邓指气急败坏地来到现场，被凿出巨大裂纹的冰层在他急促的翻毛皮鞋下面咯吱咯吱地响。

邓指三年前升任了这个分场的政委。他还穿着当七大队六中队指导员时穿的破旧军装，披着蹭满黑油泥的将校呢大衣，但他成了另一个人，不是沉默就是暴躁。自从邓指差点毙了老几的那个夏天傍晚，老几又去过邓指家几次。在家的邓指也是另一个男人，不再用那种嫌弃在外、疼爱在内的眼光看着自己的媳妇；现在他看着女人进进出出，就像看着一个人形大疑团，眼睛明明白白告诉别人事情不算完。邓指的脸被青海湖的风和湖面上的太阳晒得越发黑暗，越发像非洲友人，浓厚的头发却突然在头顶秃了一大片。"文革"中来的犯人有一些大知识分子，议论邓指的脱发是神经系统紊乱造成的，而神经系统非常神秘，有时候内心太紧张，太抑郁，都会导致紊乱，所以民间把这种脱发叫成"鬼剃头"。老几觉得，是邓指心里一直没有消解的大疑团剃了他的头。

有一天邓指叫老几到他家去，辅导他小儿子的初级英文，晚上他送老几上马车的时候说，他希望稍微聪明点的小儿子远走高飞，作为工农兵大学生到大城市去，将来到亚非拉国家去。他不愿小儿子长大后跟他的大姐、二姐和哥哥一样，继续留在大草漠上生活。颖花儿嫁的丈夫还是个劳改农场干部，大儿子眼看也要高中毕业，也会留在劳改农场工作。这些没见过世面的孩子以后都跟他们父母一样，无期地伴随这样或那样的犯人过完一生。小儿子不离开这里，没有好女人会跟他，最终也会跟他爹一样，找个他妈这样的女人。老几不敢插话，不知他这一番顿悟跟他突然脱发有没有关系。

快走到马车跟前了，邓指拍拍老几的肩膀，感叹老几的好心眼，宁愿自己给毙了都不愿一个不相干的女人受苦。老几不知该否认还是该承认。邓指心里什么都有数，连他老几不是个结巴，他都清楚。一个健全人伪装残疾，伪装二十年，邓指尊重这样的意志和毅力。他简直把老几看成了小说《红岩》里装疯的华子良，那是一个何等伟大的男人才有的意志和毅力。

"你还记得咱俩说的那些话不？我说女人明着跟你闹比暗着闹好得多？"邓指问道。

老几当然记得。但是他不想搅和邓指的私事。"不记得了。老了。"老几礼貌地说。

"你现在也挺好，没有女人烦心。"邓指说，尝尽苦头的那种玩世不恭。

老几说他给自己的妻子冯婉喻写了一本书信体的书，将来从脑子里誊抄下来，请邓指帮他寄给冯婉喻。邓指愣了一会，说他先看看，如果内容没有大碍，这个忙他是会帮的。老几又说，这一辈子想跟妻子说的话都在那本书里了。邓指意识到老几在进行临终相托。

"操，老东西你想什么呢？！别胡思乱想，好好改造，争取宽大，说不定还有见她的一天。见了她，你自己把书给她呗。"邓指说道，用训斥的口气来给予老几安慰。

正是那次谈话之后，邓指就得了"鬼剃头"。老几听说他中药西药都用了，非但没有止住"鬼"继续给他"剃头"，而且剃得越来越光溜，有时候光溜的地方长出头发来，有头发的地方又光溜了。

"破坏知识青年上山下乡运动分子"是个农村的大队书记，在犯人里常常炫耀他跟女知识青年的亲热经历，炫耀那些女学生有多么嫩，多么细，怎样在头一次"见红"。话不知道怎么传到了邓指耳朵里，他指使捕鱼中队的一个干部把大队书记用纸铐铐了三天。

这天邓指来到结冰的湖上，蹲在冰窟窿边上观察湖水里的动静。他一侧脸，突然发现自己旁边就是那个大队书记。

"一边儿去！"邓指不是对人说话，是呵斥一条狗。

大队书记脸皮够厚，对邓指说："我是看政委您蹲的这个地方危险，听着冰在你脚底下咯吱咯吱响呢！"

邓指一下子蹿起来。他心里窝了多少不痛快，积存了多少疑团，现在可找到了发泄口。"你跟谁说话呢？！你以为你是个人，能跟我说上话了？……要我是你，冲一个冰窟窿就扎下去！"他一步步逼上去，手伸到腰间。

谁都明白一个干部把手伸到腰间去干什么。

"破坏知识青年上山下乡运动分子"给吓坏了，两脚打着滑地跑开，一边跑脸一边扭过来看邓指是不是还在逼近，或者手从腰间是否掏出枪来了。这样他什么都顾上了，就是没顾上脚下。冰层还薄，给凿开的冰窟窿带出的大裂纹在大队书记脚下彻底裂开，所有人眼睁睁看着他掉进了洞里。大队书记发出一声"啊呀！"人就不见了。

犯人们转过头来看邓指。邓指却一动不动。过了一分钟，邓指才说:"操,你们发什么呆?还不快捞人!"

犯人们问怎么捞,邓指说打捞了这么多年的鱼了,倒问他怎么捞人?他是政委,主管文件传达,落实文件精神。他挥挥手说,叫大家快捞吧、快捞吧,口气随便,似乎在一盆汤面条面前谦让,让其他人先捞面条。

老几和另外两个犯人找来一根粗麻绳。绳子上结满冰,非常地滑,几乎握不住。绳子的一头系了一个铁皮桶,被放进冰窟窿。过了四五分钟,桶还是没有被大队书记抓住。有的犯人说,这么冷的水,弄不好已经死个毬了。另外一个犯人说,各人体质不一样,这小子跟铁蛋儿似的,经得住冻。第三个犯人说那还是五分钟就冻死比较好,十分钟也是个冻死,多遭罪。

邓指点着烟,一边抽一边看。突然,离人们打捞的那个冰窟窿五十米的一个冰窟窿里,窜出一个脑袋,同时发出"呃"的一声。大家一看,说没错,这小子确实是个铁蛋儿,且冻一会儿才死得了。人们拿着绳子往那个冰窟窿冲去。大队书记等不及了,一个劲扒着冰窟窿的边沿往外爬。但每一次都失败,扒碎几块冰,又落回冰水。

犯人们把大队书记打捞上来以后,大队书记基本没有知觉了。湖边离监号还有三公里,邓指说搬回去肯定没得救。大家七手八脚扒了他的衣服,开始给他做人工呼吸。谁也不知道正确的人工呼吸该怎样做,你来按按,我来按按,眼看大队书记的皮肉越来越青,那个"破坏知识青年上山下乡运动"的器具越缩越小,都要缩到他毛耸耸的小腹里去了。

有人说也许他没有喝多少湖水,只是冻着了,暖一暖说不定能过来。几件棉衣裹在他身上。一小时过去,铁蛋儿似的大队书记真的硬成了一大块铁。

号子里那天晚上的话题自然是掉进冰窟窿的大队书记。一个文化大革命中被送进来的"盗窃抄家物资"的贼分析这将要成为一个案子,因为大队书记的死跟邓政委掏枪有关。老几知道,"盗窃抄家物资"的贼对邓指怀恨在心,因为邓指打趣过他,说犯法也犯得那么没出息，连反革命那种王法都不敢犯，去盗窃人家打劫来的东西！另一个犯人是"一打三反"运动的成果，他的分析是邓政委在政治上有靠山，不然不会爬那么快，所以靠山会替他顶住。犯人们都参与了讨论：邓政委没有掏出枪来呀！还用掏出来？谁不知道他在掏枪啊?！那掏出枪来和没掏出来在法律上就不是一回事！……

老几希望邓指确实有一座不可视的大靠山，这样无论他有没有掏枪的意图都不会在法律上跟他算账。否则邓指给撤了职，谁替他老几转交书稿给婉喻呢？

忏 悔

其实我祖父陆焉识想过,要把他在美国和在重庆的两段情史告诉妻子。那是他在弟弟陆焉得的启发鼓励下生发的冲动。

1947年恩娘去世后,弟弟陆焉得一家赴上海奔丧结束,要离去的前夕,焉得别有意味地要哥哥珍惜嫂子。他觉察出了焉识对婉喻的忽略和淡漠。弟弟说,假如哥哥有过出轨行为,应该跟婉喻谈开,否则这就会成为他自己的心理障碍而无法全身心地爱婉喻。

"我是心理学博士。"得不到行医执照的弟弟此刻真成了个医生,毫无个人色彩地给予哥哥关怀。"你自己的心理障碍从你有了那个美国女友就开始存在。你不是那种可以跟这类心理障碍共存的人。你了解自己吗?女人也是不同的,有的女人不能接受彻底的诚实,有的女人会感激这种诚实。我认为我们都很幸运,妻子都属于后者。你要有点勇气。"

弟弟回到比利时后,写来的第一封信除了仔细问了儿子皮埃尔的情况,就是问哥哥有没有郑重考虑过他的建议。

焉识非常郑重地考虑了弟弟的诊断和建议。他不是不具备彻底诚实的勇气,而是他不具备这种彻底的诚实。至少在弟弟离去后的那一两年里,他不具备。一次他几乎铆足劲了,到临头还是觉得算了。那次他陪婉喻去做衣服,一块米色的海虎绒是弟媳妇送的,顺便送了一本法国时装画报,让婉喻照着欧洲当年流行的式样做一件大衣。

他们雇了一部差头,座位很小,两人被迫亲密无间。他觉得话可以在这时候开始。这时候开始最漫不经心,因此不会把婉喻吓着。他刚要开口,把话头往那边牵,婉喻却说:"你怎么待我这么好?"焉识吞了一口空气,连同那个开场白。天下真有这么容易知足的女人。婉喻化了淡妆,话比平常多,委婉地暗示他:若不是恩娘去世,焉识不会单独陪她出来做这些女人家的事情。都是恩娘的不是,焉识才跟她一样吃苦,在同一个房顶下做梁山伯、祝英台。婉喻的美好误解使焉识本来就不足的诚实更加短缺。

一连几天,他都在想,也许弟弟对他的性格诊断是误诊,他足够无耻厚颜,可以和心理障碍共存,在婚姻中蒙混到底。也许这诊断是彻头彻尾的谬误,他压根就没有心理障碍:为了把一场无爱的婚姻混到底,他必须在外浪荡,以此来平衡自己。

弟弟陆焉得带走了焉识的大女儿丹琼,留下了大儿子皮埃尔。正如丹琼厌恶自己种族的发源地一样,皮埃尔对一切中国的东西都充满眷恋和梦幻。焉得把丹琼带到比利时不久,丹琼考取了牛津大学文学院,而留在上海的皮埃尔考取了同济大学建筑系。一天,焉识跟学校里的高中学生和一些老师参加反饥饿示威游行,看到皮埃尔在另一个游行队伍里,拿着照相机东照西照。他把皮埃尔拉出示威队伍,很火地警告他,假如他留在上海就为了干这个,做大伯的他会立刻送他回比利时。皮埃尔说没关系的,他的父母都知道他同情共产主义;他们家里一切都是公开的,自由的。说完他跟大伯伯扬扬手,跟着队伍跑了。

晚上皮埃尔一脸血地回到家,护送人竟然是大卫·韦。皮埃尔还是乐呵呵的,荒腔走板地跟着大卫唱国际歌。婉喻给皮埃尔上药水的时候,大卫指着皮埃尔说:"你有个好侄子!是我们的人!有理想!不像阁下你!"

当天晚上,焉识到邮局给弟弟拍了个电报,告诉弟弟立刻命令皮埃尔回比利时。电报上他不便说理由,只说上海太乱,怕孩子出危险。第二天,弟弟从比利时打电报来,叫皮埃尔立刻搭船或火车——

取决于哪个更快——回欧洲去。皮埃尔一看电报就明白是大伯伯出卖了他。他拿出西方青年的腔调，一会儿法文一会儿英文，独立啊自由啊，辩论得焉识插不上嘴。十九岁的他难道不能呆在他想呆的地方，结交他想结交的人，从事他想从事的活动吗？对于皮埃尔，上海正发生的就是他理想的实现。他说如果大伯伯不欢迎他住在家里，他可以搬出去住。焉识问他是不是大卫·韦欢迎他，他给了焉识倨犟反叛的一眼，没有回答。

第二天早晨，婉喻发现皮埃尔不见了，冯子烨也不见了。焉识判断表兄弟俩又卷到什么请愿运动里去了。焉识去学校上班的路上，看到昨天警察的消防水龙头喷射的水在一些地势低的马路边沿积存着，上面漂了一些撕碎的纸旗子。血迹倒是都在夜里被清除了，只有很少几处遗漏。晚上子烨回来了，皮埃尔却没有回来。从子烨那里才知道，皮埃尔夜里就走了。

从此皮埃尔再也没有回过陆家。焉识到大卫·韦的大学，质问他把皮埃尔撺掇到什么地方去了。大卫还是感叹，说焉识有个好侄子，情操高尚，理想宏大，到底生长的地方离马克思恩格斯比较近。从来不光火的焉识这时提高了嗓音，让大卫最好马上把皮埃尔带回陆家，不然他会去警察局告发他。

"你去告好了。提篮桥、龙华监狱里关的都是高尚的人。上海很快要解放了。要想与人民为敌，就去告发我。"大卫陶醉在一种壮烈的情绪中。

焉识问，谁给他权利让他代表人民的？人民又是谁？

"啥人给我的权利，你看着好了，很快就会看到了。"大卫的脸上有一种残酷的诗意。

焉识已经跟弟弟焉得打了好几个电报，汇报他寻找皮埃尔的徒劳经过。在夜里他总是被警车的尖啸惊醒。天冷下来，警车夜里出动的频率越来越高。也许皮埃尔已经被捕。地下共产党的传单上说，龙华那边国民党在抓紧时间枪毙政治犯。焉识在一天的半夜被警车惊醒后对婉喻说："我对不起焉得。"

1948年2月的傍晚，焉识刚走出教务长办公室，就看见大卫·韦迎面走来，脚步不太稳，脸色在傍晚的幽暗中白里透青。焉识刹住脚步，请他立刻出去。大卫跟他说他需要帮助，刚才在路上走，肚子疼痛得差点昏倒。焉识犹豫了，反身打开办公室的门，让大卫进去。这时他听见老太太校长在跟某人叫嚷："请你出去！……立刻出去！"

焉识撩开窗帘一看，见老太太双臂伸开，堵在大门口。大门只开了一扇，老太太胖墩墩把所有空隙堵得严严实实，所以从焉识的角度看不见门外的情景，也看不出老太太面对的是什么。

焉识看着大卫·韦："他们是来抓你的吗？"

大卫不说话，挪开了他握在长衫中间的手，焉识这才看见他的衣服下藏了一包东西：装在布包袱里油印的《新华日报摘选》。焉识抱着报纸，在办公室里打转。他从来没有发觉自己的办公室这么小，又这么缺乏家具。他掀起沙发垫，将报纸塞进去，又把沙发垫放回，可怎么看沙发垫都不平整。他把一本书放在大卫面前，推开办公室的门，又让弹簧锁轻轻撞上。

焉识刚走到门口，就听见老太太一声呼救；她被一个戴礼帽的、生怕别人不知道他是特务的男人推倒在地上。焉识赶紧扶起老太太，对她说，他们要检查就让他们检查好了。看着两个特务往学校里跑，焉识叫道，请不要到楼上，否则会吓着上晚自习的孩子们！两个特务一听，立刻兵分两路，从南、北两边的楼梯包抄上楼去了。焉识松了一口气。

他扶起老太太，还没有考虑好下一步怎么办，大卫·韦却从他的办公室出来了。老太太一见他，质问的灰蓝眼睛马上看着焉识。焉识顾不上老太太的光火，问大卫怎么可以这时候就跑出来，校门外一定有留守的特务。

大卫两眼发直地向门口跑去。焉识觉得，自己的话大卫根本就没有听见；他太慌张了。焉识把老太太搀扶到校长办公室，她拿出血压计，开始给自己量血压，焉识要帮她，她推开他的手。她的脸恢复了老修女的淡泊和局外，谢谢焉识对她的救护，现在请他立刻离开学校，不然学校会被特务封门的。

焉识觉得没有什么可为自己争辩的，轻轻退出老太太的办公室，一面听着老太太说："今天是十四号，你工资就算到月底吧。"

老太太拿一句礼貌的话和宽厚的待遇侮辱他。

焉识站在门口想，有时西方人的客气话比骂人还难听。他也同样礼貌地骂回去："好啊。谢谢。"

出了校门，焉识看见大卫被四个戴礼帽的人扭着，往一辆警车走去。警车大半个车身藏在盟军轰炸后还没整理的烂楼后面，一副特务相。大卫不停地争拗、辩解，终于到碎瓦烂砖后面不见了。

丢了教务长的二十多斤大米——一年半以前还是三十多斤，焉识在报纸广告上找教书差事。弟弟焉得留下了一些法郎，又因为皮埃尔住在哥哥家，按月给他们寄算作皮埃尔的食宿费，所以陆家一时还没有发生经济恐慌。婉喻一个礼拜去一次银行，把法郎兑换成现钞。她已经成了个小恩娘，样样东西都可以省了又省，总是叫焉识别急，家里不缺他二十多斤大米的薪水，梅干菜红烧肉吃不起，猪油蒸梅干菜有的吃呢！吃一年两年没问题。一天焉识在一个大学校刊上读到一篇文章，从文章的角度到文笔，都很像大卫·韦的风格。他给那个校刊打了电话，校刊主笔很警惕，请焉识留下电话号码，他会告诉作者。焉识把自己名字告诉了主笔，说他没有电话了，因为工作被敲掉了。

大卫·韦在一个多礼拜后突然出现在陆焉识面前，多日吃不好睡不好的样子。但是已经很有历代的各国革命者的模样，机警，多疑，胸中无小事，目光深邃而抽象。开门的是婉喻，大卫说他不进来了，请焉识出去一下。焉识和他走到夜晚的上海马路上，刚要大发牢骚，大卫·韦突然揪住焉识的围脖。

"是你告发我的！"大卫·韦用英文说。

焉识愣了一下，这样忘恩负义的人不像真实的，像个噩梦。他用曾经打板球、打马球、打篮球的臂膀推开了他，一面用英文说："我现在就去告发你，否则我白白丢掉一份薪水！"

大卫的眼镜被一个趔趄颠到了腮帮上。大卫总是或多或少地缺一些理性，总在为着什么狂热或激动或陶醉或愤怒，因此脸上总带一层油汗，无论多么吃不起油荤。焉识觉得为丢掉一份薪水患得患失不够上流，继续用英文说："你欺瞒我，躲进我们学校，让一个无辜的老太太差一点出生命危险。革命我不反对，但是革命者认为他的命比百姓的命更值钱，碰到性命攸关的时候就拿百姓牺牲，我不能跟这样的革命者来往。"

焉识说着，调过身往家走。大卫追上他，叫焉识别抵赖。焉识告诉大卫，从现在起，就算他们俩从来不认识，请大卫以后不要再出现在他生活里，否则他就真的去报警。

大卫对着焉识离去的背影说，等一等。焉识才不"等一等"。大卫小跑跟上来，启示录一般地用英文说："不站到革命一边来是会完蛋的。全中国要解放了，国民党就要倒台了！"

"那好啊。国民党倒了台，新的政府至少会少一点特务，多一点理性和法律。"焉识说。

三个月后，南京解放前夕，皮埃尔回来了。焉识请比利时大使馆去上海各个监狱查询，无论皮埃尔是否活着，总该弄清个去向。被释放的皮埃尔皮包骨头，神情恍惚，一看就是知道了厉害、好歹，而这种知悟让他感觉非常败兴。在大伯伯递给他一张船票时，他露出"可熬到头了"的神色。起航在第二天下午。第二天上午，焉识写完一段文章从书房里出来，见皮埃尔的皮箱打理得整整齐齐，人却不见了。婉喻告诉他，皮埃尔到外面去买点东西，作为纪念品送给同学。午饭之前皮埃尔回到家，却两手空空，焉识明白，他早上是打着买纪念品的幌子出去办另一件事的。

午餐等在八仙桌上，丰盛地等着皮埃尔的启程时刻到来。焉识为了侄子四体齐全地回到他父母怀抱喝了一杯婉喻烧菜用的劣等黄酒。

"伯伯，我上午出去，顺便跟韦叔叔告了别。"到底是对自由民主信赖惯了的孩子，选择了不隐瞒。当着婉喻和表兄表妹的面，他用法文跟焉识坦白。

焉识表示可以理解。他赶紧把话题绕开，不想让皮埃尔知道自己对大卫·韦的反感。

"韦叔叔对你，有些成见。你们应该敞开来谈一谈。"

皮埃尔生长在国外，觉得什么都是可以敞开来说清楚。教给他怎样阅读中国人，已嫌太晚；他已经二十岁了。二十岁一个中国男人，应该可以不动声色地防御，甚至进攻，不露痕迹地交换利益甚至勾当，只要不被抓住永远不算作弊。二十岁，他应该习惯了人的那种淡淡的无耻，把它当成是正常的人味。而告诉皮埃尔这些，太晚了，他傻乎乎的诚实，以及对民主自由的天真信心，已经成形了，而谁又忍心毁掉他的诚实和天真呢？

焉识很高兴自己不必花工夫重塑一个皮埃尔；他马上要离开上海了。就让他去千差万错地理解他的血缘发源地的种种事物和变化吧，就让他给予这些事物和变化千差万错的喜和怒吧。

皮埃尔离去后不久，解放军几乎不遇任何抵抗地攻向上海，国民党军向后跑总是神速，沿途都是被放弃的建筑精良的工事。就像1937年日军几乎不遇任何抵抗地从上海一路攻向南京，德国人替国民党军设计和建造的一座座钢筋水泥工事都崭新地被遗弃。五月，上海也解放了。在上海解放之前的一个礼拜，焉识曾经任教的大学来了个年轻人，找到焉识家里。年轻人姓张，用一口苏北话告诉焉识，一旦上海解放，学校希望焉识能立刻回去继续当教授。姓张的客人比皮埃尔大不了几岁，最多二十四五岁，他不属于焉识认识的那类人；上海社会里，焉识在自己同胞身上预期的那种犹如体嗅般淡淡的无耻，在这年轻人身上不存在。焉识第一次遇见这样的人，成熟，质朴，粗中有细，一身都是新鲜的活力。他说他了解焉识在重庆是怎样失去教职的，又怎样被国民党特务关押了两年。等大学被接管后，一切被国民党迫害过的教师学生学校都会还予公正。

上海解放之后的一个礼拜，米价和食品价格渐渐稳定。戴礼帽的鬼祟便衣们不见了，到处都是光明正大、操步过市的解放军。焉识回到学校，开始准备上课。他的办公室搬到了一个朝南的房间，打开窗子，呼吸的就是五月的田野气味。除了一切在变得好起来，似乎一切又都没有变。焉识很快又是教授中的明星,一条甬道从校门口进来,他必须忙碌地两面点头回礼。陆教授身边的密斯张、密斯李现在变成了小赵、小孙,列宁装和工装裤代替了旗袍,不是"陆教授请客吃杯咖啡吧!"就是"陆教授赏光来吃杯茶吧"。

焉识渐渐得知,解放以后大卫·韦做了市政府教育厅的教育专员,因为他1936年就加入了共产党。焉识想,三十年代中期,他们大学以赤色分子嫌疑开除他不完全是冤枉他。大卫·韦到焉识的大学里来过一次,穿着灰色的中山装(也叫人民装),波希米亚式的不修边幅对于大卫·韦已成了过时的时尚。他看见焉识似乎有些意外,而焉识仍然尽可能地西服笔挺,不同的是他用一条丝围巾代替了领带。大卫的眼睛在说:真识时务啊,还在做公子哥儿呢?焉识不想和他说话,想从他身边绕过。皮埃尔对于民主自由的信赖似乎也传染了焉识:人应该给自己足够的民主自由选择跟谁交往,并且坦荡地承认一份交往的失败。

大卫却叫住焉识。"你现在怎么看共产主义运动?"他还是用英文说话,把共产主义说得像他家祖业,还暗示这份祖业赏了焉识一碗饭吃。

焉识说他对自己不太了解的事物不马上发言。大卫·韦说焉识不是早发过言了吗?在共产主义分子还在为这个理想流血的时候,就已经说了它坏话。焉识问他,自己什么时候,在哪里说过共产主义的坏话。大卫请焉识不要假装失忆,因为作为他的老校友他知道陆焉识是一台记忆机器。焉识觉得这样好的初秋,站在校园里跟这个穿灰色中山装的人争论是多方面的浪费,便告辞了大卫·韦。大卫·韦还有一个本事,就是他总会在你打定主意不跟他纠缠的时候,把你进一步纠缠进去。他说刚才他对焉识的指控是否认不掉的,因为这是他的侄子亲口告诉他的。大卫·韦的人品就差劲在此:他会马上把第三个人或者更多的人纠缠进来,作为情报提供者,或者证人,并且也一定会把缺席证人的证词歪曲篡改。

"皮埃尔不会说的。"焉识用英文说。

"他为什么不会说？他和你貌合神离。跟我谈得很深，我们之间达到的真诚程度，跟像你这样的虚伪的布尔乔亚一辈子都达不到。"

"那祝贺你。"

焉识不想再继续给大卫机会挑拨他和皮埃尔的关系，再次告辞。

"所以你对共产主义的不满，我完全清楚。"大卫·韦还纠缠不放。

焉识怕一辈子没打过人的自己熬不过了，会在大卫·韦身上破一次记录。所以他对大卫说："行，就算我说了，你想怎么样呢？"

到了夏天，学校考试的季节来了。报上登出一篇文章，自问自答：能不能放手让反感共产主义的教授教育新社会的大学生？不能！文章凶巴巴的口气让焉识马上认出来，写这篇文章的手是谁的。考试后教授都忙着批改考卷，焉识没有时间给报纸写文章答辩，就抽了一个晚上给大卫·韦写了一封信，说知识分子的生命在于接受知识、分析知识、传播知识，甚至怀疑知识、否定知识，在他接受和分析的时候，他不该受到是非的仲裁。知识分子还应该享有最后的自由，精神的自由。他说他越来越理解福伊（Foy），那个被基督教徒杀害的十五岁女孩。她拒绝偶像崇拜只是为了维护自己的最后一点自由，精神的自由。而后人把她作为圣女膜拜，把她肉身的一部分塑成塑像，使她也成了偶像，放入为她在康奇斯城（Conquese）建造的庙殿里，以膜拜来背叛为了人类最后的自由而牺牲的年轻先哲。

婉喻那天晚上轻轻地进了焉识的书房，问他是不是又为什么事不开心了。他怕看婉喻担心的脸，更怕她又要蠢里蠢气地去买个什么东西来逗他开心，就简单地把给大卫的信告诉了她。

"让我看侬还是勿要写了。"婉喻说，"上趟他把你的信登在报纸上，多少不作兴！"

原来什么都没有漏过婉喻的知觉。焉识没有听信婉喻的。后来他后悔自己把婉喻这样的知己错过去了。假如他早就认识到，她的本能和智力以及趣味都配得上做自己的知己，或说她原本就是他一生最亲密的一个知己，他会把自己在外面的遭遇讲给她听，平等地和她讨论对策。作为女人，她看男人的事有时反而更清楚。可他在心里从来不认为自己爱婉喻，他也就从来不把婉喻放在知己的位置上，错失了他原本该得到的忠告。

大卫·韦的为人也是不出乎自己风格的。第三天的报纸就把焉识给大卫的信刊登出来。曾经代表大学去找焉识的张同志，把焉识叫到他的"军代表办公室"。这回张同志给了焉识一副难看的脸子，叫他立刻写反省书交上来。他问张同志想要他反省什么。张同志把桌子一拍，指着焉识：还不知道反省什么吗？都够得上反革命了！焉识说他天天感谢革命，把他的教授职位都革回来了，又把国家的米价革下去了，还停止了物价上涨，制止了流氓横行，教妓女们纺纱织布，识字念书，他陆焉识干吗反革命？！

张同志的脸子更难看，说："你拒不认罪！"

焉识不想再说什么。他想，重新找饭碗的时候又到了。反正又不是第一次重新找饭碗。张同志告诉他，限他在明天晚上之前把"反省书"交上来。他用不了那么长的限期，他在第二天一早就把辞职书放在了接管办公室门缝里。

以后的每一天，他都在各种报纸的聘用广告中紧急翻找。婉喻和孩子们又远远地躲开了他，光是他翻报纸的声音就告诉他们，千万别跟他说话；他此刻没任何好听的话。不久焉识翻的报纸上出现了这样的词——"肃清反革命运动"。这个词汇从出现就开始听到马路上呜呜叫的警笛。警笛不光是夜里呜呜叫，白天也叫，然后大街上弄堂里商店门板上就开始贴出满是人脸的告示来。都是"反革命"的脸，被宣判死刑、死缓、无期徒刑……

一天，小女儿丹珏告诉父亲，他们的中学被捉走了两个老师。这些年，跟焉识对话最多的是这个小女儿。焉识从重庆回来的时候丹珏只有十岁，和父亲的隔膜很快就打消了。渐渐地，父亲发现她几乎拥有和他一样的性格，给别人的印象全是随和谦让，内心却完全是另一回事。并且表面上有多随和谦让，内心就有多倔强，多不肯让步。也是丹珏，在1948年的一个暮夏上午突然老气横秋地问父亲："爸爸，你的婚姻不幸福，对吧？"

那天父女俩正在院子里做煤饼。那一阵煤气厂的工人常常罢工，煤气时停时续。丹珏蹲在一盆煤粉边上，斜斜地抬起脸来看父亲。她的眼光不是看父亲的，是看着一件牺牲品的。那天婉喻到街口排队买米，子烨陪着她，准备帮着拼抢，或为母亲挡住那些拼抢的手脚。焉识被女儿的一句话弄得心乱跳，脸也烫了，像被她捉住了舞弊似的。他笑嘻嘻地说丹珏瞎讲，他怎么会不幸福呢？她的姆妈那么好。

"不搭界的。姆妈是好呀，侬不欢喜伊也不是伊不好。"丹珏脸色有一点惨淡，所有知道自己父母其实不相爱的孩子都会有的一种自卑。"我晓得的，是恩奶把姆妈嫁给你的。不是爸爸自己娶的。"

父亲辩解说，他那个时代，父母代孩子择偶是普遍而正常的事，自己择偶反而是稀罕的事。

"所以呀，"丹珏把和了水的煤粉搅开，"像你这样的人，人家硬要你做的事，你做起来怎么会开心？"

大概她也发现了父亲和自己在性格上的相像处，那种外部嘻嘻哈哈、迁就一切而内部猛烈挣扎的特性，因此她把自己的性格特性套用到父亲身上。就像她的父亲反过来用相同的套用了解她一样。

父亲觉得再辩争下去是越描越黑，就不了了之地安静下来。从那以后，父亲就把小女儿当自己的秘密死党，并没发生更深的交谈，但一种暗中的关照始终存在。他也越来越喜欢跟丹珏一块处理一些杂事，有时去法国餐厅买切下的面包头和红肠头，起司的边角，都是些不上台面的便宜货，有时到几个美国教堂去抢购低价的美国军用压缩饼干，反正国民党撤退前人们需要五花八门的办法到处找吃的。在这类差旅中，父女俩就会交谈，父亲总是对女儿各种奇思妙想或胡思乱想做点评。

到了这年暮春，警车全城尖叫的时候，丹珏的奇思妙想和胡思乱想又来了，她笑嘻嘻对父亲说："唉，爸爸，假如把全世界的反革命都肃清，再集中起来，建立一个国家，不晓得他们到底会做什么。"

直到她自己学校里两个老师也成了反革命，丹珏才停止了此类奇思妙想。那是两个教书教得很好的老师，在学校很受学生们尊重，从此丹珏再也不拿反革命说着玩了。

焉识也是作为被肃清的反革命被捕的。焉识的反革命罪状没有具体到"历史"还是"现行"，大概统统包括。而焉识后来去的地方，就是丹珏奇思妙想想出来的那种"国度"，一车皮一车皮的反革命都被集中到那里。对于此，也不知丹珏会想些什么。

手持羽毛球拍的丹珏目送焉识上了警车。父亲回过头看了这个身材修长、一头卷发的少女一眼，居然一个莫名其妙的念头冒上来：小女儿连爱打球这一点跟父亲都那么相像。

王子来了

我祖父陆焉识的真名随着那个姓邓的政委的离去，被彻底遗忘了。新来的犯人只知道他叫老几。由于邓政委掏枪恐吓犯人，导致犯人掉进冰窟窿，受到了行政处分，降级到分场的牧业中队去放牦牛。牧业中队是分场最艰苦的中队，因为他们必须走牛羊的路，住牛羊的地界，过牛羊的日子。

不过分场犯人的生活待遇依然延续邓指在职时建立的标准。其中包括犯人一个月必须发到一盆热水擦澡，剃一次头。从五月开始，就会有一些参观劳改农场的团体到来。一旦有重要的参观团来，总厂就会把他们带到老几所在的分场，会从牧业中队运一批牛羊肉，再让渔业中队挑一批二十多岁的湟鱼，并且从酒厂调一批白酒，几桌席就办开了。参观团必参观的地方有犯人体育馆，犯人露天影院，犯人伙房，犯人工作场地和作坊。老几凭经验知道将要来的参观团是什么级别，假如是外宾参观团，犯人们会提前一个礼拜打扫卫生。

1974年8月2日，犯人们接到打扫卫生的命令。邓指离开了分场，唯一的变化就是老几不再干统计员那份轻松活路，回到大组里跟其他犯人同吃同住，干同样的活。体力的重负他能忍受，但他在当统计员时养成的娇气习惯却改不过来了。第一就是解大手。他干这桩事情所要的条件都没了：私密空间，宽裕的时间。他的大肠不知所措，乱发信号或不发信号，终于他彻底地失去了便感。为此他早点名后，宁可舍去早餐，也要跑进厕所最靠里的一个茅坑，指望这样可以有一点私密感，可以一心一意地酝酿便感。早餐时间半小时，假如他半小时之后还完不成作业，队伍就要出发到湖边干活去。出大墙的点名如果没有他，他会被带队干部误认为躲懒旷工。这样老几就开始悄悄地忍受便秘。有时他的努力已卓见成效，像石头一样硬的排泄物终于露了头，但听到出工点名的哨音，他只得站起身，在裤裆里垫上纸，尽量夹着两腿走进队伍，再跟着队伍走五里路到湖边。一路上他觉得自己的中下端很像两片面包夹着一节干硬的香肠。一年之后，这件难以启齿的事成了老几生活中的大事。那个"文革"中进来的"挑动群众斗群众的黑手"发现了老几在暗中受苦，就主动悄悄帮忙。"黑手"说一切都是因为纤维食品和水分的缺乏，可以试着采一些野菜野草来吃。野菜野草吃下去，还是没有太大改进，"黑手"又推荐一种泻药。老几到犯人医生那里申请吃泻药，犯人医生说老几："找死呢？你也不看看自己多大岁数了！一泻还不泻死?!" "黑手"便自己去找犯人医生，坚决要求吃泻药，终于替老几把药拿来了。他为自己变成"挑动犯人斗医生的黑手"而骄傲。但吃了一天泻药就证明医生是对的。老几水泻了多次之后就躺下了。躺了两天，他的肠胃死了一样，随便他吃什么喝什么，肚子里一点动静都没有，一个礼拜都没有任何动静。到第七天，他的肚子实在胀得要破了，捧着肚子来到犯人医生面前。医生给老几灌了肠，并告诉他，严重腹泻造成肠内脱水，接下来必然是严重便秘。矫枉过正，往往是过得太远。

这天老几在犯人体育馆重新油漆双杠、单杠。听到午饭哨音，希望又来了。午饭是一个小时，他至少有四十分钟可以蹲茅坑，接着早晨的努力把他的大事情进行到底。老几匆匆吃完午饭，抓了一把被太阳晒得滚烫的沙子擦干净碗，就直奔厕所。厕所里已蹲着一个人了，姓胡，是1969年"清理阶级队伍"清出来的"漏网反动教会头目"。他跟匆匆进来的老几打了个招呼，见老几选择的茅坑在最里面一格，便蹲着挪到了倒数第二格，老几的隔壁。"这样聊天方便。"他说。老几最怕此刻有谁跟他聊天；他要把全部注意力集中到大肠尾端，才能完成他的大事情。姓胡的"头目"自视甚高,觉得犯人里基本没人能和他说得上话,都是低层次,只有老几是他那个层次上的人。因此在任何场合中碰上老几,他总要高谈阔论几句时事,或者电影(其实也没有几个电影可供他谈论)。他知道老几的背景,美国名牌大学的博士,中国名牌大学的教授,等等,因此话题往往宏大抽象,不着边际。

老几蹲在那里,全身往下使劲,非常痛苦地吭哧出一两声赞同。他此刻只能赞同,否则还要费口舌解释自己为什么反对,那就更要分散注意力。姓胡的"头目"终于结束了宏论,大概也是腿蹲麻了,离开了厕所。此刻犯人们都吃完了午饭,三三两两地进了厕所。老几心想,他现在对生活没有什么高标准,就是想要个清静的地方解手。

午饭后是政治学习,一般不会太认真地清点人数,老几可以晚一点参加学习;他决定这一回一定要蹲到底,蹲出成果。厕所终于又清净了,外面的鸟啼和里面苍蝇的嗡嗡都能听得见。"成果"快要出来了。老几一再集中精力。但"成果"出来一小半,却停止了,怎么挤压,它也不向前进展。老几发现厕所窗下有一节树枝,他蹲着挪下茅坑的台阶,又蹲着往那个窗口挪动。在大饥荒时代,树枝很不好找,它们是犯人们解手的重要工具。那时候大家吃油菜秸磨成的粉,从肚子里出来的都是块垒,要靠树枝往外掏。老几捡起那根树枝,又蹲着一步步挪上茅坑的台阶,跨蹲在坑上,大大地喘出一口气。邓指在的时候他没有意识到自己受了多大的恩惠;人总是在恩惠失去时意识到恩惠曾经的眷顾。

自从死了那个"破坏知识青年上山下乡运动分子"的大队书记,邓指又把老几叫到自己家里。他告诉老几,正因为他听说保卫科的河北保卫干事要报复老几,他才想办法把老几调到自己的分场来的。但是他肯定是要受到降级处分,离开这个分场的。假如河北干事的报复心还在,老几的危险又会回来。邓指给老几的忠告是:人家用一个人的气力改造,老几要用三个人的气力,争取不给寻求报复的人抓住任何把柄。

老几发现自己的注意力又分散了,他马上要自己不去想邓指。

也许政治学习的读报阶段已经过去,现在进行到讨论阶段了。老几急得脊背上爬了一窝蚂蚁似的,刺挠难忍,但他还是让自己尽量不去理睬它,集中精力,把做了一大半的大事情完成。一个人的脚步声踏踏传来,一面叫喊:"老几!老几!……掉茅坑了?!"

老几只得应了一声。

"中队长问你,是想躲政治学习,还是又想逃跑啊?!"那人的吼叫从窗口传进来。

"我……我就是解、解、解手啊!"老几心想,中队长猜测什么也别往逃跑上猜。

"解手解了一小时?!"那人说。

老几心想,错了,是一个多小时。

"刚才大伙儿都看见你吃完午饭就跑进厕所了!中队长让你立刻回去!"

老几叫他先回去,自己立刻跟上。他还不想徒劳一场,那种两片面包夹着一根干香肠的感觉实在不是人受的。那人说是中队长派他来捉拿他老几的,不带着老几回去他自己也要挨罚。老几两眼昏黑地慢慢站起。一个多小时集中的精力,耗费的体力,统统白费:还是两片面包夹着一根干香肠。

其实中队长叫老几回去是让他替中队写一版壁报的。每隔两礼拜就要换一次新壁报,这也是邓指建立的分场传统。一般的壁报由犯人自己写,或者各个大组指定犯人写。内容无非是读了"毛选"哪一段,认识到自己多么混蛋不是人。老几是分场壁报的主编、编辑、校对员加印刷工——一篇篇文章最后都是由他用毛笔统一抄写到纸上。一旦重要的参观团来参观,所有稿子几乎要让老几重新写。学习了这么多年的报纸词汇,老几脑子里有一本报纸词典,什么时代讴歌什么,憎恨什么,批判什么,他都不会弄错。一个重要参观团要来了,壁报要彻底更新,犯人们写的文章里不合眼下词汇时尚的词汇都要由老几更换。这一点中队长非常重视,也因为此他对老几在厕所里磨了一个小时的洋工眼开眼闭。

"这是一个非常重要的外国参观团,中央和省里都派人跟着来的,你给我好好办这期壁报!"渔业中队的李队长把一卷彩色蜡光纸放在老几面前。这些蜡光纸是要剪成图案去装饰壁报边角和文章题头的。

老几问李队长外国参观团什么时候到达。李队长说他不知道。老几只想算算自己要加多少小时的班才能把一个超大壁报全部改写、编辑、誊抄完毕,但李队长却对他保密。据说一个喀麦隆司法系统参观团到某个监狱参观,一个犯人悄悄把一个信封塞在一个团员手里。那是托参观团帮他到美国找他哥哥的信。但这个犯人没有料到喀麦隆司法参观团权衡了利害之后,认为帮此犯人这样的忙意义不大,弄不好还要影响中、喀关系,就把那封信交给了中国公检法。

肉食运来了,酒也到达了。这回不是老几发明的用玉米芯做的白酒,而是正宗的新疆葡萄酒。跟着到达的是一筐筐的搪瓷碗和钢筋勺子。这都是从场部食堂借来的,为了看上去干净统一。

中队长几乎一小时就来看一眼老几誊抄的壁报,临走总是一连几个"快点儿、快点儿啊!……"

所以老几知道他没有时间去完成他头天早晨在厕所开始的大事情。夹着干香肠的感觉一直伴随他抄完所有壁报。等到老几指挥犯人们爬上梯子,把壁报一张张贴上墙,又把题头、花边贴到位,他被肚子胀出一头虚汗。他知道光靠自己的努力的时候已经过去,现在必须借助医学的帮助。老几的羞涩始终妨碍他向医生申请医学的帮助。这次什么也阻挡不了他了,他进了门诊所就向医生要求立刻灌肠。

医生一边在老几身上作业,一边给老几上课,说灌肠会引起依赖性,直肠渐渐失去神经反应和弹力,那才是最可怕的。医生严肃阴沉地告诉老几,一定不要让自己滑到那个不治的阶段。

老几伏在灰色的白床单上点头:"一定、一定。"

参观团到来前夜,犯人们都换上了新囚服,背后"劳改"二字缩小了尺寸,番号也不太显眼。每一个号子都清扫了一遍又一遍,所有的个人破烂都藏了起来——比如待补的烂袜子,待修的烂鞋子,待捻成线的烂羊毛烂牛毛，都被藏进被子里，而被子都叠得方方正正。每个号子的便桶里都装进一个小布袋，布袋里装着几个樟脑丸，这样刮不下去的厚尿茧就不会糟蹋外宾的嗅觉。

外宾都是柬埔寨人，一个王子作为参观团的团长。他们是犯人们开午饭的时候到达的。犯人们已经被训过话：菜再丰盛也要保持文明吃相。所以当他们看到每人面前放着一碗红焖羊肉，一盘青椒牛肉丝的时候，忍受着唾液在嘴里发洪水，先让自己的口水灌个水饱。

李中队长一声"热烈欢迎柬埔寨外宾！"犯人们一起拍起手来。老几知道此刻所有犯人都是对好饭菜拍手，欢迎的都是这一顿足吃。掌声停下，只有一双手还在拍。那是林彪的一个小死党，脑子出了毛病，到现在还在给党中央写信，说林彪是个好同志。他的大组长说："你还鼓什么掌？！"

小死党说："又没有叫停！"

李队长宣布："现在，大家可以用餐了。"

一听这话，小死党脑子马上聪明了，停下掌声。犯人们文明地开始"用餐"，不咂嘴，不说话，钢筋勺子尽量不碰搪瓷碗。他们心里都只有一个期盼：王子快点率领团员们走吧，他们敞开来咂嘴，抡圆了勺子，不文明地吃，这么美味的午餐只能用最野蛮的方式享受，才对得住它和自己。但是王子兴趣很大，还让炊事员给他舀来一块牛肉、一块羊肉，吃得那么王子风格，然后高贵地微笑一下，轻柔地说了两句话。

翻译立刻说："王子认为这里的饭菜非常美味，这里的厨师厨艺很高。"

李队长又带头鼓掌。犯人们只好放下勺子，跟着鼓掌。坐在老几旁边的一个犯人是个学生，做了知识青年之后到处打群架打死了人。他对老几耳语说："这个王子再不滚蛋，我就拿饭盆往他头上扣了——反正饭和菜都凉了，你看，这牛油都凝固了！"

老几笑了笑。

多年后，老几读了弟弟从国外带回的书，才知道王子兄弟姐妹的遭遇。他一家二十来个公主和王子都被他们国家革命的军队杀害和监禁了。他大概是唯一逃出来的王族第二代。

　　下午，总场领导和分场领导一块陪王子率领的参观团吃了午餐，喝了葡萄酒，又陪同他们参观了渔业中队的渔船和加工作坊，看犯人们破开鱼腹，拿出鱼内脏，再一条条撒盐，装进麻袋。装进麻袋的鱼立刻由另一批犯人运走，搬上推车，推向地下冷藏室。犯人们都是预先得到过排演和训练的，也积累了接待参观团的经验，因此作业动作都做得很漂亮，连总场的领导都露出红光满面的笑容。参观团走后，总场的副厂长大声地以河南话说："邓玉辉那个狗日的是有点领导才能，啊？要不是出了那么个事，就不是降他的级，该升他的级了！"

知青小邢

除了那个犯人医生，没人知道温文尔雅的老几身染难以启齿的沉疴。他所有的无眠之夜，除了盲写给婉喻的书信体随笔，又多了一件事，就是担忧他这桩大事情如何解决。夜深人静的时候，他浑身肌肉放松了，反而来了感觉，但号子里面十来个人只有一个便桶，本来就不够大家用的，老几不忍用它解决他在夜里发生的大事情。没人愿意挨着便桶睡觉，因为夜里会被气味和声响弄得睡不好，老几主动提出把自己的铺位铺在便桶旁边。反正他本来也睡不着，再则万一他夜里实在憋不住，就可以就着那个便桶解决大事情。

1974年12月初的这一夜，老几终于忍不住了。他尽量轻手轻脚地起身，拿出早就搓软了的旧报纸——报纸是经过挑选的，上面没有领袖相片，也没有工农兵和八个样板戏英雄人物的照片，并且不是重要社论。他跨骑在便桶上一会儿就腿酸背痛起来，因为便桶是供人小解的，高度非常尴尬，老几的身高腿长跨骑上去，全身悬空，没着没落，等于是在练骑马蹲裆功夫，浑身肌肉绷得铁硬，包括腹肌和肛肠附近的肌肉，刚才在铺位上的里急后重的感觉不一会儿就消失了。

他只好回到被窝里。躺下不久，肚子里的风暴又开始席卷，比上回来势更猛。他再次爬起来，这回有了经验，将棉袄披在身上，不至于再挨一次冻。他并不马上跨骑到便桶上去，而是等腹腔的压力越来越大，最后全部蕴集到出口。这次他的姿势也做了调整，不是跨在桶上，而是半坐半蹲，一面劝自己要分清主次，便桶沿有多么恶心就别去在意了；此刻"爱国卫生"是次要的，最主要是不能做1961年死于肠梗阻的徐大亨，疼得顺时针、逆时针地打转。……但他风起云涌的下腹不知怎么又恢复了风平浪静。他再次带着悬而未决的大事情回到铺位上。

这一夜他不断起来，又不断躺回去，终于惹恼了躺在他旁边的知识青年小邢。

"我操你奶奶，老几！你折腾一夜，铺草响得吵死人，干什么呢?!"

知识青年的大声斥骂把原先睡得好好的狱友也惊醒了。"一打三反"送来的一个贪污犯说："老几这么一把岁数了，夜里还打飞机呢？"

"到珍宝岛打苏联坦克去吧！"

"参加中国高射炮部队，支援越南去吧，老几！"另一个犯人笑了。

犯人们都笑了。1969年后来的犯人带进来一些新词汇，包括新的淫秽词汇，跟国家新的政治生活和社会生活有关。老几听了这类话就像没听见。有时他确实没有听见，脑子里都是自己的事：盲写的某个句子不够完美，换个角度造句；某一段是否需要保存或删除。为了把所有他盲写的文章最后写到纸上，他有时需要背诵那些早就定稿的文章，怕记忆万一出故障。他已经到了该出各种故障的岁数了，出故障是生命最后一个成熟阶段。就像他那一颗颗失落的牙齿，瓜熟蒂落，连血都没有，也没有知觉。不像早先那样，一颗松动的牙齿要疼痛一个多礼拜才落，有时光是疼痛和晃荡，就是不落下来，还得靠别人用鱼网线帮他拔出牙根。他的牙疼粉早已用光，从七十年代初期，止牙痛最好的办法就是用鱼线拔牙。跟老几一块被车皮装到大荒草漠上来的人差不多死光了，只剩下五六个像老几一样的"无期"，都比老几后生，个个没了牙，开口一笑都像初生婴儿一样。

知识青年此刻跟某个犯人相骂起来。老几错过了他们冲突的开头，渐渐听明白他们的冲突是因为自己。知识青年不准对方把淫秽隐喻用在老几身上；他说这号子里的十条命加一块，都不值老几这个伟大的臭老九一条命。因为什么知道吗？因为他父亲也是老几这样伟大的臭老九！

犯人们怪笑，各种脏话对着知识青年来了。

知识青年从被窝里跳起来，从一具具躺着的身体上横跨过去，来到脏话讲得最有水平的那个贪污犯旁边，轻轻踢踢他。

"老子就怕没架打。世界上就一个人我不敢打，就是我爸。我妈1959年就不要我爸了，跟人跑了，所以我连她都打了。起来！"

贪污犯翻一个身，把脊梁朝着知识青年说："我起来？我起来你就费事了。"

一些犯人叫着："谁去叫值班警卫？……睡不睡觉了？明天还干活呢！"

老几此时怕知识青年吃亏，舍弃了热被窝，从两排草铺之间穿过，到了贪污犯铺位，劝知识青年别闹了，等值班警卫来了全号子明天都被扣饭。知识青年说谁敢去叫值班解放军他第一个放倒他。知识青年的脚开始踢贪污犯的肩膀，渐渐往头上移动。

"一滩稀屎，起不来了？"知识青年说。

"告诉你啊，老子起来你可别后悔。"贪污犯就像秘密揣有什么杀手锏似的，慢条斯理，沉着得很。

老几又劝了句，知识青年恶狠狠地冲老几叫喊："没你事儿！滚回你铺上去！不然我放倒你这把老骨头！"

从对面铺上坐起几个重刑犯。一个过失杀人犯说："来，先把他这小嫩鸡子放倒！"

老几说："小、小、小邢（知识青年姓邢），你说过要、要……要学英语的。"

知识青年有一天躺在铺上自言自语，说要是有本英文课本就好了，在高中的时候，英语是他唯一不烦的课目。老几当时告诉他，他可以给他提供英语课本，把课文写在旧报纸边沿上。知识青年已经积攒了一小摞从旧报纸边角上裁下的空白纸条。

听老几这一说，知识青年愣住了。但就一刹那，突然抬起脚，朝贪污犯的脖子上跺去。那一脚动作不大，但跺得之有力，之准确，充分体现了一个常年打架的人的素养。贪污犯短促地"呃"了一声，听上去猛吸了一口气，接着就没动静了。人们都慌了，围上去，又是掐人中，又是抽耳掴子，几分钟之后，吸进去的那口气才"哼"的一声吐出来，吐得那么微弱垂死。

唯一不害怕的是知识青年。他似乎为自己刚展露的威慑力得意，两个膀子微微空抡，提两把铜锤的花脸似的走回了自己铺位，躺下后说："我躺在这儿等你呢，啊？你不是说你一起来我就费事了吗？我等着费事呢。"

不到一分钟，知识青年就扯起很响的呼噜，也不知是真是假。贪污犯给那一脚跺伤了，第二天还起不来。知识青年的三顿饭被扣了两顿，只有晚上一顿甜菜汤加玉米面大饼有他的份。除此之外，他还被上了纸铐。渔业中队没有加工队，管落实惩罚的是大组长。大组长用心险恶，选了作废的发票做纸铐，废发票几乎半透明，还用糨糊一截截粘接起来，糨糊是大组长用嚼烂的大饼做的，缺乏黏性，稍微动作它就裂开。

知识青年靠老几的帮助吃完了晚饭。饭后他让老几帮他用烟叶卷一根"大炮筒"，再帮他点上。小邢总能接到打架集团小兄弟寄的烟叶或者白纸包烟卷。

老几问他当时想到了什么，给了贪污犯那么狠的一脚。知识青年说那一刻他想的太多了。他想，自己怎么会跟号子里那一滩滩大粪搅和到一起？假如自己的父亲不是臭老九，母亲不是个势利女人，"反右"、"四清"、"文革"、"下放"都没有发生，他应该是个驻外大使或者大翻译家或者大臭老九。可就是老几当时一句提醒，他想到他这一辈子就只能跟大粪搅和在一起了。所以他抬起脚就朝离自己最近的大粪跺下去。

他每抽一口烟，纸铐就发出危险的响声，仔细看看，就能看见半透明的"铐子"上添出一条裂纹。老几见他又艰难地把头低下去，去凑手上拿的烟卷,想帮他一把,他却一扭身,倔头倔脑地拒绝了。他带着一条紫红色人造纤维的围脖,老几听他说过,那是他打架团伙里的女朋友送给他的。他告诉老几,现在外面时髦的人趁钱的人都不穿棉花羊毛,而是穿晴纶,因为颜色特别鲜艳,还不打折子,虫也不会蛀。他囚服里套着女朋友给他织的晴纶毛衣和毛裤。熄灯后他的晴纶毛衣毛裤就会噼里啪啦打出火星子。一根烟抽完,老几问他要不要去上厕所,他可以帮忙。他说马上大组长就要来给他解"铐"了,就不麻烦老几了。老几发现他也可以是个通情达理的人。

到了熄灯时间,大组长却没有来。知识青年猴坐在床头,眼睛看着门。对面铺上的过失杀人犯说:"小邢别尿一炕啊。"

其他几个犯人尖声笑了。

知识青年这回不想跟他们一般见识。老几听见他纸铐刺啦刺啦响,睁眼一看,他正在卷一根"大炮筒"。老几问他要不要帮忙,他说"帮你大娘去"。老几知道他又成了铜锤花脸,所以翻身对墙壁,随他去了。知识青年"咔哒咔哒"地按打火机,"咔哒"了无数声,老几听得紧张得不敢喘气,生怕他点着了纸铐,但也不再提出帮忙。

"咔哒咔哒"的声音听上去越来越犟,越来越恼怒。四周响起呼噜声,只有老几在被窝里紧握两只拳头。他怕自己的肚子今夜会再次跟他闹着玩,让他不断起来、躺下,这样会引起知识青年的误解,认为老几在监视他或者死乞白赖要帮他忙。老几越来越发现明哲保身的重要。一声"咔哒"似乎比之前更响,同时黑暗被光亮捅出一个洞,洞在老几飞快转身时就扩大了几倍:知识青年已经一声不响地成了个火球。老几喊道:"救火!"同时拎起便桶,将小半桶尿泼到"火球"上。

火球滚到了地上,但铺位上干透了的芨芨草已大火燎原。巨大的火舌毫不费力地舔着了屋顶上的芨芨草把子,那也是干透了的草把子,都是好燃料,沾火就着。大火呼啦啦作响地烧向夜空。

一屋子的犯人们都跳起来,一些人已经往门外跑去。老几扯下知识青年的棉被,往"火球"上扑打。"火球"在地上窜跳,在所及之处飞快撒开火种。老几跟着"火球"扑打,耳边响着犯人们和警卫解放军的叫喊："快出来！……救不了他了！……"老几看着脚边的"火球"，开始还动弹，渐渐成了一堆极旺的篝火，冒着奇怪的气味。"火球"在成为"火球"前惦记着自己的臭老九父亲，老父亲是他铁硬的心里唯一的柔软角落。"火球"白天戴着纸铐时，还露出了他的可爱之处，让老几明白他怀有许多梦想，都是些不着边际的梦想。老几看见跑出去的人们又冒着被烧死的危险跑回来，救出自己的棉被、棉袄和细软。老几在浓烟里胡乱抓起自己那包细软，又抓起自己冒火苗的棉衣。等他从燃烧的草门帘里踉跄出去，才发现自己手里抓着的不是棉衣，而是知识青年的半截棉被。

火顺着房顶上的芨芨草把子一路顺畅地往东边烧。所有犯人都出来了，抱着自己可怜的细软，眼睁睁看着火一直烧到最东边一间号子。他们既没有救火的工具也没有消防水龙头。这是缺水的地方，最近的水就是三里外的青海湖。老几披着知识青年的半截棉被，看着呼呼的大火发呆。

天亮之后，火实在没什么可烧的了，就熄了下来。人们从老几他们的号子里扒出两个人形焦炭，中队长查查人数，发现两个人形焦炭之一是贪污犯。但是没人能分得清谁是谁，只好都一块卷到草席子里，抬出去埋了。犯人们一面用草席包裹他们一面取乐，这俩人一架没打出分晓，打到阴曹地府去了。

场部临时调来了帐篷，替代一时恢复不起来的号子。帐篷比号子冷多了，同号子所有的狱友冻得怨声载道，并在埋怨的时候横一眼老几。

总场保卫科来了人，调查事故原因。老几那个大组正在冰上作业，装置炸药炸冰捞鱼。犯人们一个个被传唤，交代了打架的过程，十分钟左右回来接着作业。老几渐渐发现，每个回来的犯人都看看他。等到最后一个犯人被传唤，老几肚子突然一阵绞痛。他咬住所剩无几的牙；这时候绝不能去解大手，不能让总场保卫科的认为他想借此躲避交代情况。下一个被传唤的一定是老几了，并且这是一次致命的传唤。他憋得气都短了，眼珠定在一包雷管上。

果然轮上老几了。大组长带着老几往湖边走，老几感到肠子在收缩，在阵痛。他突然体验了婉喻生三个孩子的感觉，他的肠子也似乎要分娩出活物来了。快到湖边时候，他实在走不了了，站在原地。等大组长回头，他已经躺在了地上。

大组长一看他的样子，以为他得了心脏病或者中风，这是老几的岁数该得的病。

"老几你怎么了?!"

老几表示没什么，就是要马上去一下厕所。大组长不相信他"没什么"，叫他躺在那儿别动，一动都别动，他这就去叫医生。老几连开口都艰难，只想等阵痛的间隙快到来，他好站起。大组长在冰上一步一溜地跑了。他慢慢撑着地面爬起，解开裤子，还没蹲稳，"分娩"就开始了。他已经很久没有如此通畅的感觉了，原来他的肠子比他更惧怕传唤。

他提起裤子，向远处几间土棚子走去，那是中队长带监的临时办公室以及统计室，还有两间堆放破渔网和修船织网的工具。一般总场来视察的干部都呆在中队长办公室里。快到土棚了，老几猜想，总场保卫科来的人会是谁？要是那个河北干事，可算他"君子报仇，十年不晚"，老几山不转水转地又转到他手上，接受命定的报复。他的脚步无意中慢下来，渐渐停住了。他觉得肠子又开始不安生，在他腹内蛟龙一般扭动。刹那间，又是翻云覆雨，疼得他虚空着中段，进退不是。他横着向平房侧面的厕所挪步。终于进了厕所，却发现不过是一场警报演习。这时他听见厕所外面有人说话：

"……诡计多端的老东西，肯定是装病，你去找医生，他趁机跑了！"这是一口河北话。

"不会吧？他脸都紫了！"

"狗改不了吃屎！老狗，更改不了！"

他们的声音渐渐往远处去。老几一边系裤带一边往厕所门外走，扯开嗓子叫喊："我在这儿呢！"

大组长和河北干事已经走到平房拐弯处了，听到老几的喊声站住，回过头，刹那间老几在河北干事脸上看到一种复杂的表情，似乎是失望：假如老几真像他断言的那样又逃跑了，便给了他一个机会去追捕和干掉他。

"上厕所就上厕所呗，干吗躺到冰上打滚？"大组长说。他也怀疑起老几来了。在老几和总场保卫科干事之间，他当然立刻看出利害，马上选择了新立场。

河北干事说："老老实实地给我走。"

老几便老老实实顺着一条炭渣小路向平房走去，身后的两个人一声不响，但老几觉得两人的眼睛很忙。

河北干事把老几押到渔具仓库门口，让大组长回去监督干活。大组长一走，河北干事可以叫老几去追兔子或追旱獭或追西北风，只要他命令老几去追，老几不得不追，而只要老几一追，子弹就会追老几。老几看看偏到南边的冬天的太阳，雪亮地照在一幅画着葵花和毛主席像的"最高指示"上。屋檐下一排冰凌在滴水珠。一个窗子的缝隙里冒出蒸气，那是在给这位总场来的干部准备午饭。老几想好好看看自己的末日。

"进去吧。"河北干事说。他在自己也跟进去之后关上了门，别上了门闩。"怎么又是你惹事，啊?!"

老几不知道该怎么回答。七十来岁、老掉了牙的老犯人让人训得跟个捣蛋的小学生似的。

"你给我说说看，那个知识青年是不是你挑唆了去跟杨学勤打架的？"

原来那个贪污犯的名字叫杨学勤，老几刚知道。

老几温婉地否认任何挑唆行为，甚至劝了知识青年不要打架；一个读过高中的人，才二十出头，做什么不好要做人渣，跟贪污犯那样的人渣混成一片？不值。留着小命，说不定将来还能做大学生。

"你就是这么说的？"河北人问道。

老几使劲点点头。他才没有这么说。但他不怕了，人家等了十年要报这一箭之仇，就让人家报吧。老几不是十年前的老几了，他已经为婉喻和孩子们做出了最后的壮烈贡献：斩断了与他们的一切社会关系。现在就是把他当十恶不赦、死有余辜的敌人毙了，他也就是个光杆敌人，不再有任何"敌属"可牵累。

"说得不错啊。"河北干事说，"那为什么你那个号子里的人都说，就是听了你一句话小邢才用脚去踩杨学勤的呢？"

老几问河北干事，大家有没有说是听了他老几哪句话，小邢抬脚踩人的？

"我怎么知道?！知道我还问你?！他们都说没听清。"河北干事看着面前七十来岁、老掉牙的老冤家。

老几把他劝说知识青年的话复述一遍。河北干事冷笑起来。

"让小邢学外语？小邢听了就抬腿往人家脖子上踩？你听了这话会踩谁一脚吗？"

接下去的时间，河北干事整理笔录而老几等着他整理。整理完了笔录就是他陆焉识生命的终结。河北干事突然大声说："你还在这儿干什么?！干活儿去！"

老几站起来，行尸走肉地走到门口，跟河北人打了个道别的招呼。

河北人还不想马上结果他。为着什么神秘的原因。说不定他把笔录整理出来，做做手脚，使其成为自供状，公开地以挑动犯人斗犯人、导致两人死亡和监狱烧毁的重大事故来结果他。

从此老几就在等那第二只靴子坠落。

第二只靴子

1976年11月15日,老几正在湖边上修补渔网,一个陌生人来到湖边。老几心虚地偷眼看着他寻寻觅觅地在找谁。他看到了坐在一大片渔网后面的老几,快步走过来。

"陆焉识是吧?"陌生人口气平和地说。

老几想,第二只靴子终于坠落了。这么连名带姓、抑扬顿挫地传唤他,是躲也别想躲的。陌生人的军装还有七分新,拔掉了红领章的两个方块是小小的两片新绿,一张长方脸刮得铁青,两眼平视,神情滴水不漏。

"你跟我来吧。"陌生人说。"哦对了,我姓叶,总场政治部的干事。"

老几提出要跟大组长和值班中队干部说一声。陌生人说他都已经替他说过了。老几提出要回到号子里去拿自己的私人物件,因为那是很私密的物件,他不愿意别人去碰。叶干事没有反对。走到那排平房前,老几看到一辆吉普车停在那里。叶干事上前一步,替老几拉开门。

老几回到号子里,他还有什么私人物件?什么也没有了。他只为了看一眼自己的铺位。火灾之后,分场给每个犯人补发了救灾的旧军被,因此号子看起来像个军营。昨天夜里,他毫无预感:那就是最后一次躺在这个铺位上。

上车的时候,叶干事问他,被子之类的东西不拿了吗?他说不用了。叶干事说，也好，用不着了。

第二只靴子落地的声音确切无疑。

车子开到总场。总场的场部比十年前大多了，扩建了的礼堂外，贴着大幅新电影广告《金光大道》。英俊的男主角和漂亮的女主角像是另一个世界的人类；对于老几来说，他们很快就是另一个世界上的人了。

场部的医院旁边，新盖了一个四合院式的红砖房，大门像个牌楼，刻在水泥上的"招待所"三个字是初级水平的隶书。老几被带进一个房间，房号"105"。同房间还有三个人，都没有了牙，跟老几的岁数也差不多。大家都非常认生，只坐在自己的床上发呆，不跟其他人说话。大概他们都明白自己的大限到了，没有心情交谈，也觉得剩下的时间不够发展任何人际关系了。

这是下午四点多。老几心里琢磨，不知是否有一点时间可以容他把给婉喻盲写的书信体随笔誊抄到纸上。看起来他们会在这里度过一夜，运气好的话，说不定两夜。有两夜时间，他可以誊抄出相当可观的一部分。

叶干事在通知开晚饭的时候，老几向他提出了这个要求。叶干事问他要多少张纸。他算了一下：他放开来写一夜可以写一万字，这样他就需要三十张信纸。叶干事吃了一惊，问他要那么多纸打算写什么。写信给前妻。写这么长？不是一天写的：已经在脑子里写了十多年。在脑子里怎么写？

对于叶干事突发的浓厚兴趣，老几哀愁地笑笑。

"非得要那么多张？"叶干事有点为难，"我抽屉里可能只有十来张。"

"十、十……来张也行。"老几奇怪了。他自从被带到总场场部，就停止伪装结巴了，可自己的语言神经自行其是，张口还是结巴。

"我看啊，你没必要写了。"叶干事说，一个奇怪的微笑伴随他的劝说。

老几心里一沉，那就是说来不及了？今天夜里就要执行？他还有几个小时？……

招待所的食堂里，大约二十多个像老几这样白发苍苍、衣衫褴褛的老犯人分坐三桌。饭菜不错,四个菜一个汤,还有酒厂做的玉米芯烧酒。干部换了不少,没人还记得烧酒的研制归功于老几。老几发现坐同一桌的老犯人谁也不跟谁说话,但眼珠都在耷拉着的眼皮下灵活游动,观察和判断其他犯人的身份、年龄、罪状。叶干事最后走进来,脚步很急。

"唉,怎么不吃啊?都吃吧,啊?这是场部专门照顾你们安排的饭,我就不跟你们一块吃了。"

老几想,你当然不跟着我们吃,因为你不跟着我们吃枪子。他眼睛的余光看着同桌有一双手拿起筷子,朝一盘葱爆羊肝尖伸去。接着五六双筷子都朝那个盘子伸去。老几是最后一个拿筷子的人。时代还是进了一大步,老几边喝酒边想,1954年的刑前晚餐饭可没有这么丰盛。大家都乖乖地吃着自己的饭,没有牙就用牙花咀嚼着很嫩的爆炒肝尖,米粉多于牛肉的粉蒸牛肉,兑了一半馒头渣的四喜丸子。老几渐渐在那些脸上、手上、姿态上辨识出一丝一毫秀气和文雅。多年前的文雅和秀气在一层皮肉般的黑色老垢下活了。

回到房间里,老几拉开唯一的一张写字台的抽屉,居然找到了四页纸。假如正反两面都用,就是八页。那么就不至于什么也不留给婉喻而撒手人寰。

同屋的犯人在天光还没有完全暗下去就入睡了。他们倒是真想开了,都睡得那么深,那么沉。老几借着窗外进来的光,提起笔,却又放下来。他不知道应该给婉喻留下哪一篇书信体随笔。坐了一两个小时,他开始在房间里溜弯子,还是决定不了,最后一夜写下脑子里的哪几篇最好,让婉喻回味而不让她伤心。

他听到窗子有点响动,回过头,见叶干事的面孔一晃而过。他是来看看老囚犯们是否认命服法,安稳地睡生命中的最后一觉。叶干事敲了敲门,然后推开门进来,原来这门没有从外面上锁。还有一点不同从前,就是行刑前夜没有人给他们上脚镣手铐。叶干事就站在门口,不愿意进来的样子,小声问老几,怎么都睡那么早,刚才吃晚饭的时候,他忘了通知,饭后场部礼堂有新电影。老几非常惊讶,这一夜没人铐你，还有电影看，时代真是进步了！但他相信这是外松内紧，你往外跑试试，一定在几秒钟内给撂倒。

叶干事拉着老几，要他一定去看一场电影。老几拗不过他；直到现在他还是个不愿过分执拗、让别人为难的人。再说，场部礼堂给他留下了那么深的记忆，要告别此生也应该和它告别。

秋天的晚上八点四野通亮，阳光的最后余辉还留在种种景物上，但景物的影子都半融化了，带一点暗红调子。

叶干事不到三十岁，侧面看鼻子直挺，是西北回民的鼻子。他问老几家里还有谁，孩子们都多大了。老几想，你看，来了吧？这就是软性的"验明正身"，时代进步了，干部们风度好了，对敌人表现高姿态呢。老几回答，家里没有一个人了，前妻和孩子们在十多年前就跟自己中断了任何往来，一个字的书信往来也没了。叶干事似乎让老几的这个回答弄得有点不好意思，闷头走了一会路，才又开口。

"'四人帮'倒台了。"叶干事说。

老几说犯人们都组织了集中学习，明白党内又来了一次你死我活的斗争。

"这次斗争以后，就再也不会斗争了。"

老几看着地，两只脚"一二一"地向前迈步。再斗争不会关他老几什么事了。本来也不关他老几任何事。

"当时，你是怎么被捕的？"叶干事问道。

老几告诉他，1954年春天，他就那么在小女儿的目送中被押上了一辆警车，判决书在抓捕他之前就预先填写好了。号子里呆了一个礼拜，他尚不知道自己的案由。同号子的狱友有大胆的，相互交头接耳地打听案由，但所有人都跟他一样，都弄不清自己的具体案由。入狱的第二个星期，他被传唤到了监狱的院子里。院子渐渐给各个监号的犯人填满，站成三列。监狱当局的干部开始照着一张名单点名，最先被点到的名字是被判处死刑缓期两年执行的犯人，一共有169名。接下来被点名的是30个无期徒刑犯人。第三批只有两个人，一个是有期徒刑15年，一个是20年。当时听到"陆焉识，有期徒刑15年"

时，所有的人的目光都落在他脸上身上，就像他中了一等彩票。当然，后来他的徒刑被加了两次，一直加到死刑，又减成无期。他对叶干事笑笑，意思是，你看，人们在我身上做了那么多加减法。

他们到了礼堂正门口，高大的毛主席塑像挺立了近二十年，身边的空缺是林彪塑像留下的。石头林彪在1971年9月给凿碎搬走，毛主席就孤单单一个人站在那里，但身姿略微侧偏，似乎仍然有个无形的伴侣与他并肩。离礼堂不远，就是发电站，发电机轰轰的声音混在孩子、大人的叫喊嬉笑声里。人们赤红的面孔上不再有一对大黑鼻孔；从七十年代开始，每家每晚可以用两小时的电。

场部礼堂里木椅一排排的，跟过去自带板凳大不相同。因为是卖票的营业电影，场内对号入座，所以并不拥挤。叶干事领着老几坐在十五排正中间，告诉老几他用的是招待票，是政治部宣传科专门招待老几他们二十多个人的，可惜其他人都睡觉了。

他们刚坐下，一个熟悉的面孔从前面一排回过头，瞪了老几一眼。保卫科的河北干事。从那次调查了知识青年的死亡和火灾，就再没见到他。叶干事跟他打了个招呼，称他为"曲科长"。他升任成科长了。曲科长瞪老几，是因为终于要"君子报仇"，就在明天，公案私案都要一并结案。

就在曲科长雪亮的瞪视中，场内灯光暗下来，一个纪录片映上银幕。窗子仍然把西北高原的黄昏透进来，使黑白纪录片不黑不白。

电影结束后，叶干事把老几送回招待所的房间，并祝老几晚安。

根据天色老几判断此刻是十一点左右。他摸出那四张纸来，在第一页上开了头"亲爱的婉喻"，然后就停住了。他脑子里塞着那么多盲写的稿子，每一篇都是完整的文章，他在记忆里翻来翻去，挑花了眼。公鸡都开始打鸣了，他还在犹豫，挑不出一篇最合适的作为跟婉喻的永别留言。焦灼从五脏烧出来，烧到手心脚心，烧得他浑身冒汗。他为了最终徒劳的盲写而恼怒自己，也恼怒叶干事；行刑也该通知得早一点，好让他准备得充分一些。人一生只死一次，草草地就死了，比来到这世上还不由自主……

夜 审

关于我祖父的加刑，我从他的回忆录上了解的情况是这样的——

1954年夏天，上海有个叫江帆的区公安局长被捕了。具体罪行模糊，抽象罪行是涉嫌军统。具体证据也模糊，但模糊证据是"有人"密报。当时叫做"有人"的证人到处都是，很有信用，也很受重用。江帆的被捕导致了江帆曾经着手办理的所有案子的重审。其实不是重审，就是推翻。既然江帆本人是军统嫌疑，在1951年的"镇反"1954年的"肃反"的量刑时，必然会包庇所有反革命——很逻辑的推理。1954年11月15日那天被宣布刑期的犯人绝大部分被加刑，死缓于是成为死刑，无期加成死缓。"陆焉识，改判为有期徒刑二十五年。"

陆焉识立刻大声回嘴："等一等，你们加刑这么随便啊？！"

接下去是一场辩论，在陆焉识的卷宗里被叫做"大闹法庭"。陆焉识请坐在法官位置上的几位告诉他，这次加刑加到了二十五年，那么以后还会不会再加。假如现在给他加刑的某位首长在将来又涉嫌中统、军统或其他旧政府部门，又要推翻现在的改判，那么二十五年就还会加上去，给他加到死刑也是可能的。

监狱当局的干部问陆焉识是不是不服审判，不服是可以上诉的。陆焉识表示自己绝不上诉，因为就他所知，所有上诉的犯人都没再回到监狱来。他的要求很简单，就是请执法负责人在这次的加刑宣判书上签上名，盖上法院公章，注上一行字："永不加判。"否则想改判就改判，想加刑就加刑，出尔反尔，没人对他自己行使的法律权力和造成的法律后果负责，这不成了草菅人命？

过了几个礼拜，加刑的宣布又来了："陆焉识，死刑。十天内可以向本庭提出申诉。"

我祖父一辈子没发过脾气，那次可是有点疯了，咆哮起来，说几个月前他还期待旧制度被新制度替代，期待理性和法律会被新制度带来，现在他彻彻底底地失望了。那是很书生腔的话，尽管是咆哮出来的。咆哮的同时，陆焉识的眼泪下成了急雨。后来他一直为自己当时的书生腔发臊。后来他也明白，自己的眼泪不是像烈士那样激昂出来的，是给吓出来的；给"死刑"二字吓出来的。这次他没有放弃上诉。上诉是他最后一根救命稻草。败诉当然是可以想见的。同时上诉也被看成是进一步"不服审判，与人民政府为敌"。

陆焉识是在1954年12月3日被作为重刑犯押到监狱的底层的。似乎是地下室。他的回忆录并没有细写环境，因为担忧婉喻在阅读时精神承受能力是否足够。所谓的重刑犯人就是死刑和死缓犯人。但处死要一批批来，刑场的安排问题，行刑人员、行刑弹药的调配，刑场安全保卫的策划，以及各单位观刑代表的组织，都需要一些时间统一运筹，所以行刑不能像割草那么痛快，机枪一响，割倒一片。死刑犯们不知道行刑的秩序是怎么排的，每个人都可能今天被带到审判大会，然后直接带到刑场。偶尔有一两次，被带到审判大会会场的人又被带回来了几个，似乎是因为行刑人员和死刑犯的人数搭配给弄错了，但真实的原因是个谜。更是偶然地，一些被带回来的死刑犯最后又被减刑了。

陆焉识和同监号的重刑犯们都准备好一套体面衣服和鞋袜，时刻准备自己的名字在走廊上被叫响。陆焉识为自己准备的是一套深蓝的三件套西装，是弟弟焉得送给他的，恰好也是他被捕那天身上穿的。被捕那天傍晚，他穿戴完毕，正要出门去参加一个学术方面的酒会。除了西装，他手腕上还带着婉喻的礼物，那块白金欧米茄，领带和蓝宝石领带夹是韩念痕送的。那张全家福小照，是婉喻第一次探望时带给他的，框在椭圆形的袖珍玳瑁相框里，现在被放入了西装胸前的内兜。每天晚饭后，重刑犯人们都卷上自己的铺盖，把所有属于自己的东西都卷在被褥里，拖着重镣攀登到顶层五楼。五楼全是机动监号，关押临时犯人，等于是个犯人客栈。如果谁没有随着大伙搬上五楼，他必定在夜里被"验明正身"。

夜深人静，底层的某个监号会摆出长条桌，桌后坐着公安干部，桌面上摊着表格。问答开始了——"什么名字？""×××。""年龄？""××。"每次回答之后，干部就在一栏里打一个勾，证明名字、年龄、籍贯和本人对上了号，生怕明天拉上审判台的人多，加上开大会的上万群众进进出出，乱哄哄的会毙错了谁。表格上的栏目被一个个勾画完毕，公案干部头一摆，狱警就把这人押出去，找个合适地方让他睡最后一觉。

搬到五层楼上的重刑犯们会在第二天早晨听见看守的大声通知："关上窗子了，啊！……还在外面打扫卫生的值日生马上回自己监房了，啊！"这类扯开嗓门的通知是被一双快速行走、或小跑的腿带来又带走的，听见的人们都觉得它像通知山洪或地震或其他什么灾难。监狱的每个监号都要在早晨起床后打开窗户，排除一夜的污浊空气。

陆焉识总是坐在离窗子最远的地方。似乎这样他就离枪声更远了。从审判大会拉到刑场上的不止一个监狱的犯人，所有监狱的死因都由卡车一车车地拉到刑场。有一个刑场离关押陆焉识的监狱很近，五楼的几个监号的窗子可以作为包厢观看行刑。假如谁想提前俯瞰一下自己几天后或几星期后所要走的步骤，或对自己的下场有个宏观认识，就可以把那些窗台当观望台。关紧了窗子，重刑犯们都坐在自己的被褥上，听着远处的枪声。自动步枪是一下一下地响，间隔均匀，那是因为当天挨毙的人不太多。步枪毙不过来，他们就会听到轻机枪。"嘎嘎嘎"的扫射有时会持续到午饭时间。最长的几次，枪声一直响到下午，一场歼灭战似的，从不拿枪的敌人手里又夺回了一次上海。

等重刑犯们排着队搬回底层监号，总是看见铁门对面的墙根下堆放着刚被机枪歼灭的人留下的被褥，里面裹着他们的私人财产和书籍。每个被褥上都别着纸条：×××刑于×年×月×日。

重刑犯的人数在上升，原先住三个人的监号住了六七个人。白天动一动要喊"报告"，看守同意后可以换个坐姿。夜里大家肩并肩，腿贴腿地躺着，谁要翻身也必须先喊"报告"。一个人喊"报告"翻身，所有人都利用机会跟着翻一次身，躺得那么紧密，你不翻别人也翻不透彻，如同一个平锅煎锅贴，煎着煎着，所有个体就变成了一体。就这样一夜"报告"声不断，所有人的睡眠被一个个"报告"截断，又被一个个"报告"穿起。

九点钟熄灯前，一旦听到那种急匆匆的脚步顺着走廊进来，重刑犯们就会气短，发抖，一身的血都霎时冰凉。这时你别去看他们，他们每一张脸都是丑陋的。假如那脚步走过了自己的监号，走向别的监号，那种丑陋会雾一样慢慢散开。假如脚步停在了自己的监号门前，并且被开锁的声音替代，这个监号里的面孔真叫你不忍目睹。

脚步就这样停在了陆焉识的监号门前。每个重刑犯人都不喘气了。三个人的监号关着六个人，用同样呆滞的目光看着看守的手指伸出去，定住："你起来吧。"

人们看见他的手指尖下，不是自己，而是那个叫陆焉识的人。陆焉识请看守稍等片刻。看守不耐烦地站在一边，两手搁在腰上。见陆焉识抖落出一套深蓝西装，看守说："你干什么？用不着的！"

陆焉识无法坚持，跟他出去了。就在铁门外，他腿一软，差点跪倒。等他出去，他的狱友小声说，不正常啊，一般会点名字的，也会给你时间换衣服的，怎么就是一个"你起来"呢？

看守见陆焉识的下肢成了漏了锯末的布娃娃的腿，滴溜当啷的，几乎走不了路，便叫他好好走，工厂里还等着他。

陆焉识说："工厂里？"

看守告诉这个待毙的死刑犯，这所监狱有两个工厂，一个是袜子厂，做的袜子出口呢。另一个是铁器厂，做出的活络扳手也是全中国名牌。

"你上一次到袜子厂去做生活,讲你有什么短命的革新计划。你讲过没有啊?"

陆焉识说他讲过的。那是他第一次被判十五年刑之后。他在袜子厂工作了一个月,发现厂里出产的彩袜浸染工序太多,费时费力。他想了几天,想出了一个革新方案,可以省略一道浸染工序。但因为江帆事件,他被加刑,没有机会来验证他的革新。

到了车间,陆焉识被摘了脚镣手铐,但他一个人就占住一个看守。他从当夜十点左右一直干到第三天中午,实验基本成功了。他回到重监号里,发现少了两个老狱友,添出四个新狱友,夜里翻身喊"报告"的次数更多了,睡眠和苏醒相互夹杂,不分彼此。

将近新年的夜里,一个狱友半夜站起身,在监号里绕圈子溜达。不久,另外两个人也起来,以一模一样的水底走路的步子,跟着第一个狱友在两排铺位之间狭长空地上遛弯。再过一会儿,这个梦游人的队伍迅速成长,八个成员加盟进去。他们准确地从铁门的一端走到另一端,在碰壁之前准确地拐弯,谁也不绊在谁的脚镣上。等到打瞌睡的看守听到脚镣的声响,跑到这个监号门口,所有死刑和死缓犯人都走着水底步伐,不急不徐地行进,似乎在进行一种史前的神秘仪式。

看守吓坏了,对他们喊:"站住!……"

奇怪的是,进行仪式的人很服从地站住了。

"马上回到你们自己的铺位上去!"

这是仪式里没有的规定动作,所以他们不动。

"回去!"

仪式又恢复了,绕着那道神秘的规定轨迹继续行进。

我的祖父也加入了梦游者仪式。他在看守叫喊时其实已经醒了,但他摆脱不了梦魇,有种灵魂出窍的感觉:灵魂看着自己的肉体自行其是,无法去控制它。经历了巨大心理恐惧的人以这种方式逃避恐惧。那暂时失去灵魂的肉体是自由的,可以不顾约束和禁锢,连铁镣都失去了重量。所以他估计其他狱友也跟他一样,是半醒的,只是无法控制自己肉体的行为。

看守跑到第 46 号监房，取出长柄笤帚（我祖父的记忆力惊人，连哪间号子存放大扫除清洁工具都记得清清楚楚）。看守将长柄扫帚挥舞成某种原始武器，对着继续梦游的犯人们叫喊："回去！回去！"

"回去"在没有魂魄的人这里，得到的读解是不同的，他们的服从就是一直走，似乎就是在走回去。场面越来越鬼魅荒诞。看守用扫帚柄敲打着铁簸箕，一面继续叫喊："回到铺位上去！"

梦游者们的理解力和语言似乎跟看守隔着许多生物代，都不懂他叫喊的是什么，仍然以他们失重的步子走他们的老路。我祖父在回忆录里说，那史前人的示威或送葬的队伍，与看守隔着一层抽象的时空，无法穿越。

梦游队伍自发地解散，就像它被组织起来一样自发。他们一个个回到自己的铺位上，躺下，接着剩余的睡眠睡去。那一夜剩余的睡眠不多了，三个多小时，但这三个多小时他们睡得很沉，没有人喊"报告"翻身。

第二天在同样的时间，另一个看守看到了同一个场面。如此场面一连发生五天，惊动了监狱领导。领导派干部调查这件事是谁起的头，但犯人们全部否认自己在夜里发生过任何异常行为。根据干部们的直觉和经验，他们觉得犯人们不像在撒谎。下一天夜里，梦游者们的示威或送葬再次发生。监狱干部便挑选了两个犯人，把他们双臂反剪，两手和监号粗大、位置较高的铁门闩铐在一起，让他们弓腰驼背地被自己的手拎起，脚尖几乎被拎得离开地面，活像一对过油的大虾。接下去每人都做了一回大虾，但"过油"之后仍然想不起聚众梦游这回事。一个礼拜过去，监狱干部布置犯人们就梦游事件反省，要么自首，要么揭发其他狱友。反省了几天，没人反省出结果来，更没有自首者和揭发者。这期间又有两个狱友被拉出去接受公审和枪决。反省的规定不断更新，最后落定在这几条上：反省的死刑犯不参加晚间往五楼的搬迁，只留在底层监号里；反省的坐姿是双盘腿，犹如入定，换腿要请求看守批准；低头垂目，不准东张西望；一般情况下不准说话，除非被指定发言，一旦被指定发言，就必须发言。

一场反省把一个冬天坐过去了。人们的腿发生了奇怪的变化，变得柔弱黄细，如同病女人，连汗毛都退落一净。所有的腿因为毫无活动而萎缩退化了，皮松垮下来，耷拉在骨头上，肌肉似乎被腿自己消化了。

也不知道是不是因为反省未果，暂时留下这个号子的死刑犯不毙，还是因为有比他们更重要的罪犯必须插队到他们前面，提前毙掉，总之陆焉识这个号子的狱友都活着见到了 1955 年的新年和春节。

陆焉识比其他犯人幸运的是，他的妻子在一个月一次的探视中从不失约。

终于有个人受够了反省。正月十五那天，在陆焉识被押出号子去见妻子的时候，这个人向看守申请揭发。他揭发夜里的无声抗议活动是陆焉识发起的。陆焉识回到监狱，就有人对他耳语，把刚刚发生的"揭发"告诉了他。

当夜，所有同监号的狱友都搬迁到五楼去了，只留下了陆焉识。先是那个蹲点调查的监狱干部单独提审他，问那天夜里闹示威的领头人物是不是他陆焉识。他回答不是的。那么是谁？不知道。怎么可能不知道？真不知道，梦游人都不知道自己在做什么。

"你还用草纸和粥做钉子，黏在自己床头挂衣服？"

陆焉识说因为重刑犯的东西都放在监号外的走廊上，监号内的温度上升和下降要靠自己增减衣服，但人住得太挤，没地方放东西，就想出这个点子来。每天粘在碗边上的粥没有用，用草纸擦下来，粘在墙上，每天粘一点，渐渐就像钟乳石一样堆积起很牢固的一块，可以挂一件毛衣。

"点子倒不少！"干部说。

陆焉识想，这也值得狱友揭发。

还有一项揭发：陆焉识用一根很大的鱼刺磨了根缝衣针，所有狱友都跟他学，因此每人都藏有一根可以当自杀武器的鱼骨针。

"这个你承认不承认？"干部问道。

"承认。"

"哪里来的大鱼刺?"

"从大鱼身上来的。"

"你跟我废话吗?"干部拍一下桌子,"大鱼哪里来的?!"

陆焉识眨眨眼,一五一十交代。那次英国工党代表团来参观这所模范监狱,参观了犯人吃饭,所以犯人改善伙食吃鱼,每个犯人分到的鱼肉有四五两,看起来是从几十斤重的大鱼身上切下来的。他磨那根针首先因为毛衣脱线,需要修补。其次他想磨自己的耐心。别人都跟他学着磨针,这不能怪他;他们磨了针去缝衣服还是去刺自己的喉咙,就更加是他们的个人选择了。

我祖父在1955年还跟人一口一个"个人选择"。这话到了他的回忆录的后半部就不见了,他已经明白了五十年代初的自己有多么可笑。1955年那个春天的夜晚,他正毫无选择地在走向天明,走向江湾体育场的万人公审大会。

其他狱友搬迁到五楼去之后,留下的就是陆焉识一个人。果然,他在晚上九点钟被押到一间监号。在往走廊里走的时候,他看见了自己的皮箱,还是从美国带回来的那个皮箱。明天,枪声响过之后,狱友们从楼上搬迁回来,也会看到这个皮箱,它将被放在他的被褥卷旁边,并且别着一张纸条:"陆焉识,××××号,刑于1955年3月4日"。

一排长桌上摊着表格。表格上端竖着一个充满自我正义感的戴警帽的头颅,帽檐遮去天花板上投下的灯光,因此眼睛和阴影不分彼此,可以说眼睛有阴影那么大,或者说阴影像眼睛一样会打量人。

表格的一个个栏目都被填满,他向后退了一步,朝坐在桌子后面的人微微鞠了一躬。没办法,这是他的教养给他的习惯,让他尊重任何一种劳动和付出:不管怎样的冤案,人家为你也忙了累了这么久。

1955年3月3日的陆焉识就像1976年11月初一样,决定把自己最后的夜晚用来给自己的妻子写一封信。

他向看守要来了纸和笔,把纸铺在冰冷潮湿的水泥地面上,尽量不让笔尖戳破纸。1955年的陆焉识跟1976年一样,也是要写得太多,反而写不出一个字。不同的是,那时候他还没有认识到自己一生最爱的人就是妻子冯婉喻；婉喻是他寡味的开端，却是他完美的归宿。1955年3月3日夜里，陆焉识只是打算写一封寻常的别离妻子儿女家园的信，像遗言又像托孤的那种信。但他怎样都写不出来。他害怕极了。死是那么可怕的事啊。何况又是那么一种死法。他恐惧死的程度可以杀死他一百次；不，他每一分钟被杀死一小部分，到了天亮，他竟然完全死了一样昏沉沉睡去，守着两张空白的信纸。

他是被脚步声惊醒的。一刹那间他后悔不迭，那封信没有时间写了。等两个警察向他走来时，他看看那两张白纸——他的不辞而别。警车鸣笛开道，他回过头就能看到他熟悉的街道旁边站着看热闹的人群。他从来没有看过此类热闹；没有那种胃口和情趣。到了体育场，组织来参加公审会的人一圈圈坐上去，座无虚席，有那么几个缺乏理性的人被押进场时虚张声势地喊口号，声音是撕出嗓子眼的。他们无非是觉得太没面子了，体面了半辈子最后落个这样的死法，让上万的人当作斗兽场的牺牲来看。所以他们就是喊几声给自己挣回点面子。

五六十个死刑犯从上海的各个监狱集中到这里，秩序很乱。三月天出了个五月的太阳，早早到来并等了一个上午的群众们无法如厕，就在附近的背静处解决；犯人们忍禁不住的粪便顺腿而下，挂在裤子上，随着他们移动；人民和敌人的排泄物一同让太阳蒸发，万人体育馆出来了万人大厕所的气味。

大会往下进行，一个个代表发言，犯人们的身高渐渐缩短，越来越矮，最后比地面高不了多少。押车的士兵都成了搬运工，提起那些快要化成一滩的死囚，往卡车上装。没有化成一滩的人也不少，那些喊口号的有的嘴被堵上了毛巾，有的冷冷地拒绝解放军士兵的帮助。陆焉识听见他前面一个风度翩翩的老者说："请不要碰我。我自己可以走。"

于是陆焉识受到了鼓舞，当两只粗大黝黑的手从他身边伸过来时，他说："谢谢，不过让我自己来。"

那个1955年3月4日走在陆焉识前面的老者活灵活现地进入了陆焉识的记忆，让他在1976年11月2日的清晨继续激励自己。老者当时一定想，活到自己的寿数，死也算个正当事物了，发生就发生吧。1976年的陆焉识正是这样想的，可以了，不错了，就是寻常人家的老人，活到七十来岁，也不该有什么不甘了。1955年的陆焉识在卡车上站到了老者旁边，站得玉树临风，上海迎面而来，碰到他的脸分开，又在他的两侧退去。街道两边的梧桐树叶还小，绿色非常年轻，在车速加快后成了两道绿流，把许许多多的人脸以及商店、楼房也流动了进去。

人脸里不会有婉喻的，她也不具备那种胃口和情趣。

我祖父陆焉识在听到枪声之后——也就是第一批死囚倒下之后被推到一边。推他的人气喘吁吁，问道："叫你半天，怎么不答应?!"

陆焉识连看他的兴趣都没了。

"你是叫陆焉识吗?!"

"是、是我。"

"跟我走吧。"那人把他推出队列，"你的减刑批准了。文件在机关给耽搁了。"

老者抬起头，灰色的脸上浮起一个诡异的笑容。似乎是说：你逃过今天这一劫了，明天呢？也可能说：我俩还不一定谁更幸运呢。

万人大会

1976年11月3日，老几和二十多个老囚犯被带到很大一片开阔地，一端搭了个露天舞台，舞台两边各挂一个大喇叭。二十多个老囚们相互看看，都想从别人眼睛里看到谜底，但看到的都是彻底的糊涂。舞台下已经坐满了犯人，新旧不一的囚服上纽扣一律扣到领口，人模人样的。

老囚们蹲成一排，一个人掏出一根烟来，借了警卫战士的火，点着之后，挨个往下传。传的时候顺便说了一下自己的案由，哪一年的案犯。一半是1951年"镇反"的"老无期"，另一半是1954年"肃反"的"老无期"。

就在总场许政委让犯人们鼓掌欢迎省劳改局的领导时，天空暗了下来。人们开始以为是云把太阳遮住了，手搭凉棚一看，遮住太阳的不是云，而是一大群个头很大的鸟。没人见过这种鸟，黑背白胸，翅膀像雁。这是新来青海湖鸟岛落户的鸟，现在它们成了最后一批离开青海湖飞往南方的禽类。成千上万只鸟一块掀动翅膀，一块翱翔，一块大叫，就在人们目迎它们近来，听着它们的叫声越来越响亮时，舞台上的宣传科女干事冲着麦克风叫喊："请大家注意！"一面向刚开始讲话的劳改局领导抱歉地嗲笑。台下没人理她，都觉得目睹了一个千年难逢的景观。当大鸟们飞到了头顶，风向都变了，零星的羽毛像零星雪花一样扬洒。人们感到一种从来没有感到的震慑，连正要发言的劳改局领导、行政十三级的高干都向大鸟们行注目礼。空气里有了一股生命的味道，非腥非臭，暖融融的，接着，暗色的物体从鸟阵里降落，砸在人们的脸上头手背上还是热乎乎的，如同刚降了一场热冰雹。人们不知道鸟把什么降落下来，相互看着，人们终于惊呼："鸟屎！"

鸟岛的新移民为什么会选择这个时候这个地点集体如厕，太深奥了，超出了所有人的知识和智力范围。也许它们觉得飞过一片黑鸦鸦的人群时，感受到了粪土的气息。连老几都忘了自己的处境，被壮观的排便现象震蒙了。他在青海湖边生活十几年，鸟岛上的居民族类基本都认识，从来没有遇到这种奇观。鸟们方便完了，呱呱呱地唱着远去，东北风和劳改局长的报告又回来了。

老几还在看远去的鸟阵——它们现在像一片灰黑的飞翔的巨大房顶，从他们头上掀掉，刹那间已经到了天的那一头。当他还在玩味这是什么象征的时候，他渐渐听到其他老犯人的纷纷议论。

"……今天？！"

"今天就释放！"

"那……住哪儿呢？！"

"就是啊！谁给我们开饭呢？！"

老几的注意力完全回来了。台上的领导在用这些老犯人的例子给所有犯人上课，说这是中央领导的关怀，特赦从现在开始，头一批得到赦免的是这二十多个"镇反"和"肃反"进来的老先生。老几想"老先生"是什么社会面目？人民中的成员？好人民还是坏人民？

带队来的叶干事轻声喊着操令，带着老先生们（不再是老犯人了）排两列队伍走上舞台。老几走在第一排中间，"立定"之后他发现自己两侧都是比自己矮的人，他成了金字塔的塔尖。老几感到很不自在，甚至羞辱。劳改农场的场长给每个人发了纪念品，一条新得发硬、带染料气味的花毛巾，一个新的大花脸盆，一套新衣服。据说新衣服是市面上老人家都爱穿但穿不起的涤纶料子做的。老几不由地想到了裹在晴纶衣裤里烧成火球的知青小邢。

老几回到招待所，室友们不是去别的屋串门就是招人到自己屋来串门。他似乎挺碍别人的事,便一个人走到草地上。他要想想该拿自己怎么办。他以为自己是爱自由的,现在才知道自己怕自由。一有了自由,他就要考虑,婉喻还会不会接受自己,凭什么还要接受自己,自己的价值在哪里。

他没有目的地乱走,一会他发现自己走到了自己曾经的病房——那个"暖房"。就是说他走到医院来了。他迎面看到的第一个招牌是牙科。应该让婉喻看到一个有牙的焉识。他走进去,牙医和护士在给一个八九岁的男孩"上刑",男孩在牙科的老虎凳上扭作一团,自己的父亲按都按不住,一头汗地说:"谁让你不刷牙?!以后还刷牙不?!"

不管老几是被毙了还是被赦了,这地方的人还是继续受牙病折磨。他坐在一把椅子上等待。一个女牙医过来,问他怎么了。他说想装一副假牙。女牙医把他带进另一间屋子,拿出几种样品,要他挑一种。他挑了一种最便宜的,女牙医告诉他,最便宜的货紧俏,场里人都要最便宜的,要的话就得等。等多久?等两三个月。老几犹豫了一下,觉得自己是需要这两三个月的;他需要这段时间来恢复体力,调整心态,矫正结巴,清理虱子,等待牙齿。

"请、请……请问费用……?"

他想自己怎么回事,见个女牙医紧张什么?结巴又严重起来。

女牙医请他明天来医院挂号,再来牙科量尺寸,做模子。

这天晚饭时间,叶干事给每个老释放犯带来了一个信封,里面装着钱;在押期间被扣的工资会补发一部分,这是从那笔补发工资里支出的一小部分,主要考虑到每个人刚释放都会有各种用项,所以提前给他们预支了。

老几很高兴能有这笔钱去付假牙的费用。拿了钱的老释放犯们都在商量如何花销。"你最需要买的是什么?"一个用橡皮筋做眼镜腿的老先生以粉红的牙花咬着字眼,把"什么"说成"协么"。

当老几告诉他们是假牙时,另外三个室友都乐了。他们的意思是,都到这岁数了,牙花都磨成牙了,还费那个事?说不定假牙还没有牙花好使呢!牙花嚼不烂的东西,肠胃能嚼烂,吃这么多年的油菜秸、青稞粒、七七芽，肠胃里都长了牙。老几没什么可说的。都这个岁数了，为了一个女人的眼睛不受罪而装假牙，他若把这个理由告诉他们，他们更会乐不可支。

第二天老几换了那身涤纶的新衣服，刚要抚摸一下，手掌就把料子沾起来了。再一抹，料子"啪搭"一下打了他的指尖。裤腿在他的脚踝上部飘荡，看上去他像江南的插秧农夫。不管怎样，这身衣服官方地正式地替代了他的囚服。他去了医院牙科，打好模子，走出来，迎面推来的担架车旁跟着的是颖花儿妈，虽然她围着红白黑三色长毛围巾，老几很远就把她认了出来。颖花儿妈看见老几眼圈就红了。老几立刻明白躺着的人是邓指，当然，跟他记忆里的邓指不是一个模样了。老几反身一面跟着担架车往住院部方向走，一面问安徽女人邓指怎么了。回答说刚刚做了手术，麻醉着呢。什么手术？开膛破肚的手术。女人抽泣起来。老几不再问下去，因为他知道这是个说不出名堂来的女人。一看就知道她不明白丈夫到底哪里出了毛病。

到了住院部，老几轻声向一个护士打听了邓指的手术，回答又干脆又简短：肝癌。老几又拉住一个中年医生，问邓指的手术成功率多大。医生说死马当活马医。医生护士说完都忙自己的去了，把老几一人留在正午的太阳下。老几不知道自己是不是还应该回到邓指的病房去，回去又能干什么。他走到场部小卖部，买了四瓶糖水菠萝——那是小卖部的贵族食品，送到了邓指的病房，什么也没有说，匆匆告别了。

一个礼拜后，他回到牙科去再次打模子，因为上次打的模子碎了一块。离开时他想起了邓指。他几乎把他作为一个患难之交想起的。这是最后的机会可以见这个患难之交了。作为患难之交，他有义务告诉邓指，自己获释了，要回到妻子婉喻那里去了。

邓指靠在床头，手里拿了本杂志，场部图书馆借来的《人民文学》。他像个瘦黄的孩子，两眼却还是不服输的。一般得绝症的人是最后一个知道自己病情的，在邓指的案例中，颖花儿妈可能是倒数第二个知道邓指病情的。所以两口子都为老几的到来、老几的获释、老几的一身可笑的新装欢天喜地。

"操，老陆拽上涤纶了？"他伸手上来。

老几正要告诉他这种鬼料子会走火，邓指的手指头已经给火星崩着了，"哎哟"了一声。于是又是一轮笑。颖花儿妈给老几倒了一杯开水，放了一勺红糖，催促老几趁热喝。同屋的病人见这边这么热闹，躲到外面晒太阳去了。邓指对颖花儿妈说，去买个午餐肉罐头来，中午宴请老陆。颖花儿妈欣然答应，裹上围脖走了。女人一走，邓指问老几，跟老婆通上信没有。老几说还没写信，怕婉喻一接到他的信会催他立刻回去，假牙就来不及装了。

"别跟她说你那些浪荡事，知道不？"邓指说，做了个鬼脸。

老几笑笑。七十多岁的人了，再不说就来不及了。他对婉喻的爱一定要从他的浪荡说起。

"给，这个还还给你。"邓指把一样东西放在老几手上。

那块欧米茄。老几告诉他，这是他送给他的礼物，退礼物等于打人脸。

"这块表捣蛋。"邓指指着表笑道，"没有它我一辈子都给女人蒙在鼓里。我宁愿一辈子给蒙在鼓里。所以我得把它还给你。就算我借来用了十多年，测量了一下女人的心。你要回你老婆那儿去了，戴着它回去，本来就是老婆给你买的。"

老几没有问，邓指在降级之后，到了牧业中队，是否和牧业中队长对质或决斗了。他没有这种胃口和情趣来打听这种事。

"别搞那么清楚。一个男人一辈子就一个老婆。到了这岁数更明白了，能和你说说话的就是你老婆。我家小三儿出去上大学了，找了个相好，嘿，也是咱这儿出去的，跟他妈一样的女人！你回到上海，跟你老婆好好过。没剩他妈的几天了。"

邓指有点累了，脑袋在枕头上开始往下出溜，老几帮着他躺平。等到颖花儿妈提着一个装着罐头和苹果的网兜回来，邓指已经昏睡过去。

老几告辞出来，迎着正南边的太阳站了一会，泪水花了他的眼。

两个礼拜后，老几的假牙到货了，婉喻的信还没有来。在牙医的指导下，他把假牙装到嘴里，有一点松，但女牙医说松一点好，舒服，不磨牙肉，好比大一点的鞋子不磨脚一个道理。

这套跟大鞋子一样舒适的假牙使老几马上尊严起来，也漂亮起来。可以算个看得过去的老先生。老几在招待所的食堂搭伙，时常看见邓指的媳妇在那里帮厨。她一见老几就笑得眼睛弯弯的，让老几把新涤纶裤子脱了，她给他放出一个边来，否则他那么冷的天穿着长裤衩似的。老几谢了她的心意，回到招待所找了针线，把裤子改长了。犯人的生活真锻炼人，现在他可以做女人的活，更会做男人的活，七十多岁的人，肌肉还是五十岁的。他一边飞针走线，一边想到邓指媳妇的可怜，当时他一句真话出来，邓指的手枪可能就要了她的命。她一直记着老几的救命之恩呢。

到了大雪封山，通往大荒草漠外的公路交通都断了，邓指的媳妇问老几，为什么还不回家；其他"特赦"的老无期都走了。老几说他在等妻子的来信；妻子一定要做一番安排才能迎接他回去。

邓指在年底的时候病危了。第一次抢救过来之后，他还是很精神。脸色已经不是人的脸色，原本很小的眼睛现在肿成了两条线，露出来的是曾经的邓指那副逼人的目光。

"老陆，家里来信了吗？"

老几摇摇头，笑笑。他一点不担忧，婉喻从不失约。

"你睡觉睡着了吗？"

这两个问题烦了邓指十多年。

老几只是笑笑，没有摇头。他该体谅他，不想让他烦到最后一口气。

他的眼睛从两道线里看了看自己的媳妇，媳妇出去了。他又看看老几，老几上去拉起他干巴了的手，上面可好看了，乌紫一块，青黄一块，还有橡皮膏揭了贴、贴了揭留的黑色印痕。

"你媳妇不会来信了。"邓指有点幸灾乐祸地说。

老几还是毫不担心地笑笑。

"你干的浪荡事儿，别以为女人不知道。女人心里明白着呢！"邓指说。

老几叫他别累着,说多了耗人,此刻邓指只能补,不能耗。邓指听进去了,闭上眼睛,但闭了半分钟又睁开,眼睛似乎没那么肿了,曾经的神采通了电一样放射出来。

"老陆,你是个好人。宁可让我枪毙了你,都不肯说出实话来害颖花儿她妈。你知道那时候要毙了你有多容易?上级对你宽大多少人不服,随便找个由头就把你毙了。你知道吧?"邓指说。

老几不动声色。看看,一直以来他的提心吊胆不是没有根据的。

"邓、邓、邓政委,……"虽然邓指的政委早就给撸了,老几还是按他一生中最大的官衔称呼他。"我、我……"他想说颖花儿她妈真的没有去过五千米海拔的高坡,但邓指打断他。

"行了,"邓指无力地一笑。"你跟我还用装结巴吗?我不是早就知道你伶牙俐齿了吗?"

老几愣了。他并没有存心装结巴;他一急,一激动,一高兴或一不高兴,特别想说话或者特别不想说话,他都是这样,天然自然地口吃,二十多年前那个讲台前用语言征服一颗颗心的陆焉识似乎不在了。

邓指说:"难为你了,好好一个人,把自己活活整成残废。"

老几没有在意邓指的怜惜和同情,他的心思跑远了,跑到婉喻那儿去了。他见到婉喻会不会找回原来那口温雅淡定,有标有点,落到纸上即成文章的话语呢?这时他突然被邓指的话吸引回来。

"颖花儿她妈是个好女人。我不配人家。我凭啥把人家带到这鬼地方来?再也出不去了。……将来她有啥难处,你帮帮她,就算帮我。"歇一口气,他又说,"你看,你这'无期'到头了,要走了,我成'无期'了,哪儿也去不了。"

老几在邓指昏迷的三天里天天去看他。老几从邓指的昏迷感到安慰:永别世界原来是有过渡的,昏迷便是这段过渡。昏迷使你不知不觉撒开了你不舍的一切,在沉入昏迷的前一刻也许还抱着希望,生还的希望,与亲人重逢的希望,甚至康复的希望。邓指在沉入昏迷的刹那一定希望过,希望这不是最终结局,希望他和颖花儿她妈能结束他们的"无期",一块走出这里。

邓指去世很多天之后,他才回顾邓指说的话:假如颖花儿她妈有什么难处,请代为照顾她。颖花儿她妈是邓指带不走的心头肉,可邓指为什么要他这个七十多岁的老头子照顾她,老几想不明白。

第二年春天,也就是1977年的4月底,高原的公路通车了,邮车带来了积存了一冬的信件邮件,其中没有一封信从婉喻那儿来。

老几每天独自到草原上练习说话,他给自己的功课是朗读二十年来盲写的文章。每天两小时的功课做完,他都非常满意,给自己打满分。他残废了的语言会康复的,别急,再多给它一点时间。所以婉喻不来信,老几正好抓紧时间,搞语言康复活动。

邓指的媳妇天天在食堂看见老几。现在她替代邓指为他烦心:"家里有信来没有?""睡好觉了没有?"她现在当上了食堂的临时工,每次老几打饭,她都多给他半勺菜,眼睛在大口罩上方朝老几一抬,让老几意识到她的偏心,让两人一块在脑子里登记下这份偏心。

老几告诉她,家里来信了,觉也睡好了。她开始很高兴,隔着口罩都能看出她的嘴咧开多大地笑,似乎终于可以告慰邓指地下亡灵了。到了五月,她问他:"什么时候回家?"老几说再等等。从此,"什么时候回家?"代替了"家里来信没有?"

因此她推断老几不诚实,没有说实话,一直以来都在骗她:他既没收到家里来信也没睡好觉。她停止了提问,无语地看看他,多给他的菜不是半勺而是一勺。

老几自己是不急的。六月的大荒草漠流云飞花,他等的不仅是婉喻的信,还等着自己能养出点膘来。他被释放的时候体重只有一百零七斤,基本上是一副枯骨。他的婉喻怎么可能不来信呢?婉喻从来不失约的。

探　监

我祖父在1955年被减刑之后，作为无期犯人转移到了浙江和江西接壤处的一所监狱。这就给我按时探监的祖母增添了难度。首先是路程上的难度，去和回要花费四五天时间，在她当了学校勤杂工之后，一个月请四五天的假是不可能的。在她第一次到浙江监狱探监时，就很不舍地告诉焉识，以后只能是每三个月来看他一次，每三个月的月初。从此，每一个季度的第一个月，第一天，焉识从来不会空等。等他被看守带到会见室的时候，婉喻总是已经坐在那里，静静地，似乎已经坐了半辈子。她也总是那样安静地一笑，站起身来，半丝旅途的风尘都没有。她的笑也总是带一点羞怯和惊喜，就像她不相信他会来赴约。两个人会不做声地坐一会，之后婉喻会说起孩子们的事情。她总是说孩子们的事情。他们有孩子啊，有那么好的孩子！孩子们身上各有一半她和他。每次见到他，她不能和他皮肉贴皮肉地亲昵，便以谈孩子来提醒她自己也暗示焉识，她与他有肉体交合的证据。一个男人和一个女人还能怎样亲呢？他和她在他们共同的孩子身上亲得化到了一处，亲得解都解不开。一个男人和一个女人共有的秘密只能到如此了：他们的孩子被他俩生命的暗码所控制，那暗码是她和他血统的绝密信号。谈他们的孩子，就好比谈他们最私密的身体部位，他们最私密的那部分生命，那部分谁也掺乎不进来的生命。

"丹珏考上清华了！"1956年秋天婉喻这样告诉焉识。

记得那次吗？他们被恩娘逼到太湖边？那个湖边的小客栈？他们被雨关在十平米的客房内，肉体似乎从皮囊的禁锢和灵魂的约束中腾跃出来，在蓝白印花帐子里贪玩忘返？

"子烨研究生毕业了，因为是年级的尖子，所以可能留在大学里当老师！"1957年春天，婉喻带来这个消息。

怀子烨那段他们糊里糊涂：她还在给大女儿丹琼哺乳，身上总有一股奶味，也许是那股奶味使他躁动。一夜一夜，他呼吸重了，也长了，在黑暗里嗅着那奶味，然后突然就扑向她。子烨是在那些夜晚中的某一夜降落到她腹内的。

"子烨谈了个女朋友，老早就谈了，瞒牢我就是了。是他大学里的同学，家里蛮好的，是南下干部。"1957年夏天婉喻见了他就报喜。

子烨的到来让他父亲挨了一棒子似的。大女儿丹琼之后，他和她说过：可以了，一个女儿很好了。她和他之间，什么都是他在做主，而那些精子却又贱又热情地奔向它们自己的追逐对象，众星捧月地围着那颗卵子。卵子终于傲慢地、无奈地在它们几亿个分子中挑剔，最终懒洋洋地接受了它们中的最殷勤勇猛者。

"清华要保送丹珏到苏联留学呢！"1957年秋天，婉喻见到他就把小女儿的信铺开来给他看。

小女儿丹珏总使他柔情似水。他不止一次地想，无论自己爱不爱婉喻，丹珏身上有一半的婉喻。你看她的安静，你看她那突然耀眼的眼神！太湖边上的蓝白花帐子内，婉喻把那样的眼神偷偷输入了小女儿。

于是，春天、夏天、秋天、冬天，都是以婉喻来探监开始。在她谈孩子们的时候，她的手一样样摊开她带给他的东西。他吃惯的风鸡，腐乳，咸肉，糟鱼……她已经是个小恩娘了，所有恩娘式的食谱，都是恩娘留给她最丰厚的遗产，她都继承下来，做得一点不走味，不走样，让他总是以舌头思乡，以舌头回家，回到他们恩娘还活着的日子里。在没有自由的监号里想曾经的"没自由"，才意识到那"没自由"是多么自由。

婉喻来探监的时候总是穿戴讲究，脸上扑着薄薄的粉脂。大概还是早年买的可迪牌香粉。她比过去略微胖了一点，身体把旧衣服撑满了。他偶尔问到家里的收支，她总说蛮好。有一次她还娇嗔了一下："好像你对柴米油钱感兴趣一样！"她说现在日子好过多了，又不是金圆券的时候，有钱大家也要做强盗，整天在外面拼抢着买米买面。蛋炒饭不再像解放前了，解放前那叫饭炒蛋。女人洗头发用两个鸡蛋清也用得起！

两人平淡家常地只讲孩子们的事。有一次，讲着讲着，一只肥大的虱子胆大包天地从焉识的领口爬出来，爬到喉咙和胸口相接的一带，婉喻随便一伸手，就像替孩子揩掉鼻涕疙疤似的，食指尖将它一揩，一抠，合在拇指上，再一碾，又在桌肚下一抹。动作流畅得没让两人中的任何一个尴尬，也没让嘴里的话断线。于是，不用焉识介绍监狱的环境和卫生，婉喻对什么都有数了。再来探监，她带了两瓶万金油，眼睛看一眼焉识，不好意思地一笑，似乎没有把生白虱这样重要的监狱生活内容考虑到，是她的不周。

婉喻的探监日子，成了焉识四季交替的临界点。春夏之交，婉喻带来笋豆、糟鱼；夏秋更迭，咸鸭蛋、腌鸭肫、烧酒醉虾；秋去冬来，椒盐猪油渣、油浸蟹黄蟹肉；来年开春，腌了一冬的猪后腿、风鸡风鹅、咸黄鱼都让婉喻装在罐子里，瓶子里，盒子里带来了……焉识拎着这些沉甸甸的食物往监号走，心里总是奇怪，来的一路几百公里，婉喻是如何三头六臂地把东西搬运过来的？那手提肩扛的，拖泥带水的长途征程怎么会没有在她身上留下狼狈的痕迹？在会见室一坐，还是那个洁净透亮的婉喻，一脸的识相，对自己微微的寡趣乏味泰然坦荡，自知是改进不了的，但是没关系，你给她多少关注，她就要多少。

1957年秋天，婉喻走了之后，监狱干部通知监狱工厂停工，全天打扫卫生。这场卫生一打扫就打扫了七天，监号里粪桶都刮薄了。每当这样疯狂大扫除，犯人们就知道会有重要人物来参观监狱。这次不同，大扫除结束，看守和轻刑犯组织了一个清查队，来到每一个监号,把犯人们的私人食品都搜剿了,当作垃圾处理。婉喻亲手剥出的蟹肉蟹黄,也成了垃圾,被他们从罐子里倒出来,倒入两人合抬的大铁皮垃圾桶。婉喻的十根手指尖都被蟹蜇烂了,皮肤被微咸的汁水腌泡得死白而多皱。每一个蟹爪尖,无论怎样难抠嗞的犄角旮旯,婉喻都不放过,不舍得浪费一丝一毫的蟹肉……焉识的眼睛跟着垃圾桶往监号门口走。抬垃圾桶的是两个轻刑犯,他们已经走到了监号门口,就要拉开铁门出去。焉识一下子蹿起来,自己都不知道自己会那样一蹿。他扑在铁皮桶上,伸出的双手从垃圾桶里捞起一大捧蟹油蟹黄,和着烂苹果烂柿子塞进嘴里。

一个叫张粹生的狱友死死抱住清理"垃圾"的轻刑犯,让他多吃了两口,因为张粹生知道为了剥出这些蟹黄,他妻子会付出多大代价。

1958年10月1日,婉喻按时来看望他,似乎知道上一次带来的蟹黄蟹肉都做了垃圾,这次更加变本加厉,带了更大的一罐。他下意识就去看她的手指甲,它们都秃秃的,在剥蟹剥劈了之后给锉秃了。

接下去,他告诉她,一批犯人很快要转监,但是转到哪里不知道。

"那我到哪里去看你?"婉喻突然伸出两只手,抓住他右手的小臂。

"总会让你来看我的。"他把胳膊往回抽。他不愿意旁边的看守们看戏。看守们今晚把现在看到的戏告诉他们的老婆,两口子哧哧一笑,粗茶淡饭都好吃了。

她两只手不肯撒开。

"到底到哪里去看你?"她手心冰冷。

"总会有个地方的。"

焉识一直想把那块白金欧米茄给她带回家,还有派克金笔,西装和大衣……除了韩念痕送给他的蓝宝石领带夹,他应该把一切值钱的东西都交给她带走,也许家里钱紧的时候还能做点贴补。但他几次都打消了念头。一旦他把这些东西交还婉喻,婉喻一定以为他在交代遗物。他看看看守,看守赶紧把脸转向一边,一面反刍刚才看到的戏剧：敌人也有女人爱呢，敌人的两口子也卿卿我我呢。

"到底是去哪里？"婉喻发抖地问。

"不会的，不要多想……就是这个监狱太小了，装不下那么多人。"他说，保持一个松弛的微笑。

她点点头。"反右"之后，她学校里好几个老师消失了。城市的人口被"反右"反下去一部分，总有其他地方会拥挤起来，比如这个监狱。

他试着把手臂往回抽，给婉喻使了个眼色。这眼色很管用，就像当年回避恩娘那样，她立刻让他抽回了手臂。他这样使眼色让她心颤，因为她把它理解为他碍于看守而不能与她火热，就像当年碍于恩娘；他无法肆无忌惮地火热，他也很苦。得到这样的逻辑，她自认为被压制了的火热更火热，更销魂，她脸颊也烧了起来，垂下了头。几秒钟后，她又抬起头。

"我会找得到的。随便你到哪里。"她的眼睛又是一道流光，柔媚艳情，让他几乎可以推翻她一向安分的心性。他几乎认为，她即便心是安分的，身子也是野的，比他还野。比他总在向往的自由还要自由。

1958年的10月9日，整个监狱突然紧急动员，干部们通知犯人们要在三个小时之内做好上路准备。去哪里？不知道。所有的东西都带吗？带得了的都带上。结果很多东西被认为是带不了的，比如张粹生的拖鞋、睡衣，比如陆焉识的书籍。书籍只允许他带两三本，其他的都扔下，由监狱当局转交给家属。焉识决定带那套民国初年出版的《石头记》。那套书上浸透了父亲藏书的气味，那就是他闻惯了的陆家的气味。

三小时的准备变成了九个多小时。犯人们对于完全未知的转监死磨硬泡，尽最大努力磨洋工，一个团的警备部队荷枪实弹押送，也无法使犯人们动作快起来。到了傍晚，雨来了，从监狱到火车站的路仅有十来公里，犯人们却走了近三个小时。一列闷罐车停在离站台一公里的仓库区，押送人员手里提着马灯领队上车。所有的警备士兵三步一哨沿铁路站开。

焉识爬上火车，一股热烘烘的骡马体嗅扑在脸上。这是拉骡马过来的列车。他转过身来，想寻找同监号的张粹生，突然觉得自己瞥见了什么。与其是他瞥见，莫如说是直觉的雷达扫描到一个熟悉身影。隔着四五道铁轨，隔着铁丝网，黄黄的路灯下立着个穿农家蓑衣的身影。细雨从天上落下一层纱，让他认为发生了幻视。婉喻不会那么疯的，赶到绝对秘密的启程地来。他惊坏了，立刻忘了寻找张粹生，侧身挤到一个小窗口。

他拉开小窗口的铁窗盖，那个身影似乎算好他会朝小窗方向移动，便也跟着移动了几步。现在他看清了，是婉喻。他在窗口站了一会，又逆着一团乱的人群划拉着，再次来到门口。他马上意识到自己想做的事很蠢：他想跳下车。跳下车做什么？去跟婉喻跳脚发火，说她野得没边了，命也不要了？还是跳下车鱼死网破地迎着她跑过去？

他是被一个看守当胸一掌推回来的。看守大张着嘴在对他喊叫什么，嘴张得那么大，把他的眼睛鼻子都挤小了，挤到额头上去了。他随便看守去吼他骂他，心里在想另外一回事：婉喻是怎么知道犯人们转监的出发时间和地点的？……难道她上次探监之后就没有走？一直潜伏在监狱附近？那么她潜伏了八天！她到底在哪里潜伏的？他想起她缩回紧拉他小臂的手，眼睛中流光一闪："我会找得到的。随便你到哪里。"

焉识的面前，两扇铁门拉拢，铁门闩沉重地插上。铁门闩有婴儿的胳膊粗。那是锁大牲口的门闩。

火车在半夜才开动。他恍恍惚惚地抓着一根铁杆子站在车厢里，站了多久也忘了。等他站不动了，四下看看，想找个地方坐下，已经没有地方了。犯人们全躺下睡着了，大多数人的枕头就是离开监狱前发的五个罗宋面包。他连脚都拔不出来，因为一张脸紧贴他的脚面睡得死沉死沉。一盏马灯晃荡在车厢中央，不久前它的光亮下面是发呆无聊的牲口面孔，现在它一视同仁地照耀着上百张人面，焉识搞不懂为什么一当囚犯就有了一张不干不净、不堂不正的面孔。再过一会儿，牲口气味淡了，人的气味浓上来。陆焉识发现，相比聚集成众的人，牲口并不难闻。

火车开了半夜一天才第一次发水。发水的时候车门打开一条缝，犯人们从那条缝里把自己的茶缸或水壶由押车的干警传递下去，装了水再传递回来。焉识挤到门口，从人缝和门缝向外看，看到的是远处近处的深秋稻田，一洼洼的泥水，每一片小小的水面上都映着一片非雨非晴的灰白天空。他一惊，缩回身体。他想看什么？想再次看到那个眼熟的身影？他巴望她一直陪他陪下去？他什么时候巴望过她的陪伴？

有时闷罐车在不知名的地方停下来后，火车头就开走了。谁也不知道为什么停下，停多久。焉识便会做孩子的白日梦：列车无期的停顿给婉喻赢得了时间；婉喻可以追上来了。于是停车时间越长，他越兴奋，也越紧张，心在和婉喻一块追赶似的。一旦火车头挂上来，再次拉着闷罐车慢慢开拔，他的心会往下一沉：婉喻又被甩掉了。婉喻是无法追踪这列行迹秘密的火车的，这点他很清楚，但他相信婉喻是有这种妄想的；她的妄想美好而大胆，一直追随装载着他的这列火车。

就在那一刻，他意识到他爱婉喻。婉喻自己认识到的那一点寡趣乏味，不碍事啊，无伤大雅，他爱了她这个整体，就什么都是好的了。正因为她的寻常和安静，以及那点寡趣和乏味，她偶然的那些小水妖般的风情流盼才珍奇，才宛若神鬼附体。她其实是摸不着底的。他不知道她究竟可以疯成什么样，野成什么样，也许她自己也不知道。

闷罐车开了三天，焉识靠着车壁，闭着眼睛，睡睡，醒醒。途中已经有人死了：病死的，渴死的，或是死于抑郁悲哀的，所以腾出一点空间。到了第四天，列车在一个小站上停下。这是甘肃地界了，风冰冷坚硬，每节车皮派两个犯人去车站的机井打水。刚打了两桶水，水就抽不上来了。接下去的路程，全列车的犯人要靠这两桶水活命。焉识是被指派的两个打水人之一。等他拎着空桶，跟在担着两桶水的犯人后面回到站台上的时候，每一节车的门口都挤满茶缸、饭盒、水壶。一个干警叫喊：谁也不准闹，不准乱！每人都会有一口水,轮流来……列车首部和尾部的犯人看见中间几节列车的犯人先得到了水,便大声抗议起来。尾部的一群犯人竟然跳到站台上,向所剩不多的水百米冲刺。列车首部的人看见尾部的人行动在先,便也跳下车来,扑向水桶。十几只哨子同时吹出急促的短音,伴随着劈叉了的嗓音的叫喊:所有犯人们立刻回到车里去,不然就当逃跑论处!人们都丧失了听觉,干渴是一切后果中最坏的后果,任何下场都比活活渴死要好。干警和士兵们进入了备战,眨眼间就封锁了小车站。列车上的紧急电话也摇通了,距离此地三公里的工兵团正在集合,很快就会赶来增援。

焉识仗着高个头,一眼看出去,站台都黑了,一大片着黑衣的脊梁起伏拱动。真是一个可怕的集体,假如能齐心一致,那些全副武装的解差们是不可能挡住他们的。

工兵团的士兵们乘着卡车到达,黑了的站台开始转黄。哪里都是黄军帽,黄军装,黄河决堤一样淹没了黑色。免不了发生皮肉和金属的冲撞,枪托砸在肉上、骨头上的闷响,正面人物对着反面人物的呵斥叫骂,反面人物朝着正面人物的惨叫求饶……焉识也挨了莫名其妙的两枪托。这个时候,什么都讲不清了,想不想造反,先给两下子再说。其实就是为一口水,扑灭一下喉咙里的焦渴,没有一个人的企图超出生物的最初级需求。

一场平叛结束了。年轻的解放军士兵个个是打了胜仗的样子。着黑衣的躯体大部分都瘫了歪了,被扔上列车。人群彻底散开后,显出地上躺着的五六个人,其中四个已经死了,不是抢水就是混战的牺牲。死者之一是张粹生。

焉识此时听到身后有人说话。"张先生在车上一直找你。昨天还问我看见你没有。"说话的人叫刘国栋,一脸大胡子。

焉识后悔极了。上车的时候他跟张粹生被人挤散,之后他的脑筋一直被婉喻占据,没顾上去找张粹生。他记得张粹生跟他说过的最后一段话。那是他们转监的中午,他拿出婉喻带来的油浸蟹黄请张粹生吃。张粹生说:"我爹爹最喜欢吃王宝和的螃蟹宴。"他爹爹是上海的一个不小的资本家。"伊就是太想不开,一辈子赚那么多钱,也舍不得放开吃一次螃蟹宴,都是吃请。你的家主婆对你真好。"

他们闷罐车走了五天,才到达目的地。干警和士兵吆喝犯人们下车时,大家都互相打听到了的这个地方是哪里。有人不知从哪里得知了消息,边小声传开:"西宁城外。"

"你来过此地吗?"有人问。

被问的人茫然地摇摇头。

当天中午,运输部队派来了几百辆"嘎斯"大卡车,把犯人们装上去。走了一阵,路就没了,车轮下出现了枯得发白的草。往后看,往前看,"嘎斯"们在草里忽上忽下,如同在草海行船。犯人们恐惧地互相看看:他们被弄到这自古无路的地方到底会干什么?

横来的风带着细小的雪花,落在草的大漠里无声无息。

青海来信

1976年初冬，我祖母冯婉喻收到一封微带酥油气味的信。这个气味在她的生活中已经断了十二年。信封上的字体她是熟识的，似乎没有记忆里的那么狂狷，圆滑了一些。信是七拐八弯才转到她现在的新家地址的。她和丹珏是1971年搬到新家来的。在此之前，上级把丹珏从"五七"干校招回，要她挂帅完成一项重要的研究项目。项目完成后，冯丹珏就成了生物学界的重要研究员，也就是1990年后人们称呼的"大腕"。大学照顾她，分了她一套很小的单元房。她在学校和报上登广告，用了半年时间，把她那一小套和母亲的一小套换到了一起。老小姐总是和姆妈生活在一起的。现在的两间房的老式公寓，就将是婉喻和丹珏母女永久的生活格局。

婉喻在新的里弄里开始的新生活，简直是一次新生。没有人再拿眼角扫她，也没有居委会的传唤。相反，她搬过来的第二个星期，里弄居委会就到家里来探访，送了她一套精装的《毛泽东选集》，告诉她居委会每星期学习两次，读读报纸、文件，学学"毛选"，欢迎婉喻去参加。婉喻参加后就发现这里就是老年女人的俱乐部，除了读报和读"毛选"，大家还讲讲儿媳妇的坏话，又给某个被儿媳妇斗败的老太太出出气，或出出主意。里弄里也有党支部，支部书记是个退休的老女工，旧社会的童工，非常爽快，拉起婉喻的手时，婉喻觉得那是一双男人的手，又大又热乎，手掌粗拉拉的。别人叫她阿敏，婉喻也叫她阿敏。

阿敏带着所有老太太们挨户宣传，让赖在家里不下乡的高中毕业生出不了门；一出门就围攻他（她），告诉他们上海人民不欢迎寄生虫。老太太们的活动很多，每天从早饭后安排到晚饭前：监视某家窗口，观察那个"反动学术权威"的医生是否又在家里给人看病开方子；不定点地站暗哨，因为弄堂里总有不学好的男孩女孩，躲在角落里做丑事。这些青春男女有时会歪歪斜斜地站在弄堂口，对过往的人评头论足，或者乱打招呼："小妹妹，上次在徐家姆妈家跟人家香面孔的是侬吗？"或者："阿哥，不认得我了？"被招呼的人表露出错愕，他们就一哄而笑。老太太们戴上红袖标，不时到弄堂口把他们轰开，并且威胁他们："我认识你爸爸姆妈的；要我去告诉他们吗？"或者："我可以打电话叫警察来，叫他们来捉小流氓！"

警察们对这些老太太确实买账，好比当年的老八路依靠土八路打胜仗。警察们还真被老太太们调来过几次，有一次捉了个翻窗偷盗的外地流民，另一次捉住了一帮打算偷汽车的"病退"知青。到了工农兵大学生开始进大学的时候，大部分"反动学术权威"已经被"解放"，老太太还负责提供预习功课的服务，把公社推荐回来的好知识青年介绍给前"反动学术权威"，对他们进行仅次于扫盲的补课。

婉喻渐渐觉得生活充实起来。对焉识的惦记、内疚和思念都被转移了。她毕竟做了多年的中学老师，工作方法不同于一般居委会老太，气质风度不同，所以当她上门劝说那些不肯下乡的毕业生时，就没有挨臭骂或吃闭门羹。到了1973年，作为工农兵大学生回到里弄里的知青有十来个了，婉喻就拿他们做例子，说服赖在上海的毕业生们："你们看看，到农村好好种两年田，回来就是大学生；过去考大学哪里有这么便当！"

婉喻自己也要帮被推荐上大学的知青补课。他们几乎都是文盲，许多课程婉喻要从最基本的讲起。好在考试只是走过场，所以一个两个礼拜的补习就足够。婉喻成了几条弄堂里最受欢迎的居委会阿婆，走到哪里都听到："冯家姆妈侬好！"

1974年春节，居委会给几个军属家庭送了"一人参军，全家光荣"的镜框之后，其他人都走了，就剩下婉喻和阿敏。阿敏问婉喻有没有想到过申请入党。婉喻羞怯地一笑。她不想告诉任何人她的入党申请书怎样被烧成灰，作为断了此念的偏方被她吞服下去。

"我跟几个支部委员讨论过，觉得你条件蛮好的，要不要写一份申请试试看？"粗拉拉的阿敏此刻显出奇怪地细气。

婉喻递交入党申请是出于对阿敏的报答。自从1954年焉识被投进监狱，谁对她好她都受之有愧似的。她的入党申请居然被认真讨论了，婉喻被认定为最有希望的培养对象。当她收到焉识那封带酥油气味的青海来信时，七十一岁的婉喻已经作为新鲜血液被吸收进了党内。

婉喻在居委会身兼数职：财会、安全员、孩子们的辅导员。谁家来了客人，婉喻都有责任尽快弄清他（她）的方方面面情况，看看是不是被各种运动扫荡到这里来的不良分子，拿这几条弄堂做避风港。

丹珏很晚回家，有时她回到家晚饭都没有做。有一天她嗔怪地跟母亲说："侬忙来，姆妈！比我还要忙；我这样忙，还有加班加点的工资好拿！"

婉喻只是安静地笑笑。她的这种安静是真正的安静。你找不到任何一个人能够像我祖母这样安静。她此刻不知道，正是她的这份安静让我祖父每每想到就怦然心动。并且你也不会相信她已经七十岁出头，她的驻颜术就是安静。丹珏比以前话多了，抱怨啊，牢骚啊，一顿饭可以说个不停。在"五七"干校丹珏就把烟抽上了瘾，尽管抽起来还是女人气十足的，可以说是带点妖娆的，但她曾经那种素净的雅致和美丽不见了。现在的丹珏有一张那样中年女人的面孔：偶尔会出现极难看的瞬间，不时也会亮出绝美的刹那。再有人讲到对象和婚姻，她就会扬起脸大笑，笑出一大口烟。有时候她脸仰得过于痛快，嘴张得太奔放，你会看见她整齐的牙齿内侧都是暗色的，被烟熏暗了。

丹珏的重要职务给婉喻和她自己的生活带来了福利，电话就是其中一样。经常打电话来的是居委会的人和她哥哥冯子烨。冯子烨几乎每天打个电话来，问问姆妈饭吃过吗，吃的什么，胃口怎样。最近的一天夜里，来了个长途电话。长途话台告诉婉喻，来电是从东德打来。婉喻抱着电话，听着"嘶嘶"声从听筒深处游来，那是声音在进行长途旅行的声响。突然地，婉喻听到一声"姆妈"！中断联络多年的大女儿丹琼在电话上和母亲重逢了。丹琼没说两句话就哇哇大哭起来，说可找到姆妈了，找了数不清多少年了！每次出了美国，到香港或者新加坡，她都会打许多电话到上海，想方设法地找姆妈。大女儿像个逛城隍庙逛丢了的孩子，委屈而愤怒。当问到父亲时，婉喻说他出差在外地，短时间回不来。大女儿似乎比小女儿要小多了，哭诉着她没有母亲的这么多年，如何从欧洲嫁到美国，如何在寂寞和富足中相夫教子。丹琼哭得婉喻熬不住了，跟着流泪。丹珏被姆妈哭醒了，跑到客厅。她和姐姐说话的姿态和语气都很僵硬。对于姐姐丹琼来说，世上还有值得她如此狂哭狂喜的悲欢离合，丹珏感到有点难为情。丹珏敷衍几句，把发出哭啼的话筒迅速还给母亲；她拿不住这样一个感情的烫山芋。

收到焉识从青海寄来的信，当晚婉喻做好雪菜肉丝面等着丹珏下班回家。等到丹珏上了饭桌，开着玩笑发牢骚，说"四人帮"里有两个半上海人，所以外地不供应上海人肉吃，幸亏姆妈切肉丝的手艺高强。现在大家都想到动物园被关在笼子里，因为关在笼子里的动物吃肉不限量。

"小囡囡，侬爸爸来信了。"婉喻突然说。

丹珏吸面条的嘴停止得颇古怪。她看着母亲，断了的面条又缩回碗里。母亲不做评说地把信放在桌子上。信是被拆开来读过的。丹珏又继续吃，故作平淡地问："讲了什么？"

"他放出来了。人民政府特赦的。"

"真的？"

丹珏的怀疑让婉喻心里一痛。退休后她似乎生活在孩子的庇荫下，享受的是孩子们给她的福利，她觉得自己该拿出什么来换这份庇荫和福利。

电话铃响了。丹珏接起来，立刻说："唉，告诉侬噢，老头子放出来了。"

婉喻一看就知道丹珏在跟她哥哥说话。"老头子放出来"像一句警告，而不是一个喜讯。冯子烨在三十分钟之后到达，摘下口罩，露出一张严阵以待的脸。进门就问丹珏："放出来的还是跑出来的？"

"信上讲放出来的。"

子烨把信拿过去，站在八仙桌旁边阅读。读完了，想一想，又转回去，再锁紧眉头读信中某几个段落。"文革"之后，人人都会读被藏在字下的内容，个个都是侦查员、分析家。

"难讲。上次他跑出来，要是给我们也写这么一封信，谁会知道到底怎么回事情。"子烨说。

三个人面对面坐下，婉喻起身，给丹珏拿来一个洗过的烟灰缸，不然她会把烟灰弹在空饭碗里，这让婉喻觉得不清爽。等她回到八仙桌边，丹珏说这次外面没有贴通缉令，应该是真的吧。子烨认为，说不定公安局存心不贴通缉令呢，追捕逃犯的战术各种各样。婉喻坐下来，像被讨论的是她自己似的浑身不自在。她准备明天给信封上的地址发一个电报，告诉焉识，请他报告火车班次，这边好接站。子烨却决定先不回信，等一等看，假如是逃跑出来的，他找不到他们也会自我暴露，被警察再捉进去，跟他们也没有关系。

婉喻静静地说："他到底是你们的爸爸。"

"姆妈，侬勿要糊涂噢！伊上趟回来惹出多少事体？！"子烨光火地说。

婉喻不做声了。六四年初焉识确实没少给孩子们惹麻烦。本来人们已经淡漠了子烨有个险些被毙的反革命父亲，那次陆焉识的逃亡又把人们的记忆激活了。子烨任教的大学里处处都是学生们冷冷的侦查目光：安分的冯讲师居然有个亡命天涯的逃犯父亲！后来学校到浙江乡下筹办分校，子烨赶紧要求去分校教学。他知道自己不要求学校也会派他去，与其被发配不如主动当先驱。文化大革命里，已经在乡下的子烨交代了又交代，陆焉识早就变成了母亲的前夫，也就是他的前父亲,早在1964年夏天就断绝了一切关系和消息,但人民群众还是麻烦他,一直麻烦到1976年10月。

"再说伊放出来还是跑出来,跟侬还有啥关系?你们老早就离婚了!"

婉喻现在是个听话的母亲,依顺孩子们的做法:等确定了陆焉识现在的身份再给他回信,他的身份无非有两个,一是逃犯,一是劳改释放犯。每天夜里,等丹珏睡下后,婉喻就拿出焉识这么多年写的信。一小箱子。她把信放在鼻子下闻着,那股酥油气味已经遥远了,但还一息尚存。刚来的这封信像活着的身体,散发出浓郁的体嗅,把婉喻过去盼信的感觉都唤醒了。

婉喻每天又开始盼信了。从年初盼到春天,那种微微带酥油气味的信没有再来。她很清楚焉识同时也会盼望她的回信。收不到她的回信他不能名正言顺地回到她身边来。

1977年春天4月间,我的祖母冯婉喻收到一封来自××信箱的信。她急忙拆开,看到一封公函。公函上的领导把她作为家属接受这份通知:陆焉识先生已于去年十月获特赦而被正式释放,请家属方面配合政府工作给予接收。陆焉识先生自从获释以来,一直居住在农场招待所,但招待所房间有限,不久新的一批特赦人员就要居住进来,所以请家属抓紧时间安排陆先生的居住。特赦人员中少数无法回原籍的,已经由农场接收为就业人员,但鉴于陆焉识先生的情况,早已过了退休年龄,即便留在农场,场方也无法安排他的晚年生活。

婉喻放下这封公函,一直坐在八仙桌旁边。屋里的光线慢慢褪去,夜色渐渐进来,她都毫无感觉。

她站起身,却不知道为什么站起身。不久,她已经下了楼,顺着弄堂往街上走。她也不知道到街上去干什么。当她抬起头时,发现身边是一家酱菜店,她走进去。一个缸里放着紫檀色的块垒,她盯着它们看着。一个营业员上来问她:"阿婆要买玫瑰大头菜?今早刚来的。"

营业员挑了两块玫瑰大头菜,问她:"够吗?"

婉喻点点头。玫瑰大头菜被装在一个报纸糊成的口袋里。婉喻从身上掏出一张钞票。这张十块钱她总是放在贴身口袋里，万一贼骨头偷走了她的钱包，也算是有备无患。

她走出店门之后，向街道的一头走了一截，发现不对，又转过头，向另一头走，不大确定这个方向是她来的方向。再说她从哪里来？是从学校里下了班来的吗？还是从居委会学习会场上来的？她脑子里只存着几秒钟之前的记忆：路面不平，走路差点绊倒……树叶开始落了，要把厚衣服从箱子里翻出来的……人现在怎么走路都横着走？尤其这种叫做"病退"知青的人……

她的肩膀被人拍了一下，回过头，看见手搁在她肩上的人很面熟，非常面熟，她想，记不得人家名字不好，还是应该笑一笑。

"姆妈！你跑到哪里去了?！急死人了！"

她对着一笑的人原来是女儿。还好女儿没看出自己的尴尬，几乎没有认出她来。可是不能开口叫她女儿啊，总得叫她名字啊，叫不出她名字，她就该不高兴姆妈了，天下姆妈哪里有叫不出女儿名字的？

"我看你不在家，粥倒是还煨在锅里——都煨糊了！我想你总不会走远的吧，就下楼来找你。眼看着你从弄堂口走过去，往那边走，我奇怪死了！姆妈怎么屋里也不认识了！"

可是女儿叫什么名字？一定要想出来，不然人家要笑死了。

女儿问她："姆妈，你买什么了？"

"没买啥。"她笑笑，为自己想不起女儿的名字而心虚地笑笑。

女儿从她手里夺了一样东西去。原来她是买了东西的。她和正在打开纸包的女儿一样好奇，往纸包里探头探脑，一股好闻的好熟悉的气味让她想到了很多，但一个想法都抓不住。

"哦，你去买玫瑰大头菜了呀！家里酱菜多的是！我这个礼拜天买了那么多！"

"哦，玫瑰大头菜。"她新学了个名字，来称呼这样从童年就开始吃的东西。

"姆妈，你没带皮包怎么就出去买东西了呢？……用的是急救的那十块钱？……找回来的零钱呢？"

婉喻一下子站住了。女儿把她搀到楼上，自己又急急忙忙下楼去了。听见楼梯上的脚步声再次响起来的时候，婉喻站起身，理了理头发。她听见一个男人轻声说："小妹，这是姆妈第几趟丢钞票？"

回答是嘻嘻哈哈的："第三趟了！老了，糊里糊涂的！走过自己家弄堂都不认得了！"

婉喻听见两个人进来了，赶紧往里面房间走。她害怕他们，不知道为什么害怕他们。还有就是，她想多听听他们讲话。她发现他们在她面前讲话和背着她讲话不大一样。这时候她抬头看见书架上一本书，上面写着：冯丹珏著。

对了，女儿不叫"小妹"，人家是有个大号的，叫冯丹珏。和冯丹珏讲话的那个男人叫冯子烨。

"上一趟是因为老头子来信，姆妈就神志乌之了！"冯子烨说。

婉喻走到客厅里，说："我没有神志乌之。"

子烨一惊，似乎看着一个突然学会回嘴的孩子。但只是一刹那，他就陪起了笑脸。

丹珏把手里一把钞票放到桌上说："喏，姆妈，你买大头菜的找头。九块六角一。营业员说你跑得太快，刚刚拿着找零转过身，已经没你影子了！"

子烨笑着说："讲讲而已，其实就是拖着不找钱。看见姆妈这样的老太太，他们心里已经算好要沓便宜了。"

我父亲冯子烨对于人的评价一向不怎么样。他活了好几十岁，碰到别人对他坏，他觉得爽气，大家过招就是；偶然碰到对他好的人，他觉得很烦，首先弄不清对方这份"好"到底有什么图头，要花许多精神去猜度分析，再说，对方对你好，你还得以好还好，一来一去，二来二去……多么麻烦！

丹珏的嘴角沾着一根抽了一半的香烟，指着那封公函说："老头子要回来了，姆妈？"

婉喻说："他是你爸爸。"她的表情很中性，不怒不喜。

丹珏呵呵地笑起来。她说："叫惯了！"

子烨说:"他回来住在哪里?你们这里是两个女人,不方便的。总不见得这么大岁数再去结婚。"

婉喻不说话。她的意思可以被看作:结婚又怎么样?为什么不可以?

子烨看懂了母亲心里在顶撞他,因为他接下去说:"老也老了,还结什么婚?难为情吗?"他并不讲清楚是谁难为情,一对老男女呢,还是他们这一对中年儿女。

丹珏看看母亲,调侃说:"姆妈一点都不老,人家都以为她是我大姐!"

不知道从什么时候起,他们开始以调笑逗母亲开心。而母亲今天很不给他们面子,一直是那张宁静得空白的脸,低垂的薄薄的眼皮下,你看不出她的眼珠子有一丝活动。

"总归不能再结婚。不难为情也不行。"子烨说。"政治运动靠得住过两年要来一次,放出来再捉进去的人多的是,中央领导就多的是!过两年又要捉老头子进去,再离一次婚?滑稽死了!"

楼下有人叫喊:"冯家姆妈,有人找!"

那是一楼邻居家的保姆的嗓音。婉喻的眼皮抬起来,她心里一大堆混乱而大胆的盼望就在她眼皮的动作上。很快楼梯上便响起脚步声。这幢老楼的楼梯又深又陡,像个音箱,可以把各家来人、走人的消息通过脚步声传递给邻居们。

进来的是中年女人,热络得要命,一手拿着一把伞,一手端着一碗青豌豆炒虾仁。丹珏认识那把伞是母亲的,但婉喻似乎是第一次见到中年女人,脸上堆起她见陌生人特有的客套微笑。中年女人自顾自坐在了八仙桌边,两句话谈下来,丹珏和子烨弄清了客人姓何,是某知青的母亲,住在两条弄堂后面的楼上。多亏了冯家姆妈的补习,她的知青女儿考上了大学,这次从淮北农村席卷一切地搬回了上海,带了一点当地土产,青豌豆是其中之一。从何姓女人的话里听起来,她跟婉喻是熟识之极的,好多次婉喻上她家补习,都是丢三落四的,这把伞就是两个多月之前丢在她家的。

丹珏看看母亲，对何姓女人抱歉地笑道："阿拉姆妈越老越小了！"

等到女客人热热闹闹地告别之后，子烨问母亲，这个女人叫什么名字，以后她再热情登门，大家总要叫个名堂出来。

"我不认识她呀。"婉喻说。她眼睛睁大了，一脸孩子的诚实。还有一点委屈：明明她没有做过的事，硬要赖到她头上——好事坏事不去管它，代人受禄也不好，不是冯婉喻的品性。

丹珏拿起那把伞："这是我们家里的伞，姆妈。"

"是……吗？"婉喻问道。

丹珏看着哥哥，要他评理似的："我们家一共三把伞，我还记不得？"她又是那样笑笑，搂住母亲的肩膀，表情和姿态是纵容的，像是说：你看看，姆妈老了，就成了她晚辈们的孩子了。

婉喻到了厨房，看见锅里果真是煨干了的粥。因为炉子上的火开得很小，所以粥并没有焦糊，只是接近锅底的部位沉积得非常厚，如同湖底淤泥，需要挖泥船才能挖得动。粥还是可以吃的。婉喻用铁勺子奋力挖粥，听见子烨说："这个老头子，就是彗星！顶好还是要他不回来！你看，姆妈脑筋已经受刺激了！"

婉喻发现自己的手抖得可怕。她想，子烨说的也许是对的：她脑筋受了刺激。也许焉识不该回来。他回来或不回来有什么区别？在她心里，他没有走开过。假如她跟子烨、丹珏说：我爱你们的父亲爱得太深，他在不在我身边都没关系，不妨碍我爱他，并且你们的父亲也同样爱我，我在不在他身边，对他也一样——假如她跟他们这样说，一定徒劳，比徒劳还糟，他们在背地里会笑死。很早的时候，丹珏的牙还没有被烟瘾弄黑的时候，她问过婉喻："姆妈，你欢喜爸爸吗？"婉喻说那当然。当时暗地担心自己要做老小姐的丹珏那样看着婉喻；她原来以为自己样样都优越于母亲的，现在发现在一桩最重要的事情上，母亲竟然比她优越。"那么爸爸对你呢？他也欢喜你吗？"丹珏想了一会又问。"那自然喽。"

丹珏从那以后再也不问这个问题。天下母女都是在无意识中做对手，她们不想竞赛都不行，因为她们之间最有可比性，所以她们事事都会下意识地相互攀比：相貌，才华，丈夫，命运。也是无意当中，丹珏给婉喻击败了。

　　1989年，当我帮祖父把他所有盲写的书稿誊抄到纸张上，我才知道，就他们之间的爱情来说，我祖父和我祖母是有差异的。陆焉识做囚犯的二十多年对我祖母冯婉喻大大有利，因为二十多年够他不被干扰地认识他对妻子的爱，认识到他曾经判定的"无爱"是他一生最大的误区。

　　婉喻慢慢地用铁勺当挖泥船挖出板结了的粥，放进一个一品大碗。一个跟焉识共同从中舀紫菜汤、咸菜豆瓣汤的一品大碗。丹珏的脸探进厨房，看看母亲怎么一声不响了那么久。

　　"姆妈？"

　　婉喻转过脸："粥还可以吃的。"

　　"可以吃的，加点开水就可以吃了。"小女儿欣然赞同。在这个家里所有关于俭省的倡导都会得到欣然赞同。

　　因此今晚婉喻几乎用了十块钱买两个玫瑰大头菜的事情，在兄妹二人看来是个事件，令他俩紧急对视的大事件。婉喻还烧糊了粥，丢失了雨伞，不认识熟人，兄妹俩这天晚上一再地用眼睛相互报警。丹珏把板结的粥兑上开水，用力搅动，终于搅匀了，再把玫瑰大头菜切开，浇了点麻油。他们的晚饭一般来说都欠缺营养。她们都是典型的欠缺营养的上海女人形象。那一碗青豌豆烧河虾仁是今晚的主菜，难得这样营养丰富和奢侈，因此婉喻给子烨也拿了双筷子来分享。

　　"明天写封信给老头子吧，"做哥哥的说，"让他先在青海找个地方住下来。租个房子应该能租到吧？"

　　丹珏用筷子挑起一团糊粥，放在嘴里，声音从粥后面出来："那你写好了。我不写。"

　　"我写老头子要不高兴的。"

　　"他反正要不高兴的。我们不让他回上海，他高兴什么？并且你要找个道理跟他讲，为什么不让他回来。我找不出这个道理。你写。"

　　"你就告诉他，他在监狱里不了解外面情况，外面其实紧张得很，政治运动说来就来,我们活到今天不容易,不要给我们再找麻烦。政府又没有跟我们书面认错,说当时捉他进去是错的,过两天又来运动了,再把我们算成敌属我们找谁去?"子烨说。

"那你就给老头子写呀,把这些道理告诉他呀。"

"我告诉你,是请你来写。"

"为什么一定要我来写呢?你这个人滑稽吗?"

婉喻突然把筷子一放:"我来写。"她脸上两片红晕。一个七十多岁的老女人会如此羞愤,她的一对儿女马上掉开脸,不敢看她。焉识是她婉喻的一部分,任何人多余焉识,就是多余她。人一老,对于自己是不是被别人多余最为敏感,他们整天都在看儿女们甚至孙儿孙女们的脸色,看看自己在他们生活里的定位错了没有,错了就是多余。没有比发现自己多余更凄惨的事,慢说被多余的是比自己性命还要紧的焉识。

"我给你们的爸爸写信,就告诉他,我搬出去了就接他回来。我会想办法租房子的。"

母亲这一席话马上让丹珏哭起来。一家子总是这样:你觉得你可憋屈够了,他觉得憋坏了的正是他。这就是女儿和母亲都觉得生不如死的时候。丹珏现在跟谁都不会掉泪了,除了她觉得受了母亲的委屈。她又是抽泣又是指控,这么多年难道不是她丹珏在陪伴母亲,和母亲相依为命相濡以沫?也总是这样,这类话一说开,你欠她情,她负你债的意味就暗示出来了。

婉喻看着兄妹俩,明白一直以来她给自己定错了位。原来家里的主人一直不是自己,连每个礼拜天带着老婆孩子来吃一顿不交钱的中餐的冯子烨都比婉喻有资格做这房子里的主人。他们为了父亲牺牲得太多了,为了母亲也牺牲得足够了。当然,每当这样的家庭控诉大会发生,事后大家都会重归于好。就像天下所有的长辈和晚辈一样。

婉喻这次却记了仇。等到第二天,大家以为一切又重归于好了,婉喻悄悄地给焉识写了一封很长的信。她已经很久没有静静地给自己研磨,镇纸,如同一种感官享受那样将狼毫笔若虚若实地落在宣纸上。光是这写的方式已经决定了婉喻的信的特色，它的不可取代的"婉喻性"。光是这样的一点一划，一撇一捺就已经属于她的表白：触觉的、神色的、内心的。她写下这么多年来她的思念之苦，写下她对他从未间断的诉说，还写了东一点西一点的回忆。

我祖母写给我祖父的信非常优美。可惜我们再也不会有那样优美的情愫和表达方式了。灭绝了。但是我祖母婉喻在这封信里的回忆很多都是错的，据我祖父说，事情不是那样的，没有那样美好，他不像她写得那么美好。婉喻颠三倒四的走样的记忆一方面由于她的记忆是主观的，因为她一厢情愿地去那样记忆事物，另一方面，因为就在她给我祖父写那封信的时候，她的失忆症已经开始。我不愿意叫它"老年痴呆症"，我觉得她的病和老年没有必然关系，似乎她宁可篡改记忆，最终把记忆变成了童话。谁也不能说满脑袋童话的人是老年痴呆。

婉喻在那封长达六页纸的精美书信上告诉我祖父，她一定会以一个新家来迎接他回来。从此以后，焉识的回信她都藏起来，不再让丹珏和子烨看。焉识在信里让婉喻别急，他会等待的，这么多年都等待了，不急这一会儿。

我小孃孃冯丹珏在那天痛哭控诉之后，不久就恢复了一个科学家的冷静。她知道自己和哥哥的话伤了母亲的心。那之后一个阶段，她对母亲非常温柔体贴。她的小心翼翼让她和母亲陌生起来，因此她便更加小心翼翼。几个月后，她在里弄的墙上发现了一张油印的调房启示：某人愿意以一套两卧室的房子调换两间分开的房间，有没有客厅都无所谓，亭子间也行。下面留的电话是一个陌生号码，这个想调房子的人显然是甘愿吃亏的。启示是印在那种桃红色、菲薄的劣等纸张上，似乎"针灸治疗痔疮"，"最新脚气灵批发"，或者"大米换山芋干"的启示都是印在这种纸张上。丹珏去上班，看见公共汽车站也贴了好几张同样的桃红调房启示。汽车站人山人海，丹珏决定走一站路到终点站去乘车。一路步行过去，每一根电线杆上都贴了一张桃红调房启示。此人一定是急疯了要结婚，把自己跟家人分开，宁可去住亭子间。

丹珏在实验室突然想到母亲那天说的话："我会想办法租房子的。"不得了，无数桃红调房启示后面，那个急疯了要调房结婚的人可能就是冯婉喻！

她给哥哥子烨打了电话，把调房启示的事情告诉了他。子烨看得比妹妹严重：一旦母亲独立门户，给她和陆焉识做主的就是婚姻法，恋爱不分早晚，婚姻自主不分老少，晚辈们就再也干涉不了他们。政治运动一来，说不定人民和政府发现放错了人，再来一场大逮捕把他捉回去，一切都会从头走一遍，陆焉识就成了个法律上的父亲来毁坏他儿女们、孙儿女们的生活。冯子烨自己可是个好父亲，他大半辈子保持平庸，争取不拔尖不卓越，同时掌握防人和攻击人的能力；他从不愿给孩子们做个才智学识过人的父亲，而是给他们做一个世俗的大众化的父亲，因为这样的父亲安全，容易让大众认同，他给予儿女们的父爱也才安全，源源不断，不会被某个政治运动截断或剥夺。

丹珏说，母亲想跟父亲结婚，谁也不该拦，谁也拦不住。母亲有为人妻的愿望，她也有这份权利。子烨让妹妹别急，容他想想，多难的事情他这辈子都碰到过，没有他想不出对策的。

在家里，婉喻一如既往地去居委会开会，到各个里弄宣传文件，动员学习。她唯一的变化是比过去更加安静。她的安静中添出一种满足，就是那种"增一分则多减一分则少"的满足。桃红色的启示被雨水冲掉了艳丽，但马上就有新的贴上来。连丹珏大学门口，也出现了同样的桃红纸张。一个急于给自己搭窝，筑洞房的人才会这样干啊。丹珏多次想问婉喻，调房子的启示是你贴出去的吗？但是话到嘴边她又觉得不可能。婉喻像干那种事的人吗？差点把全上海都贴成桃红的了！

有一次丹珏乘着学校的车（她现在已有偶然坐坐学校的旧伏尔加的特权了）去另一所大学讲课，突然看见婉喻急匆匆地走在人行道上，脚上穿的是一双粉红色的绒布拖鞋。这双拖鞋是她专门为孙女准备的，虽然孙女长大后很少来看她，一个学期不过来一两次，做祖母的却一厢情愿地为孙女准备了高档拖鞋和睡衣，还有一套新被褥和洗漱用具。丹珏赶紧让司机靠路边停车。她追上婉喻时，婉喻正站在红绿灯路口东张西望，似乎四个方向都是错的。

丹珏叫了一声便上去一把拉住母亲。婉喻回过头，虽然只是半秒钟的惶惑，丹珏还是看出来了。

"姆妈，你一个人跑到这里来做什么？"女儿问道。她把不经意相遇的表情做得很真。

"是你啊……？"婉喻说。

所以最开始那半秒钟的惶惑不是丹珏的错觉，确实是母亲在辨认女儿。

"你去哪里，我让车子送送。"丹珏看见那辆伏尔加已经开过来了，走走停停，等待丹珏的指示。

婉喻脑子里起风了似的，所有念头想法都被刮得一片弥漫。她要去一个非去不可的地方，这一点是没错的。所以她胸有成竹、目标坚定地对女儿笑了笑：忙你的去吧。

丹珏不想指出她脚上的粉红绒布拖鞋。这双嗲溜溜的小妹妹拖鞋在那双干缩了的解放脚上嫌大，婉喻穿着卡布龙袜子的脚趾从拖鞋前面露出来，大脚趾触到了1978年春天的上海的地面——那时还没有禁止随地吐痰的上海地面。丹珏不容分说地架着母亲的胳膊，把她拉到伏尔加旁边。司机已经跳下车，拉开了后座的门。丹珏也不管她的演讲是否会迟到，一切都不要紧了。她的手一直留在母亲的胳膊上，让司机把车往自己家开。母亲一直在和她客气："用不着送我的，我慢慢走好了。"她灰白的鬓角对着丹珏，像孩子一样新奇的眼睛看着车窗外：上海从这个窗口里看出去是个陌生城市，一个美丽的陌生世界。

就在这时，她看见婉喻皮包的拉链是打开的，里面什么也没有，只有一封信。信是寄往青海的。原来婉喻是要去邮局寄这封信。

"姆妈你的皮夹子呢？"

婉喻回过头，看着丹珏两手撑开的空皮包。

"你没有带皮夹子出门？"

婉喻的目光慢慢在空空的皮包里移动。看到那封信,一个猛醒来了,睫毛和单薄的肩膀都抖了一下。

于是我的小孃孃断定,她的母亲心里熬着巨大的痛苦。熬成什么样子了?心智都要丧失了。那天晚上,丹珏演讲结束后,她把婉喻带到了外面。市面上已经恢复了不少老馆子,凯斯林、红房子、梅陇镇……小孃孃冯丹珏把她母亲带到了红房子,要母亲点两样她年轻时候喜欢的菜。

婉喻看了看菜单,羞怯地说:"那个时候都是你爸爸点菜的。"

丹珏只好当家,为母亲点了一菜一汤一道甜食。她在主菜上来的时候问母亲:"姆妈,你想调房子是吗?"

婉喻看着她,摇摇头,嘴角一道番茄汁。母亲的目光是清澈的,那样清澈,什么谜底你看不出?丹珏为自己和子烨对母亲的怀疑愧怍不安,笑了笑说:"这就好。我们就放心了。"

而那些桃红启示并没有消失,它们在不断更新,变本加厉,贴到了小菜场,南货店,煤气站,银行。丹珏问子烨什么时候拿出他几个月前说的"对策",子烨在电话里拖长声调"哎呀"一声,听都听得出他在抓他类似工农子弟兵的发式。丹珏忍不住了,约子烨到一个电话亭去给贴启示的人打电话。他们按照启示上的电话号码拨通了电话,那头接电话的人竟然是里弄居委会,两句话一谈,子烨发现接电话的人就是婉喻的入党介绍人阿敏。阿敏没有听出子烨的声音,伶牙俐齿地介绍起情况来。她说要调房的是一位老太太,读书人,教养好,派头也好,就是跟孩子们相处不来,想有个自己的房子,再小的亭子间都没有关系,离开孩子们远一点就行。子烨问老太太姓什么。阿敏立刻警惕地反问:"请问你姓什么?"居委会老太太们跟儿子儿媳们斗争起来总是团结一致。

挂了电话,子烨和丹珏在电话亭里相顾无言。

"大概是姆妈。大概不是。"妹妹说。

"就是她!"哥哥说。他一脸羞恼,似乎自己的女儿在外面惹风流官司,被他捉住。

"姆妈不承认。"

"承认不承认都是她。不承认是她知道难为情！这么老的人了，我们这个岁数的人都不想那些事了！"

兄妹俩结伴往回走的路上，子烨拿出了对策。

"要不这样，老头子回来，住在我家里。我家比你家大一点。不行的话，我再去跟学校吵吵看，看能不能多吵来一间房间。半间也好的。"他顺着自己的思路走了一会儿，然后就想到那封劳改农场来的公函。又说："我要把公函给领导看！我就这么跟他们吵：哦，我父亲吃饱饭没事做跑到青海去的？！是你们莫名其妙把他送去劳改，二十年放出来，你们不给我房子，叫我怎么办？！政府做的莫名其妙的事情，屁股要我们小老百姓来揩啊？！"他似乎正在跟某个不可视的人吵。

冯子烨现在很会吵，吵得非常雄辩，能吵出逻辑和公正。两年前吵到一套六十多平米的住房，算全校教师中最宽敞的居室。在1978年的上海，宽敞和豪华是同义词。他到丹珏家拿着公函走了，斗志昂扬。一个家必须有那么个会吵的，陆家兴盛了五代，衰败就衰败在不吵；太看不起吵。他现在要好好吵，重振陆家。他走的时候回过头对妹妹说："等我的消息！"

两个礼拜后来了消息。冯子烨把劳改农场领导去年来的公函给他学校领导看了，并对他们说，这是拨乱反正的一个重要部分。领导答应等新的家属楼落成后，考虑给冯子烨换一套大些的单元房。冯子烨仍然是吵，新楼落成？太遥远，太飘渺了！老人家不能在地老天荒的流放地等着遥遥无期的新楼。最后他吵赢了，领导答应在学校的单身宿舍里暂时给他半间小屋，过渡过渡。但那间小屋要到暑假才能腾出来，他只能先吵到这里。

我祖母婉喻听到我父亲冯子烨带来的好消息微微一笑，接下去就神不守舍。她两只手在八仙桌的小抽屉里摸摸索索的，不知道要找什么；她前一秒钟想到要找的东西，下一秒钟已经忘了那东西是什么。

"姆妈,你找什么?"

"哦,不找什么。"

一年多以来,这是这个家里最经常发生的对话。我的小孃孃丹珏在这种时候总是特别疼爱母亲的,不是搂住她削薄的肩膀,就是挽住她无力的胳膊,撒娇地笑道:"姆妈又糊涂了!"与其说是对母亲撒娇,不如说是娇宠母亲。

房子的事苗头有了,桃红色的启示便开始褪色,被雨水冲走,最后消失。

暑假开始,子烨和丹珏赶紧去看那吵来的半间房子。房子在一幢学生宿舍的顶楼,屋顶斜斜的,进门的地方容得人站立,往里走就只能坐下,走到头就必须平躺。原先堆放的是美术系老师的画具颜料和已经半途而废的画作,所以房子的最大好处是那股不难闻的调色油气味。

婉喻给焉识写了一封短信,告诉他,他可以回上海了。

回上海

我祖父回上海前夕,我祖母的失忆症已经恶化。一次居委会的阿敏堵住下班的丹珏,向她报告,婉喻又交给她一份入党申请书。她对阿敏羞怯地说,过去一直觉得自己条件不够,政治上不过硬,现在老伴要回来了,政治上的包袱也就没有了,所以斗胆向组织申请入党。阿敏缩头缩脑地指着楼上冯家的窗口,愁苦地小声笑道:"你看看,她怎么连入党这种天大的事都忘了呢?"

从此后,婉喻再到居委会去,阿敏就把她送回来,要她好好休息。

到了我祖父陆焉识从青海回到上海那天,我祖母连居委会是怎么回事都忘得干干净净。阿敏偶然看见她在阳台上晾晒衣服,便向楼上招手,问她早饭吃了没有,她会客气地回答:"侬好。"婉喻头一次见某个人,就这样跟人家正规地打招呼:"侬好"。所以阿敏以后也不再跟她招手了。

我祖父是1979年冬天回到上海的。他先来了一封电报,报告火车班次。那几天小孃孃的演讲太忙,实在没时间接站,我父亲只好带着我一道去火车站。故事就从这里把我裹进去的。

因此,接下去出场的这个穿着小喇叭裤、正准备考大学的女孩就是我了。像所有十八岁的女孩一样,她要忙的事情太多,光是秘密恋爱和剪裁缝纫时装就快要累死她了。所以她告诉父亲冯子烨,她要温课,没时间跟他去火车站。父亲一脸凶蛮,说他没跟她商量,去车站是"必须"。

　　火车是从西安开往上海的,从车上下来的人身上和脚上都有一层黄色尘土。站台空旷了,流放归来的老祖父却迟迟不出现。父亲烦躁地说:"回了他电报,叫他别动,别动,还是乱跑。好了,大家肯定错过了!"父亲不愿承认,他已经不记得老头的模样了。他开始以为老头的大个头会让他一眼认出来。女孩子从来没见过她的祖父,他所有的照片都被她父亲烧掉了。"文革"中父亲从她祖母那里找出所有她祖父的照片,在马桶间里烧了一夜,瓷砖都熏黑了。她和她哥哥从来不清楚祖父犯的什么法,只知道他是个大政治犯,够资格挨枪毙的。后来他们明白想弄清祖父的具体罪状是妄想,那个时期的罪状都比较抽象。

　　渐渐的,整个空站台就把父亲和她晾在正当中。她爸爸骂骂咧咧,都打算带她走了,突然看见车尾巴上站着个人,穿一身黑不黑、蓝不蓝的棉袄棉裤,黑暗的脸色,并不高大。他疑惑地往他们这边走几步,盯着他们看,是以整个身姿来体现那个谦恭微笑的。他明显地在希望他们先开口问话。

　　父亲小声跟他自己说:"不是的,不是的,一点影子都没有!"

　　女孩儿也但愿不是的。这老头样子猥琐,不是那种敢作敢为敢犯王法的模样。

　　老头唤出了父亲的乳名:"毛头!"(他们三姐弟的乳名为:大囡囡、毛头、小囡囡或小妹。)

　　此刻父亲把女孩儿往老头的方向使劲一推:"这是你爷爷,叫阿爷!"

　　原来这是他坚持要带她来的原因:她叫一声"阿爷"就省了他叫"爸爸"了。接下去阿爷的泪水流下来。他脸上皱纹太多太乱,所以眼泪流成横的斜的直的。女孩父亲的眼睛也湿了一下。这场合不流眼泪是不近情理的。从这一刻开始,大家都降低辈份,沿用这个孙女的称谓,叫陆焉识"阿爷"。因为"阿爷"可以用来尊称任何人家的老头儿,不像"爸爸",只能称谓血缘定义的那个重要角色。叫了"阿爷",便可以混过去不叫"爸爸",以免下一场政治运动再次让他们改口叫老头别的头衔,都难堪,也费事。

　　阿爷陆焉识的行李很多,儿子子烨在火车站口叫了一辆出租车。路上,阿爷叫女孩"澄纯"。女孩一惊,他还记得那个只用了三年的名字。她在进幼儿园时就改叫"学锋"了。她父母在这方面宁愿放弃品味情趣也要跟时尚。

　　到了家老阿爷的眼睛就到处看,但只要他发现你在看他,他眼睛马上就老实了,听了"向前看"口令一样直视前方。不久家里所有人都会发现,他的动作在暗中被口令控制着。最初的介绍完成,女主人钱爱月又回到厨房烧菜,男主人冯子烨出去买啤酒,学锋也赶紧逃进她的小屋。学锋的哥哥去北京上大学之后,这里就是她的卧室和书房。他们小时候的上下铺现在做了仓库,两层铺板之间塞满被子、棉絮、书籍。写字台朝窗,坐在桌前就是脊梁对着门。学锋打开台灯,窗外天黑了,窗玻璃忽悠一下,似乎有个人影刚刚映在里面,又退了出去。她马上回过头,正瞥见老阿爷离去的背影——他不做声地来看了看孙女的屋子和孙女?还是想看看其他什么?

　　他听见学锋起立,便站住了。此刻他站在过道的阴影里,样子真的非常灰暗。他笑笑说:"读、读你的书吧。读吧。"

　　学锋问他是不是在找什么。他说是在找。到底找什么呢?找冯婉喻。

　　女孩张了一下嘴,似乎给老阿爷逗乐了。她没想到他会这样回答。一个如此灰暗不堪的老人竟这样坦白,或者说俏皮。他微微口吃,嘴里有话的时候,嘴唇却被摆错形状似的,要重摆几次才把话吐出来。学锋不知道该不该告诉他,冯婉喻两天前让冯丹珏陪她去理发店做了头发,从此后就不肯出门,怕头发的波浪给风吹塌了,给雨淋化了。现在冯丹珏正用学校的伏尔加把冯婉喻往这里送。

　　菜都端上桌了,冯婉喻还没有来。楼下的传呼电话来叫人了:"冯子烨,听电话!"

　　子烨听了电话回来,招呼大家先吃饭,因为冯婉喻不太舒服,今天不来了。陆焉识的脊背慢慢地靠到椅背上,彻底放松了,也失望透了。

冯子烨看看父亲,心想,看来要阻止老鸳鸯的第二次新婚,是要费点劲的。而且,让老头一人住在楼顶的半间屋里,老太太说不定会跟进去,那就更看不住他俩了。所以吃完晚饭冯子烨就宣布,老阿爷住学锋的绣房,学锋搬到学生宿舍楼顶上那间斜顶阁楼去。就像所有青春男女一样,学锋巴不得搬到外面住,方便她秘密恋爱,也不用听母亲"洗手了吗?衣服穿这么少?!"的唠叨,更不用看父亲坏脾气的面孔——每当她穿喇叭裤,他这副坏脾气面孔就摆出来。当晚她就把被褥和几件衣服打了包,让父亲用自行车驮到她的新居去了。

爱月给公公烧了两大锅水,倒进很久不当浴盆用的浴盆。兑上冷水,浴盆里的水涨到半满。老阿爷跟前跟后,道歉一般嘟囔着"自、自己来,自、自己来",嘟囔一声,人就打个弯,双手朝前一送,可以理解为作揖,亦可以理解为抢夺爱月手里的毛巾、换洗衣服、小板凳——浴盆比较高,爱月担心老阿爷跨不进去(她太不了解家里来的这个老人怎样地身手矫健)。她要老人穿子烨的棉毛衫裤。那是一套洗得极其柔软,膝头和肘部打了补丁的旧衣服。像大部分上海女人一样,爱月会缝纫,其他各种手艺也都会一点,因为没有比学会各种手艺更省钱的了。

老阿爷一看换洗衣服不是他自己的,人又是弯一弯:"我、我自己有的,有衣服的。"

爱月说:"晓得了,你有的。那些衣服给你洗洗再穿。"

老阿爷有点着急了,说:"都、都是洗干净的!"他自己生活了这么多年,多么非人的环境都把自己伺候过来了,现在环境这么好,怎么能把自己交给人家去伺候呢?

爱月说:"子烨关照的,要我把你的衣服放在开水里煮一煮,再拿进屋里来。"

他们一家住三楼,往上走半段楼梯,就是一个小水泥露台。爱月在上面养了四只下蛋母鸡,还垒了一口烧木柴的灶,坐了一口铁锅,用来煮鸡食，蒸米粉肉。用煤气蒸米粉肉是用不起的，两三个小时的煤气费，把猪肉都蒸成龙肉了——钱爱目原话。偶尔也在铁锅里染染毛线和衣服。实在想奢侈一下，就用铁锅烧热水泡盆浴，那么这里就成了小型老虎灶（注：上海人把卖开水的店家叫做老虎灶）。比如此刻为老阿爷烧水。

他们从火车站回来之后，子烨把他从西北带回的行李放在门外，就是怕行李包裹着什么微小活物回来。

老阿爷说："老……白虱是没有的。都捉干净了。"

爱月笑笑说："晓得你没有老白虱，阿爷。还是当心点好。你快去洗澡吧，水要冷了！"

老阿爷不再说什么，但他不知怎么又跟着爱月到了大门外，正好看见爱月用一把火钳子在挑那根绑在旅行包上的布带子。旅行包的拉链报废了，他只能用布袋子把包捆绑起来。

"让、让我自己来！"他说。

"你快去汰浴！"儿媳说，有点不耐烦了。这家人很少享受浴盆里泡澡的待遇，给他这待遇他还不领情，水都要凉了！

老阿爷不理会她的心情和心意，走过来用黑黑的指甲解着布带子的结，解不开，又用牙。他的假牙不比指甲好用，所以最后还是指甲解开了死结。他从里面拿出四瓶沙棘酒，两瓶菜籽油，一塑料袋煮野鸭蛋。

"野鸭蛋！我自己捡来的！"老头得意地把塑料袋在儿媳眼睛前面晃一晃。

家里人很快发现，只要他不紧张，不在辩解，不在回答你的提问的时候，是不口吃的。

等到老阿爷洗了澡出来，水泥露台上的大铁锅里已经又烧开了一大锅水，子烨和爱月一人拿了一个火钳子，把西北带来的衣服一件件放进锅里烧煮。他们尽量伸长手臂，这样他们的身体就可以远离火钳子上夹的外套、毛衣、内衣内裤、袜子围脖……不去看火钳到底夹的是什么，你一定以为他们从某角落夹出了死猫或死老鼠，要不就是从阴沟里掏出的一团沤久了的糟粕。他们煮的大部分东西都九成新，显然老阿爷在回上海之前狠狠打扮了自己一下。还有一件衬衫和一套涤卡中山装一次没穿过，现在也一视同仁地给一锅烩了。把那套涤卡中山装用火钳子抖开时，夫妻俩对视一眼。这大概是老阿爷陆焉识做新官人的行头吧？

第二天是礼拜天，一般夫妻俩会赖赖床，但子烨听见老阿爷已经起身了。子烨不想起来，在床上翻了个身，听见爱月说："他一个人摸出摸进要紧吧？"

子烨赶紧爬起来。他不仅是好爸爸也是好丈夫，很疼自己的家主婆。像上海大多数好男人一样，他会干许多女人的活，比如烧饭烧菜洗衣熨衣。爱月跟他过下来不容易，曾经那个他爱疯了的大学女同学就不会跟他把日子过下来。甚至还没开始过，就撤退了。他到客厅的时候，发现父亲已经独自出去了。那个拉链报废的旅行包里，东西摆得整整齐齐。犯人原来是很整洁的。子烨把旅行包打开一点，看见那套仍然潮湿的中山装叠得见棱见角地放在一个塑料袋里，被摆在旅行包最下面，那件崭新的衬衫也折叠得如同百货商店柜台上待售的货品，只是在昨晚被烧煮消毒的时候染了颜色，染得蓝一块黑一块，那几片深红大概是他的毡袜退的颜色。他重新打包是要出发去哪里？去跟冯婉喻私奔？也许是他不愿意自己的东西给煮得繁花似锦。也许他压根就不愿意他们碰他的东西。犯人原来这么护窝，这是狗或狐狸的本能。

这时楼下传呼电话叫人了："三十号，冯子烨听电话！"

电话是妹妹丹珏打来的，说还没起床就接到老头子的电话。只剩兄妹俩的时候，他们就叫陆焉识老头子。这样叫还是最顺口，也最能体现两兄妹"哀大莫过于心死"的玩世不恭。丹珏说也不知道他怎么弄到她家电话号码的。子烨的猜测是这样：老头子今早起得早，坐在沙发上没事做，研究起茶几的玻璃板下压的几个电话号码来。他猜想有一个一定是丹珏家的，于是就到公共电话亭里一个个试打，终于打到丹珏那里去了。丹珏告诉哥哥，老头子约他们的母亲出去用早餐。

子烨嘎嘎地笑起来，一对老活宝已经开始约会了呢！丹珏告诉哥哥，母亲冯婉喻现在已经梳妆打扮停当，要她到弄堂口去叫一部出租车差头。

兄妹俩人决定赴父母的约会，冠冕堂皇的借口很好找：怎能让老阿爷大老远回到上海掏腰包呢？一对老人自己在外吃饭做儿女的不放心……丹珏向父亲建议这样意义重大的早餐应当到锦江饭店去吃。

子烨骑车带着学锋，爱月骑着自己那辆打扮得珠光宝气的红色小轮盘自行车，一家人直奔锦江饭店餐厅。冯婉喻和丹珏还没有到。五分钟后，一个身影晃进来，子烨抬头一看，是陆焉识。陆焉识简直是摇身一变。昨天晚上的灰暗脸色完全蜕掉，两颊微红，眉毛又浓又黑。最让子烨一家惊奇的是他的一头卷发，昨天稀疏无力地贴在头皮上，勉强盖住他大大的头颅，现在却浓黑卷曲，梳理成一种年轻的样式，可以想象他还能倾倒一群贼心没死的老妇人。看来老阿爷一早出门，找到了一家理发店，把自己的头脸好好收拾了一番。他看见子烨一家脚步一顿；他没有料到在这里会遇到伏击。

婉喻和丹珏相依而至。婉喻银灰的头发做成了宁静海面上的波涛，额头上轻轻拱起一个弯度，十分的曼妙。身上穿着豆绿色外套，焉识不知道这种外套叫春秋衫。她看了焉识一眼，又回过脸去看丹珏，脸上两片浅红。这么个岁数还如此娇羞，子烨和丹珏小臂上刷拉一层鸡皮疙瘩。焉识眼睛忙不过来，一会看婉喻，一会又转向丹珏。丹珏感觉到这种气氛中必有的可怕压力，喘气都急促了。她索性扬起嗓门对焉识说："你离开家的时候，我还在高中！现在你在马路上碰见我，还会认识吧？"

焉识看不出丹珏在活跃气氛，排减压力，被她这句话弄得动感情了，眼泪汪上来，一面认真地点点头。

"我……我后来也看过你的。"

丹珏率性地哈哈一笑："那不算，那是银幕上的人！"

婉喻跟不上了，此刻插话："谁在银幕上？"

丹珏说："那部片子很多地方都没有放映，你们那里倒是放映了!"

焉识说:"我们那里很多片子都比你们这里先放呢!"

他甚至有点炫耀,好像他去大西北逛了二十多年,而不是九死一生地服了二十多年的刑。

"那个时候我才二十多岁!跟我现在是两个人了!"颇长的烟龄酒龄熏陶了丹珏的嗓音,那是一种粗粗的、沙拉拉的嗓音,可以给你的听觉抓痒痒,因此你一听就爽。

焉识的嘴唇又动了两下,似乎嘴唇又摆错了形状而没有说成话。遇到这时候,丹珏和子烨会飞快对一眼:他们的父亲是个能说会道、开口成章的人,现在嘴巴多迟钝?就在谁都在说话、谁都没听别人说了什么的热闹中,子烨把婉喻安排在上座,中间隔着丹珏,又请焉识坐在丹珏旁边。

丹珏点了几样点心:生煎馒头,蟹粉小笼包,萝卜丝饼,豆浆。锦江的点心贵就贵在每样点心都比别家小一半,丹珏嘻哈着评价。早点端上来,每人的筷子都在为别人夹点心,都在和别人推让,有时被夹到别人盘子里的点心又被夹回去,于是筷子在桌上横穿纵跨,充满盛情而缺乏效率。任何外人都能看出,这是一个很少在这个档次的餐馆消费的人家,都很紧张,每个人都怕自己比别人吃得多,谁吃得最少谁就赢了似的。

焉识把一只蟹粉小笼包隔着丹珏拣到婉喻盘子里。婉喻轻轻说了声谢谢。

焉识向前探身,这样可以隔着丹珏对婉喻说话:"还记得那年的蟹粉吗?你送来的?"

婉喻也微微把身体向前探,也是为了隔着丹珏可以看见焉识。丹珏一动,她无法看清焉识了,便靠回椅背上,朝焉识这边侧着脸,微微一笑。焉识也跟着她靠到椅背上,假牙文雅地合拢在桂圆那么小的包子上。现在丹珏和嫂子爱月热烈地说起话来,不停地打手势,身体重心不停地移动。丹珏每次移动身体重心,焉识和婉喻就得跟着移动,这样才能隔着丹珏相互对视。现在丹珏两个胳膊搭在桌上,他们俩上身便向后靠，争取错过丹珏的脊梁形成的隔断，继续他们有一搭无一搭的谈话。丹珏和嫂子爱月谈着学锋考大学的事，这一门功课强、那一门功课弱，考不上怎么办，等等。丹珏每换一次坐姿，移动一下身体重心，坐在她两旁的一对老年男女便得前俯后仰地找着对方的面孔、眼睛，继续他们无关紧要的谈话。

后来我知道那些听上去无关紧要的话其实是意味深长的。我的祖父说的几乎都是双关语，比如："这点蟹黄剥起来也要剥半天了。"或者："欧米茄还蛮好，一看它就想到那时候了。"

两个人前俯后仰地谈了两个小时的话，从餐桌边站起时，婉喻对焉识说："来白相哦。"

焉识愣住了。这时丹珏看见他在愣怔，挤挤眼睛，调笑道："姆妈约你去玩呢！你答应她呀！"

焉识愣住是因为他以为婉喻会带他回家，从此他就和婉喻继续他们中断了二十多年的日子。

焉识正要对婉喻说什么，婉喻已经跟着孙女学锋走到前面去了。

丹珏跟上去搀起婉喻柔弱纤细的手臂，往电车站走去。子烨推着自行车过来，看见父亲还站在饭店大门口郑重目送，叫道："回去了！"

焉识刚要走，婉喻向他回过头，一个年轻的微笑浮起来。

"伊是啥人？"

我祖母冯婉喻回过头，朝着焉识而生发的微笑还没有消失。她问女儿丹珏："伊是啥人？"

听了母亲的这句话，丹珏脸上出现了一连串表情，让我来试着排列它们：她首先下唇一垮，露出半截略带烟垢的门齿，接下来眉毛挑起，一刹那后，眉头又迅速凑紧，同时鼻翼张开。应该说这是我小孃孃比较难看的一些瞬间，最后她眼睛从母亲脸上移回来，完成了自认为的耳误，再是错愕，然后微怒，最后悲哀同时感到好笑。她知道母亲有多么爱父亲。婉喻等待苦盼焉识的几十年她不想参与也参与了。

"姆妈，陆焉识是啥人啊？"丹珏温婉地问道。

"是你爸爸呀！"婉喻毫不犹豫地回答，同时出来一种怨怪：难道连这个还要问吗？

"我爸爸长得什么样子？"丹珏又问。

"什么样子？！"婉喻看着丹珏，没说出的话是：亏你问得出？！女儿这是没有记性呢还是没有良心？

"姆妈，刚才跟你说的那个人，就是陆焉识。"丹珏生怕吓着母亲似的，声音平板单调。

婉喻看着女儿。她还是给吓着了。

"那我怎么会不认识他？"婉喻小声地说，摇摇头。"焉识我怎么会不认识呢？我不是一直在等焉识吗？"过一会她忽然笑了，也是小声地说，"你们两个就跟我打棚好了！这么大的人，一天到晚跟姆妈寻开心！"她指的两个人是她的儿子和女儿。

丹珏想说服母亲，他们没有和她寻开心，是她的失忆症在寻她开心。但婉喻又开口了："那个小妹妹蛮好白相，是哪个女人的女儿？"

丹珏慌了：母亲不认识离别已久的丈夫还情有可原，连自己的儿媳、孙女都不认识了！也就是两个月前，爱月和学锋娘俩才来过，还吃了婉喻做的八宝鸭。丹珏发现婉喻大致明白自己的记性出了毛病，因此是有些自卑的，话也不敢多说。有时她甚至猜出来，该告诉李四的事情，她却讲给张三听了。两个月前那次，她也许就没有认出爱月和学锋，只是跟大家打了个圆场，装得热乎乎的，就钻进厨房做菜去了。假如失忆症以这个速度发展，要不了多久，婉喻也会把丹珏当陌生人。

丹珏给子烨打了个电话。子烨是在传呼电话室接的电话，因此说话非常自由痛快，一口一个老头子。"老头子幸福死了，说姆妈一点都没变！"

"她没认出老头来。"丹珏小声地说，眼睛盯着母亲卧室的门，拨电话之前她悄悄把那扇门掩上了。

"不会的吧？"子烨说，"她待他那么亲！"

"大概心里蛮欢喜老头子的；只不过是拿他当另一个老头子欢喜！"丹珏几乎是快乐的，世界上有这么好玩的事情她不可以快乐吗？

"瞎讲！"子烨不愿意妹妹往母亲身上用这种不三不四的推理。

丹珏大笑起来。世上的儿子都这样，母亲生出他们之后最好入庵为尼，连自己父亲都碰不得她们；父亲碰碰都要碰脏她们的。

"伊不记得老头子不要紧，连你老婆你女儿都不记得！问我那个小妹妹是谁。"丹珏还是忍不住地笑。

后来一次，丹琼打来一个越洋电话，一切就更清楚了。婉喻客气地敷衍着大女儿，回答丹琼所有的提问都是："蛮好。""身体怎样？""蛮好。""胃口好吧？""蛮好。"接下去，睡眠、上海的天气、孙女孙子，一切都是"蛮好"。电话挂断，她问丹珏："这个女的是啥人？

347

客气来！"丹珏告诉母亲，那个女的就是丹琼啊。婉喻慢慢垂下眼睛，研究自己的一双手。好一阵她抬起头来说："丹琼是啥人？"丹珏告诉她，丹琼是她婉喻嫡亲的大女儿，每两个月打个越洋电话来。婉喻微微一笑说："那倒蛮好。"丹珏不知道她是说越洋电话蛮好，还是不期然得到个额外的女儿蛮好。

锦江饭店的大团圆之后，陆焉识第二天就如约来了。婉喻在厨房里摘菜，丹珏正要上班去，见老头子来了便打算在家里耽搁一会儿再走。丹珏了解自己。她表面的嘻嘻哈哈、大大咧咧恰是因为自己的心太软，心太软的人快乐是不容易的，别人伤害她或她伤害别人都让她在心里病一场。多年前她在电话里对父亲用英文说的那番话，让父亲"顾念"一些，那番话成了她内心的慢性病，一回想起来就病发。她宁可上班迟到，也要在老头子和老太太之间和和稀泥，尽量帮母亲遮掩一下她的病态忘却。她怕母亲的失忆症不仅会伤害父亲，也会伤害母亲自己——一个人认识到自己连最亲的人都记不得，会很伤痛的。

丹珏大大咧咧地为父亲倒茶，用鼓励孩子的语言，鼓励婉喻跟焉识讲话，鼓励她告诉焉识，她很高兴他来看她。丹珏提升为研究室主任，上班下班时间上不必那么死板。她到自己卧室去，给研究室打了个电话，请一个下属代她布置当天的工作。她放下电话，见父亲站在门口，食指搁在门上，姿态那么怯生生的，似乎在担心，敲开这个门后果是什么。

丹珏刚要以她假象的大大咧咧请他进来，他却飞快地把那根敲门的食指放在嘴唇上，"嘘"了一声。丹珏不能不把老头子的一系列动作和"鬼祟"这个词联想起来。他走进来，尽量用最不起眼的动作把丹珏的房间布置尽收眼底。

"你、你……姆妈不认识我。"他说。语气、表情都很中性，猜不出他是否为此感到受伤。

丹珏笑笑："有时候她会这样的。没关系，你跟她讲讲过去的事情，拿出两件过去的东西给她看看，她会想起来的。"她安慰父亲，很像在两位小朋友之间做调解。

"你猜她刚才跟我说什么?"

"说什么?"

陆焉识叹了口气,把婉喻刚才跟他说的话复述了一遍。婉喻把一堆青菜搬到八仙桌上摘,跟焉识谈起入党申请书来。她建议他也写一份入党申请书,虽然条件暂时不够,但是可以让组织早点观察考验。焉识不知如何作答,婉喻接着劝他,一个人应该有理想,有理想的人是不一样的,而且应该让组织知道你在为理想努力。

丹珏也无话可说了。她接近焉识是想让他做伴,一块递交申请书,免得她胆怯。入党这样神圣高尚的事让婉喻非常羞怯,她很想有个伴儿壮壮胆。

"而、而且,她也不记得,礼拜天跟她一块吃饭的就是我。她、她以为我、我们第一次见面。"他的眼睛里出现一丝好玩的笑容。

"她让你跟她一块交入党申请书,那你呢?你怎么回答的?"此刻丹珏的角色仍然是个幼儿园老师。

"我、我只好笑笑点头啦。我能怎么办?"他咧开嘴,笑起来,上半个脸很愁苦,很不甘心。

"没关系。你天天来看她,陪她,时间一长,她一定会记起你是谁。"丹珏给老头子出点子。

陆焉识从那以后果然天天去看婉喻。他一早就离开子烨的家,在路上买几副大饼油条,或者两客生煎馒头,或者四五个糯米糕团。他到达的时候总是婉喻从菜市场买了菜出来的时候。菜贩子们现在跟婉喻很熟了,只要婉喻丢了东西在他们菜摊子上,他们一定会在晚上收市前送到家来,告诉丹珏:"冯家姆妈又糊里糊涂了!"过了一阵,焉识索性直接到菜市场去接婉喻,帮婉喻提提竹篮或网线袋,下雨时帮她撑撑伞。两人一道走进弄堂,一道上楼,回到冯家的厨房时,丹珏一般还在马桶里。马桶间跟厨房只隔一片薄墙,上面还开了个高高的小窗。丹珏常常存心在马桶间磨蹭,听两个老年男女都谈些什么。

这天她听见婉喻说："你提的意见很对，我再改一改。"

陆焉识说："不用改了，涂掉几个字就行了。"

婉喻说："不行的。入党申请书的字一定要写得最漂亮。涂了就不漂亮了。对吗？"

丹珏心里羡慕母亲，把那个"对吗"说得那样甜，那样嗲，那样天真无邪。

陆焉识就着婉喻的嗲劲说："对的。"

婉喻又说："人是不可以没有理想的，对吗？"

陆焉识说："写字也要有理想。你看现在那些年轻人，干什么都没什么理想了。"

"年轻人嘛。"婉喻劝慰焉识也劝慰自己地轻轻长叹。

又一次陆焉识说："婉喻，大卫·韦死了，你晓得吧？"焉识一定是试探她的记忆，看看她是不是还想得起个把故人来。

"死了？"婉喻说，口气中一丝惊讶也没有。她也一定是不想让焉识看出，她根本不知道大卫·韦是谁。"怎么死的？"

"文化大革命被造反派打成了内伤，脑子里淤积了血块，做了手术好多年了，一直蛮好，前两天突然死的。"

"真的？倒是爽气的。"

丹珏想，原来陆焉识回到上海还是走访了一些人，得到了不少消息。有一位姓凌的知名民主人士，在1959年被送到新疆劳改，1971年在新疆去世的事情，他也是回上海不久就知道了。

有一次丹珏在马桶间听到陆焉识跟冯婉喻说："你孙女的字是你教的吗？写得不错。"

婉喻没有说话。她现在很谨慎，怕露馅儿，让别人看出来她根本记不得有那么个孙女。

1979年中秋节过后，丹珏接到丹琼的电话，说他们一家准备到中国来过春节。这个时候，冯婉喻和陆焉识已经很熟。

冯婉喻的容貌发生了奇怪的变化。变化是渐渐的，似乎随着她记忆中事物人物的淡去，她的脸干净光洁起来。也有些时候，丹珏在一夜醒来之后，发现婉喻的面容突然年轻了十来岁。她坐在靠着小阳台的椅子上，膝盖上放一个竹笸箩，豆子一颗一颗被她的满是心事又漫不经意的手指剥出，落进笸箩，剥豆的动作本身就是回忆和梦想。她的安静和优美在夕阳里真的可以入画；她脸上的皮肤是那种膏脂的白皙，皮下灌满琼浆似的。那样的一个冯婉喻也是等待本身，除了永久地无期地等待远方回归的焉识，也等待每天来看望她、似乎陪她等待焉识的那个男子。你无法使她相信，陪她等待的这个人，就是她等待的那个人。有时丹珏也发现陆焉识看婉喻看呆了，他也想不通这个女人的生命怎么会倒流，这种倒流如此怪诞，却是一种很妙的怪诞。

丹珏通过偷听，也通过向父亲直接打听，摸清了他和婉喻半年来的关系进展。婉喻不时会拿出个漆器小箱子，表情和动作带着膜拜意味地把箱盖打开。箱子里整齐摆放着一扎一扎的书信，用紫色、深蓝、酒红的缎带捆扎。每一捆上面放着一个小纸笺，上面标有袖珍毛笔字："1928—1933，焉识书自美国华盛顿"，"1954—1956，焉识书自上海，提篮桥"………对于婉喻来说，"书自美国"和"书自提篮桥"没什么大区别，都是意味着遥远和隔绝，只能靠两人的文字相互走动，并心交谈。

婉喻告诉焉识："喏，这都是他来的信。"她的表情是骄傲的，满足的。

她不断地把这些信拿出来给他看，丹珏猜想她的动机可能是这两种：第一，她不记得前两天刚刚把这些信炫耀给他；第二，她意识到这个常常出现在她家的男人对她有爱慕之心，因此她得一再告诉他，自己是名花有主。有时候，陆焉识问冯婉喻可不可以打开那些信，让他读一读里面的内容。她立刻把漆器箱子往自己怀里一收，意思是：你怎么会有这么无礼的要求？

终于有一天，她主动打开了一封信，铺平在八仙桌上。焉识看见自己的墨迹深一块浅一块，好多字都化成毛茸茸的了。她是怎样一面流泪一面读他的信？并且，每封信她读了多少遍？每读一遍都流泪？

陆焉识对小女儿说："你姆妈真不容易。"

有时候陆焉识和冯婉喻会一同出去散步，天气好的话，还会到公园野餐。婉喻跟焉识说："一定要靠近组织。组织常常到公园里开小组会。"假如焉识问她："小组会你参加过吗？"她会说："参加过呀！党支部的领导常常邀请非党员参加小组会。"但过了一阵，她又忘了事情的前后顺序，对焉识说："他们没有批准我入党，我让我自己入党了。"

"你怎么能让你自己入得呢？"焉识是这样问的。

"我把入党申请书烧掉了，把灰冲了开水喝进去了。"婉喻庄严地说。"怎样入党不要紧的，理想最要紧，对吧？"

陆焉识是从婉喻这里认识了共产主义。婉喻的共产主义。这主义非常美丽，诗一样，画一样。也非常单纯，甚至单调，像所有劝你善、教你好的教条一样单调。那美丽理想的教条使所有人变得干净、漂亮，都穿着洁白衬衫和海蓝裤子，带着鲜红的领巾，双目中有着两团太阳，头发里过着好风，嘴唇上都是诗和歌，并且都有着大山大海的胸怀，什么都容得下就是容不下自己。这个主义里的人为了许多目的做好事，就是不为自己的目的。他看到这么多年来，婉喻为了这理想修了怎样的苦行，姿态那样低，那样地自卑。这就使他更加疼爱她；为她的自卑而疼她。婉喻一生都那么自卑，一个优美的，优秀如婉喻的女子，自卑了一生，这是令人心疼的。一切压迫了她的人和事物，甚至理想和主义，都应该对她这自卑负责。他陆焉识也是该负责的人之一，还有恩娘，还有他不认识的婉喻的领导、组织、同事，甚至她的学生们。

最令焉识心疼的是，婉喻从来没有意识到人们和事物们对于她的不公，因此她没有被不公变成怨妇。也许一切的不公都始于他陆焉识：那个独守空帐的新婚夜，十九岁的婉喻就接受了焉识对她的不公，比起那份不公，世上便不再有不公了。罪魁祸首不是他焉识又是谁呢？……

焉识了解了婉喻，透彻地了解了：她实际上早就不再需要他，在没有他的那些年里，她的伴侣是理想。尽管这伴侣对她也不怎么样，不比陆焉识好到哪里去。

他伸出手,搂住了婉喻单薄的肩膀。那肩膀没有变过,跟四十多年前一样单薄,但似乎更知寒暖,更懂呼应,因此更美好。难道一定要经过二十多年的分离,经过陪绑沙场、饥荒和人吃人,才能领略它们的妙曼?

老　佣

不久我的祖父就成了我们家很有用的一个人。我父亲冯子烨是第一个抓他差的人：让祖父替他到某图书馆还书，借书，给他买烟，退啤酒瓶。渐渐地，我母亲钱爱月常把脏衣服泡在浴缸里，就像忘了它们似的。一大盆脏衣服一天两天地浸泡在那里，肥皂水开始是灰白色，渐渐变成灰黑色，再过两天，就是灰中带绿，看上去稠腻得可以去肥田。祖父当然看不过去尚好的浴盆里泡着尚好的衣服，他担心最后不是衣服泡坏了盆就是盆泡坏了衣服。他把两个搓衣板钉在一块，使这长得出奇的搓衣板可以抵住颇深的浴缸底部，然后坐在加长了腿的凳子上，把搓衣板抵住他干瘪的腹部，一上一下地搓洗。我们常常看见他机械屈伸的侧影，动作有力，节奏铿锵，成了我们家一部人形洗衣机。后来我和毕业回来的哥哥也学会抓他的差，叫他买早点，跑邮局寄包裹，拿挂号信；也派他去中药房抓药——哥哥得了胃气痛这个老年病症，只能吃中药。抓回来的中药煎熬也是阿爷的本职工作。只要他从我小孃孃冯丹珏家看望我祖母回来，我们家就会见缝插针地把他的工作安排得有条有理，一分钟也不让他浪费。

于是我们家的日常生活场景是这样的：某日冯子烨在客厅里叫喊："报纸怎么都没人拿呀？！……冯学雷！"

学雷在他和老阿爷合住的卧室里喊回来："干什么？"

"我叫个人都叫不动？！"冯子烨在原地嚷道："爱月，叫你儿子！"

"学雷!"钱爱月的声音出动了,人却仍在自己的卧室。

学雷不出声,母亲的声音又朝女儿出动:"学锋!学锋啊,你去一趟传呼电话室,拿今天的《新民晚报》!"

学锋一动不动,眼一闭以同样的腔调和音量喊:"外头热死了!阿哥,你去拿今天的《新民晚报》!"

冯学雷有响动了,他走到厨房门口,用足趾把门撩个缝,喊道:"阿爷!你去一趟传呼电话室,把今天的《新民晚报》拿回来!"

老阿爷从书本上抬起眼睛,目光又从老花镜上面举到孙子的脸上。

"阿爷,爸爸派你去拿晚报!"学雷说。

阿爷慢慢搁下手里的书,从凳子上站起,从门后挂钩上取下出门穿的衬衫。哪怕去的是传呼室,对于老阿爷也是一场重要的登门访问。

这个家里的一个正常现象就是,谁都差不动的时候,老阿爷总是可以差。

往往是钱爱月烧菜烧到半路,会突然想到缺少一把葱或一块姜,此时就得派老阿爷急差,去楼下邻居家借。子烨在暑假期间总是到对面弄堂去和邻居下棋,到了开晚饭的时间,爱月就会说:"阿爷,子烨白相起来像个小孩,不会饿的!你去叫他回来吃饭!"她会忘掉,前一分钟刚刚派老头子切生姜丝、择香葱。爱月是个很贤良的女人,虽然不断给老阿爷安排工作,但在餐桌上她总不会亏待老头子的肠胃,会在大家一开始吃就给他拣菜:"你吃,哦!多吃点,哦!"自从阿爷回到上海,住到家里,她烧菜的分量越来越足,但无论她怎样把分量增长上去,每天晚餐桌上所有盘子都会精光。大家都看得出老头子嘴上说:"够、够了,不要给我拣菜了!吃、吃不落了!"他的眼睛却非常饿。

钱爱月便玩笑着跟丈夫说:"其实你都给他吃他也吃得落!还好是假牙,要是真牙齿,老家底都要给他吃空了。"

"吃福倒好哦,"冯子烨也玩笑地说,"这么穷凶极恶地吃,血压也吃不高,人也吃得瘦骨嶙峋,清清秀秀。我不敢像他那样吃还高血压,大肚皮呢!"他拍了拍凸在衬衫里的好生活的坏结果。

钱爱月有时候问冯子烨:"你听到老头子夜里打呼噜吗?天花板上的电灯线都在发抖!"

"你看得出吗?他年轻的时候是个花花公子!留美的时候好像还花过美国女人!他那时候要这样打呼噜……"冯子烨摇摇头,皱眉苦脸地笑了——对于父亲这方面的事情,想象力失败最好。

不仅冯家的男女主人在背地议论陆焉识,两个孙儿辈的也开始在背后对老阿爷产生了不敬的探讨。

"真受不了阿爷的假牙!一吃饭就听见他嘴里忙来!"学雷说。

那是因为假牙的牙托大出许多,没有真正扣牢在真牙床上,因此每一个咬合,再松开时,假牙托就被带起来,再落回牙床,发出一声"跨拉搭"。咬合连续起来,就是"跨拉搭、跨拉搭、跨拉搭……"

"那种声音像什么?"学锋比划着,"像木拖板打在脚板上,走一步,打一下。喏,跨拉搭、跨拉搭。"

在北京上了四年学的学雷听了妹妹的形容哈哈大笑,用北京话说:"所以阿爷一嚼东西就是满嘴跑木拖板儿!"

有一次兄妹俩谈到阿爷的口吃。

"我发现他不结巴,是装的!我每次问他劳改的事情,他一开口就滔滔不绝,口齿来得个好!"妹妹说。

"训人也不结巴。"哥哥学雷说。他被老阿爷训过话,所以口气耿耿于怀,"肯定是在里面被打怕了,装结巴。他现在倒满神气,到处训人!"

学锋反驳哥哥,阿爷没有到处训人,只不过听到学雷在餐桌上炫耀自己在单位考英文的时候如何作弊才训他的。学雷的单位是宾馆管理局,要求外语本科生的水平。老头子一听到考官可以被买通就讲起"阿拉老早考试……"学雷嬉皮笑脸顶他,"你不要老是'阿拉老早',那是旧社会!"老头子更没完没了,从他父亲办学校的理想,讲到他自己十六岁考取大学……学锋油头滑脑地点头称是,但心里一直不以为然。只要阿爷一纠正兄妹俩的英文语法和发音,他们就嘟哝:

356

"就是因为有阿爷侬一个语言大师在家里,我们谁也不要想学外语了!"

不久学锋也发现了老阿爷训话的喜好。这天老头子走到弄堂口,打算去看婉喻,看见几个中学生扛着扫帚去上学,便上去问:"学校里是教你们扫大马路?还是教你们编扫帚?"中学生回答,学校里每个月都有"学雷锋日"。于是训话开始了:"扫扫地就是'学雷锋'了?扫地还用到学校去学吗?怪不得现在学生一问三不知,国语外文都一塌糊涂!……"中学生们老早跑了,听他训完话的是几个买菜回家的保姆和老太太。两个老太太飞快交换老花或白内障的眼色——她们都是居委会多年教育培养出来的老骨干,读的报纸和文件不比国家干部们少,报纸和文件给她们制定了语言,因此什么语言属于什么时代,她们一点都不会弄错。在她们听来,这个老头子的语言不仅不属于她们的时代,也不属于她们的群体——被叫做"人民"的大群体。冯学锋刚从自家门里出来,正好看到两个老太太警惕地用浑浊的目光互通无线电。

学锋把这件事当笑话讲给哥哥学雷听。学雷又去告诉父亲。冯子烨一听脸色就变了。他是一只政治的猫,靠闻来生存,能闻得出哪怕一丝不正确的气味。这么多年来,他头上压着一个无期徒刑的父亲,带领全家,以嗅觉开路,平安避开了多少灾难?

这天下了一场暴雨,天气凉快下来。陆焉识带着冯婉喻一道回到了冯子烨家。婉喻一身做客的打扮,米色和紫色小格子皱绸衬衫,浅驼色涤卡长裤,浅咖啡色皮鞋(当时我们都不知道,这套新装是陆焉识用他特赦后发的一笔补助金给婉喻买的)。

冯子烨正在阳台上抽烟,喝茶,看见一对老情侣依依恋恋走进弄堂,马上掐灭了烟,猛地拉开阳台的门,走进来,再砰然关上。阳台的门是铁的,此刻听上去远比人更愤怒。所以正在看电视的学锋被愤怒的铁门惊动了,蹭地从沙发上站起。冯子烨走过去关上电视,走回长沙发,坐下,等他的父母上楼来。等了几秒钟,他又起身,去打开电视。谁都能看出他的目光穿透了屏幕上新闻播报员的脸,或者把那张脸看成他的听众,听他那无声的声讨排练。他心里这番愤怒发言早就在酝酿了。陆焉识住到他家来近一年,有许多次,老头子的行为或话语引起他此刻这样的愤怒,但他都压住了。

子烨听见两人已经上到三楼,陆焉识轻声轻气地跟婉喻说:"上三层楼蛮吃力的,是吧?"然后又听他为她找拖鞋替换,更加温柔地说:"新皮鞋不舒服的,哦?"

子烨对自己说:准备好——预备——

现在陆焉识和冯婉喻进了客厅的门,子烨却仍然瞪着眼睛看着电视。

"没、没去下棋?"陆焉识主动跟儿子打招呼。

子烨知道老头子满怀热望想给他来一场训话:一个大学讲师,整天不想着学术上的进步,就知道鬼混,不是下棋就是打牌,要么就是跟楼下邻居扯扯黄鱼涨价,鱼贩子在鱼鳃上涂红颜料,冒充新鲜。但子烨太清楚老头子不敢训他。老头子明白自己有多坑人,儿子错过了出息的年龄就是被他坑的。

"我还有心思下棋?!"子烨大声说,声音把他自己额上厚厚的头发都震得发抖。

老头子定住了。两脚迅速站成了立正,双眼向前看,那种老犯人的身姿和神色马上再现。

婉喻看看儿子,有些害怕地一笑,安静地找了个椅子坐下来,把两个饭盒放在桌上。她烧了好吃的菜总是给儿子留一些。

"你在外面瞎三话四,群众都有反映了!"

子烨所指的群众之一——学锋,此刻在父母卧室里试穿自己改制的裙子,此刻跑出来,看看她爸爸在吵什么。

"我、我……瞎三话四什么了?"大概老阿爷悟到自己并不是立正在管教干部面前,姿态和神态都变了一点,脸上出现一个长辈不计较晚辈的微笑。

子烨的指控开始了:阿爷家里外面都是老三老四地训话,看来二十多年的牢是白坐了。无期徒刑都不能让一个人学乖,此人就没救了。难道还不懂政治运动今年不来明年就会来吗?就算明年、后年太平，大后年一定在劫难逃。毛主席讲得再明白不过了：看来三五年就要来一次。政府特赦你也没跟你道歉，没有跟你承认错误，承认当初捉你进去是捉错了人，谁知道明年或者后年会不会又请你进去。

婉喻看着儿子，看呆了：儿子原来有这样一头好头发，发怒时会这样抖颤，她从来没见过。

陆焉识站也不是坐也不是。子烨说的都是对的，统统正确：为父的坐牢其实并不是他一个人的事，全家都跟着坐无形的牢狱；在那牢狱里你是被你的领导、组织、同事、邻居看守。那牢狱里限制你走入人民大众和组织这类正面人物的群落，也限制你得到平等，被人民和政府信赖的平等。人民和政府不信赖你，你爱的人，你爱的人的家人都不信赖你。子烨的愤怒嗓音毛躁了，愤怒也软化了，一种可怜人的悲哀让他有了一点女人模样。

这是下午三点半，暑假中的孩子们在弄堂里嬉笑尖叫。离爱月下班的时间还有两个多小时，离学雷回家的时间可能还有四五个小时，可能还有七八个小时——二十来岁的社会里天天有新生活。因此这是一个安全时段，可以让子烨从容地把他第一次婚恋摊开来，作为陆焉识危害他一生的证据。不一会，物证也有了：一张多年前的照片被出示出来。看吧，冯子烨是怎样和幸福擦肩而过的。照片上那个二十二岁的冯子烨和那个二十岁的长辫子姑娘胸前别着同一所大学的校徽。照相馆把一对青春男女摆弄得错落有致、高低呼应，如同完美的盆景。那是子烨和第一个女友偷偷照的私订终身照。

叫苏咪咪的女孩是一个南下干部的千金。子烨和她恋上时，她只有十七岁，是个智力不高但非常漂亮的女孩（冯子烨的理想女孩）。子烨帮她补课，选择大学和学科，她最终考上了子烨就读的那所大学。整整两年，他们约在区图书馆见面，子烨布置功课，咪咪认真完成，她的智力、学习成绩、个头都在这两年中大大增长，按照子烨的理想，从一个璞玉浑金的微带蒜味呼吸的咪咪长成了一个小布尔乔亚的咪咪。

第一次去见咪咪的南下干部父母时，咪咪替子烨打圆场，把"父亲是做什么工作的？"这个提问遮掩过去了。第二次又出现了这个提问，比第一次显得急迫。不能再打圆场，女孩子只好轻声地替子烨回答："他父亲不在……"声音轻到不容别人听清。她当然是希望自己父母听不清，因为等两人的关系木已成舟之后，她和子烨会有较大的狡辩余地。第三次与长辈们的会面是在老城隍庙的绿波廊，冯子烨一家做东。一对南下干部被冯婉喻的优雅气质打动了：这样的一个知书达理的母亲是不会养出差劲的儿子的。绿波廊成了两家非正式认亲家的地方。

南下干部并没有彻底放心那个"不在了"的冯家父亲。"不在了"不说明问题；说明问题的是他在的时候社会定位是什么，做过什么，什么政治面貌，又是为什么不在了。他们是爽快的人，打过仗，不喜欢神秘，不喜欢似是而非的任何人任何事。他们便一次一次地向咪咪打听，未来女婿的父亲到底怎么"不在了"。糊里糊涂跟个一问三不知的人做亲家公，哪怕是个"鬼亲家公"，也不行。咪咪一次次在子烨跟前哭，要他务必想出一个说法来给她的父母。冯子烨是咪咪的情人，也是老大哥、智慧库、百科大全书，在咪咪心目中，世界上没有冯子烨对付不了的难题。冯子烨却一句话也没有。他能帮咪咪从几何不及格到名列年级前五名，但他此刻比咪咪还白痴，还胆怯。

在咪咪终于考上大学的那年秋天，子烨认为摊牌的时候到了。苏咪咪有今天那心血是谁抛洒的？这大把心血总该作为他子烨取得女婿地位的筹码吧？他和咪咪到照相馆照了海誓山盟的相片，子烨感到有了点底气。他向咪咪的父母坦白了自己父亲如何"不在了"，他的辩解是："我们都当他不在了。因为我们早就不跟他来往，跟他划清界限了。"

咪咪的父亲听了这个辩解后，沉重地说："来往不来往并不重要。"

接下去的谈话变得非常吃力。子烨的话越说越多，咪咪的父母越听越无话，脸容越来越像一对男女领导。

当子烨说到"年级的团支部正在考虑吸收我入团"的时候，咪咪的父亲发出一声笑来。接下去他告诉子烨，团支部接受团员和父母接受女婿不一样，完全两码事儿！

"对呀，"咪咪的母亲说，"我们不像团组织，可以几十几百地接受团员，接受错了还能开除。"

咪咪这时候又哭了，哭着对母亲叫喊："你们不接受我就让团组织当家长，反正我要跟子烨结婚！"

"你敢！"苏家父亲以胶东腔大吼。

咪咪的逻辑是："团组织能接受的人，你们怎么就不能接受？！团组织是挑好人，挑青年先进分子接受的！……"

南下干部握枪杆子的手指朝缩坐在一边的冯子烨一划拉，他的逻辑是："他父亲是无期徒刑犯，是老反革命，他能是个啥好人？！"

咪咪父亲这句话砸在子烨脸上，比一口唾沫还臭，比一块砖头还重。一贯以学识和教养吸引女孩的冯子烨觉得自己头破血流地站起身。他嘟哝一句："伯父，伯母，再见……"就从咪咪家出来。他走得很慢，一身病似的。他后来分析，走得那么病态是希望苏咪咪跟上来，怜悯心碎肠断病恹恹的他。但她也没跟上来。没人怜悯他。他加快了脚步，疯了一样快，逐渐进入一种休克行走。他不知道在马路上走了多久，脑子里才开始有了活动。咪咪是他生命中唯一的温情，咪咪是唯一的一个人让他感到他那么男子汉，出身背景的灰暗都不影响他顶天立地的自我感觉。正是咪咪对他的需要和依恋使他更需要她和依恋她。他爱咪咪还因为咪咪永远不会彻底自立。而正因为咪咪的不自立而结束了他们的缘分。虽然咪咪今天疯狂地顶撞父母，但她最终是走不出那个门，跟上他的。这一点子烨在逐渐恢复思维之后就认定了。他深知咪咪身上让他着魔的一切正是咪咪的父母可以利用的；咪咪是个容易掌控的人，水一样的透明无形，谁都可以侵染，可以用不同形状的花瓶、水晶杯、玉钵、烂泥坛给她塑形。

果然，咪咪不再出现了。出现的是她的一封信，一看就是在母亲的教唆下写的。那是一封客气道谢、道歉的信。总之他不再有原先的苏咪咪了，有的就是两张薄纸的苏咪咪，掷下的个个字迹都是微型原子弹，把子烨杀死了无数次。此后的许多年，它们仍然持续那巨大的冲击波和光辐射。

我父亲无法把失去咪咪的痛苦完全讲给我祖父听。对于这段痛苦的了解，我祖父是慢慢咂摸出来的。老阿爷把他咂摸出来的儿子的痛苦又写进他的回忆录，我读了之后才明白他对我爸爸这段痛苦的理解远超过我爸爸自己。

当时的冯子烨痛苦到了什么程度？到了一周内见两个对象的程度。在子烨的概念里，对象和女朋友是不同的，对象是"旁观者清"的人们为他子烨着想，为了他子烨的利益而推荐给他的。他痛苦到了随便从对象中找一个就开始进电影院，轧马路。痛苦并不缓解，因此再换一个去看电影、轧马路。这样换了十多个，就换到了钱爱月。他跟她轧了几个月马路，在她身上发现了一种世俗的活力。等到他习惯性地把星期天交给她去安排时，他才意识到她的名字是那么不讨自己喜欢：钱如何能够爱月？爱钱的会爱月？！……矛盾吧？荒诞吧？

子烨在跟爱月结婚之后，每天都在心里列出一份清单，上面依次排出爱月的长处：1. 不难看；2. 牙齿整齐洁白；3. 个头合适；4. 能干；5. 贤惠；6. 烧菜的手艺不错；7. 穷家女的低调；8. 朴实……但偶然他会突然对着心里这份"长处清单"玩世不恭地一笑（他此刻已经相当玩世不恭了），朴实是个什么东西呢？什么时候开始出现了越来越多的抽象褒义词，抽象优点缺点，以及罪行？……

此刻冯子烨对陆焉识说："你害我们还没有害够吗？！"

在一边安静坐着的婉喻看了看被儿子斥骂的老爷子，似乎失去了一些安静，在椅子上扭动几下，又扭动几下。

我躲在马桶间，听着父亲的失败姻缘。原来如此。原来父亲在家里称王称霸是有原因的：他认为他屈尊娶了我母亲。假如他前一段姻缘不失败，我和哥哥就会有一对老干部的外祖父母。那样的长辈是我们在1960—1970年代内心暗暗渴望的。

这时我爸爸叫道："学锋！要听就出来听，不要缩在马桶间鬼头鬼脑地偷听！"

冯学锋只好老一老脸皮，从马桶间出来了。她把自己安置在沙发正中央，面对电视，假装对正在发生的事毫无知晓，看看阿爷，看看爸爸，再看看阿爷。

陆焉识听着冯子烨的控诉，一点反驳的意思都没有。他那张皱纹纵横的脸非常入神，感动在冯子烨的恋爱悲剧里，看着一个活下来的罗密欧是什么样子。他的脸上如果还不至于空白的话，那就是一丝催促：往下讲，再往下讲啊。冯子烨应该早一点控诉，控诉得再详细一点，从控诉里他可以跟儿子一块重温亲人们的生活。也许老头脸上的催促被子烨领会了，也可能子烨回头的时候瞥见了母亲——得了失忆症的婉喻，他从自己的悲剧上转开。

"你害姆妈吃了多少苦，你晓得吧?!"冯子烨说。清算已经开始，索性圆满结束它。

老阿爷转过脸，看看自己的前妻，点点头。老阿爷点头的样子差点让学锋笑出来：那一定是被监狱干部捉住了什么短处，无可逃遁只得殷切认错的样子。殷切得有些弱智，呆傻，缺自尊。

冯子烨前胸一圈汗渍，脸容由于出了太多的汗而油乎乎的，更消失了一些棱角。他想到多年前可怜的母亲一个月才挣四十元代课老师的工资，但一买就买十几斤螃蟹。刚上市的大闸蟹那么贵，她得把半个月的工资都花出去，买来的螃蟹才够剥出一罐子蟹黄蟹油。深夜，冯家成了个螃蟹加工作坊，婉喻躲在厨房里，就着十瓦的灯光蒸蟹剥蟹。她不愿意当着孩子们开螃蟹作坊，怕自己一不忍心就把螃蟹给孩子们吃了，哪怕吃掉一部分也不行。但那馋人的腥香还是关不住，出了厨房，进了子烨和丹珏的房门，进了他们的睡梦。总是在两三个夜晚之后，他们会看见一个眼睛熬红的婉喻和沉甸甸一大罐蟹黄。罐子里是母亲半个月的工资，是他们该添而未添置的冬衣，是他们最想看而始终舍不得看的话剧和电影，是他们最需要买却一直靠借的书本。那一大罐蟹黄之后，全家人以婉喻剩下的半个月工资吃大头菜炒黄豆，萝卜干炒黄豆、雪里红炒黄豆，最大口福是两角钱肉末炒黄豆。婉喻再穷，她的孩子也不会缺黄豆，有了黄豆就有了健康。

"一直吃到我现在看到黄豆就像看到狗屎！"冯子烨说。

老阿爷猛一眨眼,头也微微一动,似乎要躲开冯子烨的用词和语气。

"五八年的夏天,姆妈你记得吗?"子烨转向婉喻。婉喻的样子已经很不适了,简直如坐针毡。"我姆妈不记得了。"子烨再转回来,不看陆焉识;受不了看见这个老祸害。子烨的清算还没完呢。姆妈不记得了,于是他必须记得,他必须替姆妈记忆到永远:五八年的春天,母亲买了五斤鸭蛋,从学校一个老师那里要来一种能腌出"红太阳蛋黄"的红泥,把五斤鸭蛋腌了一个春天,但突然收到陆焉识的狱中书,叫母亲不要去探监。鸭蛋一个个被红泥孵着,孵出了蛆来。子烨总是看到母亲在转不开屁股的小阳台上,守着那一缸鸭蛋半缸蛆,细心地用筷子把一条条肥白蛆虫挑拣出来,放进脚边一盆兑了大量敌敌畏的水。一旦发现子烨或丹珏在注意她,她总是心虚地笑笑,告诉儿女:"他在里面没得吃,人瘦得来!……"她心虚自己像个晚娘,生了蛆的鸭蛋也不给孩子们吃,一个都舍不得,全都供奉给那个被政府判了无期徒刑的人。

陆焉识开口了:"我、我当时不晓得……你、你们在外头那么苦……"

子烨给他迎头回击:"你以为只有你一个人苦?!你一个人冤枉?!你冤枉是自作自受!我们才是真正冤枉!"

"阿爷,你们监狱里伙食特别差?比我们学校还差?"学锋突然插嘴,"所以阿爷看上去营养不良,爸爸看上去营养过剩。"

"闭嘴!"子烨训斥道,"油腔滑调!"

学锋站起来,两手插在西装短裤的口袋里,脸容和姿态明显地跟父亲唱反调:"好的,闭嘴。"她用哈欠声音说。

"你有什么话好好讲!"

"你叫我闭嘴的呀!"

"混蛋!"

"阿爷,你儿子骂人哦。"学锋看着阿爷,指指父亲。

子烨不知怎样就抓起沙发边一个搁脚的小凳,朝学锋使劲扔过去。学锋一跳,轻松地躲过。

"这么胖,还要动手。"学锋说着,一边捡起凳子,走回去,放在沙发前,"风度有吗?你看看阿爷多么有风度?你讲了那么多,阿爷一句话都没讲。"

"他当然没话好讲!他害我们害苦了!那次从监狱里逃出来,弄得我在单位里像过街老鼠!'文革'让我挂坏分子牌子,斗争我半年!这不都是这个老头子害的?!"

陆焉识这是第一次听儿子叫他老头子,眼睛又是猛地一眨,也是要躲闪这坚硬粗糙的称谓。

"姆妈给单位里的人一趟一趟传讯,警告,怀疑你跟她接上了关系,她在窝藏你,姆妈冤枉吗?她们学校差点就要开除她!居委会几个老阿太什么时候想训姆妈,什么时候就上门!训弄堂里那个从良妓女也没有那么厉害!姆妈待你那么好,你不老老实实在里面呆着,好好改造,逃跑出来害姆妈!"

冯子烨的手指头像是枪口,而老阿爷就是靶子。枪口不断举起、放下,每举一次,坐在一边的婉喻就增添一分不安。听到"……这个老头子害的!"她的目光从被瞄准的老头子移开,眼睛里出现一片混乱,是电视屏幕将出现未出现图像的那种混乱。婉喻的心智在多个记忆频道之间搜索,眼前这个老头子的图像就要和她昏暗的记忆中的另一个图像重叠了,但又在将重叠未重叠的当口停顿了。

冯婉喻站起来,走到陆焉识的面前,拉起老阿爷的手说:"立起来。"

焉识尚未反应就从椅子上立了起来。

"我们走,不要睬他。"婉喻说。

焉识愣住了。子烨换不过情绪来,脸变得很怪。

婉喻的另一只手也上来,把焉识的手攥紧,这样他的左小臂就被她夹在了右胳膊肘下,紧紧的。以那姿势她几乎在挟持陆焉识,左右了他的行动方向。

焉识微笑着问:"到哪里去?"

婉喻说:"到我那里去。"

子烨恍过神来。母亲如此公开地"拉郎配",如此受失忆症折磨,不也该包括在总清算中吗?

"你看看姆妈!都是你害的!六三年底到六四年初你做逃犯,她一夜一夜睡不着觉,吓死了!后来我和妹妹就发觉她有点不对了,常常神不守舍。要是不受那么大的刺激,她会变成现在这种样子吗?不都是你害的?!"

婉喻突然扭头对子烨说:"放你的屁!放你的咸菜屁!啥人害我?你心里老清爽!"

子烨给母亲的性格突变吓了一跳。婉喻一生的词典中没有那种粗鄙词汇。这不是冯婉喻,冯婉喻被什么附体了。几秒钟之后,子烨又拿出平时逗母亲乐的样子说:"啥人害你?姆妈?不是这个陆焉识?!"

婉喻白净了一辈子的脸色涨得紫红。她脑子里忙得不得了,哗啦啦地洗牌:她在无数张记忆卡片里寻找,那个害了许多人的人叫什么名字;许多人里包括陆焉识和她冯婉喻。她冷笑一下,冯子烨拿这个来考她?

婉喻说:"你当然晓得啥人害了我!"

子烨还要逗失忆的母亲玩下去,也笑了一下:"姆妈更加晓得,对吗?啥人害你的啊?"他用很戏剧化的眼色朝陆焉识瞟一眼,嘴巴也朝同一个方向一歪。他知道这样跟母亲玩等于夺下瘸子的拐杖逗瘸子玩,揭掉秃子的帽子逗秃子玩一样低级趣味,不失残忍,但他早就不在乎趣味,也受惯了残忍了。再则,他愿意丢失他曾经的趣味来忍受别人对他的残忍吗?这不也是父亲陆焉识造下的孽,也该清算?子烨更加笑嘻嘻的——大人不见小人怪的那种笑,自我厌恶的那种笑。"姆妈,不是这个人害了你吗?"他干脆伸手指着陆焉识,如博物馆里的讲解员一样手势明确,耐心尽责。

婉喻的两手将焉识的手臂捉得更紧,抬头看看身边这个内秀、儒雅的老先生,从她的目光中谁都看得出他多么令她中意。假如她不是一心一意等着远方的爱人归来,她完全可以开始一场新的恋爱。也许一场新恋爱已经默默开始,只是她不愿意承认。

子烨说:"就是这个人害你的呀!"

婉喻宁静了一辈子的脸容凶恶起来。她恶狠狠地说:"小畜生!要不是看你是我跟焉识生的,你身上有一半焉识的骨血,我现在就去报馆登报,跟你个小畜生断绝关系!"

假如她不怕丢失她捉住的这条胳膊,她一定会腾出手来给儿子一巴掌。"小畜生,你爹爹的血到了你身上怎么会坏掉的?啊?!讲不定你姆妈生你被医院的护士抱错了!恨不得一记耳光把你打回你娘肚皮里去!"

子烨当然不会跟母亲计较。母亲容易吗?母亲是冯家的功臣,是两兄妹的圣母。母亲脑筋不做主,她也没办法。

"不要睬这个小畜生,阿拉走!"婉喻带路,把焉识往冯家大门拉。

"姆妈,你们刚刚回来不久。"子烨替母亲记忆。

婉喻说:"我晓得!你不要以为你姆妈憨!"

子烨对女儿学锋说:"拦住他们!不要让他们这样子下楼,走到弄堂里去,现世!"

婉喻和焉识已经走到门口,她回过头说:"我就要去现世!你爷娘作孽现世,才养出你个小畜生!"

冯学锋振奋地看着眼前这幕戏剧。倒不是她赞同祖母对父亲行使语言暴力,而是她太渴望意外的事情发生了。她天天都处在一种焦渴的等待中。到了这个年龄,她每天都在等着某件事情发生。等成绩报告单,等男朋友的信或电话,等大学的录取通知书,等着自己的谎言被父母接受或拆穿,这些已经够她等了,但她似乎等待的不止这些。她冥冥中等待的似乎比那些都重要,重要得多,可她却一点也不知道等的是什么。就像1979年所有她这个年龄的人一样,等来的每一件事都让他们暗自叹口气:嗨,不过如此。大学正式招生了,邓小平复职了,中美建交了,叫邓丽君的台湾女人的歌声在大陆登堂入室了,福建广东人走私的立体声录音机进入上海了,私人舞会、音乐会开始举办了,外滩出现公开拥抱接吻的情侣了,第一批留学美国和欧洲的学生出国了,美国的大姑母丹琼把冯学雷留学的I-20寄来了……这些都是她和他们曾经等待过的,等来了,又总会来一声暗自叹息:不过如此。至少对于冯学锋来说,那些都是她曾经冥冥中等待过的东西,但等来之后,又觉得等的似乎不是它们……因此,她更加躁动和焦渴。但她还是不屈不挠地等待,哪怕等的是和昨天不一样的今天。今天的祖母臭骂了父亲,似乎使一锅温乎乎的、老也不开的水突然到达沸点。这似乎是值得学锋等待的。

学锋看着突然蜕变的祖母,兴奋上涨。这蜕变是她冥冥中等待过的吗?她不清楚,也不想弄清楚。她每天都闷得慌,兴奋总是好的。

"你爷娘作了什么孽,养出你这种东西,嗯?!"

现在又出现了一个新的转折:婉喻已经不认子烨了,或者她已经忘了子烨是谁了。突然的精神刺激,过分绷紧的记忆神经,以及这六十平米空间的大气层中的压力使她摆脱了记忆最后的约束。只隔着两三分钟,她又登上一个崭新的精神境界。不,她获得了一个新人格。这个新的人格使她挣脱了典雅、宁静、优美,给了她无限自由,想说什么说什么,爱干什么干什么。

冯婉喻就是这样拉住陆焉识在目瞪口呆的冯子烨眼前走出了冯家的门。他们走出去不久,钱爱月匆匆上楼来,手里拎着一包她在厂里洗澡后换下的衣服。她跟冯子烨和冯学锋一样目瞪口呆。

"姆妈怎么了?跟着阿爷这样勾肩搭背的?"她凑到子烨旁边,紧贴上去,让丈夫和自己扮演老头子老太太,"要死了——满弄堂的人都像看西洋镜一样看他们!"爱月好笑又好气地说。

"让他们看好了!那种人,西洋镜看得太少了。"学锋说。她到了只要父母反对的我们就要拥护的年龄。她近来跟老阿爷的突然靠拢,正是因为父母不跟老阿爷靠拢。

"你又要话多了,是吗?"子烨用那种很低的嗓音对女儿说。那种嗓音告诉你:我现在对于你是很危险的。老虎或狮子在有什么大动作前,发出的声音就是这样,预示着你的危险来了。

冯学锋站起身，懒洋洋地走向门口。避开危险是必要的，但要表现得漫不经意一些，否则没面子，也没风度。她父亲最让她没面子的就是没风度。

"你没有跟姆妈讲话？"子烨转向妻子。

"她看我就像看一个陌生人一样！"爱月说。"我走上去问他们去哪里，告诉他们我昨天晚上烧了个蹄膀，热一热就可以吃晚饭了。老头子倒是对我点点头，姆妈根本就像不认识我，从我身边绕过去了！"

"那么你去追呀！"丈夫说。

"那你为什么不去追？！"老婆说。

这是冯学锋走到楼梯上听到父母说的话。

学锋跑到电车站的时候，阿爷和阿奶还站在等车的人群里，手臂挽着手臂，一对绅士和仕女。每一辆电车靠站，人群就像一个千手千腿的生物，朝电车冲去。陆焉识和冯婉喻不是这个千手千腿生物的一部分，总是落在后面。从学锋的角度看，这一对老人由于自甘落伍而显得矫矫不群。

他们一直等到下班的人潮彻底退下，逛街的人潮尚未卷来的空档才挤上一辆公共汽车。

我的祖父和祖母一直没有发现我跟在他们后面。我就像共和国从建立以来就开始存在的那种人物，为了国家和人民的安全，老是让自己置于暗处，把别人放在明处，把别人的举止言行放在自己目光的瞄准仪中，使被观察的目标的正常举止也显出叵测意味来。那天晚上我就是那样一台人形监视仪，监视着我的祖父和祖母如何相亲相爱。他们的相亲相爱很古典：眉目传情，两心相悦，心里有，口中无。

冯婉喻和陆焉识从前门下车，冯学锋从中间的门下车。现在女孩儿离老人只有五六步的距离。老阿爷回过头，向后面看了一眼。大概因为冯婉喻拽得他太紧，他来不及证实是否被人盯了梢就又往前走了。仅仅走了三四步，他拉着婉喻停下来，转过身。做囚犯小半辈子，他几乎能直觉到某个秘密视野把自己框入其中；他浑身都是直觉的雷达。好了，现在都证实了，他确实是一个秘密监视仪的目标。

369

"爸爸不放心你们，叫我跟着你们的。"学锋说。

老阿爷微微笑着，胸有成竹。他不在意，反正人们不是出于善意的不放心就是出于恶意的不放心，总是要盯他梢的。他等学锋赶上来。现在是祖孙三人一块往前走。路过一个小小的点心店，焉识请婉喻和学锋的客吃冰淇淋。他每月四十七元养老金，二十元交给钱爱月，算自己在冯家入伙，剩下的归他自己零花。他们每人拿着一杯冰淇淋，从几张杯盏狼藉的桌子中挑了一张相对干净的，在发粘的圆凳子上坐下来，三双裸露的小臂刚刚放在发粘的圆桌面上，又都缩回来。

学锋问道："阿爷，你们里面有电影看吗？"

"有、有的。"阿爷回答："你小嬢嬢的那个防治吸血虫的电影，也、也……在我们那儿放了呗。你、你小嬢嬢说，你们这里倒没有几家电影院放映。"

学锋发现，老阿爷很少控诉什么。他做无期徒刑犯人的二十多年，同伴饿死一多半这个事实，他从来不提。问到了，他就用平淡无奇的口气说："饿、饿死的人不少呗。每天都有人死呗。"他的话夹杂的西北口音很地道。"一死了人，干部们就把牛车赶来，把死人拉到干河滩上，埋在沙里。人死的多了，拉车的牦牛不用车把式驾车，装上尸首，你还没给它们甩鞭子呢，牦牛自己都认识路，自己驮着尸体就往干河滩上走。"还有一次他说："死的人多了，来不及好好挖坑，把沙盖上就行了。来一场大风，沙就给刮跑了，尸首一排一排的都露天睡着，太阳一晒，味道十几里外都闻得着。"

婉喻听着一老一小的对话，很快判断出他们的对话和她无关，便一心一意地用小木勺挖她的冰淇淋。她当然不会听出，老的和小的对某个特定称呼都是小心的，小的管它叫"你们里面"，老的管它叫"我们那里"——这是他们近一年来形成的暗语，或说专门用语。一方是避免揭短，另一方是粉饰羞辱。

"那你们里面还有什么？"

"有天鹅，大雁，狼，黄羊，野驴。"

"还有呢？"

"还有狼毒花，好看得很。长在草地上，就像插在花瓶里一样，喏，这样一束一束的。"他用那双似乎永远洗不干净的手比划。

"你们里面有没有医院？"

"有，医生有好几十个呢。你们外头有的，我们那里都有。"

学锋发现阿爷的话里，越来越缺乏她希望听到的愤怒，哀怨。不到一年，他甚至不怎么讲"那里面"的坏话了。她觉得他想给人一个感觉，他这二十多年的无期徒刑生活过得没有太不如人。最近钱爱月上了鱼贩子的当，买来一条肚皮上涂了黄色颜料冒充新鲜的黄鱼，阿爷在饭桌上就怀念起青海湖的鱼来："那些鱼的肚杂都比这里的鱼肉还鲜！"冯子烨回他："恐怕你们在那里面只有鱼肚杂吃。鱼肉从来都轮不到你吃。"对于这类揭露性的语言，阿爷可以是个聋子。

"我们那里的外科医生还给调到西宁去做手术，因为他是北京大医院的医生，打成右派了，所以下放到我们那里，给我们动手术。我的领导，姓邓，人可好了，得了癌症，西宁的医生都不敢给他动手术了，把他送回来，结果是我们那个北京大夫给他动了手术。"

阿爷的口气中甚至还有几分炫耀。学锋觉得他的炫示欲有点过分，需要打击一下。"你们里面那么好，呆在里面好了，为什么还要回上海来？"

老头愣住了。他没有料到孙女会这么不留情面。学锋在多年后，尤其在阿爷去世后，会一次次为自己当时的无情不寒而栗。她看见自己那句话在老头那里引起的效果。一记耳光的效果。

"假如不是为了她，我就不回来了。"他看看身边的婉喻。

学锋倒是有了一点被刺伤的感觉。阿爷这句话似乎在以牙还牙：我又不是冲着你回来的，你们和我早就各管各了！学锋觉得自己对老阿爷和父亲母亲有区别，和哥哥也有区别。尤其最近，尤其今天，她那么向着老头，而老头居然公开叫板，他就是为了祖母一个人回到上海的！其他人对他，统统无所谓！

"反正阿奶又不认识你了，你为她回来她也不知道。你为什么还要呆在上海？"学锋也不饶他。

"她会认识我的。"陆焉识又看看冯婉喻。

婉喻也看他一眼。她已经吃完了自己的冰淇淋,掏出洗得半透明、印花已经模糊的手绢,擦了擦嘴,又擦了擦手指,然后把手绢递给焉识。

"阿爷,你真的只为阿奶一个人回来的?"

"嗯。"

"那小嬢嬢呢?你不是顶欢喜小嬢嬢吗?"

陆焉识不说话了。他被戳着了痛处。学锋用牙齿撕咬那个吃冰淇淋的扁平小木勺,齿尖将木头扯成丝,再吐到地面上。这么脏的地面不配她为之遵守爱国卫生信条。干净的地面她也不喜欢,因为太干净就是拘束。她正在这个讨厌的年龄,破坏点什么,小小的犯罪都是游戏。刺伤一个人也可以平息她心里莫名的躁动。东捅一下,西戳一下,看看能戳出什么效果来。未知和意想不到的东西,都是她所等待的。

"你、你的小嬢嬢在你这个岁数,跟你一样的,心里喜欢哪个人,同情哪个人,嘴上一定要刺刺他的。"老阿爷笑眯眯地看着学锋。

但学锋知道他看的不是自己,是少女时代的丹珏。

这句话出乎学锋的意料。你以为老头子木呆呆的,在荒草地上待久了,话也讲不好了,也不太通人性了,其实不然。学锋这时候发现,他刚才对于她的总结是预言式的,超验的。他对于学锋的懂得早于学锋自己,早了许多年。学锋需要许多年,需要透彻的人格成熟才会承认老阿爷是根据同一基因提供"内部参考"懂得她的,因此才懂得得那么精辟。

相　认

到了我祖母冯婉喻连她的小女儿丹珏都不认识的那天，我和祖父陆焉识的关系已经是"死党"级了，虽然我表面上不让他看出来，我其实特拿他当回事。他开始给我推荐书籍阅读，介绍古典音乐曲目给我，那是他的挑唆方式。他不动声色地挑唆，把我和正在流行的迪斯科、邓丽君离间开来。阅读海明威和福克纳也是这样，他并不讲翻译家的坏话，一个贬低的词都没有；他只是从中译本上转开目光，再把两束浑浊的目光放远，有点拿腔拿调地背诵着原文。这样，他也就成功地离间了我对于翻译家的信任，我开始写信请求大姑母冯丹琼替我在美国买原著，再海运到上海。

我祖母冯婉喻把冯丹珏认成陌生人是她失忆症的又一个飞跃。

1980年夏天，丹珏参加中国科学家代表团到美国访问两周，回到家婉喻对着她就来了一句："侬好。"丹珏浑身的血都凉了。接下去的几天，丹珏不屈不挠地一次次和婉喻进行母女相认，一次次向母亲自我介绍，摆出证据，证明她确实是那个和母亲在一起生活了四十多年、从小姑娘生活成老姑娘的冯丹珏。并且，冯丹珏还要和母亲向着未来生活下去，母亲最好接受她，尽快地熟识她，以便她们在一个屋顶下把日子往下过。丹珏从美国回到家那天，陆焉识也耐心地一遍遍地替丹珏作证：这个拖着大旅行箱进门的中年女子不是不速之客，用不着忙着泡茶，切水果地款待。婉喻似乎更信任陆焉识，他在丹珏脱下美国的姐姐送的裙子式长风衣,又拿出几块衣料时说:"喏,你看,这个不是小囡囡是谁?两礼拜前她出国的时候,你不是叫她帮你买美国衣料吗?"

婉喻终于恍然大悟地一扬眉毛(谁也不知道她是不是真的恍然大悟),脸上肌肉渐渐舒展开。

"你也认得她的,对吗?"婉喻指着丹珏问焉识。

知道焉识也认识丹珏,婉喻点点头,心里似乎有底了。焉识已经是她离不开的伴儿,每天早晨天刚亮她就会在阳台上等他,下雨刮风都不例外。焉识也是风雨无阻地按时到来,陪婉喻玩玩两人的牌戏——同一种玩法他必须天天教她一遍。然后他读书或读报,她便静静地在一边陪着,或打打瞌睡。他们隔一天就会出去逛公园,吃饭。婉喻越吃越少,但坐在一个环境不错的餐馆里,她心里似乎出现了什么故事。那些故事她无法理出头绪,再把它们讲出来,但谁都能看出她的记忆活跃起来。陆焉识从这年的五月开始得到民政部的补发工资,每月有一百二十六元,除了他贴补儿子一家的六十元,剩余的钱够自己和婉喻坐几次雅致的餐馆。这里说"坐餐馆"比说"吃餐馆"要来得贴切,因为他们吃得太少,只点一个菜,或者一客点心。他们吃得那么少,服务员白眼来白眼去,话也很难听。焉识不去理睬他们;他在白眼和难听话里生活太多年了,好听话和正眼看他倒让他觉得可疑。

这天他们坐在国际饭店的中餐厅里,焉识对婉喻说:"昨天夜里你又搬家了?"

婉喻笑而不答。

最近婉喻有了个新本事,过三天五天就能把客厅的家具和陈设重新搬一次。她总是在夜里完成这类搬家。再重的家具都难不住她,她有很多妙招可以使红木八仙桌移位:她在四个桌腿下各塞进光滑的杂志封面,推着桌子滑动一小截距离,滑出那四张封面,再重新将封面插到桌腿下,如此重复,最后能把桌子移到房间对角。常常在第二天一早,从卧室出来的丹珏会看见一个完全变样的居家格局。你从来问不出,她为什么要这样搬个没完没了。她心里似乎有个布局图样,她一直在依照心里那个图样布置现实的空间。但她似乎一直无法把现实的空间摆置得和心里那个图样吻合,因此她总是搬家不止。丹珏疲惫而无奈地笑着,向焉识告婉喻的状,说她如何吵得楼下邻居半夜睡不着。每当此刻,焉识就特别渴望看透婉喻心里的那个家居布局是怎样的。

"你告诉我,昨天夜里你是不是又搬了家?"

婉喻看看他。她的目光是孩子的,那么多的信任在里面,谁也不会欺骗拥有这副目光的人。她转过脸,眼睛落在桌布上。她视野里只有一朵镂空绣花,比恩娘当年的手工粗糙得太多了。他们点的鳝糊还没有上来,他们面前却"砰"、"砰"地砸下两碗米饭。国际饭店也是造过反的。

"我想不起来了,那时候家里是怎样摆的。"她说。"我现在记性不灵了。"

这是婉喻第一次把她持续搬家的秘密目的告诉焉识。原来她心里那张图样是好几十年前的。焉识想告诉她,她和焉识的家留下一张红木八仙桌和四张椅子,一张高几,并且原先的陆家房子至少大于现在十倍,照着那张图样搬家布局,愚公也办不到。

焉识注意到,婉喻没有说"和焉识的那个家"。她现在已经不提焉识了。一次丹珏带了个男同事到家里来做客,正好焉识和婉喻挽着臂膀走到楼梯口。丹珏指着焉识介绍:"这是我父亲陆焉识。"婉喻丢下焉识,一转身就回到自己卧室去了。丹珏和焉识赶紧追进婉喻卧室,婉喻一脸通红,对丹珏跺着解放脚:"你怎么可以开这种玩笑,跟客人说他是你爹爹?!人家就是来陪陪我的,怎么好这样跟客人瞎介绍!不作兴的!"丹珏哈哈大笑——她现在常常这样张嘴见喉咙地大笑,同时指着焉识说:"他就是我爹爹陆焉识啊!姆妈你再好好看看他,再好好想想,就记得了!"婉喻转开身,拉开一个个抽屉。问她找什么,她不搭腔。最后她找出一张全家福,三十多岁的婉喻身边的那个人被剪出去了。她的手指尖摸着空洞,看看焉识,又看看丹

375

琼。焉识所有的照片都被剪了，烧了，她没有一点证据提供给他们，证明天天来陪她的这个男人不是陆焉识，尽管她对他的殷勤他的暗恋洞察并默认。丹琼趁机把焉识拉到自己身边说："姆妈，你看，我们两个人长得多像！他是卷头发，我也是卷头发；他的手指甲是方的，我的也是，十个磨秃的锅铲子！你看看呀！"她把自己被烟熏黄的手和焉识的手并在一起，放在婉喻面前。婉喻的眼睛从两只手上，移到两张脸上，云里雾里地愣着。过了一会，她无力地坐到床沿上，对丹琼轻声说："你不可以这样跟我打棚的。我晓得的，你想要把我介绍给他，不过也不可以这样跟我打棚的。这是不可以的……"说着，她的眼泪就掉下来。丹琼还要进一步说什么，被焉识拉住了。那天我祖母冯婉喻哭得好可怜，哭自己受了捉弄，要么就是女儿捉弄她，要么就是她自己的记忆捉弄她。丹琼没有让她姆妈信服，至少开始动摇她姆妈的执信。就从那天，她一提到陆焉识这个名字就心惊肉跳地看看焉识的脸。焉识知道，她在试探他，希望他给予肯定或否定。但他怕一旦肯定地告诉她，自己正是她等待的陆焉识，她反而也会失去对他的信赖。

1982年，我哥哥冯学雷去美国西部留学。我的大姑母丹琼回国探亲。冯学雷属于在国内到处愤怒、一出国就特别爱国的那类人。他几乎成了个统战干部，在电话里一再向他的大姑母介绍祖国大好形势，向她担保，以后再也不会像五十年代、六十年代、七十年代，中国发展出几亿政治运动员。学雷跟他的参议员大姑父一再辟谣，说世界上的人对于中国社会主义的理解全都是丑化和歪曲。他在电话里替他的中国死爱面子，也替他的社会主义人民拍胸脯，担保大姑母回国绝不会遭到监视、监听、跟踪、绑架。至于那种全世界著名的叫做红卫兵的坏人，早就被送到农村去，让几亿农民修理得老老实实了。冯学雷的统战工作非常成功，在1983年春节，冯丹琼带着她的两个女儿三个孙子孙女和七个箱子回到了上海。

陆家的大女儿冯丹琼在上海的最初几天是哭过去的。我对她的最初印象就是她一手拿着一个小塑料盒，不停地从里面抽出浅粉色、鹅黄色、淡蓝色的棉纸,往脸上擦。她的两只眼睛是两个黑团子,因为她在早晨涂眼睫毛油的时候老记不住,这一天她的眼泪会被多少未知的情景触动下来。让她流泪的事太多了：母亲婉喻记不得她,做了小半辈子囚犯的父亲焉识一张口就口吃,妹妹丹珏打光棍,弟弟子烨不是怒气冲冲就是玩世不恭,没有一句话能跟他讲得投机,陆家的房子失去而现在母亲和妹妹住贫民窟……她到街上被人挤着了,踩了脚,找不着干净的厕所,种种由头,都是要让她流泪的——她过去的老家上海没有了,她再也回不去老家了。

最让丹琼伤心的是父亲和母亲的分居。子烨向她解释,丹珏家和他自己家都挤不出一间像样的房子,大得能放进一张双人床。丹琼暗示子烨在胡扯：他家里一共三个房间,怎么都能把二老塞进去,为什么还要让这样一对被拆散了半辈子的老夫妻天天幽会。丹琼是恩娘的宝贝,现在上了岁数就是恩娘第二,做主当家,受到抵制就流泪,连她的两个女儿都让着她。丹琼性格热络,自称是喜聚不喜散的贾宝玉,因此她回来后的第二天,就从她下榻的锦江宾馆打了一个电话给她的爷叔陆焉得,请他也带全家来上海大聚会。这么多年陆家只有冯丹琼有条件有精力跟爷叔一家保持热线联络。

丹琼回国的时候,婉喻在她的失忆轨迹上已经滑出去很远,基本上不说话了,似乎怕她自己一张口会泄露内心那个核心秘密。你偶然瞥见她,会发现她像一张旧日留下的画,一副早就进入永恒的眼神,两个嘴角微微收紧,那种"我知道但我不告诉你"的浅笑。她仍然在夜里搬家,有几次把丹珏弄醒了,上去劝阻她,拉她,她却力大如牛,把丹珏摔在地上,半个屁股都摔紫了。有一次邻居们也上楼来,婉喻看着一群穿蓝白条条、红白碎花睡衣的邻居,一边搬东西一边说："用不着来帮忙的！我不吃力的,谢谢!"邻居们跟丹珏发脾气："这样下去我们还有办法过日子吗？！你要是不送她进医院我们就要叫警察了!"听到警察二字,婉喻停了一下,使劲地想这个听上去耳熟的东西是什么。丹珏又是送礼又是道歉,还给邻居全家每个人送了一副射击耳塞,请他们多多包涵自己的母亲,她实在不是存心的。有一次婉喻搬家的响动穿透了邻居们的射击耳塞，邻居女主人知道婉喻曾与居委会党支部书记阿敏要好，便连夜把阿敏找来了。阿敏跟在推土机一样推家具的婉喻后面，耐心地重新向婉喻介绍自己，想帮她自己和婉喻恢复过去的友爱。阿敏提出一个个细节，希望它们有助于婉喻恢复记忆。"喏，还记得吗？阿拉一道出去贴'调房启示'，贴到电线木头上，贴到电车站汽车站，贴到小菜场、药房、银行，贴得一天一地，都是粉红的！"可婉喻对阿敏还是一点记忆也没有。阿敏说："你入党的时候，你还织了一条晴纶围巾送给我，一道红一道黑！"婉喻突然大声说："滚你的蛋！滚你的五香茶叶蛋！"在众人的惊愕中，她撅着屁股把红木八仙桌一口气推到了门口，来不及后退的人被桌子和婉喻顺路推过去，然后所有人都被堵在了门外，包括丹珏。人们被这个会骂人并力大无穷的婉喻镇住了。第二天丹珏把她从国外给婉喻带回来的漂亮衣料全都送给楼下的女邻居和阿敏。

听到妹妹丹珏把姆妈这些故事当笑话讲，姐姐丹琼听了就流泪。她也是个泪美人，哭起来比笑美。她跟恩娘一样，不会哭得肿眼泡，再哭出个小丑的红鼻头。她一声不响，泪珠不是一对一对地掉，而是一落一把。作为我这个多少有点阴暗心理的晚辈，看着大姑母哭的时候，心里就会暗暗地掐时间，看她一个抽泣和下一个抽泣之间相隔多久。她替所有受苦受难的陆家人冯家人哭，因此所有人都没得可哭了。

从比利时回来的焉得跟焉识连一丝相象之处都没有了。每个人都有自己的老法，老得各有不同，对于陆焉得来说，苍老就是他相貌的改变；他变得一点也不像陆家的人，而酷似他妻子家的人。原先不好看的妻子，让丈夫分走了一部分不好看，现在竟有了个不难看的模样。焉得对哥哥的遭遇同情得失语哑然，一脸愧疚，好像他过的几十年好日子是造成焉识坏日子的部分原因，他的锦衣玉食多少要对焉识几乎饿毙的经历负责，焉识惊人的胃口和饿痨的眼神都让他想到自己占有了哥哥的福分，因此他为自己额外的幸运和哥哥欠缺的幸运而内疚。焉得在回到上海的第二周开始跟焉识重新熟识了，话也多起来。

"阿哥，我小的时候在你面前自卑得不得了！我觉得有那样一个神童阿哥，阿弟真难做，所有老师、长辈都说：'你看看你阿哥！'我一直想，阿哥从小就那么天才，天底下的顶好房子就应当给他住，顶好的汽车，就要给他开，顶好的吃的穿的，要给他吃给他穿，才公平。"

焉识对弟弟微微一笑，非常领情。弟弟焉得对哥哥同情和安慰以及崇拜的表达方式就是"顶好的房子、汽车、吃的、穿的"。前半辈子做公子哥的陆焉识现在觉得，弟弟和他已经是两个世界的人了。焉得认为天才的哥哥和福气应成正比，"福气"是由房子、汽车、吃的、穿的拼装的。太有趣了。焉识想这样告诉焉得，他的福气不小：饥饿一场，遭罪一场，生死一场，结果领略了真的福气是什么。福气是他知道自己是个有福之人，因为他有冯婉喻这样的女人爱他，为他生养了三个孩子，并让他亲自见证了她怎样苦等他。冯婉喻对他焉识的情分，就是他的福气。

陆焉得和太太回上海的第二天晚上，冯丹琼做东给爷叔接风，在梅陇镇办晚宴，宴席上她正式提出要让母亲和父亲搬到一处去住。丹琼婚后从来没有跟丈夫分床而眠，因此在她看来分不分床是重大事物，值得所有中外亲人老少三代郑重讨论。晚宴的冷盘撤下时，丹琼说她已决定买一张全上海最贵的席梦思床送给父母。第一个反对的是冯子烨。

"这像什么话？两个未婚老龄男女睡到一张床上去？我们不管居委会还要管呢！"

"谁叫'居委会'？"丹琼问道。在天真程度上，她现在仅次于她姆妈冯婉喻。

"居委会就是一帮子解放脚老太太，吃饱饭没事情做，多管闲事，老鼠见了她们都来不及逃，……"

学锋还没发挥完就被她爸爸叫了"住嘴！"丹琼的两个女儿和三个孙儿孙女听到这么一声粗鲁的吼叫，都怔了，但不明白这话的意思是什么，用英文悄声相互讨论了一番，又去小声问丹琼。丹琼告诉她们就是"Shut Up!"的意思，一直觉得上海没劲的两个美国女孩顿时振作，一块瞪眼看看舅舅子烨。这是大事情：舅舅当着远方来客如此不留情面地呵斥自己女儿。她们再回过头来看表妹学锋，替无动于衷的学锋难为情和忍受伤害。

陆焉得觉得事情非常简单，阿哥阿嫂明后天就去办一个复婚手续，举行一场仪式，把"居委会"请来吃吃喝喝，热热闹闹，谁还会再管？他为自己的设想兴奋起来，开始发愁哪里还能订到好蛋糕，哪里可以摆冷餐会，然后他又跟太太小声讨论送老新郎老新娘什么礼物，是否到和平饭店租房给老伉俪做"蜜月套间"。

"姆妈会不会答应，还是个问题呢。"丹珏说。

"为什么不答应？"丹琼质问。

"她在等人。"

"等谁？"丹琼追问。

丹珏给了一个"懒得说"的笑容。

"那我现在来问问姆妈。"丹琼说，一面起身，一面右手扯扯屁股上紧绷绷的裙子。

"你不要问。"丹珏阻止姐姐，"要问等没人的时候再问。"

"我们大家都是她的亲人，即使她认不得也感觉得到！"丹琼说。"趁着我们都在，问问她有什么不好？喏，你看，谁说话她都会朝爸爸看，就像要爸爸给她解释！"说着她扯平了裙子，凑到了母亲身边。

"你等一会儿！"丹珏嗓音高了。人们刹那间看到了她在实验室里的权威科学家面孔。

冯丹珏认为，婉喻和焉识微妙复杂的关系别人是不懂的。不懂得而同情比什么都可怕。她已经受不了大姐的操控欲了。一个成功的女光棍儿最受不了的就是被另一个女人控制。

丹琼走到父亲和母亲之间，一条胳膊搭在父亲肩上，一条胳膊搭在母亲肩上，就要开始给他们扯皮条了。

"姆妈，"丹琼叫道，化得很好的妆使她看上去比妹妹丹珏年轻了一代。

丹珏把手里的烟头使劲按在烟灰缸里，音量又上去一度："不要胡来!"

冯子烨紧跟着说："小囡囡比较了解姆妈,阿姐你听她的!"

不过已经晚了,丹琼已经把话说出来了。

"………你跟爸爸复婚好吗?"丹琼笑眯眯地看着婉喻,同时把陆焉识往婉喻身边推了推。

钱爱月坐在餐桌对面,此刻笑眯眯地起哄:"姆妈,阿拉一定要来闹洞房讨喜糖!"话未落音,她笑容就没了——在桌子下挨了丈夫一脚。

丹琼又说:"姆妈,我这趟回国,一定要看到你跟爸爸复婚哦!"她现在用她臂弯把一对老年男女的头勾住,使劲往一块合拢;被理发师傅做得几乎一模一样的发型如同两顶圆而脆弱的灰白"发盔",此时一侧被挤扁了。

"爸爸,你跟姆妈讲呀!你要求婚的呀!"丹琼咯咯地笑起来。

学锋起了一脊梁鸡皮疙瘩。

丹珏紧张地看着婉喻的脸。那洁净如凝脂的脸先红后白,然后再红,鼻梁上薄如纸张的皮肤被一根蓝色血管顶起。婉喻把这样的脸转向焉识,看了一会,低下头。

"姆妈答应了!"丹琼叫道。

"恭喜、恭喜!"焉得两口子说。

焉识的直觉有些异样。绝没有这么简单的。假如这么简单就不会有他陆焉识陪伴冯婉喻等待陆焉识的四年了。他比所有人都紧张,手指头攥得发冷。这时焉得给他倒了一杯花雕,满脸祝福地推到他面前。

"姆妈你看,爸爸开心死了,吃下去一大杯酒呢!"丹琼欢欣鼓舞地搂住母亲,把母亲的脑袋当一个婴儿摇晃拍哄。一个钱堆出来的女人,一个蜜泡出来的女人,走到哪里都要创造喜剧高潮和欢乐结局。

婉喻突然往前一挣,两只胳膊同时抡了半个圈。学锋冥冥中等待的意外事物终于被等来了:婉喻以迅雷不及掩耳之势挣脱了大女儿丹琼,并将她摔倒在地。

我假如没有在场,一定不会相信我柔弱苗条的祖母有那么大的爆发力。两年来的深夜搬家使她暗中操练筋骨肌肉，在柔弱的外貌下练出了块头。她低下头的时候，我和其他人都以为她羞怯或动情了，原来她是在运力，为了给丹琼致命的一下。她大概从丹琼把她的头发挤扁那一刻就开始运力了。也许更早，她内心的反抗是从丹琼说"姆妈答应了！"那句话开始的。很可能是我妈妈钱爱月说"姆妈，阿拉一定要来闹洞房讨喜糖！"的时候，我的祖母就恶心坏了。我妈妈讲这句话有一丝女工间不碍大雅的流气，也许是这点流气触犯了我的祖母婉喻。在她心目中，哪怕就是在记忆已经褪色成为白板子的心目中，陆焉识和她的关系也不是那么回事。

还没有等到丹琼从地上爬起来，婉喻将餐桌向前一推——推惯了红木八仙桌，推这个桌子太不算什么了，就算桌面上摆满杯盘碗盏也算不了什么，反正她一发力桌子就向她的对面顺当移去。坐在我祖母对面的人有我父亲冯子烨，我母亲钱爱月，还有我那个从大西洋彼岸来的不多言不多语的婶奶奶，他们在桌子卷土而来时来不及起身，更谈不上后退，变成了婉喻这台推土机的牺牲品，被碾到了桌子和杯盘碗盏下面。

丹琼的两个女儿三个孙儿孙女吓坏了，上去抱起丹琼。丹珏赶紧上去阻拦婉喻，但这已经是个不可阻拦的婉喻了，她一扬大臂，丹珏又在地上了。冯子烨一身汤汁，大声吼叫："用力气呀！"

丹珏一面爬起一面吼回去："姆妈力气老大的！"

"爸爸，你怎么不动手拉牢姆妈！"子烨已经从桌子下面站起。

这是我祖父出狱以来第一次听到冯子烨叫他"爸爸"，他苍老的脸上升起一个苍凉的笑，似乎比儿子不叫他"爸爸"还伤心。

"我为什么要拉住她？"陆焉识说。

婉喻喘着气，摸着自己垮塌了的头发——那是两小时前丹琼带她和焉识到宾馆的理发店做出的发式。丹琼的请客范围很大，包括父亲母亲就餐的发式和着装，都是从头到脚一新。她做了一切准备要在这天晚上给父母包办婚姻。

原来婉喻在反抗包办婚姻时可以如此地英勇不屈。比起陆焉识曾经的曲线反抗，可是要英勇多了。婉喻才不来理会一屋子的惊恐面孔，还有从惊恐下面渐渐透出来的痛心。尤其是丹琼，亮晶晶的眼泪把她的眼睛变成两颗黑色水晶，她却不让它们落下，就那么忍辱负重地一笑。没有比那笑容更能说明她心痛欲绝了。她的两个女儿以木偶的表情看看外祖母冯婉喻，又看看母亲冯丹琼。世上的母女都是冤家，她们和自己的母亲之间的冤家情结放在这个场面里是太微不足道了。

婉喻的炮楼

我祖母在我小孃孃护驾之下,乘上我叔祖父陆焉得包的宾馆轿车先一步告辞。此后她再也不肯见任何人,除了她的小女儿冯丹珏。她和丹珏的公寓就是她的炮楼,她在里面抵抗任何给她包办婚姻的人。

这样的母女告别令我的大姑冯丹琼好不凄凉。她提前结束了故国重游,带着几个孩子回美国了。离去之前,她总是用一句话安慰她自己:"我会把姆妈接到美国去的。"她把这句话重复了很多遍,一想到她将会忍受怎样的思念之苦,就把这句话拿出来念叨。她内心分裂出两个人来,一个年长一个年幼,幼者一伤心闹腾,长者便拿好话来哄,不必考虑兑现,只要哄出暂时的宁静就好。

我的叔祖父陆焉得两口子在那场晚宴之后也变得无心无绪,自我敷衍地把上海逛了一遍,"不逛说不过去"的那种逛法。对他们来说,玉佛寺、城隍庙、国际饭店、大世界……一切都大不如从前,脏了,破旧了,留着无产者们的不敬和冒犯,唯物论信徒们对物质的毁灭欲让他们寒心地摇头。最伤他们心的是,软语漫笑的上海人没了;无论朝哪个方向扭过你的脸,你都和冷漠或牢骚或仇恨照面。每个人都是牢里牢骚地行走或说话,他们的牢骚似乎都是你引发的。因此焉得两口子不跟上海人计较了,在冯丹琼祖孙几人离开上海的第二天,也回比利时去了。

他们行前都没有跟我祖母告别。因为我小孃孃怕进一步刺激她母亲,引出又一个病情飞跃,劝阻了他们。

我祖父陆焉识一直沉默。沉默得奇怪。他的沉默也是一座炮楼,替他守卫着他思维的持续性,让他完成他回忆录和书信集的最后章节。他的沉默一直持续到1984年冬天。那个冬天发生了一件事:我祖父不知怎样被重新发掘,领导一本汉英大词典的编辑工作。我在他屋里(曾经是我的卧室)看到了那封聘书以及跟聘书一块寄来的便笺。便笺说:"……朱教授一再请我代问您好。他因为类风湿暂时不能回国……"我是这样推演的:这位身在美国的朱教授热烈推荐了我祖父。他是我祖父的学弟,深知陆焉识的学识,也了解他揣着那样的学识在大荒草漠上种青稞、打鱼,蹉跎二十多年。我接下去的推演是:出版社在决定编辑这本大词典时首先是请美国著名汉学家朱教授来挂帅的,但朱教授像所有海外游子一样,听了太多的几乎千篇一律的陆焉识式的故事,怕自己一旦回国也会像陆焉识一样去种青稞、打鱼,所以干脆举荐陆焉识,好在陆焉识是过来人。我无法得知朱教授如何举荐我祖父的,但仅仅从这一举荐导致我祖父登上主编位置,就可以断定朱教授如何摆出条条例证,也足以看出朱教授有多么重大的话语权。

我不知道自那之后我祖父和出版社有过怎样的讨价还价,出版社居然答应出面把陆家房产的一小部分讨要回来。那幢三层的小楼的一层在1954年被我祖母抵押出去,变换成厚礼,分送给一个个可能让政府改主意,把我祖父从死囚名单上划掉的人。我祖父活着走下刑场之后,我祖母为了念政府和人民的好,把剩下的两层楼捐给了政府和人民。后来发生的一系列大事件证明了我祖母冯婉喻有着先知的英明:一次次政治运动和社会变迁假如能使那房产幸免,到了"文革"是无论如何也保不住的。终究要失去的东西,不如主动失去。能够主动地丢失便是施者。怎么办呢?不这样施舍,弱者怎样表达对于压迫他们的强者的宽容大度呢?

也许捐出房产只是冯婉喻表达的感恩——对政府和人民由衷的感恩。她感谢他们给了自己深爱的男人活下去的机会。活下去的机会是一切机会的纲，纲举目张，然后才能让政府和人民宽恕他，特赦他，他才能和全家重逢，才能出任主编……

没有活下去的机会，陆焉识怎么能有二十多年的充裕时间，渐渐认识到婉喻的美丽可爱，认识到是什么埋没了她的美丽可爱。没有那二十多年，他肯定没有机会，好好在记忆里消受那份美丽可爱。

我祖父陆焉识的请求被恩准了。陆家的三层小楼在1985年年底是这样格局的：一楼的门厅客厅隔成三间房，住着一个六口之家和一个单身汉。二楼住了两对中年夫妇，各有两个孩子。三层原先是恩娘的卧室，现在最为热闹，三对小夫妇在楼梯口摆了三个碗橱，三套炊具，海陆空立体地利用空间。煤气从一楼接到二楼，二楼再接到三楼，管道赤裸裸地从地板缝钻出钻进，上下通行无阻。

至于陆焉识怎样过了一层层关卡，怎样得到政府和人民的支持，跟三对小夫妇打硬仗打软仗，最终光复了陆家第三层楼，我们都不清楚。陆焉识经过很多难缠的事物和人物，他自己也成了个难缠的人。那些年轻男女在这个"死都不怕还怕你们"的老囚面前远不是对手。老囚受尽屈辱，丢尽尊严，现在没有什么可以约束他，伤害他的了。他挺过磨难的后果是特会磨别人。磨是个战无不胜的功夫，陆焉识在1986年的初夏，把三对小夫妇全磨出去了。达到目的后，他告诉出版社领导，他心脏突然跳得快快慢慢的，胜任不了大词典的主编。出版社发现陆焉识原来是个老狐狸，把出版社利用了，现在他房产到了手，什么承诺都可以毁。

祖父对我的解释是："碰上跟文字打交道的事情，能不做就不做。到头来都是吃力不讨好。"

"我认为当主编是荣誉。"

祖父说："你想想看，我还要荣誉做什么？"

这个时候我祖母已经进入一种空茫世界。她不再反对你去看望她，因为你看望她和一只狗或一只猫看望她没什么两样。邻居家养了只猫，时常跑上楼来偷嘴，扑两个蟑螂，顺便就来看望婉喻。婉喻在桌上玩又黄又脏的骨牌（当然是不按游戏规则玩的），猫在牌桌中间的横档卧着，玩牌的手带动了桌布，猫自作多情，以为是婉喻在逗它，便伸出爪子撩一撩桌布的一角，跟婉喻有呼有应。婉喻此刻会跟猫说上几句话："你吃过饭了？吃蟑螂吃饱了？"她现在说话口齿含混了，几乎奶声奶气。她一说话，猫就认真听着，就像我们跟婉喻说话时她听得极其认真一样。婉喻成了个老婴儿，认真地看着你说话时的眼神和手势，眼睛里全是求知欲，你笑了，她也跟着笑，婴儿的笑都像她一样无动机非功利。那是多么单纯洁净的退化！

婉喻偶然还会在夜里搬家。但那是极偶然的事了。这就是我们偶然察觉到她空茫茫的世界空得还不纯粹，还有一个人在打扰她。打扰她的那个人是不是陆焉识，她是否因为陆焉识搬家，我们很快就要知道了。

我祖父把陆家的第三层楼打扫干净，粉刷油漆，趁着丹珏带婉喻出门看医生，到小菜场叫了几个和婉喻熟识的菜贩子，用他们的黄鱼踏车火速把红木八仙桌红木椅子红木高几，以及婉喻的红木梳妆台全部搬了过去。他回到丹珏的房子里，准备搬婉喻的衣服被子，以及婉喻的一些私人物品，包括焉识二十多年里给她写的信。就在他的环境掉包计圆满完成之前，丹珏搀着婉喻从医生那里回来了。婉喻站在门口，看着八仙桌和高几在墙壁上留的印痕，老婴儿的眼睛瞪得溜圆：她最后的记忆坐标也消失了。丹珏意识到了不祥，这个老婴儿彻底迷途了。

焉识也意识到可能做错了什么。他把那个装着老旧信件的漆器箱子捧到她面前，对她说："你、你看，都在这里……没有动过你的……"他希望她能从一箱子的信札联想到他，重新认识他，即便认不出他是陆焉识，把他认成陪她等待焉识的那个友人，那个无怨无悔地追求了她四年多，不招她讨厌的男人，也足矣了。但婉喻婴儿般的眼神是完全陌生的。她垂下目光，渐渐看清了他手上捧的是什么，一把将漆器箱子夺回去。

她的眼神惊恐而决绝：一个陌生人居然碰了她最最私房的物什。丹珏用眼睛给父亲打紧急无线电，要他立刻回避。

"阿妮头，是我呀！"焉识偏偏不识风云气色。

婉喻的眼睛毫无偏颇地仲裁着什么。就像天性爱所有孩子，在他们天赐的灵性泯灭之前，在他们被语言灌输成见之前，那样睁着天下大同的眼睛。一丝熟识的迹象都没有。丹珏还是用眼色催促焉识快离开。焉识太不甘心了。几十年前，婉喻到处求情，求来了他从法场生还的机会，可现在就是不给他弥补过失还她情分的机会。

"你是啥人？"婉喻以孩提的含糊口齿反问。

"我是焉识啊！"

"……焉识……是啥人？"

"是……这个人。"焉识指指漆器箱子。他像教班级里最愚钝的学生那样，替对方使劲地偏着脸，皱着眉。

房间里好静。婉喻的嘴唇吧嗒一声打开都能听见。她露出两颗仍然洁白的上门齿，就那样看着焉识。丹珏还在用眼睛发无线电，更加紧急，要父亲赶紧走，但父亲拒不接受。

婉喻突然一伸手，狠狠给了焉识一个耳光。准确地说，她给了企图盗窃那些信札版权的无耻之徒一个耳光。丹珏上来抱住一辈子没有打过人的母亲，攥住她柔细的手腕子，对父亲说："我叫你走的呀！"

"阿妮头，我是焉识呀！"

婉喻的眼神似乎说：打的就是焉识。

"快点走！"丹珏说。

焉识还没挨够似的，往婉喻跟前凑。他什么都准备好了，房子、家具、床上用品，跟婉喻的小日子眼看要过起来了，就是没有准备婉喻的彻底反目。

丹珏把母亲拉到自己卧室，剩了焉识一人在搬空的客厅里。他慢慢走出门，下了楼，走进1986年的5月的黄昏，怎么看都是被他所追求的女人扫地出门的男人。

从此婉喻就不再说话了。从此她就跟丹珏住一间屋，睡一张床。她的炮楼缩小了，就是丹珏的卧室。我父母都是到这间卧室来看望她，给她买的水果把丹珏六平米的小屋弄得一股水果店气味。我祖父在吃了婉喻一记耳光的那个周末就跟着儿子儿媳来看望婉喻了。婉喻根本不记得自己几天前的暴力,对所有来客都一视同仁地接受。她坐在床上,嘴唇轻微动着,在跟一个谁也看不见的对象低语。真该看看她的眼睛!虽然眼皮子松弛了,内眼角有一点老人的分泌物,但它们绝对是婴儿的,进入她视野的脸都被她看成绒毛玩具或拨浪鼓或彩色气球,我们这一群男女老幼都被她看得简单,童趣十足。

那天我祖父在我们告辞后留了下来。他什么也不说,只是以读书或沉思跟婉喻做伴儿。婉喻最熟悉的陆焉识,就是读书沉思的陆焉识。他这样陪伴婉喻陪了两个礼拜左右,某天傍晚他起身离开时,婉喻跟他走出了丹珏的卧室。到了第三个礼拜,婉喻跟着焉识走到了楼梯口。焉识还是什么也不说,只向她挥手告别。他确信在那个刹那看到婉喻脸上一阵微妙的痉挛,似乎处在破梦而出的节骨眼上……但什么都没发生,婉喻退入了梦境。第四个礼拜,丹珏架着二郎腿,衔着烟笑父亲:"要是有人这么追求我,我就甜蜜死了!"那天丹珏上班后,焉识从包里拿出一本书,就着窗外来光,很快沉入阅读。偶然间一抬头,他发现婉喻在看他。他趁机站起身,慢慢向门外走去。当他走到楼下,婉喻远远地跟上来,一只脚穿鞋一只脚穿玻璃丝袜。他想回去替婉喻把另一只鞋拿来,又怕错失良机,就在弄堂口叫了一辆出租车(上海在这一年已经是出租车满街跑了),自己坐在副驾驶位置上,婉喻跟着上了车,坐在后座上。

车子开到离陆家老宅还有一里路的路段,街道因为路面维修而堵住了车辆通行,焉识和婉喻只好在这里下车。他脱下自己四十四码的松紧布鞋,替婉喻套在脚上,两人四只脚三只鞋,你扶我搀患难与共地往前走。走了十来步,婉喻突然站住,前后看看,远近看看,再看看地面,最后抬起头,目光穿过梧桐枝叶去看天空,似乎被梧桐切割成各种不规则几何形状的天空都是路标和记忆依据。突然,她一把甩开焉识,朝陆家老宅跑去,一只三十五码的皮鞋和一只四十四码的布鞋丝毫不耽误她的步速。焉识跟在后面,一只鞋一只袜,受够了上海路面的失修,还是没有追上婉喻。等他追到陆家老宅的楼下,婉喻已经进了门。门口坐着一楼的好婆，膝盖上放个竹笸箩在剥豌豆，对着婉喻的脊梁吼叫："你寻啥人?! ……"婉喻哪里会理会她，一径跑到了楼梯口。焉识是在这里追上她的。追上婉喻时，焉识已经是一脚鞋一脚血。

焉识从婉喻身旁擦过，意味深长地回头看看她，便自顾自往楼上走。楼梯上的油漆剥落光了，于是他一路上去，裸露的木台阶上一阶一个血脚印。婉喻跟着那些四十四码的血脚印轻盈地登楼。

好了，他们现在在三楼那间屋的门口了。焉识掏出钥匙，打开了锁。门咿呀一声开了。让我来形容一下这间屋的陈设：对着门是那张红木八仙桌，四周四把红木椅。红木被核桃仁打了两遍油，通体发出低沉而雍容的光泽。这是恩娘伺候红木家具的办法，自己舍不得吃核桃也要给家具吃。核桃油的香气也是沉着的，蔫蔫地殷实，殷实地肥腻。地板漆得一新，也是紫檀色，红木高几上放着兰草。陆焉识有赖于他那照相机般的记忆，所有物件都一丝不苟地回归原位。这就是恩娘曾经那个客厅了。空间缩小了，有一些物件缺失了，但气韵比什么都重要。气韵如同阴魂，萦绕在这个从来都缺少一点阳光的房间里。

婉喻走到八仙桌旁边，在红木椅子上慢慢坐下，她的脸又出现了那种微妙的痉挛。记忆的电流击中了她，一截一截、一片一片的情节和细节连不成故事，差差错错的一堆，就在她的眼睛后面。眼前这个男人是不是她一直等的人，她等的人叫不叫陆焉识，陆焉识和她自己以及和眼前的男人是什么关系，统统对接不上，都是似似乎乎。但这不要紧，她婴儿般的知觉中，这就是她的归属。这个宛若前世相约的男人就是她的归属。她坐了一会，又站起来，朝那间被板壁隔出的里屋走去。那是一间八平米的卧室。她怯生生地推开门，向里张望一下，进去了。床头挂着一个相框，框着一张全家福。那是战后焉识从重庆回来，第二年春节恩娘号召全家去照的。婉喻坐在床上，坐了一会儿，勾下腰，伸手往床下够了两把。她一向不用眼睛看，就能准确地把那个漆器小箱子够出来。现在，她的手碰着了旧箱子温润的表皮。还需要更多的证据证明她和这地方共有的宿命吗？

我祖父和我祖母决定登记复婚是 1986 年的 6 月 30 日。我大姑母丹琼得知了这个决定，泪水都要顺着海底电缆流过来了。其实她已经哭笑不分，太感慨了。她在 6 月 28 日赶到上海，孤身来庆贺父母这桩大事。她的两个女儿就像焉得的儿子彼得一样，来上海一次就像吃足了上海所有苦头似的，再也不愿来了。登记是焉识和婉喻两人自己完成的，任何仪式都没有，不敢热闹，不敢惊动那个把餐桌当推土机的婉喻。婉喻现在是最自由的一个人，没有城府，百无禁忌，她不愿意的事，才不会给你留情面，她会用最直接最猛烈的方式告诉你。

我祖母跟我祖父复婚之后的第二周，一天下午，卧室天窗的竹帘被拉开，进来一缕阳光。婉喻站在这缕阳光里，成千上万的尘粒如同飞蛾扑光，如同追求卵子的精子那样活泼踊跃。婉喻撩着撩着，缩回手，三两把就把自己的衣服脱下来。眨眼间已经是天体一具。我祖父十九岁第一次见到她的时候，听说她在学校修的是体操，差点喷笑。现在他信了，婉喻少女时代练的那点体操居然还在身上，四肢仍然浑圆柔韧，腰和胯尚保持着不错的弧度。她那两个天生就小的乳房此刻就有了它们的优越性，不像性感的丰满乳房那样随着岁数受到地心引力的作用而下垂变形；它们青春不骄傲，现在也不自卑，基本保持了原先的分量和形状，只是乳头耷拉了下来。婉喻的失忆症进入了晚期，她肉体的记忆也失去了，一贯含胸的姿态被忘了，动作行走洒脱自若。焉识看着她赤身露体地在屋里行走，身体一派天真。似乎羞处仅仅因为人的知羞而不得见人。现在婉喻从羞耻的概念中获释，因此很大方地展臂伸腿。年轻的婉喻给过焉识热辣辣的目光，那些目光宛如别人的，原来那些目光就发源于这个婉喻。一次又一次，当年轻含蓄的婉喻不期然向他送来那种风情目光时，他暗自期望她是个野女人，但只是他一个人的野女人。现在她真的是野了，为他一个人野了。

焉识悲哀地笑着，眼里渐渐聚起眼泪。1963 年他逃出草地时，一个念头反复鞭策他：快回到婉喻身边，否则就要玩不动了。他走上前，抱住滑溜溜的婉喻。玩不动也这么好。

我祖母冯婉喻从此再也不肯穿衣服。我父亲冯子烨认为这是一桩天大的丑事，一个五十来岁的儿子居然有个终日赤身裸体的母亲。他找来绳索，打算先捆上婉喻，再把衣服给她强穿上去。但我祖父坚决不答应。他不准任何绳索之类的东西靠近自己的妻子。他把妻子抱进里屋，把门轻轻关上，所有要制止丑事的晚辈们都被他关在门外。

中　秋

　　我祖母不仅有了一双解放脚，也有了一具从衣服和羞耻观中解放出来的肉体。天气渐渐凉了，她宁可受凉也不让肉体再受奴役，谁也说服不了她穿上衣服，只有我祖父可以边哄边给她披上一条毛巾毯。中秋那天的夜里，我祖父从沉睡中醒来，窗外的月亮很圆很大，卧室里都是月光。台灯也开着。台灯上面，是婉喻的脸。婉喻已经这样看了他一阵了。这是一件奇怪的事：他居然睡得那么沉。失眠多年的陆焉识居然恢复了酣畅的睡眠，就在台灯和妻子目光的照耀下恢复的。婉喻这么长久地看他，即便他是个生人，也被看熟了。婉喻是否看出来，他就是五十多年前被越洋轮船载回、三十年前被一副手铐带走的焉识，他无法得知。西方的月圆之夜是神秘的，许多不可思议的鬼怪现象都发生在月亮圆满的那一时分。他躺在她身边，头向她的腰胯之间靠拢，拉起她的手。这手又是柔顺的了。再抬起头来看婉喻，她已经不再看他，也许她得出了结论，得出他究竟是谁的结论。现在她的脸朝着天窗泻入的月光。看着她的样子，你深信她在思考。也许是回忆。绝不会是一张白板子的内心。

　　我祖母在她生命的最后一个夜晚想到了 1958 年 10 月 1 日，探监的时候，焉识告诉她，所有犯人很快要转监，但谁也不知道将来的监狱在什么地方。她在离监狱十多里的镇上给她学校的校长打了个电话，请他批准她两个星期的假期。当时婉喻是代课老师，一星期上四节英文课。除了学校的课，她还给区少年宫上两节书法课。少年宫的钢琴老师曾经是个少奶奶，英文非常好，教钢琴是为了解闷。少奶奶和婉喻平时很要好，所以婉喻跟校长担保，她的英文课会有人代上。婉喻又打了电话去求那个少奶奶，把实情告诉了她，少奶奶心软，并且自认为跟婉喻同病相怜，都是这个社会上的失意女人，便答应替婉喻代课。第三个电话，婉喻是打给小女儿丹珏的。她要丹珏来见见父亲，因为三个孩子里，父亲心里只有丹珏。但是丹珏没有按他们约定的时间到达。

婉喻那时候才醒悟，孩子们已经不再相信母亲了。母亲讲述的他们的父亲，跟人民政府定义的那个无期囚徒是两回事。只可能有一方在撒谎，他们不认为撒谎的是人民政府。那是一个惨痛的醒悟。她不怪孩子们。正如孩子们也不怪她。但孩子们对她的迁就只能到此。正如她也只能谅解他们，相信政府总不是坏事。她下榻的旅馆离火车站只有三百米，在监狱和车站的必经之路上。上千个犯人被押解到火车站，不可能不惊动她。万一犯人们不乘火车呢？或者万一他们绕开大路，去很远的地方乘火车呢？这类"万一"从来没有进入过婉喻的脑子。什么都可能发生，她的最后送行很可能失败，那又怎么样？对于我可怜的祖母，在那个时候，有百分之一的胜算可能性就够了。她还有更侥幸的念头：也许能从那列火车的行驶方向发现新监狱的地点，然后那种大墙内、大墙外的夫妻生活就续上了。婉喻和焉识从结婚开始，就总有什么隔在他们之间，太平洋、恩娘、战争……因此隔一堵监狱大墙她也习惯了。

焉识和其他犯人转监的准确时间，婉喻是无意得知的。镇上来了一个卡车车队，其中一个司机在镇上买烟，说车上拉的都是罗松面包，是给监狱拉的。镇子上很多人家靠监狱吃饭，养猪养鸡压挂面磨豆腐生豆芽都是卖给监狱的。人们好生奇怪：突然就来了这些外地面包跟他们抢生意。婉喻听到这段对话之后推断：面包一定是犯人们的旅途食品。

那几天一直下小雨。小雨粉粉细，没有方向地下，无论你把伞撑向哪边，衣服和裤子都会被打湿。她向旅店借了一件蓑衣，从上午就在火车站附近等待。一直等到入夜，一辆闷罐火车开过来，只在站上慢了一下，便又加速朝站外开去。

犯人的队伍过来的时候，她站在一堆撂起来的水泥管道后面。从一个个圆形的管道看出去，焉识走在犯人队伍的中间，别人迈两步，他的长腿迈一步，因此他总是显得有点懒。焉识走过去了，她无法跟随，现在看见的是他的背影了。他那三十年前就让她疼爱的卷发剃光了，只在脑后留了一撮。一撮毛使焉识和其他犯人终于有了个大致统一的后脑勺。火车扑哧扑哧地排气，夹在哨音和呵斥声里。这是她第一次听到犯人们是这样被呵斥的。她的眼泪涌上来。焉识竟然是这样被呵斥，农夫呵斥驾车的驴也比这温情得多……此时她慌了：她的视线丢掉了焉识，主要怪她自己，那一声声的呵斥让她哭起来，没有声息地大哭，哭丢了焉识。

她顾不得什么掩体了，从那些水泥管道里出来，把脖子拉到最长，朝马灯中晃动的一堆堆人影张望。这时一个人叫喊："老陆！……"叫的人瘦长微驼，从一节车皮跑到另一节车皮，再跑回来。呵斥驴的嗓门又出来："张粹生，乱跑什么乱跑?！上车！……"叫张粹生的瘦子很快安静了。而婉喻却看到了焉识。焉识也许是听到张粹生叫喊跑到车门口的。她赶紧站到路灯杆子下，这样焉识就容易看见她。她听见焉识也被恶狠狠地呵斥一句，回到了车内。没法知道他是否看见了自己。晃动的马灯在车厢的一扇小铁窗上一晃，小窗只有一本笔记本的尺寸。她向小窗口移动几步，把蓑衣脱下来：假如刚才焉识没认出她的话，都是蓑衣的过错。火车"咣当"一下，所有车轮在铁轨上重重地一滚，再一滚……火车轮子的运动原来是这样，你牵我拽，似乎同时向前和向后。婉喻跟着些牵牵拽拽加速的火车轮加快脚步。

我祖母在那个中秋夜想了很多很多，我确信这一点。她还想到了什么呢？一定想到了那一刻，她和我祖父突然听到弄堂口进来一辆捕人的卡车。婉喻是在镜子里看见他神色的，这是一种她从来没见过的神色，可怜极了，生气瞬间全走光了。他的手还停在领带上，领带的节刚刚打好,刚刚完成一个出门会客的形象。此刻楼下客厅的门很重地开了。是被人撞开的。千篇一律的、毫无必要的下马威。接下去,陆焉识这个名字被一个嗓门叫响,叫得像个异帮字眼,耳生得婉喻不敢相认。焉识对她说,他去去就来。其实她知道他不会就来的;他这一去会需要剃须刀,香肥皂,换洗的短裤背心,以及衬衫外衣袜子。她拉开五斗橱的抽屉,各样抓了两件,用一件衬衫的袖子扎成个包袱,塞在他怀里。报纸上常常宣告这类逮捕的成果,邻居的朋友亲戚也有做了这类"成果"的。我祖父在下楼之前,严厉地对我祖母说:"你别下来。"我祖母在她生命的最后一夜想起了这句话。我祖父不知等在楼下的是什么青面獠牙的牛头马面,他绝不要我祖母看见。婉喻很乖,听了焉识的话,没有下去。她站在那里吞咽了好几大口唾沫,突然看见床边那双羊皮拖鞋。这是我祖父最爱穿的一双鞋,是我叔祖父焉得送他的,他穿了近十年,他的得意和舒适都留在那上面,底和帮脱了线还不舍得扔。婉喻觉得只要有这双旧拖鞋,焉识的一双脚就可以时不时回家,那双脚不至于会太受思亲之苦。她撵到楼下。不,是跌到了楼下;她的解放脚头一次显示出劣势,在她刚下了两三级楼梯就失去了灵便和力量,剩下的五个木台阶她是乘着自己的大腿和臀部以及脊梁溜下去的。好在接下去还有一组楼梯,让她重整姿态,恢复体面,走到那些逮人的人面前时,又是一个娴雅的书香门第女主人。她知道焉识绝不会让她送行,送他出大门,送到警车上。她就在门口一动不动地站着,听着脚步远去。焉识的脚步声被她的心从七上八下的众脚步声中分出来,渐渐地她就听不见其他脚步了,听见的就只有焉识那一双脚:提起、放下……脚步的合奏成了独奏。警车开走后,她听到的就只有弄堂里的寂静:一下午的羽毛球拍击球的声响静下来了。小女儿丹珏提着球拍走进门时,已经哭湿了毛衣前襟。

  中秋夜我祖母想到了她从不去想的那件事。事情大致是这样的:她得知陆焉识上了死刑榜之后,提着礼物一家家地敲门。凌博士只让一张毛边纸字条会见她,她都不死心,接着去找凌博士的秘书。秘书答应她,一定为她争取到凌博士的帮助,她于是把一句敷衍当承诺来听。她连陆焉识的学生们都不放过,只要知道地址她就上门。那时候她才意识到自己是个美人儿,是陆教授的学生们的父亲让她意识到这一点的。有个姓戴的男学生借了陆教授一本书,还回来的书里夹了一张市委的公函便签,上面记了几句从书中抄录的警句格言之类。婉喻由便签顺藤摸瓜,摸到市委,找一位"戴同志"。戴同志结果给了她个惊喜:他就是管司法的市委常委。婉喻不太懂戴同志的陕北话,但她对戴同志的体恤是懂得的。戴同志从没见过冯婉喻这样的中年林黛玉,一招一式都把他看迷了。他询问陆焉识的案情时,不断地插入旁白:"可苦了你了!""苦了你和娃了!""几个娃?……三个?不像,不像,还像个大闺女!"婉喻那时不知道什么是"大闺女",知道的话也许她能重新审度自己的处境。不过即便她重新审度,彻底明白自己猎物的处境,她也不会回头。她是找到猎人门上的猎物。一个女人拿出什么去营救自己爱人的性命都不为过;一个母亲使出什么手段来保护自己孩子的父亲都无罪。当然,婉喻当时来不及分析这些。后来她也不愿分析,因为她一分析难免会觉得自己下贱,再也配不上焉识。现在故事走入了陈词滥调:一个女子赤手空拳劫持法场,只有肉体做炸弹。她在初次见面后的第二天,就做了戴同志的情妇。她做戴同志的情妇的时间加在一块是六个小时多一点:每次戴同志爱她都不超过半小时。她做戴同志的情妇是要他出高价的:背叛组织原则,把她死到临头的爱人陆焉识救下断头台。她一点也不难为情地提醒压在她身上的戴同志:"陆焉识的事情你要快点想办法。"有几次他调情地跟她抬杠:"就不想办法!"她不吭声,是那种阴沉威逼的沉默。戴同志半真半假地说:"让他死去,死了你就是我的了!"婉喻此生连鸡都没杀过,这时候真想杀了戴同志:被他劈开的两条腿正好是绞索,套在戴同志的脖子上,把她三十多年长出的力气全部投入,锁死绞索,再那么一拧。戴同志还是个好同志,起码从事情的表象看他没有白白糟蹋她婉喻。不久她得到监狱方面的消息,陆焉识的徒刑降级了,降成了死缓。

冯婉喻在得知陆焉识减刑的喜讯的那天夜里,就是这样静静地坐着。就像她生命的最后几个小时那样,想着自己是作的哪一番孽。她可以跟自己做交代了，但还是不能跟焉识做交代。好就好在焉识全都蒙在鼓里。不然他怎么会冒那么大的险当逃犯，只为了看看她婉喻？他以为他把胡子留成一个绵羊尾巴就能掩人耳目了，他再乔装打扮也不会掩过她婉喻的耳目。她从那张通缉令一贴出来就浑身是耳目，分分秒秒都在捕捉他的气息。他以为他的隐身术高明，在电车上，在食品商场里，在小吃店外，在她们弄堂对过的阳春面摊子上都隐蔽过去了？她没有一刻不感觉到他的在场。但她只能把他当陌生人来和他相会，孩子们的处境好艰难，她不愿意他们更难。只要她远远地感知到他就足矣。远远地，她也能嗅到焉识的气味，那被囚犯污浊气味压住的陆焉识特有的男子气味。婉喻有时惊异地想到：一个人到了连另一个人的体嗅都认得出、都着迷的程度，那就爱得无以复加了，爱得成了畜，成了兽。她十七岁第一次见到焉识时，就感到了那股好闻的男性气味。焉识送她出门，她和恩娘走在前，焉识走在一步之外。恩娘手里的折扇掉在了地上，焉识替恩娘捡起。那一刹那，他高大的身躯几乎突然凑近，那股健康男孩的气味"呼"的一下扑面而来。十七岁的婉喻脸红了，为自己内心那只小母兽的发情而脸红。

我祖父听到我祖母胸腔深部发出异样的声音，他觉得他听到了痛苦。他伏在她胸口又细细听了一会，认为婉喻的肺部出了问题。异样声响越来越大，越来越粗，像是有只兽困在她胸腔里，痛苦而怨愤地吼叫。

焉识叫着她，轻轻晃动她："婉喻！……婉喻，你怎么了？"

婉喻平静地看看焉识，一个老天使。这个老天使婉喻跟她胸腔里吼叫的兽毫无关系。

我父亲子烨听到传呼电话来叫他的时候，他还没有睡，正在马桶间泡脚。我父亲近来中年发奋，夜夜悬梁刺股，准备竞争教授位置。他不是竞争教授的业务水平，而是竞争教授那份工资和待遇。听说电话从华山医院急诊室打来，子烨直接从脚盆里冲到楼梯口，赤脚踩进皮鞋，一步三阶下了楼。子烨口中牢骚冲天，但是毫不妨碍他内心做个孝子。

电话是我祖父打的。我祖父告诉子烨，婉喻由于肺炎而病危。子烨来不及拔上皮鞋后跟就拦住一辆出租车赶到了华山医院。他踏进急诊室的时候，我小孃孃丹珏也刚刚冲锋而来。

急诊室医生向冯婉喻的所有亲属讲解她的病案：这种肺炎很奇怪，大多数发生在老年人身上，没有太多症状，等到症状出现，一些老人已经被消耗得差不多了。医生动员大家做好最坏的准备。

天快亮的时候，我和我妈妈也从家里赶到医院。我目睹了祖母宁静告别人间的场面。医疗器械一件一件地从她身上卸下，她从所有横着斜着的橡皮管下面松了绑，包括那件裹住她的毛巾毯也滑落了，把她洁白无瑕的身体解放出来。她睁着无动机、非功利的眼睛，看着她周围的一张张脸。真的是一双老天使的眼睛。

这时候她嘴唇动了动。丹珏把耳朵凑上去，听了一会，抬起脸来，摇了摇头。陆焉识看见婉喻脸上出现了焦灼，赶紧把耳朵贴到她嘴唇上。他听着听着，点起头来，再转过脸，把嘴巴对准婉喻的耳朵。所有人看着这一对老恋人当众说悄悄话。几个回合的悄语过后，焉识慢慢直起腰。婉喻已经抿住了嘴，闭上了眼。该说的说了，该打听的打听着了，脸上一派满足。

没人问焉识和婉喻这辈子最后几句窃窃私语是什么。只有他们的孙女不太懂事，不太识相地追问："恩奶最后说了什么？"

焉识神秘地一笑。

冯学锋后来是从陆焉识的回忆录中得知了老伉俪最后的情话——

妻子悄悄问："他回来了吗？"

丈夫于是明白了，她打听的是她一直在等的那个人，虽然她已经忘了他的名字叫陆焉识。

"回来了。"丈夫悄悄地回答她。

"还来得及吗？"妻子又问。

"来得及的。他已经在路上了。"

"哦。路很远的。"

婉喻最后这句话是袒护她的焉识：就是焉识来不及赶到也不是他的错，是路太远。

浪　子

我祖母去世后，我的小孃孃丹珏跟我祖父说，不如把陆家三楼上那间屋跟她自己的小单元合并，换成一套大些的公寓，把父亲接到她自己身边，这样方便她照顾父亲，也方便父亲照顾她。她马上就调皮捣蛋地戳穿自己，一面乜斜着眼睛朝父亲笑。

丹珏只有在这样笑的时候，才给焉识看到少年丹珏的影子。他的心头肉的影子。丹珏不容易，独挡好几面，又是教书，又是领导，又要做科普杂志的作者和编委，还要研究高端科目。

这样调换房子总是以吃亏为先决条件的。拿两套房换到的一套房在淮海路上，二楼是一间大屋，有三十平米，隔成了两间不小的屋子，还有一间十平米的小屋，在一、二楼之间。这套房子的厨房比较宽敞，可以兼作餐厅。大屋对着三八妇女商店，从阳台上能看到人行道上的人流稠浊得流不动。

空间大了，丹珏才能把男友带到家里来。男友叫刘亮，比丹珏小五岁，是个漂亮男人。丹珏告诉父亲，这么多年来，无数人给她介绍老少光棍或老少鳏夫，而电工刘亮是她真心想嫁的男人。丹珏喜欢漂亮男人，这是跟婉喻一样的弱点。刘亮和他老婆孩子一直住在他的父母家，老婆三年前在一次跟婆婆打嘴仗之后，发了心脏病。因此应该说刘亮丧妻后一直没有自己的房子。刘亮的三个孩子倒不让人操心，一个中学生两个小学生都是七十分的中流水平。上海男人都勤快能干,刘亮是上海男人里的上海男人。即便丹珏忙工作不回家,刘亮也会来替她照顾焉识。刘亮会自己做钥匙,所以做了一把钥匙给他自己用,每次不用打招呼,不用按门铃,直接用钥匙打开门,把预先做好的两饭盒菜一饭盒饭摆在未来的岳父面前。丹珏当着父亲的面就会摸摸刘亮的脸,或撸撸刘亮的头发,甜蜜蜜地说:"阿拉刘亮胸无大志。"刘亮也会甜蜜蜜地笑笑,那笑容的意思是:没错,我就是胸无大志。

胸无大志的人才会幸福,所以丹珏是想从刘亮那里沾点幸福的光。丹珏有时还要加一句:"一个家里都是胸有大志的人谁吃得消?"刘亮更加受到了夸奖,心满意足地看看未来的岳父,意思是:家里有丹珏这样一个胸有大志的人就够受了!

刘亮和丹珏在决定结婚之后,常常把三个孩子带来。每当孩子要来之前,丹珏就会通知父亲搞卫生。其实自从焉识搬过来和丹珏住,丹珏这里是非常卫生的,他拿出监狱里的大扫除精神,住到哪里把哪里扫除得如同外宾参观前的号子,有时他也会在马桶边挂一个装着樟脑丸的小布袋。刘亮的孩子造访之前,丹珏会到菜市场买一把鲜花,插在恩娘留下的一个水晶花瓶里,搁在红木高几上。丹珏在孩子们面前是温柔慈爱的,烟也不大抽,仰天大笑也收起来了。她几乎是讨好这三个孩子的。她希望中外童话故事里所有的坏晚娘形象都能经过她的苦心和努力被纠正过来。三个孩子倒是规矩孩子,不问不答,有问必答,喜欢做大人的帮手,并且个个漂亮干净,有一种智力平平的人常有的随和与健康心态。

即便这样,在刘亮一家离开后,丹珏也会很知己地告诉父亲:"总算走了!吃力死了!"

在婉喻去世的一年里,焉识和丹珏之间变得非常默契和亲密。他们是通过婉喻亲密起来的。是通过回忆叙述婉喻,跟对方谈得无比投机的。也是通过爱婉喻,他们重新爱起对方来。父亲和女儿记忆里,都藏有婉喻的故事,而那些故事对于对方是全新的。就在刘亮离去后的那些深夜里,丹珏会突然说:"可惜爸爸你不能陪我到老。我老起来总得有人陪吧?"她这是要父亲原谅她跟刘亮的结合,以及刘亮一家对于陆家的殖民。随着刘亮三个孩子的常来常往,刘家的祖父祖母也出现了。那是一对走到哪里吵到哪里的老夫妻,随时吵随时好,好了之后就会就地摆开扑克牌相互赌烟卷或小馄饨。他们跟邻居们马上就熟,远比丹珏和焉识要熟。也是这老两口推广宣传了陆焉识:"我们亲家公会六国外国话哦!八国联军再来他一个人可以跟他们喊话!……人家二十几岁就当教授了!……"他们并不知道他们未来的亲家公当了二十多年无期徒刑犯,在监狱的绰号叫老几。

弄堂里的阿婆阿太们由于刘亮姆妈的推广宣传而对焉识投来爱慕眼光,马屁哄哄地叫他"陆教授"。她们当然也不知道,陆教授在家是个洗衣匠,儿子媳妇一个礼拜送一大包衣服来让他洗和熨烫。她们也不会知道,陆教授也是儿子女儿家的邮差,帮他们寄邮件,取邮件,有时候还帮着誊抄文件。她们更不知道,陆教授是儿子女儿家的大力士,搬家具抬煤饼都是他的活儿。陆教授还会腌咸菜,腌火腿,做腐乳,从他回到上海,儿子和女儿家的此类食品都是由他包圆,对此阿婆阿太们就更加一无所知,她们眼里的陆教授"文雅来!洋派来!多少有派头!"

刘亮姆妈推广的成效越来越大。焉识在弄堂里过往,阿太阿婆们常常拎着孙子的耳朵到焉识面前:"跟陆教授学,人家十八岁就考上奖学金出国留学了!"

"十、十九岁。"焉识总是笑眯眯地纠正她们。

阿婆阿太们背地里说:"陆教授有点吊子轮子(上海话:结巴嘴)。"

但是肯定会有一位对焉识了解深一点的阿婆或阿太站出来,为焉识雪耻:"人家讲起英文、法文来一点也不吊子轮子!"

阿太阿婆们真的把自己的外孙和孙子交给了焉识做学生,学英语、法语、德语。那些孩子们的父母们都是在学校里只教毛主席语录和诗词的时候上的学,后来在江西、云南、淮北插队落户回来,连毛主席语录给他们打下的那点语文基础都丢了。他们在心里常对孩子们说：你什么人都可以做，就是别做你爹娘这样的人。于是他们拿出自己站柜台、做车工铆工焊工的工资，付给焉识，作为他们孩子学外语的学费。焉识的十平米小屋就此成了教室。

由于刘亮父母的热情，子烨和爱月反而经常来妹妹家做客。子烨加上爱月，凑起来打一桌牌或一桌麻将，其乐融融，输了牌的人就到楼下馄饨摊子上买小馄饨回来请客。在焉识的小屋听起来，楼上充满世俗的温暖和欢乐。

这天一个学生对陆教授解释的一个英文词汇提出了疑问，说字典上不是那么解释的。那个词是"Laziness"，学生指着汉英字典上的解释："不劳而获的人的特性。比如地主，资本家……"下面紧接着的一个词是"lazybones"，其中一条解释为："比如，地主周扒皮污蔑长工为lazybones……"

焉识把那本崭新的字典"唰"的一下扔了出去。然后他指着砸在地板上的字典对那个学生说："不准用它，它要误人子弟的。"

学生们说学校的英文老师都用这个字典。

焉识告诉他们："那些老师就是被这种乱七八糟的概念误了的子弟！现在他们会什么？会的就是误人子弟！"

不久另一个学生碰到另一个词"Revolution"。焉识看到字典上拿毛主席语录来定义："……是暴动，是一个阶级推翻另一个阶级的暴烈行动。"

"革命怎么就不能文质彬彬呢？绣花也可以革命啊！"焉识跟学生们吵架一样，一手叉着腰，一手指着那本字典。这本字典跟上回那个学生的一模一样，也是一样地崭新。他想起来了，出版这本字典的出版社就是聘请他当主编的那家，并且让他编的就是这本字典。看来把这份荣誉谦让给他的美国老学弟够奸猾的，预见到在编此类字典时会碰上这样的定义争端。

他说："革命就非要暴力？"

当时的三个学生都说，这是毛主席说的呀。

"毛主席又不是英文专家！"焉识说。

这个岁数的孩子对毛主席是隔代认识，隔代感情，所以陆教授这么吼叫他们也无所谓。但他儿子冯子烨吓坏了。子烨那天正好来做客，跟爱月拎着老大房的腐乳排骨准备参加刘亮父母举办的家宴。他们上楼到妹妹丹珏的房间必然要经过焉识的小屋，正好碰上焉识在跟小学生发大教授脾气，说毛主席不是专家。夫妻俩立刻对了个恐惧的眼神，都侧耳偏脸地站在那扇虚掩的门边窃听。两人越听越恐惧，这个前无期徒刑犯的父亲居然说："要学英文，就按英国人美国人的学法来，英国美国没有毛主席！"

那天的家宴子烨和爱月都没有吃好。等到刘亮和三个孩子以及刘家老两口告辞之后，子烨来到父亲的小屋，一进门就说："时候又要到了。"

焉识不明白儿子的"时候"指的是什么时候。

"把你捉去的时候又要到了。"儿子说。他并不恼怒，口气里有一种先哲的沉稳。"要我们陪你倒霉的时候又要到了。"

焉识还是不明白儿子在指什么。儿子便告诉父亲，偷听的幸亏是他，要是刘亮的父母，人家肯定不敢娶冯丹珏做儿媳，任凭冯丹珏是多了不起的冯教授、冯主任、冯编委。

父亲便问儿子究竟偷听到什么了。

"你疯了?！怎么敢说那么反动的话?！毛主席是可以随便评头论足的吗？英国美国没有毛主席，什么意思？英国美国没有毛主席，所以发达，赚钞票容易，上海人现在都想去，人家听起来不就是这个意思吗?！"

焉识否认他那句话有那么深广的意义，不过是就事论事。

"中国就没有就事论事的事情！目不识丁的掏粪的人，都晓得一句话不在表面上说什么，要看字面之下说的是什么。连烟纸店营业员都晓得看报纸要看词下之意，弦外之音，看几行字就晓得中央又把谁弄下去了，又要把谁弄上来了。我以为你劳改几十年，起码长了这点学问，现在看看，你是白白劳改了！"

子烨这样大声地"子教三娘"，把丹珏和学锋惊动了，都从楼上跑下来。

"你疯了?！这样跟你爹说话,淮海路上的人都听见了!"丹珏说。

"他才是真的发疯了,跟小孩子胡说八道,说毛主席不是英文专家……"子烨说。

"本来毛主席就不是英文专家嘛。"学锋说。不过学锋只敢用英文说这句话。

学锋的父亲没有听懂这句英文,所以没有像惯常那样请她闭嘴。子烨跟丹珏重复焉识对孩子们说的话,并且加上自己对那些话的潜台词的注释。丹珏阴沉沉地听着,既不赞同哥哥,也不袒护父亲。

"你讲这种话的时候,最好结巴一点!一个句子结巴几次,看看苗头,该不该把这句话讲完,也好给你自己留点余地。"子烨接着对父亲说。"你呢?讲得流利得要命!想打断你都打断不了!平时你为什么常常口吃呢?搞不清你什么时候是真,什么时候是假!"

焉识看着儿子。他一点也不怪罪子烨。几十年前他陆焉识以流利的口舌为自己辩护,申斥政府随便给他加刑,并让政府的代表人在加刑后的宣判书上签名,确保以后不得再次加刑。就是这样逻辑而雄辩的口舌招致了他的死刑。死刑导致婉喻东典西当地为他求情,终于求到无期,而无期却招致了子烨的致命失恋——咪咪的离去在他心上留了个永远填不上的大洞。无期还招致了丹珏的女光棍命运,人到中年,还得沾刘亮胸无大志的光享点民间幸福。

焉识说子烨说的都是道理,他不过是一时光火,忘乎所以了。自此之后,一定会吃一堑长一智。

第二天是星期天,上午下午都有两批学生来上课。焉识打扫了房间,拖了地板,洗完浴缸里泡的衣服和床单,在桌上放了一本旧货店买来的民国三十年商务印书馆出的英汉大字典,然后坐在窗子前面,等着学生们的到来。他虽然严厉,这些九岁十岁的学生们还是买他账的。这些孩子跟子烨那一辈人不一样,心目中的英雄偶像变换过了,像陆老教授这样二十岁考上博士奖学金出国留学、会四种外语的人比较接近他们的偶像标准。

焉识看看表，过了开课时间已经半小时。学生们全都逃课了。等到十一点钟，第二批学生也该来了，但也都没有来。此刻他听见二楼的房间里传来电视机声响：丹珏起来了。礼拜天上午冯丹珏是专门用来睡懒觉的，谁都不可以打搅她，连刘亮都不敢打搅。刘亮会在午饭前出现，总是非常周到地先来敲焉识的门，问未来的老泰山一声安好，扯两句闲篇，再上楼到丹珏房里去。因为刘亮的周到，焉识就要搜肠刮肚地跟他闲扯。"黄鱼又涨价了。""真、真的呀？""今天卖野味的那家商店来了胸肉！""那、那倒是稀有的！"……

焉识决定避开今天的闲扯。这样的闲扯似乎使他结巴加重，有时候两个肩胛骨都会酸疼难耐。紧张是心理现象，但严重了就会转化为生理现象。现在焉识的紧张只剩下生理现象了，因为他心理没有觉得紧张，只是他的结巴舌头和肩胛骨告诉他，他在紧张。自从婉喻去世后，他的失眠越来越彻底，脱衣上床闭眼只是尊重人类这个习性而已。也是为了对他自己有个交代：睡不睡是态度问题，能否睡得着是水平问题。

他走到弄堂里，一个阿婆问他："陆教授好点了？"

他不明白她的意思。一般不明白的事情微微一笑总是没错的。

阿婆接着说："你儿子昨晚上说你身体不好，以后外文课不能教了。"

焉识愣住了。但他不能当着外人戳穿自己儿子，不能让别家人看到自家人闹不和，就又来了个微微一笑。

紧接着他就想到了一个问题：每个孩子交的五元钱学费，不就被他贪污了吗？他一生中污点是有的，但这种污点从不曾沾染。

"明、明后天，病、病好点就上课。"他说。那些五块钱学费让他的老脸没处搁。

"你儿子都替你把学费退给我们了呀！说你从此以后不会再教了呀！"

焉识想，子烨容易吗？为了父亲的政治安全，大大地破费了呢！真是一片苦心。他对阿婆又是微微一笑，表示遗憾或表示"以后再说"。反正碰到任何解决不了的问题都是"以后再说"。国家、社会、家庭,"以后再说"解决了很多解决不了的问题。比如他陆焉识的彻底平反,恢复名誉,他听到的都是笑眯眯的"以后再说"。他做了二十多年的牢,究竟是谁的错,也是"以后再说"。丹珏跟刘亮要结婚,孩子们从郊区学校转市区学校的问题,也是"以后再说"。丹珏一共那么两间房,刘亮的大儿子已经十四岁,怎么个住法,只能过起日子"以后再说"。有天焉识问丹珏,什么时候把他做无期徒刑犯的事告诉刘亮,丹珏眉头一皱,说:"以后再说吧。"很可能这就是焉识见了刘亮紧张的原因。那段无期徒刑就像埋在这家里的地雷,总有一天会被踏响。

没有了学生,焉识干家务之外的所有时间都可以用来誊写他用记忆带出大荒草漠的书稿。也就是这个时候,他的视力退化了。诊断似是而非:神经性失明。好在这种失明是慢性的,他将一点点地从光明走入黑暗。进入彻底的黑暗也许需要两年,但如果他能很俭省地用眼的话,也许他还有五六年的视力。

焉识对医生笑笑说:"没关系,看起来是我先死,然后再失明。"

是学锋陪他去看眼科医生的。大学毕业后学锋被分配到一家文学杂志社当编辑,不用按时上下班,笼络好几个作者就行。并且,读那些知名作者的作品大长了她的志气,大增了她自己当作者的信心。她把这个抱负憋在心里,根本不跟父母说。父母催她以哥哥为榜样,出国读硕士、博士,她就用"以后再说"打发他们。

看了眼科医生出来,学锋很久不说话。她为祖父操心他的书稿。

"怎么不响呢?"祖父注意到了沉默许久的孙女。

"我来帮你抄稿子吧。"学锋说。

她没有想到自己会突然来这么一句。

祖父也没有想到孙女对他怀有这么多同情,对他的书稿如此心重。

"这些稿子肯定不会在你们的杂志上发表的。"祖父说。

"我晓得。"孙女说。

"那你说,我写它们做什么?"

"写给我的呀。"

"还有呢?"

祖父和孙女的年龄差距很大,导致他拿那种跟幼儿园小朋友的方式跟她讲话。

"是写给恩奶的。"

焉识笑了。小朋友真是善解人意啊。

从这天起,学锋每天都来帮祖父抄写书稿。祖父背诵他储存在记忆中的文字,学锋把它们如实写到纸上,标点都不改动。"感叹号。……等一下,还是句号吧,句号更好。"祖父会这样说。

时不时地,学锋会为祖父的叙述流下眼泪。也有一些时候,学锋被故事逗得咯咯直乐。

就在祖孙俩忙着誊写稿子的同时,二楼的大房里日新月异,搬进了新买的双人床,又搬进一套刘亮自制的"罗马尼亚式"家具。丹珏已经开始稀疏的卷发被染得乌黑,牙齿却被洗得煞白。冯主任也好,冯教授也好,最终还是做了刘太太。三个孩子中两个小的已经住过来了,暂时跟刘亮挤在丹珏隔壁的十五平方里。这天刘亮在晚饭前问丹珏说:"子烨不是说过,还是请爹爹跟他们去住吗?"他停止称呼焉识为"伯父",改口为"爹爹"了。

丹珏眉头皱起说:"以后再说吧。"

刘亮还想说什么,但没有说出口。丹珏用眼光制止他了:当着老头的面,就谈重新安置他的问题,太穷凶极恶了吧?

这是丹珏和刘亮去登记处领取结婚证的头天晚上。领了结婚证,他们要去到桂林度蜜月,这样可以躲过请客送礼闹洞房那一关。丹珏虽然分享了一些刘亮一家的通俗幸福,但闹洞房她还是玩命抵制。刘亮的父母当晚来了,带了几饭盒菜和两位表亲。焉识照本宣科地做了一个佛跳墙,子烨买了两个菜一瓶酒,这样就凑成了一个盛大家宴。学锋是最后一个赴宴者,看看八仙桌接纳不了她,便和刘家的三个孩子以及祖父一起到厨房另开一桌。丹珏问了子烨几次,钱爱月怎么还不来，子烨回答得含含糊糊。

"到底出了什么事？"丹珏把哥哥拉到厨房门口小声问道。

"没啥事。"

"要离婚啊？"丹珏笑嘻嘻的。她知道只要这样一激，哥哥的实话就会脱口而出。

"瞎讲！今天我不想带她来！"

"为什么？"

"我就是……我碰到咪咪了。"

丹珏不说话了。这个哥哥浑身老茧就是心上那一小块地方没长茧，为咪咪保持着鲜嫩滴血。丹珏很了解哥哥。她哥哥太爱咪咪了，那样多的爱就是给一百个女人也受用不完。跟咪咪的偶遇，往他心里的创面上撒了一大把咸盐加辣椒。咪咪的不变样不走形让他自惭形秽。咪咪迎面走来，旁边一个年轻姑娘一定是她的女儿。但咪咪更加漂亮动人。见了咪咪之后，他无法马上跟爱月相处，所以今天他要做一晚上独身者。子烨悲哀地跟丹珏感叹，自己走样走到什么程度了？连咪咪都认不得他了。而他愿意这样变吗？他变成这样不能怪他。要怪就怪他们这位父亲。

丹珏对他使眼色，叫他捏着点喉咙，父亲和刘亮的孩子都在厨房里吃饭。

"这有什么？我又不是背着他讲这样的话！我当面不知道讲了多少次！"子烨说。

丹珏不再理他，回到客厅招呼刘亮家的长辈去了。子烨稍微等了一下，想等情绪好转再进去，但他马上发现一个人站在两个门之间情绪越来越坏，也就跟着丹珏走进去。刘亮见子烨进来，一杯白酒"砰"地顿在他面前的桌面上。刘亮一喝起白酒就喝出工人阶级的本色来了，喝得豪放挥洒，吵吵闹闹，每喝一杯酒都跟对手斤斤计较："你的不满！不算！……我干了，你没干！……你赖皮！喝半杯漏半杯！"

喝到大家都大度，都自顾自敞开来喝了，刘亮突然说："子烨，你上次说要把我老泰山接过去住的,是吧?"

这时候丹珏恰好离席,到厨房去看看父亲和孩子们吃得如何。

刘家姆妈和阿爸都停下筷子,一声不吱,满嘴的菜原地搁置。

"怎么了?"子烨说。

"没怎么。就是丹珏不相信你答应过要请老太爷到你们家住。我跟她说,是你主动说的。"

"我是主动说的。"

"所以你跟你妹妹讲讲清楚。我没有赶老太爷的意思哦。"

刘家二老嘴里的菜还是原封不动地搁置在牙齿和牙齿或者上膛和舌头之间。

子烨的脸由红而紫,而黑。假如此刻是学锋兄妹在场,看见黑了脸的父亲一定撒腿就跑。这是父亲在打哑雷,紧接着拳头或斥骂就会如暴雨一样下来。子烨碍着两个七十岁的老人在场,也顾及到明天是妹妹的喜日——她活这么大还是第一次嫁人,第一次摘掉老小姐的帽子,所以他忍了。又喝了两口闷酒,子烨还是子烨,还击开始了,只不过变个方式。

"我妹妹跟老太爷的感情好得很,我带老太爷走她是舍不得的。"他一张脸笑得稀里糊涂。

"你们家比我们家大呀!我们这么多孩子,老大都十四了,不能总跟两个妹妹住一间房间!"刘亮说。

丹珏刚刚从厨房进来。她是听到了他们刚才的话才赶过来的。她早就知道在刘亮眼里她的住房条件给她的脸减去了几根皱纹,但她没有料到,在刘亮看来房子比自己漂亮那么多。她喜欢刘亮,但憎恶刘亮的市侩内心。她但愿在以后的日子里,那份喜欢能战胜憎恶。

"小囡囡,你是不舍得老太爷住到我家去的。"子烨说。

子烨这种替人说话的腔调让刘亮火了。

刘亮说:"住到你们家,也省得你们把脏床单脏衣服拎来拎去,不嫌重吗?"

"刘亮!"丹珏小声但厉声地呵斥。

子烨到底是陆家骨血,在这种场合还是要体面的。他对妹妹笑笑,表示刘亮不会得罪他,他和她几十年的患难兄妹,什么都有数,什么也离间不了。

子烨说:"我倒是想请老太爷帮忙照管一下家务。但是我们那个居委会不喜欢我们家老太爷。"

刘亮姆妈问:"为什么?"

子烨说:"整天盯着老太爷,连小孩子都汇报他。"

刘亮阿爸问:"为什么呢?"

子烨说:"有一次老太爷跟几个学生说,光学雷锋是学不到真学问的。居委会就到处调查老太爷的背景。你们都知道那些居委会神通有多广大。"

刘亮母亲说:"对呀,居委会是一级组织嘛,就像当年妇救会!"她自己就是这个组织的成员。

刘亮问:"居委会调查出什么来了?"

子烨说:"那你们最好去问她们。反正她们调查过后就不喜欢我们老太爷了。"

刘家的几个人一声不吭。

子烨说:"我们陆家原来是有房产的。我们老爷子为了我母亲把那套房产要回来一部分,调换到这里。所以千万不要搞错,冯丹珏这套房里有一部分是老爷子自己带来的陆家祖产。"

这句话说完,子烨就跟上完一节大课似的,大而化之地跟屋里所有人挥挥手,走了。楼梯上马上就是一串醉酒的脚步,轻轻重重地远去。

等到刘亮和丹珏结束了五天的蜜月,从桂林回到上海,刘亮的三个孩子也就成了丹珏的三个孩子,所以乘着一辆三轮货车搬着所有衣服被褥到了丹珏家。

这期间焉识和学锋关在小屋里,誊写回忆录和书信集。

焉识在大荒草漠上盲写那些稿子时,润色已经基本完成,所以他口述起来特别酣畅淋漓,就像话剧演员朗诵背得滚瓜烂熟的台词。三部书稿的整个誊写工作进行到 1986 年的 7 月中旬圆满收尾,一共才用了七个月时间。学锋从杂志社偷运回来十几本稿纸,现在那些细小的空格里填满了字迹,摞在桌上有两尺多高。当天晚上学锋给阿爷和自己来了个庆功会,买了一袋进口巧克力和人头马威士忌。学锋举杯时说:"阿爷,祝这两本书早日出版。"

阿爷问她有这可能没有。

"当然可能!"学锋说。"迟早。这个世纪不行,下个世纪一定能出版。"

阿爷那双视力正在减弱的眼睛转向一大摞稿纸。他不属于下个世纪。

"阿爷侬不相信?"

"我相信。就是等起来很讨厌,对吧?"

学锋想,阿爷等够了。等待某件事发生是难熬的,耗人的,等待把祖母婉喻也关在一个牢里。对于好事坏事的等待都是牢,都会剥夺你的自由。

这时楼梯上传来三个孩子的脚步声。他们到外面乘凉回来了。刚来时三个孩子跟父亲亲密抱团,后来就只是他们三人亲密抱团了。焉识心情好,打开门对孩子们说:"来,给你们好东西吃!"

三个孩子却不进来,一声不响地站在楼梯上。焉识便以他的大手抓了一大把巧克力,走出门,把巧克力放到男孩的两只手上,要他给两个妹妹公平分配去。

学锋告辞的时候是晚上九点。她走到弄堂里,见刘亮的三个孩子在紧张地交谈。

"你们没看见他的手?看上去老龌龊!"大妹妹说。

学锋想,老阿爷的手因为高原日晒和几十年生冻疮确实很脏相的。这点不怪孩子们。

"你们知道吗?就是因为他是老罪犯!老罪犯都有一双大脏手!"哥哥说。

"我们不要吃他的糖!"小妹妹口不由心地说。

显然刘亮的父母已经去了子烨家邻里的居委会,搞清了他们亲家公的底细,并跟三个孩子交了底。孩子们认为不管囚犯老爷爷是什么囚犯,让他们联想到的总是鬼魅阴暗,从这样一只鬼魅阴暗的手上接过的巧克力难免鬼魅。

学锋走过去,一脸的质问:"你们在瞎讲什么?"

三个孩子都看着她,脸上没有表情。背着他们的长辈,他们跟这个毫无血缘关系的"表姐"就做起完全的陌生人来了。两个妹妹都去看哥哥,让哥哥为她们当家。哥哥到底圆滑一些,过了一会儿便腼腆地笑了,话题马上切换。他跟学锋说了一声:"阿姐走啦?"两个妹妹跟着说了声"阿姐再会!"他们知道学锋是老阿爷的人,正如他们的继母丹珏也是老阿爷的人,说老阿爷坏话被学锋听到等于被丹珏听到。哥哥知道他们兄妹是父亲拖来的三个拖油瓶,在继母的领地切不可真实地做孩子,要做父亲的耳目爪牙,处处察言观色,见风使舵,使冯家天下顺利转换为刘家天下。他们甚至已经看出,尽管他们的继母顶戴这头衔那荣誉,人情处世上是个"没用场的人"。

我想这就是我太祖母冯仪芳说的"没用场"。一般此类"没用场的人"都有一身本事,误以为本事可以让他们凌驾于人,让人们有求于他们的本事,在榨取他们本事的同时,至少可以容他们清高,容他们独立自由地过完一生。但是他们从来不懂,他们的本事孤立起来很少派得上用场,本事被榨干也没人会饶过他们,不知如何自身已陷入一堆卑琐,已经参与了勾结和纷争,失去了他们最看重的独立自由。

我的太祖母冯仪芳说陆焉识"没用场",正因为此。

学锋看见三个孩子回到楼里去了。她远没有想到刘亮的大儿子比她想的要圆滑得多。不止是圆滑,他已经看懂了他们这个新家庭的政治:架空冯丹珏是完成刘家当家的一个重要步骤。也许他不是有心看到这种政治的;家庭矛盾中幸存的孩子都非常早熟,养出一种畸形直觉,他那样做是直觉使然。

他领着两个妹妹上楼之后,把那些巧克力放在继外公陆焉识的门口。

让我来想象一下我祖父看到这些被退还回来的巧克力的感觉。他不相信世界上有不喜欢巧克力的孩子。孩子对他的嫌弃使他在打开的门口站了很久。楼梯上的灯泡本来瓦数就低,又蒙上了厚厚的尘垢,照在七八块包着锡箔纸的半圆形巧克力上,在他视力衰退的视野中晦暗地闪光。假如它们没有那一点光泽的话,他就一脚踏上去了。踏上去可能会摔倒。孩子们并没有把这种危险考虑到,他这样猜想着。他弯下腰,脊椎骨和膝盖又噼里啪啦地炸着小鞭炮,替刘亮搬运家具都没有这样响。他把捡起的巧克力放在桌上,发现它们还是软的,带着潮湿的温暖,形状也变了,孩子们手心上的不舍都留在上面。

这个时候我父母和刘家老少成了死敌,我祖父在两条阵线之间。两条阵线不是争夺他而是推脱他。倒不完全为了房子居住,双方都怕老阿爷那不太漂亮的政治面貌经不住邻居的横看斜瞅。

1990年初春,一个年轻汉子找到我家来,说是要找陆焉识老师。年轻汉子有两个紫红的颧骨,跟老阿爷刚回到上海时的一样。我母亲打电话过去,告诉老阿爷有个姓邓的人找过他,留了一个在上海的地址。老阿爷按照那个招待所的地址找到了姓邓的汉子,两人在外面吃了饭。晚上阿爷来到我家,跟父母谈了一会,主要是让他们想开些,别为了陆家房产跟刘家老少计较。我父亲马上说:"我才不会跟你一样没用场!我一定要跟他们搞搞清楚的!"

陆焉识站起身,不再跟儿子理论。陆家到了子烨,总算出了个有用场的人。陆焉识在她孙女我的陪同下下了楼,走到弄堂里他说:"今天来的那个人是邓指的小儿子,叫邓三钢。我教他学英文,后来他考上了西北大学。这次他来上海出差。"

我说我已经猜到他是谁了。

阿爷说:"小三子现在又调回劳改农场里去了。做宣传科长呢。他爸爸生前最大的愿望就是让这个小儿子离开那里,离开得越远越好。他上大学的时候,找的爱人还是农场出去的。最近两人都调回农场了。小三子告诉我,他不会跟城里机关的人打交道。他只能像他爸爸那样生活才舒服。"

那个大草漠上来的邓三钢离开上海一个礼拜之后，我祖父陆焉识失踪了。

头天晚上，他的小女儿丹珏和丈夫刘亮吵了一架。为什么吵，谁也不清楚。一般来说，丹珏在做出一步退让时总会抗争一下，吵两句，但刘亮明白她最终自会听话。也许陆焉识是听见了这段争吵走开的，也许他早就蓄谋走开。清晨丹珏从房里出来上马桶间，发现父亲的房门开着，就走进去。一封信留在桌上，是给我的。信非常简单，告诉我他走了，要我转告我父母和丹珏孃孃，他怕告辞太麻烦，所以没有告辞。以后万一在美国的丹琼孃孃问到他，替他解释一句。随便怎样解释都行。我猜想是邓指的小儿子给了他启发，让他意识到，草地大得随处都是自由。

他把他的衣服带走了，还带走了我祖母冯婉喻的骨灰。

图书在版编目（CIP）数据

陆犯焉识／严歌苓著.－－北京：作家出版社，2011.10
（2020.5重印）
ISBN 978-7-5063-6087-6

Ⅰ.①陆… Ⅱ.①严… Ⅲ.①长篇小说－中国－当代 Ⅳ.①I247.5

中国版本图书馆CIP数据核字（2011）第204979号

陆犯焉识

作　　者：	严歌苓
责任编辑：	张亚丽
助理编辑：	姬小琴
装帧设计：	棱角视觉
出版发行：	作家出版社有限公司
社　　址：	北京农展馆南里10号　邮　编：100125
电话传真：	86-10-65067186（发行中心及邮购部）
	86-10-65004079（总编室）

E-mail:zuojia@zuojia.net.cn
http://www.zuojiachubanshe.com

印　　刷：	三河市紫恒印装有限公司
成品尺寸：	152×230
字　　数：	365千
印　　张：	26.5
版　　次：	2011年10月第1版
印　　次：	2020年5月第17次印刷
ISBN	978-7-5063-6087-6
定　　价：	35.00元

作家版图书，版权所有，侵权必究。
作家版图书，印装错误可随时退换。

陆犯焉识